•1

精修 **重音版**

絕對合格
日檢必背單字

N1

新制對應！

吉松由美・西村惠子・
山田社日檢題庫小組◎合著

U0080414

山田社

前言
preface

N1 所有 3262 單字 × N1 所有 159 文法 × 實戰光碟

全新三合一學習法，霸氣登場！

單字背起來就是鑽石，與文法珍珠相串成鍊，再用聽力鑲金加倍，
史上最貪婪的學習法！讓你快速取證、搶百萬年薪！

《精修版 新制對應 絕對合格！日檢必背單字 N1》再進化出重音版了，精修內容有：.

1. 所有單字標示「重音」，讓您會聽、會用，考場拿出真本事！

2. 例句內容包括時事、職場、生活等貼近 N1 所需程度。

3. 例句加入 N1 所有文法 159 項，單字 ・文法交叉訓練，得到黃金的相乘學習效果。

4. 單字豆知識，補充説明等，讓單字學習更多元，加強記憶力道。例句主要單字上色，單字活用變化，一看就記住！

5. 搭配新制模擬試題，補充類義詞、對義詞學習，單字全面攻破，內容最紮實！

　　史上最強的新日檢 N1 單字集《精修重音版 新制對應 絕對合格！日檢必背單字 N1》，是根據日本國際交流基金（JAPAN FOUNDATION）舊制考試基準及新發表的「新日本語能力試驗相關概要」，加以編寫彙整而成的。除此之外，精心分析從 2010 年開始的最新日檢考試內容，增加了過去未收錄的 N1 程度常用單字，接近 500 字，也據此調整了單字的程度，可説是內容最紮實 N1 單字書。無論是累積應考實力，或是考前迅速總複習，都是您高分合格最佳利器。

內容包括：

1. **單字王**──高出題率單字全面強化記憶：根據新制規格，由日籍金牌教師群所精選高出題率單字。每個單字所包含的詞性、意義、解釋、類・對義詞、中譯、用法、語源、補充資料等等，讓您不只能精確瞭解單字各層面的字義，還能讓您一眼就知道單字該怎麼念，活用的領域更加廣泛，也能全面強化記憶，幫助學習。

2. **重音王**──線式重音標記法縮短合格距離：突破日檢考試第一鐵則，會聽、會用才是真本事！「きれいな はな」是「花很漂亮」還是「鼻子很漂亮」？小心別上當，搞懂重音，會聽才會用！本書每個單字都標上重音，讓您一開始就打好正確的發音基礎，大幅提升日檢聽力實力，縮短日檢合格距離！

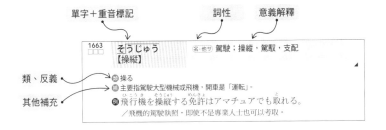

3. **文法王**──單字・文法交叉相乘黃金雙效學習：書中單字所帶出的例句，還搭配日籍金牌教師群精選 N1 所有文法，並補充近似文法，幫助您單字・文法交叉訓練，得到黃金的相乘學習效果！建議搭配《精修版 新制對應 絕對合格！日檢必背文法 N1》，以達到最完整的學習！

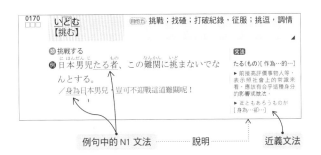

4. **得分王**—貼近新制考試題型學習最完整：新制單字考題中的「替換類義詞」題型，是測驗考生在發現自己「詞不達意」時，是否具備「換句話說」的能力，以及對字義的瞭解度。此題型除了須明白考題的字義外，更需要知道其他替換的語彙及說法。為此，書中精闢點出該單字的類義詞，對應新制內容最紮實。

5. **例句王**—活用單字的勝者學習法：活用單字才是勝者的學習法，怎麼活用呢？書中每個單字下面帶出一個例句，例句精選該單字常接續的詞彙、常使用的場合、常見的表現、配合 N1 所有文法，還有時事、職場、生活等內容貼近 N1 所需程度等等。從例句來記單字，加深了對單字的理解，對根據上下文選擇適切語彙的題型，更是大有幫助，同時也紮實了文法及聽說讀寫的超強實力。

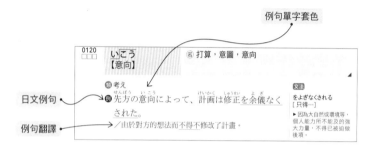

例句單字套色

日文例句

例句翻譯

6. **測驗王**—全真新制模試密集訓練：本書最後附三回模擬考題（文字、語彙部份），將按照不同的題型，告訴您不同的解題訣竅，讓您在演練之後，不僅能立即得知學習效果，並充份掌握考試方向，以提升考試臨場反應。就像上過合格保證班一樣，成為新制日檢測驗王！如果您想挑戰綜合模擬試題，推薦完全遵照日檢規格的《合格全攻略！新日檢 6 回全真模擬試題 N1》進行練習喔！

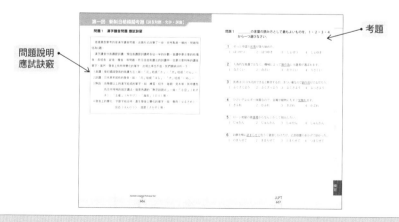

問題說明
應試訣竅

考題

7. **聽力王**─合格最短距離：新制日檢考試，把聽力的分數提高了，合格最短距離就是加強聽力學習。為此，書中還附贈光碟，幫助您熟悉日籍教師的標準發音及語調，循序漸進累積聽解實力。為打下堅實的基礎，建議您搭配《精修版 新制對應 絕對合格！日檢必背聽力 N1》來進一步加強練習。

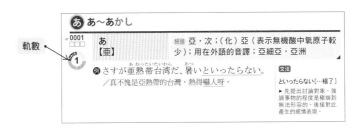

8. **計畫王**─讓進度、進步完全看得到：每個單字旁都標示有編號及小方格，可以讓您立即了解自己的學習量。每個對頁並精心設計讀書計畫小方格，您可以配合自己的學習進度填上日期，建立自己專屬讀書計畫表！

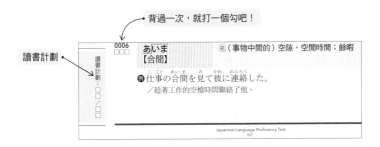

　　《精修重音版 新制對應 絕對合格！日檢必背單字 N1》本著利用「喝咖啡時間」，也能「倍增單字量」「通過新日檢」的意旨，搭配文法與例句快速理解、學習，附贈日語朗讀光碟，還能讓您隨時隨地聽 MP3，無時無刻增進日語單字能力，走到哪，學到哪！怎麼考，怎麼過！

目録
contents

● 新制對應手冊 009

あ 行單字

あ／ア	Track 01	022
い／イ	Track04	037
う／ウ	Track07	055
え／エ	Track09	063
お／オ	Track10	068

か 行單字

か／カ	Track 13	086
き／キ	Track 19	125
く／ク	Track 24	155
け／ケ	Track 26	163
こ／コ	Track 29	180

さ 行單字

さ／サ	Track 35	209
し／シ	Track 38	227
す／ス	Track 47	286
せ／セ	Track 49	294
そ／ソ	Track 52	313

た 行單字

た／タ	Track 54	324
ち／チ	Track 59	346
つ／ツ	Track 62	359
て／テ	Track 64	370
と／ト	Track 67	383

な 行單字

な／ナ	Track 72	410
に／ニ	Track 74	421
ぬ／ヌ	Track 75	426
ね／ネ	Track 76	427
の／ノ	Track 77	432

は 行單字

は／ハ	Track 78	436
ひ／ヒ	Track 83	461
ふ／フ	Track 86	477
へ／ヘ	Track 90	499
ほ／ホ	Track 92	506

Contents

ま 行單字

ま／マ	Track 96	525
み／ミ	Track 98	536
む／ム	Track 100	548
め／メ	Track 101	553
も／モ	Track 102	558

や 行單字

や／ヤ	Track 104	565
ゆ／ユ	Track 105	570
よ／ヨ	Track 107	577

ら 行單字

ら／ラ	Track 109	588
り／リ	Track 110	589
る／ル	Track 112	595
れ／レ	Track 113	596
ろ／ロ	Track 114	599

わ 行單字

わ／ワ	Track 115	602

● 新制日檢模擬考題三回 ………………………………………………605

符號說明

1 品詞略語

呈現	詞性	呈現	詞性
名	名詞	副	副詞
形	形容詞	副助	副助詞
形動	形容動詞	終助	終助詞
連體	連體詞	接助	接續助詞
自	自動詞	接續	接續詞
他	他動詞	接頭	接頭詞
四	四段活用	接尾	接尾語
五	五段活用	造語	造語成分（新創詞語）
上一	上一段活用	漢造	漢語造語成分（和製漢語）
上二	上二段活用	連語	連語
下一	下一段活用	感	感動詞
下二	下二段活用	慣	慣用語
サ・サ變	サ行變格活用	寒暄	寒暄用語
變	變格活用		

2 其他略語

呈現	詞性	呈現	詞性
反	反義詞	比	比較
類	類義詞	補	補充說明
近	文法部分的相近文法補充	敬	敬語

日檢單字

N1

新制對應！

一、什麼是新日本語能力試驗呢

1. 新制「日語能力測驗」

2. 認證基準

3. 測驗科目

4. 測驗成績

二、新日本語能力試驗的考試內容

N1 題型分析

*以上內容摘譯自「國際交流基金日本國際教育支援協會」的「新しい『日本語能力試驗』ガイドブック」。

一、什麼是新日本語能力試驗呢

1. 新制「日語能力測驗」

從2010年起實施的新制「日語能力測驗」（以下簡稱為新制測驗）。

1－1　實施對象與目的

新制測驗與舊制測驗相同，原則上，實施對象為非以日語作為母語者。其目的在於，為廣泛階層的學習與使用日語者舉行測驗，以及認證其日語能力。

1－2　改制的重點

改制的重點有以下四項：

1　測驗解決各種問題所需的語言溝通能力

新制測驗重視的是結合日語的相關知識，以及實際活用的日語能力。因此，擬針對以下兩項舉行測驗：一是文字、語彙、文法這三項語言知識；二是活用這些語言知識解決各種溝通問題的能力。

2　由四個級數增為五個級數

新制測驗由舊制測驗的四個級數（1級、2級、3級、4級），增加為五個級數（N1、N2、N3、N4、N5）。新制測驗與舊制測驗的級數對照，如下所示。最大的不同是在舊制測驗的2級與3級之間，新增了N3級數。

N1	難易度比舊制測驗的1級稍難。合格基準與舊制測驗幾乎相同。
N2	難易度與舊制測驗的2級幾乎相同。
N3	難易度介於舊制測驗的2級與3級之間。（新增）
N4	難易度與舊制測驗的3級幾乎相同。
N5	難易度與舊制測驗的4級幾乎相同。

＊「N」代表「Nihongo（日語）」以及「New（新的）」。

3 施行「得分等化」

由於在不同時期實施的測驗，其試題均不相同，無論如何慎重出題，每次測驗的難易度總會有或多或少的差異。因此在新制測驗中，導入「等化」的計分方式後，便能將不同時期的測驗分數，於共同量尺上相互比較。因此，無論是在什麼時候接受測驗，只要是相同級數的測驗，其得分均可予以比較。目前全球幾種主要的語言測驗，均廣泛採用這種「得分等化」的計分方式。

4 提供「日本語能力試驗Can-do 自我評量表」（簡稱JLPT Can-do）

為了瞭解通過各級數測驗者的實際日語能力，新制測驗經過調查後，提供「日本語能力試驗Can-do 自我評量表」。該表列載通過測驗認證者的實際日語能力範例。希望通過測驗認證者本人以及其他人，皆可藉由該表格，更加具體明瞭測驗成績代表的意義。

1－3 所謂「解決各種問題所需的語言溝通能力」

我們在生活中會面對各式各樣的「問題」。例如，「看著地圖前往目的地」或是「讀著說明書使用電器用品」等等。種種問題有時需要語言的協助，有時候不需要。

為了順利完成需要語言協助的問題，我們必須具備「語言知識」，例如文字、發音、語彙的相關知識、組合語詞成為文章段落的文法知識、判斷串連文句的順序以便清楚說明的知識等等。此外，亦必須能配合當前的問題，擁有實際運用自己所具備的語言知識的能力。

舉個例子，我們來想一想關於「聽了氣象預報以後，得知東京明天的天氣」這個課題。想要「知道東京明天的天氣」，必須具備以下的知識：「晴れ（晴天）、くもり（陰天）、雨（雨天）」等代表天氣的語彙；「東京は明日は晴れでしょう（東京明日應是晴天）」的文句結構；還有，也要知道氣象預報的播報順序等。除此以外，尚須能從播報的各地氣象中，分辨出哪一則是東京的天氣。

如上所述的「運用包含文字、語彙、文法的語言知識做語言溝通，進而具備解決各種問題所需的語言溝通能力」，在新制測驗中稱為「解決各種問題所需的語言溝通能力」。

新制測驗將「解決各種問題所需的語言溝通能力」分成以下「語言知識」、「讀解」、「聽解」等三個項目做測驗。

語言知識	各種問題所需之日語的文字、語彙、文法的相關知識。
讀　解	運用語言知識以理解文字內容，具備解決各種問題所需的能力。
聽　解	運用語言知識以理解口語內容，具備解決各種問題所需的能力。

作答方式與舊制測驗相同，將多重選項的答案劃記於答案卡上。此外，並沒有直接測驗口語或書寫能力的科目。

2. 認證基準

新制測驗共分為N1、N2、N3、N4、N5五個級數。最容易的級數為N5，最困難的級數為N1。

與舊制測驗最大的不同，在於由四個級數增加為五個級數。以往有許多通過３級認證者常抱怨「遲遲無法取得2級認證」。為因應這種情況，於舊制測驗的2級與3級之間，新增了N3級數。

新制測驗級數的認證基準，如表1的「讀」與「聽」的語言動作所示。該表雖未明載，但應試者也必須具備為表現各語言動作所需的語言知識。

N4與N2主要是測驗應試者在教室習得的基礎日語的理解程度；N1與N２是測驗應試者於現實生活的廣泛情境下，對日語理解程度；至於新增的N3，則是介於N1與N2，以及N4與N5之間的「過渡」級數。關於各級數的「讀」與「聽」的具體題材（內容），請參照表1。

■ 表1 新「日語能力測驗」認證基準

	級數	認證基準
		各級數的認證基準,如以下【讀】與【聽】的語言動作所示。各級數亦必須具備為表現各語言動作所需的語言知識。
困難 ＊	N1	能理解在廣泛情境下所使用的日語 【讀】・可閱讀話題廣泛的報紙社論與評論等論述性較複雜及較抽象的文章,且能理解其文章結構與內容。 　　　・可閱讀各種話題內容較具深度的讀物,且能理解其脈絡及詳細的表達意涵。 【聽】・在廣泛情境下,可聽懂常速且連貫的對話、新聞報導及講課,且能充分理解話題走向、內容、人物關係、以及說話內容的論述結構等,並確實掌握其大意。
	N2	除日常生活所使用的日語之外,也能大致理解較廣泛情境下的日語 【讀】・可看懂報紙與雜誌所刊載的各類報導、解說、簡易評論等主旨明確的文章。 　　　・可閱讀一般話題的讀物,並能理解其脈絡及表達意涵。 【聽】・除日常生活情境外,在大部分的情境下,可聽懂接近常速且連貫的對話與新聞報導,亦能理解其話題走向、內容、以及人物關係,並可掌握其大意。
	N3	能大致理解日常生活所使用的日語 【讀】・可看懂與日常生活相關的具體內容的文章。 　　　・可由報紙標題等,掌握概要的資訊。 　　　・於日常生活情境下接觸難度稍高的文章,經換個方式敘述,即可理解其大意。 【聽】・在日常生活情境下,面對稍微接近常速且連貫的對話,經彙整談話的具體內容與人物關係等資訊後,即可大致理解。
＊容易	N4	能理解基礎日語 【讀】・可看懂以基本語彙及漢字描述的貼近日常生活相關話題的文章。 【聽】・可大致聽懂速度較慢的日常會話。
	N5	能大致理解基礎日語 【讀】・可看懂以平假名、片假名或一般日常生活使用的基本漢字所書寫的固定詞句、短文,以及文章。 【聽】・在課堂上或週遭等日常生活中常接觸的情境下,如為速度較慢的簡短對話,可從中聽取必要資訊。

＊N1最難,N5最簡單。

3. 測驗科目

新制測驗的測驗科目與測驗時間如表2所示。

■ 表2 測驗科目與測驗時間＊①

級數	測驗科目（測驗時間）			
N1	語言知識（文字、語彙、文法）、讀解（110分）		聽解（60分）	→
N2	語言知識（文字、語彙、文法）、讀解（105分）		聽解（50分）	→
N3	語言知識（文字、語彙）（30分）	語言知識（文法）、讀解（70分）	聽解（40分）	→
N4	語言知識（文字、語彙）（30分）	語言知識（文法）、讀解（60分）	聽解（35分）	→
N5	語言知識（文字、語彙）（25分）	語言知識（文法）、讀解（50分）	聽解（30分）	→

N1、N2：測驗科目為「語言知識（文字、語彙、文法）、讀解」；以及「聽解」共2科目。

N3、N4、N5：測驗科目為「語言知識（文字、語彙）」；「語言知識（文法）、讀解」；以及「聽解」共3科目。

N1與N2的測驗科目為「語言知識（文字、語彙、文法）、讀解」以及「聽解」共2科目；N3、N4、N5的測驗科目為「語言知識（文字、語彙）」、「語言知識（文法）、讀解」、「聽解」共3科目。

由於N3、N4、N5的試題中，包含較少的漢字、語彙、以及文法項目，因此當與N1、N2測驗相同的「語言知識（文字、語彙、文法）、讀解」科目時，有時會使某幾道試題成為其他題目的提示。為避免這個情況，因此將「語言知識（文字、語彙、文法）、讀解」，分成「語言知識（文字、語彙）」和「語言知識（文法）、讀解」施測。

＊①：聽解因測驗試題的錄音長度不同，致使測驗時間會有些許差異。

4. 測驗成績

4-1 量尺得分

舊制測驗的得分，答對的題數以「原始得分」呈現；相對的，新制測驗的得分以「量尺得分」呈現。

「量尺得分」是經過「等化」轉換後所得的分數。以下，本手冊將新制測驗的「量尺得分」，簡稱為「得分」。

4-2 測驗成績的呈現

新制測驗的測驗成績，如表3的計分科目所示。N1、N2、N3的計分科目分為「語言知識（文字、語彙、文法）」、「讀解」、以及「聽解」3項；N4、N5的計分科目分為「語言知識（文字、語彙、文法）、讀解」以及「聽解」2項。

會將N4、N5的「語言知識（文字、語彙、文法）」和「讀解」合併成一項，是因為在學習日語的基礎階段，「語言知識」與「讀解」方面的重疊性高，所以將「語言知識」與「讀解」合併計分，比較符合學習者於該階段的日語能力特徵。

■ 表3 各級數的計分科目及得分範圍

級數	計分科目	得分範圍
N1	語言知識（文字、語彙、文法）	0～60
	讀解	0～60
	聽解	0～60
	總分	0～180
N2	語言知識（文字、語彙、文法）	0～60
	讀解	0～60
	聽解	0～60
	總分	0～180
N3	語言知識（文字、語彙、文法）	0～60
	讀解	0～60
	聽解	0～60
	總分	0～180

	語言知識（文字、語彙、文法）、讀解	0〜120
N4	聽解	0〜60
	總分	0〜180
	語言知識（文字、語彙、文法）、讀解	0〜120
N5	聽解	0〜60
	總分	0〜180

各級數的得分範圍，如表3所示。N1、N2、N3的「語言知識（文字、語彙、文法）」、「讀解」、「聽解」的得分範圍各為0〜60分，三項合計的總分範圍是0〜180分。「語言知識（文字、語彙、文法）」、「讀解」、「聽解」各占總分的比例是1：1：1。

N4、N5的「語言知識（文字、語彙、文法）、讀解」的得分範圍為0〜120分，「聽解」的得分範圍為0〜60分，二項合計的總分範圍是0〜180分。「語言知識（文字、語彙、文法）、讀解」與「聽解」各占總分的比例是2：1。還有，「語言知識（文字、語彙、文法）、讀解」的得分，不能拆解成「語言知識（文字、語彙、文法）」與「讀解」二項。

除此之外，在所有的級數中，「聽解」均占總分的三分之一，較舊制測驗的四分之一為高。

4－3 合格基準

舊制測驗是以總分作為合格基準；相對的，新制測驗是以總分與分項成績的門檻二者作為合格基準。所謂的門檻，是指各分項成績至少必須高於該分數。假如有一科分項成績未達門檻，無論總分有多高，都不合格。

新制測驗設定各分項成績門檻的目的，在於綜合評定學習者的日語能力，須符合以下二項條件才能判定為合格：①總分達合格分數（＝通過標準）以上；②各分項成績達各分項合格分數（＝通過門檻）以上。如有一科分項成績未達門檻，無論總分多高，也會判定為不合格。

N1~N3及N4、N5之分項成績有所不同，各級總分通過標準及各分項成績通過門檻如下所示：

級數	總分		分項成績					
			言語知識 （文字‧語彙‧文法）		讀解		聽解	
	得分範圍	通過標準	得分範圍	通過門檻	得分範圍	通過門檻	得分範圍	通過門檻
N1	0～180分	100分	0～60分	19分	0～60分	19分	0～60分	19分
N2	0～180分	90分	0～60分	19分	0～60分	19分	0～60分	19分
N3	0～180分	95分	0～60分	19分	0～60分	19分	0～60分	19分

級數	總分		分項成績					
			言語知識 （文字‧語彙‧文法）		讀解		聽解	
	得分範圍	通過標準	得分範圍	通過門檻	得分範圍	通過門檻	得分範圍	通過門檻
N4	0～180分	90分	0～120分	38分	0～60分	19分	0～60分	19分
N5	0～180分	80分	0～120分	38分	0～60分	19分	0～60分	19分

※上列通過標準自2010年第1回(7月)【N4、N5為2010年第2回(12月)】起適用。

缺考其中任一測驗科目者，即判定為不合格。寄發「合否結果通知書」時，含已應考之測驗科目在內，成績均不計分亦不告知。

4－4　測驗結果通知

依級數判定是否合格後，寄發「合否結果通知書」予應試者；合格者同時寄發「日本語能力認定書」。

■ N1, N2, N3

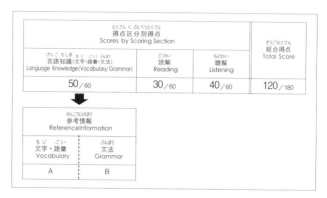

■ N4, N5

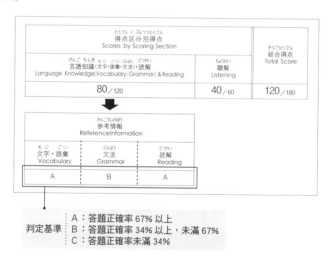

判定基準
A：答題正確率 67% 以上
B：答題正確率 34% 以上，未滿 67%
C：答題正確率未滿 34%

※ 各節測驗如有一節缺考就不予計分，即判定為不合格。雖會寄發「合否結果通知書」但所有分項成績，含已出席科目在內，均不予計分。各欄成績以「＊」表示，如「＊＊／60」。
※ 所有科目皆缺席者，不寄發「合否結果通知書」。

二、新日本語能力試驗的考試內容

N1 題型分析

測驗科目 (測驗時間)			試題內容		
			題型	小題題數 *	分析
語言知識、讀解（110分）	文字、語彙	1	漢字讀音 ◇	6	測驗漢字語彙的讀音。
		2	選擇文脈語彙 ○	7	測驗根據文脈選擇適切語彙。
		3	同義詞替換 ○	6	測驗根據試題的語彙或說法，選擇同義詞或同義說法。
		4	用法語彙 ○	6	測驗試題的語彙在文句裡的用法。
	文法	5	文句的文法 1（文法形式判斷）○	10	測驗辨別哪種文法形式符合文句內容。
		6	文句的文法 2（文句組構）◆	5	測驗是否能夠組織文法正確且文義通順的句子。
		7	文章段落的文法 ◆	5	測驗辨別該文句有無符合文脈。
	讀解 *	8	理解內容（短文）○	4	於讀完包含生活與工作之各種題材的說明文或指示文等，約 200 字左右的文章段落之後，測驗是否能夠理解其內容。
		9	理解內容（中文）○	9	於讀完包含評論、解說、散文等，約 500 字左右的文章段落之後，測驗是否能夠理解其因果關係或理由。
		10	理解內容（長文）○	4	於讀完包含解說、散文、小說等，約 1000 字左右的文章段落之後，測驗是否能夠理解其概要或作者的想法。

	11	綜合理解	◆	3	於讀完幾段文章（合計600字左右）之後，測驗是否能夠將之綜合比較並且理解其內容。
	12	理解想法（長文）	◇	4	於讀完包含抽象性與論理性的社論或評論等，約1000字左右的文章之後，測驗是否能夠掌握全文想表達的想法或意見。
	13	釐整資訊	◆	2	測驗是否能夠從廣告、傳單、提供各類訊息的雜誌、商業文書等資訊題材（700字左右）中，找出所需的訊息。
聽解（60分）	1	理解問題	◇	6	於聽取完整的會話段落之後，測驗是否能夠理解其內容（於聽完解決問題所需的具體訊息之後，測驗是否能理解應當採取的下一個適切步驟）。
	2	理解重點	◇	7	於聽取完整的會話段落之後，測驗是否能夠理解其內容（依據剛才已聽過的提示，測驗是否能夠抓住應當聽取的重點）。
	3	理解概要	◇	6	於聽取完整的會話段落之後，測驗是否能夠理解其內容（測驗是否能夠從整段會話中理解說話者的用意與想法）。
	4	即時應答	◆	14	於聽完簡短的詢問之後，測驗是否能夠選擇適切的應答。
	5	綜合理解	◇	4	於聽完較長的會話段落之後，測驗是否能夠將之綜合比較並且理解其內容。

＊「小題題數」為每次測驗的約略題數，與實際測驗時的題數可能未盡相同。此外，亦有可能會變更小題題數。

＊有時在「讀解」科目中，同一段文章可能會有數道小題。

資料來源：《日本語能力試驗JLPT官方網站：分項成績・合格判定・合否結果通知》。
2016年1月11日，取自：http://www.jlpt.jp/tw/guideline/results.html

N1
vocabulary

JLPT

| 0001 □□□ | **あ**
【亜】 | 接頭 亞，次；（化）亞（表示無機酸中氧原子較少）；用在外語的音譯；亞細亞，亞洲 |

track 1

例 さすが亜熱帯台湾だ、暑いといったらない。

／真不愧是亞熱帶的台灣，熱得嚇人呀。

文法

といったらない[…極了]

▶ 先提出討論對象，強調事物的程度是極端到無法形容的。後接對此產生的感情表現。

| 0002 □□□ | **あいこ** | 名 不分勝負，不相上下 |

例 じゃんけんで5回もあいこになった。

／猜拳連續五次都成了平手。

| 0003 □□□ | **あいそう・あいそ**
【愛想】 | 名（接待客人的態度、表情等）親切；接待，款待；（在飲食店）算帳，客人付的錢 |

類 愛嬌

例 ここの女将はいつも愛想よく客を迎える。

／這家的老闆娘在顧客上門時總是笑臉迎人。

| 0004 □□□ | **あいだがら**
【間柄】 | 名（親屬、親戚等的）關係；來往關係，交情 |

例 山田さんとは先輩後輩の間柄です。

／我跟山田先生是學長與學弟的關係。

| 0005 □□□ | **あいつぐ**
【相次ぐ・相継ぐ】 | 自五（文）接二連三，連續不斷 |

反 絶える　類 続く

例 今年は相次ぐ災難に見舞われた。

／今年遭逢接二連三的天災人禍。

| 0006 □□□ | **あいま**
【合間】 | 名（事物中間的）空隙，空閒時間；餘暇 |

例 仕事の合間を見て彼に連絡した。

／趁著工作的空檔時間聯絡了他。

0007 □□□
あえて
【敢えて】
（副）敢；硬是，勉強；（下接否定）毫（不），不見得

（例）上司は無能だと思うが、あえて逆らわない。
／雖然認為上司沒有能力，但也不敢反抗。

0008 □□□
あおぐ
【仰ぐ】
（他五）仰，抬頭；尊敬；仰賴，依靠；請，求；服用

（反）下を向く、侮る
（類）上を向く、敬う
（例）彼は困った時に空を仰ぐ癖がある。
／他在不知所措時，總會習慣性地抬頭仰望天空。

0009 □□□
あおむけ
【仰向け】
（名）向上仰

（例）こちらに仰向けに寝てください。
／請在這邊仰躺。

0010 □□□
あか
【垢】
（名）（皮膚分泌的）污垢；水鏽，水漬，污點

（類）汚れ
（例）しばらくおふろに入れなかったから、体じゅう垢だらけだ。
／有一陣子沒洗澡了，全身上下都是汗垢。

0011 □□□
あがく
（自五）掙扎；手腳亂動

（例）水中で必死にあがいて、何とか助かった。
／在水裡拚命掙扎，總算得救了。

0012 □□□
あかし
【証し】
（名）證據，證明

（例）「三種の神器」は、日本の天皇の位の証しだ。
／「三種神器」是日本天皇正統地位的象徵。

0013 □□□
あかじ
【赤字】

(名) 赤字，入不敷出；（校稿時寫的）紅字，校正的字

(例) 今年、また 100 万円の赤字になった。
／今年又虧損了一百萬。

0014 □□□
あかす
【明かす】

(他五) 說出來；揭露；過夜，通宵；證明

(類) 打ち明ける
(例) 記者会見で新たな離婚の理由が明かされた。
／在記者會上揭露了新的離婚的原因。

0015 □□□
あかのたにん
【赤の他人】

(連語) 毫無關係的人；陌生人

(例) 離婚したからって、赤の他人になったわけではないでしょう。
／就算已經離婚了，也不至於從此形同陌路吧。

0016 □□□
あからむ
【赤らむ】

(自五) 變紅，變紅了起來；臉紅

(例) 恥ずかしさに、彼女の頬がさっと赤らんだ。
她因為難為情而臉頰倏然變紅。

0017 □□□
あからめる
【赤らめる】

(他下一) 使…變紅

(例) 顔を赤らめる。／漲紅了臉。

0018 □□□
あがり
【上がり】

(名・接尾) …出身；剛

(例) 彼は役人上がりだから、融通がきかないんだ。
／他曾經當過公務員，所以做事一板一眼。

(例) 病み上がりにかこつけて、会社を休んだ。
／他假借剛病癒的名義，向公司請假了。

(例) トランプのババ抜きでは、カードがなくなれば上がりである。
／撲克牌的抽鬼牌遊戲中，只要手上的牌都被抽光，就算贏了。

文法
にかこつけて
[以…為藉口…]
▶ 表示為了讓自己的行為正當化，用無關的事做藉口。

0019 □□□

あきらめ
【諦め】

名 斷念，死心，達觀，想得開

例 告白してはっきり断られたが、諦めがつかない。

／雖然告白後遭到了明確的拒絕，但是並沒有死心。

0020 □□□

あく
【悪】

名·接頭 惡，壞；壞人；（道德上的）惡，壞；（性質）惡劣，醜惡

反 善
類 悪事

例 長男はおろか次男まで悪の道に走ったとは、世間に顔向けができない。

／別說長子，就連次子也誤入了歧途，我實在沒臉見人了。

はおろか [不用說…就是…也…]

▶ 表示前項沒有說明的必要，強調後項較極端的事例也不例外。含說話者吃驚、不滿等情緒。

とは [連…也]

▶ 表示對看到或聽到的事實（意料之外的），感到吃驚或感慨的心情。

0021 □□□

アクセル
【accelerator之略】

名（汽車的）加速器

例 高速道路に乗るのでアクセルを踏み込んだ。

／因開在高速公路上而使勁踩下油門。

0022 □□□

あくどい

形（顏色）太濃艷；（味道）太膩；（行為）太過份讓人討厭，惡毒

例 あの会社はあくどい商法を行っているようだ。

／那家公司似乎以惡質推銷手法營業。

0023 □□□

あこがれ
【憧れ】

名 憧憬，嚮往

類 憧憬（しょうけい）

例 憧れの先輩がバイトしてるとこ見ちゃった。うちの学校、バイト禁止なのに。

／我看到了喜歡的學長在打工！我們學校明明就禁止打工的呀！

0024 □□□

あざ
【痣】

(名) 痣；（被打出來的）青斑，紫斑

(類) でき物

(例) 殴り合いで顔にあざができた。／由於打架而臉上淤青了。

0025 □□□

あさましい
【浅ましい】

(形)（情形等悲慘而可憐的樣子）慘，悲慘；（作法或想法卑劣而下流）卑鄙，卑劣

(類) 卑しい（いやしい）

(例) ビザ目当てで結婚するなんて浅ましい。

／以獲取簽證為目的而結婚，實在太卑劣了。

0026 □□□

あざむく
【欺く】

(他五) 欺騙；混淆，勝似

(類) 騙す

(例) 彼の巧みな話術にまんまと欺かれた。／完全被他那三寸不爛之舌給騙了。

0027 □□□

あざやか
【鮮やか】

(形動) 顏色或形象鮮明美麗，鮮豔；技術或動作精彩的樣子，出色

(類) 明らか

(例)「見て見て、このバッグ、台湾で買ってきたの。」「うわあ、きれい、鮮やか。」「でしょ、台湾の客家って人たちの布なんだって。」

／「你看你看，這個包包我是從台灣買回來的喔！」「哇，好漂亮！顏色好鮮豔！」「對吧？聽說這是台灣的客家人做的布料喔！」

0028 □□□

あざわらう
【嘲笑う】

(他五) 嘲笑

(類) 嘲る（あざける）

(例) 彼の格好を見て皆あざ笑った。

／看到他的模樣，惹來大家一陣訕笑。

0029 □□□

あしからず
【悪しからず】

(連語・副) 不要見怪；原諒

(類) 宜しく

(例) 少々お時間を頂きますが、どうぞ悪しからずご了承ください。

／會耽誤您一些時間，關於此點敬請見諒。

0030 あじわい 【味わい】
□□□

名 味，味道；趣味，妙處

類 趣（おもむき）

例 この飲み物は、ミルクの濃厚な味わいが楽しめる濃縮乳を使用している。／這種飲料加入了奶香四溢的濃縮乳。

0031 あせる 【焦る】
□□□

自五 急躁，著急，匆忙

類 苛立つ

例 あなたが焦りすぎたからこのような結果になったのです。／都是因為你太過躁進了，才會導致這樣的結果。

0032 あせる 【褪せる】
□□□

自下一 褪色，掉色

類 薄らぐ

例 どこ製の服か分からないから、すぐに色が褪せても仕方がない。／不知道是哪裡製的服裝，會馬上褪色也是沒辦法的。

0033 あたい 【値】
□□□
2

名 價值；價錢；（數）值

類 値打ち

例 駅前の地価は坪 5,000 万以上の値があります。／火車站前的地價，值五千萬日圓以上。

0034 あたいする 【値する】
□□□

自サ 值，相當於；值得，有…的價值

類 相当する

例 彼のことはこれ以上の議論に値しない。／他的事不值得再繼續討論下去。

0035 アダルトサイト 【adult site】
□□□

名 成人網站

例 子供が見ないようにアダルトサイトをブロックする。／把成人網站封鎖起來以免被兒童看到。

0036
□□□

あっか
【悪化】

名・自サ 惡化，變壞

反 好転　類 悪くなる

例 景気は急速に悪化している。／景氣急速地惡化中。

0037
□□□

あつかい
【扱い】

名 使用，操作；接待，待遇；(當作…) 對待；處理，調停

類 仕方

例 壊れやすい物なので、扱いには十分注意してください。

／這是易損物品，請小心搬運。

0038
□□□

あつくるしい
【暑苦しい】

形 悶熱的

例 なんて暑苦しい部屋だ。言ってるそばから汗がだらだら流れるよ。

／怎麼有這麼悶熱的房間呀！才說著，汗水就不停地往下滴呢。

文法

そばから［才剛…就…］

▶ 表示前項剛做完，其結果或效果馬上被後項抹殺或抵銷。

0039
□□□

あっけない
【呆気ない】

形 因為太簡單而不過癮；沒意思；簡單；草草

反 面白い　類 つまらない

例 栄華を極めた王も、最期はあっけないものだった。

／就連享盡奢華的君王，臨終前也不過是區區如此罷了。

0040
□□□

あっさり

副・自サ (口味) 輕淡；(樣式) 樸素，不花俏；(個性) 坦率，淡泊；簡單，輕鬆

類 さっぱり

例 あっさりした食べ物とこってりした食べ物では、どちらが好きですか。／請問您喜歡吃的食物口味，是清淡的還是濃郁的呢？

0041
□□□

あっせん
【斡旋】

名・他サ 幫助；關照；居中調解，斡旋；介紹

類 仲立ち

例 この仕事を斡旋していただけませんか。

／這件案子可以麻煩您居中協調嗎？

0042
☐☐☐

あっとう
【圧倒】

（名・他サ）壓倒；勝過；超過

類 凌ぐ（しのぐ）

例 勝利を重ねる相手チームの勢いに圧倒されっぱなしだった。
／一路被屢次獲勝的敵隊之氣勢壓倒了。

0043
☐☐☐

アットホーム
【at home】

（形動）舒適自在，無拘無束

例 話し合いはアットホームな雰囲気の中で行われた。
／在溫馨的氣氛中舉行了談話。

0044
☐☐☐

あっぱく
【圧迫】

（名・他サ）壓力；壓迫

類 押さえる

例 胸に圧迫を感じて息苦しくなった。
／胸部有壓迫感，呼吸變得很困難。

0045
☐☐☐

あつらえる

（他下一）點，訂做

類 注文

例 父がこのスーツをあつらえてくれた。
／父親為我訂做了這套西裝。

0046
☐☐☐

あつりょく
【圧力】

（名）（理）壓力；制伏力

類 重圧

例 今の職場にはものすごく圧力を感じる。
／對現在的工作備感壓力。

0047
☐☐☐

あて
【当て】

（名）目的，目標；期待，依賴；撞，擊；墊敷物，墊布

類 目的

例 当てもなく日本へ行った。
／沒有既定目地就去了日本。

0048 □□□

あ**て**
【宛】

造語（寄、送）給…；毎（平分、平均）

類 送り先

例 これは営業部の小林部長宛の手紙です。
／這封信是寄給業務部的小林經理的。

0049 □□□

あ**て**じ
【当て字】

名 借用字，假借字；別字

例「倶楽部」は「クラブ」の当て字です。
／「倶樂部」是「club」的音譯詞彙。

0050 □□□

あ**て**る
【宛てる】

他下一 寄給

例 以前の上司に宛ててお歳暮を送りました。
／寄了一份年節禮物給以前的上司。

0051 □□□

あ**と**つぎ
【跡継ぎ】

名 後繼者，接班人；後代，後嗣

類 後継者

例 長男の彼がその家業の跡継ぎになった。
／身為長子的他繼承了家業。

0052 □□□

ア**ト**ピーせいひふえん
【atopy 性皮膚炎】

名 過敏性皮膚炎

例 アトピー性皮膚炎を改善する。
／改善過敏性皮膚炎。

0053 □□□

あ**と**まわし
【後回し】

名 往後推，緩辦，延遲

例 それは後回しにして。もっと大事なことがあるでしょう。
／那件事稍後再辦，不是還有更重要的事情等著你去做嗎？

0054 □□□

ア**フ**ターケア
【aftercare】

名 病後調養

例 アフターケアを怠る。／疏於病後調養。

0055 □□□

アフターサービス
【(和)after＋service】

名 售後服務

例 アフターサービスがいい。
／售後服務良好。

0056 □□□

あぶらえ
【油絵】

名 油畫

類 油彩
例 私は油絵が好きだ。／我很喜歡油畫。

0057 □□□

アプローチ
【approach】

名・自サ 接近，靠近；探討，研究

類 近づく
例 比較政治学における研究アプローチにはどのような方法があり
ますか。
／關於比較政治學的研究探討有哪些方法呢？

0058 □□□

あべこべ

名・形動（順序、位置、關係等）顛倒，相反

類 逆さ、反対
例 うちの子は靴を左右あべこべに履いていた。
／我家的小孩把兩隻鞋子左右穿反了。

0059 □□□

あまえる
【甘える】

自下一 撒嬌；利用…的機會，既然…就順從

類 慕う（したう）
例 子供は甘えるように母親にすり寄った。
／孩子依近媽媽的身邊撒嬌。

0060 □□□

あまぐ
【雨具】

名 防雨的用具（雨衣、雨傘、雨鞋等）

例 天気予報によると雨具を持って行った方がいいということです。
／根據氣象報告，還是帶雨具去比較保險。

0061
□□□
あまくち
【甘口】

㊐ 帶甜味的;好吃甜食的人;(騙人的) 花言巧語, 甜言蜜語

㊥ 辛口　㊞ 甘党

㊸ 私は辛口カレーより甘口がいいです。

／比起辣味咖哩，我比較喜歡吃甜味咖哩。

0062
□□□
あみ
【網】

㊐(用繩、線、鐵絲等編的) 網;法網

㊞ ネット

㊸ 大量の魚が網にかかっている。

／很多魚被捕進漁網裡。

0063
□□□
あやつる
【操る】

㊇ 操控，操縱;駕駛，駕馭;掌握，精通 (語言)

㊞ 操作する

㊸ あの大きな機械を操るには三人の大人がいる。

／必須要有三位成年人共同操作那大型機器才能運作。

0064
□□□
あやぶむ
【危ぶむ】

㊇ 操心，擔心;認為靠不住，有風險

㊥ 安心　㊞ 心配

㊸ オリンピックの開催を危ぶむ声があったのも事実です。

／有人認為舉辦奧林匹克是有風險的，這也是事實。

0065
□□□
あやふや

㊚ 態度不明確的;靠不住的樣子;含混的;曖昧的

㊥ 明確　㊞ 曖昧

㊸ あやふやな答えをするな。

／不准回答得模稜兩可！

0066
□□□
あやまち
【過ち】

㊐ 錯誤，失敗;過錯，過失

㊞ 失敗

㊸ 彼はまた大きな過ちを犯した。

／他再度犯下了極大的失誤。

| 0067 □□□ | あゆみ【歩み】 | ㊑ 步行，走；腳步，步調；進度，發展 |

⑱ 沿革
例 遅々たる歩みでも、「ちりも積もれば山となる」のたとえもある。
／一步一步慢慢向前邁進也算是「積少成多」的其中一個例子。

| 0068 □□□ ③ | あゆむ【歩む】 | ㊒ 行走；向前進，邁進 |

⑱ 歩く
例 核兵器が地球上からなくなるその日まで、我々はこの険しい道を歩み続ける。
／直到核武從地球上消失的那一天，我們仍須在這條艱險的路上繼續邁進。

| 0069 □□□ | あらかじめ【予め】 | ㊐ 預先，先 |

⑱ 前もって
例 あらかじめアポをとった方がいいよ。／事先預約好比較妥當喔！

| 0070 □□□ | あらす【荒らす】 | ㊗ 破壞，毀掉；損傷，糟蹋；擾亂；偷竊，行搶 |

⑱ 損なう
例 酔っ払いが店内を荒らした。／醉漢搗毀了店裡的裝潢陳設。

| 0071 □□□ | あらそい【争い】 | ㊑ 爭吵，糾紛，不合；爭奪 |

⑱ 競争
例 社員は新製品の開発争いをしている。
／員工正在競相研發新產品。

| 0072 □□□ | あらたまる【改まる】 | ㊒ 改變；更新；革新，一本正經，故裝嚴肅，鄭重其事 |

⑱ 改善される、変わる
例 1989年、年号が改まり平成と称されるようになった。
／在1989年，年號改為「平成」了。

0073
□□□

あらっぽい
【荒っぽい】

形 性情、語言行為等粗暴、粗野；對工作等粗糙、草率

類 乱暴

例 あいつは相変わらず荒っぽい言葉遣いをしている。
／那個傢伙還是跟往常一樣言辭粗鄙。

0074
□□□

アラブ
【Arab】

名 阿拉伯，阿拉伯人

例 あの店のマスターはアラブ人だそうよ。
／聽說那家店的店主是阿拉伯人喔！

0075
□□□

あられ
【霰】

名 （較冰雹小的）霰；切成小碎塊的年糕

類 雪

例 10月には珍しくあられが降った。
／十月份很罕見地下了冰霰。

0076
□□□

ありさま
【有様】

名 樣子，光景，情況，狀態

例 試験勉強しなかったので、結果はご覧のありさまです。
／因為考試沒看書，結果就落到這步田地了。

0077
□□□

ありのまま

名・形動・副 據實；事實上，實事求是

類 様子

例 この小説は人間の欲望に鋭く迫り、ありのままに描いている。
／這部小說深切逼視人性，真實勾勒出人類的慾望。

0078
□□□

ありふれる

自下一 常有，不稀奇

類 珍しくない

例 君の企画はありふれたものばかりだ。
／你提出的企畫案淨是些平淡無奇的主意。

0079
□□□
アルカリ
【alkali】
名 鹼；強鹼

例 わが社は純アルカリソーダを販売することに決めた。
／本公司決定了將要販售純鹼蘇打。

0080
□□□
アルツハイマーびょう・アルツハイマーがたにんちしょう
【alzheimer 病・alzheimer 型認知症】
名 阿茲海默症

例 アルツハイマー型認知症の根本的な治療法は見つかっていない。
／屬於阿茲海默症類型的失智症，還沒有找到能夠根治的療法。

0081
□□□
アルミ
【aluminium】
名 鋁（「アルミニウム」的縮寫）

例 減産を決めたとたん、アルミ価格が急落した。
／才決定要減産，鋁價就急遽暴跌。

0082
□□□
アワー
【hour】
名・造 時間；小時

類 時間

例 ラッシュアワーならいざ知らず、なんでこんなに人が多いんだ。
／尖峰時段也就算了，為什麼這種時候人還這麼多啊！

文法
ならいざしらず
[如果⋯還情有可原]
▶ 表示不去談前項的可能性，著重談後項的實際問題。後項多帶驚訝或情況嚴重的內容。

0083
□□□
あわい
【淡い】
形 顏色或味道等清淡；感覺不這麼強烈，淡薄，微小；物體或光線隱約可見

反 厚い 類 薄い

例 淡いピンクのバラがあちこちで咲いている。
／處處綻放著淺粉紅色的玫瑰。

0084
□□□
あわす
【合わす】
他五 合在一起，合併；總加起來；混合，配在一起；配合，使適應；對照，核對

類 合わせる

例 ラジオの周波数を合わす。／調準收音機的收聽頻道。

0085 □□□
あわせ
【合わせ】
（名）（當造語成分用）合在一起；對照；比賽；（猛拉鉤絲）鉤住魚

例 刺身の盛り合わせをください。
／請給我一份生魚片拼盤。

0086 □□□
アンコール
【encore】
（名・自サ）（要求）重演，再來（演，唱）一次；呼聲

例 J-POP 歌手がアンコールに応じて 2 曲歌った。
／ J-POP 歌手應安可歡呼聲的要求，又唱了兩首歌曲。

0087 □□□
あんさつ
【暗殺】
（名・他サ）暗殺，行刺

（反）生かす （類）殺す
例 龍馬は 33 歳の誕生日に暗殺されました。
／坂本龍馬於三十三歲生日當天遭到暗殺。

0088 □□□
あんざん
【暗算】
（名・他サ）心算

（類）数える
例 私は暗算が苦手なので二ケタ越えるともう駄目です。
／我不善於心算，只要一超過兩位數就不行了。

0089 □□□
あんじ
【暗示】
（名・他サ）暗示，示意，提示

例 父を殺す夢を見た。何かの暗示だろうか。
／我做了殺死父親的夢。難道這代表某種暗示嗎？

0090 □□□
あんじる
【案じる】
（他上一）掛念，擔心；（文）思索

（反）安心 （類）心配
例 娘はいつも父の健康を案じている。
／女兒心中總是掛念著父親的身體健康。

0091
□□□

あんせい
【安静】

(名・形動) 安靜；靜養

例 医者から「安静にしてください」と言われました。
／被醫師叮囑了「請好好靜養」。

0092
□□□

あんのじょう
【案の定】

(副) 果然，不出所料

(反) 図らずも　(類) 果たして
例 あいつら、案の定もう離婚するんだってよ。
／聽說果然不出所料，那兩個傢伙已經離婚了啦！

0093
□□□

あんぴ
【安否】

(名) 平安與否；起居

例 墜落した飛行機には日本人二人が乗っており、現在安否を確認中です。
／墜落的飛機裡有兩名日本乘客，目前正在確認其安危。

い

0094
□□□

Track
4

い
【意】

(名) 心意，心情；想法；意思，意義

(類) 気持ち、意味
例 私は遺族に哀悼の意を表した。
／我對遺族表達了哀悼之意。

0095
□□□

い
【異】

(名・形動) 差異，不同；奇異，奇怪；別的，別處的

(反) 同じ　(類) 違い
例 部長の提案に数名の社員が異を唱えた。
／有數名員工對經理的提案提出異議。

0096
□□□

いいかげん
【いい加減】

(連語・形動・副) 適當；不認真；敷衍，馬虎；牽強，靠不住；相當，十分

例 物事をいい加減にするなというのが父親の口癖だった。
／老爸的口頭禪是：「不准做事馬馬虎虎！」

0097
□□□
いいはる
【言い張る】
(他五) 堅持主張，固執己見

例 防犯カメラにしっかり写っているのに、盗んだのは自分じゃないと言い張っている。

／監控攝影機分明拍得一清二楚，還是堅持不是他偷的。

0098
□□□
いいわけ
【言い訳】
(名・自サ) 辯解，分辯；道歉，賠不是；語言用法上的分別

(類) 弁明

例 下手な言い訳なら、しない方が賢明ですよ。

／不作無謂的辯解，才是聰明。

0099
□□□
いいん
【医院】
(名) 醫院，診療所

(類) 病院

(比) 医院：醫生個人所經營的醫院、診所，比「病院」規模小的。
病院（びょういん）：病床數量超過 20 床。
診療所（しんりょうじょ）：病床數量在 19 床以下，或無病床。

例 山田内科医院は、最近息子さんが後を継いだそうだ。

／聽說山田内科診所最近由所長的兒子繼承了。

0100
□□□
いいんかい
【委員会】
(名) 委員會

例 急に今日の放課後学級委員会をやるから出ろって言われた。

／突然接到通知要我今天放學後去參加班代會議。

0101
□□□
イエス
【yes】
(名・感) 是，對；同意

(反) ノー　(類) 賛成

例 イエスかノーかはっきりしろ。

／說清楚到底是 yes 還是 no！

0102
□□□
いえで
【家出】
(名・自サ) 逃出家門，逃家；出家為僧

例 警官は家出をした少女を保護した。

／警察將離家出走的少女帶回了警局庇護。

0103
☐☐☐

いかす
【生かす】

(他五) 留活口;弄活,救活;活用,利用;恢復;讓食物變美味;使變生動

(類) 活用する

(例) あんなやつを生かしておけるもんか。
／那種傢伙豈可留他活口!

0104
☐☐☐

いかなる

(連體) 如何的,怎樣的,什麼樣的

(例) いかなる危険も恐れない。
／不怕任何危險。

0105
☐☐☐

いかに

(副・感) 如何,怎麼樣;(後面多接「ても」)無論怎樣也;怎麼樣;怎麼回事;(古) 喂

(類) どう

(例) 若い頃は、いかに生きるべきか真剣に考えた。
／年輕時,曾經認真思考過應該過什麼樣的生活。

0106
☐☐☐

いかにも

(副) 的的確確,完全;實在;果然,的確

(例) いかにもありそうな話だが、本当かどうかは分からない。
／雖然聽起來挺有那麼回事,但不知道真假為何。

0107
☐☐☐

いかり
【怒り】

(名) 憤怒,生氣

(類) 憤り(いきどおり)

(例) 子供の怒りの表現は親の怒りの表現のコピーです。
／小孩子生氣的模樣正是父母生氣時的翻版。

0108
☐☐☐

いかれる

(自下一) 破舊,(機能) 衰退

(例) エンジンがいかれる。
／引擎破舊。

0109 □□□

い|き
【粋】

名·形動 漂亮，瀟灑，俏皮，風流

反 野暮（やぼ） 類 モダン

例 浴衣を粋に着こなす。／把浴衣穿出瀟灑的風範。

0110 □□□

い|ぎ
【異議】

名 異議，不同的意見

反 賛成 類 反対

例 新しいプロジェクトについて異議を申し立てる。
／對新企畫案提出異議。

0111 □□□

い|きがい
【生き甲斐】

名 生存的意義，生活的價值，活得起勁

例 いくつになっても生きがいを持つことが大切です。
／不論是活到幾歲，生活有目標是很重要的。

0112 □□□

い|きぐるしい
【息苦しい】

形 呼吸困難；苦悶，令人窒息

例 重い雰囲気で息苦しく感じる。／沉重的氣氛讓人感到窒息。

0113 □□□

い|きごむ
【意気込む】

自五 振奮，幹勁十足，踴躍

類 頑張る

例 今年こそ全国大会で優勝するぞと、チーム全員意気込んでいる。
／全體隊員都信心滿滿地誓言今年一定要奪得全國大賽的冠軍。

0114 □□□

い|きさつ
【経緯】

名 原委，經過

例 事のいきさつを説明する。／說明事情始末。

0115 □□□

い|きちがい・
ゆ|きちがい
【行き違い】

名 走岔開；（聯繫）弄錯，感情失和，不睦

類 擦れ違い

例 山田さんとの連絡は行き違いになった。／恰巧與山田小姐錯過了聯絡。

0116 □□□
いくさ
【戦】
名 戰爭

例 応仁の乱は約10年にも及ぶ長い戦で、京都はすっかり荒れ果てた。

／應仁之亂（1467年—1477年）是一場長達十年的戰亂，使得京都成了一片廢墟。

0117 □□□
いくせい
【育成】
名・他サ 培養，培育，扶植，扶育

類 養成

例 彼は多くのエンジニアを育成した。 ／他培育出許多工程師。

0118 □□□
いくた
【幾多】
副 許多，多數

類 沢山

例 今回の山火事で幾多の家が焼けた。

／這起森林大火燒毀了許多房屋。

0119 □□□
いける
【生ける】
他下一 把鮮花，樹枝等插到容器裡；種植物

例 床の間に花を生ける。 ／在壁龕處插花裝飾。

0120 □□□
いこう
【意向】
名 打算，意圖，意向

類 考え

例 先方の意向によって、計画は修正を余儀なくされた。

／由於對方的想法而不得不修改了計畫。

文法
をよぎなくされる
[只得…]
▶ 因為大自然或環境等，個人能力所不能及的強大力量，不得已被迫做後項。

0121 □□□
いこう
【移行】
名・自サ 轉變，移位，過渡

類 移る

例 経営陣は新体制に移行した。 ／經營團隊重整為全新的陣容了。

0122
☐☐☐

いざ

感（文）喂，來吧，好啦（表示催促、勸誘他人）；一旦（表示自己決心做某件事）

類 さあ

例 いざとなれば私は仕事を辞めてもかまわない。
／一旦到逼不得已時，就算辭職我也無所謂。

文法
となれば
[要是…那就…]
▶ 表示如果發展到某程度，用常理來推斷，就會理所當然導向某種結論。

0123
☐☐☐

いさぎよい
【潔い】

形 勇敢，果斷，乾脆，毫不留戀，痛痛快快

例 潔く罪を認める。
／痛快地認罪。

0124
☐☐☐

いざしらず
【いざ知らず】

慣 姑且不談；還情有可原

例 子供ならいざ知らず、「ごめんなさい」では済まないよ。
／又不是小孩子了，以為光說一句「對不起」就能得到原諒嗎？

文法
ならいざしらず
[如果…還情有可原]
▶ 表示不去談前項的可能性，著重談後項的實際問題。後項多帶驚訝或情況嚴重的內容。

0125
☐☐☐

いし
【意思】

名 意思，想法，打算

例 意思が通じる。／互相了解對方的意思。

0126
☐☐☐

いじ
【意地】

名（不好的）心術，用心；固執，倔強，意氣用事；志氣，逞強心

類 根性

例 おとなしいあの子でも意地を張ることもある。
／就連那個乖巧的孩子，有時也會堅持己見。

0127
☐☐☐

いしきふめい
【意識不明】

名 失去意識，意識不清

例 男性が車にはねられて意識不明の重体になり、病院に運ばれた。
／男士遭到車子碾過後陷入昏迷，傷勢嚴重，已經被送往醫院了。

0128
□□□

いじゅう
【移住】

名・自サ 移居；（候鳥）定期遷徙

類 引っ越す

例 暖かい南の島へ移住したい。
／好想搬去溫暖的南方島嶼居住。

0129
□□□

いしょう
【衣装】

名 衣服，（外出或典禮用的）盛裝；（戲）戲服，
劇裝

類 衣服

例 その俳優は何百着も芝居の衣装を持っているそうだ。
／聽說那位演員擁有幾百套戲服。

0130
□□□

Track
5

いじる
【弄る】

他五（俗）（毫無目的地）玩弄，擺弄；（做為娛樂
消遣）玩弄，玩賞；隨便調動，改動（機構）

類 捻くる（ひねくる）

例 髪をいじらないの。／不要玩弄頭髮了！

0131
□□□

いずれも
【何れも】

連語 無論哪一個都，全都

例 こちらの果物はいずれも見た目は悪いですが、味の方は折り紙

つきです。
／這些水果雖然每一顆的外表都不好看，但是滋味保證香甜可口。

0132
□□□

いせい
【異性】

名 異性；不同性質

類 セックス

例 出会い系サイトは、不純異性交遊は言うに
及ばず犯罪の温床にすらなっている。
／交友網站，別說會導致超友誼關係的發生，甚至已
經成為犯罪的溫床。

文法

はいうにおよばず
[不用說…（連）也]
▶ 表示前項很明顯沒有
說明的必要，後項較極
端的事例當然也不例外。
是種遞進的表現。

すら [就連…都]
▶ 舉出極端的例子，表
示連所舉的例子都這樣
了，其他的就更不用提
了。有導致消極結果的
傾向。

0133
□□□
いせき【遺跡】

(名) 故址，遺跡，古蹟

類 古跡

例 古代ローマの遺跡が新たに発見された。
／新近發現了古羅馬遺跡。

0134
□□□
いぜん【依然】

(副・形動) 依然，仍然，依舊

類 相変わらず

例 家庭教師をつけたけれど、うちの子の成績は依然としてビリだ。
／雖然請了家教老師，但我家孩子的成績依然吊車尾。

0135
□□□
いそん・いぞん【依存】

(名・自サ) 依存，依靠，賴以生存

例 この国の経済は農作物の輸出に依存している。
／這個國家的經濟倚賴農作物的出口。

0136
□□□
いたいめ【痛い目】

(名) 痛苦的經驗

補 使用上一般只有「痛い目にあう」(遭遇不幸) 及「痛い目を見る」(遭遇不幸)。

例 痛い目に遭う。
／難堪；倒楣。

0137
□□□
いたく【委託】

(名・他サ) 委託，託付；(法) 委託，代理人

類 任せる

例 新しい商品の販売は代理店に委託してある。
／新商品的販售委由經銷商處理。

0138
□□□
いただき【頂】

(名) (物體的) 頂部；頂峰，樹尖

例 彼は山の頂を目指して登り続けた。
／他當時以山頂為目標，不停地往上爬。

0139
□□□

いたって
【至って】

副・連語 (文) 很，極，甚；(用「に至って」的形式) 至，至於

類 とても

例 その見解は、至ってもっともだ。
／那番見解再精闢不過了。

0140
□□□

いためる
【炒める】

他下一 炒 (菜、飯等)

例 中華料理を作る際は、強火で手早く炒めることが大切だ。
／做中國菜時，重要的訣竅是大火快炒。

0141
□□□

いたわる
【労る】

他五 照顧，關懷；功勞；慰勞，安慰；(文) 患病

類 慰める (なぐさめる)

例 心と体をいたわるレシピ本が発行された。
／已經出版了一本身體保健與療癒心靈的飲食指南書。

0142
□□□

いち
【市】

名 市場，集市；市街

類 市場

例 毎週日曜日、神社に市が立つ。
／每個星期天都會在神社舉辦市集。

0143
□□□

いちいん
【一員】

名 一員；一份子

例 ペットは家族の一員であると考える人が増えている。
／有愈來愈多人認為寵物也是家庭成員之一。

0144
□□□

いちがいに
【一概に】

副 一概，一律，沒有例外地 (常和否定詞相應)

類 一般に

例 この学校の学生は生活態度が悪いとは、一概には言えない。
／不可一概而論地說：「這所學校的學生平常態度惡劣。」

0145
□□□
いちじちがい
【一字違い】
(名) 錯一個字

例 「まいご (迷子)」と「まいこ (舞妓)」では、一字違いで大違いだ。

／「まいご」（走丟的孩童）和「まいこ」（舞孃）雖然只有一字之差，但意思卻完全不同。

0146
□□□
いちじるしい
【著しい】
(形) 非常明顯；顯著地突出；顯然

(類) 目立つ

例 勉強方法を変えるや否や、成績が著しく伸びた。

／一改變讀書的方法，成績立刻有了顯著的進步。

文法

やいなや [剛…就…]
► 表示前一個動作才剛做完，甚至還沒做完，就馬上引起後項的動作。

0147
□□□
いちどう
【一同】
(名) 大家，全體

(類) 皆

例 次のお越しをスタッフ一同お待ちしております。

／全體員工由衷期盼您再度的光臨。

0148
□□□
いちぶぶん
【一部分】
(名) 一冊，一份，一套；一部份

(反) 大部分　(類) 一部

例 この本は、一部分だけネットで読める。

／這本書在網路上只能看到部分內容。

0149
□□□
いちべつ
【一瞥】
(名・サ変) 一瞥，看一眼

例 彼女は、持ち込まれた絵を一べつしただけで、偽物だと断言した。

／她只朝送上門來的那幅畫瞥了一眼，就斷定是假畫了。

0150
□□□
いちめん
【一面】
(名) 一面；另一面；全體，滿；(報紙的) 頭版

(類) 片面

例 一昨日の朝日新聞朝刊の一面広告に載っていた本を探しています。

／我正在尋找前天刊登在朝日新聞早報全版廣告的那本書。

0151 □□□

いちもく
【一目】

名・自サ 一隻眼睛；一看，一目；（項目）一項，一款

類 一見

例 この問題集は出題頻度とレベルが一目して分かる。
／這本參考書的命中率與程度一目瞭然。

0152 □□□

いちよう
【一様】

名・形動 一樣；平常；平等

反 多様 類 同様

例 日本語と一口に言うが、地域によって語彙・アクセントなど一様ではない。
／雖說同樣是日語，但根據地區的不同，使用的語彙、腔調都不一樣。

0153 □□□

いちりつ
【一律】

名 同樣的音律；一樣，一律，千篇一律

反 多様 類 一様

例 核兵器の保有や使用を一律に禁止する条約ができることを願ってやまない。
／一直衷心期盼能簽署全面禁止持有與使用核武的條約。

文法

てやまない［一直…］
▶ 接在感情動詞後面，表示發自內心的感情，且那種感情一直持續著。

0154 □□□

いちれん
【一連】

名 一連串，一系列；（用細繩串著的）一串

例 南太平洋での一連の核実験は5月末までに終了した。
／在南太平洋進行的一連串核子試驗，已經在五月底前全部結束。

0155 □□□

いっかつ
【一括】

名・他サ 總括起來，全部

類 取りまとめる

例 お支払い方法については、一括または分割払い、リボ払いがご利用いただけます。
／支付方式包含：一次付清、分期付款、以及定額付款等三種。

0156
☐☐☐
いっきに
【一気に】
（副）一口氣地

（類）一度に

（例）さて今回は、リスニング力を一気に高める勉強法をご紹介しましょう。
／這次就讓我們來介紹能在短時間內快速增進聽力的學習方法吧！

0157
☐☐☐
いっきょに
【一挙に】
（副）一下子；一次

（類）一躍

（例）有名なシェフたちが、門外不出のノウハウをテレビで一挙に公開します。
／著名的主廚們在電視節目中一口氣完全公開各自秘藏的訣竅。

0158
☐☐☐
いっけん
【一見】
（名・副・他サ）看一次，一看；一瞥，看一眼；乍看，初看

（類）一瞥

（例）これは一見写真に見えますが、実は絵です。
／這個乍看之下是照片，其實是一幅畫作。

0159
☐☐☐
いっこく
【一刻】
（名・形動）一刻；片刻；頑固；愛生氣

（例）一刻も早く会いたい。／迫不及待想早點相見。

0160
☐☐☐
いっさい
【一切】
（名・副）一切，全部；（下接否定）完全，都

（類）全て

（例）私の祖父は、関東大震災で、家と家財の一切を失った。
／我的外公在關東大地震（1923年）中失去了房屋與所有的財產。

0161
☐☐☐
いっしん
【一新】
（名・自他サ）刷新，革新

（6）

（例）部屋の模様替えをして気分を一新した。
／改了房間的布置，讓心情煥然一新。

0162 □□□
いっしんに
【一心に】
副 專心，一心一意

類 一途

例 子供の病気が治るように、一心に神に祈った。
　　/一心一意向老天爺祈求讓孩子的病能夠早日痊癒。

0163 □□□
いっそ
副 索性，倒不如，乾脆就

類 むしろ

例 いっそのこと学校を辞めてしまおうかと何度も思いました。
　　/我頻頻在腦海中浮現出「乾脆辭去學校教職」這個念頭。

0164 □□□
いっそう
【一掃】
名・他サ 掃盡，清除

例 世界から全ての暴力を一掃しよう。
　　/讓我們終止世界上的一切暴力吧！

0165 □□□
いったい
【一帯】
名 一帶；一片；一條

例 春から夏にかけては付近一帯がお花畑になります。
　　/從春天到夏天，這附近會變成錦簇的花海。

0166 □□□
いっぺん
【一変】
名・自他サ 一變，完全改變；突然改變

類 一新

例 親友に裏切られてから、彼の性格は一変した。
　　/自從遭到摯友的背叛以後，他的性情勃然巨變。

0167 □□□
いと
【意図】
名・他サ 心意，主意，企圖，打算

類 企て（くわだて）

例 彼の発言の意図は誰にも理解できません。
　　/沒有人能瞭解他發言的意圖。

0168
□□□
いどう
【異動】
名・自他サ 異動，變動，調動

例 今回の異動で彼は九州へ転勤になった。
／他在這次的職務調動中，被派到九州去了。

0169
□□□
いとなむ
【営む】
他五 舉辦，從事；經營；準備；建造

類 経営する

例 山田家は、代々この地で大きな呉服屋を営む名家だった。
／山田家在當地曾是歷代經營和服店的名門。

0170
□□□
いどむ
【挑む】
自他五 挑戰；找碴；打破紀錄，征服；挑逗，調情

類 挑戦する

例 日本男児たる者、この難関に挑まないでなんとする。
／身為日本男兒，豈可不迎戰這道難關呢！

文法

たる(もの)[作為…的…]

▶ 前接高評價事物人等，表示照社會上的常識來看，應該有合乎這種身分的影響或做法。

▶ 近ともあろうものが[身為…卻…]

0171
□□□
いなびかり
【稲光】
名 閃電，閃光

類 雷

例 稲光が走ったかと思いきや、瞬く間にバケツをひっくり返したかのような大雨が降り出した。
／才剛只是一道閃電劈落，剎時就下起了傾盆大雨。

文法

(か)とおもいきや[剛…馬上就]

▶ 表示前後兩個對比的事情，幾乎同時相繼發生。

0172
□□□
いにしえ
【古】
名 古代

例 今では何もない城跡で、古をしのんだ。
／在如今已經空無一物的城池遺跡思古懷舊。

0173 □□□
いのり
【祈り】
名 祈禱，禱告

類 祈願
例 人々は平和の為、祈りをささげながら歩いている。
／人們一面走路一面祈求著世界和平。

0174 □□□
いびき
名 鼾聲

類 息
例 夫は高いいびきをかいて眠っていた。／丈夫已經鼾聲大作睡著了。

0175 □□□
いまさら
【今更】
副 現在才…；（後常接否定語）現在開始；（後常接否定語）
現在重新…；（後常接否定語）事到如今，已到了這種地步

類 今となっては
例 いまさら参加したいといっても、もう間に合いません。
／現在才說要參加，已經來不及了。

0176 □□□
いまだ
【未だ】
副（文）未，還（沒），尚未（後多接否定語）

反 もう　類 まだ
例 別れてから何年も経つのに、いまだに彼のことが忘れられない。
／明明已經分手多年了，至今仍然無法對他忘懷。

0177 □□□
いみん
【移民】
名・自サ 移民；（移往外國的）僑民

類 移住者
例 彼らは日本からカナダへ移民した。
／他們從日本移民到加拿大了。

0178 □□□
いやいや
名・副（小孩子搖頭表示不願意）搖頭；勉勉強強，
不得已而…

類 しぶしぶ
例 親の薦めた相手といやいや結婚した。
／心不甘情不願地與父母撮合的對象結婚了。

0179
□□□
いやしい
【卑しい】
(形) 地位低下；非常貧窮，寒酸；下流，低級；貪婪

(類) 下品

(例) 卑しいと思われたくないので、料理を全部食べきらないようにしています。

／為了不要讓人覺得寒酸，故意不把菜全吃完。

0180
□□□
いや（に）
【嫌（に）】
(形動・副) 不喜歡；厭煩；不愉快；(俗) 太；非常；離奇

(類) 嫌悪（けんお）

(例) 何だよ、いやにご機嫌だな。

／幹嘛？心情怎麼那麼好？

0181
□□□
いやらしい
【嫌らしい】
(形) 使人產生不愉快的心情，令人討厭；令人不愉快，不正經，不規矩

(反) 可愛らしい　(類) 憎らし

(例) なーに、あの人、私の胸じーっと見て。嫌らしい。

／好煩喔，那個人一直盯著我的胸部看。色狼！

0182
□□□
いよく
【意欲】
(名) 意志，熱情

(類) 根性

(例) 学習意欲のある人は、集中力と持続力があり、つまづいてもすぐに立ち直る。

／奮發好學的人，具有專注與持之以恆的特質，就算遭受挫折亦能馬上重新站起來。

0183
□□□
いりょう
【衣料】
(名) 衣服；衣料

(類) 衣服

(例) 花粉の季節は、花粉が衣料につきにくいよう、表面がツルツルした素材を選びましょう。

／在花粉飛揚的季節裡，為了不讓花粉沾上衣物，請選擇表面光滑的布料。

0184 □□□

いりょく
【威力】

(名) 威力，威勢

(類) 勢い

(例) その核兵器は、広島で使われた原爆の数百倍の威力を持っている という。
／那種核武的威力比投在廣島的原子彈大上幾百倍。

0185 □□□

いるい
【衣類】

(名) 衣服，衣裳

(類) 着物

(例) 私は夏の衣類をあまり持っていない。
／我的夏季服裝數量不太多。

0186 □□□

いろちがい
【色違い】

(名) 一款多色

(例) 姉妹で色違いのブラウスを買う。
／姐妹一起去買不同顏色的襯衫。

0187 □□□

いろん
【異論】

(名) 異議，不同意見

(類) 異議

(例) 教育の重要性に異論を唱える人はいないだろう。
／應該沒有人會對教育的重要性提出相反的意見吧。

0188 □□□

いんかん
【印鑑】

(名) 印，圖章；印鑑

(類) はんこ

(例) 銀行口座を開くには印鑑が必要です。／銀行開戶需要印章。

0189 □□□

いんき
【陰気】

(名・形動) 鬱悶，不開心；陰暗，陰森；陰鬱之氣

(反) 陽気 (類) 暗い

(例) パチンコで金を使い果たして、彼は陰気な顔をしていた。
／他把錢全部拿去打小鋼珠花光了，臉色變得很難看。

0190 いんきょ【隠居】
□□□

名·自サ 隱居，退休，閒居；（閒居的）老人

類 隠退

例 定年になったら年金で静かに質素な隠居生活を送りたいですね。
／真希望退休之後，能夠以退休金度過靜謐簡樸的隱居生活。

0191 インターチェンジ【interchange】
□□□

名 高速公路的出入口；交流道

類 インター

例 工事のため、インターチェンジは閉鎖された。
／由於道路施工，交流道被封閉了。

0192 インターナショナル【international】
□□□

名·形動 國際；國際歌；國際間的

類 国際的

例 国際展示場でインターナショナルフォーラムを開催する。
／在國際展示場舉辦國際論壇。

0193 インターホン【interphone】
□□□

名（船、飛機、建築物等的）內部對講機

例 住まいの安全の為、ドアを開ける前にインターホンで確認しましょう。
／為了保障居住安全，在屋內打開門鎖前，記得先以對講機確認對方的身分喔！

0194 インテリ【(俄) intelligentsiya 之略】
□□□

名 知識份子，知識階層

類 知識階級

例 あの部署はインテリの集まりだ。
／那個部門菁英濟濟。

0195 インフォメーション【information】
□□□

名 通知，情報，消息；傳達室，服務台；見聞

類 情報

例 お問い合わせ・お申し込みはインフォメーションまで。
／有任何洽詢或預約事項請至詢問櫃臺！

0196 □□□
インフレ
【inflation 之略】
名（經）通貨膨脹

反 デフレ　類 インフレーション
例 今回の金融不安でインフレが引き起こされた。
　/這次的金融危機引發了通貨膨脹。

0197 □□□
うかる
【受かる】
自五 考上，及格，上榜

類 及第する
例 今年こそN1に受かってみせる。／今年一定要通過 N1 級測驗給你看！

0198 □□□
うけいれ
【受け入れ】
名（新成員或移民等的）接受，收容；（物品或材料等的）收進，收入；答應，承認

例 緊急搬送の受け入れが拒否され、患者は死亡した。
　/由於緊急運送遭到院方的拒絕，而讓病患死亡了。

0199 □□□
うけいれる
【受け入れる】
他下一 收，收下；收容，接納；採納，接受

反 断る　類 引き受ける
例 会社は従業員の要求を受け入れた。
　/公司接受了員工的要求。

0200 □□□
うけつぐ
【受け継ぐ】
他五 繼承，後繼

類 継ぐ
例 卒業したら、父の事業を受け継ぐつもりだ。
　/我計畫在畢業之後接掌父親的事業。

0201 □□□
うけつける
【受け付ける】
他下一 受理，接受；容納（特指吃藥、東西不嘔吐）

反 申し込む　類 受け入れる
例 願書は2月1日から受け付ける。
　/從二月一日起受理申請。

0202 うけとめる【受け止める】
□□□

他下一 接住，擋下；阻止，防止；理解，認識

類 理解

例 彼はボールを片手で受け止めた。
／他以單手接住了球。

0203 うけみ【受け身】
□□□

名 被動，守勢，招架；（語法）被動式

例 新入社員ならいざ知らず、いつまでも受け身でいては出世はおぼつかないよ。
／若是新進職員也就罷了，如果一直不夠積極，升遷可就沒望囉。

ならいざしらず
[如果…還情有可原]
▶ 表示不去談前項的可能性，著重談後項的實際問題。後項多帶驚訝或情況嚴重的內容。

0204 うけもち【受け持ち】
□□□

名 擔任，主管；主管人，主管的事情

類 係り

例 あの子は私の受け持ちの生徒になった。
／那個孩子成了我班上的學生。

0205 うごき【動き】
□□□

名 活動，動作；變化，動向；調動，更動

類 成り行き

例 あのテニス選手は足の動きがいい。
／那位網球選手腳步移動的節奏甚佳。

0206 うざい
□□□

俗語 陰鬱，鬱悶（「うざったい」之略）

例 「私と仕事、どっちが大事なの。」なんて言われて、うざいったらない。
／被逼問「我和工作，哪一樣比較重要？」，真是煩死了！

文法
ったらない[…極了]
▶ 表示程度非常高，高到難以言喻。

0207 □□□
うず
【渦】

(名) 漩渦，漩渦狀；混亂狀態，難以脫身的處境

例 北半球では、お風呂の水を抜く時、左回りの渦ができます。
／在北半球，拔掉浴缸的水塞時，會產生逆時針的水漩。

0208 □□□
うずめる
【埋める】

(他下一) 掩埋，填上；充滿，擠滿

(類) うめる
例 彼女は私の胸に顔を埋めた。
／她將臉埋進了我的胸膛。

0209 □□□
うそつき
【嘘つき】

(名) 說謊；說謊的人；吹牛的廣告

(反) 正直者　(類) 不正直者
例 この嘘つきはまた何を言い出すんだ。
／這個吹牛大王這回又要吹什麼牛皮啦？

0210 □□□
うたたね
【うたた寝】

(名・自サ) 打瞌睡，假寐

例 昼はいつもソファーでうたた寝をしてしまう。
／中午總是會在沙發上打瞌睡。

0211 □□□
うちあける
【打ち明ける】

(他下一) 吐露，坦白，老實說

(類) 告白
例 彼は私に秘密を打ち明けた。
／他向我坦承了秘密。

0212 □□□
うちあげる
【打ち上げる】

(他下一) (往高處) 打上去，發射

例 今年の夏祭りでは、花火を1万発打ち上げる。
／今年的夏日祭典將會發射一萬發焰火。

0213
□□□

うち**きる**
【打ち切る】

(他五)（「切る」的強調說法）砍，切；停止，截止，中止；（圍棋）下完一局

(類) 中止する

(例) 安売りは正午で打ち切られた。
／大拍賣到中午就結束了。

0214
□□□

うち**けし**
【打ち消し】

(名) 消除，否認，否定；（語法）否定

(類) 否定

(例) 政府はスキャンダルの打ち消しに躍起になっている。
／政府為了否認醜聞，而變得很急躁。

0215
□□□

うち**こむ**
【打ち込む】

(他五) 打進，釘進；射進，扣殺；用力扔到；猛撲，（圍棋）攻入對方陣地；灌水泥
(自五) 熱衷，埋頭努力；迷戀

(例) 工事の為、地面に杭を打ち込んだ。
／在地面施工打樁。

0216
□□□

うち**わ**
【団扇】

(名) 團扇；（相撲）裁判扇

(類) おうぎ

(例) 電気代の節約の為、うちわであおいで夏を乗り切った。
／為了節約用電而拿扇子搧風，就這樣熬過了酷暑。

0217
□□□

うち**わけ**
【内訳】

(名) 細目，明細，詳細內容

(類) 明細

(例) 費用の内訳を示してください。
／請詳列費用細目。

0218
□□□

うつ**し**
【写し】

(名) 拍照，攝影；抄本，摹本，複製品

(類) コピー

(例) 住民票の写しを申請する。
／申請戶口名簿的副本。

0219 □□□
うったえ
【訴え】
名 訴訟，控告；訴苦，申訴

例 彼女はその週刊誌に名誉毀損の訴えを起こした。
／她控告了那家雜誌毀謗名譽。

0220 □□□
うっとうしい
形 天氣，心情等陰鬱不明朗；煩厭的，不痛快的

反 清々しい 類 陰気
例 梅雨で、毎日うっとうしい天気が続いた。
／正逢梅雨季節，每天都是陰雨綿綿的天氣。

0221 □□□
うつびょう
【鬱病】
名 憂鬱症

例 鬱病で精神科にかかっている。
／由於憂鬱症而持續至精神科接受治療。

0222 □□□
うつぶせ
【俯せ】
名 臉朝下趴著，俯臥

例 うつぶせに倒れる。
／臉朝下跌倒，摔了個狗吃屎。

0223 □□□
うつむく
【俯く】
自五 低頭，臉朝下；垂下來，向下彎

例 少女は恥ずかしそうにうつむいた。
／那位少女害羞地低下了頭。

0224 □□□
うつろ
名・形動 空，空心，空洞；空虛，發呆

類 からっぽ
例 飲み過ぎたのか彼女はうつろな目をしている。
／可能是因為飲酒過度，她兩眼發呆。

0225
□□□

う|つ|わ
【器】

⑧ 容器，器具；才能，人才；器量

Track **8**

㊣ 入れ物

例 観賞用の焼き物でなく、日常使いの器を作っています。
／目前在製作的不是擺飾用的陶瓷，而是日常使用的器皿。

0226
□□□

う|で|ま|え
【腕前】

⑧ 能力，本事，才幹，手藝

例 彼は交渉者としての腕前を発揮した。
／他發揮了身為談判者的本領。

0227
□□□

う|て|ん
【雨天】

⑧ 雨天

㊣ 雨降り

例 雨天のため試合は中止になった。
／由於天雨而暫停了比賽。

0228
□□□

う|な|が|す
【促す】

他五 促使，促進

㊣ 勧める

例 父に促されて私は部屋を出た。
／在家父催促下，我走出了房間。

0229
□□□

う|ぬ|ぼ|れ
【自惚れ】

⑧ 自滿，自負，自大

例 あいつはうぬぼれが強い。
／那個傢伙非常自戀。

0230
□□□

う|ま|れ|つ|き
【生まれつき】

名・副 天性；天生，生來

㊣ 先天的

例 彼女は生まれつき目が見えない。
／她生來就看不見。

0231
☐☐☐

うめたてる
【埋め立てる】

⦿他下一 填拓（海，河），填海（河）造地

例 東京の「夢の島」は、もともと海をごみで埋め立ててできた人工の島だ。

／東京的「夢之島」其實是用垃圾填海所造出來的人工島嶼。

0232
☐☐☐

うめぼし
【梅干し】

⦿名 鹹梅，醃的梅子

例 おばあちゃんは、梅干しを漬けている。

／奶奶正在醃漬鹹梅乾。

0233
☐☐☐

うらがえし
【裏返し】

⦿名 表裡相反，翻裡作面

⦿類 反対

例 その発言は、きっと不安な気持ちの裏返しですよ。

／那番發言必定是心裡不安的表現喔！

0234
☐☐☐

うりだし
【売り出し】

⦿名 開始出售；減價出售，賤賣；出名，嶄露頭角

例 姉は歳末の大売り出しバーゲンに買い物に出かけた。

／家姐出門去買年終大特賣的優惠商品。

0235
☐☐☐

うりだす
【売り出す】

⦿他五 上市，出售；出名，紅起來

例 あの会社は建て売り住宅を売り出す予定だ。

／那家公司準備出售新成屋。

0236
☐☐☐

うるおう
【潤う】

⦿自五 潤濕；手頭寬裕；受惠，沾光

⦿類 濡れる

例 久々の雨に草木も潤った。

／期盼已久的一場大雨使花草樹木也得到了滋潤。

0237 □□□

うわがき
【上書き】

(名・自サ) 寫在（信件等）上（的文字）；（電腦用語）
數據覆蓋

例 わーっ、間違って上書きしちゃった。

/哇，不小心（把檔案）覆蓋過去了！

0238 □□□

うわき
【浮気】

(名・自サ・形動) 見異思遷，心猿意馬；外遇

例 浮気現場を週刊誌の記者に撮られてしまった。

/外遇現場，被週刊記者給拍著了。

0239 □□□

うわのそら
【上の空】

(名・形動) 心不在焉，漫不經心

例 授業中、上の空でいたら、急に先生に当てられた。

/上課時發呆，結果忽然被老師點名回答問題。

0240 □□□

うわまわる
【上回る】

(自五) 超過，超出；（能力）優越

(反) 下回る

例 ここ数年、出生率が死亡率を上回っている。

/近幾年之出生率超過死亡率。

0241 □□□

うわむく
【上向く】

(自五) （臉）朝上，仰；（行市等）上漲

例 景気が上向くとスカート丈が短くなると言われている。

/據說景氣愈好，裙子的長度就愈短。

0242 □□□

うんえい
【運営】

(名・他サ) 領導（組織或機構使其發揮作用），經營，
管理

(類) 営む（いとなむ）

例 この組織は 30 名からなる理事会によって運営されている。

/這個組織的經營管理是由三十人組成的理事會負責。

0243 □□□

うんざり

副・形動・自サ 厭膩，厭煩，（興趣）索性

類 飽きる

例 彼のひとりよがりの考えにはうんざりする。
　/實在受夠了他那種自以為是的想法。

0244 □□□

うんそう
【運送】

名・他サ 運送，運輸，搬運

類 運ぶ

例 アメリカまでの運送費用を見積もってくださいませんか。
　/麻煩您幫我估算一下到美國的運費。

0245 □□□

うんめい
【運命】

名 命，命運；將來

類 運

例 運命のいたずらで、二人は結ばれなかった。
　/在命運之神的捉弄下，他們兩人終究未能結成連理。

0246 □□□

うんゆ
【運輸】

名 運輸，運送，搬運

類 輸送

例 運輸業界の景気はどうですか。 /運輸業的景氣如何呢？

え

0247 □□□
Track **9**

え
【柄】

名 柄，把

類 取っ手

例 傘の柄が壊れました。 /傘把壞掉了。

0248 □□□

エアメール
【airmail】

名 航空郵件，航空信

類 航空便

例 エアメールで手紙を送った。
　/以航空郵件寄送了信函。

0249
□□□

えい
【営】

漢造 經營；軍營

類 営む

例 新たな経営陣が組織される。

／組織新的經營團隊。

0250
□□□

えいじ
【英字】

名 英語文字（羅馬字）；英國文學

例 英字新聞を読めるようになる。

／就快能夠閱讀英文版的報紙了。

0251
□□□

えいしゃ
【映写】

名・他サ 放映（影片、幻燈片等）

類 投映

例 平和をテーマにした映写会が開催されました。

／舉辦了以和平為主題的放映會。

0252
□□□

えいせい
【衛星】

名（天）衛星；人造衛星

例 10年に及ぶ研究開発の末、ようやく人工衛星の打ち上げに成功した。

／經過長達十年的研究開發，人工衛星終於發射成功了。

0253
□□□

えいぞう
【映像】

名 映像，影像；（留在腦海中的）形象，印象

例 テレビの映像がぼやけている。

／電視的影像模模糊糊的。

0254
□□□

えいゆう
【英雄】

名 英雄

類 ヒーロー

例 いつの時代にも英雄と呼ばれる人がいます。

／不管什麼時代，總是有被譽為英雄的人。

0255
□□□

えき
【液】

名・漢造 汁液，液體

類 液体

例 これが美肌になれると評判の美容液です。
／這是可以美化肌膚，備受好評的精華液。

0256
□□□

えぐる

他五 挖；深挖，追究；(喻) 挖苦，刺痛；絞割

例 彼は決して責める口調ではなかったが、その一言には心をえぐられた。
／他的語氣中絕對不帶有責備，但那句話卻刺傷了對方的心。

0257
□□□

エコ
【ecology 之略】

名・接頭 環保～

例 これがあれば、楽しくエコな生活ができますよ。
／只要有這個東西，就能在生活中輕鬆做環保喔。

0258
□□□

エスカレート
【escalate】

名・自他サ 逐步上升，逐步升級

例 紛争がエスカレートする。
／衝突與日俱增。

0259
□□□

えつらん
【閲覧】

名・他サ 閲覧；查閱

類 見る

例 新聞は禁帯出です。閲覧室内でお読みください。
／報紙禁止攜出，請在閲覧室裡閲讀。

0260
□□□

えもの
【獲物】

名 獵物；掠奪物，戰利品

例 ライオンは獲物を追いかける時、驚くべきスピードを出します。
／獅子在追捕獵物時，會使出驚人的速度。

0261
□□□
エリート
【(法) elite】

名 菁英，傑出人物

例 奴はエリート意識が強くて付き合いにくい。
／那傢伙的菁英意識過剩，很難相處。

0262
□□□
エレガント
【elegant】

形動 雅致 (的)，優美 (的)，漂亮 (的)

類 上品
例 花子はエレガントな女性にあこがれている。
／花子非常嚮往成為優雅的女性。

0263
□□□
えん
【縁】

名 廊子；關係，因緣；血緣，姻緣；邊緣；緣分，機緣

類 繋がり
例 ご縁があったらまた会いましょう。
／有緣再相會吧！

0264
□□□
えんかつ
【円滑】

名・形動 圓滑；順利

類 円満
例 最近仕事は円滑に進んでいる。
／最近工作進展順利。

0265
□□□
えんがわ
【縁側】

名 迴廊，走廊

類 廊下
例 仕事を終えて、縁側でビールを飲むのは最高だ。
／做完工作後，坐在面向庭院的迴廊上暢飲啤酒，可謂是人生最棒的事。

0266
□□□
えんがん
【沿岸】

名 沿岸

例 正月の旅行は、琵琶湖沿岸のホテルに泊まる予定だ。
／這次新年旅遊預定住在琵琶湖沿岸的旅館。

0267 えんきょく 【婉曲】

形動 婉轉，委婉

類 遠回し

例 あまり直接的な言い方にせず、婉曲に伝えた方がいい場合もあります。
／有時候，說法要婉轉不要太直接，較為恰當。

0268 えんしゅつ 【演出】

名・他サ （劇）演出，上演；導演

類 出演

例 ミュージカルの演出には素晴らしい工夫が凝らされていた。
／舞台劇的演出，可是煞費心思製作的。

0269 えんじる 【演じる】

他上一 扮演，演；做出

例 彼はハムレットを演じた。
／他扮演了哈姆雷特。

0270 えんせん 【沿線】

名 沿線

例 新幹線沿線の住民の為、騒音防止工事を始めた。
／為了緊鄰新幹線沿線居民的安寧，開始進行防止噪音工程。

0271 えんだん 【縁談】

名 親事，提親，說媒

例 山田さんの縁談はうまくまとまったそうだ。
／山田小姐的親事似乎已經談妥了。

0272 えんぶん 【塩分】

名 鹽分，鹽濃度

例 塩分の取り過ぎに気をつける。
／留意鹽分不攝取過量。

0273
□□□
えんぽう
【遠方】
名 遠方，遠處

反 近い 類 遠い
例 本日は遠方よりお越しいただきましてありがとうございました。
／今日承蒙諸位不辭遠道而來，萬分感激。

0274
□□□
えんまん
【円満】
形動 圓滿，美滿，完美

類 スムーズ
例 彼らは40年間夫婦として円満に暮らしてきた。
／他們結褵四十載，一直過著幸福美滿的生活。

0275
□□□

10
お
【尾】
名 （動物的）尾巴；（事物的）尾部；山腳

類 しっぽ
例 犬が尾を振るのは、嬉しい時だそうですよ。
／據說狗兒搖尾巴是高興的表現。

0276
□□□
おいこむ
【追い込む】
他五 趕進；逼到，迫陷入；緊要，最後關頭加把勁；緊排，縮排（文字）；讓（病毒等）內攻

類 追い詰める
例 牛を囲いに追い込んだ。
／將牛隻趕進柵欄裡。

0277
□□□
おいだす
【追い出す】
他五 趕出，驅逐；解雇

類 追い払う
例 猫を家から追い出した。 ／將貓兒逐出家門。

0278
□□□
おいる
【老いる】
自上一 老，上年紀；衰老；（雅）（季節）將盡

類 年取る
例 彼は老いてますます盛んだ。 ／他真是老當益壯呀！

0279
□□□

オイルショック
【(和)oil + shock】

名 石油危機

例 オイルショックの影響は、トイレットペーパーにまで及んだ。
／石油危機的影響甚至波及了衛生紙。

0280
□□□

おう
【負う】

他五 負責；背負，遭受；多虧，借重；背

類 担ぐ（かつぐ）

例 この責任は、ひとり松本君のみならず、我々全員が負うべきものだ。
／這件事的責任，不單屬於松本一個人，而是我們全體都必須共同承擔。

文法

ひとり～のみならず～(も)
[不單是…]

▶ 表示不只是前項，涉及的範圍更擴大到後項。後項內容是說話者所偏重、重視的。

0281
□□□

おうきゅう
【応急】

名 應急，救急

類 臨時

例 けが人の為に応急のベッドを作った。
／為傷患製作了急救床。

0282
□□□

おうごん
【黄金】

名 黃金；金錢

類 金

例 東北地方のどこかに大量の黄金が埋まっているらしい。
／好像在東北地方的某處，埋有大量的黃金。

0283
□□□

おうしん
【往診】

名・自サ（醫生的）出診

例 先生はただ今往診中です。
／醫師現在出診了。

0284
□□□

おうぼ
【応募】

名・自サ 報名參加；認購（公債，股票等），認捐；投稿應徵

反 募集 類 申し出る

例 会員募集に応募する。／參加會員招募。

0285 □□□
おおい
感（在遠方要叫住他人）喂，嗨（亦可用「おい」）

例 「おおい、どこだ。」「ここよ。あなた。」
／「喂～妳在哪兒呀？」「親愛的，人家在這裡啦！」

0286 □□□
おおかた【大方】
名・副 大部分，多半，大體；一般人，大家，諸位

反 一部分　類 大部分

例 この件については、すでに大方の合意が得られています。
／有關這件事，已得到大家的同意了。

0287 □□□
おおがら【大柄】
名・形動 身材大，骨架大；大花樣

反 小柄

例 大柄な女性が好きだ。
／我喜歡高頭大馬的女生。

0288 □□□
オーケー【OK】
名・自サ・感 好，行，對，可以；同意

反 ノー　類 受け入れる

例 それなら、それでオーケーです。
／既然如此，那這樣就 OK。

0289 □□□
おおげさ
形動 做得或說得比實際誇張的樣子；誇張，誇大

類 誇張

例 大げさな表情はかえって嘘っぽく見えます。
／表情太誇張，反而讓人看起來很假。

0290 □□□
おおごと【大事】
名 重大事件，重要的事情

例 お姉ちゃんが不倫をしていたので、大ごとになる前にやめさせた。
／由於姐姐發生了婚外情，我在事態發展到不可收拾之前已經勸阻她割捨了。

讀書計劃：□□／□□／□□

0291 □□□ おおすじ 【大筋】
(名) 內容提要，主要內容，要點，梗概

(類) 大略

(例) この件については、先方も大筋で合意しています。
　　／關於這件事，原則上對方也已經大致同意了。

0292 □□□ おおぞら 【大空】
(名) 太空，天空

(類) 空

(例) 快晴の大空を眺めるのは気分がいいものです。
　　／眺望萬里的晴空，叫人感到神清氣爽。

0293 □□□ オーダーメイド 【(和)order + made】
(名) 訂做的貨，訂做的西服

(例) この服はオーダーメイドだ。
　　／這件西服是訂做的。

0294 □□□ オートマチック 【automatic】
(名・形動・造) 自動裝置，自動機械；自動裝置的，自動式的

(類) 自動的

(例) この工場は工程の約9割がオートマチックになっています。
　　／這個工廠約有九成工程都是採用自動化作業的。

0295 □□□ オーバー 【over】
(名・自他サ) 超過，超越；外套

(類) 超過

(例) そんなにスピード出さないで、制限速度をオーバーするよ。
　　／不要開那麼快，會超過速限喔！

0296 □□□ おおはば 【大幅】
(名・形動) 寬幅（的布）；大幅度，廣泛

(反) 小幅　(類) かなり

(例) 料金の大幅な引き上げのため、国民は不安に陥った。
　　／由於費用大幅上漲，造成民眾惶惶不安。

0297 □□□

おおまか
【大まか】

形動 不拘小節的樣子，大方；粗略的樣子，概略，大略

類 おおざっぱ

例 うちの子ときたら、勉強といわず家の手伝いといわず、万事に大まかで困ったものです。
／說到我家的孩子呀，不管功課也好還是家事也好，凡事都馬馬虎虎的，實在讓人傷透了腦筋。

文法

ときたら[說到…來]
▶ 表示提起話題，說話者帶譴責和不滿的情緒，對話題中的人或事進行批評。
▶ 近 といって～ない／といった（名詞）…ない［沒有特別的…]

といわず～といわず
[無論是…還是…]
▶ 表示所舉的兩個相關或相對的事例都不例外。

0298 □□□

おおみず
【大水】

名 大水，洪水

類 洪水

例 下流一帯に大水が出た。
／下游一帶已經淹水成災。

0299 □□□

おおむね
【概ね】

名・副 大概，大致，大部分

例 おおむねのところは分かった。
／大致上已經了解狀況了。

0300 □□□

おおめ
【大目】

名 寬恕，饒恕，容忍

例 初めてのことだから、大目に見てあげよう。
／既然是第一次犯錯，那就饒他一回吧。

0301 □□□

おおやけ
【公】

名 政府機關，公家，集體組織；公共，公有；公開

反 私（わたくし） 類 政府

例 これが公になったら、わが社はそれまでだ。
／要是這件事被揭發出來，我們公司也就等於倒閉了。

0302 ☐☐☐

おおらか
【大らか】

形動 落落大方，胸襟開闊，豁達

例 私の両親はおおらかなので、のびのびと育ててもらった。

/我的父母都是不拘小節的人，所以我是在自由成長的環境下長大的。

0303 ☐☐☐

おかす
【犯す】

他五 犯錯；冒犯；汙辱

類 犯罪

例 僕は取り返しのつかない過ちを犯してしまった。

/我犯下了無法挽回的嚴重錯誤。

0304 ☐☐☐

おかす
【侵す】

他五 侵犯，侵害；侵襲；患，得（病）

類 侵害

例 国籍不明の航空機がわが国の領空を侵した。

/國籍不明的飛機侵犯了我國的領空。

0305 ☐☐☐

おかす
【冒す】

他五 冒著，不顧；冒充

類 冒険

例 それは命の危険を冒してもする価値のあることか。

/那件事值得冒著生命危險去做嗎？

0306 ☐☐☐

おくびょう
【臆病】

名·形動 戰戰兢兢的；膽怯，怯懦

反 豪胆（ごうたん） 類 怯懦（きょうだ）

例 娘は臆病なので暗がりを恐がっている。

/我的女兒膽小又怕黑。

0307 ☐☐☐

おくらす
【遅らす】

他五 延遲，拖延；（時間）調慢，調回

類 遅らせる

例 来週の会議を一日ほど遅らしていただけないでしょうか。

/請問下週的會議可否順延一天舉行呢？

0308 おごそか 【厳か】

☐☐☐

(形動) 威嚴而莊重的樣子；莊嚴，嚴肅

(類) 厳めしい（いかめしい）

(例) 彼は厳かに開会を宣言した。

／他很嚴肅地宣布了開會。

0309 おこない 【行い】

☐☐☐

(名) 行為，形動；舉止，品行

(類) 行動

(例) 賄賂を受け取って便宜を図るなんて、政治家にあるまじき行いだ。

／收受賄賂圖利他人是政治家不該有的行為。

文法

まじき（名詞）
[不該有（的）…]

▶ 前接指責的對象，指責話題中人物的行為，不符其身份、資格或立場。

0310 おさまる 【治まる】

☐☐☐

(自五) 安定，平息

(反) 乱れる　(類) 落ち着く

(例) インフラの整備なくして、国が治まることはない。

／沒有做好基礎建設，根本不用談治理國家了。

文法

なくして（は）～ない
[如果沒有…就不…]

▶ 表示假定的條件。表示如果沒有前項，後項的事情會很難實現。

0311 おさまる 【収まる・納まる】

☐☐☐

(自五) 容納；（被）繳納；解決，結束；滿意，泰然自若；復原

(類) 静まる

(例) 本は全部この箱に収まるだろう。

／所有的書應該都能收得進這個箱子裡吧！

0312 おさん 【お産】

☐☐☐

(11)

(名) 生孩子，分娩

(類) 出産

(例) 彼女のお産はいつ頃になりそうですか。

／請問她的預產期是什麼時候呢？

0313 □□□
おしきる
【押し切る】
他五 切斷；排除（困難、反對）

類 押し通す

例 親の反対を押し切って、彼と結婚した。
/她不顧父母的反對，與他結婚了。

0314 □□□
おしこむ
【押し込む】
自五 闖入，硬擠；闖進去行搶
他五 塞進，硬往裡塞

類 詰め込む

例 駅員が満員電車に乗客を押し込んでいる。
/火車站的站務人員，硬把乘客往擁擠的火車中塞。

0315 □□□
おしむ
【惜しむ】
他五 吝惜，捨不得；惋惜，可惜

類 残念がる

例 彼との別れを惜しんで、たくさんの人が集まった。
/由於捨不得跟他離別，聚集了許多人（來跟他送行）。

0316 □□□
おしよせる
【押し寄せる】
自下一 湧進來；蜂擁而來
他下一 挪到一旁

類 押し掛ける

例 津波が海岸に押し寄せてきた。
/海嘯洶湧撲至岸邊。

0317 □□□
おす
【雄】
名 （動物的）雄性，公；牡

反 雌（めす）　類 男性

例 一般的に、オスの方がメスより大きいです。
/一般而言，（體型上）公的比母的大。

0318 □□□
おせじ
【お世辞】
名 恭維（話），奉承（話），獻殷勤的（話）

類 おべっか

例 心にもないお世辞を言うな。 /別說那種口是心非的客套話！

0319 □□□
おせちりょうり
【お節料理】
名 年菜

例 お節料理を作る。
／煮年菜。

0320 □□□
おせっかい
名・形動 愛管閒事，多事

例 おせっかいを焼く。
／好管他人閒事。

0321 □□□
おそう
【襲う】
他五 襲擊，侵襲；繼承，沿襲；衝到，闖到

類 襲擊
例 恐ろしい伝染病が町を襲った。
／可怕的傳染病侵襲了全村。

0322 □□□
おそくとも
【遅くとも】
副 最晚，至遲

類 遅くも
例 主人は遅くとも1月2日には帰ってきます。
／外子最晚也會在一月二日回來。

0323 □□□
おそれ
【恐れ】
名 害怕，恐懼；擔心，擔憂，疑慮

類 不安
例 平社員なのに社長に説教するとは、恐れを知らない奴だ。
／區區一個小職員居然敢向總經理說教，真是不知天高地厚的傢伙呀！

文法
とは [竟然]
▶ 表示對看到或聽到的事實（意料之外的），感到吃驚或感慨的心情。
▶ 近には／におかれましては [在…來説]

0324 □□□
おそれいる
【恐れ入る】
自五 真對不起；非常感激，佩服，認輸；感到意外；吃不消，為難

類 恐縮
例 たびたびの電話で大変恐れ入ります。／多次跟您打電話，深感惶恐。

0325 おだてる
□□□

他下一 慫恿，搧動；高捧，拍

例 おだてたって駄目よ。何もでないから。
／就算你拍馬屁也沒有用，你得不到什麼好處的。

0326 おちこむ【落ち込む】
□□□

自五 掉進，陷入；下陷；（成績、行情）下跌；得到，落到手裡

類 陥る（おちいる）
例 昨日の地震で地盤が落ち込んだ。
／昨天的那場地震造成地表下陷。

0327 おちつき【落ち着き】
□□□

名 鎮靜，沉著，安詳；（器物等）穩當，放得穩；穩妥，協調

類 安定
例 Aチームが落ち着きを取り戻してから、試合の流れが変わった。
／自從A隊恢復冷靜沉著之後，賽局的情勢頓時逆轉了。

0328 おちば【落ち葉】
□□□

名 落葉

類 落葉（らくよう）
例 秋になると落ち葉の掃除に忙しくなる。
／到了秋天就得忙著打掃落葉。

0329 おつ【乙】
□□□

名・形動（天干第二位）乙；第二（位），乙

類 第二位
例 両方とも素晴らしいから、甲乙をつけがたい。
／雙方都非常優秀，不分軒輊。

0330 おつかい【お使い】
□□□

名 被打發出去辦事，跑腿

例 あの子はよくお使いに行ってくれる。
／那個孩子常幫我出去辦事。

0331 □□□

おっかない

形（俗）可怕的，令人害怕的，令人提心吊膽的

類 恐ろしい

例 おっきな犬にいきなり追っかけられて、おっかないったらない。
／突然被一隻大狗追著跑，真是嚇死人了。

文法

ったらない［…極了］
▶ 表示程度非常高，高到難以言喻。

0332 □□□

おっちょこちょい

名・形動 輕浮，冒失，不穩重；輕浮的人，輕佻的人

例 おっちょこちょいなところがある。
／有冒失之處。

0333 □□□

おてあげ
【お手上げ】

名 束手無策，毫無辦法，沒輒

例 1分44秒で泳がれたら、もうお手上げだね。
／他能游出1分44秒的成績，那麼我只好甘拜下風。

0334 □□□

おどおど

副・自サ 提心吊膽，忐忑不安

例 彼はおどおどして何も言えずに立っていた。
／他心裡忐忑不安，不發一語地站了起來。

0335 □□□

おどす
【脅す・威す】

他五 威嚇，恐嚇，嚇唬

類 脅迫する

例 殺すぞと脅されて金を出した。
／對方威脅要宰了他，逼他交出了錢財。

0336 □□□

おとずれる
【訪れる】

自下一 拜訪，訪問；來臨；通信問候

類 訪問する

例 チャンスが訪れるのを待ってるだけでは駄目ですよ。
／只有等待機會的來臨，是不行的。

0337 □□□

お<u>とも</u>
【お供】

名・自サ 陪伴，陪同，跟隨；陪同的人，隨員

類 お付き

例 僕は社長の海外旅行のお供をした。
／我陪同社長去了國外旅遊。

0338 □□□

お<u>とろえる</u>
【衰える】

自下一 衰落，衰退

反 栄える　類 衰弱する

例 どうもここ2年間、体力がめっきり衰えたようだ。
／覺得這兩年來，體力明顯地衰退。

0339 □□□

お<u>どろき</u>
【驚き】

名 驚恐，吃驚，驚愕，震驚

例 彼が優勝するとは驚きだ。
／他竟然能得第一真叫人驚訝。

文法
とは［竟然］
▶ 表示對看到或聽到的事實（意料之外的），感到吃驚或感慨的心情。

0340 □□□

お<u>ないどし</u>
【同い年】

名 同年齡，同歲

例 山田さんは私と同い年だ。
／山田小姐和我同年齡。

0341 □□□

お<u>のずから</u>
【自ずから】

副 自然而然地，自然就

類 ひとりでに

例 努力すれば道はおのずから開けてくる。
／只要努力不懈，康莊大道自然會為你展開。

0342 □□□

お<u>のずと</u>
【自ずと】

副 自然而然地

例 大きくなれば、おのずと分かってくるものだよ。
／那種事長大以後就自然會明白了。

0343
□□□
おびえる
【怯える】

自下一 害怕，懼怕；做惡夢感到害怕

類 怖がる

例 子供はその光景におびえた。
／小孩子看到那幅景象感到十分害怕。

0344
□□□
おびただしい
【夥しい】

形 數量很多，極多，眾多；程度很大，厲害的，激烈的

類 沢山

例 異常気象で、おびただしい数のバッタが発生した。
／由於天氣異常，而產生了大量的蝗蟲。

0345
□□□
おびやかす
【脅かす】

他五 威脅；威嚇，嚇唬；危及，威脅到

類 脅す（おどす）

例 あの法律が通れば、表現の自由が脅かされる恐れがある。
／那個法律通過的話，恐怕會威脅到表現的自由。

0346
□□□
おびる
【帯びる】

他上一 帶，佩帶；承擔，負擔；帶有，帶著

類 引き受ける

例 夢のような計画だったが、ついに現実味を帯びてきた。
／如夢般的計畫，終於有實現的可能了。

0347
□□□
オファー
【offer】

名・他サ 提出，提供；開價，報價

例 オファーが来る。
／報價單來了。

0348
□□□
おふくろ
【お袋】

名（俗；男性用語）母親，媽媽

反 おやじ 類 母

例 これはまさにお袋の味です。
／這正是媽媽的味道。

0349 □□□
オプション
【option】
名 選擇，取捨

例 オプション機能を追加する。
／增加選項的功能。

0350 □□□
おぼえ
【覚え】
名 記憶，記憶力；體驗，經驗；自信，信心；信任，器重；記事

反 忘却（ぼうきゃく）　類 記憶
例 あの子は仕事の覚えが早い。
／那個孩子學習新工作，一下子就上手了。

0351 □□□
おまけ
【お負け】
名・他サ（作為贈品）另外贈送；另外附加（的東西）；算便宜

類 景品
例 きれいなお姉さんだから、500円おまけしましょう。
／小姐真漂亮，就少算五百元吧！

0352 □□□
おみや
【お宮】
名 神社

類 神社
例 元旦の早朝、皆でお宮に初詣に行く。
／大家在元旦的早晨，前往神社做今年的初次參拜。

0353 □□□
おむつ
名 尿布

類 おしめ
例 この子はまだおむつが取れない。
／這個小孩還需要包尿布。

0354 □□□
おもい
【重い】
形 重；（心情）沈重，（腳步，行動等）遲鈍；（情況，程度等）嚴重

例 気が重い。
／心情沈重。

0355 □□□
おもいきる
【思い切る】
他五 斷念，死心

例 いい加減思い切ればいいものを、いつまで
もうじうじして。
／乾脆死了心就沒事了，卻還是一直無法割捨。

文法
（ば）～ものを [可是…]
▶ 表示說話者以悔恨、不滿、責備的心情，來說明前項的事態沒有按照期待的方向發展。

0356 □□□
おもいつき
【思いつき】
名 想起，（未經深思）隨便想；主意

例 こっちが何日も考えた企画に、上司が思いつきで口出しする。
／對於我策劃多天的企劃案，主管不斷出主意干預。

0357 □□□
おもいつめる
【思い詰める】
他下一 想不開，鑽牛角尖

例 あまり思い詰めないで。
／別想不開。

0358 □□□
おもてむき
【表向き】
名・副 表面（上），外表（上）

例 表向きは知らんぷりをする。
／表面上裝作不知情。

0359 □□□
おもむき
【趣】
名 旨趣，大意；風趣，雅趣；風格，韻味，景象；局面，情形

類 味わい

例 訳文は原文の趣を十分に伝えていない。
／譯文並未恰如其分地譯出原文的意境。

0360 □□□
おもむく
【赴く】
自五 赴，往，前往；趨向，趨於

類 向かう

例 彼はただちに任地に赴いた。
／他隨即走馬上任。

0361 □□□

おもんじる・おもんずる
【重んじる・重んずる】

(他上一・他サ) 注重，重視；尊重，器重，敬重

🉑 尊重する

🈁 お見合い結婚では、家柄や学歴が重んじられることが多い。
／透過相親方式的婚姻，通常相當重視雙方的家境與學歴。

0362 □□□

おやじ
【親父】

(名)（俗；男性用語）父親，我爸爸；老頭子

🉂 お袋　🉑 父

🈁 駅前の居酒屋で、親父と一緒に1杯やってきた。
／跟父親在火車站前的居酒屋，喝了一杯。

0363 □□□

および
【及び】

(接續) 和，與，以及

🉑 また

🈁 この条例は東京都及び神奈川県で実施されている。
／此條例施行於東京都及神奈川縣。

0364 □□□

およぶ
【及ぶ】

(自五) 到，到達；趕上，及

🉑 達する

🈁 家の建て替え費用は1億円にも及んだ。
／重建自宅的費用高達一億日圓。

0365 □□□

おり
【折】

(名) 折，折疊；折縫，折疊物；紙盒小匣；時候；機會，
時機

🉑 機会

🈁 彼は折を見て借金の話を切り出した。
／他看準時機提出借款的請求。

0366 □□□

オリエンテーション
【orientation】

(名) 定向，定位，確定方針；新人教育，事前說
明會

🈁 オリエンテーションでは授業のカリキュラムについて説明があ
ります。／在新生說明會上，會針對上課的全部課程進行說明。

0367 □□□
おりかえす
【折り返す】
他五・自五 折回；翻回；反覆；折回去

類 引き返す

例 5分後に、折り返しお電話差し上げます。

／五分鐘後，再回您電話。

0368 □□□
おりもの
【織物】
名 紡織品，織品

類 布地

例 当社は伝統的な織物を販売しています。

／本公司販賣的是傳統紡織品。

0369 □□□
おる
【織る】
他五 織；編

類 紡織

例 絹糸で布地を織る。

／以絹絲織成布料。

0370 □□□
おれ
【俺】
代 （男性用語）（對平輩，晚輩的自稱）我，俺

類 私

例 俺は俺、君は君、何も関係がないんだ。

／我是我，你是你，咱們之間啥關係都沒有！

0371 □□□
おろか
【愚か】
形動 智力或思考能力不足的樣子；不聰明；愚蠢，愚昧，糊塗

類 浅はか

例 大変愚かな行為だったと、心から反省しています。

／對自己所做的極端愚笨行為，由衷地反省著。

0372 □□□
おろしうり
【卸売・卸売り】
名 批發

例 卸売業者から卸値で買う。

／向批發商以批發價購買。

0373 ☐☐☐ おろそか【疎か】

形動 將該做的事放置不管的樣子；忽略；草率

反 丁寧　類 いいかげん

例 彼女は仕事も家事も疎かにせず、完璧にこなしている。
　／她工作跟家事一點都不馬虎，都做得很完美。

0374 ☐☐☐ おんぶ

名·他サ（幼兒語）背，背負；（俗）讓他人負擔費用，依靠別人

例 その子は「おんぶして」とせがんだ。
　／那小孩央求著說：「背我嘛！」。

0375 ☐☐☐ オンライン【on-line】

名（球）落在線上，壓線；（電・計）在線上

反 オフライン

例 このサイトなら、無料でオンラインゲームが楽しめます。
　／這網頁可以免費上網玩線上遊戲。

0376 ☐☐☐ おんわ【温和】

名·形動（氣候等）溫和，溫暖；（性情、意見等）柔和，溫和

類 暖かい

例 気候の温和な瀬戸内といえども、冬はそれなりに寒い。
　／就連氣候溫和的瀨戶內海地區，到了冬天也變得相當寒冷。

文法
といえども
[即使…也…]
▶ 表示逆接轉折。先承認前項是事實，但後項並不因此而成立。

0377
☐☐☐

TRACK 13

が
【画】

_{漢造} 畫；電影，影片；（讀做「かく」）策劃，筆畫

_類 絵

_{ゆうめい} _{にほん} _{びじんが} _{みかえ} _{びじん}
_例 有名な日本の美人画のひとつに『見返り美人』がある。

／日本著名的美女圖裡，其中一幅的畫名為〈回眸美女〉。

0378
☐☐☐

ガーゼ
【(德) Gaze】

_名 紗布，藥布

_{きずぐち} _あ
_例 ガーゼを傷口に当てる。 ／把紗布蓋在傷口上。

0379
☐☐☐

かい
【下位】

_名 低的地位；次級的地位

_{しょうがっこう} _{せいせき} _{かい}
_例 エジソンは、小学校で成績が下位だったそうだ。

／據說愛迪生讀小學時成績很差。

0380
☐☐☐

かい
【海】

_{漢造} 海；廣大

_反 陸 _類 海洋

_{にほんかい} _{つしまかいりゅう} _{りゅうにゅう}
_例 日本海には対馬海流が流入している。

／對馬海流會流經日本海。

0381
☐☐☐

かい
【界】

_{漢造} 界限；各界；（地層的）界

_類 境（さかい）
_{しぜんかい} _{つよ} _い _{もの} _い _の _こ
_例 自然界では、ただ強い生き物のみが生き残

れる。

／在自然界中，唯有強者才得以生存。

> **文法**
>
> ただ～のみ [只有…才]
> ▶ 表示限定除此之外，沒
> 有其他。
> ▶ 近 こそすれ [只會…]

0382
☐☐☐

がい
【街】

_{漢造} 街道，大街

_類 ストリート
_{しょうがつ} _{ちか} _{しょうてんがい} _ふ _{だん}
_例 お正月が近づくと、商店街は普段にもまし

_{にぎ}
て賑やかになる。

／越接近新年，商圈市集裡的逛街人潮就比平時還要
熱鬧。

> **文法**
>
> に(も)まして [更加地…]
> ▶ 表示兩個事物相比較。
> 比起前項，後項更勝一籌。

讀書計劃⋯☐☐／☐☐

0383 □□□
かいあく
【改悪】
名・他サ 危害，壞影響，毒害

反 改善　類 直す

例 憲法を改正すべきだという声もあれば、改悪になるとして反対する声もある。

／既有人大力疾呼應該修憲，也有人認為修憲將導致無法挽回的結果。

0384 □□□
かいうん
【海運】
名 海運，航運

類 水運

例 海運なくして、島国日本の経済は成り立たない。

／如果沒有海運，島國日本的經濟將無法建立。

文法
なくして(は)～ない
[如果沒有…就不…]
▶ 表示假定的條件。表示如果沒有前項，後項的事情會很難實現。

0385 □□□
がいか
【外貨】
名 外幣，外匯

例 この銀行ではあらゆる外貨を扱っています。

／這家銀行可接受兌換各國外幣。

0386 □□□
かいがら
【貝殻】
名 貝殻

類 殻

例 小さい頃よく浜辺で貝殻を拾ったものだ。

／我小時候常去海邊揀貝殼唷！

0387 □□□
がいかん
【外観】
名 外觀，外表，外型

類 見かけ

例 あの建物は、外観は飛び抜けて美しいが、設備はもう一つだ。

／雖然那棟建築物的外觀極具特色且美輪美奐，內部設施卻尚待加強。

0388 □□□
かいきゅう
【階級】

(名)（軍隊）級別；階級；（身份的）等級；階層

(類) 等級

(例) 出場する階級によって体重制限が違う。
／選手們依照體重等級標準參加不同的賽程。

0389 □□□
かいきょう
【海峡】

(名) 海峡

(例) 日本で最初に建設された海底トンネルは、関門海峡にあります。
／日本首條完工的海底隧道位於關門海峽。

0390 □□□
かいけん
【会見】

(名・自サ) 會見，會面，接見

(類) 面会

(例) オリンピックに参加する選手が会見を開いて抱負を語った。
／即將出賽奧運的選手舉行記者會，以宣示其必勝決心。

0391 □□□
かいご
【介護】

(名・他サ) 照顧病人或老人

(類) 看護

(例) 彼女は老いた両親の介護の為地元に帰った。
／她為了照護年邁的雙親而回到了故鄉。

0392 □□□
かいこむ
【買い込む】

(他五)（大量）買進，購買

(例) 正月の準備で食糧を買い込んだ。／為了過新年而採買了大量的糧食。

0393 □□□
かいさい
【開催】

(名・他サ) 開會，召開；舉辦

(類) 催す（もよおす）

(例) 雨であれ、晴れであれ、イベントは予定通り開催される。
／無論是雨天，還是晴天，活動依舊照預定舉行。

文法

であれ～であれ
［無論…都…］

▶ 表示不管前項如何，後項皆可成立。舉出例子，再表示全部都適用之意。

▶ 近だの～だの［又是…又是…］

0394 かいしゅう 【回収】
□□□

（名・他サ）回收，收回

例 事故の発生で、商品の回収を余儀なくされた。
／發生意外之後，只好回收了商品。

0395 かいしゅう 【改修】
□□□

（名・他サ）修理，修復；修訂

例 私の家は、築35年を超えているので、改修が必要です。
／我家的屋齡已經超過三十五年，因此必須改建。

0396 かいじゅう 【怪獣】
□□□

（名）怪獸

例 子供に付き合って、3時間もある怪獣の映画を見た。
／陪小孩看了三個小時的怪獸電影。

0397 かいじょ 【解除】
□□□

（名・他サ）解除；廢除

類 取り消す

例 本日午後5時を限りに、契約を解除します。
／合約將於今日下午五點解除。

0398 がいしょう 【外相】
□□□

（名）外交大臣，外交部長，外相

類 外務大臣

例 よくぞ聞いてくれたとばかりに、外相は一気に説明を始めた。
／外交部長露出一副問得好的表情，開始全盤說明。

0399 □□□

がいする
【害する】

他サ 損害，危害，傷害；殺害

類 損なう

例 新人の店員が失礼をしてしまい、お客様はご気分を害して帰ってしまわれた。

／新進店員做了失禮的舉動，使得客人很不高興地回去了。

0400 □□□

がいせつ
【概説】

名・他サ 概說，概述，概論

類 概論

例 次のページは東南アジアの歴史についての概説です。

／下一頁的內容提及東南亞歷史概論。

0401 □□□

かいそう
【回送】

名・他サ（接人、裝貨等）空車調回；轉送，轉遞；運送

類 転送

例 やっとバスが来たと思ったら、回送車だった。

／心想巴士總算來了，沒想到居然是回場的空車。

0402 □□□

かいそう
【階層】

名（社會）階層；（建築物的）樓層

類 等級

例 彼は社会の階層構造について研究している。

／他正在研究社會階級結構。

0403 □□□

かいぞうど
【解像度】

名 解析度

例 解像度が高い。

／解析度很高。

0404 □□□

かいぞく
【海賊】

名 海盜

例 海賊に襲われる。

／被海盜襲擊。

0405 □□□
かいたく
【開拓】
名・他サ 開墾，開荒；開闢

類 開墾（かいこん）

例 顧客の新規開拓なくして、業績は上げられない。

／不開發新客戶，就無法提升業績。

文法
なくして(は)～ない
[如果沒有…就不…]
▶ 表示假定的條件。表示如果沒有前項，後項的事情會很難實現。

0406 □□□
かいだん
【会談】
名・自サ 面談，會談；（特指外交等）談判

類 会議

例 文書への署名をもって、会談を終了致します。

／最後以在文件上簽署，劃下會談的句點。

文法
をもって[至…為止]
▶ 表示限度或界線，宣布一直持續的事物，到那一期限結束了。
▶ 近をもってすれば／をもってしても [只要用…]

0407 □□□
かいてい
【改定】
名・他サ 重新規定

類 改める

例 弊社サービスの利用規約を 2014 年 1 月 1 日をもって改定致します。

／本公司的服務條款將自2014年1月1日起修訂施行。

文法
をもって[至…為止]
▶ 表示限度或界線，宣布一直持續的事物，到那一期限結束了。

0408 □□□
かいてい
【改訂】
名・他サ 修訂

類 改正

例 実情に見合うようにマニュアルを改訂する必要がある。

／操作手冊必須依照實際狀況加以修訂。

0409 □□□
ガイド
【guide】
名・他サ 導遊；指南，入門書；引導，導航

類 案内人

例 今回のツアーガイドときたら、現地の情報について何も知らなかった。

／說到這次的導遊啊，他完全不知道任何當地的相關訊息。

文法
ときたら[說到…來]
▶ 表示提起話題，說話者帶譴責和不滿的情緒，對話題中的人或事進行批評。

0410 ☐☐☐
かいとう
【解凍】
(名・他サ) 解凍

例 解凍してから焼く。
／先解凍後烤。

0411 ☐☐☐
かいどう
【街道】
(名) 大道，大街

類 道

例 新宿駅の南口を出られますと、甲州街道という大きな通りがございます。
／從新宿站的南口出去以後，就是一條叫做甲州古道的大馬路。

0412 ☐☐☐
14
がいとう
【街頭】
(名) 街頭，大街上

類 街

例 街頭での演説を皮切りにして、人気が一気に高まった。
／自從開始在街頭演說之後，支持度就迅速攀升。

文法
をかわきりにして
[以…為開端開始]
▶ 表示以這為起點，開始了一連串同類型的動作。

0413 ☐☐☐
がいとう
【該当】
(名・自サ) 相當，適合，符合（某規定、條件等）

類 当てはまる

例 この条件に該当する人物を探しています。
／我正在尋找符合這項資格的人士。

0414 ☐☐☐
ガイドブック
【guidebook】
(名) 指南，入門書；旅遊指南手冊

類 案内書

例 200 ページからあるガイドブックを 1 日で読みきった。
／多達兩百頁的參考手冊，一天就看完了。

文法
からある
[足有…之多…]
▶ 前面接表數量的詞，強調數量之多、超乎常理的。含「目測大概這麼多，說不定還更多」意思。

0415 □□□
かいにゅう
【介入】
(名・自サ) 介入，干預，參與，染指

類 口出し

例 民事事件<u>とはいえ</u>、今回ばかりは政府が介入<u>せずにはすまない</u>だろう。

／雖說是民事事件，<u>但</u>這次政府總<u>不能不</u>介入干涉了吧！

0416 □□□
がいねん
【概念】
(名)(哲) 概念；概念的理解

類 コンセプト

例 この授業では、心理学の基礎となる概念を学んでいきます。

／將在這門課裡學到心理學的基礎概念。

0417 □□□
かいはつ
【開発】
(名・他サ) 開發，開墾；啟發；(經過研究而) 實用化；開創，發展

類 開拓

例 開発の遅れにより、発売開始日の変更を余儀なくされた。

／基於開發上的延誤，<u>不得不</u>更改上市販售的日期。

0418 □□□
かいばつ
【海抜】
(名) 海拔

類 標高

例 海抜が高くなれば高くなるほど、酸素が薄くなる。

／海拔越高，氧氣越稀薄。

0419
☐☐☐
かいほう
【介抱】
名・他サ 護理，服侍，照顧（病人、老人等）

類 看護
比 介抱：照顧病人、老人、傷患等。
　介護：照顧病人、老人等日常生活起居。
例 ご主人の入院中、彼女の熱心な介抱ぶりには本当に頭が下がりました。／她在先生住院期間無微不至的看護，實在令人敬佩。

0420
☐☐☐
かいぼう
【解剖】
名・他サ （醫）解剖；（事物、語法等）分析

類 解体
例 解剖によって死因を明らかにする必要がある。
／必須藉由解剖以查明死因。

0421
☐☐☐
かいめい
【解明】
名・他サ 解釋清楚

例 真相を解明したところで、済んだことは取り返しがつかない。
／就算找出了真相，也無法挽回已經發生的事了。

文法
たところで～ない
[即使…也不…]
▶ 表示即使前項成立，後項結果也是與預期相反，或只能達到程度較低的結果。
▶ 近たところが [結果…]

0422
☐☐☐
がいらい
【外来】
名 外來，舶來；（醫院的）門診

例 外来の影響が大きい状況にあって、コントロールが難しい。
／在遭受外界影響甚鉅的情況下，很難予以操控。

文法
にあって(も)
[即使身處…的情況下]
▶ 雖然身處某一狀況之中，卻有跟所預測不同的事情發生。

0423
☐☐☐
かいらん
【回覧】
名・他サ 傳閱；巡視，巡覽

類 巡覧
例 忘年会の開催について、社内回覧を回します。
／在公司內部傳閱有關舉辦年終聯歡會的通知。

讀書計劃：☐☐／☐☐

0424
□□□

がいりゃく
【概略】

(名・副) 概略，梗概，概要；大致，大體

類 大体

例 プレゼンでは、最初に報告全体の概略を述べた方がいい。
　　／做簡報時最好先説明整份報告的大概內容。

0425
□□□

かいりゅう
【海流】

(名) 海流

類 潮（しお）

例 日本列島周辺には四つの海流がある。
　　／有四條洋流流經日本列島的周圍。

0426
□□□

かいりょう
【改良】

(名・他サ) 改良，改善

類 改善

例 土壌を改良して栽培に適した環境を整える。
　　／透過土壤改良，整頓出適合栽種的環境。

0427
□□□

かいろ
【回路】

(名)(電) 回路，線路

類 電気回路

例 兄は電子回路の設計に従事しています。
　　／家兄從事電路設計的工作。

0428
□□□

かいろ
【海路】

(名) 海路

類 航路

例 安全で航海時間が短い海路を開拓したい。
　　／希望能拓展一條既安全，航行時間又短的航海路線。

0429
□□□
かえりみる
【省みる】

他上一 反省，反躬，自問

類 反省

例 自己を省みることなくして、成長することはない。
／不自我反省就無法成長。

文法
なくして(は)～ない
[如果沒有…就不…]
▶ 表示假定的條件。表示如果沒有前項，後項的事情會很難實現。

0430
□□□
かえりみる
【顧みる】

他上一 往回看，回頭看；回顧；顧慮；關心，照顧

類 振り返る

例 夫は仕事が趣味で、全然家庭を顧みない。
／我先生只喜歡工作，完全不照顧家人。

0431
□□□
かえる
【蛙】

名 青蛙

例 田んぼで蛙がゲロゲロと鳴いている。
／青蛙在田裡呱呱叫個不停。

0432
□□□
かおつき
【顔付き】

名 相貌，臉龐；表情，神色

類 容貌

例 何の興味もないと言わんばかりの顔付きをしている。
／簡直是一臉完全沒興趣似的表情。

文法
いわんばかり
[幾乎要說出]
▶ 表示實際雖然沒有說出，但態度給人這種感覺。

0433
□□□
かがい
【課外】

名 課外

例 今学期は課外活動が多いので楽しみだ。
／這學期有許多課外活動，真令人期待呀！

0434
□□□
かかえこむ
【抱え込む】

他五 雙手抱

例 悩みを一人で抱え込む。
／一個人獨自懷抱著煩惱。

0435 □□□

かかげる
【掲げる】

他下一 懸，掛，升起；舉起，打著；挑，掀起，撩起；刊登，刊載；提出，揭出，指出

類 掲示

例 掲げられた公約が必ずしも実行されるとは限らない。
／已經宣布的公約，未必就能付諸實行。

0436 □□□

かきとる
【書き取る】

他五 （把文章字句等）記下來，紀錄，抄錄

類 書き留める

例 発言を一言も漏らさず書き取ります。／將發言一字不漏地完整記錄。

0437 □□□

かきまわす
【掻き回す】

他五 攪和，攪拌，混合；亂翻，翻弄，翻攪；攪亂，擾亂，胡作非為

類 混ぜる

例 変な新入社員に社内をかき回されて、迷惑千万だ。
／奇怪的新進員工在公司裡到處攪亂，讓人困擾極了。

0438 □□□

かぎょう
【家業】

名 家業；祖業；（謀生的）職業，行業

例 長男だが、家業は継ぎたくない。／雖然是長子，但不想繼承家業。

0439 □□□

かぎりない
【限りない】

形 無限，無止盡；無窮無盡；無比，非常

例 限りない悲しみに、胸も張り裂けんばかりだ。
／無盡的悲慟彷彿連胸口都幾乎要裂開了。

> **文法**
> んばかりだ［幾乎要…（的）］
> ▶ 表示事物幾乎要達到某狀態，或已經進入某狀態了。

0440 □□□

かく
【欠く】

他五 缺，缺乏，缺少；弄壞，少（一部分）；欠，欠缺，怠慢

類 損ずる

例 彼はこのプロジェクトに欠くべからざる人物だ。
／他是這項企劃案中不可或缺的人物！

> **文法**
> べからざる（名詞）
> ［不得…（的）］
> ▶ 表示禁止、命令。後接的名詞是指不允許做前面行為、事態的對象。

0441
□□□
かく
【角】

名・漢造 角；隅角；四方形，四角形；稜角，四方；競賽

類 方形

例 引っ越したので、新しい部屋にぴったりの角テーブルを新調したい。
／我們搬了新家，想新做一張能與新房間搭配得宜的角桌。

0442.
□□□
かく
【核】

名・漢造 （生）（細胞）核；（植）核，果核；要害；核（武器）

類 芯

例 問題の核となるポイントに焦点を当てて討論する。
／將焦點放在問題的核心進行討論。

0443
□□□
かく
【格】

名・漢造 格調，資格，等級；規則，格式，規格

類 地位

例 プロともなると、作品の格が違う。
／要是當上專家，作品的水準就會不一樣。

文法
ともなると
[要是…那就…]
▶ 表示如果發展到某程度，用常理來推斷，就會理所當然導向某種結論。

0444
□□□
かく
【画】

名 （漢字的）筆劃

類 字画

例 一画で書ける平仮名はいくつありますか。
／有幾個平假名能以一筆書寫完成的呢？

0445
□□□
がくげい
【学芸】

名 學術和藝術；文藝

類 学問

例 小学校では1年に1回、学芸会を開きます。
／小學每年舉辦一次藝文成果發表會。

| 0446 □□□ | か**くさ**【格差】 | 名（商品的）級別差別，差價，質量差別；資格差別 |

🔴類 差
例 社会的格差の広がりが問題になっている。
／階級差距越趨擴大，已衍生為社會問題。

| 0447 □□□ | か**くさん**【拡散】 | 名・自サ 擴散；(理) 漫射 |

例 細菌が周囲に拡散しないように、消毒しなければならない。
／一定要消毒傷口，以避免細菌蔓延至周圍組織。

| 0448 □□□ (Track 15) | が**くし**【学士】 | 名 學者；(大學) 學士畢業生 |

🔴類 学者
例 彼女は今年大学を卒業し、学士（文学）を取得した。
／她今年大學畢業，取得文學士學位。

| 0449 □□□ | か**くしゅ**【各種】 | 名 各種，各樣，每一種 |

🔴類 いろいろ
例 顧客のニーズを満たす為、各種のサービスを提供しています。
／商家提供各種服務以滿足顧客的需求。

| 0450 □□□ | か**くしゅう**【隔週】 | 名 每隔一週，隔週 |

例 編集会議は隔週で開かれる。
／每兩週舉行一次編輯會議。

| 0451 □□□ | か**くしん**【確信】 | 名・他サ 確信，堅信，有把握 |

🔴反 疑う 🔴類 信じる
例 彼女は無実だと確信しています。
／我們確信她是無辜的。

0452 かくしん【革新】
□□□

（名・他サ）革新

（反）保守　（類）改革

（例）評価するに足る革新的なアイディアだ。
／真是個值得嘉許的創新想法呀！

文法

にたる［足以…］
▶ 表示很有必要做前項的價值，那樣做很恰當。
▶ 近にかぎら［就是要…；最好…］

0453 がくせつ【学説】
□□□

（名）學說

（反）実践　（類）理論

（例）初版以来10年経ったので、最新の学説を踏まえて改訂した。
／初版之後已經過了十年，因此這次納入了最新學說加以修訂。

0454 かくてい【確定】
□□□

（名・自他サ）確定，決定

（類）決定

（例）このプロジェクトの担当者は伊藤さんに確定した。
／已經確定由伊藤先生擔任這個企畫案的負責人。

0455 カクテル【cocktail】
□□□

（名）雞尾酒

（類）混合酒

（例）お酒に弱いので、ワインはおろかカクテルも飲めません。
／由於酒量不佳，別說是葡萄酒，就連雞尾酒也喝不得。

文法

はおろか［不用說…就是…（也）…］
▶ 表示前項沒有說明的必要，強調後項較極端的事例也不例外。含說話者吃驚、不滿等情緒。

0456 かくとく【獲得】
□□□

（名・他サ）獲得，取得，爭得

（類）入手

（例）ただ伊藤さんのみ5ポイント獲得し、予選を突破した。
／只有伊藤先生拿到五分，初選闖關成功了。

文法

ただ～のみ［只有…］
▶ 表示限定除此之外，沒有其他。

0457 □□□
がくふ
【楽譜】
　名（樂）譜，樂譜

例 彼女は、楽譜は読めないのに、耳で1回聞いただけで完璧に演奏できる。
／她連樂譜都看不懂，但只要聽過一次就能夠完美演奏出來。

0458 □□□
かくほ
【確保】
　名・他サ　牢牢保住，確保

類 保つ

例 生活していくに足る収入源を確保しなければならない。
／必須確保維持生活機能的收入來源。

文法
にたる[足以…]
▶ 表示很有必要做前項的價值，那樣做很恰當。

0459 □□□
かくめい
【革命】
　名　革命；（某制度等的）大革新，大變革

類 一新

例 1789年にフランス革命が起きた。
／法國革命發生於1789年。

0460 □□□
かくりつ
【確立】
　名・自他サ　確立，確定

例 子供の時から正しい生活習慣を確立した方がいい。
／最好從小就養成良好的生活習慣。

0461 □□□
かけ
【掛け】
　名　賒帳；帳款，欠賬；重量

例 掛けにする。
／記在帳上。

0462 □□□
かけ
【掛け】
　接尾・造語　（前接動詞連用形）表示動作已開始而還沒結束，或是中途停了下來；（表示掛東西用的）掛

例 あの小説はあまりにつまらなかったので、読みかけたまま放ってある。
／那本小說實在太枯燥乏味，只看了一些，就沒再往下讀了。

0463 □□□

かけ
【賭け】

名 打賭；賭（財物）

類 ばくち

例 賭けごとはやめた方が身の為です。

／為了自己，最好別再沈迷於賭博。

0464 □□□

がけ
【崖】

名 斷崖，懸崖

類 懸崖

例 崖から下を見下ろすと足がガクガク震える。

／站在懸崖旁俯視，雙腿不由自主地顫抖。

0465 □□□

かけあし
【駆け足】

名・自サ 快跑，快步；跑步似的，急急忙忙；策馬飛奔

反 歩く　類 走る

例 待っていたとばかりに、子供が駆け足でこちらに向かってくる。

／小孩子迫不及待般地衝來這裡。

文法

とばかり(に)
[幾乎要說…]

▶ 表示心中憋著一個念頭，雖沒有說出來，但從表情、動作上已經表現出來了。

0466 □□□

かけい
【家計】

名 家計，家庭經濟狀況

類 生計

例 彼女は家計のやりくりの達人です。

／她非常擅於運用有限的家庭收支。

0467 □□□

かけっこ
【駆けっこ】

名・自サ 賽跑

類 駆け競べ（かけくらべ）

例 幼稚園の運動会の駆けっこで、娘は１等になった。

／我的女兒在幼稚園的賽跑中獲得第一名。

0468 □□□

かける
【賭ける】

他下一 打賭，賭輸贏

例 私は君が勝つ方に賭けます。／我賭你會贏。

讀書計劃：□□／□□

0469 【加工】
かこう

（名・他サ）加工

例 この色は天然ではなく加工されたものです。
／這種顏色是經由加工而成的，並非原有的色彩。

0470 【化合】
かごう

（名・自サ）（化）化合

例 鉄と硫黄を合わせて加熱し化合すると、悪臭が発生する。
／當混合鐵與硫磺且加熱化合後，就會產生惡臭。

0471 【風車】
かざぐるま

（名）（動力、玩具）風車

補 風車（ふうしゃ）[参考：2586]
例 風車を回す。
／轉動風車。

0472 【かさ張る】
かさばる

（自五）（體積、數量等）增大，體積大，增多

類 かさむ
例 冬の服はかさばるので収納しにくい。
／冬天的衣物膨鬆而佔空間，不容易收納。

0473 かさむ

（自五）（體積、數量等）增多

類 かさ張る
例 今月は洗濯機やパソコンが壊れたので、修理で出費がかさんだ。
／由於洗衣機及電腦故障，本月份的修繕費用大增。

0474 【箇条書き】
かじょうがき

（名）逐條地寫，引舉，列舉

例 何か要求があれば、箇条書きにして提出してください。
／如有任何需求，請分項詳列後提交。

0475 □□□
かしら
【頭】

⟨名⟩ 頭，腦袋；頭髮；首領，首腦人物；頭一名，頂端，最初

⟨類⟩あたま

⟨例⟩尾頭付きの鯛は切り身よりも高くなる。
／連頭帶尾的鯛魚比切片鯛魚來得昂貴。

0476 □□□
かすか
【微か】

⟨形動⟩ 微弱，些許；微暗，朦朧；貧窮，可憐

⟨類⟩微弱

⟨例⟩島がはるか遠くにかすかに見える。
／隱約可見遠方的小島。

0477 □□□
かすむ
【霞む】

⟨自五⟩ 有霞，有薄霧，雲霧朦朧

⟨類⟩曇る

⟨例⟩霧で霞んで運転しにくい。
／雲霧瀰漫導致視線不清，有礙行車安全。

0478 □□□
かする

⟨他五⟩ 掠過，擦過；揩油，剝削；（書法中）寫出飛白；（容器中東西過少）見底

⟨例⟩ちょっとかすっただけで、たいした怪我ではない。
／只不過稍微擦傷罷了，不是什麼嚴重的傷勢。

0479 □□□
かせい
【火星】

⟨名⟩（天）火星

⟨例⟩火星は太陽から 4 番目の惑星です。
／火星是從太陽數來的第四個行星。

0480 □□□
かせき
【化石】

⟨名・自サ⟩（地）化石；變成石頭

⟨例⟩ 4 万年前の化石が発見された。
／發現了四萬年前的化石。

0481 かせぎ【稼ぎ】
□□□

名 做工；工資；職業

例 稼ぎが少ない。
/賺得很少。

0482 かせん【化繊】
□□□

名 化学纖維

類 化学繊維
例 化学繊維が肌に触れると湿疹が出るなら、化繊アレルギーかもしれません。
/假如肌膚碰觸到化學纖維就會引發濕疹症狀，可能是化纖過敏反應。

0483 かせん【河川】
□□□

名 河川

類 川
例 河川の管理は国土交通省の管轄内です。
/河川管理屬於國土交通省之管轄業務。

0484 かそ【過疎】
□□□

名（人口）過稀，過少

反 過密　類 疎ら（まばら）
例 少子化の影響を受け、過疎化の進む地域では小学校の閉校を余儀なくさせられた。
/受到少子化的影響，人口遽減的地區不得不關閉小學了。

文法
をよぎなくさせる
[只得…]
▶ 表示情況已經到了沒有選擇的餘地，必須那麼做。

0485 かた【片】
□□□
16

漢造（表示一對中的）一個，一方；表示遠離中心而偏向一方；表示不完全；表示極少

類 片方
例 私は片目だけ二重です。
/我只有一邊是雙眼皮。

0486
□□□

がたい
【難い】

接尾 上接動詞連用形，表示「很難（做）…」的意思

類 しにくい

例 これだけの資料では判断しがたいです。
／光憑這些資料，很難下結論。

0487
□□□

かたおもい
【片思い】

名 單戀，單相思

例 好きになるべからざる相手に、片思いしています。
／我單戀著不該喜歡上的人。

文法

べからざる（名詞）
[不得…（的）]

▶ 表示禁止、命令。後接的名詞是指不允許做前面行為、事態的對象。

0488
□□□

かたこと
【片言】

名 （幼兒，外國人的）不完全的詞語，隻字片語，單字羅列；一面之詞

例 まだ片言の日本語しか話せません。
／我的日語不太流利。

0489
□□□

かたとき
【片時】

名 片刻

例 あの人のことが片時も忘れられない。
／我連一分一秒都不曾忘記那個人。

0490
□□□

かたむける
【傾ける】

他下一 使…傾斜，使…歪偏；飲（酒）等；傾注；傾，敗（家），使（國家）滅亡

類 傾げる（かしげる）

例 有権者あっての政治家なのだから、有権者の声に耳を傾けるべきだ。
／有投票者才能產生政治家，所以應當聆聽投票人的心聲才是。

文法

あっての（名詞）[有了…才能…]

▶ 表示因為有前面的事情，後面才能存在。若無前面條件，就無後面結果。

0491 □□□
か ためる
【固める】
他下一（使物質等）凝固，堅硬；堆集到一處；堅定，使鞏固；加強防守；使安定，使走上正軌；組成

例 基礎をしっかり固めてから応用問題に取り組んだ方がいい。

／先打好穩固的基礎，再挑戰應用問題較為恰當。

0492 □□□
か たわら
【傍ら】
名 旁邊；在…同時還…，一邊…一邊…

類 そば

例 校長先生の傍らに立っている女性は奥さまです。

／站在校長身旁的那位女性是他的夫人。

0493 □□□
か だん
【花壇】
名 花壇，花圃

類 庭

例 公園まで散歩がてら、公園の花壇の手入れをするのが日課です。

／到公園散步的同時，順便修剪公園裡的花圃是我每天必做的事。

文法

がてら[順便…]

▶ 表示做一個行為，有兩個目的。在做前面動作的同時，借機順便做了後面的動作。

0494 □□□
か ちく
【家畜】
名 家畜

例 家畜の世話は 365 日休めない。

／照料家畜的工作得從年頭忙到年尾，無法偷閒。

0495 □□□
か つ
【且つ】
副・接 一邊…一邊…；且……且…；且，並且，而且

類 及び

例 簡単かつおいしいパスタのレシピを教えてください。

／請您教我做簡便且可口的義大利麵。

0496 □□□
か っきてき
【画期的】
形動 劃時代的

例 彼のアイディアは非常に画期的だ。

／他的創意具有劃時代的重大意義！

0497 □□□

がっくり

(副・自サ) 頹喪，突然無力地

(類) がっかり

(例) 企画書が通らず、彼はがっくりと肩を落とした。

／企劃案沒能通過，他失望地垂頭喪氣。

0498 □□□

がっしり

(副・自サ) 健壯，堅實；嚴密，緊密

(類) がっちり

(例) あの一家は皆がっしりした体格をしている。

／那家人的身材體格，個個精壯結實。

0499 □□□

がっち
【合致】

(名・自サ) 一致，符合，吻合

(類) 一致

(例) 顧客のニーズに合致したサービスでなければ意味がない。

／如果不是符合顧客需求的服務，就沒有任何意義。

0500 □□□

がっちり

(副・自サ) 嚴密吻合

(類) 頑丈

(例) 2社ががっちり手を組めば苦境も脱することができるでしょう。

／只要兩家公司緊密攜手合作，必定能夠擺脫困境。

0501 □□□

かつて

(副) 曾經，以前；（後接否定語）至今（未曾），從來（沒有）

(類) 昔

(例) 彼に反抗した者はいまだかつて誰一人としていない。

／從來沒有任何一個人反抗過他。

0502
□□□

かって
【勝手】

(名・形動) 廚房；情況；任意

(類) わがまま

(例) 勝手を言って申し訳ありませんが、ミーティングを30分遅らせていただけますか。

／擅自提出這種無禮的請求，真的非常抱歉。可否將會議延後三十分鐘再開始舉行呢？

0503
□□□

カット
【cut】

(名・他サ) 切，削掉，刪除；剪頭髮；插圖

(類) 切る

(例) 今日はどんなカットにしますか。

／請問您今天想剪什麼樣的髮型呢？

0504
□□□

かっぱつ
【活発】

(形動) 動作或言談充滿活力；活潑，活躍

(類) 生き生き

(例) 彼女はとても活発でクラスの人気者です。

／她的個性非常活潑，是班上的紅人。

0505
□□□

がっぺい
【合併】

(名・自他サ) 合併

(類) 併合

(例) 合併ともなれば、様々な問題を議論する必要がある。

／一旦遭到合併，就有必要議論種種的問題點。

> **文法**
>
> ともなれば
> [要是…那就…]
>
> ► 表示如果發展到某程度，用常理來推斷，就會理所當然導向某種結論。

0506
□□□

カテゴリ（ー）
【(德) Kategorie】

(名) 種類，部屬；範疇

(類) 範疇（はんちゅう）

(例) ブログの記事がたまってきたので、カテゴリー分けを整理した。

／部落格的文章累積了不少，因此採用了分類整理。

0507 ☐☐☐

かなう
【叶う】

(自五) 適合，符合，合乎；能，能做到；(希望等) 能實現，能如願以償

(類) 気に入る

(例) 夢が叶おうが叶うまいが、夢があるだけ素晴らしい。
／無論夢想能否實現，心裡有夢就很美了。

文法

うが～まいが [不管是… 不是…]

▶ 表逆接假定條件。無論前面情況如何，後面不會受前面約束，都是會成立的。

0508 ☐☐☐

かなえる
【叶える】

(他下一) 使…達到 (目的)，滿足…的願望

(例) 夢を叶える為とあれば、どんな努力も惜しまない。
／若為實現夢想，不惜付出任何努力。

文法

とあれば [如果…那就…]

▶ 假定條件的説法。如果是為了前項所提的事物，是可以接受的，並將採後項的行動。

▶ 近 うものなら [如果要…的話，就…]

0509 ☐☐☐

かなわない

(連語)(「かなう」的未然形 + ない) 不是對手，敵不過，趕不上的

(反) 勝つ (類) 負ける

(例) 何をやっても彼には結局かなわない。
／不管我如何努力，總是比不過他。

0510 ☐☐☐

かにゅう
【加入】

(名・自サ) 加上，參加

(類) 仲間入り

(例) 社会人になってから生命保険に加入した。
／自從我開始工作後，就投保了人壽保險。

0511 ☐☐☐

かねて

(副) 事先，早先，原先

(類) 予め（あらかじめ）

(例) 今日はかねてから予約していたヘアーサロンに行ってきた。
／我今天去了已經事先預約好的髮廊。

讀書計劃：☐☐／☐☐

0512 □□□
かばう
【庇う】
(他五) 庇護，袒護，保護

(類) 守る

(例) 左足を怪我したので、かばいながらしか歩けない。
／由於左腳受傷，只能小心翼翼地走路。

0513 □□□
かび
【華美】
(名・形動) 華美，華麗

(例) バイトとはいえ、面接に行くのに華美な服装
は避けた方が無難だ。
／雖說不過是兼差，前去面試時還是不要穿華麗的服
裝為宜。

文法

とはいえ
[雖然…但是…]

▶ 表示逆接轉折。先肯定
那事雖然是那樣，但是實
際上卻是後項的結果。

▶ 近こそあれ／こそある
が [雖然…]

0514 □□□
かぶしき
【株式】
(名)（商）股份；股票；股權

(例) 新政権にとって、株式市場の回復が目下の重要課題です。
／對新政權而言，當前最重要的課題是提振低迷的股票市場。

0515 □□□
かぶれる
(自下一)（由於漆、膏藥等的過敏與中毒而）發炎，
起疹子；（受某種影響而）熱中，著迷

(類) 爛れる（ただれる）

(例) 新しいシャンプーでかぶれた。肌に合わないみたい。
／對新的洗髮精過敏了，看來不適合我的皮膚。

0516 □□□
かふん
【花粉】
(名)（植）花粉

(例) 花粉が飛び始めるや否や、たちどころに目が
かゆくなる。
／花粉一開始飛揚，眼睛就立刻發癢。

文法

やいなや [剛…就…]

▶ 表示前一個動作才剛
做完，甚至還沒做完，
就馬上引起後項的動作。

0517
☐☐☐

かへい
【貨幣】　　　　　　　图（經）貨幣

題 金

例 記念貨幣には文化遺産などが刻印されたものもある。
／某些紀念幣上面印有文化遺產的圖案。

0518
☐☐☐

かまえ
【構え】　　　　　图（房屋等的）架構，格局；（身體的）姿勢，
　　　　　　　　　架勢；（精神上的）準備

題 造り

例 彼は最後まで裁判を戦い抜く構えを見せている。
／他始終展現出要打贏這場官司的氣勢，直至最後一刻。

0519
☐☐☐

かまえる
【構える】　　　他下一 修建，修築；（轉）自立門戶，住在（獨立的房屋）；
　　　　　　　　採取某種姿勢，擺出姿態；準備好；假造，裝作，假託

題 据える

例 彼女は何事も構えすぎるきらいがある。
／她對任何事情總是有些防範過度。

文法

きらいがある
[總是有些…]

▶ 表示有某種不好的傾向。
這種傾向從表面上看不出
來的，它具有某種本質性
的性質。

▶ 近めく [有…的傾向]

0520
☐☐☐

かみ
【加味】　　　　　图・他サ 調味，添加調味料；添加，放進，採納

題 加える

例 その点を加味すると、計画自体を再検討せざるを得ない。
／整個計畫在加入那項考量之後，不得不重新全盤檢討。

0521
☐☐☐
17

かみきる
【噛み切る】　　　他五 咬斷，咬破

題 食い切る

例 この肉、硬くてかみ切れないよ。
／這塊肉好硬，根本咬不斷嘛！

0522 □□□ かみつ【過密】

（名・形動）過密，過於集中

（反）過疎（かそ）

例 人口の過密が問題の地域もあれば、過疎化が問題の地域もある。
／某些區域的問題是人口過於稠密，但某些區域的問題卻是人口過於稀少。

0523 □□□ カムバック【comeback】

（名・自サ）（名聲、地位等）重新恢復，重回政壇；東山再起

例 カムバックはおろか、退院の目処も立っていない。
／別說是復出，就連能不能出院也都沒頭緒。

文法
はおろか[不用說…就是…也…]
▶ 表示前項沒有說明的必要，強調後項較極端的事例也不例外。含說話者吃驚、不滿等情緒。

0524 □□□ からだつき【体付き】

（名）體格，體型，姿態

（類）体格

例 彼の体付きを見れば、一目でスポーツ選手だとわかる。
／只要瞧一眼他的體魄，就知道他是運動選手。

0525 □□□ からむ【絡む】

（自五）纏在…上；糾纏，無理取鬧，找碴；密切相關，緊密糾纏

（類）まといつく

例 贈収賄事件に絡んだ人が相次いで摘発された。
／與賄賂事件有所牽連的人士，一個接著一個遭到舉發。

0526 □□□ かり【借り】

（名）借，借入；借的東西；欠人情；怨恨，仇恨

（反）貸し （類）借金

例 5,000万円からある借りを少しずつ返していかなければならない。
／足足欠有五千萬日圓的債務，只得一點一點償還了。

文法
からある
[足有…之多…]
▶ 前面接表數量的詞，強調數量之多、超乎常理的。含「目測大概這麼多，說不定還更多」意思。

0527
☐☐☐

かり
【狩り】

(名) 打獵；採集；遊看，觀賞；搜查，拘捕

(類) 狩猟（しゅりょう）

(例) 秋になると、イノシシ狩りが解禁される。
／禁止狩獵山豬的規定，到了秋天就得以解禁。

0528
☐☐☐

かり
【仮】

(名) 暫時，暫且；假；假說

(例) ここは家を改修している間の仮の住まいだ。
／這裡是房屋裝修期間暫時的住處。

0529
☐☐☐

かりに
【仮に】

(副) 暫時；姑且；假設；即使

(類) もし

(例) 仮に地球が明日滅亡するとしたら、どうしますか。
／假如地球明天就要毀滅了，你會怎麼辦呢？

0530
☐☐☐

がる

(接尾) 覺得…；自以為…

(例) 子供ならいざ知らず、そんなことを面白がるなんて幼稚だ。
／如果是小孩子也就算了，居然把那種無聊事當有趣，實在太幼稚了。

文法

ならいざしらず
[如果…還情有可原]

▶ 表示不去談前項的可能性，著重談後項的實際問題。後項多帶驚訝或情況嚴重的內容。

0531
☐☐☐

カルテ
【(德) Karte】

(名) 病歷

(例) 昔は、医者はカルテをドイツ語で書いていた。
／以前醫師是用德文寫病歷的。

0532
☐☐☐

ガレージ
【garage】

(名) 車庫

(類) 車庫

(例) 我が家のガレージには 2 台車をとめることができる。
／我家的車庫可以停得下兩輛車。

0533
□□□

かれる
【涸れる・枯れる】

自下一（水分）乾涸；（能力、才能等）涸竭；（草木）
凋零，枯萎，枯死（木材）乾燥；（修養、藝術等）
純熟，老練；（身體等）枯瘦，乾癟，（機能等）衰萎

類 乾く
例 井戸の水が涸れ果ててしまった。／井裡的水已經乾涸了。

0534
□□□

かろう
【過労】

名 勞累過度

類 疲れる
例 父は、過労でとうとう倒れてしまった。
／家父由於過勞，終於病倒了。

0535
□□□

かろうじて
【辛うじて】

副 好不容易才…，勉勉強強地…

類 やっと
例 かろうじて一次試験を通過した。／好不容易總算通過了第一階段的考試。

0536
□□□

かわす
【交わす】

他五 交，交換；交結，交叉，互相…

類 交換する
例 二人はいつも視線を交わして合図を送り合っている。
／他們兩人總是四目相交，眉目傳情。

0537
□□□

かわるがわる
【代わる代わる】

副 輪流，輪換，輪班

類 交代に
例 夜間は2名の看護師がかわるがわる病室を見回ることになっている。
／晚上是由兩位護理人員輪流巡視病房。

0538
□□□

かん
【官】

名・漢造（國家、政府的）官，官吏；國家機關，
政府；官職，職位

類 役人
例 私は小さい時からずっと警察官にあこがれていた。
／我從小就嚮往當警察。

0539 □□□ かん【管】

名・漢造・接尾 管子；（接數助詞）支；圓管；筆管；管樂器

類 くだ

例 マイナス４度以下になると、水道管が凍結したり、破裂する危険がある。

／氣溫一旦低於零下四度，水管就會發生凍結甚或迸裂的危險。

0540 □□□ がん【癌】

名（醫）癌；癥結

例 癌といえども、治療法はいろいろある。

／就連癌症亦有各種治療方式。

文法

といえども［即使…也…］
▶ 表示逆接轉折。先承認前項是事實，但後項並不因此而成立。

0541 □□□ かんい【簡易】

名・形動 簡易，簡單，簡便

類 簡単

例 持ち運びが可能な赤ちゃん用の簡易ベッドを探しています。

／我正在尋找方便搬運的簡易式嬰兒床。

0542 □□□ がんか【眼科】

名（醫）眼科

例 毎年１回は眼科に行って、視力検査をする。

／每年至少去一次眼科檢查視力。

0543 □□□ かんがい【感慨】

名 感慨

例 これまでのことを思い返すと、感慨深いものがある。

／回想起從前那段日子，實在感慨萬千。

0544 □□□ かんがい【灌漑】

名・他サ 灌漑

例 灌漑設備の建設によって、稲の収量は大幅に伸びた。

／灌漑系統建設完成之後，稻米的收穫量有了大幅的提升。

0545 □□□ **かんかん** 　　副·形動 硬物相撞聲；火、陽光等炙熱強烈貌；大發脾氣

例 父はかんかんになって怒った。

／父親劈哩啪啦地大發雷霆。

0546 □□□ **がんがん** 　　副·自サ 噹噹，震耳的鐘聲；強烈的頭痛或耳鳴聲；喋喋不休的責備貌

例 風邪で頭ががんがんする。

／因感冒而頭痛欲裂。

0547 □□□ **かんき**【寒気】 　　名 寒冷，寒氣

例 寒気がきびしい。

／酷冷。

0548 □□□ **がんきゅう**【眼球】 　　名 眼球

類 目玉

例 医者は眼球の動きをチェックした。

／醫師檢查了眼球的轉動情形。

0549 □□□ **がんぐ**【玩具】 　　名 玩具

類 おもちゃ

例 玩具売場は2歳から6歳ぐらいの子供とその親でいっぱいだ。

／許多兩歲至六歲左右的孩子們與他們的父母，擠滿了整個玩具賣場。

0550 □□□ **かんけつ**【簡潔】 　　名·形動 簡潔

反 複雑　類 簡単

例 要点を簡潔に説明してください。

／請您簡單扼要地說明重點。

0551 かんげん 【還元】
□□□

名・自他サ （事物的）歸還，回復原樣；（化）還原

反 酸化

例 社員あっての会社だから、利益は社員に還元するべきだ。
／沒有職員就沒有公司，因此應該將利益回饋到職員身上。

文法
あっての(名詞)[沒有…就沒有…]
▶ 表示因為有前面的事情，後面才能夠存在。若無前面條件，就無後面結果。

0552 かんご 【漢語】
□□□

名 中國話；音讀漢字

例 明治時代には日本製の漢語である『和製漢語』がたくさん生まれている。
／在明治時期中，誕生了許多日本自創的漢字，亦即「和製漢語」。

0553 かんご 【看護】
□□□

名・他サ 護理（病人），看護，看病

類 介抱

例 看護の仕事は大変ですが、その分やりがいもありますよ。
／雖然照護患者的工作非常辛苦，正因為如此，更能凸顯其價值所在。

0554 がんこ 【頑固】
□□□

名・形動 頑固，固執；久治不癒的病，痼疾

類 強情

例 頑固なのも個性のうちだが、やはり度を越えたのはよくない。
／雖然頑固也算是個性的其中一種，還是不宜超過分寸。

0555 かんこう 【刊行】
□□□

名・他サ 刊行；出版，發行

類 発行

例 インターネットの発達に伴い、電子刊行物が増加してきた。
／隨著網路的發達，電子刊物的數量也越來越多。

0556 □□□
かんこう
【慣行】

名 例行，習慣行為；慣例，習俗

類 したきり

例 <ruby>悪<rt>あ</rt></ruby>しき<ruby>慣行<rt>かんこう</rt></ruby>や<ruby>体質<rt>たいしつ</rt></ruby>は<ruby>改善<rt>かいぜん</rt></ruby>していかなければならない。
／一定要改掉壞習慣與體質才行。

0557 □□□
かんこく
【勧告】

名・他サ 勧告，説服

類 勧める

例 <ruby>大型<rt>おおがた</rt></ruby>の<ruby>台風<rt>たいふう</rt></ruby>が<ruby>上陸<rt>じょうりく</rt></ruby>し、<ruby>多<rt>おお</rt></ruby>くの<ruby>自治体<rt>じちたい</rt></ruby>が<ruby>避難勧告<rt>ひなんかんこく</rt></ruby>を<ruby>出<rt>だ</rt></ruby>した。
／強烈颱風登陸，多數縣市政府都宣布了居民應該預防性撤離。

0558 □□□
かんさん
【換算】

名・他サ 換算，折合

例 1,000 ドルを<ruby>日本円<rt>にほんえん</rt></ruby>に<ruby>換算<rt>かんさん</rt></ruby>するといくらになりますか。
／一千元美金換算為日圓，是多少錢呢？

0559 □□□
かんし
【監視】

track 18

名・他サ 監視；監視人

類 見張る

例 どれほど<ruby>監視<rt>かんし</rt></ruby>しようが、どこかに<ruby>抜<rt>ぬ</rt></ruby>け<ruby>道<rt>みち</rt></ruby>はある。／無論怎麼監視，都還會疏漏的地方。

> **文法**
> うが[不管是…都…]
> ▶ 表逆接假定。後面不受前面約束，接想完成的事或決心等。

0560 □□□
かんしゅう
【慣習】

名 習慣，慣例

類 習慣

例 <ruby>各国<rt>かっこく</rt></ruby>にはそれぞれに<ruby>異<rt>こと</rt></ruby>なる<ruby>暮<rt>く</rt></ruby>らしの<ruby>慣習<rt>かんしゅう</rt></ruby>がある。
／每個國家均有各自截然不同的生活習慣。

0561 □□□
かんしゅう
【観衆】

名 觀眾

類 観客

例 <ruby>逆転<rt>ぎゃくてん</rt></ruby>ホームランに<ruby>観衆<rt>かんしゅう</rt></ruby>は<ruby>沸<rt>わ</rt></ruby>いた。
／那支再見全壘打讓觀眾歡聲雷動。

0562
□□□
がんしょ
【願書】
(名) 申請書

例 1月31日までに希望の大学に願書を提出しなければならない。
／提送大學入學申請書的截止日期是元月三十一日。

0563
□□□
かんしょう
【干渉】
(名・自サ) 干預，參與，干涉；(理)(音波，光波的)
干擾

(類) 口出し

例 度重なる内政干渉に反発の声が高まっている。
／過度的干涉內政引發了愈來愈強烈的抗議聲浪。

0564
□□□
がんじょう
【頑丈】
(形動)(構造) 堅固；(身體) 健壯

(類) 丈夫

例 このパソコンは、衝撃や水濡れに強く、頑丈です。
／這台個人電腦耐震且防水性強，非常堅固。

0565
□□□
かんしょく
【感触】
(名) 觸感，觸覺；(外界給予的) 感觸，感受

(類) 触感

例 球児たちが甲子園球場の芝の感触を確かめている。
／青少年球員們正在撫觸感受著甲子園棒球場的草皮。

0566
□□□
かんじん
【肝心・肝腎】
(名・形動) 肝臟與心臟；首要，重要，要緊；感激

(類) 大切

例 どういうわけか肝心な時に限って風邪をひきがちです。
／不知道什麼緣故，每逢緊要關頭必定會感冒。

0567
□□□
かんせい
【歓声】
(名) 歡呼聲

例 彼が舞台に登場するや、大歓声が沸きあがった。
／他一登上舞台，就響起了一片歡呼聲。

0568
□□□

かんぜい
【関税】

⑧ 關稅，海關稅

⑳ 関税を課す理由の一つに国内産業の保護があります。
／課徵關稅的理由之一是保護國內產業。

0569
□□□

がんせき
【岩石】

⑧ 岩石

⑲ 石
⑳ 日本列島には地域によって異なる岩石が分布している。
／不同種類的岩石分布在日本列島的不同區域。

0570
□□□

かんせん
【幹線】

⑧ 主要線路，幹線

⑫ 支線
⑳ 幹線道路付近では騒音に悩まされている住宅もある。
／緊鄰主要交通幹道附近的部分居民常為噪音所苦。

0571
□□□

かんせん
【感染】

⑧·⑪ 感染；受影響

⑲ うつる
⑳ インフルエンザに感染しないよう、手洗いとうがいを頻繁にしています。／時常洗手和漱口，以預防流行性感冒病毒入侵。

0572
□□□

かんそ
【簡素】

⑧·⑯ 簡單樸素，簡樸

⑫ 複雑 ⑲ 簡単
⑳ このホテルは簡素だが、独特の趣がある。
／這家旅館雖然質樸，卻饒富獨特風情。

0573
□□□

かんてん
【観点】

⑧ 觀點，看法，見解

⑲ 立場
⑳ 彼は観点が独特で、いつも斬新なアイディアを出す。
／他的觀點很特殊，總是能提出嶄新的點子。

0574
□□□

かんど
【感度】

⊛ 敏感程度，靈敏性

例 機械の感度が良すぎて、かえって誤作動が起こる。

／機械的敏感度太高，反倒容易被誤觸啟動開關。

0575
□□□

かんにさわる
【癇に障る】

⊛ 觸怒，令人生氣

例 あいつの態度は、なんか癇に障るんだよな。

／那傢伙的態度實在會把人惹毛耶！

0576
□□□

カンニング
【cunning】

⊛ 名・自サ（考試時的）作弊

例 ほかの人の答案をカンニングするなんて、
許すまじき行為だ。

／竟然偷看別人的答案，這行為真是<u>不可原諒</u>。

文法
まじき（名詞）
[不該有（的）…]
▶ 前接指責的對象，指責
話題中人物的行為，不符
其身份、資格或立場。

0577
□□□

がんねん
【元年】

⊛ 元年

例 平成元年を限りに運行は停止しています。

／從平成元年起就停止運行了。

文法
をかぎりに
[從…之後就不（沒）…]
▶ 表示在此之前一直持續
的事，從此以後不再繼續
下去。

0578
□□□

カンパ
【(俄)kampanija】

⊛ 名・他サ（「カンパニア」之略）勸募，募集的款項
募集金；應募捐款

例 その福祉団体は、資金をカンパに頼っている。

／那個社福團體靠著募款獲得資金。

0579
□□□

かんぶ
【幹部】

⊛ 主要部分；幹部（特指領導幹部）

類 重役

例 幹部は責任を秘書に押し付けた。

／幹部把責任推到了秘書的身上。

0580 □□□

かんぺき
【完璧】

名·形動 完善無缺，完美

類 パーフェクト

例 書類はミスなく完璧に仕上げてください。
／請將文件製作得盡善盡美，不得有任何錯漏。

0581 □□□

かんべん
【勘弁】

名·他サ 饒恕，原諒，容忍；明辨是非

類 許す

例 今回だけは勘弁してあげよう。
／這次就饒了你吧！

0582 □□□

かんむりょう
【感無量】

名·形動（同「感慨無量」）感慨無量

類 感慨無量

例 長年の夢が叶って、感無量です。
／總算達成多年來的夢想，令人感慨萬千。

0583 □□□

かんゆう
【勧誘】

名·他サ 勸誘，勸說；邀請

類 誘う

例 消費者生活センターには、悪質な電話勧誘に関する相談が寄せ
られている。
／消費者諮詢中心受理民眾遭強行電話推銷的求助事宜。

0584 □□□

かんよ
【関与】

名·自サ 干與，參與

類 参与

例 事件に関与しているなら、事実を正直に話した方がいい。
／若是參與了那起事件，還是誠實說出真相比較好。

0585 □□□

かんよう
【寛容】

名・形動・他サ 容許，寬容，容忍

類 寬大

例 たとえ聖職者であれ、寛容ではいられない
こともある。
／就算身為聖職人員，還是會遇到無法寬恕的狀況。

文法

であれ [即使是…也…]

▶ 表示不管前項是什麼情況，後項的事態都還是一樣。後項多為說話者主觀判斷或推測內容。

0586 □□□

かんよう
【慣用】

名・他サ 慣用，慣例

類 常用

例 慣用句を用いると日本語の表現がさらに豊かになる。
／使用日語時加入成語，將使語言的表達更為豐富多采。

0587 □□□

がんらい
【元来】

副 本來，原本，生來

類 そもそも

例 元来、文章とは読者に伝わるように書いて
しかるべきだ。
／所謂的文章，原本就應該寫得讓讀者能夠理解。

文法

とは [所謂]

▶ 表示定義，前項是主題，後項對這主題的特徵等進行定義。

てしかるべきだ [應當…]

▶ 表示那樣做是恰當的。用適當的方法來解決事情。

0588 □□□

かんらん
【観覧】

名・他サ 觀覽，參觀

類 見物

例 紅白歌合戦を NHK の会場で観覧した。
／我是在 NHK 的會場觀賞紅白歌唱大賽的。

0589 □□□

かんりょう
【官僚】

名 官僚，官吏

類 役人

例 あの事件にはひとり政治家だけでなく、官
僚や大企業の経営者も関与していた。／不只
是政客，就連官僚和大企業家也都有涉及這個案件。

文法

ひとり～だけで(は)なく
[不只是…]

▶ 表示不只是前項，涉及的範圍更擴大到後項。後項內容是說話者所偏重、重視的。

0590
□□□

かんれい
【慣例】

名 慣例，老規矩，老習慣

類 習わし

例 本案は、会社の慣例に従って処理します。
／本案將遵循公司過去的慣例處理。

0591
□□□

かんれき
【還暦】

名 花甲，滿 60 周歲的別稱

類 華甲

例 父は還暦を迎えると同時に退職した。 ／家父在花甲之年退休。

0592
□□□

かんろく
【貫録】

名 尊嚴，威嚴；威信；身份

例 最近、彼には横綱としての貫録が出てきた。
／他最近逐漸展現身為最高榮譽相撲選手—橫綱的尊榮氣度。

0593
□□□

かんわ
【緩和】

名・自他サ 緩和，放寬

反 締める 類 緩める

例 規制を緩和しようと、緩和しまいと、大した違いはない。
／不管放不放寬限制，其實都沒有什麼差別。

文法

うと～まいと
[不管…不…都]

▶ 表逆接假定條件。無論前面情況如何，後面不會受前面約束，都是會成立的。

 き

0594
□□□
Track **19**

きあい
【気合い】

名 運氣，運氣時的聲音，吶喊；（聚精會神時的）氣勢；呼吸；情緒，性情

例 気合いを入れて決勝戦に臨む。 ／提高鬥志，迎向決戰。

0595
□□□

ぎあん
【議案】

名 議案

類 議題

例 議案が可決されるかどうかは、表決が行われるまで分からない。
／在表決結束之前，尚無法確知該議案是否能夠通過。

0596 □□□

きがい
【危害】

名 危害，禍害；災害，災禍

例 健康に危害を加える食品は避けた方が賢明です。
／比較聰明的作法是盡量避免攝取會危害健康的食品。

0597 □□□

きがおもい
【気が重い】

慣 心情沉重

例 試験のことで気が重い。
／因考試而心情沉重。

0598 □□□

きがきく
【気が利く】

慣 機伶，敏慧

例 新人なのに気が利く。／雖是新人但做事機敏。

0599 □□□

きがきでない
【気が気でない】

慣 焦慮，坐立不安

例 もうすぐ卒業だというのに就職が決まらない娘のことを思うと、気が気でない。
／一想到女兒再過不久就要畢業了，到現在居然還沒找到工作，實在讓我坐立難安。

0600 □□□

きかく
【企画】

名・他サ 規劃，計畫

類 企て

例 あなたの協力なくしては、企画は実現できなかったでしょう。
／沒有你的協助，應該無法實踐企劃案吧。

文法
なくして(は)〜ない
[如果沒有…就不…]
▶ 表示假定的條件。表示如果沒有前項，後項的事情會很難實現。

0601 □□□

きかく
【規格】

名 規格，標準，規範

類 標準

例 部品の規格いかんでは、海外から新機器を導入する必要がある。
／根據零件的規格，有必要從海外引進新的機器。

文法
いかんで(は)[根據…]
▶ 表示依據。根據前面狀況來進行後面，變化視前面情況而定。
▶ 近をふまえて[根據…]

0602 □□□
きかざる
【着飾る】
他五 盛裝，打扮

類 盛装する

例 どんなに着飾ろうが、人間中身は変えられない。
／不管再怎麼裝扮，人的內在都是沒辦法改變的。

0603 □□□
きがすむ
【気が済む】
慣 滿意，心情舒暢

例 謝られて気が済んだ。／得到道歉後就不氣了。

0604 □□□
きがね
【気兼ね】
名・自サ 多心，客氣，拘束

類 遠慮

例 彼女は気兼ねなく何でも話せる親友です。
／她是我的摯友，任何事都可對她毫無顧忌地暢所欲言。

0605 □□□
きがむく
【気が向く】
慣 心血來潮；有心

例 気が向いたら来てください。
／等你有意願時請過來。

0606 □□□
きがる
【気軽】
形動 坦率，不受拘束；爽快；隨便

反 気重　類 気楽

例 何かあればお気軽にお問い合わせください。
／如有任何需求或疑問，請不必客氣，儘管洽詢服務人員。

0607 □□□
きかん
【器官】
名 器官

例 外からの刺激を感じ取るのが感覚器官です。
／可以感受到外界刺激的是感覺器官。

0608
□□□
き|かん
【季刊】
名 季刊

例 季刊誌は 3 ヶ月に 1 回発行される。
／季刊雜誌是每三個月出版一期。

0609
□□□
き|かんしえん
【気管支炎】
名（醫）支氣管炎

例 風邪がなかなか治らないと思ったら、気管支炎だった。
／還想著這次感冒怎麼拖了那麼久還沒好，原來是支氣管炎。

0610
□□□
き|き
【危機】
名 危機，險關

類 ピンチ
例 1997 年にタイを皮切りとしてアジア通貨危機が生じた。
／1997 年從泰國開始，掀起了一波亞洲的貨幣危機。

0611
□□□
き|きとり
【聞き取り】
名 聽見，聽懂，聽後記住；（外語的）聽力

類 ヒアリング
例 今日の試験では、普段にもまして聞き取りが悪かった。
／今天考試的聽力部份考得比平時還糟。

文法
に(も)まして [更加地…]
▶ 表示兩個事物相比較。比起前項，後項更勝一籌。

0612
□□□
き|きめ
【効き目】
名 效力，效果，靈驗

類 効果
例 この薬の効き目いかんで、手術するかしないかが決まる。
／是否動手術，就看這個藥的效果了。

文法
いかんで(は)[根據…]
▶ 表示依據。根據前面狀況來進行後面，變化視前面情況而定。
▶ 近をふまえて [根據…]

0613
□□□
き|きょう
【帰京】
名・自サ 回首都，回東京

例 単身赴任を終え、3 年ぶりに帰京することになった。
／結束了單身赴任的生活，決定回到睽違三年的東京。

讀書計劃：□□/□□/□□

0614
□□□

ぎきょく
【戯曲】

名 劇本，腳本；戲劇

類 ドラマ

例 芝居好きが高じて、とうとう自分で戯曲を書くまでになった。
/從喜歡戲劇，接著更進一步，最後終於親自寫起戲曲來了。

0615
□□□

ききん
【基金】

名 基金

例 同基金は、若い美術家を支援する為に設立されました。
/該基金會之宗旨為協助年輕藝術家。

0616
□□□

きげき
【喜劇】

名 喜劇，滑稽劇；滑稽的事情

反 悲劇　類 コメディー

例 気持ちが沈んでいる時には、喜劇を見て気晴らしすることが多い。/當情緒低落時，多半可藉由觀賞喜劇以掃除陰霾。

0617
□□□

ぎけつ
【議決】

名・他サ 議決，表決

類 決める

例 次の条項は、委員会による議決を経なければなりません。
/接下來的條款，必須經由委員會表決。

0618
□□□

きけん
【棄権】

名・他サ 棄權

例 マラソンがスタートするや否や、足の痛みで棄権を強いられた。
/馬拉松才剛起跑，就因為腳痛而立刻被迫棄權了。

文法
やいなや[剛…就…]
▶ 表示前一個動作才剛做完，甚至還沒做完，就馬上引起後項的動作。

0619
□□□

きげん
【起源】

名 起源

反 終わり　類 始まり

例 七夕行事の起源についてはいろいろな説がある。
/關於七夕之慶祝儀式的起源，有各式各樣的說法。

0620
□□□ **きこう**
【機構】

名 機構，組織；（人體、機械等）結構，構造

類 体系

例 本機構は、8名の委員及び機構長からなる。
／本單位的成員包括八名委員與首長。

0621
□□□ **きごころ**
【気心】

名 性情，脾氣

例 気心の知れた友人たちとおしゃべりするのが一番のストレス解消法です。／和志同道合的朋友們在一起聊天是最能消除壓力的方法。

0622
□□□ **きこん**
【既婚】

名 已婚

反 未婚

例 ただ既婚者のみならず、結婚を控えているカップルも参加してよい。
／不僅是已婚者，即將結婚的男女朋友也都可以參加。

文法

ただ～のみならず
[不僅…而且]

▶ 表示不僅只前項這樣，後接的涉及範圍還要更大、還要更廣。

▶ 近にかぎったことではない[不僅僅…]

0623
□□□ **きざ**
【気障】

形動 裝模作樣，做作；令人生厭，刺眼

類 気取る

例 ラブストーリーの映画にはきざなセリフがたくさん出てくる。
／在愛情電影裡，常出現很多矯情造作的台詞。

0624
□□□ **きさい**
【記載】

名・他サ 刊載，寫上，刊登

類 載せる

例 賞味期限は包装右上に記載してあります。
／食用期限標註於外包裝的右上角。

0625 □□□

きさく
【気さく】

形動 坦率，直爽，隨和

例 容姿もさることながら、気さくな人柄で人気がある。

/長相自不待言，再加上親和力，使他相當受歡迎。

文法

もさることながら
[不用說…]

▶ 前接基本內容，後接強調內容。表示雖然不能忽視前項，但後項更進一步。

0626 □□□

きざし
【兆し】

名 預兆，徵兆，跡象；萌芽，頭緒，端倪

類 兆候

例 午後になって天気は回復の兆しが出てきた。

/到了下午，出現了天氣轉晴的預兆。

0627 □□□

きしつ
【気質】

名 氣質，脾氣；風格

類 気だて

例 気質は生まれつきの要素が大きく、変わりにくい。

/氣質多為與生俱來，不易改變。

0628 □□□

きじつ
【期日】

名 日期；期限

類 期限

例 ごみは期日を守って出してください。

/垃圾請按照規定的日子拿出來丟。

0629 □□□

ぎじどう
【議事堂】

名 國會大廈；會議廳

例 中学生の時、社会科見学で国会議事堂を参観した。

/我曾在中學時代的社會課程校外教學時，參觀過國會議事堂。

0630 □□□

きしむ
【軋む】

自五 （兩物相摩擦）吱吱嘎嘎響

例 この家は古いので、床がきしんで音がする。

/這間房子的屋齡已久，在屋內踏走時，地板會發出嘎吱聲響。

0631
□□□

きじゅつ
【記述】

(名・他サ) 描述，記述；闡明

20

例 記述式の問題が苦手だ。
／不擅長解答說明類型的問題。

0632
□□□

きしょう
【気象】

(名) 氣象；天性，秉性，脾氣

類 気候

例 世界的な異常気象のせいで、今年の桜の開花予想は例年にもまして難しい。
／因為全球性的氣候異常，所以要預測今年的櫻花開花期要比往年更加困難。

文法
に(も)まして [更加地…]
▶ 表示兩個事物相比較。比起前項，後項更勝一籌。

0633
□□□

きずく
【築く】

(他五) 築，建築，修建；構成，（逐步）形成，累積

類 築き上げる

例 同僚といい関係を築けば、より良い仕事ができるでしょう。
／如果能建立良好的同事情誼，應該可以提昇工作成效吧！

0634
□□□

きずつく
【傷付く】

(自五) 受傷，負傷；弄出瑕疵，缺陷，毛病（威信、名聲等）遭受損害或敗壞，（精神）受到創傷

類 負傷する

例 相手が傷つこうが、言わなければならないことは言います。
／即使會讓對方受傷，該說的話還是要說。

文法
うが [不管是…]
▶ 表逆接假定。後面不受前面約束，接想完成的事或決心等。

0635
□□□

きずつける
【傷付ける】

(他下一) 弄傷；弄出瑕疵，缺陷，毛病，傷痕，損害，損傷；敗壞

例 子供は知らず知らずのうちに相手を傷つけてしまうことがある。
／小孩子或許會在不自覺的狀況下，傷害到其他同伴。

0636 □□□
きせい【規制】
名・他サ 規定（章則），規章；限制，控制

類 規定

例 昨年、飲酒運転に対する規制が強化された。
／自去年起，酒後駕車的相關規範已修訂得更為嚴格。

0637 □□□
ぎせい【犠牲】
名 犠牲；（為某事業付出的）代價

例 時には犠牲を払ってでも手に入れたいものもある。
／某些事物讓人有時不惜犠牲亦勢在必得。

0638 □□□
きせん【汽船】
名 輪船，蒸汽船

類 蒸気船

例 太平洋を最初に横断した汽船の名前はなんですか。
／第一艘横越太平洋的蒸汽船，船號叫什麼呢？

0639 □□□
きぞう【寄贈】
名・他サ 捐贈，贈送

類 寄付

例 これは私の恩師が大学に寄贈した貴重な書籍です。
／這些寶貴的書籍是由我的恩師捐贈給大學的。

0640 □□□
ぎぞう【偽造】
名・他サ 偽造，假造

類 偽物

例 偽造貨幣を見分ける機械はますます精密になってきている。
／偽鈔辨識機的鑑別力越來越精確。

0641 □□□
きぞく【貴族】
名 貴族

類 貴人

例 貴族の豪華な食事にひきかえ、平民の食事は質素なものだった。／相較於貴族們的豪華用餐，平民用餐儉樸了許多。

文法

にひきかえ［和…比起來］
▶ 比較兩個相反或差異性很大的事物。含有說話者主觀看法。

0642 □□□
きだい
【議題】

(名) 議題，討論題目

(類) 議案

(例) 次回の会合では、省エネ対策が中心議題になるでしょう。
／下次會議將以節能對策為主要議題吧！

0643 □□□
きたえる
【鍛える】

(他下一) 鍛，錘鍊；鍛鍊

(類) 鍛鍊する

(例) ふだんどれだけ体を鍛えていようが、風邪をひく時はひく。
／無論平常再怎麼鍛鍊身體，還是沒法避免感冒。

0644 □□□
きだて
【気立て】

(名) 性情，性格，脾氣

(類) 性質

(例) 彼女はただ気立てがいいのみならず、社交的で話しやすい。
／她不僅脾氣好，也善於社交，聊起來很愉快。

文法

ただ～のみならず
[不僅…而且]

▶ 表示不僅只前項這樣，後接的涉及範圍還要更大、還要更廣。

0645 □□□
きたる
【来る】

(自五・連體) 來，到來；引起，發生；下次的

(反) 去る　(類) くる

(例) 来る 12 月 24 日のクリスマスイブの為に、3 メートルからあるツリーを飾りました。
／為了即將到來的 12 月 24 日耶誕夜，裝飾了一棵高達三公尺的耶誕樹。

文法

からある
[足有…之多…]

▶ 前面接表數量的詞，強調數量之多、超乎常理的。含「目測大概這麼多，說不定還更多」意思。

0646 □□□
きちっと

(副) 整潔，乾乾淨淨；恰當；準時；好好地

(類) ちゃんと、きちんと

(例) きちっと断ればいいものを、あいまいな返事をするから事件に巻き込まれることになる。
／當初若斬釘截鐵拒絕就沒事了，卻因給了模稜兩可的回覆，才會被捲入麻煩中。

文法

(ば) ～ものを [可是…]

▶ 表示說話者以悔恨、不滿、責備的心情，來說明前項的事態沒有按照期待的方向發展。

0647 □□□ きちょうめん【几帳面】

名・形動 規規矩矩，一絲不苟；(自律) 嚴格，(注意) 周到

反 不真面目　類 真面目

例 この子は小さい時から几帳面すぎるきらいがある。
／這孩子從小時候就有些過於一絲不苟。

文法
きらいがある [有些…]
▶ 表示有某種不好的傾向。這種傾向從表面是看不出來的，它具有某種本質性的性質。

0648 □□□ きっかり

副 正，洽

類 丁度

例 9時きっかりに部長から電話がかかってきた。／經理於九點整打電話來了。

0649 □□□ きっちり

副・自サ 正好，恰好

類 ぴったり

例 1円まできっちりミスなく計算してください。
／請仔細計算帳目至分毫不差。

0650 □□□ きっぱり

副・自サ 乾脆，斬釘截鐵；清楚，明確

類 はっきり

例 嫌なら、きっぱり断った方がいいですよ。
／如果不願意的話，斷然拒絕比較好喔！

0651 □□□ きてい【規定】

名・他サ 規則，規定

類 決まり

例 法律で定められた規定に則り、適切に処理します。
／依循法定規範採取適切處理。

0652 □□□ きてん【起点】

名 起點，出發點

反 終点　類 出発点

例 山手線は、起点は品川駅、終点は田端駅です。
／山手線的起點為品川站，終點為田端站。

0653
□□□

きどう
【軌道】

名（鐵路、機械、人造衛星、天體等的）軌道；正軌

類 コース

例 新しい人工衛星は、計画通り軌道への投入に成功した。
／新的人工衛星一如計畫，成功地送進軌道了。

0654
□□□

きなが
【気長】

名・形動 緩慢，慢性；耐心，耐性

例 ダイエットは気長に取り組むのが大切です。
／減重的關鍵在於永不懈怠的努力。

0655
□□□

きにくわない
【気に食わない】

慣 不稱心；看不順眼

例 気に食わない奴だ。
／我看他不順眼。

0656
□□□

ぎのう
【技能】

名 技能，本領

類 腕前

例 運転免許を取るには、技能試験に合格しなければならない。
／要取得駕駛執照，就必須通過路考才行。

0657
□□□

きはん
【規範】

名 規範，模範

類 手本

例 大学は研究者に対して行動規範を定めています。
／大學校方對於研究人員的行為舉止，訂有相關規範。

0658
□□□

きひん
【気品】

名（人的容貌、藝術作品的）品格，氣派

類 品格

例 気品のある女性とはどのような女性ですか。
／所謂氣質優雅的女性，是什麼樣的女性呢？

文法

とは [所謂]

▶ 表示定義，前項是主題，後項對這主題的特徵等進行定義。

0659 □□□
き ふう
【気風】
名 風氣，習氣；特性，氣質；風度，氣派

類 性質
例 堅実さが日本人の気風だと考える人もいる。
／某些人認為忠實可靠是日本人的秉性。

0660 □□□
き ふく
【起伏】
名・自サ 起伏，凹凸；榮枯，盛衰，波瀾，起落

反 平ら 類 でこぼこ
例 感情の起伏は自分でどうしようもできないものである。
／感情起伏無法自我掌控。

0661 □□□
き ぼ
【規模】
名 規模；範圍；榜樣，典型

類 仕組み
例 大規模な計画の見直しを余儀なくされる可能性がある。
／有可能得大規模重新評估計畫。

文法
をよぎなくされる
[只得…]
▶ 因為大自然或環境等，個人能力所不能及的強大力量，不得已被迫做後項。

0662 □□□
き まぐれ
【気紛れ】
名・形動 反覆不定，忽三忽四；反復不定，變化無常

類 移り気
例 やったり、やめたり、彼は本当に気まぐれといったらない。
／他一下子要做，一下子又不做，實在反覆無常。

文法
といったらない
[…極了]
▶ 先提出討論對象，強調事物的程度是極端到無法形容的。後接對此產生的感情表現。

0663 □□□
き まじめ
【生真面目】
名・形動 一本正經，非常認真；過於耿直

反 不真面目 類 几帳面
例 彼は以前にもまして生真面目になっていた。
／他比以前更加倍認真。

文法
に（も）まして [更加地…]
▶ 表示兩個事物相比較。比起前項，後項更勝一籌。

0664
□□□
き|まつ
【期末】
(名) 期末

▶ 期末テストが近づき、毎日、試験勉強を遅くまでしている。
／隨著期末考試的日期越來越近，每天都讀到很晚才上床睡覺。

0665
□□□
きまりわるい
【きまり悪い】
(形) 趕不上的意思；不好意思，拉不下臉，難為情，害羞，尷尬

(類) 気恥ずかしい

▶ 会話が盛り上がらずに、お互いきまり悪いといったらない。
／談聊不投機，彼此都尷尬極了。

文法
といったらない […極了]
▶ 先提出討論對象，強調事物的程度是極端到無法形容的。後接對此產生的感情表現。

0666
□□□
き|めい
【記名】
(名・自サ) 記名，簽名

(類) 署名

▶ 記名式のアンケートは、回収率が悪い。／記名式問卷的回收率很低。

0667
□□□
TRACK
21
き|やく
【規約】
(名) 規則，規章，章程

(類) 規則

▶ 規約にはっきり書いてあるのだから、知らなかったでは済まない。
／規定上面寫得清清楚楚的，不能單說一句不知道就把事情推得一乾二淨。

0668
□□□
きゃ|くしょく
【脚色】
(名・他サ)（小說等）改編成電影或戲劇；添枝加葉，誇大其詞

▶ 脚色によって作品は良くも悪くもなる。
／戲劇改編之良莠會影響整部作品的優劣。

0669
□□□
ぎゃ|くてん
【逆転】
(名・自他サ) 倒轉，逆轉；反過來；惡化，倒退

(類) 逆回転

▶ 残り2分で逆転負けするなんて、悔しいといったらない。／在最後兩分鐘被對方反敗為勝，真是難以言喻的悔恨。

文法
といったらない […極了]
▶ 先提出討論對象，強調事物的程度是極端到無法形容的。後接對此產生的感情表現。

0670 □□□ きゃくほん 【脚本】

名（戲劇、電影、廣播等）劇本；腳本

類 台本

例 脚本あっての芝居ですから、役者は物語の意味をしっかりとらえるべきだ。
／戲劇建立在腳本之上，演員必須要確實掌握故事的本意才是。

文法

あっての（名詞）[建立在…之上…]

▶ 表示因為有前面的事情，後面才能夠存在。若無前面條件，就無後面結果。

0671 □□□ きゃしゃ 【華奢】

形動 身體或容姿纖細，高雅，柔弱；東西做得不堅固，容易壞；纖細，苗條；嬌嫩，不結實

類 か弱い

例 彼女は本当にきゃしゃで今にも折れてしまいそうです。
／她的身材真的很纖瘦，宛如被風一吹，就會給吹跑似的。

0672 □□□ きゃっかん 【客観】

名 客觀

反 主観

例 率直に客観的な意見を言ったまでのことです。
／只不過坦率說出客觀意見罷了。

0673 □□□ キャッチ 【catch】

名・他サ 捕捉，抓住；（棒球）接球

類 捉える

例 ボールを落とさずキャッチした。 ／在球還沒有落地之前就先接住了。

0674 □□□ キャップ 【cap】

名 運動帽，棒球帽；筆蓋

例 この万年筆は、書き味ばかりでなくキャップのはめ心地に至るまで、職人芸の極みだ。
／這支鋼筆，從書寫的流暢度，乃至於套上筆蓋的鬆緊度，可以說是工匠藝術的登峰造極。

文法

にいたるまで [至…]

▶ 表示事物的範圍已經達到了極端程度。

▶ 近にいたる [發展到…程度]

のきわみ（だ）[真是…極了]

▶ 形容事物達到了極高的程度。多用來表達說話者激動時的那種心情。

0675
□□□

ギャラ
【guarantee 之略】

名（預約的）演出費，契約費

例 ギャラを支払う。
／支付演出費。

0676
□□□

キャリア
【career】

名 履歴，經歷；生涯，職業；（高級公務員考試及格的）公務員

類 経歴

例 これはひとりキャリアだけでなく、人生にかかわる問題です。
／這不僅是段歷程，更攸關往後的人生。

文法
ひとり～だけで（は）なく
[不只是…]
▶ 表示不只是前項，涉及的範圍更擴大到後項。後項內容是說話者所偏重、重視的。

0677
□□□

きゅうえん
【救援】

名・他サ 救援；救濟

類 救う

例 被害の状況が明らかになるや否や、たくさんの救援隊が相次いで現場に駆けつけた。
／一得知災情，許多救援團隊就接續地趕到了現場。

文法
やいなや [剛…就…]
▶ 表示前一個動作才剛做完，甚至還沒做完，就馬上引起後項的動作。

0678
□□□

きゅうがく
【休学】

名・自サ 休學

例 交通事故に遭ったので、しばらく休学を余儀なくされた。
／由於遇上了交通意外，不得不暫時休學了。

文法
をよぎなくされる [只得…]
▶ 因為大自然或環境等，個人能力所不能及的強大力量，不得已被迫做後項。

0679
□□□

きゅうきょく
【究極】

名・自サ 畢竟，究竟，最終

反 始め
類 終わり

例 私にとって、これは究極の選択です。
／對我而言，這是最終的選擇。

讀書計劃：
□□□
□／□

0680 □□□
きゅうくつ
【窮屈】
(名・形動)(房屋等)窄小,狹窄,(衣服等)緊;感覺拘束,不自由;死板

反 広い
類 狭い
例 ちょっと窮屈ですが、しばらく我慢してください。
／或許有點狹窄擁擠,請稍微忍耐一下。

0681 □□□
きゅうこん
【球根】
(名)(植)球根,鱗莖

類 根茎
例 春に植えた球根は夏に芽を出します。
／在春天種下的球根,到了夏天就會冒出新芽。

0682 □□□
きゅうさい
【救済】
(名・他サ)救濟
類 救助

例 政府が打ち出した救済措置をよそに、株価は大幅に下落した。
／儘管政府提出救濟措施,股價依然大幅下跌。

> **文法**
> をよそに [不管…]
> ▶ 表示無視前面的狀況,進行後項的行為。
> ▶ 近によらず [不分…]

0683 □□□
きゅうじ
【給仕】
(名・自サ)伺候(吃飯);服務生

例 官邸には専門の給仕スタッフがいる。
／官邸裡有專事服侍的雜役工友。

0684 □□□
きゅうしょく
【給食】
(名・自サ)(學校、工廠等)供餐,供給飲食

例 私が育った地域では、給食は小学校しかありませんでした。
／在我成長的故鄉,只有小學才會提供營養午餐。

0685 きゅうせん【休戦】
☐☐☐

名・自サ 休戦，停戦
類 停戦

例 両国は 12 月 31 日をもって休戦することで合意した。
／兩國達成協議，將於 12 月 31 日停戦。

文法
をもって [至…為止]
▶ 表示限度或界線，宣布一直持續的事物，到那一期限結束了。

0686 きゅうち【旧知】
☐☐☐

名 故知，老友

類 昔なじみ
例 彼とは旧知の仲です。／他是我的老朋友。

0687 きゅうでん【宮殿】
☐☐☐

名 宮殿；祭神殿

類 皇居
例 ベルサイユ宮殿は豪華な建築と広く美しい庭園が有名だ。
／凡爾賽宮以其奢華繁複的建築與寬廣唯美的庭園著稱。

0688 きゅうぼう【窮乏】
☐☐☐

名・自サ 貧窮，貧困

反 富んだ 類 貧しい
例 彼女は涙ながらに一家の窮乏ぶりを訴えた。
／她邊哭邊描述家裡的貧窮窘境。

文法
ながらに [邊…邊…]
▶ 表示做某動作的狀態或情景。為「在 A 的狀況之下做 B」的意思。

0689 きゅうゆう【旧友】
☐☐☐

名 老朋友

例 旧友と再会する。
／和老友重聚。

0690 きよ【寄与】
☐☐☐

名・自サ 貢獻，奉獻，有助於…

類 貢献
例 首相は祝辞で「平和と発展に寄与していきたい」と語った。
／首相在賀辭中提到「期望本人能對和平與發展有所貢獻」。

0691 □□□
きょう
【共】
漢造 共同，一起

例 主犯ではなく共犯だから、執行猶予がつか
ないとも限らない。

/既然不是主犯而是共犯，說不定可以被判處緩刑。

文法

ないともかぎらない
[也並非不…]

▶ 表示並非百分之百會
那樣。一般用在說話者擔
心會發生什麼事，覺得
採取某些因應對策較好。

0692 □□□
きょう
【供】
漢造 供給，供應，提供

例 需要と供給によって、市場価格が決まる。

/市場價格取決於供給與需求。

0693 □□□
きょう
【強】
名・漢造 強者；（接尾詞用法）強，有餘；強，有力；
加強；硬是，勉強

反 弱　類 強い

例 クーラーを「強」に調整してください。

/請將空調的冷度調至「強」。

0694 □□□
きょう
【橋】
名・漢造（解）腦橋；橋

類 はし

例 京都の渡月橋はとても有名な観光スポットです。

/京都的渡月橋是處極富盛名的觀光景點。

0695 □□□
きょうい
【驚異】
名 驚異，奇事，驚人的事

例 彼女は驚異的なスピードでゴルフの腕をあげた。

/她打高爾夫球的技巧，進步速度之快令人瞠目結舌。

0696 □□□
きょうか
【教科】
名 教科，學科，課程

例 中学校からは、教科ごとに教える先生が異なります。

/從中學階段開始，每門學科都由不同教師授課。

0697 □□□

きょ|うかい
【協会】

名 協會
類 団体

例 ＮＨＫの正式名称は日本放送協会です。
／NHK 的正式名稱為日本放送協會。

0698 □□□

きょ|うがく
【共学】

名 (男女或黑白人種) 同校，同班 (學習)

例 公立の高校はほとんどが共学です。
／公立高中幾乎均為男女同校制。

0699 □□□

きょ|うかん
【共感】

名・自サ 同感，同情，共鳴

類 共鳴

例 相手の気持ちに共感することも時には大切です。
／有些時候，設身處地為對方著想是相當重要的。

0700 □□□

きょ|うぎ
【協議】

名・他サ 協議，協商，磋商
類 相談

例 協議の結果、計画を見合わせることになった。
／協商的結果，該計畫暫緩研議。

0701 □□□

きょ|うぐう
【境遇】

名 境遇，處境，遭遇，環境

類 身の上

例 いかに悲惨な境遇といえども、犯人の行為
は正当化できるものではない。
／不管有多麼悲慘的境遇，都不能把犯罪者的行為正
當化。

文法

といえども[不管…也…]

▶ 表示逆接轉折。先承
認前項是事實，但後項
並不因此而成立。

0702 □□□ きょうくん 【教訓】

(名・他サ) 教訓，規戒

類 教え

例 あの時の教訓なしに、今の私は存在しないだろう。
／要是沒有那時的教訓，就不會有現在的我。

0703 □□□ 22 きょうこう 【強行】

(名・他サ) 強行，硬幹

類 強引

例 航空会社の社員が賃上げを求めてストライキを強行した。
／航空公司員工因要求加薪而強行罷工。

0704 □□□ きょうざい 【教材】

(名) 教材

類 教科書

例 生徒の進度にあった教材を選択しなければなりません。
／教師必須配合學生的進度擇選教材。

0705 □□□ きょうさく 【凶作】

(名) 災荒，欠收

反 豊作 類 不作

例 今年は冷害のため、4年ぶりに米が凶作となった。
／農作物由於今年遭逢寒害，四年來稻米首度欠收。

0706 □□□ ぎょうしゃ 【業者】

(名) 工商業者

例 仲介を通さず、専門の業者に直接注文した方が安い。
／不要透過仲介商，直接向上游業者下訂單比較便宜。

0707 □□□
きょうじゅ
【享受】
(名・他サ) 享受；享有

例 経済発展の恩恵を享受できるのは一部の国の人々だ。
／僅有少數國家的人民得以享受到經濟發展的好處。

0708 □□□
きょうしゅう
【教習】
(名・他サ) 訓練，教習

類 教育

例 運転免許を取る為3ヶ月間も自動車教習所に通った。
／為取得駕照，已經去駕駛訓練中心連續上了三個月的課程。

0709 □□□
きょうしゅう
【郷愁】
(名) 郷愁，想念故郷；懷念，思念

類 ホームシック

例 初めての台湾旅行で、なぜか郷愁を覚えました。
／在第一次造訪台灣的旅途中，不知道為什麼竟然感到了郷愁。

0710 □□□
きょうしょく
【教職】
(名) 教師的職務；(宗) 教導信徒的職務

例 教職課程は取ったが、実際に教鞭をとったことはない。
／雖然我擁有教師資格，卻從未真正教過學。

0711 □□□
きょうじる
【興じる】
(自上一) (同「興ずる」)感覺有趣，愉快，以…自娛，取樂

類 楽しむ

例 趣味に興じるばかりで、全然家庭を顧みない。
／一直沈迷於自己的興趣，完全不顧家庭。

0712 □□□
きょうせい
【強制】
(名・他サ) 強制，強迫

類 強いる

例 パソコンがフリーズしたので、強制終了した。
／由於電腦當機，只好強制關機了。

0713 ☐☐☐
きょうせい
【矯正】
(名・他サ) 矯正，糾正

例 笑うと歯の矯正器具が見える。
／笑起來的時候會看到牙齒的矯正器。

0714 ☐☐☐
ぎょうせい
【行政】
(名) (相對於立法、司法而言的) 行政；(行政機關執行的) 政務

例 行政が介入する<u>や否や</u>、市場は落ち着きを取り戻した。
／行政機關一介入，市場立刻恢復穩定。

文法
やいなや [剛…就…]
▶ 表示前一個動作才剛做完，甚至還沒做完，就馬上引起後項的動作。

0715 ☐☐☐
ぎょうせき
【業績】
(名) (工作、事業等) 成就，業績

類 手柄
例 営業マンとして、業績を上げ<u>ないではすまない</u>。
／身為業務專員，<u>不</u>提升業績<u>是說不過去的吧</u>。

文法
ないではすまない
[不能不…]
▶ 表示考慮到當時的情況、社會的規則等，是不被原諒的、無法解決問題的。

0716 ☐☐☐
きょうそん・きょうぞん
【共存】
(名・自サ) 共處，共存

例 人間と動物が共存できるようにしなければならない。
／人類必須要能夠與動物共生共存。

0717 ☐☐☐
きょうちょう
【協調】
(名・自サ) 協調；合作

類 協力
例 協調性に欠けていると、人間関係はうまくいかない。
／如果缺乏互助合作精神，就不會有良好的人際關係。

0718 □□□

きょうてい
【協定】
名・他サ 協定

類 約する

例 圧力に屈し、結ぶべからざる協定を締結した。
／屈服於壓力而簽署了不應簽訂的協定。

文法
べからざる（名詞）
[不得…（的）]
▶ 表示禁止、命令。後接的名詞是指不允許做前面行為、事態的對象。

0719 □□□

きょうど
【郷土】
名 故郷，郷土；郷間，地方

類 ふるさと

例 冬になると郷土の味が懐かしくなる。
／每逢冬季，就會開始想念故鄉美食的滋味。

0720 □□□

きょうはく
【脅迫】
名・他サ 脅迫，威脅，恐嚇

類 脅す

例 知らない男に電話で脅迫されて、怖いといったらない。
／陌生男子來電恐嚇，令人心生恐懼至極點。

文法
といったらない […極了]
▶ 先提出討論對象，強調事物的程度是極端到無法形容的。後接對此產生的感情表現。

0721 □□□

ぎょうむ
【業務】
名 業務，工作

類 仕事

例 担当の業務が多すぎて、毎日残業ばかりです。
／由於負責的業務太多，每天都得加班。

0722 □□□

きょうめい
【共鳴】
名・自サ（理）共鳴，共振；共鳴，同感，同情

例 冷蔵庫の音が壁に共鳴してうるさい。
／冰箱的聲響和牆壁產生共鳴，很吵。

0723 □□□
きょうり
【郷里】　　　　　图 故鄉，鄉里

類 田舎（いなか）

例 郷里の良さは、一度離れてみないと分からないものかもしれない。

／不曾離開過故鄉，或許就無法體會到故鄉的好。

0724 □□□
きょうれつ
【強烈】　　　　　形動 強烈

例 彼女の第一印象は非常に強烈でした。

／對她的第一印象非常深刻。

0725 □□□
きょうわ
【共和】　　　　　图 共和

例 アメリカは共和党と民主党の二大政党制だ。

／美國是由共和黨與民主黨這兩大政黨所組成的體制。

0726 □□□
きょくげん
【局限】　　　　　名・他サ 侷限，限定

例 早急に策を講じたので、被害は局限された。

／由於在第一時間就想出對策，得以將受害程度減到最低。

0727 □□□
きょくげん
【極限】　　　　　图 極限

例 疲労の極限に達して、とうとう入院することになった。

／疲勞達到了極限，終於嚴重到住院了。

0728 □□□
きょくたん
【極端】　　　　　名・形動 極端；頂端

類 甚だしい

例 あまりに極端な意見に、一同は顔を見合わせた。

／所有人在聽到那個極度偏激的意見時，無不面面相覷。

0729
□□□
きょじゅう
【居住】
名・自サ 居住；住址，住處

類 住まい

例 チャイナタウン周辺には華僑が多く居住している。
／許多華僑都住在中國城的周邊。

0730
□□□
きょぜつ
【拒絶】
名・他サ 拒絶

反 受け入れる 類 断る

例 拒絶されなかったまでも、見通しは明るくない。
／就算沒遭到拒絶，前途並不樂觀。

0731
□□□
ぎょせん
【漁船】
名 漁船

例 強風に煽られ漁船は一瞬で転覆した。
／漁船遭到強風的猛力吹襲，剎那間就翻覆了。

0732
□□□
ぎょそん
【漁村】
名 漁村

例 漁村は長年後継者不足に苦しんでいる。
／多年來漁村因缺乏接班人，而痛苦不堪。

0733
□□□
きょひ
【拒否】
名・他サ 拒絶，否決

反 受け入れる 類 拒む

例 拒否するなら、理由を説明してしかるべきだ。
／如果拒絶，就應該說明理由。

文法
てしかるべきだ [應當…]
▶ 表示那樣做是恰當的、應當的。用適當的方法來解決事情。

0734
□□□
きょよう
【許容】
名・他サ 容許，允許，寛容

類 許す

例 あなたの要求は我々の許容範囲を大きく超えている。
／你的要求已經遠遠超過我們的容許範圍了。

0735 □□□
きよらか
【清らか】
形動 沒有污垢；清澈秀麗；清澈

反 汚らわしい
類 清い
例 清らかな水の中、魚が気持ちよさそうに泳ぎまわっている。
／魚兒在清澈見底的水裡悠遊自在地游來游去。

0736 □□□
きらびやか
形動 鮮艷美麗到耀眼的程度；絢麗，華麗

類 輝かしい
例 宮殿はきらびやかに飾り立てられていた。
／宮殿到處是金碧輝煌的裝飾。

0737 □□□
きり
【切り】
名 切，切開；限度；段落；（能劇等的）煞尾

類 区切り

文法
たらきりがない [沒完沒了]
▶ 表示如果做前項的動作，會永無止盡，沒有結束的時候。

例 子供は甘やかしたらきりがない。
／假如太過寵溺孩子，他們將會得寸進尺。

0738 □□□
きり
副助 只，僅；一…（就…）；（結尾詞用法）只，全然

類 しか
例 2ヶ月前食事に行ったきり、彼女には会っていません。
／自從兩個月前跟她一起聚過餐後，我們就再也沒見過面了。

0739 □□□ 23
ぎり
【義理】
名 （交往上應盡的）情意，禮節，人情；緣由，道理

例 義理チョコとは何ですか。
／所謂的人情巧克力，到底是什麼東西呢？

文法
とは [所謂]
▶ 表示定義，前項是主題，後項對這主題的特徵等進行定義。

0740 □□□
きりかえ
【切り替え】

㊂ 轉換，切換；兌換；（農）開闢森林成田地（過幾年後再種樹）

㊟ 転換

㊫ 気分の切替が上手な人は仕事の効率も良いといわれている。
／據說善於調適情緒的人，工作效率也很高。

0741 □□□
きりかえる
【切り替える】

㊞他下一 轉換，改換，掉換；兌換

㊟ 転換する

㊫ 仕事とプライベートの時間は切り替えた方がいい。
／工作的時間與私人的時間都要適度調配轉換比較好。

0742 □□□
きりゅう
【気流】

㊂ 氣流

㊫ 気流の乱れで飛行機が大きく揺れた。
／飛機因遇到亂流而搖晃得很嚴重。

0743 □□□
きれめ
【切れ目】

㊂ 間斷處，裂縫；間斷，中斷；段落；結束

㊟ 区切り

㊫ 野菜に切れ目を入れて、花の模様を作る。
／在蔬果上雕出花朵的圖案。

0744 □□□
キレる

㊞自下一 （俗）突然生氣，發怒

㊫ 大人、とりわけ親の問題なくして、子供がキレることはない。
／如果大人都沒有問題，尤其是父母沒有問題，孩子就不會出現暴怒的情緒。

文法

なくして（は）～ない
[如果沒有…就不…]

▶ 表示假定的條件。表示如果沒有前項，後項的事情會很難實現。

0745
☐☐☐

ぎわく
【疑惑】

图 疑惑，疑心，疑慮

類 疑い

例 疑惑を晴らす為とあれば、法廷で証言してもかまわない。

／假如是為釐清疑點，就算要到法庭作證也行。

0746
☐☐☐

きわめて
【極めて】

副 極，非常

類 非常に

例 このような事態が起こり、極めて遺憾に思います。

／發生如此事件，令人至感遺憾。

0747
☐☐☐

きわめる
【極める】

他下一 查究；到達極限

例 道を極めた達人の言葉だけに、重みがある。

／追求極致這句話出自專家的口中，尤其具有權威性。

0748
☐☐☐

きん
【菌】

图・漢造 細菌，病菌，霉菌；蘑菇

類 ウイルス

例 傷口から菌が入って、化膿した。／傷口因細菌感染而化膿了。

0749
☐☐☐

きんがん
【近眼】

图（俗）近視眼；目光短淺

反 遠視 類 近視

例 近眼はレーザーで治療することができる。

／可採用雷射方式治療近視。

0750
☐☐☐

きんきゅう
【緊急】

图・形動 緊急，急迫，迫不及待

類 非常

例 緊急の場合は、以下の電話番号に連絡してください。

／如遇緊急狀況，請撥打以下的電話號碼與我們聯絡。

0751 ☐☐☐
きんこう
【近郊】
名 郊區，近郊

例 近郊には散策にぴったりの下町がある。
／近郊有處還留存著懷舊風情的小鎮，非常適合踏訪漫步。

0752 ☐☐☐
きんこう
【均衡】
名・自サ 均衡，平衡，平均

類 バランス

例 両足への荷重を均衡に保って歩いた方が、足の負担が軽減できる。
／行走時，將背負物品的重量平均分配於左右雙腳，可以減輕腿部的承重負荷。

0753 ☐☐☐
きんし
【近視】
名 近視，近視眼

反 遠視 類 近眼

例 小さい頃から近視で、眼鏡が手放せない。
／因我從小就罹患近視，因此無時無刻都得戴著眼鏡。

0754 ☐☐☐
きんじる
【禁じる】
他上一 禁止，不准；禁忌，戒除；抑制，控制

類 禁止する

例 機内での喫煙は禁じられています。／禁止在飛機機內吸菸。

0755 ☐☐☐
きんべん
【勤勉】
名・形動 勤勞，勤奮

反 不真面目 類 真面目

例 勤勉だからと言って、成績が優秀だとは限らない。
／即使勤勉用功讀書，也未必保證成績一定優異。

0756 ☐☐☐
ぎんみ
【吟味】
名・他サ （吟頌詩歌）仔細體會，玩味；（仔細）斟酌，考慮

類 検討

例 低価格であれ、高価格であれ、品質を吟味する必要がある。／不管價格高低，都必須審慎考量品質。

文法
であれ～であれ
[不管…都…]
▶ 表示不管前項如何，後項皆可成立。

0757
□□□

きんむ
【勤務】

名・自サ 工作，勤務，職務

類 役目

例 勤務時間に私用の電話はしないでください。

／上班時，請不要撥打或接聽私人電話。

0758
□□□

きんもつ
【禁物】

名 嚴禁的事物；忌諱的事物

例 試験中、私語は禁物です。

／考試中禁止交頭接耳。

0759
□□□

きんり
【金利】

名 利息；利率

例 金利を引き下げる。

／降低利息。

0760
□□□

きんろう
【勤労】

名・自サ 勤勞，勞動（狹意指體力勞動）

類 労働

例 11 月 23 日は勤労感謝の日で祝日です。

／11 月 23 日是勤勞感謝日，當天為國定假日。

く

0761
□□□
Week **24**

く
【苦】

名・漢造 苦（味）；痛苦；苦惱；辛苦

類 苦い

例 人生、苦もあれば楽もあるとはよく言ったものだ。

／「人生有苦有樂」這句話說得真貼切。

0762
□□□

く
【区】

名 地區，區域；區

類 ブロック

例 六本木は港区にあります。

／六本木屬於港區。

0763
□□□
く**いちがう**
【食い違う】
自五 不一致，有分歧；交錯，錯位

類 矛盾
例 ただその一点のみ、双方の意見が食い違っている。
／雙方的意見僅就那一點相左。

文法
ただ～のみ［只有…］
▶ 表示限定除此之外，沒有其他。

0764
□□□
く**うかん**
【空間】
名 空間，空隙

例 あの部屋のデザインは大きな空間ならではだ。
／正因為空間夠大，所以那房間才能那樣設計。

文法
ならでは
［正因為…才有（的）…］
▶ 表示如果不是前項，就沒後項，正因為是這人事物才會這麼好。是高評價的表現方式。

0765
□□□
く**うぜん**
【空前】
名 空前

類 スペース
例 ゆるキャラが空前の大ブームを巻き起こしている。
／療癒系公仔正捲起一股空前的熱潮。

0766
□□□
く**うふく**
【空腹】
名 空腹，空肚子，餓

反 満腹 類 飢える
例 空腹を我慢しすぎるとめまいがします。
／如果強忍空腹太久，就會導致暈眩。

0767
□□□
く**かく**
【区画】
名 區劃，劃區；（劃分的）區域，地區

類 地域
例 都市計画に即して、土地の区画整理を行います。
／依照都市計劃進行土地重劃。

文法
にそくして［依…（的）］
▶ 以某項規定、規則來處理，以其為基準，來進行後項。

0768 ☐☐☐

くかん
【区間】

(名) 區間，段

例 この区間の運賃は 100 円均一です。
／這個區間的車資一律都是一百圓。

0769 ☐☐☐

くき
【茎】

(名) 莖；梗；柄；稈

(類) みき
例 茎が太い方が大きな実ができる。
／植物的莖部越粗壯，所結的果實越碩大。

0770 ☐☐☐

くぎり
【区切り】

(名) 句讀；文章的段落；工作的階段

(類) 段落
例 子供が大学を卒業し、子育てに区切りがついた。
／孩子已經大學畢業，養兒育女的任務總算告一段落了。

0771 ☐☐☐

くぐる

(他五) 通過，走過；潛水；猜測

(類) 通り抜ける
例 門をくぐると、宿の女将さんが出迎えてくれた。
／走進旅館大門後，老闆娘迎上前來歡迎我們。

0772 ☐☐☐

くじびき
【籤引き】

(名・自サ) 抽籤

(類) 抽籤
例 商店街のくじ引きで、温泉旅行を当てた。
／我參加市集商家所舉辦的抽獎活動，抽中了溫泉旅行獎項。

0773 ☐☐☐

くすぐったい

(形) 被搔癢到想發笑的感覺；發癢，癢癢的

(類) こそばゆい
例 足の裏を他人に触られると、くすぐったく感じるのはなぜだろうか。
／為什麼被別人碰觸腳底時，就會感覺搔癢難當呢？

0774 □□□
ぐち
【愚痴】

名（無用的，於事無補的）牢騷，抱怨

反 満足　類 不満

例 愚痴ばかりこぼしていないで、真面目に勉強しなさい。

／不要老是抱怨連連，給我用功讀書！

0775 □□□
くちずさむ
【口ずさむ】

他五（隨興之所致）吟，詠，誦

類 歌う

例 今日はご機嫌らしく、父は朝から歌を口ずさんでいる。

／爸爸今天的心情似乎很好，打從大清早就一直哼唱著歌曲。

0776 □□□
くちばし
【嘴】

名（動）鳥嘴，嘴，喙

例 鳥は種類によってくちばしの形が違う。

／鳥類的喙因其種類不同，形狀亦各異。

0777 □□□
ぐちゃぐちゃ

副（因飽含水分）濕透；出聲咀嚼；抱怨，發牢騷的樣子

例 雪が溶けてぐちゃぐちゃだ。歩きにくいったらありはしない。

／雪融化後路面變得濕濕滑滑的，說有多難走就有多難走。

文法

ったらありはしない […極了]
▶ 表示程度非常高，高到難以言喻。

0778 □□□
くちる
【朽ちる】

自上一 腐朽，腐爛，腐壞；默默無聞而終，埋沒一生；（轉）衰敗，衰亡

類 腐る

例 校舎が朽ち果てて、廃墟と化している。

／校舍已經殘破不堪，變成廢墟。

0779 □□□
TRACK 25
くつがえす
【覆す】

他五 打翻，弄翻，翻轉；（將政權、國家）推翻，打倒；徹底改變，推翻（學說等）

類 裏返す

例 一審の判決を覆し、二審では無罪となった。

／二審改判無罪，推翻了一審的判決結果。

0780 くっきり
□□□

副・自サ 特別鮮明，清楚

類 明らか

例 銀の皿のような月が空にくっきりと浮かんでいた。
/像銀盤似的皎潔明月懸在天際。

0781 くっせつ
□□□ 【屈折】

名・自サ 彎曲，曲折；歪曲，不正常，不自然

類 折れ曲がる

例 理科の授業で光の屈折について実験した。
/在自然科的課程中，進行光線折射的實驗。

0782 ぐったり
□□□

副・自サ 虛軟無力，虛脫

例 ぐったりと横たわる。/虛脫躺平。

0783 ぐっと
□□□

副 使勁；一口氣地；更加；啞口無言；(俗)深受感動

類 一気に

例 安全性への懸念をよそに、最近になって使用者がまたぐっと増えた。
/未受安全上的疑慮影響，最近又大為增加許多新用戶。

文法
をよそに[不管…]
▶ 表示無視前面的狀況，進行後項的行為。

0784 くびかざり
□□□ 【首飾り】

名 項鍊

類 ネックレス

例 古代の首飾りは現代のものとは違って重い。
/古代的頸飾與現代製品不同，非常沈重。

0785 くびわ
□□□ 【首輪】

名 狗，貓等的脖圈

例 子犬に首輪をつけたら、嫌がって何度も吠えた。
/小狗被戴上頸圈後，厭惡似地連連狂吠。

0786 □□□
くみあわせる
【組み合わせる】
他下一 編在一起，交叉在一起，搭在一起；配合，編組

類 取り合わせる

例 上と下の数字を組み合わせて、それぞれ合計 10 になるようにしてください。

／請加總上列與下列的數字，使每組數字的總和均為 10。

0787 □□□
くみこむ
【組み込む】
他五 編入；入伙；(印) 排入

類 組み入れる

例 この部品を組み込めば、製品が小型化できる。

／只要將這個零件組裝上去，就可以將產品縮小。

0788 □□□
くよくよ
副・自サ 鬧瞥扭；放在心上，想不開，煩惱

例 小さいことにくよくよするな。

／別為小事想不開。

0789 □□□
くら
【蔵】
名 倉庫，庫房；穀倉，糧倉；財源

類 倉庫

例 日本の東北地方には伝統的な蔵が今も多く残っている。

／日本的東北地區迄今仍保存著許多穀倉。

0790 □□□
グレー
【gray】
名 灰色；銀髮

類 灰色

例 このネクタイにはグレーのスーツの方が合うと思う。

／我覺得這條領帶應該很適合用以搭配灰色西裝。

0791 □□□
グレードアップ
【grade-up】
名 提高水準

例 商品のグレードアップを図る。

／訴求提高商品的水準。

0792
クレーン
【crane】
⊗ 吊車，起重機

類 起重機
例 崖から墜落した乗用車をクレーンで引きあげた。
／起重機把從懸崖掉下去的轎車吊起來。

0793
くろうと
【玄人】
⊗ 內行，專家

反 素人　類 プロ
例 たとえ玄人であれ、失敗することもある。
／就算是行家，也都會有失手的時候。

文法
であれ［即使是…也…］
▶ 表示不管前項是什麼情況，後項的事態都還是一樣。

0794
くろじ
【黒字】
⊗ 黑色的字；（經）盈餘，賺錢

反 赤字　類 利益
例 業績が黒字に転じなければ、社員のリストラもやむを得ない。
／除非營業業績轉虧為盈，否則逼不得已只好裁員。

0795
くわずぎらい
【食わず嫌い】
⊗ 沒嘗過就先說討厭，（有成見而）不喜歡；故意討厭

例 夫のジャズ嫌いは食わず嫌いだ。
／我丈夫對爵士樂抱有成見。

0796
ぐん
【群】
⊗ 群，類；成群的；數量多的

類 集団
例 富岡製糸場と絹産業遺産群は、2014年、世界遺産に登録された。
／富岡造線工廠和絹布產業遺產群於 2014 年被登錄為世界遺產了。

0797 ☐☐☐
ぐんかん
【軍艦】
名 軍艦

類 兵船

例 海軍の主要軍備といえば、軍艦をおいてほかにない。
／提到海軍的主要軍備，非軍艦莫屬。

> **文法**
>
> をおいて～ない
> [除了…之外…]
>
> ▶ 表示沒有可以跟前項相比的事物，在某範圍內，這是最積極的選項。

0798 ☐☐☐
ぐんじ
【軍事】
名 軍事，軍務

例 軍事に関する情報は、外部に公開されないことが多い。
／軍事相關情報通常不對外公開。

0799 ☐☐☐
くんしゅ
【君主】
名 君主，國王，皇帝

類 帝王

例 彼には君主ゆえの風格がただよっている。
／他展現出君王特有的泱泱風範。

> **文法**
>
> (が)ゆえ(の)[具有…]
>
> ▶ 表示獨特具有的意思，後面要接名詞。

0800 ☐☐☐
ぐんしゅう
【群集】
名・自サ 群集，聚集；人群，群

類 群れ

例 この事件に群集心理が働いていたであろうことは想像に難くない。
／不難想像這起事件對群眾心理所造成的影響。

> **文法**
>
> にかたくない[不難…]
>
> ▶ 表示從某一狀況來看，不難想像，誰都能明白的意思。

0801 ☐☐☐
ぐんしゅう
【群衆】
名 群眾，人群

類 集まり

例 法廷前に、群衆が押し寄せ混乱をきたした。
／群眾在法庭前互相推擠，造成混亂的場面。

0802 ☐☐☐
ぐんび
【軍備】
名 軍備，軍事設備；戰爭準備，備戰

例 ある国が軍備を拡張すると、周辺地域の緊張が高まる。
／只要某個國家一擴張軍事設備，周圍地區的情勢就會變得緊張。

0803
□□□

ぐんぷく
【軍服】

⑧ 軍服，軍裝

例 遺影の祖父は軍服を着てほほ笑んでいる。
/在遺照裡的先祖父身著軍裝，面露微笑。

0804
□□□
26

けい
【刑】

⑧ 徒刑，刑罰

類 刑罰
例 死刑囚の刑が執行されたという情報が入った。
/我們得到消息，據說死刑犯已經被行刑了。

0805
□□□

けい
【系】

漢造 系統；系列；系別；（地層的年代區分）系

類 系統
例 文系の学生より理系の学生の方が就職率が高いというのは本当
です。
/聽說理科學生的就業率，較文科學生的要來得高，這是真的嗎？

0806
□□□

げい
【芸】

⑧ 武藝，技能；演技；曲藝，雜技；藝術，遊藝

類 技能
例 あのお猿さんは人間顔負けの芸を披露する。
/那隻猿猴表演的技藝令人類甘拜下風。

0807
□□□

けいい
【経緯】

⑧（事情的）經過，原委，細節；經度和緯度

類 プロセス
例 経緯のいかんによらず、結果は結果です。
/不管來龍去脈如何，結果就是結果了。

文法
いかんによらず
[不管…如何…]

▶ 表示後面的行為，不受
前面條件限制。前面的
狀況，都跟後面的決心
或觀點等無關。

▶ 近はどう（で）あれ[不
管…]

0808
□□□

けいか
【経過】

名・自サ（時間的）經過，流逝，度過；過程，經過

類 過ぎる

例 あの会社が経営破綻して、1ヶ月が経過した。
／那家公司自經營失敗以來，已經過一個月了。

0809
□□□

けいかい
【軽快】

形動 輕快；輕鬆愉快；輕便；（病情）好轉

類 軽やか

例 彼は軽快な足取りで、グラウンドに駆け出して行った。
／他踩著輕快的腳步奔向操場。

0810
□□□

けいかい
【警戒】

名・他サ 警戒，預防，防範；警惕，小心

類 注意

例 通報を受け、一帯の警戒を強めている。
／在接獲報案之後，加強了這附近的警力。

0811
□□□

けいき
【契機】

名 契機；轉機，動機，起因

類 きっかけ

例 サブプライムローン問題を契機に世界経済が急速に悪化した。
／次級房貸問題是世界經濟急遽惡化的導火線。

0812
□□□

けいき
【計器】

名 測量儀器，測量儀表

類 メーター

例 機内での携帯電話の使用は計器の誤作動を
引き起こさないとも限らない。
／在機艙裡使用行動電話說不定會干擾儀器運作。

文法
ないともかぎらない
[也並非不…]

▶ 表示並非百分之百會那樣。一般用在說話者擔心會發生什麼事，覺得採取某些因應對策較好。

0813
□□□

けいぐ
【敬具】

(名)（文）敬啟，謹具

反 拝啓　類 敬白

例「拝啓」で始まる手紙は「敬具」で結ぶのが基本です。
／信函的起首為「敬啟者」，末尾就要加註「敬上」，這是書寫信函的基本形式。

0814
□□□

けいげん
【軽減】

(名・自他サ) 減輕

類 載せる

例 足腰への負担を軽減する為、体重を減らさなければならない。
／為了減輕腰部與腿部的負擔，必須減重才行。

0815
□□□

けいさい
【掲載】

(名・他サ) 刊登，登載

例 著者の了解なしに、勝手に掲載してはいけない。
／不可在未經作者的同意下擅自刊登。

文法

なしに(は)～ない
[沒有…就不能…]

▶ 表示前項是不可或缺的，少了前項就不能進行後項的動作。

0816
□□□

けいしゃ
【傾斜】

(名・自サ) 傾斜，傾斜度；傾向

類 傾き

例 45 度以上の傾斜の急な坂道は、歩くだけでも息が上がる。
／在傾斜度超過 45 度的陡峭斜坡上，光是行走就足以讓人呼吸急促。

0817
□□□

けいせい
【形成】

(名・他サ) 形成

例 台風が形成される過程を収めたビデオがある。
／有支錄影帶收錄了颱風形成的過程。

0818 □□□

けいせい
【形勢】

名 形勢，局勢，趨勢

類 動向

例 序盤は不利な形勢だったが、後半持ち直し逆転優勝を収めた。

／比賽一開始雖然屈居劣勢，但下半場急起直追，最後逆轉局勢獲得勝利。

0819 □□□

けいせき
【形跡】

名 形跡，痕跡

例 犯人は負傷している形跡がある。

／跡證顯示犯嫌已受傷。

0820 □□□

けいそつ
【軽率】

名・形動 輕率，草率，馬虎

反 慎重　類 軽はずみ

例 外務大臣としてあるまじき軽率な発言に国民は落胆した。

／國民對外交部長，不該發的輕率言論感到很灰心。

文法

まじき(名詞)
[不該有(的)…]

▶ 前接指責的對象，指責話題中人物的行為，不符其身份、資格或立場。

0821 □□□

けいたい
【形態】

名 型態，形狀，樣子

類 かたち

例 雇用形態は大きく正社員、契約社員、派遣社員、パート社員に分けられる。

／聘僱員工的類型大致分為以下幾種：正式員工、約聘員工、派遣員工、以及兼職員工。

0822 □□□

けいばつ
【刑罰】

名 刑罰

反 賞　類 ばつ

例 重い刑罰を科すことが犯罪防止につながるとは限らない。

／採取重罰未必就能防止犯罪。

讀書計劃‥□□／□□

0823
□□□

け**いひ**
【経費】

名 經費，開銷，費用

類 費用

例 不況のため、全社を挙げて経費削減に取り組んでいる。

／由於不景氣，公司上下都致力於削減經費。

0824
□□□

け**いぶ**
【警部】

名 警部（日本警察職稱之一）

例 23 歳で警部になった。

／於二十三歲時升上了警部位階。

0825
□□□

け**いべつ**
【軽蔑】

名・他サ 輕視，藐視，看不起

類 蔑む

例 噂を耳にしたのか、彼女は軽蔑の眼差しで僕を見た。

／不曉得她是不是聽過關於我的流言，她以輕蔑的眼神瞅了我。

0826
□□□

け**いれき**
【経歴】

名 經歷，履歷；經過，體驗；周遊

類 履歴

例 採用するかどうかは、彼の経歴いかんだ。

／錄不錄用就要看他的個人履歷了。

文法

いかんだ [⋯要看⋯]

▶ 表示前面能不能實現，那就要根據後面的狀況而定了。

0827
□□□

け**いろ**
【経路】

名 路徑，路線

例 病気の感染経路が明らかになれば、対応策を採りやすくなる。

／如果能夠弄清楚疾病的傳染路徑，就比較容易採取因應對策。

0828
□□□

け**がす**
【汚す】

他五 弄髒；拌和

比 よごす：指污損實體物質，例：「服」。
けがす：指污損非實體物質，例：「名誉」。

例 週刊誌のでたらめな記事で私の名誉が汚された。

／週刊的不實報導玷汙了我的名譽。

0829
□□□
けがらわしい
【汚らわしい】
(形) 好像對方的污穢要感染到自己身上一樣骯髒，討厭，卑鄙

(反) 美しい　(類) 醜い

(例) トルストイの著書に「この世で成功を収めるのは卑劣で汚らわしい人間ばかりである」という一文がある。

／托爾斯泰的著作中，有段名言如下：「在這世上能功成名就的，全是些卑劣齷齪的。」

0830
□□□
けがれ
【汚れ】
(名) 污垢

(例) 神社に参拝する時は、入り口で手を洗い、口をすすいで、汚れを洗い流します。

／到神社參拜時，要在入口處洗手、漱口，以滌淨汙穢。

0831
□□□
(Track 27)
けがれる
【汚れる】
(自下一) 髒

(例) 私がそんな汚れた金を受け取ると思っているんですか。

／難道你認為我會收那種骯髒錢嗎？

0832
□□□
げきだん
【劇団】
(名) 劇團

(例) 彼は俳優として活躍するかたわら、劇団も主宰している。

／他一邊活躍於演員生涯，同時自己也組了一個劇團。

文法
かたわら
［一邊…一邊…］
▶ 表示做前項主要活動外，空餘時還做別的活動。前項為主後項為輔，大多互不影響。

0833
□□□
げきれい
【激励】
(名・他サ) 激勵，鼓勵，鞭策

(類) 励ます

(例) 皆さんからたくさんの激励を頂き、気持ちも新たに出直します。

／在得到大家的鼓勵打氣後，讓我整理心情，重新出發。

0834 □□□
けしさる
【消し去る】

(他五) 消滅，消除

例 記憶を消し去る。
／消除記憶。

0835 □□□
ゲスト
【guest】

(名) 客人，旅客；客串演員

類 客

例 あの番組はひとりゲストだけでなく、司会者も大物です。
／那個節目不只來賓著名，就連主持人也很有份量。

文法
ひとり~だけで(は)なく
[不只是…]
▶ 表示不只是前項，涉及的範圍更擴大到後項。後項內容是説話者所偏重、重視的。

0836 □□□
けだもの
【獣】

(名) 獸；畜生，野獸

例 怒りのあまり彼はけだもののごとく叫んだ。
／他氣憤得如野獸般地嘶吼著。

文法
ごとく[如…一般(的)]
▶ 好像、宛如之意，表示事實雖不是這樣，如果打個比方的話，看上去是這樣的。

0837 □□□
けつ
【決】

(名) 決定，表決；(提防) 決堤；決然，毅然；(最後) 決心，決定

類 決める

例 役員の意見が賛否両論に分かれたので、午後、決を採ります。
／由於董事們的意見分成贊成與反對兩派，下午將進行表決。

0838 □□□
けつい
【決意】

(名・自他サ) 決心，決意；下決心

類 決心

例 どんなに苦しかろうが、最後までやり通すと決意した。
／不管有多辛苦，我都決定要做到完。

文法
うが[不管是…]
▶ 表逆接假定。後面不受前面約束，接想完成的事或決心等。

0839 □□□
けっかく
【結核】

名 結核，結核病

類 結核症
例 結核の初期症状は風邪によく似ている。／結核病的初期症狀很像感冒。

0840 □□□
けっかん
【血管】

名 血管

類 動脈
例 お風呂に入ると血管が拡張し、血液の流れが良くなる。
／泡澡會使血管擴張，促進血液循環。

0841 □□□
けつぎ
【決議】

名・他サ 決議，決定；議決

類 決定する
例 国連の決議に則って、部隊をアフガニスタンに派遣した。
／依據聯合國決議，已派遣軍隊至阿富汗。

0842 □□□
けっこう
【決行】

名・他サ 斷然實行，決定實行

類 断行
例 無理に決行したところで、成功するとは限らない。
／即使勉強斷然實行，也不代表就會成功。

文法
たところで〜ない
[即使…也不…]
▶ 表示即使前項成立，後項結果也是與預期相反，或只能達到程度較低的結果。

0843 □□□
けつごう
【結合】

名・自他サ 結合；黏接

類 結び合わせる
例 原子と原子の結合によって多様な化合物が形成される。
／藉由原子與原子之間的鍵結，可形成各式各樣的化合物。

0844 □□□
けっさん
【決算】

名・自他サ 結帳；清算

反 予算　類 総決算
例 ３月は決算期であるがゆえに、非常に忙しい。
／因為三月是結算期，所以非常忙碌。

文法
(が)ゆえ(に)[因為…所以]
▶ 是表示原因、理由的文言說法。

0845
□□□

げっしゃ
【月謝】

⑧（每月的）學費，月酬

類 授業料

例 子供が３人いれば、塾や習い事の月謝もばかになりません。

／養了三個孩子，光是每個月要支付的補習費與才藝學費，就是一筆不容小覷的支出。

0846
□□□

けっしょう
【決勝】

⑧（比賽等）決賽，決勝負

例 決勝戦ならではの盛り上がりを見せている。

／這場比賽呈現出決賽才會有的高漲氣氛。

文法

ならではの [正因為…
才有（的）…]

▶ 表示如果不是前項，
就沒後項，正因為是這
人事物才會這麼好。是
高評價的表現方式。

0847
□□□

けっしょう
【結晶】

⑧·自サ 結晶；（事物的）成果，結晶

例 氷は水の結晶です。

／冰是水的結晶。

0848
□□□

けっせい
【結成】

⑧·他サ 結成，組成

例 離党した国会議員数名が、新たに党を結成した。

／幾位已經退黨的國會議員，組成了新的政黨。

0849
□□□

けっそく
【結束】

⑧·自他サ 捆綁，捆束；團結；準備行裝，穿戴（衣服或盔甲）

類 団結する

例 チームの結束こそが勝利の鍵です。

／團隊的致勝關鍵在於團結一致。

0850
□□□

げっそり

副·自サ 突然減少；突然消瘦很多；（突然）灰心，無精打采

例 病気のため、彼女はここ２ヶ月余りでげっそり痩せてしまった。

／這兩個多月以來，她因罹病而急遽消瘦憔悴。

0851
□□□
ゲット
【get】
(名・他サ)（籃球、兵上曲棍球等）得分；（俗）取得，獲得

例 欲しいものをゲットする。
／取得想要的東西。

0852
□□□
げっぷ
【月賦】
(名) 月賦，按月分配；按月分期付款

(類) 支払い
(補) リボ払い：分期定額付款。
例 スマートフォンを月賦で買うには、審査がある。
／想要以分期付款方式購買智慧型手機，需要經過審核。

0853
□□□
けつぼう
【欠乏】
(名・自サ) 缺乏，不足

(類) 不足
例 鉄分が欠乏すると貧血を起こしやすくなる。
／如果身體缺乏鐵質，將容易導致貧血。

0854
□□□
けとばす
【蹴飛ばす】
(他五) 踢；踢開，踢散，踢倒；拒絕

(類) 蹴る
例 ボールを力の限り蹴とばすと、スカッとする。
／將球猛力踢飛出去，可以宣洩情緒。

0855
□□□
けなす
【貶す】
(他五) 譏笑，貶低，排斥

(反) 褒める
例 彼は確かに優秀だが、すぐ人をけなす嫌いがある。
／他的確很優秀，卻有動不動就挖苦人的毛病。

文法
きらいがある[…的毛病]
▶ 表示有某種不好的傾向。這種傾向從表面上是看不出來的，它具有某種本質性的性質。

0856 □□□

けむたい
【煙たい】

形 煙氣嗆人，煙霧瀰漫；（因為自己理虧覺得對方）難以親近，使人不舒服

例 煙たいと思ったら、キッチンが煙まみれになっていた。
／才覺得房裡有煙氣，廚房裡立刻就變得滿室煙霧瀰漫。

0857 □□□

けむる
【煙る】

自五 冒煙；模糊不清，朦朧

例 雨煙る兼六園は非常に趣があります。
／煙雨迷濛中的兼六園極具另番風情。

0858 □□□

けもの
【獣】

名 獸；野獸

例 けものとは、「毛物」、すなわち哺乳類です。
／所謂的「けもの」（禽獸）是「毛物」，也就是哺乳類動物。

0859 □□□

けらい
【家来】

名（效忠於君主或主人的）家臣，臣下；僕人

反 主君　類 家臣

例 豊臣秀吉は織田信長の家来になり、その後天下人にまでのしあがった。
／豐臣秀吉原為織田信長的部屬，其後成為統一天下的霸主。

0860 □□□

げり
【下痢】

名・自サ（醫）瀉肚子，腹瀉

反 便秘　類 腹下し

例 食あたりで、今朝から下痢が止まらない。
／因為食物中毒，從今天早晨開始就不停地腹瀉。

0861
□□□

けん
【件】

图 事情，事件；（助數詞用法）件

類 事柄

例 お問い合わせの件ですが、担当者不在のため、改めてこちらからご連絡差し上げます。
／關於您所詢問的事宜，由於承辦人員目前不在，請容我們之後再與您聯繫回覆。

0862
□□□
28

けん
【圏】

漢造 圓圈；區域，範圍

類 区域

例 来年から英語圏の国に留学する予定です。
／我預計明年去英語系國家留學。

0863
□□□

けんい
【権威】

图 權勢，權威，勢力；（具說服力的）權威，專家

例 改めて言うまでもなく彼は考古学における権威だ。
／他是考古學領域的權威，這不用我再多介紹了。

0864
□□□

げんかく
【幻覚】

图 幻覺，錯覺

例 毒キノコを食べて、幻覚の症状が現れた。
／吃下毒菇以後出現了幻覺症狀。

0865
□□□

けんぎょう
【兼業】

名・他サ 兼營，兼業

類 かけもち

例 日本には依然として兼業農家がたくさんいます。
／日本迄今仍有許多兼營農業的農民。

0866
□□□

げんけい
【原型】

图 原型，模型

例 この建物は文化財としてほぼ原型のまま保存されている。
／這棟建築物被指定為文化資產古蹟，其原始樣貌在幾無異動的狀態下，被完整保存下來。

0867 □□□
げんけい
【原形】

名 原形，舊觀，原來的形狀

例 車が壁に衝突し、原形を留めていない。

/汽車撞上牆壁，已經潰不成型。

0868 □□□
けんげん
【権限】

名 權限，職權範圍

類 権利

例 それは私の権限が及ばない範囲です。 /這件事已經超出我的權限範圍。

0869 □□□
げんこう
【現行】

名 現行，正在實行

例 何をおいても現行の規制を維持しなければならない。

/無論如何都必須堅守現行制度。

0870 □□□
けんざい
【健在】

名・形動 健在

類 健康

例 自身の健在を示さんがために、最近、彼は精力的に活動を始めた。

/他為了展現自己寶刀未老，最近開始精神抖擻地四處活動。

文法

んがため(に)[為了… 而…（的）]

▶ 表示目的。帶有無論如何都要實現某事，帶著積極的目的做某事的語意。

0871 □□□
げんさく
【原作】

名 原作，原著，原文

例 原作をアレンジして、映画を製作した。

/將原著重新編劇，拍攝成電影。

0872 □□□
けんじ
【検事】

名（法）檢察官

例 検事に訴えたところで、聞き入れてもらえるとは思えない。

/即使向檢察官提告，亦不認為會被接受。

文法

たところで〜ない [即使…也不…]

▶ 表示即使前項成立，後項結果也是與預期相反，或只能達到程度較低的結果。

0873
□□□

げんし
【原子】

名（理）原子；原子核

例 原子は原子核と電子からできている。
／原子是由原子核與電子所形成的。

0874
□□□

げんしゅ
【元首】

名（國家的）元首（總統、國王、國家主席等）

類 王

例 元首たる者は国民の幸福を第一に考えるべきだ。
／作為一國的元首，應以國民的幸福為優先考量。

文法

たる(もの)
[作為…的…]

▶ 前接高評價事物人等，
表示照社會上的常識來
看，應該有合乎這種身
分的影響或做法。

0875
□□□

げんじゅうみん
【原住民】

名 原住民

例 アメリカ原住民。
／美國原住民。

0876
□□□

げんしょ
【原書】

名 原書，原版本；（外語的）原文書

類 原本

例 シェークスピアの原書は韻文で書かれている。
／莎士比亞的原文是以韻文體例書寫而成的。

0877
□□□

けんしょう
【懸賞】

名 懸賞；賞金，獎品

例 懸賞に当たる確率は少ないと分かっていますが、応募します。
／儘管知道中獎的機率很低，不過我還是要去參加抽籤。

0878
□□□

げんしょう
【減少】

名・自他サ 減少

反 増加　類 減る

例 子供の数が減少し、少子化が深刻になっている。
／兒童總人數逐年遞減，少子化的問題正日趨惡化。

0879 □□□

けんぜん
【健全】

形動（身心）健康，健全；（運動、制度等）健全，穩固

類 元気

例 子供たちが健全に育つような社会環境が求められている。
／民眾所企盼的，是能夠培育出孩子們之健全人格的社會環境。

0880 □□□

げんそ
【元素】

名（化）元素；要素

例 元素の発見経緯には興味深いものがある。
／發現化學元素的來龍去脈，十分引人入勝。

0881 □□□

げんぞう
【現像】

名・他サ 顯影，顯像，沖洗

例 カメラ屋で写真を現像する。
／在沖印店沖洗照片。

0882 □□□

げんそく
【原則】

名 原則

類 決まり

例 彼は侵すべからざる原則を侵した。
／他犯了不該犯的原則。

文法

べからざる（名詞）
[不得…（的）]
▶ 表示禁止、命令。後接的名詞是指不允許做前面行為、事態的對象。

0883 □□□

けんち
【見地】

名 觀點，立場；（到建築預定地等）勘查土地

類 観点

例 この政策については、道徳的な見地から反対している人もいる。
／關於這項政策，亦有部分人士基於道德立場予以反對。

0884 □□□

げんち
【現地】

名 現場，發生事故的地點；當地

類 現場

例 知事は自ら現地に赴き、被害状況を視察した。
／縣長親赴現場視察受災狀況。

0885
□□□
げんてい
【限定】

(名・他サ) 限定，限制（數量，範圍等）

例 限定品なので、手に入れようにも手に入れられない。
／因為是限定商品，想買也買不到。

文法
うにも～ない [即使想…也不能…]
▶ 因為某種客觀原因，即使想做某事，也難以做到。是願望無法實現的說法。

0886
□□□
げんてん
【原典】

(名)（被引證，翻譯的）原著，原典，原來的文獻

例 正確なことを知るには、やはり訳書でなく原典に当たるべきだ。
／想知道正確的知識，還是應當直接讀原文書，而非透過翻譯書。

0887
□□□
げんてん
【原点】

(名)（丈量土地等的）基準點，原點；出發點

類 出発点
例 これが私の原点たる信念です。
／這是我信念的原點。

0888
□□□
げんてん
【減点】

(名・他サ) 扣分；減少的分數

反 マイナス
例 テストでは、正しい漢字を書かなければ１点減点されます。
／在這場考試中，假如沒有書寫正確的漢字，就會被扣一分。

0889
□□□
げんばく
【原爆】

(名) 原子彈

類 原子爆弾
例 原爆の被害者は何年にもわたり後遺症に苦しみます。
／原子彈爆炸事件的受害者，多年來深受輻射暴露後遺症之苦。

0890
□□□
げんぶん
【原文】

(名)（未經刪文或翻譯的）原文

例 翻訳文を原文と照らし合わせて確認してください。
／請仔細核對確認譯文與原文是否一致。

0891 ☐☐☐
げんみつ
【厳密】
形動 嚴密；嚴格

例 厳密にいえば、クジラは魚ではなく哺乳類です。
／嚴格來說，鯨魚屬於哺乳類而非魚類。

0892 ☐☐☐
けんめい
【賢明】
名・形動 賢明，英明，高明

類 賢い
例 分からないなら、経験者に相談するのが賢明だと思う。
／假如有不明白之處，比較聰明的作法是去請教曾有相同經驗的人。

0893 ☐☐☐
けんやく
【倹約】
名・他サ 節省，節約，儉省

反 浪費 類 節約
例 マイホームを買わんがために、一家そろって倹約に努めている。
／為了要買下屬於自己的家，一家人都很努力節儉。

文法
んがため(に)[為了…
而…(的)]
▶ 表示目的。帶有無論
如何都要實現某事，帶
著積極的目的做某事的
語意。

0894 ☐☐☐
げんゆ
【原油】
名 原油

類 石油
例 原油価格の上昇があらゆる物価の上昇に影響を与えている。
／原油價格上漲將導致所有的物價同步上漲。

0895 ☐☐☐
けんよう
【兼用】
名・他サ 兼用，兩用

類 共用
例 この傘は男女兼用です。
／這把傘是男女通用的中性款式。

0896 ☐☐☐
けんりょく
【権力】
名 權力

例 権力の濫用は法で禁じられている。
／法律禁止濫用權力。

0897
□□□

げんろん
【言論】

名 言論

類 主張

例 何をおいても言論の自由は守られるべきだ。
／無論如何都應保障言論自由。

0898
□□□

こ
【戸】

漢造 戸

例 この地区は約 100 戸ある。
／這地區約有一百戶。

0899
□□□

こ
【故】

漢造 陳舊，故；本來；死去；有來由的事；特意

例 故美空ひばりさんは日本歌謡界の大スターでした。
／已故的美空雲雀是日本歌唱界的大明星。

0900
□□□

ごい
【語彙】

名 詞彙，單字

類 言葉

例 私はまだ日本語の語彙が少ないので、文章を書こうにも書けない。
／我懂的日語詞彙還太少，所以就算想寫文章也寫不出來。

文法
うにも～ない
[即使想…也不能…]
▶ 因為某種客觀原因，即使想做某事，也難以做到。是願望無法實現的説法。

0901
□□□

こいする
【恋する】

自他サ 戀愛，愛

反 嫌う　類 好く

例 恋したがさいご、君のことしか考えられない。
／一旦墜入愛河，就滿腦子想的都是你。

文法
がさいご
[（一旦…）就必須…]
▶ 一旦做了某事，就一定會有後面情況，或必須採取的行動，多是消極的結果或行為。

0902 □□□
こう
【甲】

(名) 甲冑，鎧甲；甲殼；手腳的表面；(天干的第一位) 甲；第一名

例 契約書にある甲は契約書作成者を指し、乙は受諾者を指す。

／契約書中的甲方指的是擬寫契約書者，乙方則指同意該契約者。

0903 □□□
こう
【光】

(漢造) 光亮；光；風光；時光；榮譽；

類 ひかり

例 太陽光のエネルギーを利用した発電方式はソーラー発電とも呼ばれる。

／利用陽光的能量產生電力的方式，亦稱之為太陽能發電。

0904 □□□
こうい
【好意】

(名) 好意，善意，美意

類 好感

例 それは彼の好意ですから、遠慮せずに受け取ればいいですよ。

／這是他的好意，所以不用客氣，儘管收下就行了喔！

0905 □□□
こうい
【行為】

(名) 行為，行動，舉止

類 行い

例 言葉よりも行為の方が大切です。

／坐而言不如起而行。

0906 □□□
ごうい
【合意】

(名・自サ) 同意，達成協議，意見一致

類 同意

例 双方が合意に達しようと達しまいと、業績に影響はないと考えられる。

／不管雙方有無達成共識，預計都不會影響到業績。

文法
うと〜まいと [不管…不…都]
▶ 表逆接假定條件。無論前面情況如何，後面不會受前面約束，都是會成立的。

0907
□□□

こうえき
【交易】

名・自サ 交易，貿易；交流

例 海上交易が盛んになったのは何世紀頃からですか。

／請問自西元第幾世紀起，航海交易開始變得非常熱絡興盛呢？

0908
□□□

こうえん
【公演】

名・自他サ 公演，演出

例 公演したといえども、聴衆はわずか20人でした。

／雖說要公演，但是聽眾僅有二十人而已。

文法
といえども
[雖說…但…]
▶ 表示逆接轉折。先承認前項是事實，但後項並不因此而成立。

0909
□□□

こうかい
【後悔】

名・他サ 後悔，懊悔

類 残念

例 もう少し早く駆けつけていればと、後悔してやまない。

／如果再早一點趕過去就好了，對此我一直很後悔。

文法
てやまない[一直…]
▶ 接在感情動詞後面，表示發自內心的感情，且那種感情一直持續著。

0910
□□□

こうかい
【公開】

名・他サ 公開，開放

例 似顔絵が公開されるや、犯人はすぐ逮捕された。

／一公開了肖像畫，犯人馬上就被逮捕了。

0911
□□□

こうかい
【航海】

名・自サ 航海

類 航路

例 大西洋を航海して、アメリカ大陸に上陸した。

／航行於大西洋，然後在美洲大陸登陸上岸。

0912
□□□

こうがく
【工学】

名 工學，工程學

例 工学を志望する学生は女性より男性の方が圧倒的に多い。

／立志就讀理工科的學生中，男性占壓倒性多數。

0913 こうぎ 【抗議】 名・自サ 抗議

⬜⬜⬜

例 自分がリストラされようとされまいと、皆で
団結して会社に抗議する。

／不管自己是否會被裁員，大家都團結起來向公司抗議。

文法

うと～まいと
[不管…不…都]

▶ 表逆接假定條件。無論前面情況如何，後面不會受前面約束，都是會成立的。

0914 ごうぎ 【合議】 名・自他サ 協議，協商，集議

⬜⬜⬜

類 相談

例 提案の内容がほかの課に関係する場合、関係する課長に合議す
る必要がある。

／假若提案的內容牽涉到其他課別，必須與相關課長共同商討研議。

0915 こうきょ 【皇居】 名 皇居

⬜⬜⬜

類 御所

例 皇居前広場の一番人気の観光スポットは、二重橋が望める場
所です。

／皇居前的廣場的人氣景點，是能眺望到二重橋的地方。

0916 こうきょう 【好況】 名 (經) 繁榮，景氣，興旺

⬜⬜⬜

反 不況 類 景気

例 消費の拡大は好況ならではだ。

／只有在經濟景氣的時候，消費能力才會成長。

文法

ならでは
[正因為…才有 (的) …]

▶ 表示如果不是前項，就沒後項，正因為是這人事物才會這麼好。是高評價的表現方式。

0917 こうぎょう 【興業】 名 振興工業，發展事業

⬜⬜⬜

例 事業を新たに興すことを興業といいます。

／創立新事業就叫作創業。

0918
□□□
こうぎょう
【鉱業】
名 礦業

類 鉱山業
例 カナダは優れた鉱業国として、世界的な評価を受けている。
／加拿大是世界知名的礦產工業國。

0919
□□□
こうげん
【高原】
名（地）高原

例 野辺山高原の電波天文台は、ひとり日本のみならず世界の電波天文学の拠点である。
／位於野邊山高原的宇宙電波觀測所，不僅是日本國內，更是全球宇宙電波觀測所的據點。

文法
ひとり～のみならず～（も）
［不單是…］
▶ 表示不只是前項，涉及的範圍更擴大到後項。後項內容是說話者所偏重、重視的。

0920
□□□
こうご
【交互】
名 互相，交替

類 かわるがわる
例 これは左右の握り手を交互に動かし、スムーズな歩行をサポートする歩行補助器だ。
／這是把手左右交互活動，讓走路順暢的步行補助器。

0921
□□□
こうこう（と）
【煌々（と）】
副（文）光亮，通亮

例 あの家だけ、深夜２時を過ぎてもこうこうと明かりがともっている。
／唯獨那一戶，即使過了深夜兩點，依舊滿屋燈火通明。

0922
□□□
こうこがく
【考古学】
名 考古學

例 考古学は人類が残した痕跡の研究を通し、人類の活動とその変化を研究する学問である。
／考古學是透過研究人類遺留下來的痕跡，進而研究人類的活動及其變化的學問。

0923 □□□

30

こうさく
【工作】

（名・他サ）（機器等）製作；（土木工程等）修理工程；
（小學生的）手工；（暗中計畫性的）活動

類 作る

例 夏休みは工作の宿題がある。／暑假有工藝作業。
<small>なつやす　　こうさく　しゅくだい</small>

0924 □□□

こうさく
【耕作】

（名・他サ）耕種

類 耕す

例 彼は、不法に土地を耕作したとして、起訴された。
<small>かれ　　ふほう　とち　こうさく　　　　　　きそ</small>
／他因違法耕作土地而遭到起訴。

0925 □□□

こうざん
【鉱山】

（名）礦山

例 鉱山の採掘現場で土砂崩れが起き、生き埋め事故が発生した。
<small>こうざん　さいくつげんば　どしゃくず　　お　　い　う　じこ　　はっせい</small>
／礦場發生了砂石崩落事故，造成在場人員慘遭活埋。

0926 □□□

こうしゅう
【講習】

（名・他サ）講習，學習

例 夏期講習に参加して、英語をもっと磨くつもりです。
<small>か　きこうしゅう　さんか　　　えいご　　　　　　みが</small>
／我去參加暑期講習，打算加強英語能力。

0927 □□□

こうじゅつ
【口述】

（名・他サ）口述

類 話す

例 口述試験はおろか、筆記試験も通らなかった。
<small>こうじゅつしけん　　　　　ひっきしけん　とお</small>
／連筆試都沒通過，遑論口試。

文法

はおろか
[不用說…就是…也…]

► 表示前項沒有說明的必要，強調後項較極端的事例也不例外。含說話者吃驚、不滿等情緒。

0928 □□□

こうじょ
【控除】

（名・他サ）扣除

類 差し引く

例 医療費が多くかかった人は、所得控除が受けられる。
<small>いりょうひ　おお　　　　　ひと　　しょとくこうじょ　う</small>
／花費較多醫療費用者得以扣抵所得稅。

0929
□□□
こうしょう
【交渉】
名・自サ 交涉，談判；關係，聯繫

類 掛け合い

例 彼は交渉を急ぐべきでないと警告している。

／他警告我們談判時切勿操之過急。

0930
□□□
こうしょう
【高尚】
形動 高尚；（程度）高深

反 下品　類 上品

例 見合い相手の高尚な話題についていけなかった。

／我實在沒辦法和相親對象聊談他那高尚的話題。

0931
□□□
こうじょう
【向上】
名・自サ 向上，進步，提高

類 発達

例 科学技術が向上して、家事にかかる時間は少なくなった。

／隨著科學技術的提升，花在做家事上的時間變得愈來愈少了。

0932
□□□
こうしょきょうふしょう
【高所恐怖症】
名 懼高症

例 高所恐怖症なので観覧車には乗りたくない。

／我有懼高症所以不想搭摩天輪。

0933
□□□
こうしん
【行進】
名・自サ （列隊）進行，前進

反 退く　類 進む

例 運動会が始まり、子供たちが行進しながら入場してきた。

／小朋友們行進入場，揭開了運動會的序幕。

0934
□□□
こうしんりょう
【香辛料】
名 香辣調味料（薑，胡椒等）

類 スパイス

例 当店のカレーは、30種類からある香辛料を独自に調合しています。

／本店的咖哩是用多達三十種辛香料的獨家配方調製而成的。

文法
からある［足有…之多…］

▶ 前面接表數量的詞，強調數量之多、超乎常理的。含「目測大概這麼多，說不定還更多」意思。

0935 □□□

こうすい
【降水】

名（氣）降水（指雪雨等的）

例 明日午前の降水確率は 30％です。
／明日上午的降雨機率為百分之三十。

0936 □□□

こうずい
【洪水】

名 洪水，淹大水；洪流

類 大水

例 ひとり大雨だけでなく、洪水の被害もひど
かった。
／不光下大雨而已，氾濫災情也相當嚴重。

文法

ひとり～だけで(は)なく
[不只是…]

▶ 表示不只是前項，涉
及的範圍更擴大到後項。
後項內容是説話者所偏
重、重視的。

0937 □□□

ごうせい
【合成】

名・他サ（由兩種以上的東西合成）合成（一個東西）；
（化）（元素或化合物）合成（化合物）

例 現代の技術を駆使すれば、合成写真を作るのは簡単だ。
／只要採用現代科技，簡而易舉就可做出合成照片。

0938 □□□

こうせいぶっしつ
【抗生物質】

名 抗生素

例 抗生物質を投与する。
／投藥抗生素。

0939 □□□

こうぜん
【公然】

副・形動 公然，公開

例 政府が公然と他国を非難することはあまりない。
／政府鮮少公然譴責其他國家。

0940 □□□

こうそう
【抗争】

名・自サ 抗爭，對抗，反抗

類 戦う

例 内部で抗争があろうがあるまいが、表面的
には落ち着いている。
／不管內部有沒有在對抗，表面上看似一片和平。

文法

うが～まいが[不管是…
不是…]

▶ 表逆接假定條件。無
論前面情況如何，後面
不會受前面約束，都是
會成立的。

0941 □□□ **こうそう**
【構想】
名・他サ （方案、計畫等）設想；（作品、文章等）構思

類 企て

例 構想を実現せんがため、10 年の歳月を費やした。
／為了要實現構想，花費了十年歲月。

文法
んがため（に）[為了…而…（的）]
▶ 表示目的。帶有無論如何都要實現某事，帶著積極的目的做某事的語意。

0942 □□□ **こうそく**
【拘束】
名・他サ 約束，束縛，限制；截止

類 制限

例 警察に拘束されて 5 時間が経つが、依然事情聴取が行われているようだ。
／儘管嫌犯已經遭到警方拘留五個小時，至今似乎仍然持續進行偵訊。

0943 □□□ **こうたい**
【後退】
名・自サ 後退，倒退

反 進む 類 退く

例 全体的な景気の後退が何ヶ月も続いている。
／全面性的景氣衰退已經持續了好幾個月。

0944 □□□ **こうたく**
【光沢】
名 光澤

類 艶

例 ダイヤモンドのごとき光沢にうっとりする。
／宛如鑽石般的光澤，令人無比神往。

文法
ごとき（名詞）[如…一般（的）]
▶ 好像、宛如之意，表示事實雖不是這樣，如果打個比方的話，看上去是這樣的。

0945 □□□ **こうちょう**
【好調】
名・形動 順利，情況良好

反 不順 類 順調

例 不調が続いた去年にひきかえ、今年は出だしから好調だ。
／相較去年接二連三不順，今年從一開始運氣就很好。

文法
にひきかえ
[和…比起來]
▶ 比較兩個相反或差異性很大的事物。含有說話者主觀看法。

讀書計劃：□□／□□

0946
□□□

こうとう
【口頭】

(名) 口頭

例 口頭で説明すれば分かることなので、わざわざ報告書を書くまでもない。

／這事用口頭說明就可以懂的，沒必要特地寫成報告。

文法

まで(のこと)もない
[用不著…]

▶ 表示沒必要做到前項
那種程度。含有事情已
經很清楚，再說或做也
沒有意義。

▶ 近にはおよばない[不必
…；用不著…]

0947
□□□

こうどく
【講読】

(名・他サ) 講解（文章）

例 祖母は毎週、古典の講読会に参加している。

／祖母每星期都去參加古文讀書會。

0948
□□□

こうどく
【購読】

(名・他サ) 訂閱，購閱

例 昨年から英字新聞を購読している。

／我從去年開始訂閱英文報紙。

0949
□□□

こうにゅう
【購入】

(名・他サ) 購入，買進，購置，採購

(反) 売る (類) 買う

例 インターネットで切符を購入すると 500 円引きになる。

／透過網路訂購票券可享有五百元優惠。

0950
□□□

こうにん
【公認】

(名・他サ) 公認，國家機關或政黨正式承認

(類) 認める

例 党からの公認を得んがため、支持集めに奔走している。

／為了得到黨內的正式認可而到處奔走爭取支持。

文法

んがため(に)[為了…
而…（的）]

▶ 表示目的。帶有無論
如何都要實現某事，帶
著積極的目的做某事的
語意。

0951 □□□

こうはい
【荒廃】

名·自サ 荒廢，荒蕪；（房屋）失修；（精神）頹廢，散漫

例 このあたりは土地が荒廃し、住人も次々に離れていった。
／這附近逐漸沒落荒廢，居民也陸續搬離。

0952 Track **31**

こうばい
【購買】

名·他サ 買，購買

類 買い入れる

例 消費者の購買力は景気の動向に大きな影響を与える。
／消費者購買力的強弱對景氣影響甚鉅。

0953 □□□

こうひょう
【好評】

名 好評，稱讚

類 人気

例 好評ゆえ、販売期間を延長する。
／因為備受好評，所以決定延長販售的時間。

文法
（が）ゆえ（に）
[因為…所以…]
▶ 是表示原因、理由的文言説法。

0954 □□□

こうふ
【交付】

名·他サ 交付，交給，發給

類 渡す

例 年金手帳を紛失したので、再交付を申請した。
／我遺失了養老金手冊，只得去申辦重新核發。

0955 □□□

こうふく
【降伏】

名·自サ 降服，投降

類 降参

例 敵の姿を見るが早いか、降伏した。
／才看到敵人，就馬上投降了。

文法
がはやいか [剛一…就…]
▶ 剛一發生前面情況，就馬上出現後面的動作。前後兩動作連接十分緊密。

0956
こうぼ
【公募】

(名・他サ) 公開招聘，公開募集

(反) 私募

文法
そばから[才剛…就…]
▶ 表示前項剛做完，其結果或效果馬上被後項抹殺或抵銷。

(例) 公募を始めたそばから、希望者が殺到した。
／才開放公開招募，應徵者就蜂擁而至。

0957
こうみょう
【巧妙】

(形動) 巧妙

(反) 下手 (類) 上手

(例) あまりに巧妙な手口に、警察官でさえ騙された。
／就連警察也被這實在高明的伎倆給矇騙了。

0958
こうよう
【公用】

(名) 公用；公務，公事；國家或公共集團的費用

(反) 私用 (類) 公務

(例) 知事が公用車でパーティーに参加したことが問題となった。
／縣長搭乘公務車參加私人派對一事，已掀起軒然大波。

0959
こうり
【小売り】

(名・他サ) 零售，小賣

(例) 小売り価格は卸売り価格より高い。
／零售價格較批發價格為高。

0960
こうりつ
【公立】

(名) 公立（不包含國立）

(補)「公立」指由都道府縣或市鎮村等地方政府創辦和經營管理，與用國家資金建立、經營的「国立」意思不同。

(例) 公立の大学は、国立大学と同様、私立大学に比べ授業料が格段に安い。
／公立大學和國立大學一樣，相較於私立大學的學費要來得特別便宜。

0961
□□□

こうりつ
【効率】

名 効率

例 機械化したところで、必ずしも効率が上がるとは限らない。

／即使施行機械化，未必就會提升效率。

文法

たところで～ない
［即使…也不…］

▶ 表示即使前項成立，後項結果也是與預期相反，或只能達到程度較低的結果。

0962
□□□

ごえい
【護衛】

名・他サ 護衛，保衛，警衛（員）

類 ガードマン

例 大統領の護衛にはどのくらいの人員が動員されますか。

／大約動用多少人力擔任總統的隨扈呢？

0963
□□□

コーナー
【corner】

名 小賣店，專櫃；角，拐角；（棒、足球）角球

類 隅

例 相手をコーナーに追いやってパンチを浴びせた。

／將對方逼到角落處，並對他飽以老拳。

0964
□□□

ゴールイン
【（和）goal + in】

名・自サ 抵達終點，跑到終點；（足球）射門；結婚

例 7年付き合って、とうとうゴールインした。

／交往七年之後，終於要步入禮堂了。

0965
□□□

ゴールデンタイム
【（和）golden + time】

名 黃金時段（晚上7到10點）

例 ゴールデンタイムは視聴率競争が激しい。

／黃金時段收視率的競爭相當激烈。

0966
□□□

こがら
【小柄】

名・形動 身體短小；（布料、裝飾等的）小花樣，小碎花

反 大柄

例 相撲は体格で取るものではなく、小柄なのに強い力士もいる。

／相撲不是靠體型取勝，也有的力士身材較小但是很難打倒。

0967
□□□

こ|ぎ|って
【小切手】

⑧ 支票

例 原稿料の支払いは小切手になります。
／稿費以支票支付。

0968
□□□

こ|きゃく
【顧客】

⑧ 顧客

例 サイバー攻撃で顧客名簿が流出した。
／由於伺服器遭到攻擊而導致顧客名單外流了。

0969
□□□

ご|く
【語句】

⑧ 語句，詞句

類 言葉

例 この語句の意味を詳しく説明していただけますか。
／可以請您詳細解釋這個詞語的意思嗎？

0970
□□□

こ|くさん
【国産】

⑧ 國產

例 国産の食品は輸入品より高いことが多い。
／有許多國產食品比進口食品還要昂貴。

0971
□□□

こ|くち
【告知】

⑧·他サ 通知，告訴

例 患者に病名を告知する。
／告知患者疾病名稱。

0972
□□□

こ|くてい
【国定】

⑧ 國家制訂，國家規定

例 国定公園には、さまざまな動物が生息している。
／各式各樣種類的動物棲息在國家公園裡。

0973
□□□

こ|くど
【国土】

⑧ 國土，領土，國家的土地；故鄉

例 林野庁の資料によると、日本の国土の60％以上は森林です。
／根據國土廳的統計資料，日本國土的60％以上均為森林地。

0974
□□□
こくはく
【告白】
名・他サ 坦白，自白；懺悔；坦白自己的感情

類 白状

例 水野君、あんなに持てるんだもん。告白なんて、できないよ。
／水野有那麼多女生喜歡他，我怎麼敢向他告白嘛！

0975
□□□
こくぼう
【国防】
名 國防

類 防備

例 中国の国防費は毎年二桁成長を続けている。
／中國的國防經費每年以兩位數百分比的速度持續增加。

0976
□□□
こくゆう
【国有】
名 國有

例 国有の土地には勝手に侵入してはいけない。
／不可隨意擅入國有土地。

0977
□□□
ごくらく
【極楽】
名 極樂世界；安定的境界，天堂

反 地獄 類 天国

例 温泉に入って、おいしい食事を頂いて、まさに極楽です。
／浸泡溫泉、享受美食，簡直快樂似神仙。

0978
□□□
こくれん
【国連】
名 聯合國

類 国際連合

例 国連は、さまざまな国の人々が参与し、運営している。
／聯合國是由各國人士共同參與和運作的。

0979
□□□
こげちゃ
【焦げ茶】
名 濃茶色，深棕色，古銅色

類 焦げ茶色

例 焦げ茶のジャケットと黒のジャケットではどちらが私に似合いますか。／我比較適合穿深褐色的外套，還是黑色的外套呢？

0980
□□□
32

ごげん
【語源】

名 語源，詞源

例 語源を調べると、面白い発見をすることがあります。

／調查語詞的起源時，有時會發現妙談逸事。

0981
□□□

ここ
【個々】

名 每個，各個，各自

類 それぞれ

例 個々の案件ごとに検討して、対処します。

／分別檢討個別案件並提出因應對策。

0982
□□□

ここち
【心地】

名 心情，感覺

類 気持ち

例 憧れのアイドルを目の前にして、まさに夢
心地でした。

／仰慕的偶像近在眼前，簡直如身處夢境一般。

文法
にして
[在…時才（階段）]
▶ 表示到了某階段才初
次發生某事。

0983
□□□

こころえ
【心得】

名 知識，經驗，體會；規章制度，須知；（下級
代行上級職務）代理，暫代

例 今から面接の心得についてお話しします。

／現在就我面試的經驗，來跟大家分享。

0984
□□□

こころがけ
【心掛け】

名 留心，注意；努力，用心；人品，風格

類 心構え

例 生活の中の工夫や心掛けひとつで、いろいろ節約できる。

／只要在生活細節上稍加留意與運用巧思，就能夠節約不少金錢與物資。

0985
□□□

こころがける
【心掛ける】

他下一 留心，注意，記在心裡

類 気をつける

例 ミスを防ぐ為、最低2回はチェックするよう心掛けている。

／為了避免錯誤發生，特別謹慎小心地至少檢查過兩次。

0986
□□□

こころぐるしい
【心苦しい】

(形) 感到不安，過意不去，擔心

例 辛い思いをさせて心苦しいんだ。
／讓您吃苦了，真過意不去。

0987
□□□

こころざし
【志】

(名) 志願，志向，意圖；厚意，盛情；表達心意的禮物；略表心意

(類) 志望

例 ただ志のみならず、実際の行動も素晴らしい。
／不只志向遠大，連實踐方式也很出色。

0988
□□□

こころざす
【志す】

(自他五) 立志，志向，志願

(類) 期する

例 幼い時重病にかかり、その後医者を志すようになった。
／小時候曾罹患重病，病癒後就立志成為醫生。

0989
□□□

こころづかい
【心遣い】

(名) 關照，關心，照料

例 温かい心遣いを頂き、感謝の念にたえません。
／承蒙溫情關懷，不勝感激。

0990
□□□

こころづよい
【心強い】

(形) 因為有可依靠的對象而感到安心；有信心，有把握

(反) 心細い (類) 気強い

例 君がいてくれて、心強いかぎりだ。
／有你陪在我身邊，真叫人安心啊！

0991 こころぼそい 【心細い】
□□□

形 因為沒有依靠而感到不安；沒有把握

反 心強い　類 心配

例 一人暮らしは、体調を崩した時に心細くなる。
/一個人的生活在遇到生病了的時候會沒有安全感。

0992 こころみ 【試み】
□□□

名 試，嘗試

類 企て

例 これは初めての試みだから、失敗する可能性もある。
/這是第一次的嘗試，不排除遭到失敗的可能性。

0993 こころみる 【試みる】
□□□

他上一 試試，試驗一下

類 試す

例 突撃取材を試みたが、警備員に阻まれ失敗に終わった。
/儘管試圖突擊採訪，卻在保全人員的阻攔下未能完成任務。

0994 こころよい 【快い】
□□□

形 高興，愉快，爽快；（病情）良好

例 快いお返事を頂き、ありがとうございます。
/承蒙您爽快回覆，萬分感激。

0995 ごさ 【誤差】
□□□

名 誤差；差錯

例 これぐらいの誤差なら、気にするまでもない。
/如果只是如此小差池，不必過於在意。

文法

まで(のこと)もない
[用不著…]

▶ 表示沒必要做到前項那種程度。含有事情已經很清楚，再說或做也沒有意義。

0996
□□□

ございます

（自・特殊型）有；在；來；去

類 ある

例「あのう、これの赤いのはあります。」「ございます。」

／「請問一下，這種款式有沒有紅色的？」「有。」

0997
□□□

こじ
【孤児】

（名）孤兒；沒有伴兒的人，孤獨的人

例 震災の孤児が 300 人もいると聞いて、胸が痛む。

／聽說那場震災造成多達三百名孩童淪為孤兒，令人十分悲憫不捨。

0998
□□□

ごしごし

（副）使力的，使勁的

例 床をごしごし拭く。

／使勁地擦洗地板。

0999
□□□

こじらせる
【拗らせる】

（他下一）搞壊，使複雜，使麻煩；使加重，使惡化，弄糟

例 問題をこじらせる。

／使問題複雜化。

1000
□□□

こじれる
【拗れる】

（自下一）彆扭，執拗；（事物）複雜化，惡化，（病）纏綿不癒

類 悪化

例 早いうちに話し合わないから、仲がこじれて取り返しがつかなくなった。

／就因為不趁早協商好，所以才落到關係惡化最後無法收拾的下場。

1001
□□□

こじん
【故人】

（名）故人，舊友；死者，亡人

類 亡き人

例 故人をしのんで追悼会を開いた。

／眾人在對往生者滿懷懷念中，為他舉行追悼會。

1002 □□□

こす

（他五）過濾，濾

（類）濾過（ろか）

（例）使い終わった揚げ油は、揚げカスをこしてから保存する。

／先將炸完之食用油上的油炸殘渣撈撈乾淨後，再予以保存。

1003 □□□

こずえ
【梢】

（名）樹梢，樹枝

（類）枝

（例）こずえに小鳥のつがいが止まっている。

／一對小鳥棲停於樹梢。

1004 □□□

こせい
【個性】

（名）個性，特性

（類）パーソナリティー

（例）子供の個性は大切に育てた方がいい。

／應當重視培育孩子的個人特質。

1005 □□□

こせき
【戸籍】

（名）戸籍，戸口

（例）戸籍と本籍の違いはなんですか。

／戶籍與籍貫有什麼差異呢？

1006 □□□

こだい
【古代】

（名）古代

（類）大昔

（例）道路工事で古代の遺跡が発見された。

／道路施工時發現了古代遺跡。

1007 □□□

こたつ
【炬燵】

（名）（架上蓋著被，用以取暖的）被爐，暖爐

（例）こたつには日本ゆえの趣がある。

／被爐具有日本的獨特風情。

文法

（が）ゆえ（の）[具有…]

▶ 表示獨特具有的意思，後面要接名詞。

か
行單字

1008 □□□

こだわる
【拘る】

(自五) 拘泥；妨礙，阻礙，抵觸

例 これは私の得意分野ですから、こだわらずにはいられません。
／這是我擅長的領域，所以會比較執著。

1009 □□□

33

こちょう
【誇張】

(名・他サ) 誇張，誇大

(類) おおげさ

例 視聴率を上げんがため、誇張した表現を多く用いる傾向にある。
／媒體為了要提高收視率，有傾向於大量使用誇張的手法。

文法
んがため(に)[為了…而…（的）]
▶ 表示目的。帶有無論如何都要實現某事，帶著積極的目的做某事的語意。

1010 □□□

こつ

(名) 訣竅，技巧，要訣

例 最初は時間がかかったが、こつをつかんでからはどんどん作業が進んだ。／一開始會花很多時間，但在抓到訣竅以後，作業就很流暢了。

1011 □□□

こつ
【骨】

(名・漢造) 骨；遺骨，骨灰；要領，祕訣；品質；身體

例 豚骨ラーメンのスープは非常に濃厚です。
／豚骨拉麵的湯頭非常濃稠。

1012 □□□

こっけい
【滑稽】

(形動) 滑稽，可笑；詼諧

(類) おかしい

例 懸命に弁解すれば弁解するほど、滑稽に聞こえる。
／越是拚命辯解，聽起來越是可笑。

1013 □□□

こっこう
【国交】

(名) 國交，邦交

(類) 外交

例 国交が回復されるや否や、経済効果がはっきりと現れた。
／才剛恢復邦交，經濟效果就明顯地有了反應。

文法
やいなや [剛…就…]
▶ 表示前一個動作才剛做完，甚至還沒做完，就馬上引起後項的動作。

1014 □□□

こつこつ

副 孜孜不倦，堅持不懈，勤奮；（硬物相敲擊）
咚咚聲

例 こつこつと勉強する。
／孜孜不倦的讀書。

1015 □□□

こっとうひん
【骨董品】

名 古董

類 アンティーク

例 骨董品といえども、100万もする代物ではない。
／雖說是骨董，但這東西也不值一百萬日幣。

1016 □□□

こてい
【固定】

名・自他サ 固定

類 定置

例 会議に出席するメンバーは固定しています。
／出席會議的成員是固定的。

1017 □□□

ことがら
【事柄】

名 事情，情況，事態

類 事情

例 生徒にセクハラするなんて、教育者にある
まじき 事柄だ。
／對學生性騷擾是教育界人士絕不可出現的行為！

1018 □□□

こどく
【孤独】

名・形動 孤獨，孤單

例 人は元来孤独であればこそ、他者との交わり
を望むのだ。
／正因為人類生而孤獨，所以才渴望與他人交流。

1019 ことごとく

□□□

副 所有，一切，全部

類 全て

例 彼の言うことはことごとくでたらめだった。

／他說的話，每一字每一句都是胡謅的！

1020 ことづける
【言付ける】

□□□

他下一 託付，帶口信

自下一 假託，藉口

例 いつものことなので、あえて彼に言付けるまでもない。

／已經犯過很多次了，無須特地向他告狀。

文法

まで(のこと)もない
[用不著…]

▶ 表示沒必要做到前項那種程度。含有事情已經很清楚，再說或做也沒有意義。

1021 ことづて
【言伝】

□□□

名 傳聞；帶口信

例 言伝に聞く。／傳聞。

1022 ことに
【殊に】

□□□

副 特別，格外

類 特に

例 わが社は殊にアフターサービスに力を入れています。

／本公司特別投力於售後服務。

1023 ことによると

□□□

副 可能，說不定，或許

類 或は

例 ことによると、私の勘違いかもしれません。

／或許是因為我有所誤會。

1024 こなごな
【粉々】

□□□

形動 粉碎，粉末

類 こなみじん

例 ガラスのコップが粉々に砕けた。

／玻璃杯被摔得粉碎。

1025 コネ 【connection 之略】
□□□
② 名 關係，門路

例 親のコネで就職できた。
／靠父母的人脈關係找到了工作。

1026 このましい 【好ましい】
□□□
③ 形 因為符合心中的愛好與期望而喜歡；理想的，滿意的

反 厭わしい　類 好もしい
例 社会人として好ましくない髪形です。
／以上班族而言，這種髮型不太恰當。

1027 ごばん 【碁盤】
□□□
② 名 圍棋盤

例 京都市内の道路は碁盤の目状に整備されている。
／京都市區之道路規劃為棋盤狀。

1028 こべつ 【個別】
□□□
② 名 個別

類 それぞれ
例 個別面接だけでなく、集団面接も行われる。
／不只個別面試，也會進行集體面試。

1029 コマーシャル 【commercial】
□□□
② 名 商業（的），商務（的）；商業廣告

類 広告
例 コマーシャルの出来は商品の売れ行きを左右する。
／商品的銷售業績深受廣告製作效果的影響。

1030 ごまかす
□□□
他五 欺騙，欺瞞，蒙混，愚弄；蒙蔽，掩蓋，搪塞，敷衍；作假，搞鬼，舞弊，侵吞（金錢等）

類 偽る
例 どんなにごまかそうが、結局最後にはばれる。
／不管再怎麼隱瞞，結果最後還是會被拆穿。

文法
うが［不管是……］
▶ 表逆接假定。後面不受前面約束，接想完成的事或決心等。

1031 □□□
こまやか
【細やか】

形動 深深關懷對方的樣子；深切，深厚

類 細かい

例 細やかなお気遣いを頂き、感謝申し上げます。
／承蒙諸位之體諒關懷，致上無限感謝。

1032 □□□
こみあげる
【込み上げる】

自下一 往上湧，油然而生

例 涙がこみあげる。
／淚水盈眶。

1033 □□□
こめる
【込める】

他下一 裝填；包括在內，計算在內；集中（精力），貫注（全神）

類 詰める

例 心を込めてこの歌を歌いたいと思います。
／請容我竭誠為各位演唱這首歌曲。

1034 □□□
コメント
【comment】

名・自サ 評語，解說，註釋

類 論評

例 ファンの皆さんに、一言コメントを頂けますか。
／可以麻煩您對影迷們講幾句話嗎？

1035 □□□
ごもっとも
【御尤も】

形動 對，正確；肯定

例 おっしゃることはごもっともです。しかし、我々にはそれだけの金も時間もないんです。
／您說得極是！然而，我們既沒有那麼多金錢，也沒有那麼多時間。

1036 □□□
こもりうた
【子守歌・子守唄】

名 搖籃曲

例 子守唄では、「揺籃のうた」が一番好きです。
／在搖籃曲中，我最喜歡那首〈搖籃之歌〉。

1037 ☐☐☐

こ**も**る
【籠もる】

（自五）閉門不出；包含，含蓄；（煙氣等）停滯，充滿，（房間等）不通風

（類）引きこもる

（例）娘は恥ずかしがって部屋の奥にこもってしまった。
／女兒因為害羞怕生而躲在房裡不肯出來。

1038 ☐☐☐

こ**ゆう**
【固有】

（名）固有，特有，天生

（類）特有

（例）柴犬や土佐犬は日本固有の犬種です。
／柴犬與土佐犬為日本原生狗種。

1039 ☐☐☐
34

こ**よう**
【雇用】

（名・他サ）雇用；就業

（例）不況の影響を受けて、雇用不安が高まっている。
／受到不景氣的影響，就業不穩定的狀況愈趨嚴重。

1040 ☐☐☐

こ**よみ**
【暦】

（名）暦，暦書

（類）カレンダー

（例）暦の上では春とはいえ、まだまだ寒い日が続く。
／雖然日暦上已過了立春，但天氣依舊寒冷。

文法

とはいえ
[雖然…但是…]
▶ 表示逆接轉折。先肯定那事雖然是那樣，但是實際上卻是後項的結果。

1041 ☐☐☐

こ**ら**す
【凝らす】

（他五）凝集，集中

（類）集中させる

（例）素人なりに工夫を凝らしてみました。
／以外行人來講，算是相當費盡心思了。

文法

なりに[那般…（的）]
▶ 根據話題中人的經驗及能力所及範圍，承認前項有所不足，做後項與之相符的行為。

1042 □□□
ごらんなさい
【御覧なさい】
敬 看，觀賞

類 見なさい
例 御覧なさい。あそこにきれいな鳥がいますよ。
／請看，那裡有一隻美麗的小鳥喔！

1043 □□□
こりつ
【孤立】
名・自サ 孤立

例 孤立が深まって、彼はいよいよ会社にいられなくなった。
／在公司，他被孤立到就快待不下去了。

1044 □□□
こりる
【懲りる】
自上一 （因為吃過苦頭）不敢再嘗試

類 悔やむ
例 これに懲りて、もう二度と同じ失敗をしないようにしてください。
／請以此為戒，勿再犯同樣的錯誤。

1045 □□□
こんき
【根気】
名 耐性，毅力，精力

類 気力
例 パズルを完成させるには根気が必要です。
／必須具有足夠的毅力才能完成拼圖。

1046 □□□
こんきょ
【根拠】
名 根據

類 証拠
例 証人の話は全く根拠のないものでもない。
／證詞並非毫無根據。

文法
ないものでもない［也並非不…］
▶ 表示依後續周圍的情勢發展，有可能會變成那樣、可以那樣做的意思。

1047 □□□
こんけつ
【混血】
名・自サ 混血

例 この地域では、新生児の 30 人に一人が混血児です。
／這個地區的新生兒，每三十人有一個是混血兒。

1048 □□□

コ**ンタクト**
【contact lens 之略】

名 隱形眼鏡

類 コンタクトレンズ

例 コンタクトがずれて、目が痛い。
/隱形眼鏡戴在眼球上的位置偏移了，眼睛疼痛難當。

1049 □□□

こんちゅう
【昆虫】

名 昆蟲

類 虫

例 彼は子供の頃からずっと昆虫の標本を収集している。
/他從小就開始一直收集昆蟲標本。

1050 □□□

こんてい
【根底】

名 根底，基礎

類 根本

例 根底にある問題を解決しなければ、解決したとは言えない。
/假如沒有排除最根本的問題，就不能說事情已經獲得解決。

1051 □□□

コ**ンテスト**
【contest】

名 比賽；比賽會

類 コンクール

例 彼女はコンテストに参加する為、ダイエットに励んでいる。
/她為了參加比賽，正在努力減重。

1052 □□□

こんどう
【混同】

名・自他サ 混同，混淆，混為一談

例 公職に就いている人は公私混同を避けなければならない。
/擔任公職者必須極力避免公私不分。

1053 □□□

コ**ントラスト**
【contrast】

名 對比，對照；（光）反差，對比度

類 対照

例 このスカートは白黒のコントラストがはっきりしていてきれいです。
/這條裙子設計成黑白對比分明的款式，顯得美麗大方。

1054 ☐☐☐
コントロール
【control】

㊔・他サ 支配，控制，節制，調節

例 いかなる状況でも、自分の感情をコントロールすることが大切です。

／無論身處什麼樣的情況，重要的是能夠控制自己的情緒。

1055 ☐☐☐
コンパス
【(荷) kompas】

㊔ 圓規；羅盤，指南針；腿（的長度），腳步（的幅度）

例 コンパスを使えばきれいな円を描くことができる。

／只要使用圓規就可以繪製出完美的圓形。

1056 ☐☐☐
こんぽん
【根本】

㊔ 根本，根源，基礎

㊣ 根源

例 内閣支持率低迷の根本には政治不信がある。

／內閣支持率低迷的根源在百姓不信任政治。

1057 さ
□□□

35

(終助) 向對方強調自己的主張，說法較隨便；（接疑問詞後）表示抗議、追問的語氣；（插在句中）表示輕微的叮嚀

例 そのぐらい、僕だってできるさ。天才だからね。
／那點小事，我也會做啊！因為我是天才嘛！

1058 ざあざあ
□□□

(副) （大雨）嘩啦嘩啦聲；（電視等）雜音

例 雨がざあざあ降っている。
／雨嘩啦嘩啦地下。

1059 さい
□□□ 【差異】

(名) 差異，差別

例 予想と実績に差異が生じた理由を分析した。
／分析了預測和成果之間產生落差的原因。

1060 ざい
□□□ 【財】

(名) 財產，錢財；財寶，商品，物資

類 金銭
例 バブル経済の頃には、不動産で財を築く人が多かった。
／有非常多人在泡沫經濟時期，藉由投資不動產累積龐大財富。

1061 さいかい
□□□ 【再会】

(名・自サ) 重逢，再次見面

類 会う
例 20年ぶりに再会できて喜びにたえない。
／相隔二十年後的再會，真是令人掩飾不住歡喜。

文法
にたえない [不勝…]
▶ 表示強調前面情感的意思。一般用在客套話上。

1062 さいがい
□□□ 【災害】

(名) 災害，災難，天災

反 人災 類 天災
例 首相は現地を訪れ、災害の状況を視察した。
／首相來到現場視察受災狀況。

1063 □□□

さいきん
【細菌】

名 細菌

類 ウイルス

例 私たちの消化器官には、いろいろな種類の細菌が住み着いている。

／有各式各樣的細菌，定住在我們的消化器官中。

1064 □□□

さいく
【細工】

名・自他サ 精細的手藝（品），工藝品；耍花招，玩弄技巧，搞鬼

例 一度ガラス細工体験をしてみたいです。

／我很想體驗一次製作玻璃手工藝品。

1065 □□□

さいくつ
【採掘】

名・他サ 採掘，開採，採礦

類 掘り出す

例 アフリカ南部のレソト王国で世界最大級のダイヤモンドが採掘された。／在非洲南部的萊索托王國，挖掘到世界最大的鑽石。

1066 □□□

サイクル
【cycle】

名 周期，循環，一轉；自行車

類 周期

例 環境のサイクルは一度壊れると元に戻りにくい。

／生態環境的循環一旦遭受破壞，就很難恢復回原貌了。

1067 □□□

さいけつ
【採決】

名・自サ 表決

類 表決

例 その法案は起立多数で強行採決された。

／那一法案以起立人數較多，而強行通過了。

1068 □□□

さいけん
【再建】

名・他サ 重新建築，重新建造；重新建設

例 再建の手を早く打たなかったので、倒産するしまつだ。

／因為沒有及早設法重新整頓公司，結果公司竟然倒閉了。

文法

しまつだ[（落到）…的結果]

▶ 經過一個壞的情況，最後落得更壞的結果。後句帶譴責意味，陳述竟發展到這種地步。

1069 ☐☐☐

さいげん
【再現】

名・自他サ 再現，再次出現，重新出現

例 東京の街をリアルに再現した 3 Ｄ 仮想空間が今冬に公開される。
／東京街道逼真再現的 3D 假想空間，將在今年冬天公開。

1070 ☐☐☐

ざいげん
【財源】

名 財源

例 計画を立てる上では、まず財源を確保して
しかるべきだ。
／在做規劃之前，應當先確保財源。

文法
てしかるべきだ[應當…]
▶ 表示那樣做是恰當的、應當的。用適當的方法來解決事情。

1071 ☐☐☐

ざいこ
【在庫】

名 庫存，存貨；儲存

例 在庫を確認しておけばいいものを、しない
から処理に困ることになる。
／如先確認過庫存就好了，卻因為沒做才變得處理棘手。

文法
(ば)〜ものを[可是…]
▶ 表示說話者以悔恨、不滿、責備的心情，來說明前項的事態沒有按照期待的方向發展。

1072 ☐☐☐

さいこん
【再婚】

名・自サ 再婚，改嫁

例 お袋が死んでもう 15 年だよ。親父、そろそろ再婚したら。
／老媽死了都已經有十五年啦。老爸，要不要考慮再婚啊？

1073 ☐☐☐

さいさん
【採算】

名 (收支的) 核算，核算盈虧

類 集める
例 人件費が高すぎて、会社としては採算が合わない。
／對公司而言，人事費過高就會不敷成本。

1074 ☐☐☐

さいしゅう
【採集】

名・他サ 採集，搜集

例 夏休みは昆虫採集をするつもりだ。
／我打算暑假去採集昆蟲喔。

1075
□□□

サイズ
【size】

名（服裝，鞋，帽等）尺寸，大小；尺碼，號碼；（婦女的）身材

類 大きさ

例 Mサイズはおろか、Lサイズも入りません。
／別說M號，連L號也穿不下。

1076
□□□

さいせい
【再生】

名・自他サ 重生，再生，死而復生；新生，（得到）改造；（利用廢物加工，成為新產品）再生；（已錄下的聲音影像）重新播放

類 蘇生

例 重要な個所を見過ごしたので、もう一度再生してください。
／我沒看清楚重要的部分，請倒帶重新播放一次。

1077
□□□

ざいせい
【財政】

名 財政；（個人）經濟情況

類 経済

例 政府は異例ずくめの財政再建政策を打ち出した。
／政府提出了史無前例的財政振興政策。

1078
□□□

さいぜん
【最善】

名 最善，最好；全力

反 最悪 類 ベスト

例 私なりに最善を尽くします。
／我會盡我所能去辦好這件事。

1079
□□□

さいたく
【採択】

名・他サ 採納，通過；選定，選擇

例 採択された決議に基づいて、プロジェクトグループを立ち上げた。
／依據作成之決議，組成專案小組。

1080 □□□
サイドビジネス
【(和) side+business】
(名) 副業，兼職

例 サイドビジネスを始はじめる。／開始兼職副業。

1081 □□□
さいばい
【栽培】
(名・他サ) 栽培，種植

反 自生
例 栽培方法さいばいほうほうによっては早はやく成長せいちょうする。
／採用不同的栽培方式可以提高生長速率。

1082 □□□
さいはつ
【再発】
(名・他サ)（疾病）復發，（事故等）又發生；（毛髮）
再生

例 病気びょうきの再発さいはつは避さけられない<u>ないものでもない</u>。
／並非無法避免症狀復發。

文法
ないものでもない
[也並非不…]
▶ 表示依後續周圍的情勢發展，有可能會變成那樣、可以那樣做的意思。

1083 □□□
さいぼう
【細胞】
(名)（生）細胞；（黨的）基層組織，成員

例 細胞さいぼうを採取さいしゅして、検査けんさする。／採集細胞樣本進行化驗。

1084 □□□
さいよう
【採用】
(名・他サ) 採用（意見），採取；錄用（人員）

例 採用試験さいようしけんでは、筆記試験ひっきしけんの成績せいせき<u>もさることな</u>
<u>がら</u>、面接めんせつが重視じゅうしされる傾向けいこうにある。
／在錄用考試中，不單要看筆試成績，更有重視面試的傾向。

文法
もさることながら
[不用說…]
▶ 前接基本內容，後接強調內容。表示雖然不能忽視前項，但後項更進一步。

1085 □□□
さえぎる
【遮る】
(他五) 遮擋，遮住，遮蔽；遮斷，遮攔，阻擋

類 妨さまたげる
例 彼かれの話はなしがあまりにしつこいので、とうとう遮さえぎった。
／他實在講得又臭又長，終於忍不住打斷了。

1086 さえずる

□□□

自五 （小鳥）婉轉地叫，嘰嘰喳喳地叫，歌唱

類 鳴く

例 小鳥がさえずる声で目が覚めるのは、本当に気持ちがいい。
／在小鳥啁啾聲中醒來，使人感覺十分神清氣爽。

1087 さえる

【冴える】

□□□

自下一 寒冷，冷峭；清澈，鮮明；（心情、目光等）清醒，清爽；（頭腦、手腕等）靈敏，精巧，純熟

例 コーヒーの飲みすぎで、頭がさえて眠れません。
／喝了過量的咖啡，頭腦極度清醒，完全無法入睡。

1088 さお

【竿】

□□□

名 竿子，竹竿；釣竿；船篙；（助數詞用法）杆，根

類 棒

例 物干し竿は、昔は竹だったが、今はステンレスが多い。
／晾衣竿以前是用竹子，現在多半改用不鏽鋼製品。

1089 さかえる

【栄える】

□□□

自下一 繁榮，興盛，昌盛；榮華，顯赫

反 衰える　類 繁栄

例 どんなに国が栄えようと、栄えまいと、貧富の差はなくならない。
／不論國家繁容與否，貧富之差終究還是會存在。

文法
うと～まいと［不管…不…都］
▶ 表逆接假定條件。無論前面情況如何，後面不會受前面約束，都是會成立的。

1090 さがく

【差額】

□□□

名 差額

例 後ほど差額を計算して、お返しします。
／請容稍後計算差額，再予以退還。

1091 さかずき

【杯】

□□□

名 酒杯；推杯換盞，酒宴；飲酒為盟

類 酒杯

例 お酒を杯からあふれんばかりになみなみとついだ。／酒斟得滿滿的，幾乎快要溢出來了。

文法
んばかりに
［幾乎要…（的）］
▶ 表示事物幾乎要達到某狀態，或已經進入某狀態了。

1092
□□□

さかだち
【逆立ち】

名·自サ（體操等）倒立，倒豎；顛倒

類 倒立

例 体育の授業で逆立ちの練習をした。
／在體育課中練習了倒立。

1093
□□□

🔴**36**

さかる
【盛る】

自五 旺盛；繁榮；（動物）發情

例 中にいる人を助けようとして、消防士は燃え盛る火の中に飛び込んだ。
／消防員為了救出被困在裡面的人而衝進了熊熊燃燒的火場。

1094
□□□

さき
【先】

名 尖端，末稍；前面，前方；事先，先；優先，首先；將來，未來；後來（的情況）；以前，過去；目的地；對方

例 旅行先でインフルエンザにかかってしまった。
／在旅遊地染上了流行性感冒。

1095
□□□

さきに
【先に】

副 以前，以往

類 以前に

例 先にご報告しましたように、景気は回復傾向にあると考えられます。
／如同方才向您報告過的，景氣應該有復甦的傾向。

1096
□□□

さぎ
【詐欺】

名 詐欺，欺騙，詐騙

類 インチキ

例 ひとり老人のみならず、若者も詐欺グループにまんまと騙された。
／不光是老年人而已，就連年輕人也是詐騙集團的受害者。

文法

ひとり～のみならず～（も）
[不單是…]

▶ 表示不只是前項，涉及的範圍更擴大到後項。後項內容是說話者所偏重、重視的。

1097 □□□
さく【作】
(名) 著作，作品；耕種，耕作；收成；振作；動作

(類) 作品

(例) 手塚治虫さん作の漫画は、今でも高い人気を誇っている。
／手塚治虫先生繪製的漫畫，至今依舊廣受大眾喜愛。

1098 □□□
さく【柵】
(名) 柵欄；城寨

(類) 囲い

(例) 道路脇に柵を設けて、車の転落を防止する。
／這個柵欄的高度不足以預防人們跌落。

1099 □□□
さく【策】
(名) 計策，策略，手段；鞭策；手杖

(類) はかりごと

(例) 反省はおろか、何の改善策も打ち出していない。
／不用說是有在反省，就連個補救方案也沒提出來。

文法

はおろか
[不用說…就是…也…]
▶ 表示前項沒有說明的必要，強調後項較極端的事例也不例外。含說話者吃驚、不滿等情緒。

1100 □□□
さくげん【削減】
(名・自他サ) 削減，縮減；削弱，使減色

(反) 増やす　(類) 減らす

(例) 景気が悪いので、今年のボーナスが削減されてしまった。
／由於景氣差，今年的年終獎金被削減了。

1101 □□□
さくご【錯誤】
(名) 錯誤；(主觀認識與客觀實際的) 不相符，謬誤

(類) 誤り

(例) 試行錯誤を繰り返し、ようやく成功した。
／經過幾番摸索改進後，終於獲得成功。

1102 □□□
さくせん
【作戦】

（名）作戰，作戰策略，戰術；軍事行動，戰役

（類）戦略

（例）それは関心を引かんがための作戦だ。
　　／那是為了要分散對方的注意力所策劃的戰略。

文法
んがための
[為了…而…（的）]
▶ 表示目的。帶有無論如何都要實現某事，帶著積極的目的做某事的語意。

1103 □□□
さけび
【叫び】

（名）喊叫，尖叫，呼喊

（例）助けを求める叫びが聞こえたかと思いきや、続いて銃声がした。
　　／才剛聽到了求救的叫聲，緊接著就傳來了槍響。

文法
（か）とおもいきや
[剛…馬上就]
▶ 表示前後兩個對比的事情，幾乎同時相繼發生。

1104 □□□
さける
【裂ける】

（自下一）裂，裂開，破裂

（類）破れる

（例）冬になると乾燥のため唇が裂けることがある。
　　／到了冬天，有時會因氣候乾燥而嘴唇乾裂。

1105 □□□
さげる
【捧げる】

（他下一）雙手抱拳，捧拳；供，供奉，敬獻；獻出，貢獻

（類）あげる

（例）この歌は、愛する妻に捧げます。
　　／僅以這首歌曲獻給深愛的妻子。

1106 □□□
さしかかる
【差し掛かる】

（自五）來到，路過（某處），靠近；（日期等）臨近，逼近，緊迫；垂掛，籠罩在…之上

（類）通りかかる

（例）企業の再建計画は正念場に差し掛かっている。
　　／企業的重建計畫正面臨最重要的關鍵時刻。

1107
□□□

さしず
【指図】

（名・自サ）指示，吩咐，派遣，發號施令；指定，指明；圖面，設計圖

（類）命令

（例）彼はもうベテランなので、私がひとつひとつ指図するまでもない。

／他已經是老手了，無需我一一指點。

文法
まで（のこと）もない
[用不著…]
▶ 表示沒必要做到前項那種程度。含有事情已經很清楚，再說或做也沒有意義。

1108
□□□

さしだす
【差し出す】

（他五）（向前）伸出，探出；（把信件等）寄出，發出；提出，交出，獻出；派出，派遣，打發

（類）提出

（例）彼女は黙って退職願を差し出した。

／她不聲不響地提出辭呈。

1109
□□□

さしつかえる
【差し支える】

（自下一）（對工作等）妨礙，妨害，有壞影響；感到不方便，發生故障，出問題

（例）たとえ計画の進行に差し支えても、メンバーを変更せざるを得ない。

／即使會影響到計畫的進度，也得更換組員。

1110
□□□

さしひき
【差し引き】

（名・自他サ）扣除，減去；（相抵的）餘額，結算（的結果）；（潮水的）漲落，（體溫的）升降

（例）電話代や電気代といった諸経費は事業所得から差し引きしてもいい。

／電話費與電費等各項必要支出經費，可自企業所得中予以扣除。

文法
といった(名詞)[這一類的]
▶ 表示列舉。一般舉出兩項以上相似的事物，表示所列舉的這些不是全部，還有其他。

1111
□□□

さす
【指す】

（他五）（用手）指，指示；點名指名；指向；下棋；告密

（例）こらこら、指で人を指すものじゃないよ。

／喂喂喂，怎麼可以用手指指著別人呢！

1112 さずける 【授ける】

□□□

他下一 授予，賦予，賜給；教授，傳授

反 奪う 類 与える

例 功績が認められて、名誉博士の称号が授けられた。
／由於功績被認可，而被授予名譽博士的稱號。

1113 さする

□□□

他五 摩，擦，搓，撫摸，摩挲

類 擦る（する）

例 膝をぶつけて、思わず手でさすった。
／膝蓋撞了上去，不由得伸手撫了撫。

1114 さぞ

□□□

副 想必，一定是

類 きっと

例 残り3分で逆転負けするなんて、さぞ悔しいことでしょう。
／離終場三分鐘時遭慘逆轉賽局吃下敗仗，想必懊悔不已。

1115 さぞかし

□□□

副 （「さぞ」的強調）想必，一定

例 さぞかし喜ぶでしょう。
／想必很開心吧！

1116 さだまる 【定まる】

□□□

自五 決定，規定；安定，穩定，固定；確定，明確；
（文）安靜

類 決まる

例 このような論点の定まらない議論は、時間の
無駄でなくてなんだろう。
／像這種論點無法聚焦的討論，不是浪費時間又是什
麼呢！

文法

でなくてなんだろう
[這不是…是什麼]

▶ 用反問「難道不是…
嗎」的方式，強調出「這
正是所謂的…」的語感。

1117
□□□
さだめる
【定める】
他下一 規定，決定，制定；平定，鎮定；奠定；評定，論定

類 決める

例 給料については、契約書に明確に定めてあります。

／關於薪資部份，均載明於契約書中。

1118
□□□
ざだんかい
【座談会】
名 座談會

例 衆議院が解散したので、テレビは緊急に識者による座談会を放送した。

／由於眾議院已經散會，電視台緊急播放有識之士的座談節目。

1119
□□□
ざつ
【雑】
名・形動 雜類；（不單純的）混雜；摻雜；（非主要的）雜項；粗雜；粗糙；粗枝大葉

反 精密　類 粗末

例 雑に仕事をすると、あとで結局やり直すことになりますよ。

／如果工作時敷衍了事，到頭來仍須重新再做一次喔！

1120
□□□
ざっか
【雑貨】
名 生活雜貨

反 小間物　類 荒物

例 彼女の部屋は、狭さもさることながら、雑貨であふれていて足の踏み場もない。

／她的房間不但狹小，還堆滿了雜貨，連可以踩進去的地方都沒有。

文法
もさることながら
[不用說…]
▶ 前接基本內容，後接強調內容。表示雖然不能忽視前項，但後項更進一步。

1121
□□□
さっかく
【錯覚】
名・自サ 錯覺；錯誤的觀念；誤會，誤認為

類 勘違い

例 左の方が大きく見えるのは目の錯覚で、実際は二つとも同じ大きさです。

／左邊的圖案看起來比較大，是因為眼睛的錯覺，其實兩個圖案的大小完全相同。

讀書計劃：□□／□□

1122 □□□
さっきゅう・そうきゅう
【早急】
（名・形動）盡量快些，趕快，趕緊

類 至急

例 その件は早急に解決する必要がある。
／那件事必須盡快解決。

1123 □□□
さつじん
【殺人】
（名）殺人，兇殺

例 未遂であれ、殺人の罪は重い。
／即使是殺人未遂，罪行依舊很重。

文法
であれ［即使是…也…］
▶ 表示不管前項是什麼情況，後項的事態都還是一樣。

1124 □□□
さっする
【察する】
（他サ）推測，觀察，判斷，想像；體諒，諒察

類 推し量る

例 娘を嫁にやる父親の気持ちは察するに難くない。
／不難猜想父親出嫁女兒的心情。

文法
にかたくない［不難…］
▶ 表示從某一狀況來看，不難想像，誰都能明白的意思。

1125 □□□
ざつだん
【雑談】
（名・自サ）閒談，說閒話，閒聊天

類 お喋り

例 久しぶりの再会で雑談に花が咲いて、2時間以上も話してしまいました。
／與久逢舊友聊得十分起勁，結果足足談了兩個多小時。

1126 □□□
さっと
（副）（形容風雨突然到來）倏然，忽然；（形容非常迅速）忽然，一下子

例 新鮮な肉だから、さっと火を通すだけでいいですよ。
／這可是新鮮的肉，只要稍微過火就可以了喔。

1127
□□□

37

さとる
【悟る】

他五 醒悟，覺悟，理解，認識；察覺，發覺，看破；（佛）悟道，了悟

例 その言葉を聞いて、彼にだまされていたことを悟った。
／聽到那番話後，赫然頓悟對方遭到他的欺騙。

1128
□□□

さなか
【最中】

名 最盛期，正當中，最高

類 さいちゅう

例 披露宴のさなかに、大きな地震が発生した。
／正在舉行喜宴時，突然發生大地震。

1129
□□□

さばく
【裁く】

他五 裁判，審判；排解，從中調停，評理

類 裁判する

例 人が人を裁くことは非常に難しい。
／由人來審判人，是非常困難的。

1130
□□□

ざひょう
【座標】

名（數）座標；標準，基準

例 2点の座標から距離を計算しなさい。
／請計算這兩點座標之間的距離。

1131
□□□

さほど

副（後多接否定語）並（不是），並（不像），也（不是）

類 それほど

例 さほどひどくないけがですから、入院せずにすむでしょう。
／那並不是什麼嚴重的傷勢，應該不需要住院吧。

文法
ずにすむ[就行了]
▶ 表示不這樣做，也可以解決問題，或避免了原本預測會發生的不好的事。

1132
□□□

サボる
【sabotage 之略】

他五（俗）怠工；偷懶，逃（學），曠（課）

反 励む 類 怠ける

例 授業をサボりっぱなしで、テストは散々だった。
／一直翹課，所以考試結果慘不忍睹。

1133 □□□
さむけ
【寒気】

名 寒冷，風寒，發冷；憎惡，厭惡感，極不愉快感覺

類 寒さ

例 今朝から、寒気もさることながら頭痛がひどい。
／從今天早上開始不僅全身發冷而且頭疼異常。

1134 □□□
さむらい
【侍】

名（古代公卿貴族的）近衛；古代的武士；有骨氣，行動果決的人

類 武士

例 一昔前、侍は皆ちょんまげを結っていました。
／過去，武士全都梳髮髻。

1135 □□□
さも

副（從一旁看來）非常，真是；那樣，好像

類 いかにも

例 彼はさも事件現場にいたかのように話した。
／他描述得活靈活現，宛如曾親臨現場。

1136 □□□
さよう
【作用】

名・自サ 作用；起作用

類 働き

例 レモンには美容作用があるといわれています。
／聽說檸檬具有美容功效。

1137 □□□
さらう

他五 攫，奪取，拐走；（把當場所有的全部）拿走，取得，贏走

反 与える　類 奪う

例 彼が監督する映画は、いつも各界の話題をさらってきた。
／他所導演的電影，總會成為各界熱烈討論的話題。

1138
□□□
さらなる
【更なる】
連體 更

例 更なるご活躍をお祈りします。
／預祝您有更好的發展。

1139
□□□
さわる
【障る】
自五 妨礙，阻礙，障礙；有壞影響，有害

類 邪魔

例 もし気に障ったなら、申し訳ありません。
／假如造成您的不愉快，在此致上十二萬分歉意。

1140
□□□
さん
【酸】
名 酸味；辛酸，痛苦；（化）酸

例 疲れた時には、クエン酸を取ると良いといわれています。
／據說在身體疲憊時攝取檸檬酸，有助於恢復體力。

1141
□□□
さんか
【酸化】
名・自サ（化）氧化

例 リンゴは、空気に触れて酸化すると、表面が黒くなる。
／蘋果被切開後接觸到空氣，果肉表面會因氧化而泛深褐色。

1142
□□□
さんがく
【山岳】
名 山岳

例 山岳救助隊は遭難した登山者の救出を専門にしている。
／山岳救難隊專責救助遇到山難的登山客。

1143
□□□
さんぎいん
【参議院】
名 參議院，參院（日本國會的上院）

反 衆議院 類 参院

例 参議院議員の任期は６年です。
／參議院議員任期是六年。

1144 □□□
サンキュー
【thank you】
感 謝謝

類 ありがとう

例 おばあちゃんが話せる英語は「サンキュー」だけです。
／奶奶會說的英語只有「3Q」而已。

1145 □□□
さんきゅう
【産休】
名 產假

類 出産休暇

例 会社の福利が悪く、産休もろくに取れないしまつだ。
／公司的福利差，結果連產假也沒怎麼休到。

文法
しまつだ〔(落到)…的結果〕
▶ 經過一連串壞的情況，最後落得更壞的結果。後句帶譴責意味，陳述竟發展到這種地步。

1146 □□□
ざんきん
【残金】
名 餘款，餘額；尾欠，差額

類 残高

例 通帳に記帳して、残金を確かめます。
／補摺確認帳戶裡的存款餘額。

1147 □□□
さんご
【産後】
名 (婦女)分娩之後

例 産後は体力が回復するまでじっくり休息した方が良い。
／生產後應該好好靜養，直到恢復體力為止。

1148 □□□
ざんこく
【残酷】
形動 殘酷，殘忍

類 ひどい

例 いくら残酷といえども、これはやむを得ない決断です。
／即使再怎麼殘忍，這都是个得已的抉擇。

文法
といえども
〔即使…也…〕
▶ 表示逆接轉折。先承認前項是事實，但後項並不因此而成立。

1149 □□□ さんしゅつ 【産出】

名・他サ 生産；出產

類 生産

例 石油を産出する国は、一般的に豊かな生活を謳歌している。
／石油生產國家的生活，通常都極盡享受之能事。

1150 □□□ さんしょう 【参照】

名・他サ 參照，參看，參閱

例 詳細については、添付ファイルをご参照ください。
／相關詳細內容請參考附檔。

1151 □□□ さんじょう 【参上】

名・自サ 拜訪，造訪

類 参る

例 いよいよ、冬の味覚牡蠣参上。／冬季珍饈的代表—牡蠣，終於開始上市販售！

1152 □□□ ざんだか 【残高】

名 餘額

類 残金

例 残高はたったの約120万円というところです。
／餘額僅有約一百二十萬日圓而已。

> **文法**
> というところだ [可說…差不多]
> ▶ 說明在某階段的大致情況或程度，表示頂多只有文中所提數目而已，最多也不會超過此數目。
> ▶ 近 としたところで／としたって [就算…也]

1153 □□□ サンタクロース 【Santa Claus】

名 聖誕老人

例 サンタクロースは煙突から入ってくるんですか。
／聖誕老公公會從煙囪爬進屋子裡面嗎？

1154 □□□ さんばし 【桟橋】

名 碼頭；跳板

類 港

例 花火を見る為、桟橋には人があふれかえっている。
／想看煙火施放的人們，將碼頭擠得水洩不通。

1155 □□□

さんび
【賛美】

(名・他サ) 讚美，讚揚，歌頌

類 称賛する

例 大自然を賛美する。／讚美大自然。

1156 □□□

さんぷく
【山腹】

(名) 山腰，山腹

類 中腹

例 大地震のため、山腹で土砂崩れが発生した。

／山腰處因大地震引發了土石崩塌。

1157 □□□

さんふじんか
【産婦人科】

(名)（醫）婦產科

例 彼女は女医がいる産婦人科を探しています。

／她正在尋找有女醫師駐診的婦產科。

1158 □□□

さんぶつ
【産物】

(名)（某地方的）產品，產物，物產；（某種行為的
結果所產生的）產物

類 物産

例 世紀の大発見といわれているが、実は偶然の産物です。

／雖然被稱之為世紀性的重大發現，其實卻只是偶然之下的產物。

1159 □□□

さんみゃく
【山脈】

(名) 山脈

例 数々の難題が、私の前に山脈のごとく立ちは

だかっている。

／有太多的難題，就像一座山阻擋在我眼前一般。

文法
ごとく[如…一般（的）]
▶ 好像、宛如之意，表示事實雖不是這樣，如果打個比方的話，看上去是這樣的。

1160 □□□

し
【師】

(名) 軍隊；（軍事編制單位）師；老師；從事專業
技術的人

類 師匠

例 彼は私が師と仰ぐ人物です。／他是我所景仰的師長。

1161 □□□
し
【死】

名 死亡；死罪；無生氣，無活力；殊死，拼命

反 生 類 死ぬ

例 死期を迎えても、父は最後まで気丈にふるまっていた。
／儘管面臨死神的召喚，先父直到最後一刻依舊展現神采奕奕的風範。

1162 □□□
し
【士】

漢造 人（多指男性），人士；武士；士宦；軍人；（日本自衛隊中最低的一級）士；有某種資格的人；對男子的美稱

例 二人目の日本人女性宇宙飛行士が誕生した。
／第二位日籍女性太空人誕生了。

1163 □□□
じ
【児】

漢造 幼兒；兒子；人；可愛的年輕人

反 親 類 こども

例 天才児とはどのような子供のことを言いますか。
／所謂天才兒童是指什麼樣的小孩子呢？

文法
とは [所謂]
▶ 表示定義，前項是主題，後項對這主題的特徵等進行定義。

1164 □□□
しあがり
【仕上がり】

名 做完，完成；（迎接比賽）做好準備

類 できばえ

例 本物のごとき仕上がりに、皆からため息が漏れた。
／成品簡直就像真的一樣，讓大家讚嘆不已。

文法
ごとき(名詞)
[如…一般（的）]
▶ 好像、宛如之意，表示事實雖不是這樣，如果打個比方的話，看上去是這樣的。

1165 □□□
しあげ
【仕上げ】

名・他サ 做完，完成；做出的結果；最後加工，潤飾

類 でき上がり

例 仕上げに醤油をさっと回しかければ、一品出来上がりです。
／在最後起鍋前，再迅速澆淋少許醬油，即可完成一道美味佳餚。

1166
□□□

し あげる
【仕上げる】

(他下一) 做完，完成，(最後)加工，潤飾，做出成就

類 作り上げる

例 汗まみれになって何とか課題作品を仕上げた。
／經過汗流浹背的奮戰，總算完成了要繳交的作業。

文法

まみれ [滿是…]
▶ 表示在物體的表面上，沾滿了令人不快、雜亂、負面的事物。

1167
□□□

し いく
【飼育】

(名・他サ) 飼養（家畜）

例 野生動物の飼育は決して容易なものではない。
／飼養野生動物絕非一件容易之事。

1168
□□□

し いて
【強いて】

(副) 強迫；勉強；一定…

類 無理に

例 特に好きな作家はいませんが、強いて言えば村上春樹です。
／我沒有特別喜愛的作家，假如硬要選出一位的話，那麼就是村上春樹。

1169
□□□

シ ート
【seat】

(名) 座位，議席；防水布

類 席

例 拭くなり、洗うなり、シートの汚れをきれいに取ってください。
／請用擦拭或清洗的方式去除座位上的髒污。

文法

なり～なり
[或是…或是…]
▶ 表示從列舉的同類或相反的事物中，選擇其中一個。

1170
□□□

ジ ーパン
【(和)jeans+pants之略】

(名) 牛仔褲

類 ジーンズ

例 このTシャツにはジーパンが合う。／這件襯衫很適合搭配牛仔褲。

1171
□□□

し いる
【強いる】

(他上一) 強迫，強使

類 強制する

例 その政策は国民に多大な負担を強いることになるでしょう。
／這項政策恐怕會將莫大的負擔，強加於國民的身上。

1172 □□□
しいれる
【仕入れる】

(他下一) 購入，買進，採購（商品或原料）；(喻)
由他處取得，獲得

(反) 売る (類) 買う

(例) お寿司屋さんは毎朝、市場で新鮮な魚を仕入れる。
／壽司店家每天早晨都會到市場採購新鮮的魚貨。

1173 □□□
しいん
【死因】

(名) 死因

(例) 死因は心臓発作だ。
／死因是心臟病發作。

1174 □□□
しお
【潮】

(名) 海潮；海水，海流；時機，機會

(類) 潮汐

(例) 大潮の時は、潮の流れが速くなるので注意が必要です。
／大潮的時候，潮汐的流速將會增快，必須特別小心。

1175 □□□
しか
【歯科】

(名)（醫）牙科，齒科

(例) 小学校では定期的に歯科検診が実施されます。
／小學校方會定期舉辦學童牙齒健檢。

1176 □□□
じが
【自我】

(名) 我，自己，自我；(哲) 意識主體

(反) 相手 (類) 自分

(例) 大体何歳ぐらいから自我が目覚めますか。
／人類大約從幾歲時開始有自我意識呢？

1177 □□□
しがい
【市街】

(名) 城鎮，市街，繁華街道

(類) まち

(例) この写真はパリの市街で撮影したものです。
／這幅照片拍攝於巴黎的街頭。

1178
□□□
し|かく
【視覚】
　名 視覚

例 小さい時、高熱のため右目の視覚を失った。
／小時候由於高燒而導致右眼失去了視覺。

1179
□□□
じ|かく
【自覚】
　名・他サ 自覺，自知，認識；覺悟；自我意識

類 自意識
例 胃に潰瘍があると診断されたが、全く自覚症状がない。
／儘管被診斷出胃部有潰瘍，卻完全沒有自覺。

1180
□□□
し|かけ
【仕掛け】
　名 開始做，著手；製作中，做到中途；找碴，挑釁；裝置，結構；規模；陷阱

類 わな
例 サルを捕まえる為の仕掛けに、ウサギが捕まっていた。
／為了捕捉猴子而設的陷阱，卻捉到兔子。

1181
□□□
し|かける
【仕掛ける】
　他下一 開始做，著手；做到途中；主動地作；挑釁，尋釁；裝置，設置，布置；準備，預備

類 仕向ける
例 社長室に盗聴器が仕掛けられていた。
／社長室裡被裝設了竊聽器。

1182
□□□
しかしながら
　接續 （「しかし」的強調）可是，然而；完全

類 しかし
例 彼はまだ19歳だ。しかしながら彼の考え方は、非常に古い。
／他才十九歲，但是思考模式卻非常守舊。

1183
□□□
し|き
【指揮】
　名・他サ 指揮

類 統率
例 合唱コンクールで指揮をすることになった。
／我當上了合唱比賽的指揮。

1184 □□□
じき
【磁気】
名 (理) 磁性，磁力

例 この磁石は非常に強い磁気を帯びています。
／這塊磁鐵的磁力非常強。

1185 □□□
じき
【磁器】
名 瓷器

例 あの店は、磁器のみならず陶器も豊富にそろえている。
／那家店不單販售瓷器而已，連陶器的品項也十分齊全。

1186 □□□
しきさい
【色彩】
名 彩色，色彩；性質，傾向，特色

類 彩り

例 彼女がデザインするドレスはどれも色彩豊かです。
／她所設計的洋裝，件件均為七彩斑斕的顏色。

1187 □□□
しきじょう
【式場】
名 舉行儀式的場所，會場，禮堂

例 結婚式場には続々と親族や友人が集まっている。
／親戚與朋友們陸續來到婚禮會場。

1188 □□□
じきに
副 很接近，就快了

例 じきに追いつくよ。
／就快追上了喔！

1189 □□□
じぎょう
【事業】
名 事業；(經) 企業；功業，業績

類 仕事

例 新しいサービスの提供を皮切りに、この分野での事業を拡大していく計画だ。
／我們打算以提供新服務為開端，來擴大這個領域的事業。

文法

をかわきりに [以…為開端開始]

▶ 表示以這為起點，開始了一連串同類型的動作。

1190
☐☐☐

しきる
【仕切る】

(他五・自五) 隔開，間隔開，區分開；結帳，清帳；完結，了結

類 区切る

例 部屋を仕切って、小さな子供部屋を二部屋作った。

／將原本的房間分隔成兩間較小的兒童房。

1191
☐☐☐

しきん
【資金】

(名) 資金，資本

類 元手

例 資金はおろか人手も足りない。

／別說是資金，就連人手都不夠。

文法

はおろか [不用說…就是…也…]

▶ 表示前項沒有說明的必要，強調後項較極端的事例也不例外。含說話者吃驚、不滿等情緒。

1192
☐☐☐

じく
【軸】

(名・接尾・漢造) 車軸；畫軸；(助數詞用法) 書，畫的軸；(理) 運動的中心線

例 次の衆議院選挙は9月を軸に調整が進んでいるそうです。

／下屆眾議院選舉似乎將自九月啟動運作主軸，開始進行選戰調整。

1193
☐☐☐

しくみ
【仕組み】

(名) 結構，構造；(戲劇，小說等) 結構，劇情；企畫，計畫

例 機械のしくみを理解していなければ、修理はできない。

／如果不瞭解機械的構造，就沒有辦法著手修理。

1194
☐☐☐

しけい
【死刑】

(名) 死刑，死罪

類 死罪

例 死刑の執行は法務大臣の許可を得たうえで行われる。

／執行死刑之前，必須先得到法務部長的批准。

1195
□□□
しける
【湿気る】

（自五）潮濕，帶潮氣，受潮

（類）濡れる

（例）煎餅がしけって、パリパリ感が全くなくなった。

／仙貝受潮軟化，已經完全沒有酥脆的口感了。

1196
□□□
じこ
【自己】

（名）自己，自我

（反）相手　（類）自分

（例）会社の面接では自己PRをしっかりすることが大切だ。

／去公司面試時，盡量展現自己的優點是非常重要的。

1197
□□□
39
しこう
【志向】

（名・他サ）志向；意向

（類）指向

（例）頭から足までブランド品で固めて、あれが
ブランド志向でなくてなんだろう。

／從頭到腳一身名牌裝扮，如果那不叫崇尚名牌，
又該叫什麼呢？

文法
でなくてなんだろう
［這不是…是什麼］
▶ 用反問「難道不是…
嗎」的方式，強調出「這
正是所謂的…」的語感。

1198
□□□
しこう
【思考】

（名・自他サ）思考，考慮；思維

（例）彼女はいつもマイナス思考に陥りがちだ。

／她總是深陷在負面思考情緒中。

1199
□□□
しこう・せこう
【施行】

（名・他サ）施行，實施；實行

（類）実施

（例）この法律は昨年12月より施行されています。

／這項法令自去年十二月起實施。

1200 □□□
し こう
【嗜好】
（名・他サ）嗜好，愛好，興趣

類 好み

例 コーヒーカンパニーは定期的に消費者の嗜好調査を行っている。
／咖啡公司會定期舉辦消費者的喜好調查。

1201 □□□
じ こう
【事項】
（名）事項，項目

類 事柄

例 重要事項については、別途書面で連絡致します。
／相關重要事項，將另以書面方式聯絡。

1202 □□□
じ ごく
【地獄】
（名）地獄；苦難；受苦的地方；（火山的）噴火口

反 極楽　類 冥府

例 こんなひどいことをして、地獄に落ちずには済まないだろう。
／做了這麼過分的事，光是被打入地獄還不夠吧！

文法

ずにはすまない
[不能不…]

▶ 表示考慮到當時的情況、社會的規則等，是不被原諒的、無法解決問題的。

1203 □□□
じ こくひょう
【時刻表】
（名）時間表

類 時間表

例 時刻表通りにバスが来るとは限らない。
／巴士未必會依照班次時刻表準時到達。

1204 □□□
じ さ
【時差】
（名）（各地標準時間的）時差；錯開時間

例 日本と台湾には1時間の時差があります。
／日本與台灣之間的時差為一小時。

1205 □□□
じざい
【自在】
名 自在，自如

反 不自由　類 自由

例 このソフトを用いれば、画像を自在に縮小・拡大できる。

／只要使用這個軟體，就可以隨意將圖像縮小或放大。

1206 □□□
しさつ
【視察】
名・他サ 視察，考察

例 関係者の話を直接聞く為、社長は工場を視察した。

／社長為直接聽取相關人員的說明，親自前往工廠視察。

1207 □□□
しさん
【資産】
名 資產，財產；（法）資產

類 財産

例 バブル経済の頃に、不動産で資産を増やした人がたくさんいる。

／有許多人在泡沫經濟時期，藉由投資不動產增加了資產。

1208 □□□
しじ
【支持】
名・他サ 支撐；支持，擁護，贊成

類 支える

例 選挙に勝てたのは皆さんに支持していただいたおかげです。

／能夠獲得勝選都是靠各位鄉親的支持！

1209 □□□
じしゅ
【自主】
名 自由，自主，獨立

例 誰が言うともなしに、皆自主的に行動しはじめた。

／沒有任何人下令，大家已開始採取自發性的行動。

> **文法**
> ともなしに[不知，說不清]
> ▶ 接疑問詞後面，表示不能確定。

1210 □□□
じしゅ
【自首】
名・自サ （法）自首

例 犯人が自首して来なかったとしても、遅かれ早かれ逮捕されただろう。

／就算嫌犯沒來自首，也遲早會遭到逮捕的吧。

> **文法**
> かれ～かれ [是…是…]
> ▶ 舉出兩個相反的狀態，表示不管是哪個狀態、哪個場合的意思。

1211 □□□
ししゅう
【刺繍】
（名・他サ）刺繍

（類）縫い取り

（例）ベッドカバーにはきれいな刺繍_{ししゅう}がほどこしてある。
／床罩上綴飾著精美的刺繍。

1212 □□□
ししゅんき
【思春期】
（名）青春期

（例）思春期_{ししゅんき}の少女_{しょうじょ}ではあるまいし、まだ白馬_{はくば}の王子様_{おうじさま}を待_まっているのか。
／又不是青春期的少女，難道還在等白馬王子出現嗎？

文法

ではあるまいし[又不是…]
▶ 表示「因為不是前項的情況，後項當然就…」，後面多接說話者的判斷、意見跟勸告等。

1213 □□□
しじょう
【市場】
（名）菜市場，集市；銷路，銷售範圍，市場；交易所

（類）マーケット

（例）アメリカの景気回復_{けいきかいふく}なくしては、世界_{せかい}の市_し場_{じょう}は改善_{かいぜん}されない。
／美國的景氣尚未復甦，全球經濟市場亦無法好轉。

文法

なくして(は)～ない
[如果沒有…就不…]
▶ 表示假定的條件。表示如果沒有前項，後項的事情會很難實現。

1214 □□□
じしょく
【辞職】
（名・自他サ）辭職

（類）辞める

（比）退職（たいしょく）：退職、退休。指因個人因素或符合退休年齡而辭去至今擔任的職務。

（例）内閣不信任案_{ないかくふしんにんあん}が可決_{かけつ}され、総理_{そうり}は内閣総辞職_{ないかくそうじしょく}を決断_{けつだん}した。
／內閣不信任案通過，總理果斷決定了內閣總辭。

1215 □□□
しずく
【滴】
（名）水滴，水點

（類）滴り

（例）屋根_{やね}のといから雨_{あめ}のしずくがぽたぽた落_おちている。
／雨滴沿著屋簷的排水管滴滴答答地落下。

1216
□□□
シ|ステム
【system】
（名）組織；體系，系統；制度

（類）組織

（例）今の社会システムの下では、ただ官僚のみが甘い汁を吸っている。

／在現今的社會體制下，只有當官的才能得到好處。

文法

ただ～のみ［只有…才］
▶ 表示限定除此之外，沒有其他。

1217
□□□
し|ずめる
【沈める】
（他下一）把…沉入水中，使沉沒

（類）沈没

（例）潜水カメラを海に沈めて、海水中の様子を撮影した。

／把潛水攝影機沉入海中，拍攝海水中的模樣。

1218
□□□
し|せつ
【施設】
（名・他サ）設施，設備；（兒童，老人的）福利設施

（類）設備

（例）この病院は、最先端の医療施設です。

／這家醫院擁有最尖端的醫療設備。

1219
□□□
じ|ぜん
【慈善】
（名）慈善

（例）慈善団体かと思いきや、会長が寄付された金を私物化していた。

／原本以為是慈善團體，沒想到會長把捐款納為己有了。

文法

（か）とおもいきや［原以為…沒想到］
▶ 表示按照一般情況推測，應該是前項結果，卻意外出現後項相反的結果。

1220
□□□
し|そく
【子息】
（名）兒子（指他人的），令郎

（類）むすこ

（例）ご子息もご一緒にいらしてください。

／歡迎令郎與您也一同蒞臨。

1221 □□□
じぞく
【持続】

名・自他サ 持續，繼續，堅持

反 絶える　類 続く

例 このバッテリーの持続時間は 15 時間です。

／這顆電池的電力可維持十五個小時。

1222 □□□
じそんしん
【自尊心】

名 自尊心

類 プライド

例 自尊心を高めるにはどうすればいいですか。

／請問該怎麼做才能提高自尊心呢？

1223 □□□
したあじ
【下味】

名 預先調味，底味

例 肉を焼く前に塩・こしょうで下味をつける。

／在烤肉前先以鹽和胡椒調味。

1224 □□□
じたい
【字体】

名 字體；字形

例 テーマの部分は字体を変えて、分かりやすいようにしてください。

／請將標題變換為能被清楚辨識的字體。

1225 □□□
じたい
【辞退】

名・他サ 辭退，謝絕

例 自分で辞退を決めたとはいえ、あっさり思い切れない。

／雖說是自己決定婉拒的，心裡還是感到有點可惜。

文法
とはいえ
[雖然…但是…]

▶ 表示逆接轉折。先肯定那件事雖然是那樣，但是實際上卻是後項的結果。

1226 □□□
したう
【慕う】

他五 愛慕，懷念，思慕；敬慕，敬仰，景仰；追隨，跟隨

類 憧れる

例 多くの人が彼を慕って遠路はるばるやってきた。

／許多人因為仰慕他，不遠千里長途跋涉來到這裡。

1227 したごころ 【下心】
□□□

（名）內心，本心；別有用心，企圖，（特指）壞心腸

類 本心

例 あなたが信じようが信じまいが、彼には下心がありますよ。

／不管你是否相信，他是不懷好意的。

文法

うが～まいが
[不管是…不是…]

▶ 表逆接假定條件。無論前面情況如何，後面不會受前面約束，都是會成立的。

1228 したじ 【下地】
□□□

（名）準備，基礎，底子；素質，資質；真心；布等的底色

類 基礎

例 敏感肌の人でも使える化粧下地を探しています。

／我正在尋找敏感肌膚的人也能使用的妝前粉底。

1229 したしまれる 【親しまれる】
□□□

（自五）（「親しむ」的受身形）被喜歡

例 30年以上子供たちに親しまれてきた長寿番組が、今秋終わることになった。

／長達三十年以上陪伴兒童們成長的長壽節目，決定將在今年秋天結束了。

1230 したしむ 【親しむ】
□□□

（自五）親近，親密，接近；愛好，喜愛

例 子供たちが自然に親しめるようなイベントを企画しています。

／我們正在企畫可以讓孩子們親近大自然的活動。

1231 したしらべ 【下調べ】
□□□

40

（名・他サ）預先調查，事前考察；預習

類 下見

例 明日に備えて、十分に下調べしなければならない。

／為了明天，必須先做好完備的事前調查才行。

1232 □□□
したてる
【仕立てる】
(他下一) 縫紉，製作（衣服）；培養，訓練；準備，預備；喬裝，裝扮

(類) 縫い上げる

(例) 新しいスーツを仕立てる為に、オーダーメード専門店に行った。
／我特地去了專門為顧客量身訂做服裝的店鋪做套新的西裝。

1233 □□□
したどり
【下取り】
(名・他サ)（把舊物）折價貼錢換取新物

(例) この車の下取り価格を見積もってください。
／請估算賣掉這輛車子，可折抵多少購買新車的金額。

1234 □□□
したび
【下火】
(名) 火勢漸弱，火將熄滅；（流行，勢力的）衰退；底火

(例) 3月になり、インフルエンザはそろそろ下火になってきました。
／時序進入三月，流行性感冒的傳染高峰期也差不多接近尾聲了。

1235 □□□
したまわる
【下回る】
(自五) 低於，達不到

(例) 平年を下回る気温のため、今年の米はできがよくない。
／由於氣溫較往年為低，今年稻米的收穫狀況並不理想

1236 □□□
じちたい
【自治体】
(名) 自治團體

(補)「地方自治体」之略。

(例) 新しい市長の「住民あっての自治体」というスタンスは、非常に評価できる。
／新市長倡議的主張「有市民才有這個城市」，博得極高的好評。

> **文法**
> あっての(名詞)[有了…之後…才能…]
> ▶ 表示因為有前面的事情，後面才能夠存在。若無前面條件，就無後面結果。

1237 □□□
じつ
【実】
(名・漢造) 實際，真實；忠實，誠意；實質，實體；實的；籽

(類) 真実

(例) 彼女は一見派手に見えますが、実のところそんなことはない。
／乍看之下她很豔麗奢華，但實際上卻不是那樣的人。

1238
□□□
じっか
【実家】
名 娘家；親生父母家

類 ふるさと

例 近くに住んでいるならいざ知らず、実家にそうしょっちゅうは行けない。

／如果住得近也就算了，事實上根本沒辦法常常回娘家。

文法

ならいざしらず
[如果…還情有可原]
▶ 表示不去談前項的可能性，著重談後項的實際問題。後項多帶驚訝或情況嚴重的內容。

1239
□□□
しっかく
【失格】
名・自サ 失去資格

反 及第　類 落第

例 ファウルを3回して失格になった。

／他在比賽中犯規屆滿三次，被取消出賽資格。

1240
□□□
しつぎ
【質疑】
名・自サ 質疑，疑問，提問

例 発表の内容もさることながら、その後の質疑応答がまた素晴らしかった。

／發表的內容當然沒話說，在那之後的回答問題部份更是精采。

文法

もさることながら
[不用說…]
▶ 前接基本內容，後接強調內容。表示雖然不能忽視前項，但後項更進一步。

1241
□□□
しっきゃく
【失脚】
名・自サ 失足（落水、跌跤）；喪失立足地，下台；賠錢

類 失墜

例 軍部の反乱によって、大統領はあえなく失脚した。

／在遭到軍隊叛變後，總統大位瞬間垮台。

1242
□□□
じつぎょう
【実業】
名 產業，實業

例 実業に従事する。／從事買賣。

1243 □□□
じつぎょうか
【実業家】
② 實業鉅子

例 実業家とはどのような人のことですか。
／什麼樣的人會被稱為企業家呢？

文法
とは［所謂］
▶ 表示定義，前項是主題，後項對這主題的特徵等進行定義。

1244 □□□
シック
【（法）chic】
形動 時髦，漂亮；精緻

反 野暮　類 粋

例 彼女はいつもシックでシンプルな服装です。
／她總是穿著設計合宜、款式簡單的服裝。

1245 □□□
じっくり
副 慢慢地，仔細地，不慌不忙

例 じっくり話し合って解決してこそ、本当の夫婦になれるんですよ。
／必須經過仔細交談、合力解決，才能成為真正的夫妻喔。

1246 □□□
しつけ
【躾】
②（對孩子在禮貌上的）教養，管教，訓練；習慣

類 礼儀

例 子供のしつけには根気が要ります。
／管教小孩需要很大的耐性。

1247 □□□
しつける
【躾ける】
他下一 教育，培養，管教，教養（子女）

例 子犬をしつけるのは難しいですか。
／調教訓練幼犬是件困難的事嗎？

1248 □□□
しっこう
【執行】
②・他サ 執行

例 死刑を執行する。
／執行死刑。

1249 じっしつ【実質】
□□□

名 實質，本質，實際的內容

反 形式　類 中身

例 当社の今年上半期の成長率は実質ゼロです。
／本公司在今年上半年的業績實質成長率為零。

1250 じつじょう【実情】
□□□

名 實情，真情；實際情況

例 実情を明らかにすべく、アンケート調査を
実施致します。
／為了查明真相而施行問卷調查。

文法

べく[為了…而…]
▶ 表示意志、目的。帶著
某種目的，來做後項。
▶ 近べくもない[無法…]

1251 しっしん【湿疹】
□□□

名 濕疹

例 湿疹ができて、かゆくてかなわない。
／罹患了濕疹，癢得受不了。

1252 じっせん【実践】
□□□

名・他サ 實踐，自己實行

類 実行

例 この本ならモデル例に即してすぐ実践できる。
／如果是這本書，可以作為範例立即實行。

文法

にそくして[依…（的）]
▶ 以某項規定、規則來處
理，以其為基準，來進行
後項。

1253 しっそ【質素】
□□□

名・形動 素淡的，質樸的，簡陋的，樸素的

反 派手　類 地味

例 大会社の社長なのに、意外と質素に暮らしている。
／分明貴為大公司的總經理，沒想到竟過著儉樸的生活。

1254 □□□

じったい
【実態】

名 實際狀態，實情

類 実情

例 実態に即して臨機応変に対処しなければならない。／必須按照實況隨機應變。

文法
にそくして[依…（的）]
▶ 以某項規定、規則來處理，以其為基準，來進行後項。

1255 □□□

しっちょう
【失調】

名 失衡，不調和；不平衡，失常

例 アフリカなどの発展途上国には、栄養失調の子供がたくさんいます。／在非洲這類開發中國家，有許多營養失調的孩子們。

1256 □□□

しっと
【嫉妬】

名・他サ 嫉妒

類 やきもち

例 欲しいものを全て手にした彼に対し、嫉妬を禁じえない。
／看到他想要什麼就有什麼，不禁讓人忌妒。

文法
をきんじえない
[不禁…]
▶ 表示面對某種情景，心中自然而然產生的，難以抑制的心情。
▶ 近（さ）せられる（自發地使役被動）[不禁…]

1257 □□□

しっとり

副・サ変 寧靜，沈靜；濕潤，潤澤

例 このシャンプーは、洗い上がりがしっとりしてぱさつかない。
／這種洗髮精洗完以後髮質很潤澤，不會乾澀。

1258 □□□

じっとり

副 濕漉漉，濕淋淋

例 じっとりと汗をかく。／汗流夾背。

1259 □□□

じっぴ
【実費】

名 實際所需費用；成本

類 費用

例 会場までの交通費は実費支給になります。
／前往會場的交通費，採用實支實付方式給付。

1260
□□□

してき
【指摘】

名・他サ 指出，指摘，揭示

例 指摘を受けるなり、彼の態度はコロッと変わった。
/他一遭到指責，頓時態度丕變。

文法

なり［剛…就立刻…］

▶ 表示前項剛一完成，後項就緊接著發生。後項動作一般是預料之外、突發性的。

▶ 近なみ［相當於…］

1261
□□□

してん
【視点】

名（畫）（遠近法的）視點；視線集中點；觀點

類 観点

例 この番組は専門的な視点でニュースを解説してくれます。
/這個節目從專業觀點切入解說新聞。

1262
□□□

じてん
【自転】

名・自サ（地球等的）自轉；自行轉動

反 公転

例 地球の自転はどのように証明されましたか。
/請問地球的自轉是透過什麼樣的方式被證明出來的呢？

1263
□□□

じどうし
【自動詞】

名（語法）自動詞

反 他動詞

例 自動詞と他動詞をしっかり使い分けなければならない。
/一定要確實分辨自動詞與他動詞的不同用法。

1264
□□□

しとやか

形動 說話與動作安靜文雅；文靜

反 がさつ 類 物柔らか

例 彼女の立ち振る舞いは実にしとやかだ。
/她的談吐舉止十分優雅端莊。

1265 □□□

しなび**る**
【萎びる】

（自上一）枯萎，乾癟

（類）枯れる

（例）旅行に行っている間に、花壇の花が皆萎びてしまった。

／在外出旅遊的期間，花圃上的花朵全都枯萎凋謝了。

1266 □□□

シナ**リオ**
【scenario】

（名）電影劇本，腳本；劇情說明書；走向

（類）台本

（例）今月の為替相場のシナリオを予想してみました。

／我已先對這個月的外幣兌換率做出了預測。

1267 □□□

しにょ**う**
【屎尿】

（名）屎尿，大小便

（例）ゴミや屎尿を適切に処理しなければ、健康を害することも免れない。

／如未妥適處理垃圾與穢物污水問題，勢必會對人體健康造成危害。

1268 □□□
41

じにん
【辞任】

（名・自サ）辭職

（例）大臣を辞任する。

／請辭大臣職務。

1269 □□□

じぬ**し**
【地主】

（名）地主，領主

（類）持ち主

（例）私の祖先は江戸時代には地主だったそうです。

／我的祖先在江戶時代據說是位地主。

1270 □□□

しの**ぐ**
【凌ぐ】

（他五）忍耐，忍受，抵禦；躲避，排除；闖過，擺脫，應付，冒著；凌駕，超過

（例）彼は、今では師匠をしのぐほどの腕前だ。

／他現在的技藝已經超越師父了。

1271 しのびよる 【忍び寄る】
□□□

自五 偷偷接近，悄悄地靠近

例 掏摸は、背後から忍び寄るが早いか、かばんからさっと財布を抜き取った。

／扒手才剛從背後靠了過來，立刻就從包包裡扒走錢包了。

文法

がはやいか
[剛一…就…]

▶ 剛一發生前面情況，就馬上出現後面的動作。前後兩動作連接十分緊密。

1272 しば 【芝】
□□□

名 (植)(鋪草坪用的)矮草，短草

類 芝草

例 芝の手入れは定期的にしなければなりません。

／一定要定期修整草皮。

1273 しはつ 【始発】
□□□

名 (最先)出發；始發(車，站)；第一班車

反 終発

例 始発に乗ればよかったものを、1本遅らせたから遅刻した。

／早知道就搭首班車，可是卻搭了下一班才會遲到。

文法

(ば)～ものを [可是…]

▶ 表示說話者以悔恨、不滿、責備的心情，來說明前項的事態沒有按照期待的方向發展。

1274 じびか 【耳鼻科】
□□□

名 耳鼻科

例 春は花粉症で耳鼻科に行く人が多い。

／春天有很多人因為花粉症而去耳鼻喉科看診。

1275 しぶい 【渋い】
□□□

形 澀的；不高興或沒興致，悶悶不樂，陰沉；吝嗇的；厚重深沉，渾厚，雅致

類 渋味

例 栗の薄皮は渋いですから、取り除いてから料理します。

／因為栗子的薄皮味道苦澀，所以要先將之剝除乾淨再烹調。

1276
□□□

しぶつ
【私物】

名 個人私有物件

反 公物

例 会社の備品を彼は私物のごとく扱っている。

／他使用了公司的備品，好像是自己的一樣。

文法
ごとく[如…一般（的）]
► 好像、宛如之意，表示事實雖不是這樣，如果打個比方的話，看上去是這樣的。

1277
□□□

しぶとい

形 對痛苦或逆境不屈服，倔強，頑強

類 粘り強い

例 倒れても倒れても諦めず、彼はしぶといといったらありはしない。

／他不管被打倒幾次依舊毫不放棄，絕不屈服的堅持令人讚賞。

文法
といったらありはしない
[之極]
► 強調某事物的程度是極端的，極端到無法形容、無法描寫。

1278
□□□

しほう
【司法】

名 司法

例 明日、司法の裁きを受けることになっている。

／明天將接受司法審判。

1279
□□□

しぼう
【志望】

名・他サ 志願，希望

類 志す

例 志望大学に受験の願書を送付した。

／已經將入學考試申請書送達擬報考的大學了。

1280
□□□

しぼう
【脂肪】

名 脂肪

例 皮下脂肪より内臓脂肪が問題です。

／比起皮下脂肪，內臟脂肪才是問題所在。

1281
□□□

しまい

名 完了，終止，結束；完蛋，絕望

例 これでおしまいにする。／就此為止，到此結束。

1282
□□□

しまつ
【始末】

名・他サ（事情的）始末，原委；情況，狀況；處理，應付；儉省，節約

類 成り行き

例 この後の始末は自分でしてくださいね。
/接下來的殘局你就自己收拾吧！

1283
□□□

しみる
【染みる】

自上一 染上，沾染，感染；刺，殺，痛；銘刻（在心），痛（感）

類 滲む

例 シャツにインクの色が染み付いてしまった。
/襯衫被沾染到墨水，留下了印漬。

1284
□□□

しみる
【滲みる】

自上一 滲透，浸透

類 滲透

例 この店のおでんはよく味がしみていておいしい。
/這家店的關東煮非常入味可口。

1285
□□□

しめい
【使命】

名 使命，任務

類 責任

例 使命を果たす為とあれば、いかなる犠牲も惜しまない。
/如為完成使命，不惜任何犠牲。

文法
とあれば
[如果…那就…]
▶ 假定條件的説法。如果是為了前項所提的事物，是可以接受的，並將採後項的行動。

1286
□□□

じもと
【地元】

名 當地，本地；自己居住的地方，故鄉

類 膝元

例 地元の反発をよそに、移転計画は着々と実行されている。
/無視於當地的反彈，遷移計畫仍照計劃逐步進行著。

文法
をよそに [不管…]
▶ 表示無視前面的狀況，進行後項的行為。

1287 □□□
しもん
【指紋】
名 指紋

例 凶器から指紋は検出されなかった。
／凶器並沒有驗出指紋。

1288 □□□
しや
【視野】
名 視野；(觀察事物的)見識，眼界，眼光

類 視界

例 グローバル化した社会にあって、大きな視野が必要だ。
／是全球化的社會的話，就必須要有廣大的視野。

文法
にあって(は)[在…之下]
▶ 表示因為處於前面這一特別的事態、狀況之中，所以有後面的事情。

1289 □□□
じゃく
【弱】
名・接尾・漢造 (文) 弱，弱者；不足；年輕

反 強

例 イベントには 300 人弱の人が参加する予定です。
／預計將有接近三百人參加這場活動。

1290 □□□
しゃこう
【社交】
名 社交，交際

類 付き合い

例 私はあまり社交的ではありません。
／我不太擅於社交。

1291 □□□
しゃざい
【謝罪】
名・自他サ 謝罪；賠禮

例 失礼を謝罪する。
／為失禮而賠不是。

1292 □□□
しゃぜつ
【謝絶】
名・他サ 謝絕，拒絕

反 受け入れる 類 断る

例 面会謝絶と聞いて、彼は不安にならずにはいられなかった。
／一聽到謝絕會面，他心裡感到了強烈的不安。

1293 □□□

しゃたく
【社宅】

名 公司的員工住宅，職工宿舍

例 社宅の家賃は一般のマンションに比べ格段に安い。

／公司宿舍的房租比一般大廈的房租還要便宜許多。

1294 □□□

じゃっかん
【若干】

名 若干；少許，一些

反 たくさん 類 少し

例 新事業の立ち上げと職員の異動があいまって、社内は若干混乱している。

／著手新的事業又加上員工的流動，公司內部有些混亂。

文法

と～(と)があいまって
[加上…]

▶ 表示某一事物，再加上前項這一特別的事物，產生了更加有力的效果之意。

1295 □□□

しゃみせん
【三味線】

名 三弦

類 三弦

例 これなくしては、三味線は弾けない。

／缺了這個，就沒有辦法彈奏三弦。

文法

なくして(は)～ない
[如果沒有…就不…]

▶ 表示假定的條件。表示如果沒有前項，後項的事情會很難實現。

1296 □□□

しゃめん
【斜面】

名 斜面，傾斜面，斜坡

例 山の斜面にはたくさんキノコが生えています。

／山坡上長了不少野菇。

1297 □□□

じゃり
【砂利】

名 沙礫，碎石子

類 小石

例 庭に砂利を敷き詰めると、雑草が生えにくくなりますよ。

／在庭院裡鋪滿砂礫碎石，就不容易生長雜草喔！

1298
□□□

しゃれる
【洒落る】

<自下一> 漂亮打扮，打扮得漂亮；說俏皮話，詼諧；別緻，風趣；狂妄，自傲

⊕ 装う

⊕ しゃれた造りのレストランですから、行けばすぐ見つかりますよ。
／那家餐廳非常獨特有型，只要到那附近，絕對一眼就能夠認出它。

1299
□□□

ジャングル
【jungle】

<名> 叢林

⊕ ジャングルを探検する。／進到叢林探險。

1300
□□□

ジャンパー
【jumper】

<名> 工作服，運動服；夾克，短上衣

⊕ 上着

⊕ 今年一番人気のジャンパーはどのタイプですか。
／今年銷路最好的夾克外套是什麼樣的款式呢？

1301
□□□

ジャンプ
【jump】

<名·自サ> （體）跳躍；（商）物價暴漲

⊕ 跳躍

⊕ 彼のジャンプは技の極みです。
／他的跳躍技巧可謂登峰造極。

文法

のきわみ（だ）[真是…
極了]

▶ 形容事物達到了極高
的程度。多用來表達說
話者激動時的那種心情。

1302
□□□

ジャンボ
【jumbo】

<名·造> 巨大的

⊕ 巨大

⊕ この店の売りはジャンボアイスです。
／這家店的主打商品是巨無霸冰淇淋。

1303
□□□

ジャンル
【（法）genre】

<名> 種類，部類；（文藝作品的）風格，體裁，流派

⊕ 種類

⊕ ジャンルごとに資料を分類してください。
／請將資料依其領域分類。

1304
□□□
しゅ
【主】

名・漢造 主人；主君；首領；主體，中心；居首者；東道主

例 彼の報告は、主として市場の動向についてだった。

／他的報告主要是關於市場的動向。

1305
□□□
しゅ
【種】

名・漢造 種類；（生物）種；種植；種子

例 人やモノの移動により、外来種の植物が多く見られるようになった。

／隨著人類與物體的遷移，本地發現了越來越多的外來品種植物。

1306
□□□
42
しゅう
【私有】

名・他サ 私有

例 これより先は私有地につき、立ち入り禁止です。

／前方為私有土地，禁止進入。

1307
□□□
しゅう
【衆】

名・漢造 眾多，眾人；一夥人

類 人々

例 祭りでは、若い衆がみこしを担いで威勢良く通りを練り歩く。

／在祭典中，年輕人們扛著神轎，朝氣勃勃地在街上遊行。

1308
□□□
しゅう
【宗】

名（宗）宗派；宗旨

類 宗派

例 真言宗は空海により開かれた日本の仏教宗派の一つです。

／空海大師所創立的真言宗，為日本佛教宗派之一支。

1309
□□□
じゅう
【住】

名・漢造 居住，住處；停住；住宿；住持

類 住まい

例 景気の停滞が深刻になり、衣食住を直撃するほどのインフレ状態です。

／景氣停滯狀況益發嚴重，通貨膨脹現象已經直接衝擊到基本民生所需。

1310
☐☐☐

しゅうえき
【収益】

名 收益

例 収益のいかんにかかわらず、社員の給料は
必ず支払わなければならない。
／不論賺多賺少，都必須要支付員工薪水。

文法
いかんにかかわらず
[無論…都…]
▶ 表示後面行為，不受
前面條件限制。前面的
狀況，都跟後面的決心
或觀點等無關。

1311
☐☐☐

しゅうがく
【就学】

名・自サ 學習，求學，修學

例 就学資金を貸与する制度があります。
／備有助學貸款制度。

1312
☐☐☐

しゅうき
【周期】

名 周期

例 陣痛が始まり、痛みが周期的に襲ってくる。
／一旦開始陣痛，週期性的疼痛就會一波接著一波來襲。

1313
☐☐☐

しゅうぎいん
【衆議院】

名 (日本國會的)眾議院

例 公言していた通り、彼は衆議院選挙に立候補した。
／如同之前所公開宣示的，他成了眾議院選舉的候選人。

1314
☐☐☐

しゅうぎょう
【就業】

名・自サ 開始工作，上班；就業(有一定職業)，有
工作

例 入社した以上、就業規則に従わなければなりません。
／既然已經進入公司工作，就應當遵循從業規則。

1315
☐☐☐

じゅうぎょういん
【従業員】

名 工作人員，員工，職工

例 不況のあおりを受けて、従業員を削減せざるを得ない。
／受到景氣衰退的影響，資方亦不得不裁減部分人力。

1316
□□□
しゅうけい
【集計】　名・他サ 合計，總計

類 合計
例 選挙結果の集計にはほぼ半日かかるでしょう。
／應當需要耗費約莫半天時間，才能彙集統計出投票結果。

1317
□□□
しゅうげき
【襲撃】　名・他サ 襲撃

類 攻撃
例 襲撃されるが早いか、あっという間に逃げ出した。
／才剛被襲撃，轉眼間就逃掉了。

1318
□□□
しゅうし
【収支】　名 收支

類 会計
例 家計簿をつけて、年間の収支をまとめてみましょう。
／讓我們嘗試每天記帳，記錄整年度的家庭收支吧！

1319
□□□
しゅうし
【修士】　名 碩士；修道士

類 マスター
例 経営学の修士課程を修了した。
／已經修畢管理學之碩士課程。

1320
□□□
しゅうし
【終始】　副・自サ 末了和起首；從頭到尾，一貫

例 マラソンは終始、抜きつ抜かれつの好レースだった。
／這場馬拉松從頭至尾互見輸贏，賽程精彩。

1321
□□□ **じゅうじ**
【従事】 名・自サ 作，從事

例 叔父は 30 年間、金融業に従事してきた。
/家叔已投身金融業長達三十年。

1322
□□□ **しゅうじつ**
【終日】 名 整天，終日

類 一日中

例 道路の補修工事のため、明日は終日通行止めになります。
/因該道路進行修復工程，明日整天禁止通行。

1323
□□□ **じゅうじつ**
【充実】 名・自サ 充實，充沛

例 仕事も、私生活も充実している。
/不只是工作，私生活也很充實。

1324
□□□ **しゅうしゅう**
【収集】 名・他サ 收集，蒐集

類 集める

例 私は記念切手の収集が趣味です。
/我的興趣是蒐集紀念郵票。

1325
□□□ **しゅうしょく**
【修飾】 名・他サ 修飾，裝飾；(文法) 修飾

類 修辞

例 この部分はどの言葉を修飾しているのですか。
/這部分是用來修飾哪個語詞呢？

1326
□□□ **じゅうじろ**
【十字路】 名 十字路，岐路

類 四つ角

例 車は十字路に進入するや、バイクと正面衝突した。
/車子剛駛過十字路口，就迎面撞上了機車。

1327
□□□
しゅうちゃく
【執着】

名・自サ 迷戀，留戀，不肯捨棄，固執

類 執心

例 自分の意見ばかりに執着せず、人の意見も聞いた方がいい。
／不要總是固執己見，也要多聽取他人的建議比較好。

1328
□□□
しゅうとく
【習得】

名・他サ 學習，學會

例 日本語を習得する。
／學會日語。

1329
□□□
じゅうなん
【柔軟】

形動 柔軟；頭腦靈活

反 頑固

例 こちらが下手に出るや否や、相手の姿勢が柔軟になった。
／這邊才放低身段，對方的態度立見軟化。

文法

やいなや [剛…就…]
▶ 表示前一個動作才剛做完，甚至還沒做完，就馬上引起後項的動作。

1330
□□□
じゅうばこ
【重箱】

名 多層方木盒，套盒

例 お節料理を重箱に詰める。
／將年菜裝入多層木盒中。

1331
□□□
しゅうはすう
【周波数】

名 頻率

例 ラジオの周波数を合わせる。／調準收音機的收聽頻道。

1332
□□□
じゅうほう
【重宝】

名 貴重寶物

例 重宝を保管する。／保管寶物。

1333
□□□
しゅうよう
【収容】

名・他サ 收容，容納；拘留

例 このコンサートホールは最高何人まで収容できますか。
／請問這間音樂廳最多可以容納多少聽眾呢？

1334 □□□
じゅうらい
【従来】
（名・副）以來，從來，直到現在

類 いままで

例 開発部門には、従来にもまして優秀な人材を
投入していく所存です。
／開發部門一直以來，都抱持著培育更多優秀人才的
理念。

文法
に(も)まして[更加地…]
▶ 表示兩個事物相比較。
比起前項，後項更勝一籌。

1335 □□□
しゅうりょう
【修了】
（名・他サ）學完（一定的課程）

類 卒業

例 博士課程を修了してから、研究職に就こうと考えている。
／目前計畫等取得博士學位後，能夠從事研究工作。

1336 □□□
しゅえい
【守衛】
（名）（機關等的）警衛，守衛；（國會的）警備員

類 警備

例 守衛の仕事内容とは具体的にどういったも
のですか。
／請問守衛人員的具體工作內容指的是哪些項目呢？

文法
とは[所謂]
▶ 表示定義，前項是主
題，後項對這主題的特
徵等進行定義。

1337 □□□
しゅえん
【主演】
（名・自サ）主演，主角

反 助演

例 彼女が主演する映画はどれも大成功を収めている。
／只要是由她所主演的電影，每一部的票房均十分賣座。

1338 □□□
しゅかん
【主観】
（名）（哲）主觀

反 客観

例 分析は主観ではなく客観的な資料に基づいて行わなければなり
ません。
／必須依據客觀而非主觀的資料進行分析。

1339 □□□
しゅぎょう
【修行】

(名·自サ) 修（學），練（武），學習（技藝）

例 悟りを目指して修行する。
/修行以期得到頓悟。

1340 □□□
じゅく
【塾】

(名·漢造) 補習班；私塾

例 息子は週に三日塾に通っています。
/我的兒子每星期去上三次補習班。

1341 □□□
43
しゅくが
【祝賀】

(名·他サ) 祝賀，慶祝

例 開校150周年を記念して、祝賀パーティーが開かれた。
/舉辦派對以慶祝創校一百五十周年紀念。

1342 □□□
しゅくめい
【宿命】

(名) 宿命，注定的命運

類 運命

例 これが私の宿命なら、受け入れるしかないでしょう。
/假如這就是我的宿命，那麼也只能接受。

1343 □□□
しゅげい
【手芸】

(名) 手工藝（刺繡、編織等）

例 彼女は手芸が得意で、セーターを編むこともできます。
/她擅長做手工藝，連打毛衣也不成問題。

1344 □□□
しゅけん
【主権】

(名)（法）主權

類 統治権

例 日本国憲法では主権は国民に在すると明記してあります。
/日本憲法中明訂主權在民。

1345 ☐☐☐
しゅさい
【主催】
(名・他サ) 主辦，舉辦

類 催す

例 県主催の作文コンクールに応募したところ、最優秀賞を受賞
した。
／去參加由縣政府主辦的作文比賽後，獲得了第一名。

1346 ☐☐☐
しゅざい
【取材】
(名・自他サ)（藝術作品等）取材；（記者）採訪

例 今号の特集記事とあって、取材に力を入れて
いる。
／因為是這個月的特別報導，採訪時特別賣力。

文法

とあって
[因為…（ 的關係 ）]

▶ 由於前項特殊的原因，當然就會出現後項特殊的情況，或應該採取的行動。

▶ 近 とみえて／とみえる
[看來…]

1347 ☐☐☐
しゅし
【趣旨】
(名) 宗旨，趣旨；（文章、說話的 ）主要內容，意思

類 趣意

例 この企画の趣旨を説明させていただきます。
／請容我說明這個企畫案的宗旨。

1348 ☐☐☐
しゅじゅ
【種々】
(名・副) 種種，各種，多種，多方

類 いろいろ

例 種々の方法で治療を試みたが、成果は見られなかった。
／儘管已經嘗試過各種治療方法，卻都未能收到療效。

1349 ☐☐☐
しゅしょく
【主食】
(名) 主食（品）

反 副食

例 日本人の主食は米です。
／日本人的主食為稻米。

1350 □□□ しゅじんこう 【主人公】

名（小說等的）主人公，主角

反 脇役　類 主役

例 彼女はいつもドラマの主人公のごとくふるまう。

／她的一舉一動總像是劇中的主角一般。

文法
ごとく[如…一般（的）]
▶ 好像、宛如之意，表示事實雖不是這樣，如果打個比方的話，看上去是這樣的。

1351 □□□ しゅたい 【主体】

名（行為，作用的）主體；事物的主要部分，核心；有意識的人

反 客体

例 同組織はボランティアが主体となって運営されています。

／該組織是以義工作為營運主體。

1352 □□□ しゅだい 【主題】

名（文章、作品、樂曲的）主題，中心思想

類 テーマ

例 少子高齢化を主題にしている論文を検索した。

／我搜尋了主題為「少子高齡化」的論文。

1353 □□□ しゅつえん 【出演】

名・自サ 演出，登台

類 演じる

例 テレビといわず映画といわず、さまざまな作品に出演している。

／他在電視也好電影也好，演出各種類型的作品。

文法
といわず〜といわず
[…也好…也好]
▶ 表示所舉的兩個相關或相對的事例都不例外。

1354 □□□ しゅっけつ 【出血】

名・自サ 出血；（戰時士兵的）傷亡，死亡；虧本，犧牲血本

例 出血を止める為に、腕をタオルで縛った。

／為了止血而把毛巾綁在手臂上。

1355 □□□
しゅつげん
【出現】
(名・自サ) 出現

類 現れる

例 パソコンの出現により、手で文字を書く機会が大幅に減少した。
／自從電腦問世後，就大幅降低了提筆寫字的機會。

1356 □□□
しゅっさん
【出産】
(名・自他サ) 生育，生產，分娩

類 産む

例 難産だったが、無事に元気な女児を出産した。
／雖然是難產，總算順利生下健康的女寶寶了。

1357 □□□
しゅっしゃ
【出社】
(名・自サ) 到公司上班

反 退社　類 出勤

例 朝礼の 10 分前には必ず出社します。
／一定會在朝會開始前十分鐘到達公司。

1358 □□□
しゅっしょう・しゅっせい
【出生】
(名・自サ) 出生，誕生；出生地

例 週刊誌が彼女の出生の秘密を暴いた。／八卦雜誌揭露了關於她出生的秘密。

1359 □□□
しゅっせ
【出世】
(名・自サ) 下凡；出家，入佛門；出生；出息，成功，發跡

例 彼は部長に出世するなり、態度が大きくなった。
／他才榮升經理就變跩了。

文法
なり [剛…就立刻…]
▶ 表示前項剛一完成，後項就緊接著發生。後項動作一般是預料之外、突發性的。

1360 □□□
しゅつだい
【出題】
(名・自サ) (考試、詩歌) 出題

類 栄達

例 期末試験では、各文法からそれぞれ 1 題出題します。
／期末考試內容將自每種文法類別中各出一道題目。

1361 □□□
しゅつどう
【出動】
名・自サ （消防隊、警察等）出動

例 110番通報を受け警察が出動した。
／警察接獲民眾電話撥打110報案後立刻出動。

1362 □□□
しゅっぴ
【出費】
名・自サ 費用，出支，開銷

類 費用

例 出費を抑える為、できるだけ自炊するようにしています。
／盡量在家烹煮三餐以便削減開支。

1363 □□□
しゅっぴん
【出品】
名・自サ 展出作品，展出產品

類 出展

例 展覧会に出品する作品の作成に追われている。
／正在忙著趕製即將於展覽會中展示的作品。

1364 □□□
しゅどう
【主導】
名・他サ 主導；主動

例 このプロジェクトは彼が主導したものです。
／這個企畫是由他所主導的。

1365 □□□
しゅにん
【主任】
名 主任

例 主任に昇格すると年収が100万円ほど増えます。
／榮升為主任後，年薪大約增加一百萬。

1366 □□□
しゅのう
【首脳】
名 首腦，領導人

類 リーダー

例 一国の首脳ともなると、さすがに風格が違う。
／畢竟是一國之相，氣度果然不同。

文法

ともなると
[要是…那就…]

▶ 表示如果發展到某程度，用常理來推斷，就會理所當然導向某種結論。

1367 ☐☐☐
しゅび
【守備】
（名・他サ）守備，守衛；（棒球）防守

圏 守る

例 守備を固めんがために、監督はメンバーの
変更を決断した。
／為了要加強守備，教練決定更換隊員。

文法
んがため(に)[為了…
而…（的）]
▶ 表示目的。帶有無論
如何都要實現某事，帶
著積極的目的做某事的
語意。

1368 ☐☐☐
しゅほう
【手法】
（名）（藝術或文學表現的）手法

圏 技法

例 それは相手を惑わさんがための彼お得意の
手法です。
／那是他為混淆對手視聽的拿手招數。

文法
んがための
[為了…而…（的）]
▶ 表示目的。帶有無論
如何都要實現某事，帶
著積極的目的做某事的
語意。

1369 ☐☐☐
じゅもく
【樹木】
（名）樹木

圏 立ち木

例 いくつ樹木の名前を知っていますか。
／您知道幾種樹木的名稱呢？

1370 ☐☐☐
じゅりつ
【樹立】
（名・自他サ）樹立，建立

例 彼はマラソンの世界新記録を樹立した。
／他創下馬拉松的世界新紀錄。

1371 ☐☐☐
じゅんきゅう
【準急】
（名）（鐵）平快車，快速列車

圏 準急行列車

例 準急に乗れば、10分早く目的地に到着できる。
／只要搭乘平快車，就可以提早十分鐘到達目的地。

1372 □□□

じゅんじる・じゅんずる
【準じる・準ずる】

(自上一) 以…為標準，按照；當作…看待

(類) 従う

(例) 以下の書類を各様式に準じて作成してください。
／請依循各式範例制定以下文件。

1373 □□□

しょ
【書】

(名・漢造) 書，書籍；書法；書信；書寫；字述；五經之一

(例) 契約書にサインする前に、必ずその内容を熟読しなさい。
／在簽署合約之前，請務必先詳讀其內容。

1374 □□□

しよう
【仕様】

(名) 方法，辦法，作法

(類) 仕方

(例) 新製品は、従来仕様に比べて、20％もコンパクトになっています。
／新產品相較於過去的產品，體積縮小多達20％。

1375 □□□

しよう
【私用】

(名・他サ) 私事；私用，個人使用；私自使用，盜用

(反) 公用

(例) 勤務中に私用のメールを送っていたことが上司にばれてしまった。
／被上司發現了在上班時間寄送私人電子郵件。

1376 □□□

(track **44**)

しょう
【症】

(漢造) 病症

(類) 症状

(例) 熱中症にかからないよう、水分を十分に補給しましょう。
／為預防中暑，讓我們一起隨時補充足夠的水分吧！

1377 □□□

しょう
【証】

(名・漢造) 證明；證據；證明書；證件

(類) 証拠

(例) 運転免許証の期限が来月で切れます。
／駕照有效期限於下個月到期。

1378 □□□
じょう
【情】

名・漢造　情，情感；同情；心情；表情；情慾

反 意　類 感情

例 情に流されると、正しい判断ができなくなる。
／倘若過於感情用事，就無法做出正確判斷。

1379 □□□
じょう
【条】

名・接助・接尾　項，款；由於，所以；（計算細長物）
行，條

類 条項

例 憲法第9条では日本の平和主義を規定している。
／憲法第九條中明訂日本秉持和平主義。

1380 □□□
じょう
【嬢】

名・漢造　姑娘，少女；（敬）小姐，女士

例 お嬢様がご婚約なさったとのこと、おめでとうございます。
／非常恭喜令嬡訂婚了。

1381 □□□
じょうい
【上位】

名　上位，上座

反 下位

例 最後まで諦めず走りぬき、何とか上位に食い込んだ。
／絕不放棄地堅持跑完全程，總算名列前茅。

1382 □□□
じょうえん
【上演】

名・他サ　上演

類 演じる

例 この芝居はいつまで上演されますか。
／請問這部戲上演到什麼時候呢？

1383 □□□
じょうか
【城下】

名　城下；（以諸侯的居城為中心發展起來的）城
市，城邑

例 展示場では名古屋城と城下の発展を記録した資料を展示してい
ます。
／展示會場中陳列著名古屋城與城郭周邊之發展演進的紀錄資料。

1384 □□□
しょうがい
【生涯】

名 一生，終生，畢生；（一生中的）某一階段，生活

類 一生

例 彼女は生涯結婚することなく、独身を貫きました。
／她一輩子都雲英未嫁。

1385 □□□
しょうきょ
【消去】

名・自他サ 消失，消去，塗掉；（數）消去法

例 保存してあるファイルを整理して、不必要なものは消去してください。／請整理儲存的檔案，將不需要的部分予以刪除。

1386 □□□
じょうくう
【上空】

名 高空，天空；（某地點的）上空

類 空

例 南極の上空には大きなオゾンホールがある。
／南極上空有個極大的臭氧層破洞。

1387 □□□
しょうげき
【衝撃】

名（精神的）打擊，衝擊；（理）衝撞

類 ショック

例 エアバッグは衝突の衝撃を吸収してくれます。
／安全氣囊可於受到猛烈撞擊時發揮緩衝作用。

1388 □□□
しょうげん
【証言】

名・他サ 證言，證詞，作證

例 彼はこみ上げる怒りに声を震わせながら証言した。
／他作證時的聲音由於湧升的怒火而顫抖了。

1389 □□□
しょうこ
【証拠】

名 證據，證明

類 根拠

例 証拠があるならいざ知らず、憶測で人を悪く言うものじゃないよ。
／如果有證據也就罷了，光憑推測怎麼可以講人家的壞話呢！

文法
ならいざしらず［如果…還情有可原］
▶ 表示不去談前項的可能性，著重談後項的實際問題。後項多帶驚訝或情況嚴重的內容。

1390 ☐☐☐

しょうごう
【照合】

(名・他サ) 對照，校對，核對（帳目等）

例 これは身元を確認せんがための照合作業です。

／這是為確認身分的核對作業。

文法

んがための
[為了…而…（的）]

▶ 表示目的。帶有無論如何都要實現某事，帶著積極的目的做某事的語意。

1391 ☐☐☐

しょうさい
【詳細】

(名・形動) 詳細

類 詳しい

例 詳細については、以下のアドレスにお問い合わせください。

／有關進一步詳情，請寄至下列電子郵件信箱查詢。

1392 ☐☐☐

じょうしょう
【上昇】

(名・自サ) 上升，上漲，提高

反 下降

例 株式市場は三日ぶりに上昇した。

／股票市場已連續下跌三天，今日終於止跌上揚。

1393 ☐☐☐

しょうしん
【昇進】

(名・自サ) 升遷，晉升，高昇

類 出世

例 昇進の為とあれば、何でもする。

／只要是為了升遷，我什麼都願意做。

文法

とあれば
[如果…那就…]

▶ 假定條件的説法。如果是為了前項所提的事物，是可以接受的，並將採後項的行動。

1394 ☐☐☐

しょうする
【称する】

(他サ) 稱做名字叫…；假稱，偽稱；稱讚

類 名乗る

例 孫の友人と称する男から不審な電話がかかってきた。

／有個男人自稱是孫子的朋友，打來一通可疑的電話。

1395
□□□

じょうせい
【情勢】

名 形勢，情勢

類 様子

例 電話するなり、メールするなり、何としても情勢を確かめなければならない。
／無論是致電或發電子郵件，總之要想盡辦法確認現況。

文法
なり～なり
[或是…或是…]
▶ 表示從列舉的同類或相反的事物中，選擇其中一個。

1396
□□□

しょうそく
【消息】

名 消息，信息；動靜，情況

類 状況

例 息子が消息不明と聞くや否や、母親は気を失った。
／一聽到兒子下落不明，他母親就昏了過去。

文法
やいなや [剛…就…]
▶ 表示前一個動作才剛做完，甚至還沒做完，就馬上引起後項的動作。

1397
□□□

しょうたい
【正体】

名 原形，真面目；意識，神志

類 本体

例 誰も彼の正体を知らない。／沒有任何人知道他的真面目。

1398
□□□

しょうだく
【承諾】

名・他サ 承諾，應允，允許

反 断る　類 受け入れる

例 あとは両親の承諾待ちというところです。
／只等父母答應而已。

文法
というところだ [只…而已]
▶ 説明在某階段的大致情況或程度。

1399
□□□

じょうちょ
【情緒】

名 情緒，情趣，風趣

例 冬の兼六園には日本ならではの情緒がある。
／冬天的兼六園饒富日本獨特的風情。

文法
ならではの
[正因為…才有 (的) …]
▶ 表示如果不是前項，就沒後項，正因為是這人事物才會這麼好。是高評價的表現方式。

1400 □□□ しょうちょう【象徴】

名・他サ 象徴

類 シンボル

例 消費社会が豊かさの象徴と言わんばかりだが、果たしてそうであろうか。
／說什麼高消費社會是富裕的象徵，但實際上果真是如此嗎？

文法

いわんばかり
[幾乎要說出]
► 表示實際雖然沒有說出，但態度給人這種感覺。

1401 □□□ しょうにか【小児科】

名 小兒科，兒科

例 小児科から耳鼻科に至るまで、全国で医師が不足している。
／從小兒科到耳鼻喉科，全國的醫生都呈現短缺的現象。

文法

にいたるまで[至…]
► 表示事物的範圍已經達到了極端程度。

1402 □□□ しょうにん【使用人】

名 佣人，雇工

類 雇い人

例 たとえ使用人であれ、プライバシーは守られるべきだ。
／即使是傭人也應該得以保有個人的隱私。

文法

であれ[即使是…也…]
► 表示不管前項是什麼情況，後項的事態都還是一樣。

1403 □□□ しょうにん【証人】

名（法）證人；保人，保證人

例 証人として法廷で証言します。
／以證人身分在法庭作證。

1404 □□□ じょうねつ【情熱】

名 熱情，激情

類 パッション

例 情熱をなくしては、前進できない。
／如果喪失了熱情，就沒辦法向前邁進。

文法

なくして(は)～ない
[如果沒有…就不…]
► 表示假定的條件。表示如果沒有前項，後項的事情會很難實現。

JLPT
271

1405 □□□
じょうほ
【譲歩】
(名・自サ) 讓步

類 妥協

例 交渉では一歩たりとも譲歩しない覚悟だ。
／我決定在談判時絲毫不能讓步。

文法
たりとも
[哪怕…也不(可)…]
▶ 強調最低數量也不能允許，或不允許有絲毫的例外。

1406 □□□
じょうやく
【条約】
(名)(法) 條約

例 関連する条約の条文に即して、問題点を検討します。
／根據相關條例的條文探討問題所在。

文法
にそくして[依…(的)]
▶ 以某項規定、規則來處理，以其為基準，來進行後項。

1407 □□□
しょうり
【勝利】
(名・自サ) 勝利

反 敗北

例 地元を皮切りとして選挙区をくまなく回り、圧倒的な勝利を収めた。
／從他的老家開始出發，踏遍整個選區的每個角落拜票，終於獲得了壓倒性的勝利。

1408 □□□
じょうりく
【上陸】
(名・自サ) 登陸，上岸

例 今夜、台風は九州南部に上陸する見込みです。
／今天晚上，颱風將由九州南部登陸。

1409 □□□
じょうりゅう
【蒸留】
(名・他サ) 蒸餾

例 蒸留して作られた酒は一般的にアルコール度数が高いのが特徴です。／一般而言，採用蒸餾法製成的酒類，其特徵為酒精濃度較高。

1410 □□□
しょうれい
【奨励】
(名・他サ) 獎勵，鼓勵

類 勧める

例 政府は省エネを奨励しています。／政府鼓勵節能。

1411 □□□
ショー
【show】

(名) 展覧，展覽會；（表演藝術）演出，表演；展覽品

類 展示会

例 ブルーインパルスの航空ショーを初めて見た。
／第一次欣賞了藍色衝擊特技飛行小組的飛行表演。

1412 □□□ 45
じょがい
【除外】

(名・他サ) 除外，免除，不在此例

類 取り除く

例 20歳未満の人は適用の対象から除外されます。
／未滿二十歲者非屬適用對象。

1413 □□□
しょくいん
【職員】

(名) 職員，員工

類 社員

例 職員一同、皆様のお越しをお待ちしております。
／本公司全體同仁竭誠歡迎各位的光臨指教。

1414 □□□
しょくみんち
【植民地】

(名) 殖民地

例 エジプトはかつてイギリスの植民地だった。
／埃及曾經是英國的殖民地。

1415 □□□
しょくむ
【職務】

(名) 職務，任務

類 役目

例 体調を壊し、任期満了まで職務をまっとうできるかどうか分からない。／因身體狀況違和，在任期結束之前，不知能否順利完成應盡職責。

1416 □□□
しょくん
【諸君】

(名・代)（一般為男性用語，對長輩不用）各位，諸君

類 みなさん

例 新入生諸君には、学問・研究に積極的に取り組んでもらいたい。
／希望各位新生能積極投入學問與研究。

1417 じょげん【助言】
□□□ 名・自サ 建議，忠告；從旁教導，出主意

類 忠告

例 先生の助言なくして、この発見はできませんでした。
／沒有老師的建議，就無法得到這項發現。

1418 じょこう【徐行】
□□□ 名・自サ （電車，汽車等）慢行，徐行

例 駐車場内では徐行してください。
／在停車場內請慢速行駛。

1419 しょざい【所在】
□□□ 名 （人的）住處，所在；（建築物的）地址；（物品的）下落

類 居所

例 電車脱線事故の責任の所在を追及する。
／追究電車脱軌意外的責任歸屬。

1420 しょじ【所持】
□□□ 名・他サ 所持，所有；攜帶

類 所有

例 パスポートを所持していますか。
／請問您持有護照嗎？

1421 じょし【助詞】
□□□ 名 （語法）助詞

例 助詞の役割は何ですか。
／請問助詞的功用為何？

1422 じょし【女史】
□□□ 名・代・接尾 （敬語）女士，女史

類 女

例 ヘレンケラー女史は日本を訪れたことがあります。
／海倫凱勒女士曾經造訪過日本。

1423 □□□
じょしこうせい
【女子高生】
㊂ 女高中生

㊸ このアクセサリーは女子高生向けにデザインしました。
／這些飾品主要是為女高中生設計的。

1424 □□□
しょぞく
【所属】
㊂·自サ 所屬；附屬

㊞ 従属
㊸ 私の所属はマーケティング部です。
／我隸屬於行銷部門。

1425 □□□
しょたいめん
【初対面】
㊂ 初次見面，第一次見面

㊸ 初対面の挨拶を済ませる。
／第一次見面的招呼已經致意過了。

1426 □□□
しょち
【処置】
㊂·他サ 處理，處置，措施；（傷、病的）治療

㊞ 処理
㊸ 適切な処置を施さなければ、後で厄介なことになる。
／假如沒有做好適切的處理，後續事態將會變得很棘手。

1427 □□□
しょっちゅう
㊉ 經常，總是

㊀ たまに ㊞ いつも
㊸ あのレストランにはしょっちゅう行くので、シェフとは顔なじみです。
／由於常上那家餐廳用餐，所以與主廚十分熟稔。

1428 □□□
しょてい
【所定】
㊂ 所定，規定

㊸ 所定の場所に書類を提出してください。
／請將文件送交至指定地點。

1429 じょどうし【助動詞】
□□□

名（語法）助動詞

例 助動詞と助詞の違いは何ですか。／請問助動詞與助詞有何差異呢？

1430 しょとく【所得】
□□□

名 所得，收入；（納稅時所報的）純收入；所有物

反 支出　類 収入

例 所得額によって納める税金の比率が異なります。

／依照所得總額的不同，繳納稅款的比率亦有所差異。

1431 しょばつ【処罰】
□□□

名・他サ 處罰，懲罰，處分

類 罰する

例 野球部の生徒が不祥事を起こし、監督も処罰された。

／棒球隊的學生們闖下大禍，教練也因而接受了連帶處罰。

1432 しょはん【初版】
□□□

名（印刷物，書籍的）初版，第一版

類 第1版

例 あの本の初版は1ヶ月で売り切れた。

／那本書的初版在一個月內就售罄。

1433 しょひょう【書評】
□□□

名 書評（特指對新刊的評論）

例 毎朝新聞といわず経済日報といわず、書評はさんざんだ。

／不論在《每朝新聞》或在《經濟日報》上的書評，統統糟糕透頂。

文法
といわず～といわず
［無論是…還是…］
▶ 表示所舉的兩個相關或相對的事例都不例外。

1434 しょぶん【処分】
□□□

名・他サ 處理，處置；賣掉，丟掉；懲處，處罰

類 処理

例 反省の態度いかんによって、処分が軽減されることもある。

／看反省的態度如何，也有可能減輕處分。

文法
いかんによって（は）
［要看…如何］
▶ 表示依據。根據前面的狀況，來判斷後面的可能性。

1435
□□□
しょほうせん
【処方箋】
　名 處方箋

例 処方箋をもらう。
／領取處方箋。

1436
□□□
しょみん
【庶民】
　名 庶民，百姓，群眾

例 庶民の味とはどういう意味ですか。
／請問「老百姓的美食」指的是什麼意思呢？

文法
とは [所謂]
▶ 表示定義，前項是主題，後項對這主題的特徵等進行定義。

1437
□□□
しょむ
【庶務】
　名 總務，庶務，雜物

例 庶務課の業務は、多岐に渡ります。
／庶務課的業務包羅萬象。

1438
□□□
しょゆう
【所有】
　名・他サ 所有

例 車を何台所有していますか。
／請問您擁有幾輛車子呢？

1439
□□□
しらべ
【調べ】
　名 調查；審問；檢查；(音樂的) 演奏；調音；(音樂、詩歌) 音調

類 吟味
例 私どもの調べでは、この報告書の通りで間違いありません。
／根據我們的調查，結果和這份報告一樣，沒有錯誤。

1440
□□□
しりぞく
【退く】
　自五 後退；離開；退位

例 第一線から退く。
／從第一線退下。

1441 □□□
しりぞける
【退ける】
他五 斥退；擊退；拒絕；撤銷

例 案を退ける。／撤銷法案。

1442 □□□
じりつ
【自立】
名・自サ 自立，獨立

類 独立

例 金銭的な自立なくしては、一人立ちしたとは言えない。
／在經濟上無法獨立自主，就不算能獨當一面。

文法
なくして(は)〜ない
[如果沒有…就不…]
▶ 表示假定的條件。表示如果沒有前項，後項的事情會很難實現。

1443 □□□
しるす
【記す】
他五 寫，書寫；記述，記載；記住，銘記

類 書きとめる

例 資料を転載する場合は、資料出所を明確に記してください。
／擬引用資料時，請務必明確註記原始資料出處。

1444 □□□
しれい
【指令】
名・他サ 指令，指示，通知，命令

類 命令

例 指令を受けたがさいご、従うしかない。
／一旦接到指令，就必須遵從。

文法
がさいご [（一旦…）就必須…]
▶ 一旦做了某事，就一定會有後面情況，或必須採取的行動，多是消極的結果或行為。

1445 □□□
しろくじちゅう
【四六時中】
名 一天到晚，一整天；經常，始終

例 真奈美は四六時中男の目を気にしている。
／真奈美一天到晚老是在意男人看她的眼光。

1446 □□□
しん
【心】
名・漢造 心臟；內心；（燈、蠟燭的）芯；（鉛筆的）芯；（水果的）核心；（身心的）深處；精神，意識；核心

類 精神

例 彼女の話を聞いていると、同情心が湧いてくる。
／聽了她的描述，不禁勾起人們的同情心。

1447 □□□
じん
【陣】
(名・漢造) 陣勢；陣地；行列；戰鬥，戰役

例 スター選手の引退記者会見に、多くの報道陣が駆けつけた。
／明星運動員宣布退出體壇的記者會上，湧入了大批媒體記者。

1448 □□□
しんいり
【新入り】
(名) 新參加（的人），新手；新入獄（者）

例 新入りを苛める。
／欺負新人。

1449 □□□
しんか
【進化】
(名・自サ) 進化，進步

反 退化
例 IT 業界はここ 10 年余りのうちに目覚ましい進化を遂げた。
／近十餘年來，資訊產業已有日新月異的演進。

1450 □□□
じんかく
【人格】
(名) 人格，人品；（獨立自主的）個人

類 パーソナリティー
例 家庭環境は子供の人格形成に大きな影響を与える。
／家庭環境對兒童人格的形成具有重大的影響。

1451 □□□
しんぎ
【審議】
(名・他サ) 審議

例 専門家による審議の結果、原案通り承認された。
／專家審議的結果為通過原始提案。

1452 □□□ **46**
しんこう
【進行】
(名・自他サ) 前進，行進；進展；（病情等）發展，惡化

反 退く 類 進む
例 治療しようと、治療しまいと、いずれ病状は進行します。
／不管是否進行治療，病情還是會惡化下去。

文法
うと～まいと［不管…不…都］
▶ 表逆接假定條件。無論前面情況如何，後面不會受前面約束，都是會成立的。

1453 ☐☐☐
しんこう
【新興】
名 新興

例 情報が少ないので、新興銘柄の株には手を出しにくい。

／由於資訊不足，遲遲不敢下手購買新掛牌上市上櫃的股票。

1454 ☐☐☐
しんこう
【振興】
名・自他サ 振興（使事物更為興盛）

例 観光局は、さまざまな事業を通じて観光業の振興を図っています。

／觀光局尋求藉由各種產業來振興觀光業。

1455 ☐☐☐
しんこく
【申告】
名・他サ 申報，報告

例 毎年1回、所得税を申告する。

／每年申報一次所得稅。

1456 ☐☐☐
しんこん
【新婚】
名 新婚（的人）

例 まるで新婚のような熱々ぶりで、見ていられない。

／兩人簡直像新婚一樣你儂我儂的，讓人看不下去。

1457 ☐☐☐
しんさ
【審査】
名・他サ 審査

例 審査の進み具合のいかんによって、紛争が
長引くかもしれない。

／根據審查的進度，可能糾紛會拖長了。

文法
いかんによって（は）
［要看…如何］

▶ 表示依據。根據前面的狀況，來判斷後面的可能性。

1458 ☐☐☐
じんざい
【人材】
名 人才

例 優秀な人材を採用する為、面接にたっぷり時間をかけた。

／為了錄取優秀的人才，在面試時花了非常多時間。

1459 □□□
しんし
【紳士】
名 紳士；（泛指）男人

例 紳士のごとき物腰に、すっかりだまされてしまった。

／完全被他那如同紳士般的舉止言談給騙了。

文法

ごとき(名詞)[如…一般(的)]

▶ 好像、宛如之意，表示事實雖不是這樣，如果打個比方的話，看上去是這樣的。

1460 □□□
しんじつ
【真実】
名·形動·副 真實，事實，實在；實在地

類 事実

例 真実は知らない方が幸せな場合もある。

／某些時候，不知道事情的真相比較幸福。

1461 □□□
しんじゃ
【信者】
名 信徒；…迷，崇拜者，愛好者

類 信徒

例 カトリックでは、洗礼を受けて初めて信者になる。

／天主教必須於接受受洗之後才能成為信徒。

1462 □□□
しんじゅ
【真珠】
名 珍珠

類 パール

例 伊勢湾では真珠の養殖が盛んです。 ／伊勢灣的珍珠養殖業非常興盛。

1463 □□□
しんしゅつ
【進出】
名·自サ 進入，打入，擠進，參加；向…發展

類 進む

例 彼は政界への進出をもくろんでいるらしい。／聽說他始終謀圖進軍政壇。

1464 □□□
しんじょう
【心情】
名 心情

例 彼の今の心情は想像に難くない。

／不難想像他現在的心情。

文法

にかたくない [不難…]

▶ 表示從某一狀況來看，不難想像，誰都能明白的意思。

1465 ☐☐☐
しんじん
【新人】
图 新手，新人；新思想的人，新一代的人

類 新入り

例 新人じゃあるまいし、こんなことぐらいできるでしょ。
/又不是新手，這些應該搞得定吧！

1466 ☐☐☐
しんせい
【神聖】
图・形動 神聖

類 聖

例 ここは神聖な場所ですので、靴と帽子を必ず脱いでください。
/這裡是神聖的境域，進入前務請脫掉鞋、帽。

1467 ☐☐☐
しんぜん
【親善】
图 親善，友好

類 友好

例 日本と韓国はサッカーの親善試合を開催した。
/日本與韓國共同舉辦了足球友誼賽。

1468 ☐☐☐
しんそう
【真相】
图（事件的）真相

類 事実

例 真相を追究しないではおかないだろう。
/勢必要追究出真相吧。

1469 ☐☐☐
じんぞう
【腎臓】
图 腎臟

例 腎臓移植を受ければ、人工透析をしなくて済む。
/只要接受腎臟移植，就不必再洗腎了。

1470 □□□
しんぞうまひ
【心臓麻痺】
（名）心臓麻痺

例 心臓麻痺で亡くなる。
／心臟麻痺死亡。

1471 □□□
じんそく
【迅速】
（名・形動）迅速

類 速い

例 迅速な応急処置なしには助からなかっただ
ろう。
／如果沒有那迅速的緊急措施，我想應該沒辦法得救。

文法
なしに(は)〜ない
[沒有…就不能…]
▶ 表示前項是不可或缺
的，少了前項就不能進
行後項的動作。

1472 □□□
じんたい
【人体】
（名）人體，人的身體

例 この物質は人体に有害であることが明らかになった。
／研究人員發現這種物質會危害人體健康。

1473 □□□
しんちく
【新築】
（名・他サ）新建，新蓋；新建的房屋

類 建築

例 来年、新築のマンションを購入する予定です。
／預計於明年購置全新完工的大廈。

1474 □□□
しんてい
【進呈】
（名・他サ）贈送，奉送

類 進上

例 優勝チームには豪華賞品が進呈されることになっている。
／優勝隊伍將可獲得豪華獎品。

1475 □□□
しんてん
【進展】
（名・自サ）發展，進展

類 発展

例 その後の調査で何か進展はありましたか。
／請問後續的調查有無進展呢？

1476 □□□
しんでん
【神殿】
名 神殿，神社的正殿

類 神社

例 パルテノン神殿は世界遺産に登録されている。
／巴特農神殿已被列為世界遺產。

1477 □□□
しんど
【進度】
名 進度

例 私どもの塾では、お子様の学校の授業の進度に合わせて指導します。／我們這家補習班會配合貴子弟學校的授課進度上課。

1478 □□□
しんどう
【振動】
名・自他サ 搖動，振動；擺動

例 マンションの上層からの振動と騒音に悩まされている。
／一直深受樓上傳來的震動與噪音所苦。

1479 □□□
しんにゅう
【新入】
名 新加入，新來（的人）

例 新入社員といえども、お客さまにとっては当社の代表だ。
／即便是新進員工，對顧客而言仍是該公司的代表。

文法
といえども［即使…也…］
▶ 表示逆接轉折。先承認前項是事實，但後項並不因此而成立。

1480 □□□
しんにゅうせい
【新入生】
名 新生

例 新入生じゃあるまいし、教頭先生の名前を知らないの。
／又不是新生了，連訓導主任的姓名都不知道嗎？

文法
じゃあるまいし［又不是…］
▶ 強烈否定前項，或舉出極端的例子，說明後項的主張、判斷等。帶斥責、諷刺的語感。

1481 □□□
しんにん
【信任】
名・他サ 信任

類 信用

例 彼は我々が信任するに値する人物だと思う。
／我認為他值得我們信賴。

1482 □□□
しんぴ
【神秘】
(名・形動) 神秘，奧秘

(類) 不思議

(例) 海に潜ると、生命の神秘に触れられる気がします。

／潛入海底後，彷彿能撫觸到生命的奧秘。

1483 □□□
しんぼう
【辛抱】
(名・自サ) 忍耐，忍受；（在同一處）耐，耐心工作

(類) 我慢

(例) 彼はやや辛抱強さに欠けるきらいがある。

／他有點缺乏耐性。

文法

きらいがある [有些…]

▶ 表示有某種不好的傾向。這種傾向從表面是看不出來的，它具有某種本質性的性質。

1484 □□□
じんましん
【蕁麻疹】
(名) 蕁麻疹

(例) サバを食べたらじんましんが出た。

／吃了青花魚以後，身上冒出了蕁麻疹。

1485 □□□
じんみん
【人民】
(名) 人民

(類) 国民

(例) 「人民の人民による人民の為の政治」はリンカーンの名言です。

／「民有、民治、民享」這句名言出自林肯。

1486 □□□
しんり
【真理】
(名) 道理；合理；真理，正確的道理

(例) 理学は、自然の真理を追究する学問である。

／理學是追求自然界真理的學問。

1487 □□□
しんりゃく
【侵略】
(名・他サ) 侵略

(例) 侵略の歴史を消し去ることはできない。

／侵略的歷史是無法被抹滅的。

1488 ☐☐☐
しんりょう
【診療】
(名・他サ) 診療，診察治療

(類) 診察

(例) 午後の診療は2時から開始します。
／下午的診療時間從兩點鐘開始。

1489 ☐☐☐
ずあん
【図案】
(名) 圖案，設計，設計圖

(47)

(例) この図案は、桜じゃなくて梅だと思うよ。
／我覺得這個圖案應該不是櫻花，而是梅花吧。

1490 ☐☐☐
すい
【粋】
(名・漢造) 精粹，精華；通曉人情世故，圓通；瀟灑，風流；純粹

(反) 野暮 (類) モダン

(例) この作品は職人技術の粋を集めた彫刻が特徴です。
／這件雕刻藝術的特色體現出工匠技藝的極致境界。

1491 ☐☐☐
すいげん
【水源】
(名) 水源

(例) 地球の温度上昇によって水源が急速に枯渇すると予想する専門家もいる。
／某些專家甚至預測由於地球暖化，將導致水源急遽枯竭。

1492 ☐☐☐
すいしん
【推進】
(名・他サ) 推進，推動

(例) あの大学は交換留学生の推進に力を入れている。
／那所大學致力於推展交換國際留學生計畫。

1493 ☐☐☐
すいせん
【水洗】
(名・他サ) 水洗，水沖；用水沖洗

(例) ここ30年で水洗トイレが各家庭に普及した。
／近三十年來，沖水馬桶的裝設已經普及於所有家庭。

1494 ☐☐☐

すいそう
【吹奏】

名・他サ 吹奏

例 娘は吹奏楽部に所属し、トランペットを吹いている。
／小女隸屬於管樂社，擔任小號手。

1495 ☐☐☐

すいそく
【推測】

名・他サ 推測，猜測，估計

類 推し量る

例 双方の意見がぶつかったであろうことは、推測に難くない。
／不難猜想雙方的意見應該是有起過爭執。

文法

にかたくない [不難…]
▶表示從某一狀況來看，不難想像，誰都能明白的意思。

1496 ☐☐☐

すいでん
【水田】

名 水田，稲田

例 6月になると水田からはカエルの鳴き声が聞こえてくる。
／到了六月份，水田裡就會傳出此起彼落的蛙鳴聲。

1497 ☐☐☐

すいり
【推理】

名・他サ 推理，推論，推斷

例 私の推理ではあの警官が犯人です。
／依照我的推理，那位警察就是犯案者。

1498 ☐☐☐

すうし
【数詞】

名 数詞

例 数詞はさらにいくつかの種類に分類することができる。
／數詞還能再被細分為幾個種類。

1499 ☐☐☐

すうはい
【崇拝】

名・他サ 崇拝；信仰

反 敬う 類 侮る

例 古代エジプトでは猫を崇拝していたという説がある。
／有此一說，古代埃及人將貓奉為神祇崇拜。

1500
□□□
すえつける
【据え付ける】

（他下一）安裝，安放，安設；裝配，配備；固定，連接

（類）くっつける

（例）このたんすは据え付けてあるので、動かせません。
／這個衣櫥已經被牢牢固定，完全無法移動。

1501
□□□
すえる
【据える】

（他下一）安放，設置；擺列，擺放；使坐在…；使就…職位；沉著（不動）；針灸治療；蓋章

（類）据え付ける、置く

（例）部屋の真ん中にこたつを据える。
／把暖爐桌擺在房間的正中央。

1502
□□□
すがすがしい
【清清しい】

（形）清爽，心情舒暢；爽快

（反）汚らわしい　（類）麗らか

（例）空はすっきり晴れ、空気も澄んで、すがすがしいかぎりだ。
／天空一片晴朗，空氣也清新，真令人神清氣爽啊！

文法
かぎりだ [真是太…]
▶ 表示喜怒哀樂等感情的極限。說話者在當時有強烈的感覺，這感覺是不能從外表客觀看到的。

1503
□□□
すぎ
【過ぎ】

（接尾）超過；過度

（例）3時過ぎにお客さんが来た。
／三點過後有來客。

1504
□□□
すくい
【救い】

（名）救，救援；挽救，彌補；（宗）靈魂的拯救

（類）救助

（例）誰か私に救いの手を差し伸べてください。
／希望有人能夠對我伸出援手。

1505
□□□
すくう
【掬う】

（他五）抄取，撈取，掬取，舀，捧；抄起對方的腳使跌倒

（例）夏祭りで、金魚を5匹もすくった。
／在夏季祭典市集裡，撈到的金魚多達五條。

1506
□□□

すこやか
【健やか】

形動 身心健康；健全，健壯

類 元気

文法

かぎりだ [真是太…]

▶ 表示喜怒哀樂等感情的極限。說話者在當時有強烈的感覺，這感覺是不能從外表客觀看到的。

例 孫はこの１ヶ月で1.5キロも体重が増えて、健やかなかぎりだ。

／孫子這一個月來體重竟多了1.5公斤，真是健康呀！

1507
□□□

すすぐ

他五（用水）刷，洗滌；漱口

類 洗う

例 洗剤を入れて洗ったあとは、最低２回すすいだ方がいい。

／將洗衣精倒入洗衣機裡面後，至少應再以清水沖洗兩次比較好。

1508
□□□

すすみ
【進み】

名 進，進展，進度；前進，進步；嚮往，心願

例 工事の進みが遅いので、期日通りに開通できそうもない。

／由於工程進度延宕，恐怕不太可能依照原訂日期通車。

1509
□□□

すすめ
【勧め】

名 規勸，勸告，勸誡；鼓勵；推薦

例 シェフのお勧めメニューはどれですか。

／請問主廚推薦的是哪一道餐點呢？

1510
□□□

スタジオ
【studio】

名 藝術家工作室；攝影棚，照相館；播音室，錄音室

例 スタジオは観覧の客で熱気むんむんだ。

／攝影棚裡擠滿眾多前來觀賞錄影的來賓，變得悶熱不堪。

1511
□□□

すたれる
【廃れる】

自下一 成為廢物，變成無用，廢除；過時，不再流行；衰微，衰弱，被淘汰

反 興る　類 衰える

例 大型デパートの相次ぐ進出で、商店街は廃れてしまった。

／由於大型百貨公司接二連三進駐開幕，致使原本的商店街沒落了。

1512 □□□ スチーム 【steam】
名 蒸汽，水蒸氣；暖氣 (設備)

類 湯気

例 スチームを使ってアイロンをかけると、きれいに皺が伸びますよ。
／只要使用蒸汽熨斗，就可以將衣物的皺褶熨燙得平整無比喔！

1513 □□□ スト 【strike 之略】
名 罷工

例 電車がストで参った。
／電車罷工，真受不了。

1514 □□□ ストライキ 【strike】
名・自サ 罷工；(學生) 罷課

類 スト

例 賃上げを求めて、労働組合はストライキを起こした。
／工會要求加薪，發動了罷工。

1515 □□□ ストロー 【straw】
名 吸管

例 紙パックのジュースには、たいていストローが付いています。
／紙盒包裝的果汁，外盒上大都附有吸管。

1516 □□□ ストロボ 【strobo】
名 閃光燈

48

例 暗い所で撮影する場合には、ストロボを使用した方がきれいに撮れる。
／在光線不佳的地方照相時，最好使用閃光燈，有助於拍攝效果。

1517 □□□ すねる 【拗ねる】
自下一 乖戾，鬧彆扭，任性撒野

例 彼女が嫉妬深くて、ほかの子に挨拶しただけですねるからうんざりだ。
／她是個醋桶子，只不過和其他女孩打個招呼就要鬧彆扭，我真是受夠了！

1518 □□□ すばしっこい

〔形〕動作精確迅速，敏捷，靈敏

類 素早い

例 あの泥棒（どろぼう）め、すばしっこいったらありゃしない。
／那個可惡的小偷！居然一溜煙就逃了！

1519 □□□ すばやい 【素早い】

〔形〕身體的動作與頭腦的思考很快；迅速，飛快

類 すばしっこい

例 突発事故（とっぱつじこ）では、すばやい迅速（じんそく）な対応（たいおう）が鍵（かぎ）となります。
／發生突發事故時，關鍵在於敏捷有效應對。

1520 □□□ ずばり

〔副〕鋒利貌，喀嚓；（說話）一語道破，擊中要害，一針見血

例 何（なに）に悩（なや）んでいるのか、お姉（ねえ）ちゃんにずばり言（い）い当（あ）てられた。
／「你在煩惱什麼？」姐姐一語道破了我的心事。

1521 □□□ ずぶぬれ 【ずぶ濡れ】

〔名〕全身濕透

例 学校（がっこう）の帰（かえ）り、夕立（ゆうだち）に遭（あ）ってずぶ濡（ぬ）れになった。
／放學時被午後雷陣雨淋成了落湯雞。

1522 □□□ スプリング 【spring】

〔名〕春天；彈簧；跳躍，彈跳

類 ぜんまい

例 こちらのベッドは、スプリングの硬（かた）さが3種類（しゅるい）から選（えら）べます。
／這些床鋪可以依照彈簧的三種硬度做選擇。

1523 □□□ スペース 【space】

〔名〕空間，空地；（特指）宇宙空間；紙面的空白，行間寬度

類 空（あ）き、宇宙

例 裏庭（うらにわ）には車（くるま）が2台（だいと）止（と）められるスペースがあります。
／後院的空間大小可容納兩輛汽車。

1524
□□□
すべる
【滑る】

（自五）滑行；滑溜，打滑；（俗）不及格，落榜；失去地位，讓位；說溜嘴，失言

例 道が凍っていて滑って転んだ。
／由於路面結冰而滑倒了。

1525
□□□
スポーツカー
【sports car】

（名）跑車

例 主人公はスポーツカーに乗ってさっそうと登場した。
／主角乘著一輛跑車，瀟灑倜儻地出場了。

1526
□□□
すます
【澄ます・清ます】

（自五・他五・接尾）澄清（液體）；使晶瑩，使清澈；洗淨；平心靜氣；集中注意力；裝模作樣，假正經，擺架子；裝作若無其事；（接在其他動詞連用形下面）表示完全成為…

例 耳を澄ますと、虫の鳴く声がかすかに聞こえます。
／只要豎耳傾聽，就可以隱約聽到蟲鳴。

1527
□□□
すみやか
【速やか】

（形動）做事敏捷的樣子，迅速

（類）速い

例 今後の運営方針については、取締役会で決定後速やかに告知されるでしょう。
／關於往後的經營方針，俟董事會決議後，應將迅速宣布周知吧！

1528
□□□
スムーズ
【smooth】

（名・形動）圓滑，順利；流暢

例 話がスムーズに進む。
／協商順利進行。

1529
□□□
すらすら

（副）痛快的，流利的，流暢的，順利的

（補）「すらすら話す」・「すらすらと話す」・「すらすらっと話す（口語）」都是「說得流利」的意思。

例 日本語ですらすらと話す。
／用日文流利的說話。

1530 スラックス 【slacks】

名 西裝褲，寬鬆長褲；女褲

類 ズボン

例 暑くなってきたので、夏用のスラックスを２本買った。
/天氣變得越來越熱，所以購買兩條夏季寬鬆長褲。

1531 ずらっと

副（俗）一大排，成排地

例 店先には旬の果物がずらっと並べられている。
/當季的水果井然有序地陳列於店面。

1532 スリーサイズ 【(和)three + size】

名（女性的）三圍

例 スリーサイズを計る。
/測量三圍。

1533 ずるずる

副・自サ 拖拉貌；滑溜；拖拖拉拉

例 死体をずるずる引きずってやぶの中に隠した。
/把屍體一路拖行到草叢裡藏了起來。

1534 ずれ

名（位置，時間意見等）不一致，分歧；偏離；背離，不吻合

例 景気対策に関する認識のずれが浮き彫りになった。
/景氣應對策略的相關認知差異，已經愈見明顯了。

1535 すれちがい 【擦れ違い】

名 交錯，錯過去，差開

類 行き違い

例 すれ違いが続いて、二人はとうとう分かれてしまった。
/ 而再・再而三地錯過彼此，終於導致他們兩人分手了。

1536
□□□

すれる
【擦れる】

（自下一）摩擦；久經世故，（失去純真）變得油滑；磨損，磨破

（類）触る

（例）アレルギー体質なので、服が肌に擦れるとすぐ赤くなる。
／由於屬於過敏性體質，只要被衣物摩擦過，肌膚立刻泛紅。

1537
□□□

すんなり（と）

（副・自サ）苗條，細長，柔軟又有彈力；順利，容易，不費力

（例）何も面倒なことはなく、すんなりと審査を通過した。
／沒有發生任何麻煩，很順利地通過了審查。

せ

1538
□□□
（track 49）

せい
【制】

（名・漢造）（古）封建帝王的命令；限制；制度；支配；製造

（例）会員制のスポーツクラブだから、まず会員にならなければ利用できない。
／由於這是採取會員制的運動俱樂部，如果不先加入會員就無法進入使用。

1539
□□□

せいいく
【生育・成育】

（名・自他サ）生育，成長，發育，繁殖（寫「生育」主要用於植物，寫「成育」則用於動物）

（例）土が栄養豊富であればこそ、野菜はよく生育する。
／正因為土壤富含營養，所以能栽培出優質蔬菜。

（文法）
ばこそ［正因為…］
▶ 表示強調最根本的理由。正因這原因，才有後項結果。

1540
□□□

せいいっぱい
【精一杯】

（形動・副）竭盡全力

（例）精一杯頑張る。／拚了老命努力。

1541
□□□

せいか
【成果】

（名）成果，結果，成績

（反）原因 （類）成績

（例）今にしてようやく成果が出てきた。
／一直到現在才終於有了成果。

（文法）
にして
［在…時才（階段）］
▶ 表示到了某階段才初次發生某事。

1542 □□□
せいかい
【正解】
名・他サ 正確的理解，正確答案

反 不正解

例 四つの選択肢の中から、正解を一つ選びなさい。
／請由四個選項中，挑出一個正確答案。

1543 □□□
せいき
【正規】
名 正規，正式規定；(機) 正常，標準；道義；
正確的意思

例 契約社員として採用されるばかりで、なかなか正規のポストに就けない。
／總是被錄取為約聘員工，遲遲無法得到正式員工的職缺。

1544 □□□
せいぎ
【正義】
名 正義，道義；正確的意思

反 悪 類 正しい

例 主人公は地球を守る正義の味方という設定です。
／主角被塑造成守護地球的正義使者。

1545 □□□
せいけい
【生計】
名 謀生，生計，生活

類 暮らし

例 アルバイトなり、派遣なり、生計を立てる手段はある。
／看是要去打工也好，或是從事派遣工作，總有各種方式維持生計。

> **文法**
> なり～なり
> [或是…或是…]
> ▶ 表示從列舉的同類或相反的事物中，選擇其中一個。

1546 □□□
せいけん
【政権】
名 政權；參政權

例 政権交代が早すぎて、何の政策も実行できていない。
／由於政權太早輪替，什麼政策都還來不及施行。

1547
□□□

せいこう
【精巧】

名・形動 精巧，精密

反 散漫、下手 類 緻密

例 今、これだけ精巧な作品を作れる人は誰もいない。
／現在根本找不到任何人能夠做出如此精巧的作品。

1548
□□□

せいざ
【星座】

名 星座

例 オリオン座は冬にみられる星座の一つです。
／獵戶座是在冬季能夠被觀察到的星座之一。

1549
□□□

せいさい
【制裁】

名・他サ 制裁，懲治

例 妻の浮気相手に制裁を加えずにおくものか。
／非得懲罰妻子的外遇對象不可！

1550
□□□

せいさく
【政策】

名 政策，策略

類 ポリシー

例 一貫性のない政策では、何の成果も上げられないでしょう。
／沒有貫徹到底的政策，終究無法推動出任何政績。

1551
□□□

せいさん
【清算】

名・他サ 計算，精算；結算；清理財產；結束

例 10年かけてようやく借金を清算した。
／花費了十年的時間，終於把債務給還清了。

1552
□□□

せいし
【生死】

名 生死；死活

例 彼は交通事故に遭い、1ヶ月もの間、生死の境をさまよった。
／他遭逢交通事故後，在生死交界之境徘徊了整整一個月。

1553 □□□
せいし
【静止】
（名・自サ）静止

例 静止画像で見ると、盗塁は明らかにセーフです。

／只要查看停格靜止畫面，就知道毫無疑問的是成功盜壘。

1554 □□□
せいじつ
【誠実】
（名・形動）誠實，真誠

反 不正直　**類** 真面目

例 誠実さを示したところで、いまさらどうにもならない。

／就算態度誠實，事到如今也無法改變既成事實。

文法

たところで〜ない
[即使…也不…]

▶ 表示即使前項成立，後項結果也是與預期相反，或只能達到程度較低的結果。

1555 □□□
せいじゅく
【成熟】
（名・自サ）（果實的）成熟；（植）發育成樹；（人的）發育成熟

類 実る

例 今回の選挙は、この国の民主主義が成熟してきた証しです。

／這次選舉證明這個國家的民主主義已經成熟了。

1556 □□□
せいしゅん
【青春】
（名）春季；青春，歲月

反 老いた　**類** 若い

例 青春時代を思い出すだに、今でも胸が締めつけられる。

／一想到年輕歲月的種種，迄今依舊令人熱血澎湃。

文法

だに [一…就…]

▶ 表示光只是做一下前面心裡活動，就會出現後面狀態了，如果真的實現，就更是後面的狀態了。

1557 □□□
せいじゅん
【清純】
（名・形動）清純，純真，清秀

例 彼女は清純派アイドルとして売り出し中です。

／她以清純偶像之姿，正日漸走紅。

1558
□□□
せいしょ
【聖書】
(名) （基督教的）聖經；古聖人的著述，聖典

例 彼は聖書の教えに従う敬虔なキリスト教徒です。
／他是個謹守聖經教義的虔誠基督教徒。

1559
□□□
せいじょう
【正常】
(名・形動) 正常

(反) 異常　(類) ノーマル
例 現在、システムは正常に稼動しています。
／系統現在正常運作中。

1560
□□□
せいする
【制する】
(他サ) 制止，壓制，控制；制定

(反) 許す　(類) 押さえる
例 見事に接戦を制して首位に返り咲いた。
／經過短兵相接的激烈競爭後，終於打了一場漂亮的勝仗，得以重返冠軍寶座。

1561
□□□
せいぜん
【整然】
(形動) 整齊，井然，有條不紊

(反) 乱れる　(類) ちゃんと
例 彼女の家はいつ行っても整然と片付けられている。
／無論什麼時候去她家拜訪，屋裡總是整理得有條不紊。

1562
□□□
せいそう
【盛装】
(名・自サ) 盛裝，華麗的裝束

(反) 普段着　(類) 晴れ着
例 式の参加者は皆盛装してきた。／參加典禮的賓客們全都盛裝出席。

1563
□□□
せいだい
【盛大】
(形動) 盛大，規模宏大；隆重

(反) 貧弱　(類) 立派
例 有名人カップルとあって、盛大な結婚式を挙げた。
／新郎與新娘同為知名人士，因此舉辦了一場盛大的結婚典禮。

文法
とあって
[因為…（ 的關係）]
▶ 由於前項特殊的原因，當然就會出現後項特殊的情況，或應該採取的行動。
▶ 近 ことだし [由於…]

1564
□□□

せいだく
【清濁】

㊗ 清濁；（人的）正邪，善惡；清音和濁音

㉔ 現実の世界は清濁が混交しているといえる。
／現實世界可以說是清濁同流、善惡兼具的。

1565
□□□

せいてい
【制定】

㊗・他サ 制定

㊐ 決める

㉔ 法案の制定を皮切りにして、各種ガイドラインの策定を進めている。
／以制定法案作為開端，推展制定各項指導方針。

文法

をかわきりにして
[以…為開端開始]

▶ 表示以這為起點，開始
了一連串同類型的動作。

1566
□□□

せいてき
【静的】

㊗動 靜的，靜態的

㊐ 動的

㉔ 静的情景を描写して、デッサンの練習をする。
／寫生靜態景物，做為素描的練習。

1567
□□□

せいてつ
【製鉄】

㊗ 煉鐵，製鐵

㉔ 製鉄に必要な原料にはどのようなものがありますか。
／請問製造鋼鐵必須具備哪些原料呢？

1568
□□□

せいてん
【晴天】

㊗ 晴天

㊐ 青天

㉔ 午前中は晴天だったが、午後から天気が急変した。
／雖然上午還是晴天，到了下午天氣卻突然轉壞。

1569
□□□

せいとう
【正当】

㊗・形動 正當，合理，合法，公正

㉔ 陪審員に選任されたら、正当な理由がない限り拒否できない。
／一旦被遴選為陪審員，除非有正當理由，否則不得拒絕。

1570 □□□

せいとうか
【正当化】

（名・他サ）使正當化，使合法化

例 自分の行動を正当化する。
／把自己的行為合理化。

1571 □□□

せいねん
【成年】

（名）成年（日本現行法律為二十歲）

（反）子供　（類）大人
例 成年年齢を 20 歳から 18 歳に引き下げるという議論がある。
／目前有項爭論議題為：成人的年齡是否該由二十歲降低至十八歲。

1572 □□□

せいふく
【征服】

（名・他サ）征服，克服，戰勝

（類）制圧
例 このアニメは悪魔が世界征服を企てるというストーリーです。
／這部卡通的故事情節是描述惡魔企圖征服全世界。

1573 □□□

せいほう
【製法】

（名）製法，作法

例 当社こだわりの製法で作った生ビールです。
／這是本公司精心研製生產出來的生啤酒。

1574 □□□

せいみつ
【精密】

（名・形動）精密，精確，細緻

（反）散漫　（類）緻密
例 この機械は実に精密にできている。
／這個機械真是做得相當精密。

1575 □□□

ぜいむしょ
【税務署】

（名）稅務局

例 税務署のずさんな管理に憤りを禁じえない。
／稅務局的管理失當，不禁令人滿腔怒火。

文法
をきんじえない [不禁…]
▶ 表示面對某種情景，心中自然而然產生的，難以抑制的心情。

1576
□□□

せいめい
【姓名】

名 姓名

Track 50

類 名前

例 戸籍に登録されている姓名を記入してください。
　/敬請填寫登記於戶籍上的姓名。

1577
□□□

せいめい
【声明】

名・自サ 聲明

類 宣言

例 財務大臣が声明を発表するや、市場は大きく反発した。
　/當財政部長發表聲明後，股市立刻大幅回升。

1578
□□□

せいやく
【制約】

名・他サ（必要的）條件，規定；限制，制約

例 時間的な制約を設けると、かえって効率が上がることもある。
　/在某些情況下，當訂定時間限制後，反而可以提昇效率。

1579
□□□

せいり
【生理】

名 生理；月經

類 月経（げっけい）

例 おならは生理現象だから仕方がない。
　/身體排氣是生理現象，無可奈何。

1580
□□□

せいりょく
【勢力】

名 勢力，權勢，威力，實力；（理）力，能

類 勢い

例 ほとんどの台風は、北上するにつれ、勢力が衰える。
　/大部分的颱風移動北上時，其威力強度都會逐漸減弱。

1581
□□□

せいれつ
【整列】

名・自他サ 整隊，排隊，排列

例 あいうえお順に整列しなさい。
　/請依照日文五十音的順序排列整齊。

1582 セール 【sale】
□□□

名 拍賣，大減價

類 大売り出し（おおうりだし）

例 セール期間中、デパートは押しつ押されつの大賑わいだ。

／百貨公司在特賣期間，消費者你推我擠的非常熱鬧。

文法

つ～つ［（表動作交替進行）一邊…一邊…］

▶ 表示同一主體，在進行前項動作時，交替進行後項動作。

1583 せかす 【急かす】
□□□

他五 催促

類 催促

例 飛行機に乗り遅れてはいけないので、免税品を見ている妻を急かした。

／由於上飛機不能遲到，我急著催正在逛免稅店的妻子快點走。

1584 せがれ 【倅】
□□□

名（對人謙稱自己的兒子）犬子；（對他人兒子，晚輩的蔑稱）小傢伙，小子

類 息子

例 せがれが今年就職したので、肩の荷が下りた。

／小犬今年已經開始工作，總算得以放下肩頭上的重擔。

1585 せきむ 【責務】
□□□

名 職責，任務

類 責任

例 ただ自分の責務を果たしたまでのことで、お褒めにあずかるようなことではございません。

／我不過是盡了自己的本分而已，實在擔不起這樣的讚美。

1586 セキュリティー 【security】
□□□

名 安全，防盜；擔保

例 最新のセキュリティーシステムといえども、万全ではない。

／即便是最新型的保全系統，也不是萬無一失的。

文法

といえども［即使…也…］

▶ 表示逆接轉折。先承認前項是事實，但後項並不因此而成立。

1587 □□□
セクション
【section】

⊛ 部分，區劃，段，區域；節，項，科；(報紙的) 欄

<small>反</small> 全体　<small>類</small> 部門

<small>例</small> 仕事内容は配属されるセクションによって様々です。
<small>しごとないよう　はいぞく　　　　　　　　　　　　　　　さまざま</small>

／依據被分派到的部門，工作内容亦隨之各異其趣。

1588 □□□
セクハラ
【sexual harassment 之略】

⊛ 性騷擾

<small>例</small> セクハラで訴える。／以性騷擾提出告訴。
<small>うった</small>

1589 □□□
せじ
【世辞】

⊛ 奉承，恭維，巴結

<small>補</small> 為求禮貌在最前面一般會加上「お」。

<small>例</small> 下手なお世辞なら、言わない方がましですよ。
<small>へた　　　せじ　　　　　　い　　　　　ほう</small>

／如果是拙劣的恭維，倒不如別說比較好吧！

1590 □□□
ぜせい
【是正】

<small>名・他サ</small> 更正，糾正，訂正，矯正

<small>類</small> 正す

<small>例</small> 社会格差を是正する為の政策の検討が迫られている。
<small>しゃかいかくさ　ぜせい　　ため　せいさく　けんとう　せま</small>

／致力於匡正社會階層差異的政策檢討，已然迫在眉睫。

1591 □□□
せたい
【世帯】

⊛ 家庭，戶

<small>類</small> 所帯

<small>例</small> 核家族の世帯は増加の一途をたどっている。
<small>かくかぞく　せたい　ぞうか　いっと</small>

／小家庭的家戶數有與日俱增的趨勢。

1592 □□□
せだい
【世代】

⊛ 世代，一代；一帶人

<small>類</small> ジェネレーション

<small>例</small> これは我々の世代ならではの考え方だ。
<small>われわれ　せだい　　　　　　　かんが　かた</small>

／這是我們這一代獨有的思考方式。

<small>文法</small>

ならではの [正因為…
才有 (的) …]

▶ 表示如果不是前項，
就沒後項，正因為是這
人事物才會這麼好。是
高評價的表現方式。

1593
□□□
せつ
【節】
名・漢造 季節，節令；時候，時期；節操；（物體的）節；（詩文歌等的）短句，段落

類 時
例 その節は大変お世話になりました。
／日前承蒙您多方照顧。

1594
□□□
せっかい
【切開】
名・他サ （醫）切開，開刀

例 父は、胃を切開して、腫瘍を摘出した。
／父親接受了手術，切開胃部取出腫瘤。

1595
□□□
せっきょう
【説教】
名・自サ 說教；教誨

例 先生に説教される。
／被老師說教。

1596
□□□
セックス
【sex】
名 性，性別；性慾；性交

類 性交
例 セックスの描写がある映画は、ゴールデンタイムに放送してはいけない。
／黃金時段不得播映出現性愛畫面的電影。

1597
□□□
せつじつ
【切実】
形動 切實，迫切

類 つくづく
例 将来が不安だという若者から切実な声が寄せられている。
／年輕人發出對未來感到惶惶不安的急切聲浪。

1598
□□□
せっしょく
【接触】
名・自サ 接觸；交往，交際

類 触れる
例 バスと接触事故を起こしたが、幸い軽症ですんだ。
／雖然發生與巴士擦撞的意外事故，幸好只受到輕傷。

文法
てすむ［就行了］
▶ 表示以某種方式、程度就可以，不需要很麻煩，就可以解決問題了。

1599 ☐☐☐

せつぞくし
【接続詞】　　　 ㊂ 接續詞，連接詞

㊀ 接続詞を適切に使う。
　/使用連接詞應該要恰當。

1600 ☐☐☐

せっち
【設置】　　　 ㊂·㊁サ 設置，安裝；設立

㊥ 設ける
㊀ 全国に会場を設置する。
　/在全國各處設置會場。

1601 ☐☐☐

せっちゅう
【折衷】　　　 ㊂·㊁サ 折中，折衷

㊀ 与野党は折衷案の検討に入った。
　/朝野各黨已經開始討論折衷方案。

1602 ☐☐☐

せってい
【設定】　　　 ㊂·㊁サ 制定，設立，確定

㊀ クーラーの温度は 24 度に設定してあります。
　/冷氣的溫度設定在二十四度。

1603 ☐☐☐

せっとく
【説得】　　　 ㊂·㊁サ 說服，勸導

㊥ 言い聞かせる
㊀ 彼との結婚を諦めさせようと、家族や友人が代わる代わる説得している。
　/簡直就像要我放棄與他結婚似的，家人與朋友輪番上陣不停勸退我。

1604 ☐☐☐

せつない
【切ない】　　　 ㊄ 因傷心或眷戀而心中煩悶；難受；苦惱，苦悶

㊐ 楽しい　㊥ 辛い（つらい）
㊀ 彼女のことを思い出すたびに、切なくなる。
　/每一次想起她時，總是十分悲傷。

1605
□□□

ぜっぱん
【絶版】

(名) 絕版

(反) 解散　(類) 新設

(例) あの本屋には絶版になった書籍もおいてある。

/那家書店也有已經絕版的書籍。

1606
□□□

ぜつぼう
【絶望】

(名・自サ) 絕望，無望

(類) がっかり

(例) 彼は人生に絶望してからというもの、家に引きこもっている。

/自從他對人生感到絕望後，就一直躲在家裡不出來。

> **文法**
>
> てからというもの
> [自從…以後一直]
>
> ▶ 表示以前項事件為契機，從此有了很大的變化。含說話者內心的感受。
>
> ▶ 近ぎわに [臨到…]

1607
□□□

せつりつ
【設立】

(名・他サ) 設立，成立

(例) 設立されたかと思いきや、2ヶ月で運営に行き詰まった。

/才剛成立而已，誰知道僅僅兩個月，經營上就碰到了瓶頸。

> **文法**
>
> (か)とおもいきや
> [剛…馬上就]
>
> ▶ 表示前後兩個對比的事情，幾乎同時相繼發生。

1608
□□□

ゼネコン
【general contractor 之略】

(名) 承包商

(例) 大手ゼネコンの下請けいじめは、今に始まったことではない。

/總承包商在轉包工程時對中小型承包商的霸凌，已經不是一天兩天的事了。

1609
□□□

せめ
【攻め】

(名) 進攻，圍攻

(例) 後半は、攻めの姿勢に転じて巻き返しを図る。

/下半場轉為攻勢，企圖展開反擊

1610
□□□

ゼリー
【jelly】

(名) 果凍；膠狀物

(例) プリンに比べて、ゼリーはカロリーが低い。

/果凍的熱量比布丁低。

1611 □□□
セレブ
【celeb】

名 名人，名媛，著名人士

例 セレブ<u>ともなると</u>、私生活もしばしば暴露される。
／一旦成為名媛，私生活就會經常被攤在陽光下。

文法
ともなると
[要是…那就…]
▶ 表示如果發展到某程度，用常理來推斷，就會理所當然導向某種結論。

1612 □□□
セレモニー
【ceremony】

名 典禮，儀式

類 式
例 大統領の就任セレモニーが盛大に行われた。
／舉行了盛大的總統就職典禮。

1613 □□□
せん
【先】

名 先前，以前；先走的一方

類 以前
例 その件については、先から存じ上げております。
／關於那件事，敝人先前就已得知了。

1614 □□□
ぜん
【膳】

名・接尾・漢造（吃飯時放飯菜的）方盤，食案，小飯桌；擺在食案上的飯菜；（助數詞用法）（飯等的）碗數；一雙（筷子）；飯菜等

類 料理
例 お膳を下げていただけますか。
／可以麻煩您撤下桌面這些用完的餐點碗盤嗎？

1615 □□□
ぜん
【禅】

51

漢造（佛）禪，靜坐默唸；禪宗的簡稱

例 禅の思想をちょっとかじってみたい気もする。
／想要稍微探研一下「禪」的思想。

1616 □□□
ぜんあく
【善悪】

(名) 善惡，好壞，良否

(例) 善悪を判断する。
／判斷善惡。

1617 □□□
せんい
【繊維】

(名) 纖維

(例) 繊維の豊富な野菜は大腸がんの予防になります。
／攝取富含纖維質的蔬菜，有助於預防罹患大腸癌。

1618 □□□
ぜんか
【前科】

(名)（法）前科，以前服過刑

(例) 前科一犯ながらも、今では真人間として頑張っている。
／雖然曾經有過一次前科紀錄，現在已經改邪歸正，認真過生活了。

1619 □□□
ぜんかい
【全快】

(名・自サ) 痊癒，病全好

(類) 治る

(例) 体調が全快してからというもの、あちこちのイベントに参加している。
／自從身體痊癒之後，就到處參加活動。

文法
てからというもの
[自從…以後一直]
▶ 表示以前項事件為契機，從此有了很大的變化。
含說話者內心的感受。
▶ 近この／ここ～というもの [整整…]

1620 □□□
せんきょう
【宣教】

(名・自サ) 傳教，佈道

(例) かつて日本ではキリスト教の宣教が禁じられていた。
／日本過去曾經禁止過基督教的傳教。

1621 □□□
せんげん
【宣言】

(名・他サ) 宣言，宣布，宣告

(類) 言い切る

(例) 各地で軍事衝突が相次ぎ、政府は非常事態宣言を出した。
／各地陸續發生軍事衝突，政府宣布進入緊急狀態。

1622 □□□
せんこう
【先行】
(名・自サ) 先走，走在前頭；領先，佔先；優先施行，領先施行

(類) 前行

(例) 会員の皆さまにはチケットを先行販売致します。
／各位會員將享有優先購買票券的權利。

1623 □□□
せんこう
【選考】
(名・他サ) 選拔，權衡

(類) 選ぶ

(例) 選考基準は明確に示されていない。／沒有明確訂定選拔之合格標準。

1624 □□□
せんさい
【戦災】
(名) 戰爭災害，戰禍

(例) 戦災の悲惨な状況を記した資料が今も保存されている。
／迄今依舊保存著記述戰爭的悲慘災難之資料。

1625 □□□
せんしゅう
【専修】
(名・他サ) 主修，專攻

(類) 専門

(例) 志望する専修によってカリキュラムが異なります。
／依照選擇之主修領域不同，課程亦有所差異。

1626 □□□
せんじゅつ
【戦術】
(名) (戰爭或鬥爭的) 戰術；策略；方法

(類) 作戦

(例) いかなる戦いも、戦術なくして勝つことはできない。
／在任何戰役中，沒有戰術就無法獲勝。

> **文法**
> なくして(は)～ない
> [如果沒有…就不…]
> ▶ 表示假定的條件。表示如果沒有前項，後項的事情會很難實現。

1627 □□□
センス
【sense】
(名) 感覺，官能，靈機；觀念；理性，理智；判斷力，見識，品味

(類) 感覚

(例) 彼の服のセンスは私には理解できない。
／我沒有辦法理解他的服裝品味。

1628
□□□

ぜんせい
【全盛】

⊛ 全盛，極盛

類 絶頂

例 彼は全盛時代にウィンブルドンで３年連続優勝した。
／他在全盛時期，曾經連續三年贏得溫布頓網球公開賽的冠軍。

1629
□□□

ぜんそく
【喘息】

⊛（醫）喘息，哮喘

例 喘息なので、吸入薬がなくてはかなわない。
／由於患有氣喘，沒有吸入劑就受不了。

文法
てはかなわない[得受不了]
▶ 表示負擔過重，無法應付。是種動作主體主觀上無法忍受的表現。
▶ 近 てはばからない [毫無顧忌…]

1630
□□□

せんだい
【先代】

⊛ 上一輩，上一代的主人；以前的時代；前代（的藝人）

類 前代

例 これは先代から受け継いだ伝統の味です。
／這是從上一代傳承而來的傳統風味。

1631
□□□

せんだって
【先だって】

⊛ 前幾天，前些日子，那一天；事先

類 前もって

例 先だってのお詫びに行った。／為了日前的事而前去道歉了。

1632
□□□

せんちゃく
【先着】

⊛・自サ 先到達，先來到

例 先着５名様まで、豪華景品を差し上げます。
／最先來店的前五名顧客，將獲贈豪華贈品。

1633
□□□

せんて
【先手】

⊛（圍棋）先下；先下手

反 後手

例 ライバルの先手を取る。／先發制敵。

1634 □□□

ぜんてい
【前提】

㊂ 前提，前提條件

㋑ 結婚前提で付き合っているわけではありません。
／我並非以結婚為前提與對方交往的。

1635 □□□

せんてんてき
【先天的】

㊘ 先天（的），與生俱來（的）

㋭ 後天的
㋑ この病気は先天的な要因によるものですか。
／請問這種疾病是由先天性的病因所造成的嗎？

1636 □□□

ぜんと
【前途】

㊂ 前途，將來；（旅途的）前程，去路

㋭ 過去 ㋬ 未来
㋑ 前途多難なことは承知しているが、最後までやりぬくしかない。
／儘管明知前途坎坷，也只能咬牙堅持到底了。

1637 □□□

せんとう
【戦闘】

㊂・㋷ 戦鬥

㋬ 戦い
㋑ 戦闘を始めないうちから、すでに勝負は見えていた。
／在戰鬥還沒展開之前，勝負已經分曉了。

1638 □□□

せんにゅう
【潜入】

㊂・㋷ 潛入，溜進；打進

㋑ 3ヶ月に及ぶ潜入調査の末、ようやく事件を解決した。
／經過長達三個月秘密調查，案件總算迎刃而解了。

1639 □□□

せんぱく
【船舶】

㊂ 船舶，船隻

㋑ 強風のため、船舶は海上を行きつ戻りつ、方向が一向に定まらない。
／船隻由於遭受強風吹襲，沒有固定的行進方向，在海上飄搖不定。

文法
つ〜つ［（表動作交替進行）一邊…一邊…］
▶ 表示同一主體，在進行前項動作時，交替進行後項動作。

1640
□□□

せんぽう
【先方】

名 對方；那方面，那裡，目的地

例 先方の言い分はさておき、マスコミはどう報道するだろう。

／暫且不管對方的辯解，不知道傳媒會如何報導呢？

文法

はさておき
[暫且不說…]

▶ 表示現在先不考慮前項，而先談論後項。

1641
□□□

ぜんめつ
【全滅】

名・自他サ 全滅，徹底消滅

反 興る　類 滅びる

例 台風のため、収穫間近のりんごが全滅した。

／颱風來襲，造成即將採收的蘋果全數落果。

1642
□□□

せんよう
【専用】

名・他サ 專用，獨佔，壟斷，專門使用

例 都心の電車は、時間帯によって女性専用車両を設けている。

／市區的電車，會在特定的時段設置女性專用車廂。

1643
□□□

せんりょう
【占領】

名・他サ（軍）武力佔領；佔據

類 占める

例 これは占領下での生活を収めたドキュメンタリー映画です。

／這部紀錄片是拍攝該國被占領時期人民的生活狀況。

1644
□□□

ぜんりょう
【善良】

名・形動 善良，正直

例 奨学金申請条件に「学業優秀、素行善良であること」と記されている。

／獎學金的申請條件明訂為「學業成績優良、品行端正」。

1645
□□□

せんりょく
【戦力】

名 軍事力量，戰鬥力，戰爭潛力；工作能力強的人

例 新兵器も調っており、戦力は十分です。

／新兵器也都備齊了，可說是戰力十足。

1646 □□□

ぜんれい
【前例】

名 前例，先例；前面舉的例子

類 しきたり

例 前例がないからといって、諦めないでください。
／儘管此案無前例可循，請千萬別氣餒。

そ

1647 □□□

そう
【相】

名・漢造 相看；外表，相貌；看相，面相；互相；
相繼

例 占い師によると、私には水難の相が出ているそうです。
／依算命師所言，我面露溺水滅頂之相。

1648 □□□

そう
【沿う】

自五 沿著，順著；按照

類 臨む

例 アドバイスに沿って、できることから一つ一つ実行していきます。
／謹循建議，由能力所及之事開始，依序地實踐。

1649 □□□

そう
【添う】

自五 增添，加上，添上；緊跟，不離地跟隨；結
成夫妻一起生活，結婚（或唸：そう）

類 加わる

例 赤ちゃんに添い寝する。／哄寶寶睡覺。

1650 □□□

そう
【僧】

漢造 僧侶，出家人

反 俗人 類 僧侶

例 一人前の僧になる為、彼は３年間修行した。
／他期望成為卓越的僧侶，苦修了三年。

1651 □□□

ぞう
【像】

名・漢造 相，像；形象，影像

類 彫物

例 町の将来像について、町民から広く意見を聞いてみましょう。
／有關本城鎮的未來樣貌，應當廣泛聽取鎮民們的意見。

1652 □□□
そうおう
【相応】
名・自サ・形動 適合，相稱，適宜

類 適当

例 彼には年相応の落ち着きがない。
／他的個性還很毛躁，與實際年齡完全不相符。

1653 □□□
そうかい
【爽快】
名・形動 爽快

例 気分が爽快になる。
／精神爽快。

1654 □□□
そうかい
【総会】
名 總會，全體大會

例 株主総会にはおよそ 500 人の株主が駆けつけた。
／大約有五百名股東趕來參加股東大會。

1655 □□□
そうかん
【創刊】
名・他サ 創刊

例 創刊 50 周年を迎えることができ、慶賀の至りです。
／恭逢貴社創刊五十周年大慶，僅陳祝賀之意。

文法
のいたり(だ)[真是…到了極點]
▶ 表示一種強烈的情感，達到最高的狀態。

1656 □□□
ぞうき
【雑木】
名 雜樹，不成材的樹木

例 雑木林でのどんぐり拾いは、日本の秋ならではだ。
／在樹林裡撿橡實，是日本秋天特有的活動。

文法
ならでは
[正因為…才有 (的)…]
▶ 表示如果不是前項，就沒後項，正因為是這人事物才會這麼好。是高評價的表現方式。

1657 □□□
ぞうきょう
【増強】
名・他サ （人員，設備的）增強，加強

例 政府は災害地域への救援隊の派遣を増強すると決めた。
／政府決定加派救援團隊到受災地區。

1658 □□□
そうきん
【送金】
(名・自他サ) 匯款，寄錢

例 銀行で、息子への送金かたがた、もろもろ
の支払いをすませた。
／去銀行匯款給兒子時，順便付了種種的款項。

文法
かたがた [順便…]
▶ 表示做一個行為，有
兩個目的。進行前面主
要動作時，順便做後面
的動作。

1659 □□□
そうこう
【走行】
(名・自サ) (汽車等) 行車，行駛

例 今回の旅行で、一日の平均走行距離は 100 キロを超えた。
／這趟旅行每天的移動距離平均超過一百公里。

1660 □□□
そうごう
【総合】
(名・他サ) 綜合，總合，集合

類 統一

例 うちのチームは総合得点がトップになった。
／本隊的總積分已經躍居首位。

1661 □□□
そうさ
【捜査】
(名・他サ) 搜查 (犯人、罪狀等)；查訪，查找

類 捜す

例 事件が発覚し、警察の捜査を受けるしまつだ。
／因該起事件被揭發，終於遭到警方的搜索調查。

文法
しまつだ
[(落到)…的結果]
▶ 經過一個壞的情況，
最後落得更壞的結果。
後句帶譴責意味，陳述
竟發展到這種地步。

1662 □□□
そうさく
【捜索】
(名・他サ) 尋找，搜；(法) 搜查 (犯人、罪狀等)

類 捜す

例 彼は銃刀法違反の疑いで家宅捜索を受けた。
／他因違反《槍砲彈藥刀械管制條例》之嫌而住家遭到搜索調查。

1663 ☐☐☐

そうじゅう
【操縦】

(名・他サ) 駕駛；操縱，駕馭，支配

(類) 操る
(補) 主要指駕駛大型機械或飛機，開車是「運転」。
(例) 飛行機を操縦する免許はアマチュアでも取れる。
／飛機的駕駛執照，即使不是專業人士也可以考取。

1664 ☐☐☐

そうしょく
【装飾】

(名・他サ) 装飾

(類) 飾り
(例) クリスマスに向けて店内を装飾する。
／把店裡裝飾得充滿耶誕氣氛。

1665 ☐☐☐

ぞうしん
【増進】

(名・自他サ) (體力，能力) 增進，增加

(反) 減退 (類) 増大
(例) 彼女は食欲も増進し、回復の兆しを見せている。
／她的食慾已經變得比較好，有日漸康復的跡象。

1666 ☐☐☐

そうたい
【相対】

(名) 對面，相對

(反) 絶対 (類) 対等
(例) この本は、相対性理論とニュートンの万有引力の法則との違いについて説明している。
／這本書解釋了愛因斯坦的相對論與牛頓的萬有引力定律之間的差異。

1667 ☐☐☐

そうだい
【壮大】

(形動) 雄壯，宏大

(例) 飛行機から見た富士山は壮大であった。
／從飛機上俯瞰的富士山是非常雄偉壯觀的。

1668 □□□

そうどう
【騒動】

名・自サ 騒動，風潮，鬧事，暴亂

類 大騒ぎ

例 大統領が声明を発表するなり、各地で騒動が起きた。

／總統才發表完聲明，立刻引發各地暴動。

文法

なり [剛…就立刻…]

► 表示前項剛一完成，後項就緊接著發生。後項動作一般是預料之外、突發性的。

1669 □□□

そうなん
【遭難】

名・自サ 罹難，遇險

類 被る

例 台風で船が遭難した。

／船隻遇上颱風而發生了船難。

1670 □□□

ぞうに
【雑煮】

名 日式年糕湯

例 うちのお雑煮は醤油味だ。

／我們家的年糕湯是醬油風味。

1671 □□□

そうば
【相場】

名 行情，市價；投機買賣，買空賣空；常例，老規矩；評價

類 市価価格

例 為替相場いかんで、経済は大きく左右される。

／匯率的波動如何，將大幅影響經濟情勢。

文法

いかんで(は) [根據…]

► 表示依據。根據前面狀況來進行後面，變化視前面情況而定。

1672 □□□

そうび
【装備】

名・他サ 装備，配備

類 道具

例 その戦いにおいて、兵士たちは完全装備ではなかった。

／在那場戰役中，士兵們身上的裝備並不齊全。

1673 □□□	**そうりつ** 【創立】	名・他サ 創立，創建，創辦

反 解散　類 設立

例 会社は創立以来、10年間発展し続けてきた。
／公司創立十年以來，業績持續蒸蒸日上。

1674 □□□	**そえる** 【添える】	他下一 添，加，附加，配上；伴隨，陪同

反 除く　類 加える

例 プレゼントにカードを添える。
／在禮物附上卡片。

1675 □□□	**ソーラーシステム** 【the solar system】	名 太陽系；太陽能發電設備

例 ソーラーシステムをつける。
／裝設太陽能發電設備。

1676 □□□	**そくざに** 【即座に】	副 立即，馬上

類 すぐ

例 彼のプロポーズを即座に断った。
／立刻拒絕了他的求婚。

1677 □□□	**そくしん** 【促進】	名・他サ 促進

例 これを機に、双方の交流がますます促進されることを願ってやみません。
／盼望藉此契機，更加促進雙方的交流。

1678 □□□	**そくする** 【即する】	自サ 就，適應，符合，結合

類 準じる

例 現状に即して戦略を練り直す必要がある。
／有必要修改戰略以因應現狀。

文法

にそくして[依…（的）]
▶ 以某項規定、規則來處理，以其為基準，來進行後項。

1679 □□□

そくばく
【束縛】

(名・他サ) 束縛，限制

類 制限

例 <ruby>束縛<rt>そくばく</rt></ruby>された<ruby>状態<rt>じょうたい</rt></ruby>にあって、<ruby>行動範囲<rt>こうどうはんい</rt></ruby>が<ruby>限<rt>かぎ</rt></ruby>られている。

／在身體受到捆縛的狀態下，行動範圍受到侷限。

文法
にあって(は)
[在…之下]
▶ 表示因為處於前面這一特別的事態、狀況之中，所以有後面的事情。

1680 □□□

そくめん
【側面】

(名) 側面，旁邊；(具有複雜內容事物的)一面，另一面

例 その<ruby>事件<rt>じけん</rt></ruby>についてはたくさんの<ruby>側面<rt>そくめん</rt></ruby>から<ruby>議論<rt>ぎろん</rt></ruby>がなされた。

／開始有人從各種角度討論那起事件。

1681 □□□

そこそこ

(副・接尾) 草草了事，慌慌張張；大約，左右

例 <ruby>二十歳<rt>はたち</rt></ruby>そこそこの<ruby>青二才<rt>あおにさい</rt></ruby>がおれに<ruby>説教<rt>せっきょう</rt></ruby>しようなんて、10<ruby>年早<rt>ねんはや</rt></ruby>いんだよ。

／不過是二十上下的小屁孩，居然敢對我訓話，你還差得遠咧！

1682 □□□

そこなう
【損なう】

(他五・接尾) 損壞，破損；傷害妨害(健康、感情等)；損傷，死傷；(接在其他動詞連用形下)沒成功，失敗，錯誤；失掉時機，耽誤；差一點，險些

類 傷つける

例 このままの<ruby>状態<rt>じょうたい</rt></ruby>を<ruby>続<rt>つづ</rt></ruby>けていけば、<ruby>利益<rt>りえき</rt></ruby>を<ruby>損<rt>そこ</rt></ruby>なうことになる。

／照這種狀態持續下去，將會造成利益受損。

1683 □□□

そこら
【其処ら】

(代) 那一代，那裡；普通，一般；那樣，那種程度，大約

類 そこ

例 その<ruby>荷物<rt>にもつ</rt></ruby>はそこら<ruby>辺<rt>へん</rt></ruby>に<ruby>置<rt>お</rt></ruby>いといてください。／那件東西請放在那邊。

1684 □□□

そざい
【素材】

(名) 素材，原材料；題材

類 材料

例 この<ruby>料理<rt>りょうり</rt></ruby>は<ruby>新鮮<rt>しんせん</rt></ruby>な<ruby>素材<rt>そざい</rt></ruby>をうまく<ruby>生<rt>い</rt></ruby>かしている。

／透過這道菜充分展現出食材的鮮度。

1685 □□□

そし
【阻止】

(名・他サ) 阻止，擋住，阻塞

(類) 止める、妨げる

(例) 警官隊は阻止しようとしたが、デモ隊は前進した。
／雖然警察隊試圖阻止，但示威隊伍依然繼續前進了。

1686 □□□

そしょう
【訴訟】

(名・自サ) 訴訟，起訴

(類) 訴える

(例) 和解できないなら訴訟を起こすまでだ。
／倘若無法和解，那麼只好法庭上見。

文法

までだ［大不了…而已］
▶ 表示現在的方法即使不行，也不沮喪，再採取別的方法。

1687 □□□

そだち
【育ち】

(名) 發育，生長；長進，成長

(類) 生い立ち

(例) 彼は、生まれも育ちも東京です。
／他出生和成長的地方都是東京。

1688 □□□

そち
【措置】

(名・他サ) 措施，處理，處理方法

(類) 処理

(例) 事件を受けて、政府は制裁措置を発動した。
／在事件發生後，政府啟動了制裁措施。

1689 □□□

そっけない
【素っ気ない】

(形) 不表示興趣與關心；冷淡的

(反) 親切 (類) 不親切

(例) 挨拶もろくにしないで、そっけないったらない
／連招呼都隨便敷衍一下，真是太無情了！

文法

ったらない［…極了］
▶ 表示程度非常高，高到難以言喻。

1690 そっぽ 【外方】
□□□

（名）一邊，外邊，別處

- 類 別の方
- 補 そっぽを向く：無視。
- 例 映画『V』は、観客からそっぽを向かれている。

　／觀眾對電影《V》的反應很冷淡。

1691 そなえつける 【備え付ける】
□□□

（他下一）設置，備置，裝置，安置，配置

- 類 備える
- 例 この辺りには監視カメラが備え付けられている。

　／這附近裝設有監視錄影器。

1692 そなわる 【具わる・備わる】
□□□

（自五）具有，設有，具備

- 類 揃う（そろう）
- 例 教養とは、学び、経験することによって、おのずと備わるものです。

　／所謂的教養，是透過學習與體驗後，自然而然展現出來的言行舉止。

文法

とは [所謂]

▶ 表示定義，前項是主題，後項對這主題的特徵等進行定義。

1693 その 【園】
□□□

（名）園，花園

- 例 そこは、この世のものとは思われぬ、エデンの園のごとき美しさだった。

　／那地方曾經美麗可比伊甸園，而不像是人世間。

文法

ごとき（名詞）[如…一般（的）]

▶ 好像、宛如之意，表示事實雖不是這樣，如果打個比方的話，看上去是這樣的。

1694 そびえる 【聳える】
□□□

（自下一）聳立，峙立

- 類 そそり立つ
- 例 雲間にそびえる「世界一高い橋」がついに完成した。

　／高聳入雲的「全世界最高的橋樑」終於竣工。

1695 □□□ そまる 【染まる】
(自五) 染上；受（壊）影響

(類) 染み付く

(例) 夕焼けに染まる街並みを見るのが大好きだった。
／我最喜歡眺望被夕陽餘暉染成淡淡橙黃的街景。

1696 □□□ そむく 【背く】
(自五) 背著，背向；違背，不遵守；背叛，辜負；拋棄，背離，離開（家）

(反) 従う (類) 反する

(例) 親に背いて芸能界に入った。
／瞞著父母進入了演藝圈。

1697 □□□ そめる 【染める】
(他下一) 染顏色；塗上（映上）顏色；（轉）沾染，著手

(類) 彩る（いろどる）

(例) 夕日が空を赤く染めた。
／夕陽將天空染成一片嫣紅。

1698 □□□ そらす 【反らす】
(他五) 向後仰，（把東西）弄彎

(例) 体をそらす。
／身體向後仰。

1699 □□□ そらす 【逸らす】
(他五)（把視線、方向）移開，離開，轉向別方；佚失，錯過；岔開（話題、注意力）

(類) 外す

(例) この悲劇から目をそらすな。
／不准對這樁悲劇視而不見！

1700 □□□ そり 【橇】
(名) 雪橇

(例) 犬ぞり大会で、犬はそりを引いて、全力で走った。
／在狗拖雪橇大賽中，狗兒使盡全力地拖著雪橇奔馳。

1701 □□□

そる
【反る】

自五 （向後或向外）彎曲，捲曲，翹；身子向後彎，挺起胸膛

類 曲がる

例 板は、乾燥すると、多かれ少なかれ反る。
／木板乾燥之後，多多少少會翹起來。

文法

かれ～かれ [是…是…]
▶ 舉出兩個相反的狀態，表示不管是哪個狀態、哪個場合的意思。

1702 □□□

それゆえ
【それ故】

連語・接續 因為那個，所以，正因為如此

類 そこで

例 3回目の海外出張だ。それ故、緊張感もなく、準備も楽だった。
／這已經是我第三次去國外出差，所以一點也不緊張，三兩下就將行李收拾好了。

1703 □□□

ソロ
【solo】

名 （樂）獨唱；獨奏；單獨表演

例 武道館を皮切りに、日本全国でソロコンサートを開催する。
／即將於日本全國舉行巡迴獨奏會，並在武道館首演。

文法

をかわきりに [以…為開端開始]
▶ 表示以這為起點，開始了一連串同類型的動作。

1704 □□□

そろい
【揃い】

名・接尾 成套，成組，一樣；（多數人）聚在一起，齊全；（助數詞用法）套，副，組

類 組み

例 皆さんおそろいで、旅行にでも行かれるのですか。
／請問諸位聚在一塊，是不是要結伴去旅行呢？

1705 □□□

ぞんざい

形動 粗率，潦草，馬虎；不禮貌，粗魯

反 丁寧 類 なおざり

例 「ぞんざい」は「丁寧」の対義語で、「いい加減」という意味です。
／「草率」是「仔細」的反義詞，意思是「馬馬虎虎」。

1706
□□□

54

ダース
【dozen】

名・接尾 （一）打，十二個

例 もう夏だから、ビールを1ダース買って来てよ。

／時序已經進入夏天，去買一打啤酒來吧。

1707
□□□

たい
【他意】

名 其他的想法，惡意

例 他意はない。

／沒有惡意。

1708
□□□

たい
【隊】

名・漢造 隊，隊伍，集體組織；（有共同目標的）幫派或及集團

類 組

例 子供たちは探検隊を作って、山に向かった。

／孩子們組成了探險隊前往山裡去了。

1709
□□□

たい
【帯】

漢造 帶，帶子；佩帶；具有；地區；地層

例 京都の嵐山一帯は、桜の名所として全国に名を知られています。

／京都的嵐山一帶是名聞全國的知名賞櫻勝地。

1710
□□□

たいおう
【対応】

名・自サ 對應，相對，對立；調和，均衡；適應，應付

類 照応

例 何事も変化に即して臨機応変に対応していかなければならない。

／無論發生任何事情，都必須視當時的狀況臨機應變才行。

文法

にそくして［依…（的）］

▶ 以某項規定、規則來處理，以其為基準，來進行後項。

1711
□□□

たいか
【退化】

名・自サ （生）退化；退步，倒退

例 その器官は使用しないので退化した。

／那個器官由於沒有被使用，因而退化了。

1712 □□□
たいか
【大家】
(名) 大房子；專家，權威者；名門，富豪，大戶人家

類 権威
例 彼は日本画の大家と言えるだろう。
／他應該可以被稱為是日本畫的巨匠吧。

1713 □□□
たいがい
【大概】
(名·副) 大概，大略，大部分；差不多，不過份

類 殆ど
例 郵便は大概 10 時頃来る。／大概十點左右會收到郵件。

1714 □□□
たいがい
【対外】
(名) 對外（國）；對外（部）

例 対外政策を討論する。／討論外交政策。

1715 □□□
たいかく
【体格】
(名) 體格；（詩的）風格

類 骨格
例 彼女はがっしりした体格の男が好きだ。／她喜歡體格健壯的男人。

1716 □□□
たいがく
【退学】
(名·自サ) 退學

例 退学してからというもの、仕事も探さず毎日ぶらぶらしている。
／自從退學以後，連工作也不找，成天遊手好閒。

文法
てからというもの
[自從…以後一直]
▶ 表示以前項事件為契機，從此有了很大的變化。含說話者內心的感受。

1717 □□□
たいぐう
【待遇】
(名·他サ·接尾) 接待，對待，服務；工資，報酬

類 もてなし
例 いかに待遇が良かろうと、あんな会社で働きたくない。
／不管薪資再怎麼高，我也不想在那種公司裡工作。

文法
うと(も)[不管是…]
▶ 表逆接假定。後面不受前面約束，接想完成的事或決心等。

1718 □□□
たいけつ
【対決】

（名・自サ）對證，對質；較量，對抗

（類）争う

（例）話し合いが物別れに終わり、法廷で対決するに至った。
／協商終告破裂，演變為在法庭上對決的局面。

1719 □□□
たいけん
【体験】

（名・他サ）體驗，體會，（親身）經驗

（類）経験

（例）貴重な体験をさせていただき、ありがとうございました。
／非常感激給我這個寶貴的體驗機會。

1720 □□□
たいこう
【対抗】

（名・自サ）對抗，抵抗，相爭，對立

（反）協力（類）対立

（例）相手の勢力に対抗すべく、人員を総動員した。
／為了與對方的勢力相抗衡而動員了所有的人力。

文法
べく［為了…而…］
▶ 表示意志、目的。帶著某種目的，來做後項。
▶ 近べし［應該…］

1721 □□□
たいじ
【退治】

（名・他サ）打退，討伐，征服；消滅，肅清；治療

（類）討つ

（例）病気と貧困を根こそぎ退治するぞ、と政治家が叫んだ。
／政治家聲嘶力竭呼喊：「矢志根除疾病與貧窮！」。

1722 □□□
たいしゅう
【大衆】

（名）大眾，群眾；眾生

（類）民衆

（例）あの出版社は大衆向けの小説を刊行している。
／那家出版社出版迎合大眾口味的小說。

1723 □□□
たいしょ
【対処】

（名・自サ）妥善處置，應付，應對

（例）新しい首相は緊迫した情勢にうまく対処している。
／新任首相妥善處理了緊張的情勢。

1724 ☐☐☐ だいする 【題する】

他サ 題名，標題，命名；題字，題詞

例 入社式で社長が初心忘るべからずと題するスピーチを行った。
／社長在新進員工歡迎會上，以「莫忘初衷」為講題做了演說。

文法
べからず
[不得…（的）]
▶ 表示禁止、命令。就社會認知來看，不被允許的。

1725 ☐☐☐ たいせい 【態勢】

名 姿態，樣子，陣式，狀態

類 構え
例 サミットの開催を控え、警察は2万人規模の警戒態勢を取っている。
／警方為因應即將舉行的高峰會，已召集兩萬名警力待命就緒。

1726 ☐☐☐ だいたい 【大体】

名・副 大抵，概要，輪廓；大致，大部分；本來，根本

例 話は大体わかった。
／大概了解說話的內容。

1727 ☐☐☐ だいたすう 【大多数】

名 大多數，大部分

例 大多数が賛成とあれば、これで決まるだろう。
／如果大多數都贊成的話，應該這樣就決定了吧。

文法
とあれば
[如果…那就…]
▶ 假定條件的說法。如果是為了前項所提的事物，是可以接受的，並將採後項的行動。

1728 ☐☐☐ たいだん 【対談】

名・自サ 對談，交談，對話

類 話し合い
例 次号の巻頭特集は俳優と映画監督の対談です。
／下一期雜誌的封面特輯為演員與電影導演之對談。

1729
☐☐☐

たいたん
【大胆】

名・形動 大膽，有勇氣，無畏；厚顏，膽大妄為

反 小心　類 豪胆

例 彼の発言は大胆きわまりない。
／他的言論實在極為大膽無比。

文法

きわまりない [極其…]

▶ 形容某事物達到了極限，再也沒有比這更為極致了。是說話者帶個人感情色彩的説法。

1730
☐☐☐

タイト
【tight】

名・形動 緊，緊貼（身）；緊身裙之略

例 タイトスケジュールながらも、必要な仕事はできた。
／儘管行程相當緊湊，但非做不可的工作還是完成了。

1731
☐☐☐

たいとう
【対等】

形動 對等，同等，平等

類 平等

例 対等な立場で話し合わなければ、建設的な意見は出てきません。
／假若不是以對等的立場共同討論，就無法得出建設性的建議。

1732
☐☐☐

だいなし
【台無し】

名 弄壞，毀損，糟蹋，完蛋

類 駄目

例 せっかくの連休が連日の雨で台無しになった。
／由於連日降雨，難得的連續假期因此泡湯了。

1733
☐☐☐

たいのう
【滞納】

名・他サ（稅款，會費等）滯納，拖欠，逾期未繳

類 未納

例 彼はリストラされてから、5ヶ月間も家賃を滞納しています。
／自從他遭到裁員後，已經有五個月繳不出房租。

1734
☐☐☐

たいひ
【対比】

名・他サ 對比，對照

反 絶対　類 比べる

例 春先の山は、残雪と新緑の対比が非常に鮮やかで美しい。
／初春時節，山巔殘雪與鮮嫩綠芽的對比相映成趣。

1735 □□□

タイピスト
【typist】

（名）打字員

例 出版社でタイピストを緊急募集しています。
／出版社正在緊急招募打字員。

1736 □□□

だいべん
【代弁】

（名・他サ）替人辯解，代言

例 彼の気持ちを代弁すると、お金よりも謝罪の一言が欲しいということだと思います。
／如果由我來傳達他的心情，我認為他想要的不是錢，而是一句道歉。

1737 □□□

55

だいべん
【大便】

（名）大便，糞便

類 便

例 犬の大便は飼い主がきちんと処理するべきです。
／狗主人應當妥善處理狗兒的糞便。

1738 □□□

たいぼう
【待望】

（名・他サ）期待，渴望，等待

類 期待

例 待望の孫が生まれて、母はとても嬉しそうです。
／家母企盼已久的金孫終於誕生，開心得合不攏嘴。

1739 □□□

だいほん
【台本】

（名）（電影，戲劇，廣播等）腳本，劇本

類 原書、脚本

例 司会を頼まれたが、台本もなかったので、即興でやるしかなかった。
／那時雖然被委請擔任司儀，對方卻沒有準備流程詳表，只好隨機應變了。

1740 □□□

タイマー
【timer】

（名）秒錶，計時器；定時器

例 タイマーを3分に設定してください。
／請將計時器設定為三分鐘。

1741 □□□ たいまん【怠慢】

名・形動 怠慢，玩忽職守，鬆懈；不注意

反 励む　類 怠ける

例 彼の態度は、怠慢でなくてなんだろう。
／他的態度若不叫怠慢的話，那又叫什麼呢？

文法
でなくてなんだろう
[這不是…是什麼]
▶ 用反問「難道不是…嗎」的方式，強調出「這正是所謂的…」的語感。

1742 □□□ タイミング【timing】

名 計時，測時；調時，使同步；時機，事實

類 チャンス

例 株式投資においては売買のタイミングを見極めることが重要です。
／判斷股票投資買賣的時機非常重要。

1743 □□□ タイム【time】

名 時，時間；時代，時機；（體）比賽所需時間；（體）比賽暫停

類 時

例 明日の水泳の授業では、平泳ぎのタイムを計る予定です。
／明天的游泳課程中，預定將測量蛙式的速度。

1744 □□□ タイムリー【timely】

形動 及時，適合的時機

例 テレビをなんとなくつけたら、タイムリーにニュース速報が流れた。
／那時無意間打開了電視，正好在播新聞快報。

1745 □□□ たいめん【対面】

名・自サ 會面，見面

類 会う

例 初めて両親と彼が対面するとあって、とても緊張しています。
／因為男友初次跟父母見面，我非常緊張。

文法
とあって
[因為…（的關係）]
▶ 由於前項特殊的原因，當然就會出現後項特殊的情況，或應該採取的行動。

1746 ☐☐☐
だいよう
【代用】
(名・他サ) 代用

例 蜂蜜がなければ、砂糖で代用しても大丈夫ですよ。
/如果沒有蜂蜜的話，也可以用砂糖代替喔。

1747 ☐☐☐
タイル
【tile】
(名) 磁磚

例 このホテルのタイルは、大理石風で高級感がある。
/這家旅館的磁磚是大理石紋路，看起來很高級。

1748 ☐☐☐
たいわ
【対話】
(名・自サ) 談話，對話，會話

類 話し合い

例 対話を続けていけば、相互理解が促進できるでしょう。
/只要繼續保持對話窗口通暢無阻，想必能對促進彼此的瞭解有所貢獻吧。

1749 ☐☐☐
ダウン
【down】
(名・自他サ) 下，倒下，向下，落下；下降，減退；(棒) 出局；(拳擊) 擊倒

例 あのパンチにもう少しでダウンさせられるところだった。
/差點就被對方以那拳擊倒在地了。

1750 ☐☐☐
たえる
【耐える】
(自下一) 忍耐，忍受，容忍；擔負，禁得住；(堪える)(不) 值得，(不) 堪

類 我慢

例 病気を治す為とあれば、どんなつらい治療にも耐えて見せる。
/只要能夠根治疾病，無論是多麼痛苦的治療，我都會咬牙忍耐。

文法
とあれば
[如果…那就…]
▶ 假定條件的說法。如果是為了前項所提的事物，是可以接受的，並將採後項的行動。

1751 ☐☐☐
たえる
【絶える】
(自下一) 斷絕，終了，停止，滅絕，消失

類 無くなる、消える

例 病室に駆けつけた時には、彼はもう息絶えていた。
/當趕至病房時，他已經斷氣了。

1752 □□□ だかい【打開】

(名・他サ) 打開，開闢（途徑），解決（問題）

類 突破

例 状況を打開する為に、双方の大統領が直接協議することになった。
／兩國總統已經直接進行協商以求打破僵局。

1753 □□□ たがいちがい【互い違い】

(形動) 交互，交錯，交替

例 白黒互い違いに編む。
／黑白交錯編織。

1754 □□□ たかが【高が】

(副)（程度、數量等）不成問題，僅僅，不過是…罷了

例 たかが 5,000 円くらいでくよくよするな。
／不過是五千日幣而已不要放在心上啦！

1755 □□□ たきび【たき火】

(名) 爐火，灶火；（用火）燒落葉

例 夏のキャンプではたき火を囲んでキャンプファイヤーをする予定です。／計畫將於夏季露營時舉辦營火晚會。

1756 □□□ だきょう【妥協】

(名・自サ) 妥協，和解

反 仲違い 類 譲り合う

例 双方の妥協なくして、合意に達することはできない。
／雙方若不互相妥協，就無法達成協議。

文法
なくして(は)〜ない
[如果沒有…就不…]
▶ 表示假定的條件。表示如果沒有前項，後項的事情會很難實現。

1757 □□□ たくましい【逞しい】

(形) 身體結實，健壯的樣子，強壯；充滿力量的樣子，茁壯，旺盛，迅猛

類 頑丈

例 あの子は高校生になってから、ずいぶんたくましくなった。
／那個孩子自從升上高中以後，體格就變得更加精壯結實了。

1758 □□□

たくみ
【巧み】

名・形動 技巧，技術；取巧，矯揉造作；詭計，陰謀；巧妙，精巧

反 下手　類 上手

例 彼の話術はとても巧みで、常に営業成績トップをキープしている。

／他的話術十分精湛，業務績效總是拔得頭籌。

1759 □□□

たけ
【丈】

名 身高，高度；尺寸，長度；罄其所有，毫無保留

類 長さ

例 息子は成長期なので、ズボンの丈がすぐに短くなります。

／我的兒子正值成長期，褲長總是沒隔多久就嫌短了。

1760 □□□

だけ

副助（只限於某範圍）只，僅僅；（可能的程度或限度）盡量，儘可能；（以「…ば…だけ」等的形式，表示相應關係）越…越…；（以「…だけに」的形式）正因為…更加…；（以「…（のこと）あって」的形式）不愧，值得

例 この辺りの道路は、午前8時前後の通勤ラッシュ時だけ混みます。

／這附近的交通狀況，只在晨間八點左右的上班尖峰時段，顯得特別混亂擁擠。

1761 □□□

だげき
【打撃】

名 打擊，衝擊

例 相手チームの選手は、試合前に必ず打撃練習をしているようです。

／另一支隊伍的選手們似乎在出賽前必定先練習打擊。

1762 □□□

だけつ
【妥結】

名・自サ 妥協，談妥

類 妥協

例 労働組合と会社は、ボーナスを3％上げることで協議を妥結しました。

／工會與公司雙方的妥協結果為增加3％的獎金。

1763
□□□
だ**さく**
【駄作】
⑧ 拙劣的作品，無價值的作品

㊌ 傑作　㊐ 愚作
㋑ 世間では駄作と言われているが、私は面白い映画だと思う。
／儘管大家都說這部電影拍得很差，我卻覺得挺有意思的。

1764
□□□
た**しゃ**
【他者】
⑧ 別人，其他人

㋑ 他者の言うことに惑わされる。
／被他人之言所迷惑。

1765
□□□
た**すうけつ**
【多数決】
⑧ 多數決定，多數表決

㋑ もう半日も議論したんだから、そろそろ多数決を取ろう。
／都已經討論了整整半天，差不多該採取多數表決了。

1766
□□□
56
た**すけ**
【助け】
⑧ 幫助，援助；救濟，救助；救命

㋑ ん、絹を裂くような女の悲鳴。誰かが助けを求めている。
／咦？我聽到像撕開綢布般的女人尖叫聲──有人正在求救！

1767
□□□
た**ずさわる**
【携わる】
㊯ 參與，參加，從事，有關係

㊐ 行う
㋑ 私はそのプロジェクトに直接携わっていないので、詳細は存じ
ません。
／我並未直接參與該項計畫，因此不清楚詳細內容。

1768
□□□
た**だのひと**
【ただの人】
㊄ 平凡人，平常人，普通人

㋑ 一度別れてしまえば、ただの人になる。
／一旦分手之後，就變成了一介普通的人。

讀書計劃…
□□／
□□

1769
□□□

ただよう
【漂う】

自五 漂流，飄蕩；洋溢，充滿；露出

類 流れる

例 お正月ならではの雰囲気が漂っている。
/到處洋溢著一股新年特有的賀喜氛圍。

文法

ならではの [正因為…
才有（的）…]

▶ 表示如果不是前項，
就沒後項，正因為是這
人事物才會這麼好。是
高評價的表現方式。

1770
□□□

たちさる
【立ち去る】

自五 走開，離去

反 進む 類 退く

例 彼はコートを羽織ると、何も言わずに立ち去りました。
/他披上外套，不發一語地離開了。

1771
□□□

たちよる
【立ち寄る】

自五 靠近，走進；順便到，中途落腳

例 孫を迎えに行きがてら、パン屋に立ち寄った。
/去接孫子的途中順道繞去麵包店。

文法

がてら [順便…]

▶ 表示做一個行為，有
兩個目的。在做前面動
作的同時，借機順便做
了後面的動作。

1772
□□□

たつ
【断つ】

他五 切，斷；絕，斷絕；消滅；截斷

反 許可 類 切る

例 医師に厳しく忠告され、父はようやく酒を断つと決めたようだ。
/在醫師嚴詞告誡後，父親好像終於下定決心戒酒。

1773
□□□

だっこ
【抱っこ】

名・他サ 抱

例 赤ん坊が泣きやまないので、抱っこするしかなさそうです。
/因為小嬰兒哭鬧不休，只好抱起他安撫。

1774
□□□
たっしゃ
【達者】
名·形動 精通，熟練；健康；精明，圓滑

反 下手　類 器用
例 彼は口が達者だが、時々それが災いします。
／他雖有三寸不爛之舌，卻往往因此禍從口出。

1775
□□□
だっしゅつ
【脱出】
名·自サ 逃出，逃脱，逃亡

例 もし火災報知器が鳴ったら、慌てずに非常口から脱出しなさい。
／假如火災警報器響了，請不要慌張，冷靜地由緊急出口逃生即可。

1776
□□□
だっすい
【脱水】
名·自サ 脱水；（醫）脱水

例 脱水してから干す。／脱水之後曬乾。

1777
□□□
だっする
【脱する】
自他サ 逃出，逃脱；脱離，離開；脱落，漏掉；脱稿；去掉，除掉

類 抜け出す
例 医療チームの迅速な処置のおかげで、どうやら危機は脱したようです。
／多虧醫療團隊的即時治療，看來已經脱離生死交關的險境了。

1778
□□□
たっせい
【達成】
名·他サ 達成，成就，完成

類 成功
例 地道な努力があればこそ、達成できる。
／正因為努力不懈，方能獲取最後的成功。

文法
ばこそ [正因為…]
▶ 表示強調最根本的理由。正因這原因，才有後項結果。

1779
□□□
だったい
【脱退】
名·自サ 退出，脱離

類 抜ける
例 会員としての利益が保証されないなら、会から脱退するまでだ。
／倘若會員的權益無法獲得保障，大不了辦理退會而已。

文法
までだ [大不了…而已]
▶ 表示現在的方法即使不行，也不沮喪，再採取別的方法。

1780 □□□

だったら　　　（接續）這樣的話，那樣的話

例 雨降ってきた。だったら、洗濯物取り込んでくれない。

／下雨了？這樣的話，可以幫我把晾在外面的衣服收進來嗎？

1781 □□□

たつまき
【竜巻】　　　（名）龍捲風

例 竜巻が起きる。

／發生龍捲風。

1782 □□□

たて
【盾】　　　（名）盾，擋箭牌；後盾

例 昔、中国で矛と盾を売っていた人の故事から、「矛盾」という
故事成語ができた。

／由一個賣矛和盾的人的中國老故事，衍生出了「矛盾」這個有典故的成語。

1783 □□□

たてかえる
【立て替える】　　　（他下一）墊付，代付

（類）払う

例 今手持ちのお金が無いなら、私が立て替えておきましょうか。

／如果您現在手頭不方便的話，要不要我先幫忙代墊呢？

1784 □□□

たてまえ
【建前】　　　（名）主義，方針，主張；外表；（建）上樑儀式

（類）方針

例 建前ではなく、本音を聞きだすのは容易じゃありません。

／想聽到內心的想法而不是表面的客套話，並非容易之事。

1785 □□□

たてまつる
【奉る】　　　（他五・補動・五型）奉，獻上；恭維，捧；（文）（接動
詞連用型）表示謙遜或恭敬

（類）奉納

例 織田信長を奉っている神社はどこにありますか。

／請問祀奉織田信長的神社位於何處呢？

1786 だと
□□□

格助（表示假定條件或確定條件）如果是…的話…

例「この靴はどう。」「それだと、服に合わないんじゃないかなあ。」

／「這雙鞋好看嗎？」「那雙的話，好像跟衣服不太搭耶。」

1787 た どうし【他動詞】
□□□

名 他動詞，及物動詞

例 他動詞と自動詞はどのように使い分けるのですか。

／請問「及物動詞」與「不及物動詞」該如何區分應用呢？

1788 たとえ
□□□

名・副 比喻，譬喻；常言，寓言；（相似的）例子

類 れい

例 社長のたとえは、ユニークすぎて誰にも理解できない。

／總經理所說的譬喻太奇特了，誰也無法理解。

1789 たどりつく【辿り着く】
□□□

自五 好不容易走到，摸索找到，掙扎走到；到達（目的地）

類 着く

例 息も絶え絶えに、家までたどり着いた。

／上氣不接下氣地狂奔，好不容易才安抵家門。

1790 たどる【辿る】
□□□

他五 沿路前進，邊走邊找；走難行的路，走艱難的路；追尋，追溯，探索；（事物向某方向）發展，走向

類 沿う

例 自分のご先祖のルーツを辿るのも面白いものですよ。

／溯根尋源也是件挺有趣的事喔。

1791 たばねる【束ねる】
□□□

他下一 包，捆，扎，束；管理，整飭，整頓

類 括る

例 チームのリーダーとして、皆を束ねていくのは簡単じゃない。

／身為團隊的領導人，要領導夥伴們並非容易之事。

1792 □□□

だぶだぶ

副·自サ（衣服等）寬大，肥大；（人）肥胖，肌肉鬆弛；（液體）滿，盈

反 きつい　類 緩い

例 一昔前の不良は、だぶだぶのズボンを履いていたものです。
／以前的不良少年常穿著褲管寬大鬆垮的長褲。

1793 □□□

ダブル
【double】

名 雙重，雙人用；二倍，加倍；雙人床；夫婦，一對

類 重なる

例 大きいサイズは、容量とお値段がダブルでお得です。
／大尺寸的商品，享有容量及價格的雙重優惠，很划算。

1794 □□□

たほう
【他方】

名·副 另一方面；其他方面

例 彼は言葉遣いが悪いですが、他方優しい一面もあります。
／他這個人是刀子口豆腐心。

1795 □□□

たぼう
【多忙】

名·形動 百忙，繁忙，忙碌

反 暇　類 忙しい

例 多忙がきわまって体調を崩した。
／忙碌得不可開交，導致身體出了毛病。

文法

きわまる [極其…]

▶ 形容某事物達到了極限，再也沒有比這更為極致了。是說話者帶個人感情色彩的說法。

1796 □□□

だぼく
【打撲】

名·他サ 打，碰撞

例 手を打撲した。
／手部挫傷。

1797 □□□

たまう

他五·補動·五型（敬）給，賜予；（接在動詞連用形下）表示對長上動作的敬意

例 「君死にたまうことなかれ」は与謝野晶子の詩の一節です。
／「你千萬不能死」乃節錄自與謝野晶子所寫的詩。

1798
□□□

たましい
【魂】

⊕ 靈魂；魂魄；精神，精力，心魂

反 体　類 霊魂

例 死んだ後も、魂は無くならないと信じている人もいます。
／某些人深信在死後依然能靈魂不朽，永世長存。

1799
□□□

CHECK **57**

たまつき
【玉突き】

⊕ 撞球；連環（車禍）

類 ビリヤード

例 高速道路で、車 10 台の玉突き事故が発生した。
／高速公路上發生了十輛車追撞的連環車禍。

1800
□□□

たまり
【溜まり】

⊕ 積存，積存處；休息室；聚集的地方

例 水たまりをよけて歩く。
／避開水塘走路。

1801
□□□

だまりこむ
【黙り込む】

⊜ 沉默，緘默

例 彼は何か思いついたらしく、急に黙り込んだ。
／他似乎想起了什麼，突然閉口不講了。

1802
□□□

たまわる
【賜る】

⊛ 蒙受賞賜；賜，賜予，賞賜

反 遣る、差し出す　類 貰う

例 この商品は、発売からずっと皆様からのご愛顧を賜っております。
／這項商品自從上市以來，承蒙各位不吝愛用。

1803
□□□

たもつ
【保つ】

⊜⊛ 保持不變，保存住；保持，維持；保，保住，支持

類 守る

例 毎日の食事は、栄養バランスを保つことが大切です。
／每天的膳食都必須留意攝取均衡的營養。

1804 □□□ た<u>やす</u>い 　　形 不難，容易做到，輕而易舉

反 難しい 　類 易い

例 私にとっては、赤子の手をひねるよりたやすいことだ。
／對我來說，這簡直比反掌更容易。

1805 □□□ た<u>よう</u>【多様】 　　名・形動 各式各樣，多種多樣

例 多様な文化に触れると、感覚が研ぎ澄まされるようになるでしょう。
／接受各式各樣的文化薰陶，可使感覺觸角變得更為靈敏吧！

1806 □□□ だ<u>ら</u>だら 　　副・自サ 滴滴答答地，冗長，磨磨蹭蹭的；斜度小而長

例 汗がだらだらと流れる。
／汗流浹背。

1807 □□□ だ<u>る</u>い 　　形 因生病或疲勞而身子沉重不想動；懶；痠

類 倦怠

例 熱があるので、全身がとてもだるく感じます。
／因為發燒而感覺全身非常倦怠。

1808 □□□ た<u>る</u>み 　　名 鬆弛，鬆懈，遲緩

例 年齢を重ねれば、多少の頬のたるみは仕方ないものです。
／隨著年齡的增加，臉頰難免多少會有些鬆弛。

1809 □□□ た<u>る</u>む 　　自五 鬆，鬆弛；彎曲，下沉；（精神）不振，鬆懈

類 緩む

例 急激にダイエットすると、皮膚がたるんでしまいますよ。
／如果急遽減重，將會使皮膚變得鬆垮喔！

1810
□□□
たれる
【垂れる】

(自下一・他下一) 懸垂，掛拉；滴，流，滴答；垂，使下垂，懸掛；垂飾

反 上がる 類 下がる

例 頬の肉が垂れると、老けて見えます。

／雙頰的肌肉一旦下垂，看起來就顯得老態龍鍾。

1811
□□□
タレント
【talent】

(名) (藝術，學術上的) 才能；演出者，播音員；藝人

例 この番組は人気タレントがたくさん出演しているので、視聴率が高い。

／這個節目因為有許多大受歡迎的偶像藝人參與演出，收視率非常高。

1812
□□□
タワー
【tower】

(名) 塔

類 塔

例 東京タワーは、何区にありますか。

／東京鐵塔位於哪一區呢？

1813
□□□
たん
【単】

(漢造) 單一；單調；單位；單薄；(網球、乒乓球的) 單打比賽

例 彼は単発のアルバイトをして何とか暮らしているそうです。

／他好像只靠打一份零工的收入，勉強餬口過日子。

1814
□□□
だん
【壇】

(名・漢造) 台，壇

例 花壇の草取りをする。

／拔除花園裡的雜草。

1815
□□□
たんいつ
【単一】

(名) 單一，單獨；單純；(構造) 簡單

反 多様 類 一様

例 EU諸国が単一通貨を採用するメリットは何ですか。

／請問歐盟各國採用單一貨幣的好處為何？

1816 □□□
たんか
【担架】

名 擔架

例 怪我をした選手は担架で運ばれていった。

／受了傷的運動員用擔架送醫了。

1817 □□□
たんか
【単価】

名 單價

例 客単価を 100 円上げたい

／希望能提升一百日圓的顧客平均消費額。

1818 □□□
たんか
【短歌】

名 短歌（日本傳統和歌，由五七五七七形式組成，共三十一音）

例 短歌と俳句の違いは何ですか。

／請問短歌與俳句有何差異？

1819 □□□
たんき
【短気】

名・形動 性情急躁，沒耐性，性急

反 気長　類 気短

例 祖父は年を取るにつれて、ますます短気になってきた。

／隨著年齡增加，祖父的脾氣變得越來越急躁了。

1820 □□□
だんけつ
【団結】

58

名・自サ 團結

類 一致

例 人々の賞賛に値する素晴らしい団結力を発揮した。

／他們展現了值得人們稱讚的非凡團結。

1821 □□□
たんけん
【探検】

名・他サ 探險，探查

類 冒険

例 夏休みになると、お父さんと一緒に山を探検します。

／到了暑假，就會跟父親一起去山裡探險。

1822 □□□
だんげん
【断言】
(名・他サ) 斷言，斷定，肯定

類 言い切る
例 今日から禁煙すると断言したものの、止められそうにありません。
／儘管信誓旦旦地説要從今天開始戒菸，恐怕不可能説戒就戒。

1823 □□□
たんしゅく
【短縮】
(名・他サ) 縮短，縮減

類 圧縮
例 時間が押しているので、発言者のコメント時間を一人2分に短縮します。／由於時間緊湊，將每位發言者陳述意見的時間各縮短為每人兩分鐘。

1824 □□□
たんしん
【単身】
(名) 單身，隻身

例 子供の学校の為に、単身赴任を余儀なくされた。
／為了孩子的就學，不得不獨自到外地工作了。

文法
をよぎなくされる
[只得…]
▶ 因為大自然或環境等，個人能力所不能及的強大力量，不得已被迫做某項。

1825 □□□
だんぜん
【断然】
(副・形動タルト) 斷然；顯然，確實；堅決；（後接否定語）絕（不）

類 断じて
例 あえて言うまでもなく、彼は断然優位な立場にある。
／無須贅言，他處於絕對優勢。

1826 □□□
たんそ
【炭素】
(名)（化）碳

例 炭素の原子記号はCです。／碳的原子符號為C。

1827 □□□
たんちょう
【単調】
(名・形動) 單調，平庸，無變化

反 多様 類 単純
例 このビジネスは単調きわまりない。
／這項業務單調乏味至極。

文法
きわまりない [極其…]
▶ 形容某事物達極限，再也沒有比這更極致了。是説話者帶個人感情色彩的説法。

1828 □□□
たんてい
【探偵】
　名・他サ　偵探；偵查

例 探偵を雇って夫の素行を調査してもらった。
　／雇用了偵探請他調查丈夫的日常行為。

1829 □□□
たんとうちょくにゅう
【単刀直入】
　名・形動　一人揮刀衝入敵陣；直截了當

例 単刀直入に言うと、君の成績では山田大学
はおろか田山大学もおぼつかないよ。
　／我就開門見山地說吧，你的成績別說是山田大學
了，連田山大學都沒什麼希望喔。

文法

はおろか [不用說…就
是…也…]
▶ 表示前項沒有說明的
必要，強調後項較極端
的事例也不例外。含說
話者吃驚、不滿等情緒。

1830 □□□
たんどく
【単独】
　名　單獨行動，獨自

類 独り

例 皆と一緒に行けばよかったものを、単独行
動して迷子になった。
　／明明跟大家結伴前往就好了，卻執意擅自單獨行
動，結果卻迷路了。

文法

(ば)〜ものを [可是…]
▶ 表示說話者以悔恨、
不滿、責備的心情，來
說明前項的事態沒有按
照期待的方向發展。

1831 □□□
だんな
【旦那】
　名　主人；特稱別人丈夫；老公；先生，老爺

類 主人

例 うちの旦那はよく子供の面倒を見てくれます。
　／外子常會幫我照顧小孩。

1832 □□□
たんぱ
【短波】
　名　短波

例 海外からでも日本の短波放送のラジオを聞くことができます。
　／即使身在國外，也能夠收聽到日本的短波廣播。

1833
□□□
たんぱくしつ
【蛋白質】
名（生化）蛋白質

例 成人は一日 60 グラムぐらいタンパク質を摂取した方がいいそうです。
／據說成人每天以攝取六十公克左右的蛋白質為宜。

1834
□□□
ダンプ
【dump】
名 傾卸卡車、翻斗車的簡稱（ダンプカー之略）

類 自動車
例 道路工事のため、大型ダンプが頻繁に行き来しています。
／由於路面正在施工，大型傾卸卡車來往川流不息。

1835
□□□
だんめん
【断面】
名 断面，剖面；側面

例 CT は内臓の断面図を映し出すことができる。
／斷層掃瞄機可以拍攝出內臟的斷面圖。

1836
□□□
だんりょく
【弾力】
名 彈力，彈性

例 年を取って、肌の弾力がなくなってきた。
／上了年紀，肌膚的彈性愈來愈差了。

ち

1837
□□□
59
ちあん
【治安】
名 治安

類 安寧
例 治安が悪化して、あちこちで暴動や強奪事件が発生しているそうです。
／治安逐漸惡化，四處紛傳暴動及搶奪事件。

1838
□□□
チームワーク
【teamwork】
名（隊員間的）團隊精神，合作，配合，默契

例 チームワークがチームを勝利に導く鍵です。
／合作精神是團隊獲勝的關鍵。

1839 ☐☐☐
チェンジ
【change】
(名・自他サ) 交換，兌換；變化；（網球，排球等）交換場地

例 ヘアースタイルをチェンジしたら、気分もすっきりしました。
／換了個髮型後，心情也跟著變得清爽舒暢。

1840 ☐☐☐
ちがえる
【違える】
(他下一) 使不同，改變；弄錯，錯誤；扭到（筋骨）

(反) 同じ (類) 違う
例 昨日、首の筋を違えたので、首が回りません。
／昨天頸部落枕，脖子無法轉動。

1841 ☐☐☐
ちかよりがたい
【近寄りがたい】
(形) 難以接近

例 父は、実の子の私ですら近寄りがたい人なんです。
／父親是一位連我這個親生兒子都難以親近的人。

文法
ですら [就連…都]
▶ 舉出極端的例子，表示連所舉的例子都這樣了，其他的就更不用提了。有導致消極結果的傾向。

1842 ☐☐☐
ちくさん
【畜産】
(名)（農）家畜；畜產

例 飼料の価格が高騰すると、畜産の経営に大きな打撃となります。
／假如飼料價格飛漲，會對畜產業的經營造成嚴重的打擊。

1843 ☐☐☐
ちくしょう
【畜生】
(名) 牲畜，畜生，動物；（罵人）畜生，混帳

(反) 植物 (類) 獣
例 彼は「畜生」と叫びながら家を飛び出して行った。
／他大喝一聲：「混帳！」並衝出家門。

1844 ☐☐☐
ちくせき
【蓄積】
(名・他サ) 積蓄，積累，儲蓄，儲備

(反) 崩す (類) 蓄える
例 疲労が蓄積していたせいか、ただの風邪なのになかなか治りません。／可能是因為積勞成疾，只不過是個小感冒，卻遲遲無法痊癒。

1845
□□□

ち|けい
【地形】

名 地形，地勢，地貌

類 地相

例 あの島は過去の噴火の影響もあり、独特の地形を形成しています。

／那座島嶼曾經發生過火山爆發，因而形成了獨特的地貌。

1846
□□□

ち|せい
【知性】

名 智力，理智，才智，才能

類 理性

例 彼女の立ち振る舞いからは、気品と知性がにじみ出ています。

／從她的舉手投足，即可窺見其氣質與才智。

1847
□□□

ち|ち
【乳】

名 奶水，乳汁；乳房

類 乳汁

例 その牧場では、牛の乳搾りを体験できる。

／在那家牧場可以體驗擠牛奶。

1848
□□□

ち|ぢまる
【縮まる】

自五 縮短，縮小；慌恐，捲曲

反 伸びる　類 縮む

例 アンカーの猛烈な追い上げで、10メートルにまで差が一気に縮まった。

／最後一棒的游泳選手使勁追趕，一口氣縮短到只剩十公尺的距離。

1849
□□□

ち|つじょ
【秩序】

名 秩序，次序

類 順序

例 急激な規制緩和は、かえって秩序を乱すこともあります。

／突然撤銷管制規定，有時反而導致秩序大亂。

1850
□□□

ち|っそく
【窒息】

名・自サ 窒息

例 検死の結果、彼の死因は窒息死だと判明しました。

／驗屍的結果判定他死於窒息。

1851 □□□

ちっぽけ 　　　　名（俗）極小

例 彼はちっぽけな悩みにくよくよする嫌いがある。

／他很容易由於微不足道的煩惱就陷入沮喪。

文法

きらいがある [很容易…]

▶ 表示有某種不好的傾向。這種傾向從表面是看不出來的，它具有某種本質性的性質。

1852 □□□

ちてき
【知的】　　　　形動 智慧的；理性的

例 知的な装いとはどのような装いですか。

／什麼樣的裝扮會被形容為具有知性美呢？

文法

とは [所謂]

▶ 表示定義，前項是主題，後項對這主題的特徵等進行定義。

1853 □□□

ちめいど
【知名度】　　　　名 知名度，名望

例 知名度が高い。

／知名度很高。

1854 □□□

チャーミング
【charming】　　　　形動 有魅力，迷人，可愛

例 チャーミングな目をしている。

／有對迷人的眼睛。

1855 □□□

ちゃくしゅ
【着手】　　　　名・自サ 著手，動手，下手；(法)(罪行的) 開始

反 終わる 　類 始める

例 経済改革というが、一体どこから着手するのですか。

／高談闊論經濟改革云云，那麼到底應從何處著手呢？

1856 □□□

ちゃくしょく
【着色】　　　　名・自サ 著色，塗顔色

例 母は、着色してあるものはできるだけ食べないようにしている。

／家母盡量不吃添加色素的食物。

1857 □□□
ちゃくせき
【着席】

名·自サ 就坐，入座，入席

反 立つ 類 腰掛ける

例 学級委員の掛け声で、皆着席することになっています。

／在班長的一聲口令下，全班同學都回到各自的座位就坐。

1858 □□□
ちゃくもく
【着目】

名·自サ 著眼，注目；著眼點

例 そこに着目するとは、彼ならではだ。

／不愧只有他才會注意到那一點！

文法

ならでは [正因為…才
有（的）…]

▶ 表示如果不是前項，
就沒後項，正因為是這
人事物才會這麼好。是
高評價的表現方式。

1859 □□□
ちゃくりく
【着陸】

名·自サ（空）降落，著陸

例 機体に異常が発生したため、緊急着陸を
余儀なくされた。

／由於飛機發生異常狀況，不得不被迫緊急降落。

文法

をよぎなくされる [只得…]

▶ 因為大自然或環境等，
個人能力所不能及的強大
力量，不得已被迫做後項。

1860 □□□
ちゃっこう
【着工】

名·自サ 開工，動工

例 駅前のビルは 10 月 1 日の着工を予定しています。

／車站前的大樓預定於 10 月 1 日動工。

1861 □□□
ちゃのま
【茶の間】

名 茶室；（家裡的）餐廳

類 食堂

例 祖母はお茶の間でセーターを編むのが日課です。

／奶奶每天都坐在家裡的起居室裡織毛衣。

1862 □□□
ちゃのゆ
【茶の湯】
名 茶道，品茗會；沏茶用的開水

例 茶の湯の道具を集めだしたらきりがないです。
/一旦開始蒐集茶道用具，就會沒完沒了，什麼都想納為收藏品。

文法
たらきりがない
[沒完沒了]
▶ 表示如果做前項的動作，會永無止盡，沒有結束的時候。

1863 □□□
ちやほや
副・他サ 溺愛，嬌寵；捧，奉承

例 ちやほやされて調子に乗っている彼女を見ると、苦笑を禁じえない。
/看到她被百般奉承而得意忘形，不由得讓人苦笑。

文法
をきんじえない[不禁…]
▶ 表示面對某種情景，心中自然而然產生的，難以抑制的心情。

1864 □□□
チャンネル
【channel】
名 （電視，廣播的）頻道

例 CMになるたびに、チャンネルをころころ変えないでください。
/請不要每逢電視廣告時段就拚命切換頻道。

1865 □□□
ちゅうがえり
【宙返り】
名・自サ （在空中）旋轉，翻筋斗

類 逆立ち
例 宙返りの練習をする時は、床にマットをひかないと危険です。
/如果在練習翻筋斗的時候，地面沒有預先鋪設緩衝墊，將會非常危險。

1866 □□□
ちゅうけい
【中継】
名・他サ 中繼站，轉播站；轉播

例 機材が壊れてしまったので、中継しようにも中継できない。
/器材壞掉了，所以就算想轉播也轉播不成。

文法
うにも～ない
[即使想…也不能…]
▶ 因為某種客觀原因，即使想做某事，也難以做到。是願望無法實現的說法。

1867 □□□

ちゅうこく
【忠告】

名・自サ 忠告，勸告

類 注意

例 いくら忠告しても、彼は一向に聞く耳を持ちません。
／再怎麼苦口婆心勸告，他總是當作耳邊風。

1868 □□□

ちゅうじつ
【忠実】

名・形動 忠實，忠誠；如實，照原樣

反 不正直　類 正直

例 ハチ公の忠実ぶりといったらない。
／忠犬小八的忠誠可說是無與倫比。

文法

といったらない[…極了]
▶ 先提出討論對象，強調事物的程度是極端到無法形容的。後接對此產生的感情表現。

1869 □□□

ちゅうしょう
【中傷】

名・他サ 重傷，毀謗，污衊

類 悪口

例 根拠もない中傷については、厳正に反駁せずにはすまない。
／對於毫無根據的毀謗，非得嚴厲反駁不行。

文法

ずにはすまない[不能不…]
▶ 表示考慮到當時的情況、社會的規則等，是不被原諒的、無法解決問題的。

1870 □□□

ちゅうすう
【中枢】

名 中樞，中心；樞組，關鍵

例 政府の中枢機関とは具体的にどのような機関ですか。
／所謂政府的中央機關，具體而言是指哪些機構呢？

文法

とは[所謂]
▶ 表示定義，前項是主題，後項對這主題的特徵等進行定義。

1871 □□□

ちゅうせん
【抽選】

名・自サ 抽籤

類 籤

例 どのチームと対戦するかは、抽選で決定します。
／以抽籤決定將與哪支隊伍比賽。

1872 □□□
ちゅうだん
【中断】
(名・自他サ) 中斷，中輟

⑩ ひどい雷雨_{らいう}のため、サッカーの試合_{しあい}は一時中断_{いちじちゅうだん}された。

／足球比賽因傾盆雷雨而暫時停賽。

1873 □□□
ちゅうどく
【中毒】
(名・自サ) 中毒

⑩ 真夏_{まなつ}は衛生_{えいせい}に気_きをつけないと、食中毒_{しょくちゅうどく}になることもあります。

／溽暑時節假如不注意飲食衛生，有時會發生食物中毒。

1874 □□□
ちゅうとはんぱ
【中途半端】
(名・形動) 半途而廢，沒有完成，不夠徹底

⑩ 中途半端_{ちゅうとはんぱ}にやるぐらいなら、やらない方_{ほう}が

ましだ。

／與其做得不上不下的，不如乾脆不做！

> **文法**
> ぐらいなら[與其…不
> 如…（比較好）]
> ▶ 表示與其選擇前者，
> 不如選擇後者。

1875 □□□
ちゅうふく
【中腹】
(名) 半山腰

類 中程

⑩ 山_{やま}の中腹_{ちゅうふく}まで登_{のぼ}ったところで、道_{みち}に迷_{まよ}ったことに気_きがつきました。

／爬到半山腰時，才赫然驚覺已經迷路了。

1876 □□□
ちゅうりつ
【中立】
(名・自サ) 中立

類 不偏

⑩ 中立的_{ちゅうりつてき}な立場_{たちば}にあればこそ、客観的_{きゃっかんてき}な判断_{はんだん}

ができる。

／正因為秉持中立，才能客觀判斷。

> **文法**
> ばこそ[正因為…]
> ▶ 表示強調最根本的理
> 由。正因這原因，才有
> 後項結果。

1877 □□□
ちゅうわ
【中和】
(名・自サ) 中正溫和；（理，化）中和，平衡

⑩ 魚_{さかな}にレモンをかけると生臭_{なまぐさ}さが消_きえるのも中和_{ちゅうわ}の結果_{けっか}です。

／把檸檬汁淋在魚上可以消除魚腥味，也屬於中和作用的一種。

1878 ☐☐☐

ちょ
【著】

名・漢造 著作，寫作；顯著

例 黒柳徹子著の『窓際のトットちゃん』は小学生から読めますよ。
／只要具備小學以上程度，就能夠閱讀黑柳徹子所著《窗邊的小荳荳》。

1879 ☐☐☐

ちょう
【腸】

名・漢造 腸，腸子

類 胃腸
例 腸の調子がおもわしくないと、皮膚の状態も悪くなります。
／當腸道不適時，皮膚亦會出狀況。

1880 ☐☐☐

ちょう
【蝶】

名 蝴蝶

例 蝶が飛びはじめる時期は、地方によって違います。
／蝴蝶脫蛹而出翩然飛舞的起始時間，各地均不相同。

1881 ☐☐☐

ちょう
【超】

漢造 超過；超脫；(俗) 最，極

例 知事が1億円超の脱税で捕まった。
／縣長由於逃稅超過一億圓而遭到了逮捕。

1882 ☐☐☐

ちょういん
【調印】

名・自サ 簽字，蓋章，簽署

例 両国はエネルギー分野の協力文書に調印した。
／兩國簽署了能源互惠條約。

1883 ☐☐☐

ちょうかく
【聴覚】

名 聽覺

例 彼は聴覚障害をものともせず、司法試験に合格した。
／他未因聽覺障礙受阻，通過了司法考試。

文法
をものともせず(に)
[不受…]
▶ 表示面對嚴峻的條件，
仍毫不畏懼地做後項。後
項多接改變現況、解決問
題的句子。

1884 ☐☐☐
ちょうかん
【長官】
㉝ 長官，機關首長；（都道府縣的）知事

類 知事

例 福岡県出身の衆議院議員が官房長官に任命された。
／福岡縣眾議院議員被任命為官房長官（近似台灣之總統府秘書長）。

1885 ☐☐☐
ちょうこう
【聴講】
㈴·他サ 聽講，聽課；旁聽

例 大学で興味のある科目を聴講している。
／正在大學裡聽講有興趣的課程。

1886 ☐☐☐
61
ちょうしゅう
【徴収】
㈴·他サ 徵收，收費

類 取り立てる

例 政府は国民から税金を徴収する。
／政府向百姓課稅。

1887 ☐☐☐
ちょうしんき
【聴診器】
㈴（醫）聽診器

例 医者が聴診器を胸にあてて心音を聞いています。
／醫師正把聽診器輕抵於患者的胸口聽著心音。

1888 ☐☐☐
ちょうだい
【長大】
㈴·形動 長大；高大；寬大

例 長大なアマゾン川には、さまざまな動物が生息している。
／在壯闊的亞馬遜河，有各式各樣的動物棲息著。

1889 ☐☐☐
ちょうせん
【挑戦】
㈴·自サ 挑戰

類 チャレンジ

例 司法試験は、私にとっては大きな挑戦です。
／對我而言，參加律師資格考試是項艱鉅的挑戰。

1890
□□□

ちょうてい
【調停】

名・他サ 調停

類 仲立ち

例 離婚話がもつれたので、離婚調停を申し立てることにした。
／兩人因離婚的交涉談判陷入膠著狀態，所以提出「離婚調解」的申請。

1891
□□□

ちょうふく・じゅうふく
【重複】

名・自サ 重複

類 重なる

例 5ページと7ページの内容が重複していますよ。
／第五頁跟第七頁的內容重複了。

1892
□□□

ちょうへん
【長編】

名 長篇；長篇小說

例 彼女は1年の歳月をかけて、長編小説を書き上げた。
／她花了一整年的時間，完成了長篇小說。

1893
□□□

ちょうほう
【重宝】

名・形動・他サ 珍寶，至寶；便利，方便；珍視，愛惜

例 このノートパソコンは軽くて持ち運びが便利なので、重宝しています。
／這台筆記型電腦輕巧又適合隨身攜帶，讓我愛不釋手。

1894
□□□

ちょうり
【調理】

名・他サ 烹調，作菜；調理，整理，管理

例 牛肉を調理する時は、どんなことに注意すべきですか。
／請問在烹調牛肉時，應該注意些什麼呢？

1895
□□□

ちょうわ
【調和】

名・自サ 調和，（顏色，聲音等）和諧，（關係）協調

類 調える

例 仕事が忙しすぎて、仕事と生活の調和がとれていない気がします。
／公務忙得焦頭爛額，感覺工作與生活彷彿失去了平衡。

1896
□□□

ちょくちょく

副（俗）往往，時常

反 たまに　類 度々

例 実家にはちょくちょく電話をかけますよ。
　／我時常打電話回老家呀！

1897
□□□

ちょくめん
【直面】

名・自サ 面對，面臨

例 自分を信じればこそ、苦難に直面しても乗り越えられる。
　／正因為有自信，才能克服眼前的障礙。

文法

ばこそ [正因為…オ…]
▶ 表示強調最根本的理由。正因這原因，才有後項結果。

1898
□□□

ちょくやく
【直訳】

名・他サ 直譯

例 英語の文を直訳する。
　／直譯英文的文章。

1899
□□□

ちょくれつ
【直列】

名（電）串聯

例 直列に接続する。
　／串聯。

1900
□□□

ちょしょ
【著書】

名 著書，著作

例 彼女の著書はあっという間にベストセラーになりました。
　／一眨眼工夫，她的著書就登上了暢銷排行榜。

1901
□□□

ちょっかん
【直感】

名・他サ 直覺，直感；直接觀察到

類 勘

例 気に入った絵を直感で一つ選んでください。
　／請以直覺擇選一幅您喜愛的畫。

1902
□□□
ちょ めい
【著名】
名・形動 著名，有名

反 無名 類 有名

例 来月、著名な教授を招いて講演会を開く予定です。
／下個月將邀請知名教授舉行演講。

1903
□□□
ちらっと
副 一閃，一晃；隱約，斷斷續續

類 一瞬

例 のぞいたのではなく、ちらっと見えただけです。
／並非蓄意偷窺，只是不經意瞥見罷了。

1904
□□□
ちり
【塵】
名 灰塵，垃圾；微小，微不足道；少許，絲毫；
世俗，塵世；污點，骯髒

類 埃

例 今回泊まった旅館は、塵一つ落ちていないくらい清潔だった。
／這次所住的旅館，乾淨得幾乎纖塵不染。

1905
□□□
ちりとり
【塵取り】
名 畚箕

例 玄関の周りをほうきとちりとりで掃除しなさい。
／請拿掃帚與畚箕打掃玄關周圍。

1906
□□□
ちんぎん
【賃金】
名 租金；工資

類 給料

例 最低賃金は地域別に定められることになっています。
／依照區域的不同，訂定各該區域的最低租金。

1907
□□□
ちんでん
【沈澱】
名・自サ 沈澱

例 瓶の底に果実成分が沈殿することがあります。よく振ってお飲みください。
／水果成分會沉澱在瓶底，請充分搖勻之後飲用。

1908 □□□
ちんぼつ
【沈没】
名・自サ 沈沒；醉得不省人事；（東西）進了當鋪

類 沈む

例 漁船が沈没したので、救助隊が捜索の為直ちに出動しました。
／由於漁船已經沈沒，救難隊立刻出動前往捜索。

1909 □□□
ちんもく
【沈黙】
名・自サ 沈默，默不作聲，沈寂

反 喋る 類 黙る

例 白熱する議論をよそに、彼は沈黙を守っている。
／他無視於激烈的討論，保持一貫的沉默作風。

文法
をよそに［不管…］
▶ 表示無視前面的狀況，進行後項的行為。

1910 □□□
ちんれつ
【陳列】
名・他サ 陳列

類 配置

例 ワインは原産国別に棚に陳列されています。
／紅酒依照原產國別分類陳列在酒架上。

⊃

1911 □□□
つい
【対】
名・接尾 成雙，成對；對句；（作助數詞用）一對，一雙

TRACK 62

類 組み、揃い

例 この置物は左右で対になっています。
／這兩件擺飾品左右成對。

1912 □□□
ついきゅう
【追及】
名・他サ 追上，趕上；追究

例 警察の追及をよそに、彼女は沈黙を保っている。
／她對警察的追問充耳不聞，仍舊保持緘默。

文法
をよそに［不管…］
▶ 表示無視前面的狀況，進行後項的行為。

1913
☐☐☐

ついせき
【追跡】

(名・他サ) 追蹤，追緝，追趕

(類) 追う

例 警察犬はにおいを頼りに犯人を追跡します。
／警犬藉由嗅聞氣味追蹤歹徒的去向。

1914
☐☐☐

ついほう
【追放】

(名・他サ) 流逐，驅逐（出境）；肅清，流放；洗清，開除

(類) 追い払う

例 ドーピング検査で陽性となったため、彼はスポーツ界から追放された。
／他沒有通過藥物檢測，因而被逐出體壇。

1915
☐☐☐

ついやす
【費やす】

(他五) 用掉，耗費，花費；白費，浪費

(反) 蓄える (類) 消費

例 彼は一日のほとんどを実験に費やしています。
／他幾乎一整天的時間，都耗在做實驗上。

1916
☐☐☐

ついらく
【墜落】

(名・自サ) 墜落，掉下

(類) 落ちる

例 シャトルの打ち上げに成功したかと思いきや、墜落してしまった。
／原本以為火箭發射成功，沒料到立刻墜落了。

> **文法**
>
> （か）とおもいきや[原以為…沒想到]
>
> ▶ 表示按照一般情況推測，應該是前項結果，卻意外出現後項相反的結果。

1917
☐☐☐

つうかん
【痛感】

(名・他サ) 痛感；深切地感受到

例 事の重大さを痛感している。
／不得不深感事態嚴重之甚。

1918 ☐☐☐
つうじょう
【通常】

⊗ 通常，平常，普通

反 特別　類 普通

例 通常、週末は異なるタイムスケジュールになります。
／通常到了週末，起居作息都與平日不同。

1919 ☐☐☐
つうせつ
【痛切】

形動 痛切，深切，迫切

類 つくづく

例 今回の不祥事に関しては、社員一同責任を痛切に感じています。
／本公司全體員工對這起舞弊深感責無旁貸。

1920 ☐☐☐
つうわ
【通話】

名・自サ（電話）通話

例 通話時間が長い方には、お得なプランもございます。
／對於通話時間較長的客戶也有優惠專案。

1921 ☐☐☐
つえ
【杖】

⊗ 枴杖，手杖；依靠，靠山

類 ステッキ

例 100歳とあって、歩くにはさすがに杖がいる。
／畢竟已是百歲人瑞，行走需靠拐杖。

文法
とあって
[因為…（的關係）]
▶ 由於前項特殊的原因，
當然就會出現後項特殊
的情況，或應該採取的
行動。

1922 ☐☐☐
つかいこなす
【使いこなす】

他五 運用自如，掌握純熟

例 日本語を使いこなす。
／日語能運用自如。

1923 ☐☐☐
つかいみち
【使い道】

⊗ 用法；用途，用處

類 用途

例 もし宝くじに当たったら、使い道はどうしますか。
／假如購買的彩券中獎了，打算怎麼花用那筆彩金呢？

1924 つかえる【仕える】

□□□

（自下一）服侍，侍候，侍奉；（在官署等）當官

（類）従う

（例）私の先祖は上杉謙信に仕えていたそうです。

／據說我的祖先從屬於上杉謙信之麾下。

1925 つかさどる【司る】

□□□

（他五）管理，掌管，擔任

（類）支配

（例）地方機関とは地方行政をつかさどる機関のことです。

／所謂地方機關是指司掌地方行政事務之機構。

文法

とは [所謂]

▶ 表示定義，前項是主題，後項對這主題的特徵等進行定義。

1926 つかのま【束の間】

□□□

（名）一瞬間，轉眼間，轉瞬

（類）しばらく、瞬間

（例）束の間のこととて、苦痛には違いない。

／儘管事情就發生在那轉瞬間，悲慟程度卻絲毫不減。

文法

こととて [（總之）因為…]

▶ 表示順接的理由，原因。後面表示請求原諒的內容，或消極性的結果。

▶ 近 てまえ [由於…所以…]

1927 つかる【漬かる】

□□□

（自五）淹，泡；泡在（浴盆裡）洗澡

（例）お風呂につかる。

／洗澡。

1928 つきそう【付き添う】

□□□

（自五）跟隨左右，照料，管照，服侍，護理

（例）病人に付き添う。

／照料病人。

1929 つきとばす【突き飛ばす】

□□□

（他五）用力撞倒，撞出很遠

（例）老人を突き飛ばす。

／撞飛老人。

1930 ☐☐☐

つきなみ
【月並み】

⒜ 每月，按月；平凡，平庸；每月的例會

⒤ 月並みですが、私の趣味は映画鑑賞と読書です。

／我的興趣很平凡，喜歡欣賞電影與閱讀書籍。

1931 ☐☐☐

つぎめ
【継ぎ目】

⒜ 接頭，接繼；家業的繼承人；骨頭的關節

⒝ 境

⒤ 水道とシャワーの継ぎ目から水が漏れるようになった。

／從水管和蓮蓬頭的連接處漏水了。

1932 ☐☐☐

つきる
【尽きる】

⒨ 盡，光，沒了；到頭，窮盡

⒝ 無くなる

⒤ 彼にはもうとことん愛想が尽きました。

／我已經受夠他了！

1933 ☐☐☐

つぐ
【継ぐ】

⒧ 繼承，承接，承襲；添，加，續

⒝ うけつぐ

⒤ 彼は父の後を継いで漁師になるつもりだそうです。

／聽說他打算繼承父親的衣鉢成為漁夫。

1934 ☐☐☐

つぐ
【接ぐ】

⒧ 逢補；接在一起

⒝ 繋ぐ

⒤ 端切れを接いでソファーカバーを作ったことがあります。

／我曾經把許多零碎布料接在一起縫製成沙發套。

1935 ☐☐☐

つくす
【尽くす】

⒧ 盡，竭盡；盡力

⒝ 献身

⒤ 最善を尽くしたので、何の悔いもありません。

／因為已經傾力以赴，所以再無任何後悔。

1936 □□□

つくづく

副 仔細；痛切，深切；(古) 呆呆，呆然

類 しんみり

例 今回、周囲の人に恵まれているなとつくづく思いました。

／這次讓我深切感到自己有幸受到身邊人們的諸多幫助照顧。

1937 □□□

つぐない
【償い】

名 補償；賠償；贖罪

例 事故の償いをする。

／事故賠償。

1938 □□□

つくり
【作り・造り】

名 (建築物的) 構造，樣式；製造 (的樣式)；身材，體格；打扮，化妝

類 形

例 今時は珍しく、彼はヒノキ造りの家を建てました。

／他採用檜木建造了自己的住家，這在現今已是十分罕見。

1939 □□□

つくろう
【繕う】

他五 修補，修繕；修飾，裝飾，擺；掩飾，遮掩

類 直す

例 何とかその場を繕おうとしたけど、無理でした。

／雖然當時曾經嘗試打圓場，無奈仍然徒勞無功。

1940 □□□

つげぐち
【告げ口】

名・他サ 嚼舌根，告密，搬弄是非

例 先生に告げ口をする。

／向老師打小報告。

1941 □□□

つげる
【告げる】

他下一 通知，告訴，宣布，宣告

類 知らせる

例 病名を告げられた時はショックで言葉も出ませんでした。

／當被告知病名時，由於受到的打擊太大，連話都說不出來了。

讀書計劃：□□／□□／□□

1942 □□□
つじつま
【辻褄】

㊝ 邏輯，條理，道理；前後，首尾

類 理屈

補 多用「つじつまが合う」（有條理、合乎邏輯）及「つじつまを合わせる」（有條理、合乎邏輯）的形式。

例 初めは小さな嘘だったが、話のつじつまを合わせる為に、嘘に嘘を重ねてしまった。

／一開始撒點小謊，但由於愈講愈兜不攏，只好用一個接一個謊言來圓謊。

1943 □□□
つつ
【筒】

㊝ 筒，管；炮筒，槍管

類 管

例 ポスターは折らずに筒に入れて郵送します。

／不要折疊海報，將之捲起塞入圓筒後郵寄。

1944 □□□
つつく

㊠ 捅，叉，叨，啄；指責，挑毛病

track 63

類 打つ

例 藪の中に入る前は、棒で辺りをつついた方が身の為ですよ。

／在進入草叢之前，先以棍棒撥戳四周，才能確保安全喔！

1945 □□□
つつしむ
【慎む・謹む】

㊠ 謹慎，慎重；控制，節制；恭，恭敬

例 何の根拠もなしに人を非難するのは慎んでいただきたい。

／請謹言慎行，切勿擅作不實之指控。

1946 □□□
つっぱる
【突っ張る】

㊐㊠ 堅持，固執；（用手）推頂；繃緊，板起；抽筋，劇痛

例 この石けん、使ったあと肌が突っ張る感じがする。

／這塊肥皂使用完以後感覺皮膚緊繃。

1947 □□□
つづり
【綴り】

㊝ 裝訂成冊；拼字，拼音

例 アドバイスって、綴りはどうだっけ。

／「建議」這個詞是怎麼拼的呀？

1948
□□□

つづる
【綴る】

他五 縫上，連綴；裝訂成冊；（文）寫，寫作；拼字，拼音

例 いろいろな人に言えない思いを日記に綴っている。

／把各種無法告訴別人的感受寫在日記裡。

1949
□□□

つとまる
【務まる】

自五 勝任

例 そんな大役が私に務まるでしょうか。

／不曉得我是否能夠勝任如此重責大任？

1950
□□□

つとまる
【勤まる】

自五 勝任，能擔任

例 私には勤まりません。

／我無法勝任。

1951
□□□

つとめさき
【勤め先】

名 工作地點，工作單位

類 会社

例 田舎のこととて、勤め先は限られている。

／因為在鄉下，所以能上班的地點很有限。

文法

こととて [（總之）因為…所以…]

▶ 表示順接的理由，原因。後面表示請求原諒的內容，或消極性的結果。

1952
□□□

つとめて
【努めて】

副 盡力，盡可能，竭力；努力，特別注意

反 怠る 類 できるだけ

例 彼女は悲しみを見せまいと努めて明るくふるまっています。

／她竭力強裝開朗，不讓人察覺心中的悲傷。

1953
□□□

つながる
【繋がる】

自五 連接，聯繫；（人）列隊，排列；牽連，有關係；（精神）連接在一起；被繫在…上，連成一排

例 警察は、この人物が事件につながる情報を知っていると見ています。

／警察認為這位人士知道關於這起事件的情報。

1954 □□□
つ**な**み
【津波】

名 海嘯

例 津波の被害が深刻で、300名あまりが行方不明になっています。
／這次海嘯的災情慘重，超過三百多人下落不明。

1955 □□□
つ**ね**る

他五 掐，掐住

例 いたずらすると、ほっぺたをつねるよ。
／膽敢惡作劇的話，就要捏你的臉頰哦！

1956 □□□
つ**の**
【角】

名 （牛、羊等的）角，犄角；（蝸牛等的）觸角；角狀物

例 鹿の角は生まれた時から生えていますか。
／請問小鹿出生時，頭上就已經長了角嗎？

1957 □□□
つ**の**る
【募る】

自他五 加重，加劇；募集，招募，徵集

類 集める
例 新しい市場を開拓せんがため、アイディアを募った。
／為了拓展新市場而蒐集了意見。

文法
んがため(に)[為了…
而…（的）]
▶ 表示目的。帶有無論
如何都要實現某事，帶
著積極的目的做某事的
語意。

1958 □□□
つ**ば**
【唾】

名 唾液，口水

類 生唾
例 道につばを吐くのは、お行儀が悪いからやめましょう。
／朝地上吐口水是沒有禮貌的行為，別再做那種事了吧！

1959 □□□
つ**ぶ**やき
【呟き】

名 牢騷，嘟囔；自言自語的聲音

類 独り言
例 私は日記に心の呟きを記しています。
／我將嘟囔心語寫在日記裡。

1960
□□□
つぶやく
【呟く】

自五 喃喃自語，嘟囔

例 彼は誰に話すともなしに、ぶつぶつ何やら呟いている。
／他只是兀自嘟囔著，並非想說給誰聽。

文法
ともなしに [不知，說不清]
▶ 接疑問詞後面，表示不能確定。

1961
□□□
つぶら

形動 圓而可愛的；圓圓的

類 丸い
例 犬につぶらな瞳で見つめられると、ついつい餌をあげてしまう。
／在狗兒那雙圓滾滾的眼眸凝視下，終於忍不住餵牠食物了。

1962
□□□
つぶる

他五 (把眼睛) 閉上

例 部長は目をつぶって何か考えているようです。
／經理閉上眼睛，似乎在思索著什麼。

1963
□□□
つぼ
【壺】

名 罐，壺，甕；要點，關鍵所在

類 入れ物
例 こっちの壺には味噌、そっちの壺には梅干が入っている。
／這邊的罈子裝的是味噌，那邊的罈子裝的是梅乾。

1964
□□□
つぼみ
【蕾】

名 花蕾，花苞；(前途有為而) 未成年的人

例 つぼみがふくらんできたね。もうすぐ咲くよ。
／花苞開始鼓起來了，很快就會開花囉！

1965
□□□
つまむ
【摘む】

他五 (用手指尖) 捏，撮；(用手指尖或筷子) 夾，捏

例 彼女は豆を一つずつ箸でつまんで食べています。
／她正以筷子一顆又一顆地夾起豆子送進嘴裡。

1966
□□□

つむ
【摘む】

他五 夾取，摘，採，掐；（用剪刀等）剪，剪齊

例 若い茶の芽だけを選んで摘んでください。
/請只擇選嫩茶的芽葉摘下。

1967
□□□

つやつや

副・自サ 光潤，光亮，晶瑩剔透

例 肌がつやつやと光る。
/皮膚晶瑩剔透。

1968
□□□

つゆ
【露】

名・副 露水；淚；短暫，無常；（下接否定）一點
也不…

例 夜間に降りる露を夜露といいます。
/在夜間滴落的露水被稱為夜露。

1969
□□□

つよい
【強い】

形 強，強勁；強壯，健壯；強烈，有害；堅強，
堅決；對…強，有抵抗力；（在某方面）擅長

例 意志が強い。/意志堅強。

1970
□□□

つよがる
【強がる】

自五 逞強，裝硬漢

例 弱い者に限って強がる。
/唯有弱者愛逞強。

1971
□□□

つらなる
【連なる】

自五 連，連接；列，參加

反 絶える 類 続く

例 道沿いに赤レンガ造りの家が連なって、異国情緒にあふれて
います。/道路沿線有整排紅磚瓦房屋，洋溢著一股異國風情。

1972
□□□

つらぬく
【貫く】

他五 穿，穿透，穿過，貫穿；貫徹，達到

類 突き通す

例 やると決めたなら、最後まで意志を貫いてやり通せ。
/既然已經決定要做了，就要盡力貫徹始終。

1973
□□□

つらねる
【連ねる】

他下一 排列，連接；聯，列

例 コンサートの出演者にはかなりの大物アーティストが名を連ねています。

／聲名遠播的音樂家亦名列於演奏會的表演者名單中。

1974
□□□

つりがね
【釣鐘】

名（寺院等的）吊鐘

例 ほとんどの釣鐘は青銅でできているそうです。

／大部分的吊鐘似乎都是以青銅鑄造的。

1975
□□□

つりかわ
【つり革】

名（電車等的）吊環，吊帶

例 揺れると危ないので、つり革をしっかり握りなさい。

／請抓緊吊環，以免車廂轉彎搖晃時發生危險。

て

1976
□□□
64

てあて
【手当て】

名・他サ 準備，預備；津貼；生活福利；醫療，治療；小費

例 保健の先生が手当てしてくれたおかげで、出血はすぐに止まりました。

／多虧有保健老師的治療，傷口立刻止血了。

1977
□□□

ていぎ
【定義】

名・他サ 定義

例 あなたにとって幸せの定義は何ですか。

／對您而言，幸福的定義是什麼？

1978
□□□

ていきょう
【提供】

名・他サ 提供，供給

例 政府が提供する情報は誰でも無料で閲覧できますよ。

／任何人都可以免費閱覽由政府所提供的資訊喔！

讀書計劃：□□／□□

1979 ☐☐☐
ていけい
【提携】
(名・自サ) 提攜，攜手；協力，合作

類 共同

例 業界2位と3位の企業が提携して、業界トップに躍り出た。
／在第二大與第三大的企業攜手合作下，躍升為業界的龍頭。

1980 ☐☐☐
ていさい
【体裁】
(名) 外表，樣式，外貌；體面，體統；（應有的）形式，局面

類 外形

例 なんとか体裁を取り繕った。
／勉強讓他矇混過去了。

1981 ☐☐☐
ていじ
【提示】
(名・他サ) 提示，出示

例 学生証を提示すると、博物館の入場料は半額になります。
／只要出示學生證，即可享有博物館入場券之半價優惠。

1982 ☐☐☐
ていしょく
【定食】
(名) 客飯，套餐

例 定食にひきかえ単品は割高だ。
／單點比套餐來得貴。

文法
にひきかえ［和…比起來］
▶ 比較兩個相反或差異性很大的事物。含有說話者主觀看法。

1983 ☐☐☐
ていせい
【訂正】
(名・他サ) 訂正，改正，修訂

類 修正

例 ご迷惑をおかけしたことを深くお詫びし、ここに訂正致します。
／造成您的困擾，謹致上十二萬分歉意，在此予以訂正。

1984 ☐☐☐
ていたい
【停滞】
(名・自サ) 停滯，停頓；（貨物的）滯銷

反 順調、はかどる 類 滞る

例 日本列島上空に、寒冷前線が停滞しています。
／冷鋒滯留於日本群島上空。

1985 □□□
ていたく
【邸宅】
名 宅邸，公館

類 家

例 長崎のグラバー園には、明治期の外国人商人の邸宅が保存されている。
／在長崎的哥拉巴園裡保存著明治時期外國商人的宅邸。

1986 □□□
ティッシュペーパー
【tissue paper】
名 衛生紙

類 塵紙

例 買い置きのティッシュペーパーがそろそろ無くなってきた。
／買來備用的面紙差不多要用光了。

1987 □□□
ていねん
【定年】
名 退休年齡

類 退官

例 あと何年で定年を迎えますか。
／請問您還有幾年就屆退休年齡了呢？

1988 □□□
ていぼう
【堤防】
名 堤防

類 堤

例 連日の雨のため、堤防の決壊が警戒されています。
／由於連日豪雨，大家正提高警戒嚴防潰堤。

1989 □□□
ておくれ
【手遅れ】
名 為時已晚，耽誤

例 体に不調を覚えて病院に行った時には、すでに手遅れだった。
／當前往醫院看病，告知醫師身體不適時，早就為時已晚了。

1990 □□□
でかい
形 (俗) 大的

反 小さい 類 大きい

例 やつは新入社員のくせに態度がでかい。
／那傢伙不過是個新進員工，態度卻很囂張。

1991 □□□
てがかり
【手掛かり】
(名) 下手處，著力處；線索

(類) 鍵

(例) 必死の捜索にもかかわらず、何の手がかりも得られなかった。
／儘管拚命捜索，卻沒有得到任何線索。

1992 □□□
てがける
【手掛ける】
(他下一) 親自動手，親手

(例) 彼が手がけるレストランは、皆大盛況です。
／只要是由他親自經手的餐廳，每一家全都高朋滿座。

1993 □□□
てがる
【手軽】
(名・形動) 簡便；輕易；簡單

(反) 複雑 (類) 簡単

(例) ホームページから手軽に画像が入手できますよ。
／從網站就能輕而易舉地下載相片喔！

1994 □□□
てきおう
【適応】
(名・自サ) 適應，適合，順應

(例) 引越ししてきたばかりなので、まだ新しい環境に適応できません。
／才剛剛搬家，所以還沒有適應新環境。

1995 □□□
てきぎ
【適宜】
(副・形動) 適當，適宜；斟酌；隨意

(類) 任意

(例) こちらの書式は見本です。適宜修正なさってかまいません。
／這個格式是範本，歡迎按需要自行調整。

1996 □□□
てきせい
【適性】
(名) 適合某人的性質，資質，才能；適應性

(例) 最近では多くの会社が就職試験の一環として適性検査を行っています。
／近來有多家公司於舉行徵聘考試時，加入人格特質測驗。

1997
□□□

でき**もの**
【でき物】

㊂ 疙瘩，腫塊；出色的人

㊣ 腫れ物

㊐ ストレスのせいで、顔にたくさんできものができた。
／由於壓力沈重，臉上長出許多顆痘痘。

1998
□□□

て**ぎわ**
【手際】

㊂（處理事情的）手法，技巧；手腕，本領；做出的結果

㊣ 腕前

㊐ 手際が悪いから、2時間もかかってしまった。
／技巧很不純熟，以致於花了整整兩個鐘頭。

1999
□□□

て**ぐち**
【手口】

㊂（做壞事等常用的）手段，手法

㊐ そんな使い古しの手口じゃ、すぐにばれるよ。
／用這麼老舊的手法，兩三下就會被發現了。

2000
□□□

で**くわす**
【出くわす】

㊀㊄ 碰上，碰見

㊐ 山で熊に出くわしたら死んだ振りをするといいと言うのは本当ですか。
／聽人家說，在山裡遇到熊時，只要裝死就能逃過一劫，這是真的嗎？

2001
□□□
🎧**65**

デコレーション
【decoration】

㊂ 裝潢，裝飾

㊣ 飾り

㊐ 姉の作るケーキは、味だけでなくデコレーションに至るまでプロ級だ。
／姐姐做的蛋糕不僅好吃，甚至連外觀裝飾也是專業級的。

文法

にいたるまで［至…］
▶ 表示事物的範圍已經達到了極端程度。

2002 □□□ てじゅん 【手順】

名（工作的）次序，步驟，程序

類 手続

文法
に（は）あたらない
[不相當於…]
▶ 說話者對於某事評價較低，表示「不相當於…」的意思。

例 法律で定められた手順に則った献金だから、収賄にあたらない。
／這是依照法律程序的捐款，並不是賄款。

2003 □□□ てじょう 【手錠】

名 手銬

例 犯人は手錠をかけられ、うな垂れながら連行されて行きました。
／犯人被帶上手銬，垂頭喪氣地被帶走了。

2004 □□□ てすう 【手数】

名 費事；費心；麻煩

類 手間

例 お手数をおかけ致しますが、よろしくお願い致します。
／不好意思，增添您的麻煩，敬請多多指教。

2005 □□□ てぢか 【手近】

形動 手邊，身旁，左近；近人皆知，常見

類 身近

例 手近な材料でできるイタリア料理を教えてください。
／請教我用常見的食材就能烹煮完成的義大利料理。

2006 □□□ デッサン 【（法）dessin】

名（繪畫、雕刻的）草圖，素描

類 絵

例 以前はよく手のデッサンを練習したものです。
／以前常常練習素描手部。

2007 □□□ でっぱる 【出っ張る】

自五（向外面）突出

例 出っ張ったお腹を引っ込ませたい。
／很想把凸出的小腹縮進去。

2008 □□□
てっぺん
名 頂，頂峰；頭頂上；（事物的）最高峰，頂點

類 頂上
例 山のてっぺんから眺める景色は最高です。
/由山頂上眺望的遠景，美得令人屏息。

2009 □□□
てつぼう
【鉄棒】
名 鐵棒，鐵棍；（體）單槓

例 小さい頃、鉄棒でよく逆上がりを練習したものです。
/小時候常常在單槓練習翻轉的動作。

2010 □□□
てどり
【手取り】
名 （相撲）技巧巧妙（的人；）（除去稅金與其他費用的）實收款，淨收入

例 手取りが少ない。
/實收款很少。

2011 □□□
でなおし
【出直し】
名 回去再來，重新再來

類 やり直し
例 事業が失敗に終わり、一からの出直しを余儀なくされた。
/事業以失敗收場，被迫從零開始重新出發。

文法
をよぎなくされる[只得…]
▶ 因為大自然或環境等，個人能力所不能及的強大力量，不得已被迫做後項。

2012 □□□
てはい
【手配】
名・自他サ 籌備，安排；（警察逮捕犯人的）部署，布置

類 根回し、支度
例 チケットの手配はもう済んでいますよ。
/我已經買好票囉！

2013 □□□
てはず
【手筈】
名 程序，步驟；（事前的）準備

類 手配
例 もう手はずは整っている。
/程序已經安排就緒了。

2014 □□□ てびき【手引き】 名·他サ（輔導）初學者，啟蒙；入門，初級；推薦，介紹；引路，導向

例 傍聴を希望される方は、申し込みの手引きに従ってください。

／想旁聽課程的人，請依循導引說明申請辦理。

2015 □□□ デブ 名（俗）胖子，肥子

例 ずいぶんデブだな。

／好一個大胖子啊！

2016 □□□ てほん【手本】 名 字帖，畫帖；模範，榜樣；標準，示範

類 モデル

例 親は子供にお手本を示さなければなりません。

／父母必須當孩子的好榜樣。

2017 □□□ てまわし【手回し】 名 準備，安排，預先籌畫；用手搖動

類 備える

例 非常用のラジオはハンドルを手回しすれば充電できます。

／供緊急情況使用的收音機，只要旋搖把手即可充電。

2018 □□□ でむく【出向く】 自五 前往，前去

例 お礼やお願いをする時は、こちらから出向くものだ。

／向對方致謝或請求他人時，要由我們這邊前去拜訪。

2019 □□□ てもと【手元】 名 手邊，手頭；膝下，身邊；生計；手法，技巧

類 手近

例 緊張のあまり手元が狂った。

／由於緊張過度，慌了手腳。

2020 □□□ デモンストレーション・デモ 【demonstration】

(名) 示威活動；（運動會上正式比賽項目以外的）公開表演

(例) 会社側の回答のいかんによっては、デモを取りやめる。
／視公司方面的回覆來決定是否取消示威抗議。

文法
いかんによって(は)
[要看…如何]
▶ 表示依據。根據前面的狀況，來判斷後面的可能性。

2021 □□□ てりかえす 【照り返す】

(他五) 反射

(例) 地面で照り返した紫外線は、日傘では防げません。
／光是撐陽傘仍無法阻擋由地面反射的紫外線曝曬。

2022 □□□ デリケート 【delicate】

(形動) 美味，鮮美；精緻，精密；微妙；纖弱；纖細，敏感

(例) デリケートな問題だから、慎重に対処することが必要だ。
／畢竟是敏感的問題，必須謹慎處理。

2023 □□□ テレックス 【telex】

(名) 電報，電傳

(類) 電報

(例) ファックスやインターネットの発達で、テレックスはすたれつつある。／在傳真與網路崛起之後，就鮮少有人使用電報了。

2024 □□□ てわけ 【手分け】

(名・自サ) 分頭做，分工

(類) 分担

(例) 学校から公園に至るまで、手分けして子供を捜した。／分頭搜尋小孩，從學校一路找到公園。

文法
にいたるまで [至…]
▶ 表示事物的範圍已經達到了極端程度。

2025 □□□ てん 【天】

(名・漢造) 天，天空；天國；天理；太空；上天；天然

(類) 空

(例) 鳥がどこに向かうともなく天を舞っている。
／鳥兒自由自在地翱翔於天際。

文法
ともなしに [不知，說不清]
▶ 接疑問詞後面，表示不能確定。

2026 □□□
でんえん
【田園】

名 田園；田地

反 都会　類 田舎

例 北海道十勝地方には広大な田園が広がっています。
/在北海道十勝地區，遼闊的田園景色一望無際。

2027 □□□
てんか
【天下】

名 天底下，全國，世間，宇內；（幕府的）將軍

類 世界

例 関ヶ原の戦いは、天下分け目の戦いといわれています。
/關之原會戰被稱為決定天下政權的重要戰役。

2028 □□□
てんか
【点火】

名・自サ 點火

反 消える　類 点ける

例 最終ランナーによってオリンピックの聖火が点火されました。
/由最後一位跑者點燃了奧運聖火。

2029 □□□
Track 66
てんかい
【転回】

名・自他サ 回轉，轉變

類 回る

例 フェリーターミナルが見え、船は港に向けゆっくり転回しはじめた。
/接近渡輪碼頭時，船舶開始慢慢迴轉準備入港停泊。

2030 □□□
てんかん
【転換】

名・自他サ 轉換，轉變，調換

類 引っ越す

例 気分を転換する為に、ちょっとお散歩に行ってきます。
/我出去散步一下轉換心情。

2031 □□□
でんき
【伝記】

名 傳記

例 伝記を書く。/寫傳記。

2032
☐☐☐
てんきょ
【転居】
名・自サ 搬家，遷居

⤷ 転居する時は、郵便局に転居届を出しておくとよい。

／在搬家時應當向郵局申請改投。

2033
☐☐☐
てんきん
【転勤】
名・自サ 調職，調動工作

⤷ 彼が転勤するという話は、うわさに聞いている。

／關於他換工作的事，我已經耳聞了。

2034
☐☐☐
てんけん
【点検】
名・他サ 檢點，檢查

類 調べる

⤷ 機械を点検して、古い部品は取り換えました。

／檢查機器的同時，順便把老舊的零件給換掉了。

2035
☐☐☐
でんげん
【電源】
名 電力資源；（供電的）電源

⤷ 外出する時は、忘れずエアコンやテレビの電源を切りましょう。

／外出時請務必關掉冷氣機及電視的電源。

2036
☐☐☐
てんこう
【転校】
名・自サ 轉校，轉學

⤷ 父の仕事で、この春転校することになった。

／由於爸爸工作上的需要，我今年春天就要轉學了。

2037
☐☐☐
てんごく
【天国】
名 天國，天堂；理想境界，樂園

反 地獄　類 浄土

⤷ おばあちゃんは天国に行ったと信じています。／深信奶奶已經上天國去了。

2038
☐☐☐
てんさ
【点差】
名（比賽時）分數之差

⤷ ホームランで1点入り、点差が縮まった。

／靠著全壘打得到一分，縮短了比數差距。

2039 □□□
てんさい
【天才】
（名）天才

類 秀才

例 天才には天才ゆえの悩みがあるに違いない。
／想必天才也有天才獨有的煩惱。

文法
（が）ゆえ（の）[具有…]
▶ 表示獨特具有的意思，後面要接名詞。

2040 □□□
てんさい
【天災】
（名）天災，自然災害

反 人災　類 災害

例 地震は天災だが、建物が崩壊したのは工事に問題があったからだ。
／地震雖是天災，但建築物倒塌的問題卻出在施工上面。

2041 □□□
てんじ
【展示】
（名・他サ）展示，展出，陳列

類 陳列

例 展示方法いかんで、売り上げは大きく変わる。
／商品陳列的方式如何，將大幅影響其銷售量。

文法
いかんで（は）[根據…]
▶ 表示依據。根據前面狀況來進行後面，變化視前面情況而定。

2042 □□□
てんじる
【転じる】
（自他上一）轉變，轉換，改變；遷居，搬家
（自他サ）轉變

類 変える

例 イタリアでの発売を皮切りに、業績が好調に転じた。
／在義大利開賣後，業績就有起色了。

文法
をかわきりに [以…為開端開始]
▶ 表示以為起點，開始了一連串同類型的動作。

2043 □□□
テンション
【tension】
（名）緊張

例 テンションがあがる。／心情興奮。

2044 □□□
てんずる
【転ずる】
（自五・他下一）改變（方向、狀態）；遷居；調職

例 ガソリン価格が値下げに転ずる可能性がある。
／汽油的售價有降價變動的可能性。

2045 □□□
でんせつ
【伝説】
名 傳說，口傳

類 言い伝え
例 彼が伝説のピッチャーですよ。
／他正是傳說中的那位投手唷！

2046 □□□
てんせん
【点線】
名 點線，虛線

類 線
例 点線が引いてある個所は、未確定のところです。
／標示虛線部分則為尚未確定之處。

2047 □□□
てんそう
【転送】
名・他サ 轉寄

例 Eメールを転送する。
／轉寄 e-mail。

2048 □□□
てんたい
【天体】
名 （天）天象，天體

例 今日は雲一つないので、天体観測に打ってつけです。
／今日天空萬里無雲，正是最適合觀測天象的時機。

2049 □□□
でんたつ
【伝達】
名・他サ 傳達，轉達

類 伝える
例 警報や避難の情報はどのように住民に伝達されますか。
／請問是透過什麼方式，將警報或緊急避難訊息轉告通知當地居民呢？

2050 □□□
てんち
【天地】
名 天和地；天地，世界；宇宙，上下

類 世界
例 この小説の結末はまさに天地がひっくり返るようなものでした。
／這部小說的結局可說是逆轉乾坤，大為出人意表。

2051 ☐☐☐ てんで

圓（後接否定或消極語）絲毫，完全，根本；（俗）非常，很

類 少しも

例 彼は先生のおっしゃる意味がてんで分かっていない。
/他壓根兒聽不懂醫師話中的含意。

2052 ☐☐☐ てんにん 【転任】

名・自サ 轉任，調職，調動工作

例 ４月から生まれ故郷の小学校に転任することとなりました。
/自四月份起，將調回故郷的小學任職。

2053 ☐☐☐ てんぼう 【展望】

名・他サ 展望；眺望，瞭望

類 眺め

例 フォーラムでは新大統領就任後の国内情勢を展望します。
/論壇中將討論新任總統就職後之國內情勢的前景展望。

2054 ☐☐☐ でんらい 【伝来】

名・自サ （從外國）傳來，傳入；祖傳，世傳

例 日本で使われている漢字のほとんどは中国から伝来したものです。
/日語中的漢字幾乎大部分都是源自於中國。

2055 ☐☐☐ てんらく 【転落】

名・自サ 掉落，滾下；墜落，淪落；暴跌，突然下降

類 落ちる

例 不祥事が明るみになり、本年度の最終損益は赤字に転落した。
/醜聞已暴露，致使今年年度末損益掉落為赤字。

と

2056 ☐☐☐ **67** と

格助・並助 （接在助動詞「う、よう、まい」之後，表示逆接假定前題）不管…也，即使…也；（表示幾個事物並列）和

例 悪気があろうとなかろうと、けがをさせてしまったのだから、謝らなければ。/不管是出自惡意還是沒有惡意，總之讓人受傷了，所以非得道歉不可。

文法
うと～うと［不管…］
▶ 舉出兩個或以上相反的狀態、近似的事物，表示不管前項如何，後項都會成立。

2057
□□□

ど
【土】

名・漢造 土地，地方；(五行之一)土；土壤；地區；(國)土

類 泥

例 双方は領土問題解決に向け、対話を強化することで合意しました。
／雙方已經同意加強對話以期解決領土問題。

2058
□□□

といあわせる
【問い合わせる】

他下一 打聽，詢問

類 照会

例 資料を無くしたので、問い合わせようにも電話番号が分からない。
／由於資料遺失了，就算想詢問也不知道電話號碼。

文法

うにも～ない
[即使想…也不能…]

▶ 因為某種客觀原因，即使想做某事，也難以做到。是願望無法實現的説法。

2059
□□□

とう
【問う】

他五 問，打聽；問候；徵詢；做為問題(多用否定形)；追究；問罪

類 尋ねる

例 支持率も悪化の一途をたどっているので、国民に信を問うた方がいい。
／支持率一路下滑，此時應當徵詢國民信任支持與否。

2060
□□□

とう
【棟】

漢造 棟梁；(建築物等)棟，一座房子

例 どの棟から火災が発生したのですか。
／請問是哪一棟建築物發生了火災呢？

2061
□□□

どう
【胴】

名 (去除頭部和四肢的)軀體；腹部；(物體的)中間部分

類 体

例 ビールを飲むと胴回りに脂肪がつきやすいそうです。
／聽說喝啤酒很容易長出啤酒肚。

2062 □□□
どうい
【同意】
名·自サ 同義；同一意見，意見相同；同意，贊成

反 反対　類 賛成

例 社長の同意が得られない場合、計画は白紙に戻ります。
／如果未能取得社長的同意，將會終止整個計畫。

2063 □□□
どういん
【動員】
名·他サ 動員，調動，發動

例 動員される警備員は 10 人から 20 人というところです。
／要動員的保全人力差不多是十名至二十名而已。

文法

というところだ [可說…差不多]

▶ 說明在某階段的大致情況或程度，表示頂多只有文中所提數目而已，最多也不會超過此數目。

2064 □□□
どうかん
【同感】
名·自サ 同感，同意，贊同，同一見解

類 同意

例 基本的にはあなたの意見に同感です。
／原則上我同意你的看法。

2065 □□□
とうき
【陶器】
名 陶器

類 焼き物

例 最近、ベトナム陶器の人気が急上昇しています。
／最近越南製陶器的受歡迎程度急速上升。

2066 □□□
とうぎ
【討議】
名·自他サ 討論，共同研討

類 討論

例 それでは、グループ討議の結果をそれぞれ発表してください。
／那麼現在就請各個小組發表分組討論的結果。

2067
□□□
どうき
【動機】

名 動機；直接原因

類 契機

例 あなたが弊社への就職を希望する動機は何ですか。

／請問您希望到敝公司上班的動機是什麼？

2068
□□□
とうきゅう
【等級】

名 等級，等位

例 新しい日本語能力試験は五つの等級に分かれている。

／新式日本語能力測驗分成五等級。

2069
□□□
どうきゅう
【同級】

名 同等級，等級相同；同班，同年級

例 3年ぶりに高校の同級生と会った。

／闊別三年以後與高中同學見面了。

2070
□□□
どうきょ
【同居】

名・自サ 同居；同住，住在一起

反 別居

例 統計によると、二世帯同居の家は徐々に減ってきています。

／根據統計，父母與已婚子女同住的家戶數正逐漸減少中。

2071
□□□
とうこう
【登校】

名・自サ （學生）上學校，到校

類 通う

例 子供の登校を見送りがてら、お隣へ回覧板を届けてきます。

／在目送小孩上學的同時，順便把傳閱板送到隔壁去。

文法

がてら［順便…］

▶ 表示做一個行為，有兩個目的。在做前面動作的同時，借機順便做了後面的動作。

2072
□□□
とうごう
【統合】

名・他サ 統一，綜合，合併，集中

類 併せる

例 今日、一部の事業部門を統合することが発表されました。

／今天公司宣布了整併部分事業部門。

2073
□□□
どうこう
【動向】

〔名〕（社會、人心等）動向，趨勢

〔類〕成り行き

例 最近株を始めたので、株価の動向が気になります。

／最近開始投資股票，所以十分在意股價的漲跌。

2074
□□□
とうし
【投資】

〔名・他サ〕投資

〔類〕出資

例 投資をするなら、始める前にしっかり下調べした方がいいです

よ。／如果要進行投資，在開始之前先確實做好調查研究方為上策喔！

2075
□□□
どうし
【同士】

〔名・接尾〕（意見、目的、理想、愛好相同者）同好；
（彼此關係、性質相同的人）彼此，伙伴，們

〔反〕敵　〔類〕仲間

例 似たもの同士が惹かれやすいというのは、実証されていますか。

／請問是否已經有研究證實，相似的人容易受到彼此的吸引呢？

2076
□□□
どうし
【同志】

〔名〕同一政黨的人；同志，同夥，伙伴

例 日本語会話の練習をしたい同志を募って週2回集まっている。

／彙集了想要練習日語會話的志同道合者每星期聚會兩次。

2077
□□□
どうじょう
【同上】

〔名〕同上，同上所述

例 同上の理由により、本件も見直すこととなった。

／基於上述理由，本案需重新評估。

2078
□□□
どうじょう
【同情】

〔名・自サ〕同情

〔類〕思いやり

例 同情を誘わんがための芝居にころっと騙さ

れた。

／輕而易舉地就被設法博取同情的演技給騙了。

文法

んがための［為了…
而…（的）］

▶ 表示目的。帶有無論如
何都要實現某事，帶著積
極的目的做某事的語意。

2079
□□□
どうじょう
【道場】

名 道場，修行的地方；教授武藝的場所，練武場

例 柔道の道場からは、いつも威勢のいい声が聞こえてきます。

／柔道場常常傳出氣勢勇猛的呼喝聲。

2080
□□□
とうせい
【統制】

名・他サ 統治，統歸，統一管理；控制能力

類 取り締まる

例 どうも経営陣内部の統制が取れていないようです。

／經營團隊內部的管理紊亂，猶如群龍無首。

2081
□□□
とうせん
【当選】

名・自サ 當選，中選

反 落選　類 合格

例 スキャンダルの逆風をものともせず、当選した。

／儘管選舉時遭逢醜聞打擊，依舊順利當選。

文法

をものともせず(に)
[不受…]

▶ 表示面對嚴峻的條件，仍毫不畏懼地做後項。後項多接改變現況、解決問題的句子。

2082
□□□
とうそう
【逃走】

名・自サ 逃走，逃跑

例 犯人は、パトカーを見るや否や逃走した。

／犯嫌一看到巡邏車就立刻逃走了。

文法

やいなや [剛…就…]

▶ 表示前一個動作才剛做完，甚至還沒做完，就馬上引起後項的動作。

2083
□□□
とうそつ
【統率】

名・他サ 統率

例 30名もの部下を統率するのは容易ではありません。

／統御多達三十名部屬並非容易之事。

2084
□□□
とうたつ
【到達】

名・自サ 到達，達到

類 着く

例 先頭集団はすでに折り返し地点に到達したそうです。

／據說領先群已經來到折返點了。

2085 □□□
とうち
【統治】
名・他サ 統治

類 治める

例 台湾には日本統治時代の建物がたくさん残っている。
／台灣保留著非常多日治時代的建築物。

2086 □□□
(68)
どうちょう
【同調】
名・自他サ 調整音調；同調，同一步調，同意

類 賛同

例 周りと同調すれば、人間関係がスムーズになると考える人もいる。
／某些人認為，只要表達與周圍人們具有同樣的看法，人際關係就會比較和諧。

2087 □□□
とうてい
【到底】
副（下接否定，語氣強）無論如何也，怎麼也

類 どうしても

例 英語で論文を発表するなんて、到底私には無理です。
／要我用英語發表論文，實在是太強人所難了。

2088 □□□
どうてき
【動的】
形動 動的，變動的，動態的；生動的，活潑的，積極的

例 パソコンを使って動的な画像を作成する方法がありますよ。
／可以透過電腦將圖像做成動畫喔！

2089 □□□
とうとい
【尊い】
形 價值高的，珍貴的，寶貴的，可貴的

類 敬う

例 一人一人が尊い命ですから、大切にしないといけません。
／每個人的生命都是寶貴的，必須予以尊重珍惜。

2090 □□□
どうとう
【同等】
名 同等（級）；同樣資格，相等

例 これと同等の機能を持つデジタルカメラはどれですか。
／請問哪一台數位相機與這台具有同樣的功能呢？

2091
□□□
とうどう
【堂々】

形動・副（儀表等）堂堂；威風凜凜；冠冕堂皇，光明正大；無所顧忌，勇往直前

反 貧弱　類 立派

例 発言する時は、皆に聞こえるよう堂々と意見を述べなさい。
／公開發言時，請胸有成竹地大聲說明，讓所有的人都聽得到。

2092
□□□
とうとぶ
【尊ぶ】

他五 尊敬，尊重；重視，珍重

反 侮る　類 敬う

例 四季折々の自然の変化を尊ぶ。
／珍視四季嬗遞的自然變化。

2093
□□□
どうにか

副 想點法子；（經過一些曲折）總算，好歹，勉勉強強

類 やっと

例 どうにか飛行機に乗り遅れずにすみそうです。
／似乎好不容易才趕上飛機起飛。

2094
□□□
とうにゅう
【投入】

名・他サ 投入，扔進去；投入（資本、勞力等）

例 中国を皮切りにして、新製品を各市場に投入する。
／以中國作為起點，將新產品推銷到各國市場。

文法
をかわきりにして
[以…為開端開始]
▶ 表示以這為起點，開始了一連串同類型的動作。

2095
□□□
とうにゅう
【導入】

名・他サ 引進，引入，輸入；（為了解決懸案）引用（材料、證據）

例 新しいシステムを導入したため、慣れるまで操作に時間がかかります。／由於引進新系統，花費了相當長的時間才習慣其操作方式。

2096
□□□
とうにん
【当人】

名 當事人，本人

類 本人

例 本当のところは当人にしか分かりません。
／真實的狀況只有當事人清楚。

2097
□□□

どうふう
【同封】

名・他サ 隨信附寄，附在信中

例 商品のパンフレットを同封させていただきます。
／隨信附上商品的介紹小冊。

2098
□□□

とうぼう
【逃亡】

名・自サ 逃走，逃跑，逃遁；亡命

反 追う　類 逃げる

例 犯人は逃亡したにもかかわらず、わずか15分で再逮捕された。
／歹徒雖然衝破警網逃亡，但是不到十五分鐘就再度遭到逮捕。

2099
□□□

とうみん
【冬眠】

名・自サ 冬眠；停頓

例 冬眠した状態の熊が上野動物園で一般公開されています。
／在上野動物園可以觀賞到冬眠中的熊。

2100
□□□

どうめい
【同盟】

名・自サ 同盟，聯盟，聯合

類 連盟

例 同盟国ですら反対しているのに、強行するのは危険だ。
／連同盟國都予以反對，若要強制進行具有危險性。

文法

ですら [就連…都]
▶ 舉出所舉極端的例子，表示連所舉的例子都這樣了，其他的就更不用提了。有導致消極結果的傾向。

2101
□□□

どうやら

副 好歹，好不容易才…；彷彿，大概

類 やっと、何とか

例 リゾート開発を皮切りに、どうやら事業を拡大するようだ。
／看來他打算從開發休閒度假村開始，逐步拓展事業版圖。

文法

をかわきりに [以…為開端開始]
▶ 表示以這為起點，開始了一連串同類型的動作。

2102 □□□
どうよう
【動揺】
名・自他サ 動搖，搖動，搖擺；(心神)不安，不平靜；異動

例 知らせを聞くなり、動揺して言葉を失った。
／一聽到傳來的消息後，頓時驚慌失措無法言語。

文法

なり [剛…就立刻…]
▶ 表示前項剛一完成，後項就緊接著發生。後項動作一般是預料之外、突發性的。

2103 □□□
どうりょく
【動力】
名 動力，原動力

類 原動力
例 昔は、川の流れを動力とする水車で粉をひいたものです。
／從前是以河流作為動力的水車來碾成粉的。

2104 □□□
とうろん
【討論】
名・自サ 討論

類 論じる
例 こんなくだらない問題は討論するに値しない。
／如此無聊的問題不值得討論。

2105 □□□
とおざかる
【遠ざかる】
自五 遠離；疏遠；不碰，節制，克制

例 娘は父の車が遠ざかって見えなくなるまで手を振っていました。
／女兒猛揮著手，直到父親的車子漸行漸遠，消失蹤影。

2106 □□□
とおまわり
【遠回り】
名・自サ・形動 使其繞道，繞遠路

類 回り道
例 ちょっと遠回りですが、デパートに寄ってから家に帰ります。
／雖然有點繞遠路，先去百貨公司一趟再回家。

2107 □□□
トーン
【tone】
名 調子，音調；色調

例 モネなど、柔らかいトーンの絵が好きです。
／我喜歡像莫內那種風格柔和的畫作。

| 2108 □□□ | **とかく** | 副・自サ 種種，這樣那樣（流言、風聞等）;動不動，總是；不知不覺就，沒一會就 |

類 何かと

例 データの打ち込みミスは、とかくありがちです。
/輸入資料時出現誤繕是很常見的。

| 2109 □□□ | **とがめる** 【咎める】 | 他下一 責備，挑剔；盤問 |
| | | 自下一 （傷口等）發炎，紅腫 |

類 戒める

例 上からとがめられて、関係ないではすまされない。
/遭到上級責備，不是一句「與我無關」就能撇清。

| 2110 □□□ | **とがる** 【尖る】 | 自五 尖；(神經) 緊張；不高興，冒火 |

例 鉛筆を削って尖らせる。
/把鉛筆削尖。

| 2111 □□□ | **ときおり** 【時折】 | 副 有時，偶爾 |

例 彼は時折声を詰まらせながらも、最後までしっかり喪主を務めました。/雖然他偶爾哽咽得不成聲，最後仍順利完成身為喪主的職責。

| 2112 □□□ | **どきょう** 【度胸】 | 名 膽子，氣魄 |

例 社長相手にあれだけ堂々と自説を述べるとは、なかなか度胸がある。
/面對總經理居然能那樣堂而皇之地滔滔不絕，膽量實在不小。

文法
とは[連…也；竟然會]
▶ 表示對看到或聽到的事實（意料之外的），感到吃驚或感慨的心情。

| 2113 □□□ | **とぎれる** 【途切れる】 | 自下一 中斷，間斷 |

類 途絶える

例 社長が急にオフィスに入ってきたので、話が途切れてしまった。
/由於社長突然踏進辦公室，話題戛然中斷了。

2114
□□□
とく
【説く】
他五 說明；說服，勸；宣導，提倡

類 説明

例 彼は革命の意義を一生懸命我々に説いた。
　　／他拚命闡述革命的意義，試圖說服我們。

2115
□□□
とぐ
【研ぐ・磨ぐ】
他五 磨；擦亮，磨光；淘（米等）

類 磨く

例 切れ味が悪くなってきたので、包丁を研いでください。
　　／菜刀已經鈍了，請重新磨刀。

2116
□□□
69
とくぎ
【特技】
名 特別技能（技術）

例 彼女の特技はクラリネットを演奏することです。
　　／她的拿手絕活是吹奏單簧管。

2117
□□□
どくさい
【独裁】
名・自サ 獨斷，獨行；獨裁，專政

例 独裁体制は 50 年を経てようやく終わりを告げました。
　　／歷經五十年，獨裁體制終告結束。

2118
□□□
とくさん
【特産】
名 特產，土產

例 県では特産である葡萄を使った新商品を開発しています。
　　／該縣以特產的葡萄研發新產品。

2119
□□□
どくじ
【独自】
形動 獨自，獨特，個人

類 特有

例 このマシーンはわが社が独自に開発したものです。
　　／這部機器是本公司獨力研發而成的。

2120
□□□
どくしゃ
【読者】　　　　　名 読者

例 読者に誤解を与えるような表現があってはいけません。
／絕對不可以寫出讓讀者曲解的文章。

2121
□□□
とくしゅう
【特集】　　　　名・他サ 特輯，專輯

例 来月号では春のガーデニングについて特集します。
／下一期月刊將以春季園藝作為專輯的主題。

2122
□□□
どくせん
【独占】　　　　名・他サ 獨占，獨斷；壟斷，專營

類 独り占め
例 続いての映像は、ニコニコテレビが独占入手したものです。
／接下來的這段影片，是笑瞇瞇電視台獨家取得的畫面。

2123
□□□
どくそう
【独創】　　　　名・他サ 獨創

類 独特
例 作品は彼ならではの独創性にあふれている。
／這件作品散發出他的獨創風格。

文法
ならではの
[正因為…才有(的)…]
▶ 表示如果不是前項，
就沒後項，正因為是這
人事物才會這麼好。是
高評價的表現方式。

2124
□□□
とくてん
【得点】　　　　名 (學藝、競賽等的) 得分

反 失点
例 前半で5点得点したにもかかわらず、なんと逆転負けしてしま

いました。
／雖然上半場已經獲得五分，沒有想到最後對手竟然反敗為勝。

2125
□□□
とくは
【特派】　　　　名・他サ 特派，特別派遣

例 海外特派員が現地の様子を随時レポートします。
／海外特派員會將當地的最新情況做即時轉播。

2126
□□□
とくめい
【匿名】
名 匿名

知事の汚職を告発する匿名の手紙が各報道機関に届いた。
／揭發縣長瀆職的匿名信送到了各家媒體。

2127
□□□
とくゆう
【特有】
形動 特有

類 独特

ラム肉には特有のにおいがあります。
／羊肉有一股特有的羊臊味。

2128
□□□
とげ
【棘・刺】
名 (植物的)刺;(扎在身上的)刺;(轉)講話尖酸,話中帶刺

類 針

バラの枝にはとげがあるので気を付けてね。
／玫瑰的花莖上有刺,請小心留意喔!

2129
□□□
どげざ
【土下座】
名・自サ 跪在地上;低姿態

土下座して謝る。
／下跪道歉。

2130
□□□
とげる
【遂げる】
他下一 完成,實現,達到;終於

類 仕上げる

両国の関係はここ5年間で飛躍的な発展を遂げました。
／近五年來,兩國之間的關係終於有了大幅的正向發展。

2131
□□□
どころか
接續・接助 然而,可是,不過;(用「…たところが的形式」)一…,剛要…

面識があるどころか、名前さえ存じ上げません。
／豈止未曾謀面,連其大名也毫不知曉。

2132 □□□
としごろ
【年頃】
(名・副) 大約的年齡；妙齡，成人年齡；幾年來，多年來

例 年頃とあって、最近娘はお洒落に気を遣っている。
／可能是已屆青春妙齡，最近小女變得特別注重打扮。

文法
とあって
[因為…（的關係）]
▶ 由於前項特殊的原因，當然就會出現後項特殊的情況，或應該採取的行動。

2133 □□□
とじまり
【戸締まり】
(名) 關門窗，鎖門

例 出かける前には戸締まりをしっかり確認しましょう。
／在我們離開家門前，務必要仔細確認鎖緊門窗。

2134 □□□
どしゃ
【土砂】
(名) 土和沙，沙土

例 今回の土砂災害で、数十戸が避難を余儀なくされた。
／這次的土石流使得數十戶居民不得不避難。

文法
をよぎなくされる
[只得…]
▶ 因為大自然或環境等，個人能力所不能及的強大力量，不得已被迫做後項。

2135 □□□
とじる
【綴じる】
(他上一) 訂起來，訂綴；（把衣的裡和面）縫在一起

(類) 綴る

例 提出書類は全てファイルにとじてください。
／請將所有申請文件裝訂於檔案夾中。

2136 □□□
どだい
【土台】
(名・副)（建）地基，底座；基礎；本來，根本，壓根兒

(類) 基

例 土台をしっかり固めなければ、強い地震に対応できません。
／沒有確實打好地基的話，就無法應付強烈地震。

2137 □□□ とだえる【途絶える】

<自下一> 斷絕，杜絕，中斷

<類> 途切れる

<例> 途絶えることなしに、祖先から脈々と受け継がれている。
／祖先代代相傳，至今從未中斷。

<文法> ことなしに [不…而…]
▶ 表示沒有做前項的話，後面就沒辦法做到的意思。

2138 □□□ とっきょ【特許】

<名・他サ> （法）（政府的）特別許可；專利特許，專利權

<例> 特許を取得するには、どのような手続きが必要ですか。
／請問必須辦理什麼樣的手續，才能取得專利呢？

2139 □□□ とっけん【特権】

<名> 特權

<例> 外交官特権にはどのようなものがありますか。
／請問外交官享有哪些特權呢？

2140 □□□ とっさに

<副> 瞬間，一轉眼，轉眼之間

<例> 女の子が溺れているのを発見し、彼はとっさに川に飛び込んだ。
／他一發現有個女孩子溺水，立刻毫不考慮地跳進河裡。

2141 □□□ とつじょ【突如】

<副・形動> 突如其來，突然

<類> 突然

<例> 目の前に突如熊が現れて、腰を抜かしそうになりました。
／眼前突然出現了一頭熊，差點被嚇得手腳發軟。

2142 □□□ とって

<提助・接助> （助詞「とて」添加促音）（表示不應視為例外）就是，甚至；（表示把所說的事物做為對象加以提示）所謂；說是；即使說是；（常用「…こととて」表示不得已的原因）由於，因為

<例> 私にとって、結婚指輪は夫との絆の証しです。
／對我而言，結婚戒指是我和丈夫緊密結合在一起的證明。

2143 □□□

と**って**
【取っ手】

名 把手

例 緊急の時には、この取っ手を強く引いてください。
／緊急時刻請用力拉開這個把手。

2144 □□□

と**っぱ**
【突破】

名・他サ 突破；超過

類 打破
例 本年度の自動車の売上台数は 20 万台を突破しました。
／本年度的汽車銷售數量突破了二十萬輛。

2145 □□□

ど**て**
【土手】

名（防風、浪的）堤防

類 堤
例 春になると、土手にはたくさんつくしが生えます。
／時序入春，堤防上長滿了筆頭菜。

2146 □□□

と**どけ**
【届け】

名（提交機關、工作單位、學校等）申報書，申請書

例 結婚式は来月ですが、結婚届はもう出しました。
／結婚典禮是在下個月，但是結婚申請書已經遞交出去了。

2147 □□□

と**どこおる**
【滞る】

自五 拖延，耽擱，遲延；拖欠

反 はかどる 類 停滞
例 収入が無いため、電気代の支払いが滞っています。
／因為沒有收入，致使遲繳電費。

2148 □□□

と**とのえる**
【整える・調える】

他下一 整理，整頓；準備；達成協議，談妥

反 乱す 類 整理
例 快適に仕事ができる環境を整えましょう。
／讓我們共同創造一個舒適的工作環境吧！

2149 □□□ とどめる

他下一 停住；阻止；留下，遺留；止於（某限度）

反 進める 類 停止

例 交際費を月々2万円以内にとどめるようにしています。

／將每個月的交際應酬費用控制在兩萬元以內的額度。

2150 □□□ となえる【唱える】

他下一 唸，頌；高喊；提倡；提出，聲明；喊價，報價

類 主張

例 彼女が呪文を唱えると、木々が動物に変身します。

／當她唸誦咒語之後，樹木全都化身為動物。

2151 □□□ とのさま【殿様】

名（對貴族、主君的敬稱）老爺，大人

例 彼が江戸時代の殿様に扮するコントはいつも人気があります。

／他扮演江戸時代諸侯的搞笑短劇，總是大受歡迎。

2152 □□□ どひょう【土俵】

名（相撲）比賽場，摔角場；緊要關頭

例 お相撲さんが土俵に上がると、土俵が小さく見えます。

／當相撲選手站上比賽場後，相形之下那個場地顯得侷促狹小。

2153 □□□ とびら【扉】

名 門，門扇；（印刷）扉頁

類 戸

例 昔の日本家屋の扉は引き戸のものが多かったです。

／過去日式住宅的門扉多為拉門樣式。

2154 □□□ どぶ

名 水溝，深坑，下水道，陰溝

類 下水道

例 町内会でどぶ掃除をした。

／由里民委員會清掃了水溝。

2155 □□□
とほ
【徒歩】
(名・自サ) 歩行，徒歩

類 歩く

例 ここから駅まで徒歩でどれぐらいかかりますか。
／請問從這裡步行至車站，大約需要多少時間呢？

2156 □□□
どぼく
【土木】
(名) 土木；土木工程

例 同センターでは土木に関する質問を受け付けています。
／本中心接受有關土木工程方面的詢問。

2157 □□□
とぼける
【惚ける・恍ける】
(自下一) （腦筋）遲鈍，發呆；裝糊塗，裝傻；出洋相，做滑稽愚蠢的言行

類 恍惚

例 君がやったことは分かっているんだから、とぼけたって無駄ですよ。
／我很清楚你幹了什麼好事，想裝傻也沒用！

2158 □□□
とぼしい
【乏しい】
(形) 不充分，不夠，缺乏，缺少；生活貧困，貧窮

反 多い　類 少ない

例 資金が乏しいながらも、何とかやりくりした。
／雖然資金不足，總算以這筆錢完成了。

2159 □□□
とまどい
【戸惑い】
(名・自サ) 困惑，不知所措

例 戸惑いを隠せない。
／掩不住困惑。

2160 □□□
とまどう
【戸惑う】
(自五) （夜裡醒來）迷迷糊糊，不辨方向；找不到門；不知所措，困惑

例 急に質問されて戸惑う。
／突然被問不知如何回答。

2161
□□□
とみ
【富】

（名）財富，資產，錢財；資源，富源；彩券

◀

類 財産

例 ドバイには世界の富が集まるといわれている。
／聽說世界各地的財富都聚集在杜拜。

2162
□□□
とむ
【富む】

（自五）有錢，富裕；豐富

◀

反 乏しい　類 豊か

例 彼の作品は皆遊び心に富んでいます。
／他所有的作品都饒富童心。

2163
□□□
とも
【供】

（名）（長輩、貴人等的）隨從，從者；伴侶；夥伴，同伴

◀

例 こちらのおつまみは旅のお供にどうぞ。
／這些下酒菜請在旅遊時享用。

2164
□□□
ともかせぎ
【共稼ぎ】

（名・自サ）夫妻都上班

◀

類 共働き

例 共稼ぎながらも、給料が少なく生活は苦しい。
／雖然夫妻都有工作，但是收入微弱，生活清苦。

2165
□□□
ともなう
【伴う】

（自他五）隨同，伴隨；隨著；相符

◀

類 つれる

例 役職が高くなるに伴って、責任も大きくなります。
／隨著官職愈高，責任亦更為繁重。

2166
□□□
ともばたらき
【共働き】

（名・自サ）夫妻都工作

◀

類 共稼ぎ

例 借金を返済すべく、共働きをしている。
／為了償還負債，夫妻倆都去工作。

文法
べく［為了…而］
▶ 表示意志、目的。帶著某種目的，來做後項。

2167

ともる

（自五）（燈火）亮，點著

例 日が西に傾き、街には明かりがともり始めた。
／太陽西斜，街上也開始亮起了燈。

2168

ドライ
【dry】

（名・形動）乾燥，乾旱；乾巴巴，枯燥無味；（處事）理智，冷冰冰；禁酒，（宴會上）不提供酒

例 ドライフラワーはどうやって作るんですか。
／乾燥花是怎麼製作的呢？

2169

ドライクリーニング
【dry cleaning】

（名）乾洗

例 洗濯機で洗っちゃ駄目だよ、ドライクリーニングに出さなくちゃ。
／這個不能用洗衣機洗啦，要送去乾洗才行！

2170

ドライバー
【driver】

（名）（「screwdriver」之略稱）螺絲起子

例 ドライバー1本で組み立てられる。
／用一支螺絲起子組裝完成。

2171

ドライバー
【driver】

（名）（電車、汽車的）司機

類 運転手
例 長距離トラックのドライバーは、けっこう給料がいいそうだ。
／聽說長程卡車司機的薪水挺不錯的。

2172

ドライブイン
【drive-in】

（名）免下車餐廳（銀行、郵局、加油站）；快餐車道

例 もう1時だから、ドライブインにでも寄ってお昼を食べようか。
／都已經一點了，不如去得來速買個午餐吃吧。

2173

トラウマ
【trauma】

（名）精神性上的創傷，感情創傷，情緒創傷

例 トラウマを克服したい。
／想克服感情創傷。

2174 □□□
トラブル
【trouble】
(名) 糾紛，糾葛，麻煩；故障

(類) 争い

(例) あの会社はトラブルずくめだ。
／那家公司的糾紛層出不窮。

文法

ずくめ [接二連三地…]
▶ 表示事情接二連三地發生之意。另也表示身邊全是這些東西、毫不例外的意思。

2175 □□□
トランジスター
【transistor】
(名) 電晶體；(俗) 小型

(例) トランジスターの原理と特徴を教えてください。
／請教我電晶體的原理與特色。

2176 □□□
とりあえず
【取りあえず】
(副) 匆忙，急忙；(姑且) 首先，暫且先

(類) 差し当たり

(例) 取りあえず応急処置をしといたけど、なるべく早く医者に行った方がいいよ。
／雖然已經先做初步的急救措施了，但還是要盡快去看醫生才行喔。

2177 □□□
とりあつかい
【取り扱い】
(名) 對待，待遇；(物品的) 處理，使用，(機器的) 操作；(事務、工作的) 處理，辦理

(例) 割れやすいですから、取り扱いには十分な注意が必要です。
／這個東西很容易碎裂，拿取時請特別留意。

2178 □□□
とりあつかう
【取り扱う】
(他五) 對待，接待；(用手) 操縱，使用；處理；管理，經辦

(例) 下記の店舗では生菓子は取り扱っていません。
／以下這些店舖沒有販賣日式生菓子甜點。

2179 □□□
とりい
【鳥居】
(名) (神社入口處的) 牌坊

(例) 神社の鳥居は基本的に赤色です。
／原則上，神社的牌坊都是紅色的。

2180 □□□

71

とりいそぎ
【取り急ぎ】

副（書信用語）急速，立即，趕緊

例 取り急ぎご返事申し上げます。
／謹此奉覆。

2181 □□□

とりかえ
【取り替え】

名 調換，交換；退換，更換

例 商品のお取り替えは、ご購入から１週間以内にレシートと共に
お持ちください。
／商品的更換請於購買後一週內連同收據前來辦理。

2182 □□□

とりくむ
【取り組む】

自五（相撲）互相扭住；和…交手；開（匯票）；
簽訂（合約）；埋頭研究

類 努力

例 環境問題はひとり環境省だけでなく、各省
庁が協力して取り組んでいくべきだ。
／環境保護問題不該只由環保署獨力處理，應由各部
會互助合作共同面對。

文法

ひとり〜だけで（は）なく
［不只是…］

▶ 表示不只是前項，
涉及的範圍更擴大到後
項。後項內容是說話者
所偏重、重視的。

2183 □□□

とりこむ
【取り込む】

自他五（因喪事或意外而）忙碌；拿進來；騙取，
侵吞；拉攏，籠絡

例 突然の不幸で取り込んでいる。
／因突如其來的喪事而忙亂。

2184 □□□

とりしまり
【取り締まり】

名 管理，管束；控制，取締；監督

例 アメリカで著作権侵害取り締まり強化法案が成立しました。
／美國通過了加強取締侵犯著作權的法案。

2185 □□□

とりしま**る**
【取り締まる】

他五 管束，監督，取締

類 監督

例 夜になるとあちこちで警官が飲酒運転を取り締まっています。
／入夜後，到處都有警察取締酒駕。

2186 □□□ とりしらべる 【取り調べる】
他下一 調査，偵查

類 尋ねる

例 否応なしに、警察の取り調べを受けた。
／被迫接受了警方的偵訊調查。

文法
なしに [不…而…]
▶ 表示沒有做前項應該先做的事，就做後項。

2187 □□□ とりたてる 【取り立てる】
他下一 催繳，索取；提拔

類 集金、任命

例 毎日のようにヤミ金融業者が取り立てにやって来ます。
／地下錢莊幾乎每天都來討債。

2188 □□□ とりつぐ 【取り次ぐ】
他五 傳達；（在門口）通報，傳遞；經銷，代購，代辦；轉交

類 受け付ける

例 お取り込み中のところを恐れ入りますが、伊藤さんにお取り次ぎいただけますか。
／很抱歉在百忙之中打擾您，可以麻煩您幫我傳達給伊藤先生嗎？

文法
ところを [正…之時]
▶ 表示雖然在前項的情況下，卻還是做了後項。

2189 □□□ とりつける 【取り付ける】
他下一 安裝（機器等）；經常光顧；（商）擠兌；取得

類 据える

例 クーラーなど必要な設備はすでに取り付けてあります。
／空調等所有必要的設備，已經全數安裝完畢。

2190 □□□ とりのぞく 【取り除く】
他五 除掉，清除；拆除

例 この薬を飲めば、痛みを取り除くことができますか。
／只要吃下這種藥，疼痛就會消失嗎？

2191 □□□
とりひき
【取引】
（名・自サ）交易，貿易

（類）商い

（例）金融商品取引法は有価証券の売買を公正なものとするよう定めています。

／《金融商品交易法》明訂有價證券的買賣必須基於公正原則。

2192 □□□
とりぶん
【取り分】
（名）應得的份額

（例）会社の取り分は50％、私の取り分は50％です。

／我與公司五五分帳。

2193 □□□
とりまく
【取り巻く】
（他五）圍住，圍繞；奉承，奉迎

（類）囲む

（例）わが国を取り巻く国際環境は決して楽観できるものではありません。

／我國周遭的國際局勢決不能樂觀視之。

2194 □□□
とりまぜる
【取り混ぜる】
（他下一）攪混，混在一起

（例）新旧の映像を取り混ぜて、再編集します。

／將新影片與舊影片重新混合剪輯。

2195 □□□
とりもどす
【取り戻す】
（他五）拿回，取回；恢復，挽回

（反）与える　（類）回復

（例）遅れを取り戻す為とあれば、徹夜してもかまわない。

／如為趕上進度，就算熬夜也沒問題。

文法
とあれば
[如果…那就…]
▶ 假定條件的説法。如果是為了前項所提的事物，是可以接受的，並將採後項的行動。

2196 □□□
とりよせる
【取り寄せる】
（他下一）請（遠方）送來，寄來；訂貨；函購

（例）インターネットで各地の名産を取り寄せることができます。

／可以透過網路訂購各地的名產。

2197
□□□
ドリル
【drill】
名 鑽頭；訓練，練習

類 練習

例 小さい頃はよく算数ドリルで計算の練習をしたものです。
／小時候經常以算數練習題進行計算訓練。

2198
□□□
とりわけ
【取り分け】
名・副 分成份；（相撲）平局，平手；特別，格外，分外

類 折入って、特に

例 この店は、麻婆豆腐がとりわけおいしい。
／這家店的麻婆豆腐特別好吃。

2199
□□□
とろける
自下一 溶化，溶解；心盪神馳

類 溶ける

例 このスイーツは、口に入れた瞬間とろけてしまいます。
／這個甜點送進口中的瞬間，立刻在嘴裡化開了。

2200
□□□
トロフィー
【trophy】
名 獎盃

例 栄光のトロフィーを手にして、感無量です。
／贏得榮耀的獎盃，真叫人感慨萬千。

2201
□□□
どわすれ
【度忘れ】
名・自サ 一時記不起來，一時忘記

反 覚える 類 忘れる

例 約束を度忘れして、しょうがないではすまない。
／一時忘了約定，並非說句「又不是故意的」就可以得到原諒。

2202
□□□
どんかん
【鈍感】
名・形動 對事情的感覺或反應遲鈍；反應慢；遲鈍

反 敏感 類 愚鈍

例 恋愛について彼は本当に鈍感きわまりない。
／在戀愛方面他真的遲鈍到不行。

文法
きわまりない[極其…]
▶ 形容某事物達到了極限，再也沒有比這更為極致了。是說話者帶個人感情色彩的説法。

讀書計劃：□□□／□□□

とんだ

連體 意想不到的（災難）；意外的（事故）；無法挽回的

類 大変

例 昨日にひきかえ、今日は朝からとんだ一日だった。

／與昨天的好運相反，今日從一早開始就諸事不順。

文法

にひきかえ[和…比起來]

▶ 比較兩個相反或差異性很大的事物。含有說話者主觀看法。

とんや
【問屋】

名 批發商

例 彼は問屋のみならず、小売業も知っている。

／他不僅認識批發商，也與零售商相識。

2205
□□□

72

ないかく
【内閣】

名 内閣，政府

類 政府

例 景気の回復は、内閣総理大臣の手腕いかんだ。

／景氣復甦與否，取決於內閣總理大臣的手腕。

2206
□□□

ないし
【乃至】

接 至，乃至；或是，或者

例 本人、ないし指定された代理人の署名が必要です。

／必須有本人或者指定代理人之署名。

2207
□□□

ないしょ
【内緒】

名 瞞著別人，秘密

反 秘密　類 公開

例 母は父に内緒でへそくりを貯めています。

／家母瞞著家父暗存私房錢。

2208
□□□

ないしん
【内心】

名・副 內心，心中

類 本心

例 大丈夫と言ったものの、内心は不安でたまりません。

／雖然嘴裡說沒問題，其實極為忐忑不安。

2209
□□□

ないぞう
【内臓】

名 內臟

例 内臓に脂肪が溜まると、どんな病気にかかりやすいですか。

／請問如果內臟脂肪過多，將容易罹患什麼樣的疾病呢？

2210
□□□

ないぞう
【内蔵】

名・他サ 裡面包藏，內部裝有；內庫，宮中的府庫

例 そのハードディスクはすでにパソコンに内蔵されています。

／那個硬碟已經安裝於電腦主機裡面了。

2211
□□□
ナイター
【(和) night + er】

㊂ 棒球夜場賽

㉕ ナイター中継は、放送時間を延長してお送り致します。
/本台將延長棒球夜場賽的實況轉播時間。

2212
□□□
ないぶ
【内部】

㊂ 内部，裡面；内情，内幕

㊐ 外部

㉕ 内部の事情に詳しい者の犯行であることは、推察するにかたくない。
/不難猜想是熟悉内部者犯的案。

文法

にかたくない [不難…]
▶ 表示從某一狀況來看，不難想像，誰都能明白的意思。

2213
□□□
ないらん
【内乱】

㊂ 内亂，叛亂

㉕ 秩序の乱れにとどまらず、これはもう内乱といってよい状況だ。
/這樣的事態已經不只是秩序混亂，還可以稱得上是内亂了。

文法

にとどまらず
[不僅…還…]
▶ 表示不僅限於前面的範圍，更有後面廣大的範圍。

2214
□□□
ないりく
【内陸】

㊂ 内陸，内地

㉕ 沿岸の発展にひきかえ、内陸部は立ち後れている。
/相較於沿岸的發展時程，内陸地區的起步較為落後。

文法

にひきかえ[和…比起來]
▶ 比較兩個相反或差異性很大的事物。含有説話者主觀看法。

2215
□□□
なえ
【苗】

㊂ 苗，秧子，稻秧

㉕ 稲の苗はいつ頃田んぼに植えますか。
/請問秧苗是什麼時候移種至水田的呢？

2216 □□□
なおさら
⧆ 更加，越，更

⟨反⟩ますます

⧆ 出身校が同じと聞いたので、なおさら親しみがわきます。
／聽說是同校畢業的校友，備感親切。

2217 □□□
ながし
【流し】
⧆ 流，沖；流理台

⧆ ここの流しでは靴や靴下を洗わないでください。
／請不要在這個流理台清洗鞋襪。

2218 □□□
ながなが（と）
【長々（と）】
⧆ 長長地；冗長；長久

⧆ 延び延び

⧆ 長々とお邪魔して申し訳ございません。
／在此叨擾甚久，深感抱歉。

2219 □□□
なかほど
【中程】
⧆ （場所、距離的）中間；（程度）中等；（時間、事物進行的）途中，半途

⧆ 中間

⧆ 番組の中ほどで、プレゼントの当選者を発表します。
／節目進行至一半時，將宣布中獎者名單。

2220 □□□
なぎさ
【渚】
⧆ 水濱，岸邊，海濱

⟨反⟩沖 ⧆ 岸

⧆ 海浜公園のなぎさにはどんな生き物が生息していますか。
／請問有哪些生物棲息在海濱公園的岸邊呢？

2221 □□□
なぐる
【殴る】
⧆ 毆打，揍；（接某些動詞下面成複合動詞）草草了事

⧆ 態度が悪いからといって、殴る蹴るの暴行を加えてよいわけがない。
／就算態度不好，也不能對他又打又踢的施以暴力。

2222 □□□

なげく
【嘆く】

（自五）嘆氣；悲嘆；嘆惋，慨嘆

(類) 嘆息

(例) ないものを嘆いてもどうにもならないでしょう。
／就算嘆惋那不存在的東西也是無濟於事。

2223 □□□

なげだす
【投げ出す】

（他五）拋出，扔下；拋棄，放棄；拿出，豁出，
獻出

(類) 放棄

(例) 彼は、つまずいても投げ出すことなく、最後までやり遂げた。
／他就算受挫也沒有自暴自棄，堅持到最後一刻完成了。

2224 □□□

なこうど
【仲人】

（名）媒人，婚姻介紹人

(類) 仲立ち

(例) 今では仲人を立てて結婚する人は激減している。
／現在透過媒人撮合而結婚的人急遽減少。

2225 □□□

なごむ
【和む】

（自五）平靜下來，溫和起來

(例) 孫と話していると、心が和む。
／和孫兒聊天以後，心情就平靜下來了。

2226 □□□

なごやか
【和やか】

（形動）心情愉快，氣氛和諧；和睦

(類) 平静

(例) 話し合いは、和やかな雰囲気の中、進められました。
／協談在和諧的氣氛中順利進行。

2227 □□□

なごり
【名残】

（名）（臨別時）難分難捨的心情，依戀；臨別紀念；
殘餘，遺跡

(類) 余韻

(例) 名残惜しいですが、これで失礼致します。
／儘管依依不捨，就此告辭。

2228
□□□
なさけ
【情け】
名 仁慈，同情；人情，情義；（男女）戀情，愛情

類 人情
例 あんな奴に情けをかけることはない。
／對那種傢伙不必手下留情！

2229
□□□
なさけない
【情けない】
形 無情，沒有仁慈心；可憐，悲慘；可恥，令人遺憾

類 浅ましい
例 試合では練習の半分しか力が出せず、情けない結果に終わった。
／比賽當中只拿出練習時的一半實力，就在慘不忍睹的結局中結束了比賽。

2230
□□□
なさけぶかい
【情け深い】
形 對人熱情，有同情心的樣子；熱心腸；仁慈

類 温かい
例 彼は情け深く、とても思いやりがある。
／他的個性古道熱腸，待人非常體貼。

2231
□□□
なじる
【詰る】
他五 責備，責問

類 責める
例 人の失敗をいつまでもなじるものではない。
／不要一直責備別人的失敗。

2232
□□□
なだかい
【名高い】
形 有名，著名；出名

反 無名 類 有名
例 これは本場フランスでも名高いチーズです。
／這種起士在乳酪之鄉的法國也非常有名。

2233
□□□
なだれ
【雪崩】
名 雪崩；傾斜，斜坡；雪崩一般，蜂擁

例 今年は今までにもまして雪崩が頻繁に発生した。
／今年雪崩的次數比往年頻繁。

文法
に(も)まして [更加地…]
▶ 表示兩個事物相比較，
比起前項，後項更勝一籌。

2234 □□□

なつく

（自五）親近；喜歡；馴（服）

（類）馴れる

（例）彼女の犬は誰彼かまわずすぐなつきます。
　　／她所養的狗與任何人都能很快變得友好親密。

2235 □□□

なづけおや
【名付け親】

（名）（給小孩）取名的人；（某名稱）第一個使用的人

（例）新製品の名付け親は、プロジェクトマネージャーだ。
　　／為新產品命名的功臣是專案經理。

2236 □□□

なづける
【名付ける】

（他下一）命名；叫做，稱呼為

（例）娘は3月に生まれたので、「弥生」と名付けました。
　　／女兒因為是在三月出生的，所以取了名字叫「彌生」。

2237 □□□
73

なにげない
【何気ない】

（形）沒什麼明確目的或意圖而行動的樣子；漫不經心的；無意的

（例）何気ない一言が他人を傷つけることもあります。
　　／有時不經意的一句話，卻會傷到其他人。

2238 □□□

なにとぞ
【何とぞ】

（副）（文）請；設法，想辦法

（類）どうか

（例）何とぞよろしくお取り計らいのほどお願い申しあげます。
　　／相關安排還望您多加費心。

2239 □□□

なにより
【何より】

（連語・副）沒有比這更…；最好

（反）最低　（類）結構

（例）今の私にとっては、医師国家試験に合格することが何より大切です。
　　／對現在的我而言，最要緊的就是通過醫師國考。

2240 ☐☐☐
ナプキン
【napkin】
名 餐巾；擦嘴布；衛生綿

例 ナプキンを2枚頂けますか。
／可以向您要兩條餐巾嗎？

2241 ☐☐☐
なふだ
【名札】
名 （掛在門口的、行李上的）姓名牌，（掛在胸前的）名牌

類 名刺
例 名札は胸元につけなさい。
／把名牌別掛在胸前。

2242 ☐☐☐
なまぐさい
【生臭い】
形 發出生魚或生肉的氣味；腥

類 臭い
例 きちんとした処理をすれば生臭くなくなりますよ。
／只要經過正確步驟處理，就不會發出腥臭味。

2243 ☐☐☐
なまなましい
【生々しい】
形 生動的；鮮明的；非常新的

例 戦火の生々しい体験談を聞いた。
／聆聽了戰火餘生的血淋淋經歷。

2244 ☐☐☐
なまぬるい
【生ぬるい】
形 還沒熱到熟的程度，該冰的東西尚未冷卻；溫和；不嚴格，馬馬虎虎；姑息

類 温かい
例 政府の生ぬるい対応を非難する声があちこちで上がっています。
／對政府的溫吞姑息處理方式，各地掀起一波波指責的聲浪。

2245 ☐☐☐
なまみ
【生身】
名 肉身，活人，活生生；生魚，生肉

例 生身の人間ですから、時には怒りが抑えられないこともあります。
／既然是活生生的人，有時候難免無法壓抑怒氣。

2246 □□□
なまり
【鉛】
名（化）鉛

例 鉛は、放射線を通さない。
／鉛可以阻擋放射線。

2247 □□□
なみ
【並・並み】
名・造語 普通，一般，平常；排列；同樣；每

例 裕福ではありませんが、人並みの生活は送っています。
／儘管家境不算富裕，仍過著小康的生活。

2248 □□□
なめらか
形動 物體的表面滑溜溜的；光滑，光潤；流暢的像流水一樣；順利，流暢

反 粗い 類 すべすべ
例 この石けんを使うと肌がとてもなめらかになります。
／只要使用這種肥皂，就可以使皮膚變得光滑無比。

2249 □□□
なめる
他下一 舔；嚐；經歷；小看，輕視；（比喻火）燒，吞沒

類 しゃぶる
例 お皿のソースをなめるのは、行儀が悪いからやめなさい。
／用舌頭舔舐盤子上的醬汁是非常不禮貌的舉動，不要再這樣做！

2250 □□□
なやましい
【悩ましい】
形 因疾病或心中有苦處而難過，難受；特指性慾受刺激而情緒不安定；煩惱，惱

例 妹の風呂上りの悩ましい姿を見てどきっとした。
／看到妹妹洗完澡後撩人的模樣，心跳突然停了一拍。

2251 □□□
なやます
【悩ます】
他五 使煩惱，煩擾，折磨；惱人，迷人

例 暴走族の騒音に毎晩悩まされています。
／每一個夜裡都深受飆車族所發出的噪音所苦。

2252 □□□

な やみ
【悩み】

㊂ 煩惱，苦惱，痛苦；病，患病

㊝ 苦悩

㋭ 昔からの友達とあって、どんな悩みも打ち明けられる。

／正因是老友，有任何煩惱都可以明講。

文法

とあって［因為…（的關係）］

▶ 由於前項特殊的原因，當然就會出現後項特殊的情況，或應該採取的行動。

2253 □□□

な らす
【慣らす】

㊑ 使習慣，使適應

㊝ 順応

㋭ 外国語を学ぶ場合、まず耳を慣らすことが大切です。

／學習外語時，最重要的就是先由習慣聽這種語言開始。

2254 □□□

な らす
【馴らす】

㊑ 馴養，調馴

㊝ 調教

㋭ どうしたらウサギを飼い馴らすことができますか。

／該如何做才能馴養兔子呢？

2255 □□□

な らびに
【並びに】

㊄（文）和，以及

㊝ 及び

㋭ 組織変更並びに人事異動についてお知らせ致します。

／謹此宣布組織變更暨人事異動。

2256 □□□

な りたつ
【成り立つ】

㊀ 成立；談妥，達成協議；划得來，有利可圖；能維持；（古）成長

㊝ でき上がる

㋭ 基金会の運営はボランティアのサポートによって成り立っています。

／在義工的協助下，方能維持基金會的運作。

2257 □□□ **なるたけ**　　　副 盡量，儘可能

類 できるだけ
例 今日は娘の誕生日なので、なるたけ早く家に帰りたい。
　／今天是小女的生日，我想要盡早回家。

2258 □□□ **なれ**　　　名 習慣，熟習
【慣れ】

類 習慣
例 作文を上達させるには、日ごろの読書による文章慣れが有効だ。
　／想要提升作文能力，由日常的閱讀從而熟悉文體是很有效的方式。

2259 □□□ **なれそめ**　　　名（男女）相互親近的開端，產生戀愛的開端
【馴れ初め】

例 お二人のなれそめを聞かせてください。
　／請告訴我們您二位是怎麼相識相戀的？

2260 □□□ **なれなれしい**　　　形 非常親近，完全不客氣的態度；親近，親密無間

反 よそよそしい　類 心安い
例 人前であまりなれなれしくしないでください。
　／在他人面前請不要做出過於親密的舉動。

2261 □□□ **なん**　　　名・漢造 困難；災，苦難；責難，問難
【難】

例 ここ15年間、就職難と言われ続けています。
　／近十五年來，就業困難的窘境毫無改變。

2262 □□□ **なんか**　　　副助（推一個例子意指其餘）之類，等等，什麼的

例 由香ちゃんなんか半年に1回しか美容院に行きませんよ。
　／像由香呀，每半年才去一趟髮廊哩！

2263 □□□
ナンセンス
【nonsense】
（名·形動）無意義的，荒謬的，愚蠢的

（反）有意義　（類）無意義

（例）この人のマンガ、ナンセンスだけどなぜか面白いんだよね。

／那個人的漫畫雖然內容無稽，但卻有一種莫名的趣味喔。

2264 □□□
なんだか
【何だか】
（連語）是什麼；（不知道為什麼）總覺得，不由得

（類）何となく

（例）今日は何だかとても楽しいです。

／不知道為什麼，今天非常開心。

2265 □□□
なんだかんだ
（連語）這樣那樣；這個那個

（例）なんだかんだ言っても、肉親同士は持ちつ持たれつの関係だ。

／不管再怎麼說，親人之間總是互相扶持的。

（文法）
つ～つ［（表動作交替進行）一邊…一邊…］
▶ 表示同一主體，在進行前項動作時，交替進行後項動作。

2266 □□□
なんでもかんでも
【何でもかんでも】
（連語）一切，什麼都…，全部…；無論如何，務必

（例）弟は、僕のものは何でもかんでもすぐに欲しがる。

／凡是我的東西，不管是什麼，弟弟都會馬上過來搶。

2267 □□□
なんと
（副）怎麼，怎樣

（例）なんと立派な庭だ。

／多棒的庭院啊！

2268 □□□
なんなり（と）
（連語·副）無論什麼，不管什麼

（類）全て

（例）ご用件やご希望があれば、なんなりとおっしゃってください。

／無論您有任何問題或需要，請不要客氣，儘管提出來。

讀書計劃…□□／□□

2269 □□□

に【荷】

名（攜帶、運輸的）行李，貨物；負擔，累贅

類 小包

例 荷崩れを防止する為に、ロープでしっかり固定してください。

／為了避免堆積的貨物塌落，請確實以繩索固定妥當。

2270 □□□

にあい【似合い】

名 相配，合適

例 新郎新婦は、まさにお似合いのカップルですね。

／新郎和新娘真是天造地設的一對璧人呀。

2271 □□□

にかよう【似通う】

自五 類似，相似

類 似ている

例 さすが双子とあって、考え方も似通っています。

／不愧是雙胞胎的關係，就連思考模式也非常相似。

文法

とあって
[因為…（的關係）]

▶ 由於前項特殊的原因，當然就會出現後項特殊的情況，或應該採取的行動。

2272 □□□

にきび

名 青春痘，粉刺

類 吹き出物

例 にきびの治療にはどのような方法がありますか。

／請問有哪些方法治療青春痘呢？

2273 □□□

にぎわう【賑わう】

自五 熱鬧，擁擠；繁榮，興盛

反 寂れる　類 栄える

例 不況の影響をものともせず、お店はにぎわっている。

／店家不受不景氣的影響，高朋滿座。

文法

をものともせず(に)
[不受…]

▶ 表示面對嚴峻的條件，仍毫不畏懼地做後項，後項多接改變現況、解決問題的句子。

2274 にくしみ【憎しみ】

□□□

名 憎恨，憎惡

反 慈しみ　類 憎悪

例 昔のこととて、今となっては少したりとも憎しみはない。

／已經是過去的事了，現在毫不懷恨在心。

文法
たりとも
[哪怕…也不（可）…]
► 強調最低數量也不能允許，或不允許有絲毫的例外。

2275 にくしん【肉親】

□□□

名 親骨肉，親人

類 親子、兄弟

例 彼とは長年の付き合いで、僕にとっては肉親以上だ。

／他已是多年來的至交了，對我而言甚至比親人還要親。

2276 にくたい【肉体】

□□□

名 肉體

類 体

例 運動と食事で、肉体改造に挑戦します。

／將藉由運動與飲食控制，雕塑身材曲線。

2277 にげだす【逃げ出す】

□□□

自五 逃出，溜掉；拔腿就跑，開始逃跑

例 逃げ出したかと思いきや、すぐ捕まった。

／本以為脫逃成功，沒想到立刻遭到逮捕。

文法
（か）とおもいきや [原以為…沒想到]
► 表示按照一般情況推測，應該是前項結果，卻意外出現後項相反的結果。

2278 にしび【西日】

□□□

名 夕陽；西照的陽光，午後的陽光

例 窓から西日が差し込んで、とてもまぶしいです。

／從窗外直射而入的西曬陽光非常刺眼。

2279 にじむ【滲む】

□□□

自五 （顏色等）滲出，滲入；（汗水、眼淚、血等）慢慢滲出來

例 水性のペンは雨にぬれると滲みますよ。

／以水性筆所寫的字只要遭到雨淋就會暈染開來喔。

讀書計劃：
□□／□□
□□

2280 □□□

にせもの
【にせ物】

名 假冒者，冒充者，假冒的東西

類 インチキ

例 どこを見ればにせ物と見分けることができますか。
／請問該檢查哪裡才能分辨出是贗品呢？

2281 □□□

にづくり
【荷造り】

名·自他サ 準備行李，捆行李，包裝

類 包裝

例 旅行の荷造りはもうすみましたか。
／請問您已經準備好旅遊所需的行李了嗎？

2282 □□□

にっとう
【日当】

名 日薪

例 日当をもらう。
／領日薪。

2283 □□□

になう
【担う】

他五 擔，挑；承擔，肩負

類 担ぐ

例 同財団法人では国際交流を担う人材を育成しています。
／該財團法人負責培育肩負國際交流重任之人才。

2284 □□□

にぶる
【鈍る】

自五 不利，變鈍；變遲鈍，減弱

例 しばらく運動していなかったので、体が鈍ってしまいました。
／好一陣子沒有運動，身體反應變得比較遲鈍。

2285 □□□

にもかかわらず

連語·接續 雖然…可是；儘管…還是；儘管…可是

例 ご多忙にもかかわらず、ご出席いただきありがとうございます。
／承蒙您於百忙之中撥冗出席，萬分感激。

2286 □□□

ニュアンス
【(法) nuance】

（名）神韻，語氣；色調，音調；（意義、感情等）微妙差別，（表達上的）細膩

類 意味合い

例 表現の微妙なニュアンスを理解するのは外国人には難しいです。
／對外國人而言，要理解另一種語言表達的細膩語感，是極為困難的。

2287 □□□

ニュー
【new】

（名・造語）新，新式

反 古い 類 新しい

例 彼女はファッション界におけるニューウェーブだ。
／她為時尚界帶來了一股新潮流。

2288 □□□

にゅうしゅ
【入手】

（名・他サ）得到，到手，取得

反 手放す 類 手に入れる

例 現段階で情報の入手ルートを明らかにすることはできません。
／現階段還無法公開獲得資訊的管道。

2289 □□□

にゅうしょう
【入賞】

（名・自サ）得獎，受賞

例 体調不良をものともせず、見事に入賞を果たした。
／儘管體能狀況不佳，依舊精彩地奪得獎牌。

文法

をものともせず(に)
[不受…]

▶ 表示面對嚴峻的條件，仍毫不畏懼地做後項。後項多接改變現況、解決問題的句子。

2290 □□□

にゅうよく
【入浴】

（名・自サ）沐浴，入浴，洗澡

類 沐浴

例 ゆっくり入浴すると、血流が良くなって体が温まります。
／好整以暇地泡澡，可以促進血液循環，使身體變得暖和。

2291 □□□

にょう
【尿】

（名）尿，小便

例 尿は腎臓で作られます。／尿液是在腎臟形成的。

2292 □□□
にんしき
【認識】
（名・他サ）認識，理解

例 交渉が決裂し、認識の違いが浮き彫りになりました。

／協商破裂，彼此的認知差異愈見明顯。

2293 □□□
にんじょう
【人情】
（名）人情味，同情心；愛情

類 情け

例 映像から、島に生きる人々の温かい人情が伝わってきます。

／由影片中可以感受到島上居民們那股濃厚溫馨的人情味。

2294 □□□
にんしん
【妊娠】
（名・自サ）懷孕

類 懐胎

例 妊娠5ヶ月ともなると、お腹が目立つよう

になってくる。

／如果懷孕五個月，肚子會變得很明顯。

文法
ともなると
[要是…那就…]
▶ 表示如果發展到某程度，用常理來推斷，就會理所當然導向某種結論。

2295 □□□
にんたい
【忍耐】
（名）忍耐

例 金メダルが取れたのは、コーチの忍耐強い指導のおかげです。

／之所以能夠奪得金牌，必須歸功於教練堅忍卓絕的指導有方。

2296 □□□
にんちしょう
【認知症】
（名）老人癡呆症

例 日本人の認知症の中では、アルツハイマー型がもっとも多い。

／日本人罹患的癡呆症之中，以阿茲海默症類型的居多。

2297 □□□
にんむ
【任務】
（名）任務，職責

類 務め

例 任務とはいえ、死刑を執行するのは嫌なも

のだ。

／雖說是任務，畢竟誰都不想動手執行死刑。

文法
とはいえ
[雖然…但是…]
▶ 表示逆接轉折。先肯定那事雖然是那樣，但是實際上卻是後項的結果。

2298
□□□

にんめい
【任命】

名・他サ 任命

例 明日、各閣僚が任命されることになっています。
／明天將會任命各內閣官員。

ぬ

2299
□□□

ぬかす
【抜かす】

他五 遺漏，跳過，省略

例 次のページは抜かします。
／下一頁跳過。

2300
□□□

ぬけだす
【抜け出す】

自五 溜走，逃脫，擺脫；(髮、牙) 開始脫落，掉落

類 脱出

例 授業を勝手に抜け出してはいけません。
／不可以在上課時擅自溜出教室。

2301
□□□

ぬし
【主】

名・代・接尾 (一家人的) 主人，物主；丈夫；(敬稱) 您；者，人

類 主人

例 当サービス局では、個人事業主向けの情報を提供しています。
／本服務局主要提供自營業者相關資訊。

2302
□□□

ぬすみ
【盗み】

名 偷盜，竊盜

類 泥棒

例 彼は盗みの疑いで逮捕されました。
／他被警方以涉嫌偷竊的罪名逮捕。

2303
□□□

ぬま
【沼】

名 池塘，池沼，沼澤

類 池

例 レンコンは沼の中で育ちます。
／蓮藕生長在池沼裡。

讀書計劃：□□／□□

2304 □□□
76
ね
【音】
⊗ 聲音，音響，音色；哭聲

類 音色
例 夏祭りの会場から笛の音が聞こえてくる。
/夏日祭典的會場傳出了笛子的樂音。

2305 □□□
ねいろ
【音色】
⊗ 音色

類 ニュアンス
例 ピアノの音は1種類ではなく、弾き方によって多彩な音色が出せる。
/鋼琴的樂音不止一種，不同的彈奏方式會發出豐富多彩的音色。

2306 □□□
ねうち
【値打ち】
⊗ 估價，定價；價錢；價值；聲價，品格

例 このソファーには10万円を出す値打ちがありますか。
/請問這張沙發值得出十萬元購買嗎？

2307 □□□
ネガティブ・ネガ
【negative】
名·形動 （照相）軟片，底片；否定的，消極的

例 ネガは保存しておいてください。
/請將底片妥善保存。

2308 □□□
ねかす
【寝かす】
他五 使睡覺

例 赤ん坊を寝かす。
/哄嬰兒睡覺。

2309 □□□
ねかせる
【寝かせる】
他下一 使睡覺，使躺下；使平倒；存放著，賣不出去；使發酵

類 慣/たえる
例 暑すぎて、子供を寝かせようにも寝かせられない。
/天氣太熱了，想讓孩子睡著也都睡不成。

文法
うにも～ない［即使想…也不能…］
▶ 因為某種客觀原因，即使想做某事，也難以做到。是願望無法實現的說法。

2310
□□□

ねぐるしい
【寝苦しい】

他下一 難以入睡

例 暑くて寝苦しい。
／熱得難以入睡。

2311
□□□

ねじまわし
【ねじ回し】

名 螺絲起子

例 自転車を修理するのに、ちょうど良いねじ回しが見つかりません。
／想要修理自行車，卻找不到恰好合用的螺絲起子。

2312
□□□

ねじれる

自下一 彎曲，歪扭；(個性) 乖僻，彆扭

例 電話のコードがいつもねじれるので困っています。
／電話聽筒的電線總是纏扭成一團，令人困擾極了。

2313
□□□

ネタ

名 (俗) 材料；證據

例 小説のネタを考える。
／思考小說的題材。

2314
□□□

ねたむ
【妬む】

他五 忌妒，吃醋；妒恨

類 憎む

例 彼みたいな人は妬むにはあたらない。
／用不著忌妒他那種人。

文法
に(は)あたらない
[不需要…]
▶ 表示沒有必要做某事，
那樣的反應是不恰當的。

2315
□□□

ねだる

他五 賴著要求；勒索，纏著，強求

例 犬がお散歩をねだって鳴きやみません。
／狗兒吠個不停，纏著要人帶牠去散步。

2316 □□□

ねつい
【熱意】

名 熱情，熱忱

例 熱意といい、根性といい、彼には目を見張るものがある。

／他不論是熱忱還是毅力，都令人刮目相看。

文法

といい～といい
［不論…還是］

▶ 表示列舉。為了做為例子而舉出兩項，後項是對此做出的評價。

▶ 近 というか～というか
［該説是…還是…］

2317 □□□

ねっちゅうしょう
【熱中症】

名 中暑

例 熱中症を予防する。

／預防中暑。

2318 □□□

ねっとう
【熱湯】

名 熱水，開水

例 煎茶はお湯を少し冷まして入れますが、ほうじ茶は熱湯で入れます。

／沏煎茶時要把熱水放涼一些再沖入，但是沏烘焙茶就要用滾水直接沖茶了。

2319 □□□

ねつりょう
【熱量】

名 熱量

例 ダイエットするなら、摂取する食物の熱量を調整しなければいけない。

／如果想要減重，必須先調整攝取食物的熱量才行。

2320 □□□

ねばり
【粘り】

名 黏性，黏度；堅韌頑強

類 粘着力

例 彼女は最後まで諦めず粘りを見せたが、惜しくも敗れた。

／她始終展現出奮力不懈的精神，很可惜仍然落敗了。

2321
□□□
ねばる
【粘る】

自五 黏；有耐性，堅持

類 がんばる

例 コンディションが悪いにもかかわらず、最後までよく粘った。
／雖然狀態不佳，還是盡力堅持到最後。

2322
□□□
ねびき
【値引き】

名・他サ 打折，減價

類 割引

例 ３点以上お買い求めいただくと、更なる値引きがあります。
／如果購買三件以上商品，還可享有更佳優惠。

2323
□□□
ねまわし
【根回し】

名（為移栽或使果樹增產的）修根，砍掉一部份樹根；事先協調，打下基礎，醞釀

例 円滑に物事を進める為には、時には事前の根回しが必要です。
／為了事情能進行順利，有時事前關說是很有必要的。

2324
□□□
ねる
【練る】

他五（用灰汁、肥皂等）熬成熟絲，熟絹；推敲，錘鍊（詩文等）；修養，鍛鍊
自五 成隊遊行

例 じっくりと作戦を練り直しましょう。
／讓我們審慎地重新推演作戰方式吧！

2325
□□□
ねん
【念】

名・漢造 念頭，心情，觀念；宿願；用心；思念，考慮

例 念には念を入れて、間違いをチェックしなさい。
／請專注仔細地檢查有無錯誤之處。

2326
□□□
ねんいり
【念入り】

名 精心、用心

例 念入りに掃除する。／用心打掃。

2327
□□□
ねんが
【年賀】

名 賀年，拜年

例 お年賀のご挨拶をありがとうございました。
／非常感謝您寄來賀年卡問候。

2328 □□□
ねんかん
【年鑑】
名 年鑑

例 総務省は毎年日本統計年鑑を発行しています。
そう む しょう　まいとし に ほんとうけいねんかん　　はっこう

／總務省每年都會發行日本統計年鑑。

2329 □□□
ねんがん
【念願】
名・他サ 願望，心願

類 願い

例 念願かなって、マーケティング部に配属されることになりました。
ねんがん　　　　　　　　　　　　　　　　　　　ぶ　はいぞく

／終於如願以償，被分派到行銷部門了。

2330 □□□
ねんごう
【年号】
名 年號

例 運転免許証の有効期限は年号で記載されています。
うんてんめんきょしょう　ゆうこう き げん　ねんごう　　き さい

／駕駛執照上的有效期限是以年號形式記載的。

2331 □□□
ねんざ
【捻挫】
名・他サ 扭傷、挫傷

例 道の段差につまずいて、足を捻挫してしまった。
みち　だん さ　　　　　　　　　あし　ねん ざ

／被高低不平的路面絆到，扭傷了腳。

2332 □□□
ねんしょう
【燃焼】
名・自サ 燃燒；竭盡全力

反 消える　類 燃える

例 レースは不完全燃焼のまま終わってしまいました。
ふ かんぜんねんしょう　　お

／比賽在雙方均未充分展現實力的狀態下就結束了。

2333 □□□
ねんちょう
【年長】
名・形動 年長，年歲大，年長的人

類 目上

例 幼稚園は年少組と年長組に分かれています。
ようちえん　ねんしょうぐみ　ねんちょうぐみ　わ

／幼稚園分為幼兒班及兒童班。

2334 □□□
ねんりょう
【燃料】
名 燃料

例 燃料は大型タンカーで運び込まれます。
／燃料由大型油輪載運進口。

2335 □□□
ねんりん
【年輪】
名（樹）年輪；技藝經驗；經年累月的歷史

例 年輪は1年ごとに一つずつ増えます。
／每一年會增加一圈年輪。

の

2336 □□□
ノイローゼ
【（德）Neurose】
名 精神官能症，神經病；神經衰竭；神經崩潰

Track **77**

例 ノイローゼは完治することが可能ですか。
／請問罹患「精神官能症」有可能被治癒嗎？

2337 □□□
のう
【脳】
名・漢造 腦；頭腦，腦筋；腦力，記憶力；主要的東西

類 頭

例 脳を活性化させる簡単な方法がありますか。
／請問有沒有簡單的方法可以活化腦力呢？

2338 □□□
のうこう
【農耕】
名 農耕，耕作，種田

例 降水量が少ない地域は農耕に適しません。
／降雨量少的地區不適宜農耕。

2339 □□□
のうじょう
【農場】
名 農場

例 この農場だって全く価値のないものでもない。
／就連這座農場也絕非毫無價值可言。

文法
ないものでもない
[也並非不…]
▶ 表示依後續周圍的情勢發展，有可能會變成那樣、可以那樣做的意思。

2340 □□□

のうち
【農地】

名 農地，耕地

例 叔父は荒廃していた土地を整備して、農地として使用しています。
／家叔將荒廢已久的土地整頓完畢後作為農地之用。

2341 □□□

のうにゅう
【納入】

名・他サ 繳納，交納

反 出す 類 納める

例 期日までに授業料を納入しなければ、除籍となります。
／如果在截止日期之前尚未繳納學費，將會被開除學籍。

2342 □□□

の|が|す
【逃す】

他五 錯過，放過；（接尾詞用法）放過，漏掉

類 釈放

例 彼はわずか10秒差で優勝を逃しました。
／他以僅僅十秒之差，不幸痛失了冠軍頭銜。

2343 □□□

の|が|れる
【逃れる】

自下一 逃跑，逃脱；逃避，避免，躲避

反 追う 類 逃げる

例 警察の追跡を逃れようとして、犯人は追突事故を起こしました。
／嫌犯試圖甩掉警察追捕而駕車逃逸，卻發生了追撞事故。

2344 □□□

の|き|なみ
【軒並み】

名・副 屋簷節比，成排的屋簷；家家戶戶，每家；
一律

例 続編とあって、映画の評判は軒並み良好だ。
／由於是續集，得到全面讚賞的影評。

文法

とあって
[因為…（ 的關係 ）]

▶ 由於前項特殊的原因，
當然就會出現後項特殊
的情況，或應該採取的
行動。

2345 □□□ **のぞましい【望ましい】** 形 所希望的；希望那樣；理想的；最好的…

反 厭わしい 類 好ましい

例 合格基準（ごうかくきじゅん）をあらかじめ明確（めいかく）に定（さだ）めておくことが望（のぞ）ましい。

／希望能事先明確訂定錄取標準。

2346 □□□ **のぞむ【臨む】** 自五 面臨，面對；瀕臨；遭逢；蒞臨；君臨，統治

類 当たる

例 決勝戦（けっしょうせん）に臨（のぞ）む意気込（いきご）みを一言（ひとこと）お願（ねが）いします。

／請您在冠亞軍決賽即將開始前，對觀眾們說幾句展現鬥志的話。

2347 □□□ **のっとる【乗っ取る】** 他五（「のりとる」的音便）侵占，奪取，劫持

反 与える 類 奪う

例 タンカーが海賊（かいぞく）に乗（の）っ取（と）られたという知（し）らせが飛（と）び込（こ）んできた。

／油輪遭到海盜強佔挾持的消息傳了進來。

2348 □□□ **のどか** 形動 安靜悠閒；舒適，閒適；天氣晴朗，氣溫適中；和煦

反 くよくよ 類 のんびり

例 いつかは南国（なんごく）ののどかな島（しま）で暮（く）らしてみたい。

／希望有天能住在靜謐悠閒的南方小島上。

2349 □□□ **ののしる【罵る】** 自五 大聲吵鬧 他五 罵，說壞話

類 罵倒（ばとう）

例 顔（かお）を見（み）るが早（はや）いか、お互（たが）いにののしり始（はじ）めた。

／雙方才一照面，就互罵了起來。

> **文法**
> がはやいか
> [剛一…就…]
> ▶ 剛一發生前面情況，就馬上出現後面的動作。前後兩動作連接十分緊密。

讀書計劃：□□／□□

2350 □□□
のべ
【延べ】

⑧（金銀等）金屬壓延（的東西）；延長；共計

◀

🏷 合計

⑳ 東京ドームの延べ面積はどのくらいありますか。
/請問東京巨蛋的總面積約莫多大呢？

2351 □□□
のみこむ
【飲み込む】

⑯五 咽下，吞下；領會，熟悉

◀

🏷 飲む

⑳ 噛み切れなかったら、そのまま飲み込むまでだ。
/沒辦法咬斷的話，也只能直接吞下去了。

文法
までだ[大不了…而已]
▶ 表示現在的方法即使不行，也不沮喪，再採取別的方法。

2352 □□□
のりこむ
【乗り込む】

⑥五 坐進，乘上（車）；開進，進入；（和大家）一起搭乘；（軍隊）開入；（劇團、體育團體等）到達

◀

🏷 乗る

⑳ 皆でミニバンに乗り込んでキャンプに行きます。
/大家一同搭乘迷你廂型車去露營。

2353 □□□
ノルマ
【（俄）norma】

⑧ 基準，定額

◀

⑳ ノルマを果たす。
/完成銷售定額。

は

は　は～ばいきん

行單字

2354
□□□

は
【刃】

Track **78**

名 刀刃

反 峰　類 きっさき

例 このカッターの刃は鋭いので、扱いに注意した方がいいですよ。
／這把美工刀的刀刃銳利，使用時要小心一點喔！

2355
□□□

は
【派】

名・漢造 派，派流；衍生；派出

類 党派

例 過激派によるテロが後を絶ちません。
／激進主義者策動接二連三的恐怖攻擊。

2356
□□□

バー
【bar】

名 (鐵、木的) 條，桿，棒；小酒吧，酒館

例 週末になるとバーはほぼ満席です。
／每逢週末，酒吧幾乎都客滿。

2357
□□□

はあく
【把握】

名・他サ 掌握，充分理解，抓住

類 理解

例 正確な実態をまず把握しなければ、何の策も打てません。
／倘若未能掌握正確的實況，就無法提出任何對策。

2358
□□□

バージョンアップ
【version up】

名 版本升級

例 バージョンアップができる。
／版本可以升級。

2359
□□□

はい
【肺】

名・漢造 肺；肺腑

類 肺臓

例 肺の状態いかんでは、入院の必要がある。
／照這肺的情況來看，有住院的必要。

文法

いかんで(は)[根據…]

▶ 表示依據。根據前面狀況來進行後面，變化視前面情況而定。

読書計劃：□/□/□

Japanese-Language Proficiency Test
N1

436

2360 □□□
はい・ぱい
【敗】
名·漢造 輸；失敗；腐敗；戦敗

例 今シーズンの成績は9勝5敗でした。

／本季的戰績為九勝五敗。

2361 □□□
はいえん
【肺炎】
名 肺炎

例 肺炎を起こす。

／引起肺炎。

2362 □□□
バイオ
【biotechnology之略】
名 生物技術，生物工程學

例 バイオテクノロジーを用いる。

／運用生命科學。

2363 □□□
はいき
【廃棄】
名·他サ 廢除

例 パソコンはリサイクル法の対象なので、勝手に廃棄してはいけ

ません。

／個人電腦被列為《資源回收法》中的應回收廢棄物，不得隨意棄置。

2364 □□□
はいきゅう
【配給】
名·他サ 配給，配售，定量供應

類 配る

例 かつて、米や砂糖は皆配給によるものでした。

／過去，米與砂糖曾屬於配給糧食。

2365 □□□
ばいきん
【ばい菌】
名 細菌，微生物

例 抗菌剤にはばい菌の発生や繁殖を防ぐ効果があります。

／防霉劑具有防止霉菌之產生與繁殖的效果。

2366
□□□
はいぐうしゃ
【配偶者】
（名）配偶；夫婦當中的一方

例 配偶者がいる場合といない場合では、相続順位が異なります。
／被繼承人之有無配偶，會影響繼承人的順位。

2367
□□□
はいけい
【拝啓】
（名）（寫在書信開頭的）敬啟者

類 謹啓
例 拝啓　陽春の候、ますますご清栄のこととお慶び申し上げます。
／您好　時值陽春，盼望貴公司日益興旺。

2368
□□□
はいけい
【背景】
（名）背景；（舞台上的）布景；後盾，靠山

反 前景　類 後景
例 理由あっての犯行だから、事件の背景を明らかにしなければならない。
／有理由才會犯罪的，所以必須去釐清事件的背景才是。

文法
あっての（名詞）[有了…才會…]
▶ 表示因為有前面的事情，後面才能夠存在。若無前面條件，就無後面結果。

2369
□□□
はいご
【背後】
（名）背後；暗地，背地，幕後

反 前　類 後ろ
例 悪質な犯行の背後に、何があったのでしょうか。
／在泯滅人性的犯罪行為背後，是否有何隱情呢？

2370
□□□
はいし
【廃止】
（名・他サ）廢止，廢除，作廢

例 今年に入り、各新聞社では夕刊の廃止が相次いでいます。
／今年以來，各報社的晚報部門皆陸續吹起熄燈號。

2371
□□□
はいしゃく
【拝借】
（名・他サ）（謙）拝借

例 ちょっと辞書を拝借してもよろしいでしょうか。
／請問可以借用一下您的辭典嗎？

2372
□□□
はいじょ
【排除】
(名・他サ) 排除，消除

(類) 取り除く

(例) 先入観を排除すると新しい一面が見えるかもしれません。
／摒除先入為主的觀念，或許就能窺見嶄新的一面。

2373
□□□
ばいしょう
【賠償】
(名・他サ) 賠償

(類) 償う

(例) 原告は和解に応じ、1,000千万円の賠償金を払うことになった。
／原告答應和解，決定支付一千萬的賠償金。

2374
□□□
はいすい
【排水】
(名・自サ) 排水

(例) 排水溝が詰まってしまった。
／排水溝堵塞住了。

2375
□□□
はいせん
【敗戦】
(名・自サ) 戦敗

(例) ドイツや日本は敗戦からどのように立ち直ったのですか。
／請問德國和日本是如何於戰敗後重新崛起呢？

2376
□□□
はいち
【配置】
(名・他サ) 配置，安置，部署，配備；分派點

(例) 家具の配置いかんで、部屋が大きく見える。
／家具的擺放方式如何，可以讓房間看起來很寬敞。

(文法)
いかんで(は)[根據…]
▶ 表示依據。根據前面狀況來進行後面，變化視前面情況而定。

2377
□□□
ハイテク
【high-tech】
(名)（ハイテクノロジー之略）高科技

(例) 新竹には台湾のハイテク産業が集まっている。
／新竹是台灣高科技產業的集中地。

2378 □□□

ハイネック
【high-necked】

(名) 高領

例 ハイネックのセーターに、お気に入りのネックレスを合わせる。
／在高領毛衣上搭配了鍾愛的項鍊。

2379 □□□

はいはい

(名・自サ)（幼兒語）爬行

例 はいはいができるようになった。
／小孩會爬行了。

2380 □□□

はいふ
【配布】

(名・他サ) 散發

(類) 配る
例 お手元に配布した資料をご覧ください。
／請大家閱讀您手上的資料。

2381 □□□

はいぶん
【配分】

(名・他サ) 分配，分割

(類) 割り当てる
例 大学の規則に則り、各教授には一定の研究費が配分されます。
／依據大學校方的規定，各教授可以分配到定額的研究經費。

2382 □□□

はいぼく
【敗北】

(名・自サ)（戰爭或比賽）敗北，戰敗；被擊敗；敗逃

例 我がチームは歴史的な一戦で屈辱的な敗北を喫しました。
／在這場具有歷史關鍵的一役，本隊竟然吃下了令人飲恨的敗仗。

2383 □□□

ばいりつ
【倍率】

(名) 倍率，放大率；（入學考試的）競爭率

例 国公立大学の入学試験の平均倍率はどれくらいですか。
／請問國立及公立大學入學考試的平均錄取率大約多少呢？

2384 □□□
はいりょ
【配慮】
(名・他サ) 關懷，照料，照顧，關照

(類) 心掛け

(例) いつも格別なご配慮を賜りありがとうございます。
／萬分感謝總是給予我們特別的關照。

2385 □□□
79
はいれつ
【配列】
(名・他サ) 排列

(例) キーボードのキー配列はパソコンによって若干違います。
／不同廠牌型號的電腦，其鍵盤的配置方式亦有些許差異。

2386 □□□
はえる
【映える】
(自下一) 照，映照；（顯得）好看；顯眼，奪目

(例) 紅葉が青空に映えてとてもきれいです。
／湛藍天空與楓紅相互輝映，景致極為優美。

2387 □□□
はかい
【破壊】
(名・自他サ) 破壞

(類) 壊す

(例) 環境破壊が我々に与える影響は計り知れません。
／環境遭到破壞之後，對我們人類造成無可估計的影響。

2388 □□□
はかどる
(自五)（工作、工程等）有進展

(反) 滞る (類) 進行

(例) 病み上がりで仕事がはかどっていないことは、察するにかたくない。
／可以體諒才剛病癒，所以工作沒什麼進展。

文法
にかたくない [可以明白…] ▶ 表示從某一狀況來看，不難想像，誰都能明白的意思。

2389 □□□
はかない
(形) 不確定，不可靠，渺茫；易變的，無法長久的，無常

(例) 桜ははかないからこそ美しいと言われています。
／正因為盛綻的櫻花轉瞬即又凋零，更讓人由衷讚嘆其虛幻絕美。

2390
□□□

ばかばかしい
【馬鹿馬鹿しい】

形 毫無意義與價值，十分無聊，非常愚蠢

反 面白い　類 下らない

例 彼は時々信じられないほど馬鹿馬鹿しいことを言う。
／他常常會說出令人不敢置信的荒謬言論。

2391
□□□

はかる
【諮る】

他五 商量，協商；諮詢

類 会議

例 答弁が終われば、議案を会議に諮って採決をします。
／俟答辯終結，法案將提送會議進行協商後交付表決。

2392
□□□

はかる
【図る・謀る】

他五 圖謀，策劃；謀算，欺騙；意料；謀求

類 企てる

例 当社は全力で顧客サービスの改善を図って参りました。
／本公司將不遺餘力謀求顧客服務之改進。

2393
□□□

はき
【破棄】

名・他サ（文件、契約、合同等）廢棄，廢除，撕毀

類 捨てる

例 せっかくここまで準備したのに、今更計画を破棄したいではすまされない。／好不容易已準備就緒，不許現在才說要取消計畫。

2394
□□□

はぐ
【剥ぐ】

他五 剝下；強行扒下，揭掉；剝奪

類 取り除く

例 イカは皮を剥いでから刺身にします。／先剝除墨魚的表皮之後，再切片生吃。

2395
□□□

はくがい
【迫害】

名・他サ 迫害，虐待

例 迫害された歴史を思い起こすと、怒りがこみ上げてやまない。
／一想起遭受迫害的那段歷史，就令人怒不可遏。

文法
てやまない [⋯不已]
▶ 接在感情動詞後面，表示發自內心的感情，且那種感情一直持續著。

2396
☐☐☐

はくじゃく
【薄弱】

形動（身體）軟弱，孱弱；（意志）不堅定，不強；不足

例 最近の若者は意志薄弱だと批判されることがあります。

／近來的年輕人常被批判為意志薄弱。

2397
☐☐☐

はくじょう
【白状】

名・他サ 坦白，招供，招認，認罪

類 自白

例 すべてを白状したら許してくれますか。

／假如我將一切事情全部從實招供，就會原諒我嗎？

2398
☐☐☐

ばくぜん
【漠然】

形動 含糊，籠統，曖昧，不明確

例 将来に対し漠然とした不安を抱いています。

／對未來感到茫然不安。

2399
☐☐☐

ばくだん
【爆弾】

名 炸彈

例 主人公の椅子の下に時限爆弾が仕掛けられています。

／主角的椅子下面被裝置了定時炸彈。

2400
☐☐☐

ばくは
【爆破】

名・他サ 爆破，炸毀

例 炭鉱採掘現場では爆破処理が行われることも一般的です。

／在採煤礦場中進行爆破也是稀鬆平常的事。

2401
☐☐☐

ばくろ
【暴露】

名・自他サ 曝曬，風吹日曬；暴露，揭露，洩漏

類 暴く

例 元幹部がことの真相を暴露した。

／以前的幹部揭發了事情的真相。

2402 はげます 【励ます】

他五 鼓勵，勉勵；激發；提高嗓門，聲音，厲聲

類 応援

例 あまりに落ち込んでいるので、励ます言葉が見つからない。
／由於太過沮喪，連鼓勵的話都想不出來。

2403 はげむ 【励む】

自五 努力，勤勉

反 怠る 類 専ら

例 退院してからは自宅でリハビリに励んでいます。
／自從出院之後，就很努力地在家自行復健。

2404 はげる 【剥げる】

自下一 剥落；褪色

反 覆う 類 脱落

例 マニキュアは大体1週間で剥げてしまいます。
／擦好的指甲油，通常一個星期後就會開始剥落。

2405 ばける 【化ける】

自下一 變成，化成；喬裝，扮裝；突然變成

類 変じる

例 日本語の文字が皆数字や記号に化けてしまいました。
／日文文字全因亂碼而變成了數字或符號。

2406 はけん 【派遣】

名・他サ 派遣；派出

反 召還 類 出す

例 不況のあまり、派遣の仕事ですら見つけられない。
／由於經濟太不景氣，就連派遣的工作也找不到。

文法
ですら [就連…都]
▶ 舉出極端的例子，表示連所舉的例子都這樣了，其他的就更不用提了。有導致消極結果的傾向。

2407 はごたえ 【歯応え】

名 咬勁，嚼勁；有幹勁

例 この煎餅は歯応えがある。
／這個仙貝咬起來很脆。

は

2408
□□□

はじ
【恥】

㊅ 恥辱，羞恥，丟臉

㊉ 誉れ　㊒ 不名誉

㊛「旅の恥はかき捨て」とは言いますが、失礼な言動は慎んでください。

／雖然俗話說「出門在外，不怕見怪」，但還是不能做出失禮的言行舉止。

2409
□□□

はじく
【弾く】

㊟ 彈；打算盤；防抗，排斥

㊒ 撥ねる

㊛ レインコートは水を弾く素材でできています。

／雨衣是以撥水布料縫製而成的。

2410
□□□

パジャマ
【pajamas】

㊅（分上下身的）西式睡衣

㊛ 寝巻きは寝ている間に脱げてしまうから、私はパジャマを着て寝ています。

／由於睡著了以後，穿連身式的睡衣容易扯掉，所以我都穿上衣和褲子分開的西式睡衣睡覺。

2411
□□□

はじらう
【恥じらう】

㊟ 害羞，羞澀

㊉ 誇る

㊛ 女の子は恥じらいながらお菓子を差し出しました。

／那個女孩子害羞地送上甜點。

2412
□□□

はじる
【恥じる】

㊀ 害羞；慚愧

㊛ 失敗あっての成功だから、失敗を恥じなくてもよい。

／沒有失敗就不會成功，不用因為失敗而感到羞恥。

【文法】

あっての（名詞）[沒有…就不能]

▶ 表示因為有前面的事情，後面才能夠存在。若無前面條件，就無後面結果。

2413 □□□

はしわたし
【橋渡し】

名 架橋；當中間人，當介紹人

類 引き合わせ

例 彼女は日本と中国の茶道協会の橋渡しとして活躍した。
／她做為日本與中國的茶道協會溝通橋樑，表現非常活躍。

2414 □□□

はす
【蓮】

名 蓮花

例 蓮の花が見頃だ。
／現在正是賞蓮的時節。

2415 □□□

バス
【bath】

名 浴室

例 ホテルは、バス・トイレ共同でもかまいません。
／住宿的旅館，訂浴廁共用的房型也無所謂。

2416 □□□

はずむ
【弾む】

自五 跳，蹦；(情緒) 高漲；提高 (聲音)；(呼吸) 急促
他五 (狠下心來) 花大筆錢買

類 跳ね返る

例 特殊なゴムで作られたボールとあって、大変よく弾む。
／不愧是採用特殊橡膠製成的球，因此彈力超強。

文法
とあって
[因為… (的關係)]
▶ 由於前項特殊的原因，當然就會出現後項特殊的情況，或應該採取的行動。

2417 □□□

(TRACK **80**)

はそん
【破損】

名・自他サ 破損，損壞

類 壊れる

例 ここにはガラスといい、陶器といい、破損しやすい物が多くある。
／這裡不管是玻璃還是陶器，多為易碎之物。

文法
といい～といい
[不論…還是]
▶ 表示列舉。為了做為例子而舉出兩項，後項是對此做出的評價。

2418 □□□

はた
【機】

名 織布機

例 織女は、牽牛と会うようになってから、機を織る仕事を怠るようになりました。／自從織女和牛郎相遇以後，就疏於織布了。

2419 ☐☐☐

は|た|く

⑩五 撢；拍打；傾囊，花掉所有的金錢

類 打つ

例 ほっぺをはたいたな。ママにもはたかれたことないのに。
／竟敢甩我耳光！就連我媽都沒打過我！

2420 ☐☐☐

は|だ|し
【裸足】

名 赤腳，赤足，光著腳；敵不過

類 素足

例 裸足（はだし）かと思（おも）いきや、ストッキングを履（は）いていた。
／原本以為打著赤腳，沒想到竟然穿了絲襪。

文法

（か）とおもいきや
[原以為…沒想到]

▶ 表示按照一般情況推測，應該是前項結果，卻意外出現後項相反的結果。

2421 ☐☐☐

は|た|す
【果たす】

⑩五 完成，實現，履行；（接在動詞連用形後）表示完了，全部等；（宗）還願；（舊）結束生命

反 失敗　類 遂げる

例 父親（ちちおや）たる者（もの）、子供（こども）との約束（やくそく）は果（は）たすべきだ。
／身為人父，就必須遵守與孩子的約定。

文法

たる（もの）[作為…的…]

▶ 前接高評價事物人等，表示照社會上的常識來看，應該有合乎這種身分的影響或做法。

2422 ☐☐☐

は|ち|み|つ
【蜂蜜】

名 蜂蜜

例 妹（いもうと）は、蜂蜜（はちみつ）といい、砂糖（さとう）といい、甘（あま）い物（もの）なら何（なん）でも好（す）きだ。
／妹妹無論是蜂蜜或砂糖，只要是甜食都喜歡吃。

文法

といい～といい
[不論…還是]

▶ 表示列舉。為了做為例子而舉出兩項，後項是對此做出的評價。

2423 ☐☐☐

パ|チ|ン|コ

名 柏青哥，小綱珠

例 息子（むすこ）ときたら、毎日（まいにち）パチンコばかりしている。
／說到我那個兒子，每天老是打小鋼珠。

文法

ときたら [說到…來]

▶ 表示提起話題，說話者帶譴責和不滿的情緒，對話題中的人或事進行批評。

2424 □□□
はつ【初】
名 最初；首次

例 初の海外旅行で、グアムに行った。
／第一次出國旅遊去了關島。

2425 □□□
バツイチ
名（俗）離過一次婚

例 バツイチになった。
／離了一次婚。

2426 □□□
はつが【発芽】
名・自サ 發芽

例 モヤシは種を発芽させた野菜のことだが、普通は緑豆モヤシを指す。
／豆芽菜是指發芽後的蔬菜，一般指的是綠豆芽菜。

2427 □□□
はっくつ【発掘】
名・他サ 發掘，挖掘；發現

例 遺跡を発掘してからというもの、彼は有名人になった。
／自從他挖掘出考古遺跡後，就成了名人。

文法
てからというもの
[自從…以後一直]
▶ 表示以前項事件為契機，從此有了很大的變化。含説話者內心的感受。

2428 □□□
はつげん【発言】
名・自サ 發言

反 沈黙 類 一言
例 首相ともなれば、いかなる発言にも十分な注意が必要だ。
／既然已經當上首相了，就必須特別謹言慎行。

文法
ともなると
[要是…那就…]
▶ 表示如果發展到某程度，用常理來推斷，就會理所當然導向某種結論。

2429 □□□ バッジ【badge】   名 徽章

類 徽章

例 子供ではあるまいし、芸能人のバッジなんかいらないよ。

／我又不是小孩子，才不要什麼藝人的肖像徽章呢！

文法

ではあるまいし
[又不是…]

▶ 表示「因為不是前項的情況，後項當然就…」，後面多接説話者的判斷、意見跟勸告等。

2430 □□□ はっせい【発生】   名·自サ 發生；（生物等）出現，蔓延

類 生える

例 小さい地震だったとはいえ、やはり事故が発生した。

／儘管只是一起微小的地震，畢竟還是引發了災情。

文法

とはいえ
[雖然…但是…]

▶ 表示逆接轉折。先肯定那事雖然是那樣，但是實際上卻是後項的結果。

2431 □□□ はっそく・ほっそく【発足】   名·自サ 開始（活動），成立

例 新プロジェクトが発足する。

／開始進行新企畫。

2432 □□□ ばっちり   副 完美地，充分地

例 準備はばっちりだ。

／準備很充分。

2433 □□□ バッテリー【battery】   名 電池，蓄電池

例 バッテリーが無くなればそれまでだ。

／電力耗盡也就無法運轉了。

文法

ばそれまでだ [就完了]

▶ 表示一旦發生前項情況，那麼就到此結束，一切都是徒勞無功之意。

あ か さ た な は ま や ら わ 練習

2434 □□□

バット
【bat】

名 球棒

例 10年も野球をしていないので、バットを振ることすらできない。
／已經有十年沒打棒球了，以致於連球棒都不知道該怎麼揮了。

文法

すら [就連…都]
▶ 舉出極端的例子，表示連所舉的例子都這樣了，其他的就更不用提了。有導致消極結果的傾向。

2435 □□□

はつびょう
【発病】

名・自サ 病發，得病

例 発病3年目にして、やっと病名がわかった。
／直到發病的第三年，才終於查出了病名。

文法

にして [在…時才（階段）]
▶ 表示到了某階段才初次發生某事。

2436 □□□

はつみみ
【初耳】

名 初聞，初次聽到，前所未聞

例 彼が先月を限りに酒をやめたとは、初耳だ。
／這是我第一次聽到他從這個月竟然開始戒酒。

文法

をかぎりに [從…之後就不（沒）…]
▶ 表示在此之前一直持續的事，從此以後不再繼續下去。

とは [竟然會]
▶ 表示對看到或聽到的事實（意料之外的），感到吃驚或感慨的心情。

2437 □□□

はて
【果て】

名 邊際，盡頭；最後，結局，下場；結果

類 終極

例 昔の人は、海の果ては滝になっていると考えました。
／以前的人以為大海的盡頭是瀑布。

2438 □□□

はてしない
【果てしない】

形 無止境的，無邊無際的

例 果てしない大宇宙には、ほかの生命体がいるかもしれない。
／在無垠的廣大宇宙裡，說不定還有其他的生物體存在。

2439 □□□
はてる
【果てる】

自下一 完畢，終，終；死
接尾 （接在特定動詞連用形後）達到極點

類 済む
例 悩みは永遠に果てることがない。
／所謂的煩惱將會是永無止境的課題。

2440 □□□
ばてる

自下一 （俗）精疲力倦，累到不行

類 疲れる
例 日頃運動しないから、ちょっと歩くと、ばて
る始末だ。
／平常都沒有運動，才會走一小段路就精疲力竭了。

文法
しまつだ［（落到）…
的結果］
▶ 經過一個壞的情況，
最後落得更壞的結果。
後句帶譴責意味，陳述
竟發展到這種地步。

2441 □□□
パトカー
【patrolcar】

名 警車（「パトロールカー之略」）

例 随分待ったのに、パトカーはおろか、救急
車も来ない。
／已經等了好久，別說是警車，就連救護車也還沒來。

文法
はおろか［不用說…就
是…也…］
▶ 表示前項沒有說明的
必要，強調後項較極端
的事例也不例外。含說
話者吃驚、不滿等情緒。

2442 □□□
バトンタッチ
【(和)baton+touch】

名・他サ （接力賽跑中）交接接力棒；（工作、職位）
交接

例 次の選手にバトンタッチする。
／交給下一個選手。

2443 □□□
はなしがい
【放し飼い】

名 放養，放牧

例 猫を放し飼いにする。
／將貓放養。

2444 □□□
はなはだ
【甚だ】
副 很，甚，非常

類 とても

例 招待客に挨拶もしないとは、甚だ失礼なことだ。
/竟然也不問候前來的賓客，實在失禮至極！

文法

とは [竟然]
▶ 表示對看到或聽到的事實（意料之外的），感到吃驚或感慨的心情。

2445 □□□
はなびら
【花びら】
名 花瓣

類 つぼみ

例 今年の桜は去年にもまして花びらが大きくて、きれいだ。
/今年的櫻花花瓣開得比去年的還要大，美麗極了。

文法

に(も)まして [更加地…]
▶ 表示兩個事物相比較。比起前項，後項更勝一籌。

2446 □□□
パパ
【papa】
名 （兒）爸爸

反 ママ　類 父

例 パパすら認識できないのに、おじいちゃんなんて無理に決まっている。
/連自己的爸爸都不甚瞭解了，遑論爺爺呢？

文法

すら [就連…都]
▶ 舉出極端的例子都這樣了，其他的就更不用提了。有導致消極結果的傾向。

2447 □□□
はばむ
【阻む】
他五 阻礙，阻止

類 妨げる

例 公園をゴルフ場に変える計画は、住民達に阻まれた。
/居民們阻止了擬將公園變更為高爾夫球場的計畫。

2448 □□□
(81)
バブル
【bubble】
名 泡泡，泡沫；泡沫經濟的簡稱

例 私が大学 2 年の時バブルが崩壊し、就職難の時代がやって来た。
/在我大學二年級的時候出現了泡沫危機，開始了就業困難的時代。

2449 ☐☐☐

は**ま**
【浜】

② 海濱，河岸

反 沖　類 岸

例 浜を見るともなく見ていると、亀が海から現れた。

／當不經意地朝海邊望去時，赫然發現海面上冒出海龜。

文法

ともなく[無意地…]

▶ 並不是有心想做，卻意外發生情況。無意識地做出動作或行為，含有狀態不明確的意思。

2450 ☐☐☐

は**まべ**
【浜辺】

② 海濱，湖濱

例 夜の浜辺がこんなに素敵だとは思いもよらなかった。

／從不知道夜晚的海邊竟是如此美麗。

2451 ☐☐☐

は**まる**

他五 吻合，嵌入；剛好合適；中計，掉進；陷入；（俗）沉迷

反 外れる　類 当て嵌まる

例 母の新しい指輪には大きな宝石がはまっている。

／母親的新戒指上鑲嵌著一顆碩大的寶石。

2452 ☐☐☐

は**みだす**
【はみ出す】

自五 溢出；超出範圍

例 引き出しからはみ出す。

／滿出抽屜外。

2453 ☐☐☐

は**やまる**
【早まる】

自五 倉促，輕率，貿然；過早，提前

例 予定が早まる。

／預定提前。

2454 ☐☐☐

は**やめる**
【速める・早める】

他下一 加速，加快；提前，提早

類 スピードアップ

例 研究を早めるべく、所長は研究員を3人増やした。／所長為了及早完成研究，增加三名研究人員。

文法

べく[為了…而…]

▶ 表示意志、目的。帶著某種目的，來做後項。

2455
□□□

ばらす
名（把完整的東西）

弄得七零八落；(俗) 殺死 殺掉；賣掉 ·推銷出去；揭穿，洩漏（秘密等）

例 機械をばらして修理する。
／把機器拆得七零八落來修理。

2456
□□□

はらだち
【腹立ち】
名 憤怒，生氣

例 犯人は、腹立ちまぎれに放火したと供述した。
／犯人火冒三丈地供出了自己有縱火。

2457
□□□

はらっぱ
【原っぱ】
名 雜草叢生的曠野；空地

例 ごみがばら撒かれた原っぱは、見るにたえない。
／散落著滿是垃圾的草原，真是讓人看了慘不忍睹。

文法
にたえない [不堪…]
▶ 表示情況嚴重得不忍看下去、聽不下去了。帶有不愉快的心情。

2458
□□□

はらはら
副·自サ（樹葉、眼淚、水滴等）飄落或是籟籟落下貌；非常擔心的樣子

類 ぽろぽろ
例 池に紅葉がはらはらと落ちる様子は、美の極みだ。
／楓葉片絮絮籟籟地飄落於池面，簡直美得令人幾乎屏息。

文法
のきわみ（だ）[真是…極了]
▶ 形容事物達到了極高的程度。多用來表達說話者激動時的那種心情。

2459
□□□

ばらばら
副 分散貌；凌亂的樣子，支離破碎的樣子；（雨點、子彈等）帶著聲響落下或飛過

例 意見がばらばらに割れる。
／意見紛歧。

2460
□□□

ばらまく
【ばら撒く】
他五 撒播，撒；到處花錢，散財

類 配る
例 レジでお金を払おうとして、うっかり小銭をばら撒いてしまった。
／在收銀台正要付錢時，一不小心把零錢撒了一地。

2461 □□□
はり
【張り】

名・接尾 當力，拉力；緊張而有力；勁頭，信心

例 これを使うと、張りのある肌になれます。
／只要使用它，就可以擁有充滿彈性的肌膚。

2462 □□□
はりがみ
【張り紙】

名 貼紙；廣告，標語

例 張り紙は、1枚たりとも残さずはがしてくれ。
／廣告單給我統統撕下來，一張也別留！

文法
たりとも
[哪怕…也不(可)…]
▶ 強調最低數量也不能允許，或不允許有絲毫的例外。

2463 □□□
はる
【張る】

自他五 伸展；覆蓋；膨脹，（負擔）過重，（價格）過高；拉；設置；盛滿（液體等）

例 湖に氷が張った。
／湖面結冰。

2464 □□□
はるか
【遥か】

副・形動（時間、空間、程度上）遠，遙遠

反 近い 類 遠い

例 休みなしに歩いても、ゴールは遥か遠くだ。
／即使完全不休息一直行走，終點依舊遙不可及。

文法
なしに[不…而…]
▶ 表示沒有做前項應該先做的事，就做後項。

2465 □□□
はれつ
【破裂】

名・自サ 破裂

例 袋は破裂せんばかりにパンパンだ。
／袋子鼓得快被撐破了。

文法
んばかりに
[幾乎要…(的)]
▶ 表示事物幾乎要達到某狀態，或已經進入某狀態了。

2466 □□□

は**れる**
【腫れる】

(自下一) 腫，脹

(類) 膨れる

(例) 30 キロからある道を走ったので、足が腫れ
ている。
/由於走了長達三十公里的路程，腳都腫起來了。

文法
からある
[足有…之多…]
▶ 前面接表數量的詞，強
調數量之多、超乎常理的。
含「目測大概這麼多，説
不定還更多」意思。

2467 □□□

ば**れる**

(自下一) (俗) 暴露，散露；破裂

(例) 嘘がばれる。
/揭穿謊言。

2468 □□□

は**ん**
【班】

(名・漢造) 班，組；集團，行列；分配；席位，班次

(例) 子供達は班を作って、交代で花に水をやっている。
/孩子們分組輪流澆花。

2469 □□□

は**ん**
【判】

(名・漢造) 圖章，印鑑；判斷，判定；判讀，判明；
審判

(類) 印

(例) 君が同意しないなら、直接部長から判をも
らうまでだ。
/如果你不同意的話，我只好直接找經理蓋章。

文法
までだ [大不了…而已]
▶ 表示現在的方法即使不
行，也不沮喪，再採取別
的方法。

2470 □□□

は**ん・ばん**
【版】

(名・漢造) 版；版本，出版；版圖

(例) 規則が変わったから、修正版を作って、皆に配ろう。
/規定已經異動，請繕打修正版本分送給大家吧。

2471 ☐☐☐

はんえい
【繁栄】

〈名・自サ〉繁榮，昌盛，興旺

㋪ 衰える ㋞ 栄える

例 ビルを建てたところで、町が繁栄するとは
思えない。

/即使興建了大樓，我也不認為鎮上就會因而繁榮。

文法

たところで〜ない
[即使…也不…]

▶ 表示即使前項成立，後項結果也是與預期相反，或只能達到程度較低的結果。

2472 ☐☐☐

はんが
【版画】

〈名〉版畫，木刻

例 散歩がてら、公園の横の美術館で版画展を
見ようよ。

/既然出來散步，就順道去公園旁的美術館參觀版畫展嘛！

文法

がてら [順便…]

▶ 表示做一個行為，有兩個目的。在做前面動作的同時，借機順便做了後面的動作。

2473 ☐☐☐
Track 82

ハンガー
【hanger】

〈名〉衣架

例 脱いだ服は、ハンガーに掛けるなり、畳む
なりしろ。

/脫下來的衣服，看是要掛在衣架上，還是要折疊起來！

文法

なり〜なり
[或是…或是…]

▶ 表示從列舉的同類或相反的事物中，選擇其中一個。

2474 ☐☐☐

はんかん
【反感】

〈名〉反感

例 彼の失礼な態度には、反感を覚える。

/對他失禮的態度十分反感。

2475 ☐☐☐

はんきょう
【反響】

〈名・自サ〉迴響，回音；反應，反響

㋞ 反応

例 視聴者の反響いかんでは、この番組は打ち
切らざるを得ない。

/照觀眾的反應來看，這個節目不得不此喊停了。

文法

いかんで(は)[根據…]

▶ 表示依據。根據前面狀況來進行後面，變化視前面情況而定。

2476 □□□ はんげき 【反撃】
名・自サ 反擊，反攻，還擊

例 相手がひるんだのを見て、ここぞとばかりに反撃を始めた。

／當看到對手面露退怯之色，旋即似乎抓緊機會開始展開反擊。

文法
とばかり(に)[幾乎要說…]
▶ 表示心中憋著一個念頭，雖沒有說出來，但從表情、動作上已經表現出來了。

2477 □□□ はんけつ 【判決】
名・他サ （法）判決；（是非直曲的）判斷，鑑定，評價

例 判決いかんでは、控訴する可能性もある。

／視判決結果如何，不排除提出上訴的可能性。

文法
いかんで(は)[根據…]
▶ 表示依據。根據前面狀況來進行後面，變化視前面情況而定。

2478 □□□ はんしゃ 【反射】
名・自他サ （光、電波等）折射，反射；（生理上的）反射（機能）

類 光る

例 光の反射によって、青く見えることもある。

／依據光線的反射情況，看起來也有可能是藍色的。

2479 □□□ はんじょう 【繁盛】
名・自サ 繁榮昌茂，興隆，興旺

類 盛ん

例 繁盛しているとはいえ、去年ほどの売り上げはない。

／雖然生意興隆，但營業額卻比去年少。

文法
とはいえ
[雖然…但是…]
▶ 表示逆接轉折。先肯定那事雖然是那樣，但是實際上卻是後項的結果。

2480 □□□ はんしょく 【繁殖】
名・自サ 繁殖；滋生

類 殖える

例 実験で細菌が繁殖すると思いきや、そうではなかった。

／原本以為這個實驗可使細菌繁殖，沒有想到結果卻非如此。

文法
(か)とおもいきや
[原以為…沒想到]
▶ 表示按照一般情況推測，應該是前項結果，卻意外出現後項相反的結果。

2481
□□□

はんする
【反する】

(自サ) 違反；相反；造反

(反) 従う　(類) 背く

(例) 天気予報に反して、急に春めいてきた。
/與氣象預報相反的，天氣忽然變得風和日麗。

2482
□□□

はんてい
【判定】

(名・他サ) 判定，判斷，判決

(類) 裁き

(例) 判定のいかんによって、試合結果が逆転することもある。
/依照的判定方式不同，比賽結果有時會出現大逆轉。

文法

いかんによって（は）
[要看…如何]

▶ 表示依據。根據前面的狀況，來判斷後面的可能性。

2483
□□□

ハンディ
【handicap 之略】

(名) 讓步（給實力強者的不利條件，以使勝負機會均等的一種競賽）；障礙

(例) ハンディがもらえる。
/取得讓步。

2484
□□□

ばんにん
【万人】

(名) 萬人，眾人

(例) 彼の料理は万人を満足させるに足るものだ。
/他所烹調的佳餚能夠滿足所有人的胃。

文法

にたる [足以…]

▶ 表示很有必要做前項的價值，那樣做很恰當。

2485
□□□

ばんねん
【晩年】

(名) 晚年，暮年

(例) 晩年ともなると、悟りを開いたようになってくる。
/到了晚年就會有所領悟。

文法

ともなると
[要是…那就…]

▶ 表示如果發展到某程度，用常理來推斷，就會理所當然導向某種結論。

は

2486
□□□

はんのう
【反応】

名・自サ（化學）反應；（對刺激的）反應；反響，效果

例 この計画を進めるかどうかは、住民の反応いかんだ。

／是否要推行這個計畫，端看居民的反應而定。

文法

いかんだ[…要看…而定]

▶ 表示前面能不能實現，那就要根據後面的狀況而定了。

2487
□□□

ばんのう
【万能】

名 萬能，全能，全才

反 無能 類 有能

例 万能選手ではあるまいし、そう無茶を言うなよ。

／我又不是十項全能的運動選手，不要提出那種強人所難的要求嘛！

文法

ではあるまいし
[又不是…]

▶ 表示「因為不是前項的情況，後項當然就…」，後面多接說話者的判斷、意見跟勸告等。

2488
□□□

はんぱ
【半端】

名・形動 零頭，零星；不徹底；零數，尾數；無用的人

類 不揃い

例 働くかたわら、家事をするので中途半端になりがちだ。

／既要忙工作又要做家事，結果兩頭都不上不下。

文法

かたわら
[一邊…一邊…]

▶ 表示做前項主要活動外，空餘時還做別的活動。前項為主後項為輔，大多互不影響。

2489
□□□

はんぱつ
【反発】

名・自他サ 排斥，彈回；抗拒，不接受；反抗；（行情）回升

例 党内に反発があるとはいえ、何とかまとめられるだろう。

／即使黨內有反彈聲浪，但終究會達成共識吧。

文法

とはいえ
[雖然…但是…]

▶ 表示逆接轉折。先肯定那事雖然是那樣，但是實際上卻是後項的結果。

2490
□□□

はんらん
【反乱】

名 叛亂，反亂，反叛

例 江戸時代初期に、「島原の乱」という大きな反乱がありました。

／在江戸時代初期，發生了一起名為「島原之亂」的叛變。

2491 □□□

はんらん
【氾濫】

(名・自サ) 氾濫；充斥，過多

(類) 溢れる

(例) この河は今は水が少ないが、夏にはよく氾濫する。
/這條河雖然現在流量不大，但是在夏天常會氾濫。

ひ

2492 □□□

Track **83**

ひ
【碑】

(漢造) 碑

(類) 石碑

(例) 設立者の碑を汚すとは、失礼極まりない。
/竟然弄髒了創立人的碑，實在至為失禮。

(文法)

とは [竟然]

▶ 表示對看到或聽到的事實 (意料之外的)，感到吃驚或感慨的心情。

2493 □□□

ひ
【被】

(漢造) 被…，蒙受；被動

(例) 金銭的な損害があろうとなかろうと、被害者には違いない。
/不論有金錢上的損害還是沒有，仍然是被害人。

(文法)

うと～うと [不管…]

▶ 舉出兩個或以上相反的狀態、近似的事物，表示不管前項如何，後項都會成立。

2494 □□□

び
【美】

(漢造) 美麗；美好；讚美

(反) 醜 (類) 自然美

(例) 自然と人工の美があいまって、最高の観光地だ。
/那裡不僅有自然風光，還有人造美景，是絕美的觀光勝地。

(文法)

と～(と)があいまって [加上…]

▶ 表示某一事物，再加上前項這一特別的事物，產生了更加有力的效果之意。

2495 □□□

ひいては

(副) 進而

(例) 会社の利益がひいては社員の利益となる。
/公司的利益進而成為員工的利益。

2496 ひかえしつ【控え室】
□□□
（名）等候室，等待室，休憩室

例 彼はステージから戻るや否や、控え室に入って行った。
／他一下了舞台就立刻進入休息室。

文法
やいなや [剛…就…]
▶ 表示前一個動作才剛做完，甚至還沒做完，就馬上引起後項的動作。

2497 ひかえる【控える】
□□□
（自下一）在旁等候，待命
（他下一）拉住，勒住；控制，抑制；節制；暫時不…；面臨，靠近；（備忘）記下；（言行）保守，穩健

（類）待つ
例 医者に言われるまでもなく、コーヒーや酒は控えている。
／不待醫師多加叮嚀，已經自行控制咖啡以及酒類的攝取量。

2498 ひかん【悲観】
□□□
（名·自他サ）悲觀

（反）楽観 （類）がっかり
例 世界の終わりじゃあるまいし、そんなに悲観する必要はない。
／又不是世界末日，不需要那麼悲觀。

文法
じゃあるまいし
[又不是…]
▶ 強烈否定前項，或舉出極端的例子，説明後項的主張、判斷等。帶斥責、諷刺的語感。

2499 ひきあげる【引き上げる】
□□□
（他下一）吊起；打撈；撤走；提拔；提高（物價）；收回
（自下一）歸還，返回

（反）引き下げる （類）上げる
例 2014 年 4 月 1 日、日本の消費税は 5 ％から 8 ％に引き上げられた。／從 2014 年 4 月 1 日起，日本的消費稅從 5 ％增加為 8 ％了。

2500 ひきいる【率いる】
□□□
（他上一）帶領；率領

（類）連れる
例 市長たる者、市民を率いて街を守るべきだ。
／身為市長，就應當帶領市民守護自己的城市。

文法
たる(もの)[作為…的…]
▶ 前接高評價事物人等，表示照社會上的常識來看，應該有合乎這種身分的影響或做法。

2501 □□□
ひきおこす
【引き起こす】
他五 引起，引發；扶起，拉起

類 発生

例 小さい誤解が殺人を引き起こすとは、恐ろ
しい限りだ。

／小小的誤會竟然引發成兇殺案，實在可怕至極。

文法
とは[竟然]
▶ 表示對看到或聽到的事實（意料之外的），感到吃驚或感慨的心情。

かぎりだ[真是太…]
▶ 表示喜怒哀樂等感情的極限。說話者在當時有強烈的感覺，這感覺是不能從外表客觀看到的。

2502 □□□
ひきさげる
【引き下げる】
他下一 降低；使後退；撤回

類 取り下げる

例 文句を言ったところで、運賃は引き下げら
れないだろう。

／就算有所抱怨，也不可能少收運費吧！

文法
たところで～ない
[即使…也不…]
▶ 表示即使前項成立，後項結果也是與預期相反，或只能達到程度較低的結果。

2503 □□□
ひきずる
【引きずる】
自・他五 拖，拉；硬拉著走；拖延

例 足を引きずりながら走る選手の姿は、見る
にたえない。

／選手硬拖著蹣跚腳步奔跑的身影，實在讓人不忍卒睹。

文法
にたえない[不堪…]
▶ 表示情況嚴重得不忍看下去，聽不下去了。帶有不愉快的心情。

2504 □□□
ひきたてる
【引き立てる】
他下一 提拔，關照；縠粒；使…顯眼；（強行）拉走，帶走；關門（拉門）

例 後輩を引き立てる。／提拔晚輩。

2505 □□□
ひきとる
【引き取る】
自五 退出，退下；離開，回去
他五 取回，領取；收購；領來照顧

反 進む 類 退く

例 今日は客の家へ50キロからある荷物を引き
取りに行く。

／今天要到客戶家收取五十公斤以上的貨物。

文法
からある[…以上]
▶ 前面接表數量的詞，強調數量之多、超乎常理的。含「目測大概這麼多，說不定還更多」意思。

2506
□□□
ひく
【引く】

自五 後退；辭退；（潮）退，平息

例 身を引く。
/引退。

2507
□□□
ひけつ
【否決】

名・他サ 否決

反 可決

例 議会で否決されたとはいえ、これが最終決定ではない。
/雖然在議會遭到否決，卻非最終定案。

文法

とはいえ
[雖然…但是…]

▶ 表示逆接轉折。先肯定那事雖然是那樣，但是實際上卻是後項的結果。

2508
□□□
ひこう
【非行】

名 不正當行為，違背道德規範的行為

類 悪事

例 親が子供の非行を放置するとは、無責任極まりない。
/身為父母竟然縱容子女的非法行為，實在太不負責任了。

文法

とは [竟然]

▶ 表示對看到或聽到的事實（意料之外的），感到吃驚或感慨的心情。

2509
□□□
ひごろ
【日頃】

名・副 平素，平日，平常

類 普段

例 日頃の努力いかんで、テストの成績が決まる。
/平時的努力將決定考試的成績。

文法

いかんで(は)[根據…]

▶ 表示依據。根據前面狀況來進行後面，變化視前面情況而定。

2510
□□□
ひさしい
【久しい】

形 過了很久的時間，長久，好久

類 永い

例 松田君とは、久しく会っていない。
/和松田已經很久沒見面了。

2511 □□□
ひさん
【悲惨】
（名・形動）悲惨，悽惨

類 惨め

例 今の彼の悲惨な有様を見て、同情を禁じえなかった。
いま　かれ　ひさん　ありさま　み　どうじょう　きん

／看到他現在的悲慘狀況，實在使人不禁同情。

2512 □□□
ビジネス
【business】
（名）事務，工作；商業，生意，實務

類 事業

例 ビジネスといい、プライベートといい、う
まくいかない。

／不管是工作，還是私事，都很不如意。

文法
といい〜といい
[不論…還是]
▶ 表示列舉。為了做為例子而舉出兩項，後項是對此做出的評價。

2513 □□□
ひじゅう
【比重】
（名）比重，（所占的）比例

例 昇進するにつれて交際費の比重が増えてくる
しょうしん　こうさいひ　ひじゅう　ふ
のは、想像にかたくない。
そうぞう

／不難想像隨著職位上升，交際應酬費用的比例也會
跟著增加。

文法
にかたくない [不難…]
▶ 表示從某一狀況來看，不難想像，誰都能明白的意思。

2514 □□□
ひしょ
【秘書】
（名）祕書；祕藏的書籍

類 助手

例 秘書の能力いかんで、仕事の効率にも差が
ひしょ　のうりょく　しごと　こうりつ　さ
出る。
で

／根據秘書的能力，工作上的效率也會大有不同。

文法
いかんで(は)[根據…]
▶ 表示依據。根據前面狀況來進行後面，變化視前面情況而定。

2515 □□□
びしょう
【微笑】
（名・自サ）微笑

例 彼女は天使のごとき微笑で、皆を魅了した。
かのじょ　てんし　びしょう　みんな　みりょう

／她以那宛若天使般的微笑，把大家迷惑得如癡如醉。

文法
ごとき(名詞)
[如…一般（的）]
▶ 好像、宛如之意，表示事實雖不是這樣，如果打個比方的話，看上去是這樣的。

2516
□□□
ひずみ
【歪み】
（名）歪斜，曲翹；（喻）不良影響；（理）形變

例 政策のひずみを是正する。
／導正政策的失調。

2517
□□□
ひずむ
（自五）變形，歪斜

（類）ゆがむ
例 そのステレオは音がひずむので、返品した。
／由於這台音響的音質不穩定，所以退了貨。

2518
□□□
ひそか
【密か】
（形動）悄悄地不讓人知道的樣子；祕密，暗中；悄悄，偷偷

例 書類を密かに彼に渡さんがため朝早くから出かけた。
／為將文件悄悄地交給他，大清早就出門了。

文法
んがため（に）
[為了…而…（的）]
▶ 表示目的。帶有無論如何都要實現某事，帶著積極的目的做某事的語意。

2519
□□□
ひたす
【浸す】
（他五）浸，泡

（類）漬ける
例 泥まみれになったズボンは水に浸しておきなさい。
／去沾滿污泥的褲子拿去泡在水裡。

文法
まみれ [滿是…]
▶ 表示在物體的表面上，沾滿了令人不快、雜亂、負面的事物。

2520
□□□
ひたすら
（副）只願，一味

（類）一層
例 親の不満をよそに、彼はひたすら歌の練習に励んでいる。
／他不顧父母的反對，一味地努力練習唱歌。

文法
をよそに [不管…]
▶ 表示無視前面的狀況，進行後項的行為。

2521
□□□

ひだりきき
【左利き】

名 左撇子；愛好喝酒的人

反 右利き

例 左利きといえども、右手をけがすると何かと不自由する。

/雖然是左撇子，但是右手受傷後做起事來還是很不方便。

文法
といえども
[雖然…但是…]
▶ 表示逆接轉折。先承認前項是事實，但後項並不因此而成立。

2522
□□□

ぴたり（と）

副 突然停止貌；緊貼的樣子；恰合，正對

例 計算がぴたりと合う。

/計算恰好符合。

2523
□□□

ひっかく
【引っ掻く】

他五 搔

類 搔く

例 猫じゃあるまいし、人を引っ掻くのはやめなさい。

/你又不是貓，別再用指甲搔抓人了！

文法
じゃあるまいし
[又不是…]
▶ 強烈否定前項，或舉出極端的例子，說明後項的主張、判斷等。帶斥責、諷刺的語感。

2524
□□□

84

ひっかける
【引っ掛ける】

他下一 掛起來；披上；欺騙

例 コートを洋服掛けに引っ掛ける。

/將外套掛在衣架上。

2525
□□□

ひっしゅう
【必修】

名 必修

例 必修科目すらまだ単位を取り終わっていない。

/就連必修課程的學分，都還沒有修完。

文法
すら [就連…都]
▶ 舉山極端的例子，表示連所舉的例子都這樣了，其他的就更不用提了。有導致消極結果的傾向。

2526 □□□

びっしょり
副 溼透

例 冬といえども、ジョギングすると汗びっしょりになる。
／雖說是冬天，慢跑後還是會滿身大汗。

文法
といえども
[雖說…還是…]
▶ 表示逆接轉折。先承認前項是事實，但後項並不因此而成立。

2527 □□□

ひつぜん
【必然】
名 必然

反 恐らく　類 必ず
例 年末ともなると、必然的に忙しくなる。
／到了年終歲暮時節，必然會變得格外忙碌。

文法
ともなると
[要是…那就…]
▶ 表示如果發展到某程度，用常理來推斷，就會理所當然導向某種結論。

2528 □□□

ひってき
【匹敵】
名・自サ 匹敵，比得上

類 敵う
例 あのコックは、若いながらもベテランに匹敵する料理を作る。
／那位廚師雖然年輕，但是做的菜和資深廚師不相上下。

2529 □□□

ひといき
【一息】
名 一口氣；喘口氣；一把勁

例 あともう一息で終わる。努力あるのみだ。
／再加把勁兒就可完成，剩下的只靠努力了！

2530 □□□

ひとかげ
【人影】
名 人影；人

例 この商店街は、9時を過ぎると人影すら無くなる。
／這條商店街一旦過了九點，連半條人影都沒有。

文法
すら [就連…都]
▶ 舉出極端的例子，表示連所舉的例子都這樣了，其他的就更不用提了。有導致消極結果的傾向。

2531 □□□
ひとがら
【人柄】
名・形動 人品，人格，品質；人品好

類 人格

例 彼は、子供が生まれてからというもの、人柄が変わった。

／他自從孩子出生以後，個性也有了轉變。

文法
てからというもの
[自從…以後一直]

▶ 表示以前項事件為契機，從此有了很大的變化。含說話者內心的感受。

2532 □□□
ひとくろう
【一苦労】
名・自サ 費一些力氣，費一些力氣，操一些心

例 説得するのに一苦労する。

／費了一番功夫説服。

2533 □□□
ひとけ
【人気】
名 人的氣息

例 賑やかな表の道にひきかえ、裏の道は全く人気がない。

／與前面的熱鬧馬路相反，背面的靜巷悄然無人。

文法
にひきかえ
[和…比起來]

▶ 比較兩個相反或差異性很大的事物。含有説話者主觀看法。

2534 □□□
ひところ
【一頃】
名 前些日子；曾有一時

反 今 類 昔

例 祖父は、一頃の元気を取り戻さんがため、運動を始めた。

／祖父為了重拾以前的充沛活力，開始運動了。

文法
んがため(に)[為了…而…（的）]

▶ 表示目的。帶有無論如何都要實現某事，帶著積極的目的做某事的語意。

2535 □□□
ひとじち
【人質】
名 人質

例 事件の人質には、同情を禁じえない。

／人質的處境令人不禁為之同情。

文法
をきんじえない
[不禁…]

▶ 表示面對某種情景，心中自然而然產生的，難以抑制的心情。

2536 □□□
ひとちがい
【人違い】
名・自他サ　認錯人，弄錯人

例 後ろ姿がそっくりなので人違いしてしまった。
／因為背影相似所以認錯了人。

2537 □□□
ひとなみ
【人並み】
名・形動　普通，一般

例 贅沢がしたいとは言わないまでも、人並み
の暮らしがしたい。
／我不要求過得奢侈，只希望擁有和一般人一樣的生活。

文法
ないまでも
［沒有…至少也…］
▶ 表示雖然沒有做到前面的地步，但至少要做到後面的水準的意思。
▶ 近てもさしつかえない／でもさしつかえない［即使…也沒關係］

2538 □□□
ひとねむり
【一眠り】
名・自サ　睡一會兒，打個盹

例 車中で一眠りする。
／在車上打了個盹。

2539 □□□
ひとまかせ
【人任せ】
名　委託別人，託付他人

例「そんな業務は部下にさせろよ。」「人任せにできない性分なんだ。」
／「那種業務就交給部屬去做嘛！」「我的個性實在不放心把事情交給別人。」

2540 □□□
ひとめぼれ
【一目惚れ】
名・自サ　（俗）一見鍾情

例 受付嬢に一目惚れする。
／對櫃臺小姐一見鍾情。

2541 □□□
ひどり
【日取り】
名　規定的日期；日程

類 期日

例 皆が集まらないなら、会の日取りを変えよう。
／如果大家的出席率不理想的話，那就更改開會日期吧。

2542 □□□

ひな
【雛】

名・接頭 雛鳥，雛雞；古裝偶人；（冠於某名詞上）表小巧玲瓏

類 鳥

例 うっかり籠を開けっぱなしにしていたので、雛が逃げてしまった。
／不小心打開籠門忘了關上，結果小鳥就飛走了。

2543 □□□

ひなた
【日向】

名 向陽處，陽光照到地方；處於順境的人

類 日当たり

例 日陰にいるとはいえ、日向と同じくらい暑い。
／雖說站在背陽處，卻跟待在日光直射處同樣炎熱。

文法
とはいえ
[雖然…但是…]
▶ 表示逆接轉折。先肯定那事雖然是那樣，但是實際上卻是後項的結果。

2544 □□□

ひなまつり
【雛祭り】

名 女兒節，桃花節，偶人節

類 節句

例 雛祭りも近づいて、だんだん春めいてきたね。
／三月三日女兒節即將到來，春天的腳步也漸漸接近囉。

2545 □□□

ひなん
【非難】

名・他サ 責備，譴責，責難

類 誹謗

例 嘘まみれの弁解に非難ごうごうだった。
／大家聽到連篇謊言的辯解就噓聲四起。

文法
まみれ[滿是…]
▶ 表示處在令人很困擾、不悦的狀況。

2546 □□□

ひなん
【避難】

名・自サ 避難

例 サイレンを聞くと、皆一目散に避難しはじめた。
／聽到警笛的鳴聲，大家就一溜煙地避難去了。

2547 □□□

ひのまる
【日の丸】

名 （日本國旗）人陽旗；太陽形

例 式が終わると、皆は日の丸の旗を下ろした。
／儀式才剛結束，大家就立刻降下日章旗。

2548
□□□

ひばな
【火花】

(名) 火星；(電) 火花

(類) 火の粉

(例) 隣のビルの窓から火花が散っているが、工事中だろうか。

／從隔壁大樓的窗戶裡迸射出火花，是否正在施工？

2549
□□□

ひび
【日々】

(名) 天天，每天

(例) 日々の暮らしで精一杯で、とても貯金をする余裕はない。

／光是應付日常支出就已經捉襟見肘了，根本沒有多餘的錢存起來。

2550
□□□

ひふえん
【皮膚炎】

(名) 皮炎

(例) 皮膚炎を治す。

／治好皮膚炎。

2551
□□□
Track **85**

ひめい
【悲鳴】

(名) 悲鳴，哀鳴；驚叫，叫喊聲；叫苦，感到束手無策

(例) あまりの痛さに、彼女は悲鳴を上げた。

／極度的疼痛使她發出了慘叫。

2552
□□□

ひやかす
【冷やかす】

(他五) 冰鎮，冷卻，使變涼；嘲笑，開玩笑；只問價錢不買

(類) からかう

(例) 父ときたら、酒に酔って、新婚夫婦を冷やかしてばかりだ。

／說到我父親，喝得醉醺醺的淨對新婚夫婦冷嘲熱諷。

文法

ときたら [說到…來]
▶ 表示提起話題，說話者帶譴責和不滿的情緒，對話題中的人或事進行批評。

2553
□□□

ひやけ
【日焼け】

(名・自サ) (皮膚) 曬黑；(因為天旱田裡的水被) 曬乾

(例) 日向で一日中作業をしたので、日焼けしてしまった。

／在陽光下工作一整天，結果曬傷了。

2554 □□□

ひょう
【票】

（名・漢造）票，選票；（用作憑證的）票；表決的票

例 大統領選挙では、1票たりともあなどってはいけない。

／在總統選舉當中，哪怕是一張選票都不可輕忽。

文法

たりとも
[哪怕…也不（可）…]

▶ 強調最低數量也不能允許，或不允許有絲毫的例外。

2555 □□□

びょうしゃ
【描写】

（名・他サ）描寫，描繪，描述

類 描く

例 作家になり立ての頃はこんな稚拙な描写をしていたかと思うと、赤面の至りです。

／每當想到剛成為作家時描寫手法的青澀拙劣，就感到羞愧難當。

文法

のいたり（だ）
[真是…到了極點]

▶ 表示一種強烈的情感，達到最高的狀態。

2556 □□□

ひょっと

（副）突然，偶然

類 ふと

例 外を見るともなく見ていると、友人がひょっと現れた。

／當我不經意地朝外頭看時，朋友突然現身了。

文法

ともなく [無意地…]

▶ 並不是有心想做，卻意外發生情況。無意識地做出動作或行為，含有狀態不明確的意思。

2557 □□□

ひょっとして

（連語・副）該不會是，萬一，一旦，如果

例 あのう、ひょっとして、片桐奈々さんではありませんか。

／不好意思，請問一下，您是不是片桐奈奈小姐呢？

2558 □□□

ひょっとすると

（連語・副）也許，或許，有可能

例 あれ。鍵が無い。ひょっとすると、学校に忘れてきたのかもしれない。

／咦？找不到鑰匙。該不會忘在學校裡了吧？

2559
□□□

ひらたい
【平たい】

㊥ 沒有多少深度或廣度，少凹凸而橫向擴展；平，扁，平坦；容易，淺顯易懂

類 平ら

例 材料をよく混ぜたら平たい容器に入れ、冷蔵庫で冷やします。
／把食材均勻攪拌後倒進扁平的容器裡，放到冰箱裡降溫。

2560
□□□

びり

㊇ 最後，末尾，倒數第一名

例 びりになった者を嘲笑うなど、友人としてあるまじき行為だ。
／嘲笑敬陪末座的人，不是朋友應有的行為。

文法

まじき（名詞）
[不該有（的）…]

▶ 前接指責的對象，指責話題中人物的行為，不符其身份、資格或立場。

2561
□□□

ひりつ
【比率】

㊇ 比率，比

例 塩と胡椒のベストな比率を調べようと、いろいろ試してみた。
／為了找出鹽和胡椒的最佳混和比率，試了很多配方。

2562
□□□

ひりょう
【肥料】

㊇ 肥料

類 肥やし

例 肥料といい、水といい、いい野菜をつくるには軽く見てはいけない。
／要栽種出鮮嫩可口的蔬菜，無論是肥料或是水質都不能小看忽視。

文法

といい～といい
[不論…還是]

▶ 表示列舉。為了做為例子而舉出兩項，後項是對此做出的評價。

2563
□□□

びりょう
【微量】

㊇ 微量，少量

例 微量といえども、放射線は危険である。
／雖說是微量，畢竟放射線仍具有危險性。

文法

といえども
[雖說…還是…]

▶ 表示逆接轉折。先承認前項是事實，但後項並不因此而成立。

讀書計劃：□□／□□／□□

2564
□□□

ひるめし
【昼飯】

名 午飯

類 昼ごはん

例 忙しすぎて、昼飯は言うに及ばず、茶を飲む暇もない。
／因為太忙了，別說是吃中餐，就連茶也沒時間喝。

2565
□□□

ひれい
【比例】

名・自サ （数）比例；均衡，相稱，成比例關係

例 労働時間と収入が比例しないことは、言うまでもない。
／工作時間與薪資所得不成比例，自是不在話下。

文法
まで(のこと)もない
[用不著…]
▶ 表示沒必要做到前項那種程度。含有事情已經很清楚，再説或做也沒有意義。

2566
□□□

ひろう
【披露】

名・他サ 披露；公布；發表

例 腕前を披露する。
／大展身手。

2567
□□□

ひろう
【疲労】

名・自サ 疲勞，疲乏

類 くたびれる

例 まだ疲労がとれないとはいえ、仕事を休まなければならない程ではない。
／雖然還很疲憊，但不至於必須請假休息。

文法
とはいえ
[雖然…但是…]
▶ 表示逆接轉折。先肯定那事雖然是那樣，但是實際上卻是後項的結果。

2568
□□□

びんかん
【敏感】

名・形動 敏感，感覺敏鋭

反 鈍感 類 鋭い

例 彼にあんな敏感な一面があったとは、信じられない。
／真不可置信，他竟然也會有這麼纖細敏感的一面。

文法
とは [竟然]
▶ 表示對看到或聽到的事實（意料之外的），感到吃驚或感慨的心情。

2569
□□□

ひんけつ
【貧血】

名・自サ（醫）貧血

例 ほうれん草は貧血に効く。

／菠菜能有效改善貧血。

2570
□□□

ひんこん
【貧困】

名・形動 貧困，貧窮；（知識、思想等的）貧乏，極度缺乏

例 父は若い頃、貧困ゆえに高校進学を諦めた。

／父親年輕時因家境貧困，不得不放棄繼續升學至高中就讀。

文法

（が）ゆえ（に）[因為…]
▶ 是表示原因、理由的文言説法。

2571
□□□

ひんしつ
【品質】

名 品質，質量

例 品質いかんでは、今後の取引を再検討せざるを得ない。

／視品質之良莠，不得不重新討論今後的交易。

文法

いかんで（は）[根據…]
▶ 表示依據。根據前面狀況來進行後面，變化視前面情況而定。

2572
□□□

ひんじゃく
【貧弱】

名・形動 軟弱，瘦弱；貧乏，欠缺；遜色

類 弱い

例 スポーツマンの兄にひきかえ、弟は実に貧弱だ。

／與當運動員的哥哥不同，弟弟的身體卻非常孱弱。

文法

にひきかえ
[和…比起來]
▶ 比較兩個相反或差異性很大的事物。含有説話者主觀看法。

2573
□□□

ひんしゅ
【品種】

名 種類；（農）品種

例 技術の進歩により、以前にもまして新しい品種が増えた。

／由於科技進步，增加了許多前所未有的嶄新品種。

文法

に（も）まして [更加地…]
▶ 表示兩個事物相比較。比起前項，後項更勝一籌。

2574 ☐☐☐

ヒント
【hint】

③（名）啟示，暗示，提示

反 明示　類 暗示

例 授業の時ならまだしも、テストなんだからヒントは無しだよ。
／上課的時候也就算了，這可是考試，所以沒有提示喔。

2575 ☐☐☐

ひんぱん
【頻繁】

（名・形動）頻繁，屢次

反 たまに　類 度々

例 いたずら電話が頻繁にあり、とうとうやむを得ず番号を変えた。
／頻頻接到騷擾電話頻頻，終於不得已去換了號碼。

2576 ☐☐☐

ぴんぴん

（副・自サ）用力跳躍的樣子；健壯的樣子

例 魚がぴんぴん（と）はねる。／魚活蹦亂跳。

2577 ☐☐☐

びんぼう
【貧乏】

（名・形動・自サ）貧窮，貧苦

反 富んだ　類 貧しい

例 たとえ貧乏であれ、盗みは正当化できない。
／就算貧窮，也不能當作偷竊的正當理由。

文法

であれ［即使是…也…］
▶ 表示不管前項是什麼情況，後項的事態都還是一樣。後項多為說話者主觀判斷或推測內容。

ふ

2578 ☐☐☐
86

ファイト
【fight】

（名）戰鬥，搏鬥，鬥爭；鬥志，戰鬥精神

類 闘志

例 ファイトに溢れる選手の姿は、皆を感動させるに足るものだった。
／選手那充滿鬥志的身影，足以讓所有的人感動不已。

文法

にたる［足以…］
▶ 表示很有必要做前項的價值，那樣做很恰當。

2579 ☐☐☐

ファザコン
【（和）father ＋
complex 之略】

（名）戀父情結

例 彼女はファザコンだ。／她有戀父情結。

2580 □□□
ファン
【fan】

名 電扇，風扇；（運動，戲劇，電影等）影歌迷，愛好者

例 いくらファンとはいえ、全国ツアーをついて回る余裕はない。

/雖然是歌迷，但也沒有那麼多時間和金錢跟著一路參加全國巡迴演唱會。

文法

とはいえ [雖然…但是…]

▶ 表示逆接轉折。先肯定那事雖然是那樣，但是實際上卻是後項的結果。

2581 □□□
ふい
【不意】

名・形動 意外，突然，想不到，出其不意

例 彼は昼食を食べ終わるなり、ふいに立ち上がった。

/他才剛吃完午餐，倏然從椅子上站起身。

文法

なり [剛…就立刻…]

▶ 表示前項剛一完成，後項就緊接著發生。後項動作一般是預料之外、突發性的。

2582 □□□
フィルター
【filter】

名 過濾網，濾紙；濾波器，濾光器

例 当製品ならではのフィルターで水がきれいになります。

/本濾水器特有的過濾裝置，可將水質過濾得非常乾淨。

文法

ならではの [正因為…才有（的）…]

▶ 表示如果不是前項，就沒後項，正因為是這人這事物才會這麼好。是高評價的表現方式。

2583 □□□
ふう
【封】

名・漢造 封口，封上；封條；封疆；封閉

例 父が勝手に手紙の封を開けるとは、とても信じられない。

/實在不敢讓人相信，家父竟然擅自打開信封。

文法

とは [竟然]

▶ 表示對看到或聽到的事實（意料之外的），感到吃驚或感慨的心情。

2584 □□□
ふうさ
【封鎖】

名・他サ 封鎖；凍結

類 封じる

例 今頃道を封鎖したところで、犯人は捕まらないだろう。

/事到如今才封鎖馬路，根本來不及圍堵歹徒！

文法

たところで〜ない [即使…也不…]

▶ 表示即使前項成立，後項結果也是與預期相反，或只能達到程度較低的結果。

2585 □□□

ふうしゃ
【風車】

⑧ 風車

例 オランダの風車は私が愛してやまないものの
一つです。

／荷蘭的風車，是令我深愛<u>不已</u>的事物之一。

文法

てやまない […不已]

▶ 接在感情動詞後面，
表示發自內心的感情，
且那種感情一直持續著。

2586 □□□

ふうしゅう
【風習】

⑧ 風俗，習慣，風尚

例 他国の風習を馬鹿にするなど、失礼極まりないことだ。

／對其他國家的風俗習慣嗤之以鼻，是非常失禮的舉止。

2587 □□□

ブーツ
【boots】

⑧ 長筒鞋，長筒靴，馬鞋

類 景気

例 皮のブーツでも 15,000 円位なら買えないも

のでもない。

／大約一萬五千日圓應該買得到皮製的長靴。

文法

ないものでもない
[也並非不…]

▶ 表示依後續周圍的情
勢發展，有可能會變成那
樣、可以那樣做的意思。

2588 □□□

ふうど
【風土】

⑧ 風土，水土

例 同じアジアといえども、外国の風土に慣れ
るのは大変だ。

／即使同樣位於亞洲，想要習慣外國的風土人情，畢
竟還是很辛苦。

文法

といえども
[即使…也…]

▶ 表示逆接轉折。先承
認前項是事實，但後項
並不因此而成立。

2589 ☐☐☐
ブーム
【boom】

(名)（經）突然出現的景氣，繁榮；高潮，熱潮

例 つまらない事でも芸能人の一言でブームに
なるしまつだ。

／藝人的一言一行，就算是毫無內容的無聊小事，
<u>竟然</u>也能捲起一股風潮。

文法
しまつだ [（落到）… 的結果] ▶ 經過一個壞的情況， 最後落得更壞的結果。 後句帶譴責意味，陳述 竟發展到這種地步。

2590 ☐☐☐
フェリー
【ferry】

(名)渡口，渡船（フェリーボート之略）

例 フェリーが海に沈むなど、想像する<u>だに</u>恐
ろしい。

／光是想像渡輪會沉沒在大海中，就令人不寒而慄。

文法
だに [一…就…] ▶ 表示光只是做一下前 面心裡活動，就會出現 後面狀態了，如果真的 實現，就更是後面的狀 態了。

2591 ☐☐☐
フォーム
【form】

(名)形式，樣式；（體育運動的）姿勢；月台，站台

例 各種文書のフォームを社内で統一した。

／公司內部統一了各種文件的格式。

2592 ☐☐☐
ぶか
【部下】

(名)部下，屬下

(反)上司　(類)手下

例 言い争っている見苦しい<u>ところを</u>部下に見
られてしまった。

／被屬下看到難堪的爭執場面。

文法
ところを [正…之時] ▶ 表示雖然在前項的情況 下，卻還是發生了後項。

2593 ☐☐☐
ふかい
【不快】

(名・形動)不愉快；不舒服

例 このマフラーはチクチクして<u>不快</u>だ。

／這條圍巾感覺刺刺的，戴起來不舒服。

2594 □□□
ふかけつ
【不可欠】
（名・形動）不可缺，必需

（反）必要 （類）不要

（例）研究者たる者、真理を探る心が不可欠だ。
／身為研究人員，擁有探究真理之的精神是不可或缺的。

（文法）
たる(もの)
[作為…的…]
▶ 前接高評價事物人等，表示照社會上的常識來看，應該有合乎這種身分的影響或做法。

2595 □□□
ぶかぶか
（副・自サ）（帽、褲）太大不合身；漂浮貌；（人）肥胖貌；（笛子、喇叭等）大吹特吹貌

（例）この靴はぶかぶかで、走るのはおろか歩くのも困難だ。
／這雙鞋太大了，別說是穿著它跑，就連走路都有困難。

（文法）
はおろか
[不用說…就是…也…]
▶ 表示前項沒有説明的必要，強調後項較極端的事例也不例外。含説話者吃驚、不滿等情緒。

2596 □□□
ふきつ
【不吉】
（名・形動）不吉利，不吉祥

（類）不祥

（例）祖母は、黒い動物を見ると不吉だと考えるきらいがある。
／奶奶深信只要看到黑色的動物，就是不祥之兆。

（文法）
きらいがある [總愛…]
▶ 表示有某種不好的傾向。這種傾向從表面是看不出來的，它具有某種本質性的性質。

2597 □□□
ぶきみ
【不気味】
（形動）（不由得）令人毛骨悚然，令人害怕

（例）空には不気味な赤い月がかかっていました。
／當時天上掛著一輪詭異的紅月亮。

2598 □□□
ふきょう
【不況】
（名）（經）不景氣，蕭條

（反）不振 （類）好況

（例）長引く不況のため、弊社は経営状態の悪化という苦境を強いられている。
／在大環境長期不景氣之下，敝公司亦面臨經營日漸惡化之窘境。

2599 □□□
ふきん
【布巾】
⑧ 抹布

⑩ 母は、布巾をテーブルの上に置きっぱなしにしたようだ。
／媽媽似乎將抹布扔在桌上忘了收拾。

2600 □□□
ふく
【福】
⑧・漢造 福，幸福，幸運

⑩ 福袋なくしては、日本の正月は語れない。
／日本的正月時節如果少了福袋，就沒有那股過年的氣氛。

文法

なくして(は)～ない
[如果沒有…就…]
▶ 表示假定的條件。表示如果沒有前項，後項的事情會很難實現。

2601 □□□
ふくぎょう
【副業】
⑧ 副業

⑩ 民芸品作りを副業としている。
／以做手工藝品為副業。

2602 □□□
ふくごう
【複合】
⑧・自他サ 複合，合成

⑩ 複合機1台あれば、印刷、コピー、スキャン、ファックスができる。
／只要有一台多功能複合機，就能夠印刷、複製、掃描和傳真。

2603 □□□
ふくし
【福祉】
⑧ 福利，福祉

⑩ 彼は地域の福祉にかかわる重要な仕事を担当している。
／他負責承辦收關地方福祉之重要工作。

2604 □□□
ふくめん
【覆面】
⑧・自サ 蒙上臉；不出面，不露面

⑩ 銀行強盗ではあるまいし、覆面なんかつけて歩くなよ。
／又不是銀行搶匪，不要蒙面走在路上啦！

文法

ではあるまいし
[又不是…]
▶ 表示「因為不是前項的情況，後項當然就…」，後面多接說話者的判斷、意見跟勸告等。

2605
□□□

ふ⃝くれる
【膨れる・脹れる】

〔自下一〕脹，腫，鼓起來

あ

類 膨らむ

例 10キロからある本を入れたので、鞄がこんなに膨れた。

／把重達十公斤的書本放進去後，結果袋子就被撐得鼓成這樣了。

文法
からある
[足有…之多…]
▶ 前面接表數量的詞，強調數量之多、超乎常理的。含「目測大概這麼多，説不定還更多」意思。

2606
□□□

ふ⃝けいき
【不景気】

〔名・形動〕不景氣，經濟停滯，蕭條；沒精神，憂鬱

反 好況　類 衰況

例 不景気がこんなに長引くとは専門家も予想していなかった。

／連專家也萬萬沒有預料到，景氣蕭條竟會持續如此之久。

文法
とは[竟然]
▶ 表示對看到或聽到的事實（意料之外的），感到吃驚或感慨的心情。

2607
□□□

ふ⃝ける
【耽る】

〔自五〕沉溺，耽於；埋頭，專心

類 溺れる、夢中

例 大学受験をよそに、彼は毎日テレビゲームに耽っている。

／他把準備大學升學考試這件事完全拋在腦後，每天只沉迷於玩電視遊樂器之中。

文法
をよそに[不管…]
▶ 表示無視前面的狀況，進行後項的行為。

2608
□□□
87

ふ⃝ごう
【富豪】

〔名〕富豪，百萬富翁

反 貧乏人　類 金持ち

例 宇宙旅行は世界の富豪ですら尻込みする金額だ。

／太空旅行的費用金額甚至連世界富豪都打退堂鼓。

文法
ですら[就連…都]
▶ 舉出極端的例子，表示連所舉的例子都這樣了，其他的就更不用提了。有導致消極結果的傾向。

2609 □□□
ふこく
【布告】

名・他サ 佈告，公告；宣告，宣布

例 宣戦布告すると思いきや、２国はあっさり和解した。

／原本以為兩國即將宣戰，竟然如此簡單地就談和了。

文法

（か）とおもいきや
[原以為…沒想到]

▶ 表示按照一般情況推測，應該是前項結果，卻意外出現後項相反的結果。

2610 □□□
ブザー
【buzzer】

名 鈴；信號器

例 彼はブザーを押すなり、ドアを開けて入って行った。

／他才按了門鈴，就打開大門就走進去了。

文法

なり[剛…就立刻…]

▶ 表示前項剛一完成，後項就緊接著發生。後項動作一般是預料之外、突發性的。

2611 □□□
ふさい
【負債】

名 負債，欠債；飢荒

例 彼は負債を返すべく、朝から晩まで懸命に働いている。

／他為了還債，從早到晚都很賣力地工作。

文法

べく[為了…而…]

▶ 表示意志、目的。帶著某種目的，來做後項。

2612 □□□
ふざい
【不在】

名 不在，不在家

類 留守

例 窓が開けっ放しだが、彼は本当に不在なんだろうか。

／雖然窗戶大敞，但他真的不在嗎？

2613 □□□
ぶさいく
【不細工】

名・形動（技巧，動作）笨拙，不靈巧；難看，醜

例 小さい頃から、お姉さんは美人なのに妹は不細工だと言われ続けた。

／從小時候起，就一直聽到別人說姐姐長得那麼漂亮，怎麼妹妹長得那麼醜。

2614 □□□

ふさわしい

㊢ 顯得均衡，使人感到相稱；適合，合適；相稱，相配

㊞ ぴったり

例 彼女にふさわしい男になる為には、ただ努力あるのみだ。

/為了成為能夠與她匹配的男人，只能努力充實自己。

文法

ただ〜のみ［只有…］

▶ 表示限定除此之外，沒有其他。

2615 □□□

ふじゅん
【不順】

㊅·㊢動 不順，不調，異常

例 天候不順の折から、どうぞご自愛ください。

/近來天氣不佳，望請保重玉體。

2616 □□□

ふじゅん
【不純】

㊅·㊢動 不純，不純真

㊙ 純真 ㊞ 邪心

例 女の子に持てたいという不純な動機でバンドを始めたが、持てなかったのでやめてしまった。

/抱著享受到女孩歡迎的不良動機而加入了樂團，卻沒有因此受到女生青睞，於是退團了。

2617 □□□

ぶしょ
【部署】

㊅ 工作崗位，職守

例 商品の在庫管理をする部署に配属された。

/被分派到了產品的庫存管理部門。

2618 □□□

ふしょう
【負傷】

㊅·自サ 負傷，受傷

㊞ 怪我

例 あんな小さな事故で負傷者が出たとは、信じられない。

/那麼微不足道的意外竟然出現傷患，實在令人不敢置信。

文法

とは［連…也；竟然會］

▶ 表示對看到或聽到的事實（意料之外的），感到吃驚或感慨的心情。

2619 □□□

ぶじょく
【侮辱】

名・他サ　侮辱，凌辱

反 敬う　類 侮る

例 この言われようは、侮辱でなくてなんだろう。
／被說成這樣子，若不是侮辱又是什麼？

文法
でなくてなんだろう
[這不是…是什麼]
▶ 用反問「難道不是…嗎」的方式，強調出「這正是所謂的…」的語感。

2620 □□□

ふしん
【不審】

名・形動　懷疑，疑惑；不清楚，可疑

類 疑い

例 母は先月庭で不審な人を見てから、家族まで疑う始末だ。
／自從媽媽上個月在院子裡發現可疑人物出沒之後，落到甚至對家人都疑神疑鬼。

文法
しまつだ
[（落到）…的結果]
▶ 經過一個壞的情況，最後落得更壞的結果。後句帶譴責意味，陳述竟發展到這種地步。

2621 □□□

ふしん
【不振】

名・形動　（成績）不好，不興旺，蕭條，（形勢）不利

類 停頓

例 経営不振といえども、会社は毎年新入社員を大量に採用している。
／儘管公司經營不善，每年還是應徵進來了大批的新員工。

文法
といえども
[即使…還是…]
▶ 表示逆接轉折。先承認前項是事實，但後項並不因此而成立。

2622 □□□

ぶそう
【武装】

名・自サ　武裝，軍事裝備

例 核武装について、私達なりに討論して教授に報告した。
／我們針對「核子武器」這個主題自行討論後，向教授報告結果了。

文法
なりに [那般…（的）]
▶ 根據話題中人的經驗及能力所及範圍，承認前項有所不足，做後項與之相符的行為。

2623
☐☐☐

ふだ
【札】

㊔ 牌子；告示牌，揭示牌；（神社，寺院的）護身符；紙牌

類 ラベル

例 禁煙の札が掛けてあるとはいえ、吸わずにはおれない。

／雖然已看到懸掛著禁菸標示，還是無法忍住不抽。

文法
とはいえ
[雖然…但是…]
▶ 表示逆接轉折。先肯定那事雖然是那樣，但是實際上卻是後項的結果。

2624
☐☐☐

ぶたい
【部隊】

㊔ 部隊；一群人

例 主力部隊を南方戦線に投入する。

／將主力部隊投入南方戰線。

2625
☐☐☐

ふたん
【負担】

㊔·他サ 背負；負擔

例 実際に離婚ともなると、精神的負担が大きい。

／一旦離婚之後，精神壓力就變得相當大。

文法
と(も)なると
[要是…那就…]
▶ 表示如果發展到某程度，用常理來推斷，就會理所當然導向某種結論。

2626
☐☐☐

ふち
【縁】

㊔ 邊；緣；框

例 ハンカチにレースの縁取りが付いている。

／手帕上有蕾絲鑲邊。

2627
☐☐☐

ふちょう
【不調】

㊔·形動（談判等）破裂，失敗；不順利，萎靡

反 好調 類 異常

例 最近仕事が不調らしく、林君は昨晩かなりやけ酒を飲んでいた。

／林先生工作最近好像不太順利，昨晚他借酒消愁喝了不少。

2628 ☐☐☐
ふ|っかつ
【復活】
名・自他サ 復活，再生；恢復，復興，復辟

類 生き返る

例 社員の協力なくして、会社は復活できなかった。
／沒有上下員工的齊心協力，公司絕對不可能重振雄風。

文法
なくして(は)～ない
[如果沒有…就不…]
▶ 表示假定的條件。表示如果沒有前項，後項的事情會很難實現。

2629 ☐☐☐
ぶ|つぎ
【物議】
名 群眾的批評

例 ちょっとした発言だったとはいえ、物議を呼んだ。
／雖然只是輕描淡寫的一句，卻引發社會的議論紛紛。

文法
とはいえ
[雖然…但是…]
▶ 表示逆接轉折。先肯定那事雖然是那樣，但是實際上卻是後項的結果。

2630 ☐☐☐
ふ|っきゅう
【復旧】
名・自他サ 恢復原狀；修復

類 回復

例 新幹線が復旧するのに5時間もかかるとは思わなかった。
／萬萬沒想到竟然要花上五個小時才能修復新幹線。

2631 ☐☐☐
ふ|っこう
【復興】
名・自他サ 復興，恢復原狀；重建

類 興す

例 復興作業にはひとり自衛隊のみならず、多くのボランティアの人が関わっている。
／重建工程不只得到自衛隊的協助，還有許多義工的熱心參與。

文法
ひとり～のみならず～(も)
[不單是…]
▶ 表示不只是前項，涉及的範圍更擴大到後項。後項內容是說話者所偏重、重視的。

2632 ☐☐☐
ぶ|っし
【物資】
名 物資

例 規定に即して、被害者に援助物資を届けよう。
／依照規定，將救援物資送給受害民眾！

文法
にそくして[依…（的）]
▶ 以某項規定、規則來處理，以其為基準，來進行後項。

2633 □□□
ぶつぞう
【仏像】
名 佛像

例 彫刻家とはいえ、まだ仏像どころか、猫も彫れない。

／雖為一介雕刻家，但別說是佛像了，就連小貓也雕不成。

2634 □□□
ぶったい
【物体】
名 物體，物質

例 庭に不審な物体があると思いきや、祖母の荷物だった。

／原本以為庭院裡被放置不明物體，原來是奶奶的行李。

2635 □□□
ぶつだん
【仏壇】
名 佛龕

例 仏壇に手を合わせる。

／對著佛龕膜拜。

2636 □□□
ぶっとう
【沸騰】
名・自サ 沸騰；群情激昂，情緒高漲

類 沸く

例 液体が沸騰する温度は、液体の成分いかんで決まる。

／液體的沸點視其所含成分而定。

2637 □□□
ふどうさん
【不動産】
名 不動產

例 不動産を売るべく、両親は業者と相談を始めた。

／父母想要賣不動產，開始諮詢相關業者。

2638 ☐☐☐

ふどうさんや
【不動産屋】

㊎ 房地產公司

㋑ 不動産屋でアパートを探す。

／透過房地產公司找公寓。

2639 ☐☐☐

TRACK **88**

ぶなん
【無難】

㊎・㋠ 無災無難，平安；無可非議，說得過去

㋑ 社長の話には適当に合わせておく方が無難だ。

／總經理說話時最好適時答腔比較好。

2640 ☐☐☐

ふにん
【赴任】

㊎・㊞ 赴任，上任

㋑ オーストラリアに赴任してからというもの、家族とゆっくり過ごす時間がない。

／打從被派到澳洲之後，就沒有閒暇與家人相處共度。

文法

てからというもの
[自從…以後一直]

▶ 表示以前項事件為契機，從此有了很大的變化。含說話者內心的感受。

2641 ☐☐☐

ふはい
【腐敗】

㊎・㊞ 腐敗，腐壞；墮落

㊫ 腐る

㋑ 腐敗が明るみに出てからというもの、支持率が低下している。

／自從腐敗醜態遭到揭發之後，支持率就一路下滑。

文法

てからというもの
[自從…以後一直]

▶ 表示以前項事件為契機，從此有了很大的變化。含說話者內心的感受。

2642 ☐☐☐

ふひょう
【不評】

㊎ 聲譽不佳，名譽壞，評價低

㋣ 好評　㊫ 悪評

㋑ 客の不評をよそに、社長はまた同じような製品を出した。

／社長不顧客戶的惡評，再次推出同樣的產品。

文法

をよそに [不管…]

▶ 表示無視前面的狀況，進行後項的行為。

2643
□□□

ふ｜ふく
【不服】

名・形動 不服從；抗議，異議；不滿意，不心服

反 満足　類 不満

例 彼が内心不服であったことは、想像に難くない。

／不難想像他心裡並不服氣。

文法
にかたくない [不難…]
▶ 表示從某一狀況來看，不難想像，誰都能明白的意思。

2644
□□□

ふ｜へん
【普遍】

名 普遍；（哲）共性

例 古いながらも、このレコードは全部普遍の名曲だよ。

／儘管已經年代久遠，這張唱片灌錄的全是耳熟能詳的名曲。

2645
□□□

ふ｜まえる
【踏まえる】

他下一 踏，踩；根據，依據

例 自分の経験を踏まえて、彼なりに後輩を指導している。

／他將自身經驗以自己的方式傳授給後進。

文法
なりに [那般…（的）]
▶ 根據話題中人的經驗及能力所及範圍，承認前項有所不足，做後項與之相符的行為。

2646
□□□

ふ｜みこむ
【踏み込む】

自五 陷入，走進，跨進；闖入，擅自進入

例 警察は、家に踏み込むが早いか、証拠を押さえた。

／警察才剛踏進家門，就立即找到了證據。

文法
がはやいか
[剛一…就…]
▶ 剛一發生前面情況，就馬上出現後面的動作。前後兩動作連接十分緊密。

2647
□□□

ふ｜めい
【不明】

名 不詳，不清楚；見識少，無能；盲目，沒有眼光

類 分からない

例 あの出所不明の資金は賄賂でなくてなんだろう。

／假如那筆來路不明的資金並非賄款，那麼又是什麼呢？

文法
でなくてなんだろう
[這不是…是什麼]
▶ 用反問「難道不是…嗎」的方式，強調出「這正是所謂的…」的語感。

2648 □□□

ぶもん【部門】

㊔ 部門，部類，方面

類 分類

例 ＣＤの開発を皮切りにして、デジタル部門への参入も開始した。

／以研發 CD 為開端，同時也開始參與數位部門。

文法
をかわきりにして［以…為開端開始］
▶ 表示以這為起點，開始了一連串同類型的動作。

2649 □□□

ふよう【扶養】

名・他サ 扶養，撫育

例 お嫁にいった娘は扶養家族にあたらない。

／已婚的女兒不屬於撫養家屬。

文法
に(は)あたらない［不相當於…］
▶ 說話者對於某事評價較低，表示「不相當於…」的意思。

2650 □□□

プラスアルファ【(和)plus+(希臘)alpha】

㊔ 加上若干，(工會與資方談判提高工資時)資方在協定外可自由支配的部分；工資附加部分，紅利

例 本給にプラスアルファの手当てがつく。

／在本薪外加發紅利。

2651 □□□

ふらふら

名・自サ・形動 蹣跚，搖晃；(心情)遊蕩不定，悠悠蕩蕩；恍惚，神不守己；蹓躂

例「できた」と言うなり、課長はふらふらと立ち上がった。

／課長剛大喊一聲：「做好了！」就搖搖晃晃地從椅子上站起來。

文法
なり［剛…就立刻…］
▶ 表示前項剛一完成，後項就緊接著發生。後項動作一般是預料之外、突發性的。

2652 □□□

ぶらぶら

副・自サ (懸空的東西)晃動，搖晃；蹓躂；沒工作；(病)拖長，纏綿

類 よろける

例 息子ときたら、手伝いもしないでぶらぶらしてばかりだ。

／說到我兒子，連個忙也不幫，成天遊手好閒，蹓躂閒晃。

文法
ときたら［說到…來］
▶ 表示提起話題，說話者帶譴責和不滿的情緒，對話題中的人或事進行批評。

2653
□□□

ふりかえる
【振り返る】

他五 回頭看，向後看；回顧

類 顧みる

例「自信を持て。振り返るな。」というのが父の生き方だ。
／父親的座右銘是「自我肯定，永不回頭。」

2654
□□□

ふりだし
【振り出し】

名 出發點；開始，開端；（經）開出（支票、匯票等）

例 すぐ終わると思いきや、小さなミスで振り出しに戻った。
／本來以為馬上就能完成，沒料到小失誤竟導致一切歸零。

文法
（か）とおもいきや
[原以為…沒想到]
▶ 表示按照一般情況推測，應該是前項結果，卻意外出現後項相反的結果。

2655
□□□

ふりょく
【浮力】

名（理）浮力

例 水の中で運動すると、浮力がかかるので、関節への負担が少なくて済む。
／在水裡運動時由於有浮力，因此關節的負擔較少。

2656
□□□

ぶりょく
【武力】

名 武力，兵力

類 戦力

例 武力を行使してからというもの、各国からの経済制裁を受けている。
／自從出兵之後，就受到各國的經濟制裁。

文法
てからというもの
[自從…以後一直]
▶ 表示以前項事件為契機，從此有了很大的變化。含說話者內心的感受。

2657
□□□

ブルー
【blue】

名 青，藍色；情緒低落

類 青

例 こちらのブラウスは、白地に入ったブルーのラインが爽やかなアクセントとなっています。
／這些女用襯衫是白底綴上清爽的藍條紋。

2658
□□□

ふるわす
【震わす】

他五 使哆嗦，發抖，震動

例 肩を震わして泣く。／哭得渾身顫抖。

2659
□□□

ふるわせる
【震わせる】

他下一 使震驚（哆嗦、發抖）

例 姉は電話を受けるなり、声を震わせて泣きだした。

／姊姊一接起電話，立刻聲音顫抖泣不成聲。

文法

なり [剛…就立刻…]

▶ 表示前項剛一完成，後項就緊接著發生。後項動作一般是預料之外、突發性的。

2660
□□□

ふれあう
【触れ合う】

自五 相互接觸，相互靠著

例 人ごみで、体が触れ合う。

／在人群中身體相互擦擠。

2661
□□□

ぶれい
【無礼】

名·形動 沒禮貌，不恭敬，失禮

類 失礼

例 息子といい娘といい、親を親とも思わない無礼な連中だ。

／兒子也好，女兒也好，全都是不把父母放在眼裡的沒禮貌傢伙！

文法

といい～といい
[也好…也好]

▶ 表示列舉。為了做為例子而舉出兩項，後項是對此做出的評價。

2662
□□□

LECK
89

ブレイク
【break】

名·サ変 （拳擊）抱持後分開；休息；突破，爆紅

例 16 歳で芸能界に入ったが全く売れず、41 歳になってブレイクした。

／十六歲就進了演藝圈，但是完全沒有受到矚目，直到四十一歲才爆紅了。

2663
□□□

ブレゼン
【presentation 之略】

名 簡報；（對音樂等的）詮釋

例 新企画のプレゼンをする。

／進行新企畫的簡報。

2664
□□□
プレッシャー
【pressure】

名 壓強，壓力，強制，緊迫

例 あの選手はプレッシャーに弱い。
／那位選手的抗壓性很低。

2665
□□□
ぶれる

自下一 （攝）按快門時（照相機）彈動

例 ぶれてしまった写真をソフトで補正した。
／拍得模糊的照片用軟體修片了。

2666
□□□
ふろく
【付録】

名・他サ 附錄；臨時增刊

例 付録を付けてからというもの、雑誌がよく
売れている。
／自從增加附錄之後，雜誌的銷售量就一路長紅。

文法
てからというもの
[自從…以後一直]
▶ 表示以前項事件為契機，從此有了很大的變化。含説話者內心的感受。

2667
□□□
フロント
【front】

名 正面，前面；（軍）前線，戰線；櫃臺

例 フロントの主任たる者、客の安全を第一に
考えなければ。
／身為櫃檯主任，必須以顧客的安全作為首要考量。

文法
たる(もの)
[作為…的…]
▶ 前接高評價事物人等，表示照社會上的常識來看，應該有合乎這種身分的影響或做法。

2668
□□□
ふんがい
【憤慨】

名・自サ 憤慨，氣憤

類 怒り
例 社長の独善的なやり方に、社員の多くは憤慨している。
／總經理獨善其身的做法使得多數員工深感憤慨。

2669 □□□
ぶんかざい
【文化財】
② 文物，文化遺產，文化財富

例 市の博物館で50点からある文化財を展示している。

／市立博物館公開展示五十件之多經指定之文化資產古物。

文法
からある
[足有…之多…]
▶ 前面接表數量的詞，強調數量之多、超乎常理的。含「目測大概這麼多，説不定還更多」意思。

2670 □□□
ぶんぎょう
【分業】
③·他サ 分工；專業分工

例 会議が終わるが早いか、皆分業して作業を進めた。

／會議才剛結束，大家立即就開始分工作業。

文法
がはやいか
[剛一…就…]
▶ 剛一發生前面情況，就馬上出現後面的動作。前後兩動作連接十分緊密。

2671 □□□
ぶんご
【文語】
③ 文言；文章語言，書寫語言

例 彼は友達と話をする時さえも、文語を使うきらいがある。

／他就連與朋友交談時，也常有使用文言文的毛病。

文法
きらいがある[…的毛病]
▶ 表示有某種不好的傾向。這種傾向從表面是看不出來的，它具有某種本質性的性質。

2672 □□□
ぶんさん
【分散】
③·自サ 分散，開散

例 ここから山頂までは分散しないで、列を組んで登ろう。

／從這裡開始直到完成攻頂，大夥兒不要散開，整隊一起往上爬吧！

2673 □□□
ぶんし
【分子】
③（理·化·數）分子；…份子

例 水の分子は水素原子二つと酸素原子一つが結合してできている。

／水分子是由兩個氫原子和一個氧原子結合而成的。

2674 □□□
ふんしつ
【紛失】
（名・自他サ）遺失，丟失，失落

類 無くす

例 重要な書類を紛失してしまった。
／竟然遺失了重要文件，確實該深切反省。

2675 □□□
ふんしゅつ
【噴出】
（名・自他サ）噴出，射出

例 蒸気が噴出して危ないので、近づくことすらできない。
／由於會噴出蒸汽極度危險，就連想要靠近都辦不到。

> **文法**
> すら［就連…都］
> ▶ 舉出極端的例子，表示連所舉的例子都這樣了，其他的就更不用提了。有導致消極結果的傾向。

2676 □□□
ぶんしょ
【文書】
（名）文書，公文，文件，公函

類 書類

例 年度末とあって、整理する文書がたくさん積まれている。
／因為接近年末的關係，需要整理的資料堆積如山。

> **文法**
> とあって［因為…（的關係）］
> ▶ 由於前項特殊的原因，當然就會出現後項特殊的情況，或應該採取的行動。

2677 □□□
ふんそう
【紛争】
（名・自サ）紛爭，糾紛

類 争い

例 文化が多様であればこそ、対立や紛争が生じる。／正因為文化多元，更易產生對立或爭端。

> **文法**
> ばこそ［正因為…］
> ▶ 表示強調最根本的理由。正因這原因，才有後項結果。

2678 □□□
ふんだん
（形動）很多，大量

反 少し　類 沢山

例 当店では、地元で取れた旬の食材をふんだんに使ったお料理を提供しております。
／本店提供的料理使用了非常多本地採收的當季食材。

2679 □□□	**ふんとう** 【奮闘】	名・自サ **奮鬥；奮戰**

類 闘う
例 試合終了後、監督は選手たちの奮闘ぶりをたたえた。
／比賽結束後，教練稱讚了選手們奮鬥到底的精神。

2680 □□□	**ぶんぱい** 【分配】	名・他サ **分配，分給，配給**

類 分ける
例 少ないながらも、社員に利益を分配しなければならない。
／即使獲利微薄，亦必須編列員工分紅。

2681 □□□	**ぶんべつ** 【分別】	名・他サ **分別，區別，分類**

例 ごみは分別して出しましょう。
／倒垃圾前要分類喔。

2682 □□□	**ぶんぼ** 【分母】	名（數）**分母**

例 分子と分母の違いも分からないとは、困った学生だ。
／竟然連分子與分母的差別都不懂，真是個讓人頭疼的學生呀！

文法
とは [竟然會]
▶ 表示對看到或聽到的事實（意料之外的），感到吃驚或感慨的心情。

2683 □□□	**ふんまつ** 【粉末】	名 **粉末**

例 今の技術から言えば、粉末になった野菜も、驚くにあたらない。
／就現今科技而言，就算是粉末狀的蔬菜，也沒什麼好大驚小怪的。

文法
に（は）あたらない
[不需要…]
▶ 表示沒有必要做某事，那樣的反應是不恰當的。

2684 □□□
ぶんり
【分離】
名・自他サ 分離，分開

反 合う　類 分かれる

例 この薬品は、水に入れるそばから分離してしまう。／這種藥物只要放入水中，立刻會被水溶解。

文法
そばから [只要…就…]
▶ 表示前項剛做完，其結果或效果馬上被後項抹殺或抵銷。

2685 □□□
ぶんれつ
【分裂】
名・自サ 分裂，裂變，裂開

例 党内の分裂をものともせず、選挙で圧勝した。／他不受黨內派系分裂之擾，在選舉中取得了壓倒性的勝利。

文法
をものともせず (に)
[不受…]
▶ 表示面對嚴峻的條件，仍毫不畏懼地做後項。後項多接改變現況、解決問題的句子。

2686 □□□ 90
ペア
【pair】
名 一雙，一對，兩個一組，一隊

類 揃い

例 両親は、茶碗といい、コップといい、何でもペアで買う。／我的爸媽無論是買飯碗或是茶杯，樣樣都要成對成雙。

文法
といい～といい
[不論…還是]
▶ 表示列舉。為了做為例子而舉出兩項，後項是對此做出的評價。

2687 □□□
ペアルック
【(和) pair + look】
名 情侶裝，夫妻裝

例 彼氏がペアルックなんて恥ずかしいって嫌がる。／男友覺得情侶裝實在太丟臉而不願意穿。

2688 □□□
へいき
【兵器】
名 兵器，武器，軍火

類 武器

例 税金は、1円たりとも兵器の購入に使わないでほしい。／希望哪怕是一塊錢的稅金都不要用於購買武器上。

文法
たりとも
[哪怕…也不 (可) …]
▶ 強調最低數量也不能允許，或不允許有絲毫的例外。

2689
□□□

へいこう
【並行】

（名・自サ）並行；並進，同時舉行

類 並列

例 私なりに考え、学業と仕事を並行してやることにした。

／我經過充分的考量，決定學業與工作二者同時並行。

文法

なりに［那般…（的）］
▶ 根據話題中人的經驗及能力所及範圍，承認前項有所不足，做後項與之相符的行為。

2690
□□□

へいこう
【閉口】

（名・自サ）閉口（無言）；為難，受不了；認輸

類 困る

例 むちゃな要求ばかりして来る部長に、副部長ですら閉口している。

／對於總是提出荒唐要求的經理，就連副經理也很為難。

文法

すら［就連…都］
▶ 舉出極端的例子，表示連所舉的例子都這樣了，其他的就更不用提了。有導致消極結果的傾向。

2691
□□□

へいさ
【閉鎖】

（名・自他サ）封閉，關閉，封鎖

反 開ける　類 閉める

例 2年連続で赤字となったため、工場を閉鎖するに至った。

／因為連續兩年的虧損，導致工廠關門大吉。

2692
□□□

へいし
【兵士】

（名）兵士，戰士

類 軍人

例 兵士が無事に帰国することを願ってやまない。

／一直衷心祈禱士兵們能平安歸國。

文法

てやまない［一直…］
▶ 接在感情動詞後面，表示發自內心的感情，且那種感情一直持續著。

2693
□□□

へいしゃ
【弊社】

（名）敝公司

例 弊社では、冷房の温度を28度に設定しております。

／本公司將冷氣的溫度設定為28度。

2694 □□□
へいじょう
【平常】
(名) 普通；平常，平素，往常

反 特別　類 普段

例 鉄道ダイヤは事故から約2時間後にようやく平常に戻った。
／在事故發生大約兩小時後，鐵路運行班次終於恢復了正常。

2695 □□□
へいぜん
【平然】
(形動) 沉著，冷靜；不在乎；坦然

例 人を殺して平然としている奴の気が知れない。
／真不知道那些殺了人還蠻不在乎的傢伙到底在想什麼！

2696 □□□
へいほう
【平方】
(名)（數）平方，自乘；（面積單位）平方

例 3平方メートルの庭では、狭くて、運動しようにも運動できない。
／三平方公尺的庭院非常窄迫，就算想要運動也辦不到。

文法

うにも～ない
[即使想…也不能…]
▶ 因為某種客觀原因，即使想做某事，也難以做到。是願望無法實現的説法。

2697 □□□
へいれつ
【並列】
(名・自他サ) 並列，並排

例 この川は800メートルからある並木道と並列している。
／這條河川與長達八百公尺兩旁種滿樹木的道路並行而流。

文法

からある
[足有…之多…]
▶ 前面接表數量的詞，強調數量之多、超乎常理的。含「目測大概這麼多，説不定還更多」意思。

2698 □□□
ベース
【base】
(名) 基礎，基本；基地（特指軍事基地），根據地

類 土台

例 これまでの私の経験全てが、私の小説のベースになっています。
／我從以前到現在的一切人生經歷，成為我小說寫作的雛形。

2699
□□□

ペーパードライバー
【(和) paper + driver】

㊂ 有駕照卻沒開過車的駕駛

㋜ ペーパードライバーから脱出^{だっしゅつ}する。
／脱離紙上駕駛身份。

2700
□□□

へきえき
【辟易】

㊂·自サ 畏縮，退縮，屈服；感到為難，感到束手無策

㋜ 今回^{こんかい}の不祥事^{ふしょうじ}には、ファンですら辟易^{へきえき}した。
／這次發生的醜聞鬧得就連影迷也無法接受。

文法

ですら [就連…都]

▶ 舉出極端的例子，表示連所舉的例子都這樣了，其他的就更不用提了。有導致消極結果的傾向。

2701
□□□

ぺこぺこ

㊂·自サ·形動·副 癟，不鼓；空腹；諂媚

㋜ 客^{きゃく}が激^{はげ}しく怒^{おこ}るので、社長^{しゃちょう}までぺこぺこし出^だす始末^{しまつ}だ。
／由於把顧客惹得火冒三丈，到最後不得不連社長也親自出面，鞠躬哈腰再三道歉。

文法

しまつだ
[(落到)…的結果]

▶ 經過一個壞的情況，最後落得更壞的結果。後句帶譴責意味，陳述竟發展到這種地步。

2702
□□□

ベスト
【best】

㊂ 最好，最上等，最善，全力

㊟ 最善

㋜ 重責^{じゅうせき}にたえるよう、ベストを尽^つくす所存^{しょぞん}です。
／必將竭盡全力以不負重責使命。

文法

にたえる [經得起…]

▶ 可以忍受心中的不快或壓迫感，不屈服忍耐下去的意思。

2703
□□□

ベストセラー
【bestseller】

㊂ (某一時期的) 暢銷書

㋜ ベストセラーともなると、印税^{いんぜい}も相当^{そうとう}ある。
／成了暢銷書後，版稅也就相當可觀。

文法

ともなると [要是…那就…]

▶ 表示如果發展到某程度，用常理來推斷，就會理所當然導向某種結論。

2704 べっきょ 【別居】
□□□ 〔名・自サ〕分居

例 愛人を囲っていたのがばれて、妻と別居することになった。
／被發現養了情婦，於是和妻子分居了。

2705 ベッドタウン 【㈜bed＋town】
□□□ 〔名〕衛星都市，郊區都市

例 この辺りは東京のベッドタウンとして開発された。
／這一帶已被開發為東京的住宅區。

2706 へり 【縁】
□□□ 〔名〕（河岸、懸崖、桌子等）邊緣；帽簷；鑲邊

類 周囲

例 崖のへりに立つな。落ちたらそれまでだぞ。
／不要站在懸崖邊！萬一掉下去的話，那就完囉！

文法
たらそれまでだ［就完了］
▶ 表示一旦發生前項情況，那麼就到此結束，一切都是徒勞無功之意。

2707 へりくだる
□□□ 〔自五〕謙虛，謙遜，謙卑

反 不遜 類 謙遜

例 生意気な弟にひきかえ、兄はいつもへりくだった話し方をする。
／比起那狂妄自大的弟弟，哥哥說話時總是謙恭有禮。

文法
にひきかえ
［和…比起來］
▶ 比較兩個相反或差異性很大的事物。含有說話者主觀看法。

2708 ヘルスメーター 【㈜health＋meter】
□□□ 〔名〕（家庭用的）體重計，磅秤

例 様々な機能の付いたヘルスメーターが並ぶ。／整排都是多功能的體重計。

2709 べんかい 【弁解】
□□□ 〔名・自他サ〕辯解，分辯，辯明

類 言い訳

例 さっきの言い方は弁解でなくてなんだろう。
／如果剛剛說的不是辯解，那麼又算是什麼呢？

文法
でなくてなんだろう
［這不是…是什麼］
▶ 用反問「難道不是…嗎」的方式，強調出「這正是所謂的…」的語感。

は

2710
□□□

へんかく
【変革】

名·自他サ 變革，改革

例 効率を上げる為、組織を変革する必要がある。

／為了提高效率，有必要改革組織系統。

2711
□□□

へんかん
【返還】

名·他サ 退還，歸還（原主）

例 今月を限りに、借りていた土地を返還することにした。

／直到這個月底之前必須歸還借用的土地。

文法

をかぎりに
[從…之後就不（沒）…]

► 表示在此之前一直持續的事，從此以後不再繼續下去。

2712
□□□

べんぎ
【便宜】

名·形動 方便，便利；權宜

類 都合

例 便宜を図ることもさることながら、事前の根回しも一切禁止です。

／別說不可予以優待，連事前關說一切均在禁止之列。

文法

もさることながら
[不用說…]

► 前接基本內容，後接強調內容。表示雖然不能忽視前項，但後項更進一步。

2713
□□□

へんきゃく
【返却】

副·他サ 還，歸還

例 図書館の本の返却期限は２週間です。

／圖書館的書籍借閱歸還期限是兩星期。

2714
□□□

へんけん
【偏見】

名 偏見，偏執

類 先入観

例 教師たる者、偏見をもって学生に接してはならない。

／從事教育工作者不可對學生懷有偏見。

文法

たる(もの)[作為…的…]

► 前接高評價事物人等，表示照社會上的常識來看，應該有合乎這種身分的影響或做法。

讀書計劃：□□／□□

2715 □□□
べんご
【弁護】
(名・他サ) 辯護，辯解；（法）辯護

例 この種の裁判の弁護なら、大山さんをおいて他にいない。
／假如要辯護這種領域的案件，除了大山先生不作第二人想。

文法
をおいて〜ない
[除了…之外…]
▶ 表示沒有可以跟前項相比的事物，在某範圍內，這是最積極的選項。

2716 □□□
へんさい
【返済】
(名・他サ) 償還，還債

(反) 借りる (類) 返す

例 借金の返済を迫られる奥さんを見て、同情を禁じえない。
／看到那位太太被債務逼得喘不過氣，不由得寄予無限同情。

文法
をきんじえない
[不禁…]
▶ 表示面對某種情景，心中自然而然產生的，難以抑制的心情。

2717 □□□
べんしょう
【弁償】
(名・他サ) 賠償

(類) 償う

例 壊した花瓶は高価だったので、弁償を余儀なくされた。
／打破的是一只昂貴的花瓶，因而不得不賠償。

文法
をよぎなくされる
[只得…]
▶ 因為大自然或環境等，個人能力所不能及的強大力量，不得已被迫做後項。

2718 □□□
へんせん
【変遷】
(名・自サ) 變遷

(類) 移り変わり

例 この村ならではの文化も、時代とともに変遷している。
／就連這個村落的獨特文化，也隨著時代變遷而有所改易。

文法
ならではの
[正因為…才有（的）…]
▶ 表示如果不是前項，就沒後項，正因為是這人事物才會這麼好。是高評價的表現方式。

2719 ☐☐☐

へんとう
【返答】

(名・他サ) 回答，回信，回話

(反) 問い　(類) 返事

(例) 言い訳めいた返答なら、しない方がましだ。

／如果硬要說這種強詞奪理的回話，倒不如不講來得好！

2720 ☐☐☐

へんどう
【変動】

(名・自サ) 變動，改變，變化

(類) 変化

(例) 為替相場の変動いかんによっては、本年度の業績が赤字に転じる可能性がある。

／根據匯率的變動，這年度的業績有可能虧損。

> **文法**
> いかんによって(は)
> [要看…如何]
> ▶ 表示依據。根據前面的狀況，來判斷後面的可能性。

2721 ☐☐☐

べんぴ
【便秘】

(名・自サ) 便秘，大便不通

(例) 生活が不規則で便秘しがちだ。

／因為生活不規律有點便秘的傾向。

2722 ☐☐☐

べんろん
【弁論】

(名・自サ) 辯論；（法）辯護

(類) 論じる

(例) 弁論大会がこんなに白熱するとは思わなかった。

／作夢都沒有想到辯論大會的氣氛居然會如此劍拔弩張。

> **文法**
> とは [竟然會]
> ▶ 表示對看到或聽到的事實（意料之外的），感到吃驚或感慨的心情。

ほ

2723 ☐☐☐
92

ほ
【穂】

(名) （植）稻穗；（物的）尖端

(類) 稲穂

(例) この筆が稲の穂で作られているとは、実に面白い。

／這支筆竟然是用稻穗做成的，真是有趣極了。

> **文法**
> とは [連…也；竟然會]
> ▶ 表示對看到或聽到的事實（意料之外的），感到吃驚或感慨的心情。

2724 □□□

ほいく
【保育】

（名・他サ）保育

例 デパートに保育室を作る<u>べく</u>、設計事務所
に依頼した。

　／百貨公司為了要增設一間育嬰室，委託設計事務
　所協助設計。

文法
べく［為了…而…］
▶ 表示意志、目的。帶
著某種目的，來做後項。

2725 □□□

ボイコット
【boycott】

（名）聯合抵制，拒絕交易（某貨物），聯合排斥
（某勢力）

例 社長の失言により、当社の商品に対してボイコット運動が起き
ている。

　／由於總經理的失言，引發民眾對本公司產品的拒買行動。

2726 □□□

ポイント
【point】

（名）點，句點；小數點；重點；地點；（體）得分

類 要点

例 入社3年<u>ともなると</u>、仕事のポイントがわ
かってくる。

　／<u>已經在公司任職三年</u>，<u>自然能夠掌握工作的訣竅</u>。

文法
ともなると
［要是…那就…］
▶ 表示如果發展到某程
度，用常理來推斷，就會
理所當然導向某種結論。

2727 □□□

ほうあん
【法案】

（名）法案，法律草案

例 デモをしても、法案が可決されればそれま
<u>でだ</u>。

　／就算進行示威抗議，只要法案通過，即<u>成為定局</u>。

文法
ばそれまでだ［就完了］
▶ 表示一旦發生前項情
況，那麼就此結束，
一切都是徒勞無功之意。

2728 □□□

ぼうえい
【防衛】

（名・他サ）防衛，保衛

類 守る

例 防衛の為<u>とはいえ</u>、これ以上税金を使わな
いでほしい。

　／雖是為了保疆衛土，<u>卻</u>不希望再花人民稅金增編國
　防預算。

文法
とはいえ
［雖然…但是…］
▶ 表示逆接轉折。先肯定
那事雖然是那樣，但是實
際上卻是後項的結果。

2729 □□□

ぼうか
【防火】
名 防火

例 防火ドアといえども、完全に火を防げるとは限らない。

／即使號稱是防火門，亦未必能夠完全阻隔火勢。

文法
といえども
[即使…也…]
▶ 表示逆接轉折。先承認前項是事實，但後項並不因此而成立。

2730 □□□

ほうかい
【崩壊】
名・自サ 崩潰，垮台；（理）衰變，蛻變

例 アメリカの経済が崩壊したがさいご、世界中が巻き添えになる。

／一旦美國的經濟崩盤，世界各國就會連帶受到影響。

文法
がさいご
[（一旦…）就必須…]
▶ 一旦做了某事，就一定會有後面情況，或必須採取的行動，多是消極的結果或行為。

2731 □□□

ぼうがい
【妨害】
名・他サ 妨礙，干擾

類 差し支え

例 いくらデモを計画したところで、妨害されるだけだ。

／無論事前再怎麼精密籌畫示威抗議活動，也勢必會遭到阻撓。

2732 □□□

ほうがく
【法学】
名 法學，法律學

例 歌手志望の彼が法学部に入るとは、実に意外だ。

／立志成為歌手的他竟然進了法律系就讀，令人大感意外。

文法
とは[竟然會]
▶ 表示對看到或聽到的事實（意料之外的），感到吃驚或感慨的心情。

2733 □□□

ほうき
【放棄】
名・他サ 放棄，喪失

類 捨てる

例 あの生徒が学業を放棄するなんて、残念の極みです。

／那個學生居然放棄學業，實在可惜。

文法
のきわみ（だ）
[真是…極了]
▶ 形容事物達到了極高的程度。多用來表達說話者激動時的那種心情。

ほうけん
【封建】　　　名 封建

例 封建時代ではあるまいし、身分なんか関係

ないだろう。

／現在又不是封建時代，應該與身分階級不相干吧！

文法
ではあるまいし
[又不是…]
▶ 表示「因為不是前項的
情況，後項當然就…」，
後面多接説話者的判斷、
意見跟勧告等。

ほうさく
【方策】　　　名 方策

類 対策
例 重要文書の管理について、具体的方策を取りまとめた。

／針對重要公文的管理，已將具體的方案都整理在一起了。

ほうさく
【豊作】　　　名 豊收

反 凶作　類 上作
例 去年の不作を考えると、今年は豊作を願っ

てやまない。

／一想到去年的農作欠收，便一直由衷祈求今年能有

個大豐收。

文法
てやまない[一直…]
▶ 接在感情動詞後面，
表示發自內心的感情，
且那種感情一直持續著。

ほうし
【奉仕】　　　名・自サ（不計報酬而）效勞，服務；廉價賣貨

類 奉公
例 彼女は社会に奉仕できる職に就きたいと言っていた。

／她說想要從事服務人群的職業。

ほうしき
【方式】　　　名 方式；手續；方法

類 仕組み
例 指定された方式に従って、資料を提出しなさい。

／請遵從指定的形式提交資料。

は

2739 □□□
ほうしゃ
【放射】
(名・他サ) 放射，輻射

(類) 御礼

(例) 放射線による治療を受ける<u>べく</u>、大きな病院に移った。
／轉至大型醫院以便接受放射線治療。

(文法)
べく[為了…而…]
▶ 表示意志，目的。帶著某種目的，來做後項。

2740 □□□
ほうしゃせん
【放射線】
(名) (理) 放射線

(例) 放射線を浴びる。 ／暴露在放射線之下。

2741 □□□
ほうしゃのう
【放射能】
(名) (理) 放射線

(例) 放射能漏れの影響がこれ程深刻<u>とは</u>知らなかった。
／沒想到輻射外洩會造成如此嚴重的影響。

(文法)
とは[竟然會]
▶ 表示對看到或聽到的事實（意料之外的），感到吃驚或感慨的心情。

2742 □□□
ほうしゅう
【報酬】
(名) 報酬；收益

(例) フリーの翻訳者として報酬を得て暮らしている。
／以自由譯者賺取酬金的方式過生活。

2743 □□□
ほうしゅつ
【放出】
(名・他サ) 放出，排出，噴出；（政府）發放，投放

(例) 冷蔵庫は熱を放出するので、壁から十分離して置いた方がよい。
／由於冰箱會放熱，因此擺放位置最好與牆壁保持一段距離。

2744 □□□
ほうじる
【報じる】
(他上一) 通知，告訴，告知，報導；報答，報復

(類) 知らせる

(例) ダイエットに効果があるかもしれないとテレビで報じられてから、爆発的に売れている。
／由於電視節目報導或許具有瘦身功效，使得那東西立刻狂銷熱賣。

2745
□□□

ほうずる
【報ずる】

（自他サ）通知，告訴，告知，報導；報答，報復

例 同じトピックでも、どう報ずるかによって、与える印象が大きく変わる。

／即使是相同的話題，也會因報導方式的不同而給人大有不一樣的感受。

2746
□□□

ぼうせき
【紡績】

（名）紡織，紡紗

例 紡績にかかわる産業は、ここ数年成長が著しい。

／近年來，紡織相關產業成長顯著。

2747
□□□

ぼうぜん
【呆然】

（形動）茫然，呆然，呆呆地

類 呆れる

例 驚きのあまり、怒るともなく呆然と立ちつくしている。

／由於太過震驚，連生氣都忘了，只能茫然地呆立原地。

> **文法**
> ともなく[無意地…]
> ▶ 並不是有心想做，卻意外發生情況。無意識地做出動作或行為，含有狀態不明確的意思。

2748
□□□

ほうち
【放置】

（名・他サ）放置不理，置之不顧

類 据え置く

例 庭を放置しておいたら、草ぼうぼうになった。

／假如對庭園置之不理，將會變得雜草叢生。

2749
□□□

ぼうちょう
【膨張】

（名・自サ）（理）膨脹；增大，增加，擴大發展

反 狭まる　類 膨らむ

例 宇宙が膨張を続けているとは、不思議なことだ。

／宇宙竟然還在繼續膨脹，真是不可思議。

> **文法**
> とは[連…也；竟然會]
> ▶ 表示對看到或聽到的事實（意料之外的），感到吃驚或感慨的心情。

2750 □□□
ほうてい
【法廷】
名（法）法庭

類 裁判所

例 判決を聞くが早いか、法廷から飛び出した。
／一聽到判決結果，就立刻衝出法庭之外。

文法
がはやいか
[剛一…就…]
▶ 剛一發生前面情況，就馬上出現後面的動作。前後兩動作連接十分緊密。

2751 □□□
ほうどう
【報道】
名・他サ 報導

類 記事

例 小さなニュースなので、全国ニュースとして報道するにあたらない。
／這只是一則小新聞，不可能會被當作全國新聞報導。

文法
に(は)あたらない
[不會被…]
▶ 說話者對於某事評價較低，表示「不相當於…」的意思。

2752 □□□
Track
93
ぼうとう
【冒頭】
名 起首，開頭

類 真っ先

例 夏目漱石の小説の「吾輩は猫である。名前はまだ無い。」という冒頭は、よく知られている。
／夏目漱石小說的開篇第一段「本大爺是隻貓，名字倒是還沒取。」廣為人知。

2753 □□□
ぼうどう
【暴動】
名 暴動

類 反乱

例 政治不信が極まって、暴動が各地で発生している。
／大家對政治的信賴跌到谷底，在各地引起了暴動。

2754 □□□
ほうび
【褒美】
名 褒獎，獎勵；獎品，獎賞

反 罰　類 賞品

例 褒美いかんで、子供たちの頑張りも違ってくる。
／獎賞將決定孩子們努力的程度。

文法
いかんで(は)[根據…]
▶ 表示依據。根據前面狀況來進行後面，變化視前面情況而定。

2755 □□□
ぼうふう
【暴風】

名 暴風

例 明日は暴風だそうだから、窓を開けっぱなしにするな。
/聽說明天將颳起強風,不要忘了把窗戶關緊!

2756 □□□
ほうべい
【訪米】

名・自サ 訪美

例 首相が訪米する。
/首相出訪美國。

2757 □□□
ほうむる
【葬る】

他五 葬,埋葬;隱瞞,掩蓋;葬送,拋棄

類 埋める

例 古代の王は高さ 150 メートルからある墓に葬られた。
/古代的君王被葬於一百五十公尺高的陵墓之中。

文法
からある
[足有…之多…]
▶ 前面接表數量的詞,強調數量之多、超乎常理的。含「目測大概這麼多,說不定還更多」意思。

2758 □□□
ほうりこむ
【放り込む】

他五 扔進,拋入

例 犯人は、殺害したあと、遺体の足に石を結びつけ、海に放り込んだと供述している。
/犯嫌供稱,在殺死人之後,在遺體的腳部綁上石頭,扔進了海裡。

2759 □□□
ほうりだす
【放り出す】

他五 (胡亂)扔出去,拋出去;擱置,丟開,扔下

類 投げ出す

例 彼は嫌なことをすぐ放り出すきらいがある。
/他總是一遇到不如意的事,就馬上放棄了。

文法
きらいがある[總是…]
▶ 表示有某種不好的傾向。這種傾向從表面是看不出來的,它具有某種本質性的性質。

2760
□□□
ぼうりょくだん
【暴力団】
名 暴力組織

例 麻薬は暴力団の資金源になっている。／毒品成為黑道組織的資金來源。

2761
□□□
ほうわ
【飽和】
名・自サ（理）飽和；最大限度，極限

例 飽和状態になった街の交通事情は、見るにたえない。

／街頭車滿為患的路況，實在讓人看不下去。

文法
にたえない [不堪…]
▶ 表示情況嚴重得不忍看下去、聽不下去了。帶有不愉快的心情。

2762
□□□
ホース
【(荷)hoos】
名（灑水用的）塑膠管，水管

類 チューブ

例 このホースは、隣の部屋に水を送るのに十分な長さだ。

／這條水管的長度，足以將水輸送至隔壁房間。

2763
□□□
ポーズ
【pose】
名（人在繪畫、舞蹈等）姿勢；擺樣子，擺姿勢

類 姿

例 会長が妙なポーズを取ったので、会場はざわめいた。

／會長講到一半，忽然做了一個怪動作，頓時引發與會人士紛紛騷動。

2764
□□□
ほおん
【保温】
名・自サ 保溫

例 ご飯が炊き終わると、自動で保温になる。

／將米飯煮熟以後會自動切換成保溫狀態。

2765
□□□
ほかん
【保管】
名・他サ 保管

例 倉庫が無くて、重要な書類の保管すらできない。

／由於沒有倉庫，就連重要文件也無法保管。

文法
すら [就連…都]
▶ 舉出極端的例子，表示連所舉的例子都這樣了，其他的就更不用提了。有導致消極結果的傾向。

2766 □□□

ほきゅう
【補給】

名・他サ 補給，補充，供應

例 水分を補給することなしに、運動することは危険だ。

／在沒有補充水分的狀況下運動是很危險的事。

文法

ことなしに [不…而…]

▶ 表示沒有做前項的話，後面就沒辦法做到的意思。

2767 □□□

ほきょう
【補強】

名・他サ 補強，增強，強化

例 載せる物の重さいかんによっては、台を補強する必要がある。

／依據承載物品的重量多少而需要補強底座。

文法

いかんによって(は)
[要看…如何]

▶ 表示依據。根據前面的狀況，來判斷後面的可能性。

2768 □□□

ぼきん
【募金】

名・自サ 募捐

例 親を亡くした子供たちの為に街頭で募金しました。

／為那些父母早逝的孩童在街頭募款了。

2769 □□□

ぼくし
【牧師】

名 牧師

類 神父

例 牧師のかたわら、サッカーチームの監督も務めている。

／他是牧師，一邊也同時是足球隊的教練。

文法

かたわら
[一邊…一邊…]

▶ 表示做前項主要活動外，空餘時還做別的活動。前項為主後項為輔，大多互不影響。

2770 □□□

ほげい
【捕鯨】

名 掠捕鯨魚

例 捕鯨問題は、ひとり日本のみならず、世界全体の問題だ。

／獵捕鯨魚並非日本一國的問題，而是全世界的問題。

文法

ひとり～のみならず～(も)
[不單是…]

▶ 表示不只是前項，涉及的範圍更擴大到後項。後項內容是說話者所偏重、重視的。

2771 □□□

ぼける
【惚ける】

⾃下一（上了年紀）遲鈍；（形象或顏色等）褪色，模糊

類 恍惚

例 写真のピントがぼけてしまった。
／拍照片時的焦距沒有對準。

2772 □□□

ぼけん
【保険】

名 保險；（對於損害的）保證

類 生命保険

例 老後のことを考えて、保険に入った。
／考慮到年老以後的保障而投保了。

2773 □□□

ほご
【保護】

名・他サ 保護

類 助ける

例 皆の協力なくしては、動物を保護すること

はできない。
／沒有大家的協助，就無法保護動物。

文法

なくして(は)～ない
[如果沒有…就…]

▶ 表示假定的條件。表示
如果沒有前項，後項的事
情會很難實現。

2774 □□□

ぼこう
【母校】

名 母校

例 彼は母校で教育に専念している。
／他在母校執教鞭，以作育英才為己任。

2775 □□□

ぼこく
【母国】

名 祖國

類 祖国

例 10年ぶりに母国に帰った。
／回到了闊別十年的祖國。

2776
□□□

LEVEL **94**

ほ<u>こ</u>ろび<u>る</u>

自上一（逢接處線斷開）開線，開綻；微笑，露出笑容

類 解ける

例 彼<u>ときたら</u>、ほころびた制服を着て登校しているのよ。

／說到他這個傢伙呀，老穿著破破爛爛的制服上學呢。

文法
ときたら[說到…來]
▶ 表示提起話題，説話者帶譴責和不滿的情緒，對話題中的人或事進行批評。

2777
□□□

ほし
【干し】

造語 乾，晒乾

例 干し葡萄が入ったパンが好きだ。 ／我喜歡吃摻了葡萄乾的麵包！

2778
□□□

ポ<u>ジ</u>ション
【position】

名 地位，職位；（棒）守備位置

例 所定のポジションを離れると、仕事の効率にかかわるぞ。

／如若離開被任命的職位，將會降低工作效率喔！

2779
□□□

ほ<u>し</u>もの
【干し物】

名 曬乾物；（洗後）晾曬的衣服

例 雨が降ってきそうだから、干し物を取り込んでしまおう。

／看起來好像會下雨，把晾在外面的衣物收進來吧。

2780
□□□

ほ<u>し</u>ゅ
【保守】

名・他サ 保守；保養

例 お客様あっての会社だから、製品の保守も徹底している。

／有顧客才有公司（顧客至上），因此這家公司極度重視產品的維修。

文法
あっての(名詞)[有了…才能…]
▶ 表示因為有前面的事情，後面才能夠存在。若無前面條件，就無後面結果。

2781
□□□

ほ<u>じゅう</u>
【補充】

名・他サ 補充

反 除く　類 加える

例 社員を補充したところで、残業が減るわけがない。

／雖然增聘了員工，但還是無法減少加班時間。

文法
たところで～ない
[即使…也不…]
▶ 表示即使前項成立，後項結果也是與預期相反，或只能達到程度較低的結果。

2782
□□□

ほじょ
【補助】

名・他サ 補助

類 援助

例 父は、市からの補助金をもらうそばから全部使っている。

／家父才剛領到市政府的補助金旋即盡數花光。

文法

そばから [才剛…就…]

▶ 表示前項剛做完，其結果或效果馬上被後項抹殺或抵銷。

2783
□□□

ほしょう
【保障】

名・他サ 保障

例 失業保険で当面の生活は保障されているとはいえ、早く次の仕事を見つけたい。

／雖說失業保險可以暫時維持生活，但還是希望能盡快找到下一份工作。

文法

とはいえ
[雖然…但是…]

▶ 表示逆接轉折。先肯定那事雖然是那樣，但是實際上卻是後項的結果。

2784
□□□

ほしょう
【補償】

名・他サ 補償，賠償

類 守る

例 補償額のいかんによっては、告訴も見合わせる。

／撤不撤回告訴，要看賠償金的多寡了。

文法

いかんによって（は）
[要看…如何]

▶ 表示依據。根據前面的狀況，來判斷後面的可能性。

2785
□□□

ほそく
【補足】

名・他サ 補足，補充

類 満たす

例 遠藤さんの説明に何か補足することはありますか。

／對於遠藤先生的說明有沒有什麼想補充的？

2786
□□□

ぼち
【墓地】

名 墓地，墳地

類 墓

例 彼は迷いながらも、ようやく友達の墓地にたどり着いた。

／他雖然迷了路，總算找到了友人的墓地。

2787 □□□	ほっさ 【発作】	名・自サ（醫）發作

類 発病

例 42度以上のおふろに入ると、心臓発作の危険が高まる。

／浸泡在四十二度以上的熱水裡會增加心肌梗塞的風險。

2788 □□□	ぼっしゅう 【没収】	名・他サ（法）（司法處分的）沒收，查抄，充公

反 与える　類 奪う

例 授業中に雑誌を見ていたら、先生に没収された。

／在上課時看雜誌，結果被老師沒收了。

2789 □□□	ほっそく 【発足】	名・自サ 出發，動身；（團體、會議等）開始活動

反 帰着　類 出発

例 会を発足させるには、法律に即して手続き

をするべきだ。

／想要成立協會，必須依照法律規定辦理相關程序。

文法

にそくして [依…（的）]

▶ 以某項規定、規則來處理，以其為基準，來進行後項。

2790 □□□	ポット 【pot】	名 壺；熱水瓶

例 小さいながらも、ポットがあるとお茶を飲むのに便利だ。

／雖然僅是一只小熱水瓶，但是有了它，想喝茶時就很方便。

2791 □□□	ほっぺた 【頬っぺた】	名 面頰，臉蛋

類 顔面

例 赤ちゃんのほっぺたは、つい突っつきたくなる。

／忍不住想用手指戳一戳嬰兒的臉頰。

2792 □□□	ぼつぼつ	名・副 小斑點；漸漸，一點一點地

反 どんどん　類 ぼちぼち

例 顔の黒いぼつぼつが気になる。／很在意臉上的一粒粒小斑點。

2793 ぼつらく【没落】
□□□

名・自サ 没落，衰敗；破產

反 成り上がる 類 落ちぶれる

例 元は裕福な家だったが、祖父の代に没落した。

／原本是富裕的家庭，但在祖父那一代沒落了。

2794 ほどける【解ける】
□□□

自下一 解開，鬆開

例 あ、靴ひもがほどけてるよ。

／啊，鞋帶鬆了喔！

2795 ほどこす【施す】
□□□

他五 施，施捨，施予；施行，實施；添加；露，顯露

反 奪う 類 与える

例 解決する為に、できる限りの策を施すまでだ。

／為解決問題只能善盡人事。

文法
までだ [大不了…而已]
▶ 表示現在的方法即使不行，也不沮喪，再採取別的方法。

2796 ほどほど【程程】
□□□

副 適當的，恰如其分的；過得去

例 酒はほどほどに飲むのがよい。

／喝酒要適度。

2797 ほとり【辺】
□□□

名 邊，畔，旁邊

例 湖のほとりで待っていると思いきや、彼女はもう船の上にいた。

／原先以為她還在湖畔等候，沒料到早已上了船。

文法
（か）とおもいきや
[原以為…沒想到]
▶ 表示按照一般情況推測，應該是前項結果，卻意外出現後項相反的結果。

2798
□□□

ぼ**やく**　　　　　　　　自他五 發牢騷

類 苦情

例 父ときたら、仕事が面白くないとぼやいてばかりだ。

／說到我那位爸爸，成天嘴裡老是叨唸著工作無聊透頂。

文法
ときたら［說到…來］
▶ 表示提起話題，説話者帶譴責和不滿的情緒，對話題中的人或事進行批評。

2799
□□□

95

ぼ**やける**　　　　　　自下一 （物體的形狀或顏色）模糊，不清楚

類 暈ける

例 この写真家の作品は全部ぼやけていて、見るにたえない。

／這位攝影家的作品全都模糊不清，讓人不屑一顧。

文法
にたえない
［不值得…］
▶ 表示不值得這麼做，沒有這麼做的價值。

2800
□□□

ほ**よう**　　　　　名・自サ 保養，（病後）修養，療養；（身心的）修
【保養】　　　　　　　　養；消遣

反 活動　類 静養

例 軽井沢に会社の保養施設がある。

／公司在輕井澤有一棟員工休閒別墅。

2801
□□□

ほ**りょ**　　　　　　　名 俘虜
【捕虜】

類 虜

例 捕虜の健康状態は憂慮にたえない。

／俘虜的健康狀況讓人非常憂心。

文法
にたえない［不堪…］
▶ 表示情況嚴重得不忍看下去，聽不下去了。帶有不愉快的心情。

2802
□□□

ボ**ルト**　　　　　　　名 螺栓，螺絲
【bolt】

例 故障した機械のボルトを抜くと、油まみれになっていた。

／才將故障機器的螺絲旋開，機油立刻噴得滿身都是。

文法
まみれ［滿是…］
▶ 表示在物體的表面上，沾滿了令人不快、雜亂、負面的事物。

2803
□□□

ほろにがい
【ほろ苦い】

形 稍苦的

例 初恋の人が親友を好きだった。今となってはほろ苦い思い出だ。

／初戀情人當時喜歡的是我的摯友。現在想起來成了帶點微苦的回憶。

2804
□□□

ほろびる
【滅びる】

自上一 滅亡，淪亡，消亡

反 興る 類 断絶

例 恐竜はなぜ皆滅びてしまったのですか。

／恐龍是因為什麼原因而全滅亡的？

2805
□□□

ほろぶ
【滅ぶ】

自五 滅亡，滅絕

例 人類もいつかは滅ぶ。

／人類終究會滅亡。

2806
□□□

ほろぼす
【滅ぼす】

他五 消滅，毀滅

反 興す 類 絶やす

例 彼女は滅ぼされた民族の為に涙ながらに歌った。

／她邊流著眼淚，為慘遭滅絕的民族歌唱。

文法
ながらに［邊…邊…]
▶ 表示做某動作的狀態或情景。為「在 A 的狀況之下做 B」的意思。

2807
□□□

ほんかく
【本格】

名 正式

例 本格的とは言わないまでも、このくらいの絵なら描ける。

／雖說尚不成氣候，但是這種程度的圖還畫得出來。

文法
ないまでも［沒有…至少也…]
▶ 表示雖然沒有做到前面的地步，但至少要做到後面的水準的意思。

2808
□□□

ほんかん
【本館】

名 （對別館、新館而言）原本的建築物，主要的樓房；此樓，本樓，本館

例 いらっしゃいませ。本館にお部屋をご用意しております。

／歡迎光臨！已經為您在主館備好了房間。

2809
□□□
ほんき
【本気】

名・形動 真的，真實；認真

類 本心

例 あれは彼の本音（かれ　ほんね）じゃあるまいし、君（きみ）も本気（ほんき）にしなくていいよ。

／那又不是他的真心話，你也不必當真啦。

2810
□□□
ほんごく
【本国】

名 本國，祖國；老家，故鄉

類 母国

例 エボラ出血熱（しゅっけつねつ）に感染（かんせん）した外国人（がいこくじん）が本国（ほんごく）に搬送（はんそう）された。

／感染了伊波拉出血熱的外國人被送回了他的國家。

2811
□□□
ほんしつ
【本質】

名 本質

類 実体

例 少子化問題（しょうしかもんだい）の本質（ほんしつ）を討論（とうろん）する。

／討論少子化問題的本質。

2812
□□□
ほんたい
【本体】

名 真相，本來面目；(哲) 實體，本質；本體，主要部份

類 本性

例 このパソコンは、本体（ほんたい）もさることながら、付属品（ふぞくひん）もいい。

／不消説這部電腦的主要機體無可挑剔，就連附屬配件也很棒。

2813
□□□
ほんね
【本音】

名 真正的音色；真話，真心話

例 本音（ほんね）を言（い）うのは、君（きみ）のことを思（おも）えばこそです。

／為了你好才講真話。

2814 □□□
ほんのう
【本能】
名 本能

例 本能は、理性でコントロールできるものではない。
／作為一個本能，是理性無法駕馭的。

2815 □□□
ほんば
【本場】
名 原產地，正宗產地；發源地，本地

類 産地

例 出張かたがた、本場のおいしい料理を堪能した。
／出差的同時，順便嚐遍了當地的美食料理。

文法
かたがた [順便……]
▶ 表示做一個行為，有兩個目的。進行前面主要動作時，順便做後面的動作。

2816 □□□
ポンプ
【(荷) pomp】
名 抽水機，汲筒

例 ポンプなら簡単にできるものを、バケツで水を汲むとは。
／使用抽水機的話，輕鬆容易就能打水，沒想到居然是以水桶辛苦提水。

文法
とは [竟然會]
▶ 表示對看到或聽到的事實（意料之外的），感到吃驚或感慨的心情。

2817 □□□
ほんぶん
【本文】
名 本文，正文

類 文章

例 君の論文は、本文もさることながら、まとめも素晴らしい。
／你的論文不止文章豐富精闢，結論部分也鏗鏘有力。

文法
もさることながら
[不用說…]
▶ 前接基本內容，後接強調內容。表示雖然不能忽視前項，但後項更進一步。

2818 □□□
ほんみょう
【本名】
名 本名，真名

類 名前

例 本名だと思いきや、「田中太郎」はペンネームだった。
／本來以為「田中太郎」是本名，沒想到那是筆名。

文法
(か) とおもいきや [原以為…沒想到]
▶ 表示按照一般情況推測，應該是前項結果，卻意外出現後項相反的結果。

2819 □□□

96

マーク
【mark】

（名・他サ）（劃）記號，符號，標記；商標；標籤，標示，徽章

類 記号

例「〒」は、日本で郵便を表すマークとして使われている。
／「〒」在日本是代表郵政的符號。

2820 □□□

マイ
【my】

（造語）我的（只用在「自家用、自己專用」時）

類 私の

例 環境を保護する<u>べく</u>、社長は社員にマイ箸持参を勧めた。
／社長為了環保，規勸員工們自備筷子。

文法
べく［為了…而…］
▶ 表示意志、目的。帶著某種目的，來做後項。

2821 □□□

まいぞう
【埋蔵】

（名・他サ）埋藏，蘊藏

類 埋め隠す

例 埋蔵されている宝を独占する<u>とは</u>、許されない。
／竟敢試圖獨吞地底的寶藏，不可原諒！

文法
とは［竟然會］
▶ 表示對看到或聽到的事實（意料之外的），感到吃驚或感慨的心情。

2822 □□□

マイナス
【minus】

（名）（數）減，減號；（數）負號；（電）負，陰極；（溫度）零下；虧損，不足；不利

例 彼の将来にとってマイナスだ。
／對他的將來不利。

2823 □□□

まうえ
【真上】

（名）正上方，正當頭

類 すぐ上

例 うちのアパートは、真上の人の足音がうるさい。
／我家住的公寓，正上方那戶人家的腳步聲很吵。

2824
□□□
まえうり
【前売り】
（名・他サ）預售

類 事前に売り出す

例 前売り券は 100 円 off、さらにオリジナルバッジが付いてきます。

／預售票享有一百圓的優惠，還附贈獨家徽章！

2825
□□□
まえおき
【前置き】
（名）前言，引言，序語，開場白

反 後書き　類 序文

例 彼のスピーチは、前置きもさることながら、本文も長い。

／他的演講不僅引言內容乏味，主題部分也十分冗長。

文法

もさることながら
［不用説…］
▶ 前接基本內容，後接強調內容。表示雖然不能忽視前項，但後項更進一步。

2826
□□□
まえがり
【前借り】
（名・他サ）借，預支

例 給料を前借りする。／預支工錢。

2827
□□□
まえばらい
【前払い】
（名・他サ）預付

例 工事費の一部を前払いする。

／預付一部份的施工費。

2828
□□□
まえむき
【前向き】
（名）面像前方，面向正面；向前看，積極

例 お話はよく分かりました。前向きに検討致します。

／您的意見已經完全了解，我們會積極討論。

2829
□□□
まかす
【任す】
（他五）委託，託付

類 任せる

例 「全部任すよ。」と言うが早いか、彼は出て行った。

／他才說完：「全都交給你囉！」就逕自出去了。

文法

がはやいか
［剛一…就…］
▶ 剛一發生前面情況，就馬上出現後面的動作。前後兩動作連接十分緊密。

□□□

まかす
【負かす】

他五 打敗，戰勝

反 負ける　類 勝つ

例 金太郎は、すもうで熊を負かすくらい強かったということになっている。

／據說金太郎力大無比，甚至可以打贏一頭熊。

□□□

まぎらわしい
【紛らわしい】

形 因為相像而容易混淆；以假亂真的

類 似ている

例 課長といい、部長といい、紛らわしい話をしてばかりだ。

／無論是課長或是經理，掛在嘴邊的話幾乎都似是而非。

文法

といい～といい
[不論…還是]

▶ 表示列舉。為了做為例子而舉出兩項，後項是對此做出的評價。

□□□

まぎれる
【紛れる】

自下一 混入，混進；（因受某事物吸引）注意力分散，暫時忘掉，消解

類 混乱

例 騒ぎに紛れて金を盗むとは、とんでもない奴だ。

／這傢伙實在太可惡了，竟敢趁亂偷黃金。

文法

とは [竟然會]

▶ 表示對看到或聽到的事實（意料之外的），感到吃驚或感慨的心情。

□□□

まく
【膜】

名・漢造 膜；（表面）薄膜，薄皮

類 薄い皮

例 牛乳を温めすぎて、表面に膜が張ってしまった。

／牛奶加熱過度，表面浮出了一層膜。

□□□

まけずぎらい
【負けず嫌い】

名・形動 不服輸，好強

例 息子は負けず嫌いで、負けると顔を真っ赤にして悔しがる。

／兒子個性好強，一輸就會不服氣地漲紅了臉。

ま

2835 □□□
まごころ
【真心】
(名) 真心，誠心，誠意

(類) 誠意

(例) 大家さんの真心に対して、礼を言った。
／對於房東的誠意由衷道謝。

2836 □□□
まごつく
(自五) 慌張，驚慌失措，不知所措；徘徊，徬徨

(反) 落ち着く　(類) 慌てる

(例) 緊張のあまり、客への挨拶さえまごつく始末だ。
／因為緊張過度，竟然連該向顧客打招呼都不知所措。

文法
しまつだ[(落到)…的結果]
▶ 經過一個壞的情況，最後落得更壞的結果。後句帶譴責意味，陳述竟發展到這種地步。

2837 □□□
まこと
【誠】
(名・副) 真實，事實；誠意，真誠，誠心；誠然，的確，非常

(類) 真心

(例) 彼は口下手だが、誠がある。
／他雖然口才不佳，但是誠意十足。

2838 □□□
まことに
【誠に】
(副) 真，誠然，實在

(類) 本当に

(例) わざわざ弊社までお越しいただき、誠に光栄の至りです。
／勞駕您特地蒞臨敝公司，至感無上光榮。

文法
のいたり(だ)[真是…到了極點]
▶ 表示一種強烈的情感，達到最高的狀態。

2839 □□□
マザコン
【(和) mother + complex 之略】
(名) 戀母情結

(例) あいつはマザコンなんだ。
／那傢伙有戀母情結。

2840 □□□ ま<u>さ</u>しく

副 的確，沒錯；正是

類 確かに

例 彼の演説は、まさしく全員を感動させるに足るものだった。

/他的演講正足以感動所有人。

文法

にたる [足以⋯]

▶ 表示很有必要做前項的價值，那樣做很恰當。

2841 □□□ ま<u>さ</u>る 【勝る】

自五 勝於，優於，強於

類 すぐれる

例 条件では勝りながらも、最終的には勝てなかった。

/雖然佔有優勢，最後卻遭到敗北。

2842 □□□ ま<u>じ</u>える 【交える】

他下一 夾雜，摻雜；（使細長的東西）交叉；互相接觸，交

類 加え入れる

例 仕事なんだから、私情を交えるな。

/這可是工作，不准摻雜私人情感！

2843 □□□ ま<u>した</u> 【真下】

名 正下方，正下面

反 真上 **類** すぐ下

例 ペンが無くなったと思いきや、椅子の真下に落ちていた。

/還以為筆不見了，原來是掉在椅子的正下方。

文法

（か）とおもいきや
[原以為⋯沒想到]

▶ 表示按照一般情況推測，應該是前項結果，卻意外出現後項相反的結果。

2844 □□□ ま<u>して</u>

副 何況，況且；（古）更加

類 さらに

例 小荷物とはいえ、結構重い。まして子供には持てないよ。

/儘管是件小行李，畢竟還是相當重，何況是小孩子，怎麼提得動呢！

文法

とはいえ
[雖然⋯但是⋯]

▶ 表示逆接轉折。先肯定那事雖然是那樣，但是實際上卻是後項的結果。

2845 □□□ まじわる 【交わる】
自五（線狀物）交，交叉；（與人）交往，交際

類 付き合う

例 当ホテルは、幹線道路が交わるアクセス至便な立地にございます。
／本旅館位於幹道交會處，交通相當便利。

2846 □□□ ますい 【麻酔】
名 麻醉，昏迷，不省人事

類 麻痺

例 麻酔を専門に研究している人といえば、彼をおいて他にいない。
／要提到專門研究麻醉的人士，那就非他莫屬。

文法
をおいて～ない
[除了…之外…]
▶ 表示沒有可以跟前項相比的事物，在某範圍內，這是最積極的選項。

2847 □□□ まずい 【不味い】
形 難吃；笨拙，拙劣；難看；不妙

例 空腹にまずい物なし。
／餓肚子時沒有不好吃的東西。

2848 □□□ また 【股】
名 開襠，褲襠

例 ズボンの股が破れてしまった。
／褲襠破了。

2849 □□□ またがる 【跨がる】
自五（分開兩腿）騎，跨；跨越，橫跨

類 わたる

例 富士山は、静岡・山梨の2県にまたがっている。
／富士山位於靜岡和山梨兩縣的交界。

2850 □□□ まちあわせ 【待ち合わせ】
名（指定的時間地點）等候會見

例 日曜日とあって、駅前で待ち合わせする恋人達が多い。
／適逢星期日，有很多情侶們都約在車站前碰面。

文法
とあって[因為…（的關係）]
▶ 由於前項特殊的原因，當然就會出現後項特殊的情況，或應該採取的行動。

2851 □□□

まちどおしい
【待ち遠しい】

㊧ 盼望能盡早實現而等待的樣子；期盼已久的

㊸ 晩ごはんが待ち遠しくて、台所の前を行きつ戻りつした。
／等不及吃晚餐，在廚房前面走來走去的。

文法
つ～つ[（表動作交替進行）一邊…一邊…]
▶ 表示同一主體，在進行前項動作時，交替進行後項動作。

2852 □□□

まちのぞむ
【待ち望む】

㊟五 期待，盼望

㊣ 期待して待つ
㊸ 娘がコンサートをこんなに待ち望んでいるとは知らなかった。
／實在不知道女兒竟然如此期盼著演唱會。

文法
とは[竟然會]
▶ 表示對看到或聽到的事實（意料之外的），感到吃驚或感慨的心情。

2853 □□□

まちまち
【区々】

㊱·㊗ 形形色色，各式各樣

㊣ いろいろ
㊸ みそ汁の味は家庭によってまちまちだ。
／味噌湯的調味方式每個家庭都不同。

2854 □□□

まつ
【末】

㊤㊦·㊐㊥ 末，底；末尾；末期；末節

㊥ 始め ㊣ おわり
㊸ 月末とあって、社員は皆忙しそうにしている。
／到了月底的關係，所有員工們都變得異常繁忙。

文法
とあって[因為…（的關係）]
▶ 由於前項特殊的原因，當然就會出現後項特殊的情況，或應該採取的行動。

2855 □□□

まっき
【末期】

㊔ 末期，最後的時期，最後階段；臨終

㊣ 終わり
㊸ 江戸末期、アメリカが日本に開国を迫った。
／江戶時代末期，美國強迫日本開國。

2856
□□□

マッサージ
【massage】

名・他サ 按摩，指壓，推拿

類 揉む

例 サウナに行った時、体をマッサージしてもらった。

／前往三溫暖時請他們按摩了身體。

2857
□□□

まっぷたつ
【真っ二つ】

名 兩半

類 半分

例 スイカが地面に落ちて真っ二つに割れた。

／西瓜掉落到地面上分成了兩半。

2858
□□□

まと
【的】

名 標的，靶子；目標；要害，要點

類 目当て

例 的に当たるかどうかを賭けよう。／來賭賭看能不能打到靶上吧！

2859
□□□

まとまり
【纏まり】

名 解決，結束，歸結；一貫，連貫；統一，一致

類 統一

例 勝利できるかどうかは、チームのまとまり

いかんだ。

／能否致勝，取決於團隊合作精神。

文法

いかんだ […要看…]

▶ 表示前面能不能實現，那就要根據後面的狀況而定了。

2860
□□□

まとめ
【纏め】

名 總結，歸納；匯集；解決，有結果；達成協議；調解（動詞為「纏める」）

反 乱す 類 整える

例 この本は、私がこれまでずっと考えてきたことのまとめです。

／這本書是我長久以來的思想總結。

2861
□□□

まとも

名・形動 正面；正經，認真，規規矩矩

例 廊下の曲がり角で、向こうから来た人とまともにぶつかってしまった。

／在走廊的轉角處迎面撞上了從對向來的人。

2862 □□□
マニア
【mania】
（名・造語）狂熱，癖好；瘋子，愛好者，…迷，…癖

例 東京モーターショーにカーマニアが集まった。
／東京車展上擠滿了車迷。

2863 □□□
まぬがれる
【免れる】
（他下一）免，避免，擺脫

（反）追う　（類）避ける

例 先日、山火事があったが、うちの別荘はなんとか焼失を免れた。
／日前發生了山林大火，所幸我家的別墅倖免於難。

2864 □□□
まねき
【招き】
（名）招待，邀請，聘請；（招攬顧客的）招牌，裝飾物

（類）招待

例 本日はお招きありがとうございます。／感謝今日的招待。

2865 □□□
まばたき・またたき
【瞬き】
（名・自サ）瞬，眨眼

例 あいつは瞬きする間にラーメンを全部食った。
／那個傢伙眨眼間，就將拉麵全都掃進肚裡去了。

2866 □□□
まひ
【麻痺】
（名・自サ）麻痺，麻木；癱瘓

（類）痺れる

例 はい、終わりましたよ。まだ麻酔が残っていますが、数時間したら麻痺が取れます。／好了，結束囉。麻醉現在還沒退，過幾小時就恢復正常了。

2867 □□□
まみれ
【塗れ】
（接尾）沾污，沾滿

（類）汚れ

例 一つ嘘をついたらさいご、すべてが嘘まみれになる。
／只要撒一個謊，接下來講的就完全是一派謊言了。

文法

たらさいご［（一旦…）就必須…］
▶ 一旦做了某事，就一定會有後面情況，或必須採取的行動，多是消極的結果或行為。

まみれ［滿是…］
▶ 表示處在令人很困擾、不悦的狀況。

| 2868 ☐☐☐ | ま め | 名・形動 勤快，勤肯；忠實，認真，表裡一致，誠懇 |

例 まめに働く。
／認真工作。

| 2869 ☐☐☐ | ま やく【麻薬】 | 名 麻藥，毒品 |

例 一度麻薬中毒になると、立ち直るのは困難だ。
／一旦吸毒成癮，想要再重新振作是很難的。

| 2870 ☐☐☐ | ま ゆ【眉】 | 名 眉毛，眼眉 |

例 濃い眉は意志を持っているように見えるといわれます。
／據說濃眉的特徵讓人覺得有毅力。

| 2871 ☐☐☐ | ま り【鞠】 | 名（用橡膠、皮革、布等做的）球 |

類 球

例 ゴムまりが普及する前は、まりを手でつくのはとても力がいった。
／在橡皮球普及之前，拍球需要用很大的力氣。

| 2872 ☐☐☐ | ま るごと【丸ごと】 | 副 完整，完全，全部地，整個（不切開）|

類 そっくり、全部

例 金柑は皮をむかずに丸ごと食べられる。
／金桔不用剝皮，可以整顆直接吃。

| 2873 ☐☐☐ | ま るっきり | 副（「まるきり」的強調形式，後接否定語）完全，簡直，根本 |

類 全く

例 そのことはまるっきり知らない。
／我對這件事毫不知情！

2874 □□□
まるまる
【丸々】

（名・副）雙圈；（指隱密的事物）某某；全部，完整，整個；胖嘟嘟

（類）すっかり

（例）丸々と太った赤ちゃんって、可愛いですよね。
／圓滾滾又胖嘟嘟的小寶寶，實在好可愛喔。

2875 □□□
まるめる
【丸める】

（他下一）弄圓，糅成團；攏絡，拉攏；剃成光頭；出家

（類）丸くする

（例）農家のおばさんが背中を丸めて草取りしている。
／農家的阿桑正在彎腰除草。

2876 □□□
まんげつ
【満月】

（名）滿月，圓月

（反）日　（類）月

（例）今夜の明るさはさすが満月だ。
／今夜的月光，正是滿月特有的明亮皎潔。

2877 □□□
まんじょう
【満場】

（名）全場，滿場，滿堂

（例）法案は満場一致で可決された。
／法案得到了全場一致通過。

2878 □□□
まんせい
【慢性】

（名）慢性

（例）慢性のアレルギー性鼻炎に悩まされている。
／飽受慢性過敏性鼻炎的困擾。

2879 □□□
まんタン
【満 tank】

（名）（俗）油加滿

（例）ガソリンを満タンにする。
／加滿了油。

2880 □□□
マンネリ
【mannerism 之略】

⑧ 因循守舊，墨守成規，千篇一律，老套

⑨ マンネリに陥る。
　/落入俗套。

2881 □□□
98
み
【味】

漢造（舌的感覺）味道；事物的內容；鑑賞，玩味；
（助數詞用法）（食品、藥品、調味料的）種類

⑨ それではちょっと面白味に欠ける。
　/那樣子的話就有點太無趣了。

2882 □□□
み あい
【見合い】

⑧（結婚前的）相親；相抵，平衡，相稱

類 縁談
⑨ 見合いをするかどうか迷っている。
　/猶豫著是否該去相親。

2883 □□□
み あわせる
【見合わせる】

他下一（面面）相視；暫停，暫不進行；對照

⑨ 多忙ゆえ、会議への出席は見合わせたいと
思います。
　/因為忙碌得無法分身，容我暫不出席會議。

文法
（が）ゆえ(に)[因為…]
▶ 是表示原因、理由的文
言説法。

2884 □□□
み いり
【実入り】

⑧（五穀）節食；收入

⑨ 誰でもできて楽で実入りのいいバイトなんてあるわけがない。
　/怎麼可能有任何人都做得來，而且既輕鬆又高薪的兼差工作呢！

2885 □□□
み うごき
【身動き】

⑧（下多接否定形）轉動（活動）身體；自由行動

⑨ 満員で身動きもできない。
　/人滿為患，擠得動彈不得。

2886 □□□
みうしなう
【見失う】

(他五) 迷失，看不見，看丟

(例) 目標を見失う。
／迷失目標。

2887 □□□
みうち
【身内】

(名) 身體內部，全身；親屬；（俠客、賭徒等的）自家人，師兄弟

(例) いくら身内でも、借金はお断りだよ。
／就算是親人，同樣恕不借錢喔！

2888 □□□
みえっぱり
【見栄っ張り】

(名) 虛飾外表（的人）

(例) 食費を削ってまでブランド物を着るなんて、見栄っ張りにもほどがある。
／不惜苛扣餐費也要穿戴名牌，愛慕虛榮也得有個限度吧。

文法
てまで [即使…也要]
▶ 表示為達到目的，採取極端的行動。前項接極端的事情，後項多表示意志、判斷等句子。

2889 □□□
みおとす
【見落とす】

(他五) 看漏，忽略，漏掉

(類) 落とす，漏れる
(例) 目指す店の看板は、危うく見落とさんばかりにひっそりと掲げられていた。
／想要找的那家店所掛的招牌很不顯眼，而且搖搖欲墜。

文法
んばかりに
[幾乎要…（的）]
▶ 表示事物幾乎要達到某狀態，或已經進入某狀態了。

2890 □□□
みかい
【未開】

(名) 不開化，未開化；未開墾；野蠻

(反) 文明 (類) 野蛮
(例) その地域は未開のままである。
／這個地區還保留著未經開發的原貌。

2891
□□□
みかく
【味覚】
(名) 味覚

(類) 感じ

(例) 鋭い味覚を持つ人が料理人に向いている。
／擁有靈敏味覺的人很適合成為廚師。

2892
□□□
みがる
【身軽】
(名・形動) 身體輕鬆，輕便；身體靈活，靈巧

(例) 雑技団の身軽な演技に観客は歓声を上げた。
／雜耍團身手矯捷的表演令觀眾報以歡聲雷動。

2893
□□□
みき
【幹】
(名) 樹幹；事物的主要部分

(例) 幹をまっすぐにする為に、枝葉を落とす必要がある。
／為了使之長成筆直的樹幹，必須剪除多餘的枝葉。

2894
□□□
みぎて
【右手】
(名) 右手，右邊，右面

(例) 右手に見えるのが日比谷公園です。
／右邊可看到的是日比谷公園。

2895
□□□
みくだす
【見下す】
(他五) 輕視，藐視，看不起；往下看，俯視

(例) 奴は人を見下したように笑った。
／那傢伙輕蔑地冷笑了。

2896
□□□
みぐるしい
【見苦しい】
(形) 令人看不下去的；不好看，不體面；難看

(反) 美しい (類) 醜態

(例) お見苦しいところをお見せして申し訳ございません。
／見醜了，非常抱歉。

> **文法**
> ところを [正…之時]
> ▶ 表示雖然在前項的情況下，卻還是發生了後項。

2897
□□□
みこみ
【見込み】
名 希望；可能性；預料，估計，預定

類 有望
例 伸びる見込みのない支店は、切り捨てる必要がある。
／必須大刀闊斧關閉營業額無法成長的分店。

2898
□□□
みこん
【未婚】
名 未婚

反 既婚 類 独身
例 未婚にも未婚ならではの良さがある。
／未婚也有未婚才能享有的好處。

文法
ならではの［正因為…才有（的）…］
▶ 表示如果不是前項，就沒後項，正因為是這人事物才會這麼好。是高評價的表現方式。

2899
□□□
みじゅく
【未熟】
名・形動 未熟，生；不成熟，不熟練

反 熟練 類 初心
例 未熟者ですので、どうぞよろしくご指導ください。
／尚未經世事，還煩請多多指教。

2900
□□□
みしらぬ
【見知らぬ】
連體 未見過的

例 歩いていたら見知らぬ人から声をかけられて、ナンパかと思ったら押し売りだった。
／走在路上時突然被陌生人叫住了，還以為是搭訕，沒想到是推銷。

2901
□□□
みじん
【微塵】
名 微塵；微小（物），極小（物）；一點，少許；切碎，碎末

類 ちり
補 常用「みじんも…ない」：一點兒也沒有。
例 彼女を傷つけようなんて気持ちはみじんもなかった。
／我壓根沒想傷害她。

2902
□□□
みずけ
【水気】
名 水分

反 乾き　類 湿り

例 しっかりと水気を取ってから炒めましょう。
　　／請確實瀝乾水份再拿下去炒吧！

2903
□□□
ミスプリント
【misprint】
名 印刷錯誤，印錯的字

類 誤植

例 ミスプリントのせいでクレームが殺到した。
　　／印刷瑕疵導致客戶抱怨連連。

2904
□□□
みすぼらしい
形 外表看起來很貧窮的樣子；寒酸；難看

例 隣の席の男性はみすぼらしい格好だが、女性はかなり豪華な服装だ。
　　／隔壁桌坐了一對男女，男子看起來一副寒酸樣，但女子卻身穿相當華麗的衣裳。

2905
□□□
みずみずしい
【瑞瑞しい】
形 水嫩，嬌嫩；新鮮

反 立派　類 卑小

例 この梨、みずみずしくておいしいね。
　　／這顆梨子水頭足，好好吃喔！

2906
□□□
ミセス
【Mrs.】
名 女士，太太，夫人；已婚婦女，主婦

類 夫人

例 ミセスともなれば、交際範囲も以前とは違ってくる。
　　／一旦結婚，交友圈應該就會與單身時代的截然不同。

文法
ともなれば
[要是…那就…]
▶ 表示如果發展到某程度，用常理來推斷，就會理所當然導向某種結論。

2907
☐☐☐

みせびらかす
【見せびらかす】

他五 炫耀，賣弄，顯示

類 誇示する

例 花子は新しいかばんを友達に見せびらかしている。

／花子正將新皮包炫耀給朋友們看。

2908
☐☐☐

みせもの
【見せ物】

名 雜耍（指雜技團、馬戲團、魔術等）；被眾人要弄的對象

類 公演

例 以前は見せ物でしかなかったロボットが、いよいよ人間と同じように働きはじめた。

／以前只能作為展示品的機器人，終於可以開始與人類做同樣的工作了。

2909
☐☐☐

みたす
【満たす】

他五 裝滿，填滿，倒滿；滿足

類 いっぱいにする

例 顧客の要求を満たすべく、機能の改善に努める。

／為了滿足客戶的需求，盡力改進商品的功能。

文法
べく［為了…而…］
▶ 表示意志、目的。帶著某種目的，來做後項。

2910
☐☐☐

みだす
【乱す】

他五 弄亂，攪亂

反 整える 類 散乱

例 列を乱さずに、行進しなさい。

／請不要將隊形散掉前進。

2911
☐☐☐

みだれ
【乱れ】

名 亂；錯亂；混亂

例 食生活の乱れは、生活習慣病の原因になる。

／飲食習慣不良是造成文明病的原因。

2912
□□□

みだれる
【乱れる】

(自下一) 亂，凌亂；紊亂，混亂

(反) 整う (類) 混乱

(例) カードの順序が乱れているよ。

／卡片的順序已經錯亂囉！

2913
□□□

みち
【未知】

(名) 未定，不知道，未決定

(反) 既知 (類) まだ知らないこと

(例) 宇宙は、依然未知の世界である。

／宇宙，可稱之為「仍屬未知的世界」。

2914
□□□

99

みち
【道】

(名) 道路；道義，道德；方法，手段；路程；專門，領域

(例) 歩行者に道を譲る。

／讓路給行人。

2915
□□□

みぢか
【身近】

(名・形動) 切身；身邊，身旁

(類) 手近

(例) 彼女は息子を身近に置いておきたかった。

／她非常希望將兒子帶在身邊。

2916
□□□

みちがえる
【見違える】

(他下一) 看錯

(例) 髪型を変えたら、見違えるほど変わった。

／換了髮型之後，簡直變了一個人似的。

2917
□□□

みちばた
【道端】

(名) 道旁，路邊

(例) 道端で喧嘩をする。

／在路邊吵架。

2918
□□□
みちびく
【導く】

他五 引路，導遊；指導，引導；導致，導向

類 啓蒙

例 彼は我々を成功に導いた。
/他引導我們走上成功之路。

2919
□□□
みっしゅう
【密集】

名・自サ 密集，雲集

類 寄り集まる

例 丸の内には日本のトップ企業のオフィスが密集している。
/日本各大頂尖企業辦公室密集在丸之內（東京商業金融中心）。

2920
□□□
みっせつ
【密接】

名・自サ・形動 密接，緊連；密切

類 密着

例 あの二人は密接な関係にあるともっぱら噂です。
/那兩人有密切的接觸這件事傳得滿城風雨的。

2921
□□□
みつど
【密度】

名 密度

例 日本の人口密度はどのぐらいですか。
/日本的人口密度大概是多少？

2922
□□□
みつもり
【見積もり】

名 估計，估量

反 決算 類 予算

例 費用の見積もりを出してもらえますか。
/可以麻煩您提供費用的報價嗎？

2923
□□□
みつもる
【見積もる】

他五 估計

例 予算を見積もる。
/估計預算。

あ
か
さ
た
な
は
ま
や
ら
わ
練習

2924
□□□
みてい
【未定】

名・形動 未定，未決定

類 保留

例 披露宴の場所は未定である。

／婚宴的地點尚未確定。

2925
□□□
みてみぬふりをする
【見て見ぬ振りをする】

慣 假裝沒看到

例 乞食がいたが見て見ぬ振りをした。

／對乞丐視而不見。

2926
□□□
みとおし
【見通し】

名 一直看下去；（對前景等的）預料，推測

類 予想

例 業績の見通しいかんでは、リストラもあり得る。

／照業績的預期來看，也有裁員的可能性。

文法
いかんで(は)[根據…]
▶ 表示依據。根據前面狀況來進行後面，變化視前面情況而定。

2927
□□□
みとどける
【見届ける】

他下一 看到，看清；看到最後；預見

例 孫が結婚するのを見届けてから死にたい。

／我希望等親眼看到孫兒結婚以後再死掉。

2928
□□□
みなす
【見なす】

他五 視為，認為，看成；當作

類 仮定する

例 オートバイに乗る少年を不良と見なすのはどうかと思う。

／我認為不應該將騎摩托車的年輕人全當作不良少年。

2929
□□□
みなもと
【源】

名 水源，發源地；（事物的）起源，根源

類 根源

例 健康の源は腸にある。

／健康的根源在於腸道。

2930
□□□

み ならう
【見習う】

他五 學習；見習，熟習；模仿

反 教える　類 学ぶ

例 また散らかして。お姉ちゃんを見習いなさい。

/又到處亂丟了！跟姐姐好好看齊！

2931
□□□

み なり
【身なり】

名 服飾，裝束，打扮

類 服装

例 バスには、一人若くて身なりのよい美女が乗っていた。

/一位打扮年輕的美女坐在那輛巴士裡。

2932
□□□

み ね
【峰】

名 山峰；刀背；東西突起部分

反 麓（ふもと）　類 頂（いただき）

例 12月に入り、山の峰が白くなる日が増えた。

/到了十二月，見到山鋒雪白的機會也變多了。

2933
□□□

み のうえ
【身の上】

名 境遇，身世，經歷；命運，運氣

類 身元

例 今日は、私の悲しい身の上をお話しします。

/今天讓我來敘述發生在自己身上的悲慘故事。

2934
□□□

み のがす
【見逃す】

他五 看漏；饒過，放過；錯過；沒看成

類 見落とす

例 一生に一度のチャンスとあっては、ここでうかうか見逃すわけにはいかない。

/因為是個千載難逢的大好機會，此時此刻絕不能好整以暇地坐視它從眼前溜走。

文法

とあっては［因為…（的關係）］

▶ 由於前項特殊的原因，當然就會出現後項特殊的情況，或應該採取的行動。

2935
□□□

みのまわり
【身の回り】

㊟ 身邊衣物（指衣履、攜帶品等）；日常生活；（工作或交際上）應由自己處裡的事情

類 日常

例 最近、自分が始めた事や趣味など身の回りの事についてブログに書きはじめた。

／我最近開始寫部落格，內容包含自己新接觸的事或是嗜好等日常瑣事。

2936
□□□

みはからう
【見計らう】

㊟ 斟酌，看著辦，選擇

類 選ぶ

例 タイミングを見計らって、彼女を食事に誘った。

／看準好時機，邀了她一起吃飯。

2937
□□□

みはらし
【見晴らし】

㊟ 眺望，遠望；景致

類 眺め

例 ここからの見晴らしは最高です。

／從這裡看到的景致真是無與倫比。

2938
□□□

みぶり
【身振り】

㊟ （表示意志、感情的）姿態；（身體的）動作

類 動作

例 適度な身振り手振りは、表現力を増すことにつながる。

／適度的肢體語言有助於增進表述能力。

2939
□□□

みもと
【身元】

㊟ （個人的）出身，來歷，經歷；身份，身世

例 火災現場から見つかった遺体の身元が判明した。

／在火災現場裡發現的遺體已經查出身份了。

2940
□□□

みゃく
【脈】

㊟・漢造 脈，血管；脈搏；（山脈、礦脈、葉脈等）脈；（表面上看不出的）關連

類 動悸（どうき）

例 末期がんの彼は呼吸が浅く、脈も弱いままでした。

／已到了癌症末期的他，一直處於呼吸淺短、脈搏微弱的狀態。

2941 □□□
ミュージック
【music】

(名) 音樂，樂曲

(類) 音楽

(例) この曲は、週間ミュージックランキングの１位になった。
／這首曲子躍居為每週音樂排行榜的冠軍。

2942 □□□
みれん
【未練】

(名・形動) 不熟練，不成熟；依戀，戀戀不捨；不乾脆，怯懦

(類) 思い残し

(例) 僕は、君への未練に気付かない振りをしていた。
／我裝作沒有察覺到自己對妳的戀戀不捨。

2943 □□□
みわたす
【見渡す】

(他五) 瞭望，遠望；看一遍，環視

(類) 眺める

(例) ここからだと神戸の街並みと海を見渡すことができる。
／從這裡放眼看去，可以將神戶的街景與海景盡收眼底。

2944 □□□
みんしゅく
【民宿】

(名・自サ) (觀光地的) 民宿，家庭旅店；(旅客) 在民家投宿

(類) 旅館

(例) 民宿には民宿ゆえの良さがある。
／民宿有民宿的獨特優點。

文法

(が)ゆえ(の)[具有…]

▶ 表示獨特具有的意思，後面要接名詞。

2945 □□□
みんぞく
【民俗】

(名) 民俗，民間風俗

(類) 風俗

(例) この祭りは県指定の無形民俗文化財となっている。
／這個祭典成了縣政府指定的無形民俗文化資產。

2946 □□□
みんぞく
【民族】

(名) 民族

(類) 国民

(例) アフリカ旅行の間に、様々な少数民族の村を訪ねた。
／在非洲旅行期間，造訪了各種少數民族的村落。

2947 □□□ むいみ【無意味】

（名・形動）無意義，沒意思，沒價值，無聊

（反）面白い　（類）つまらない

（例）実践に即していない議論は無意味だ。
／無法付諸實行的討論毫無意義。

2948 □□□ ムード【mood】

（名）心情，情緒；氣氛；（語）語氣；情趣；樣式，方式

（類）雰囲気

（例）昨日のデートはおいしいものを食べて、夜景を見て、いいムードでした。
／昨天約會的氣氛非常好，享用了美食，也看了夜景。

2949 □□□ むかつく

（自五）噁心，反胃；生氣，發怒

（例）なんだか胃がむかつく。ゆうべ飲み過ぎたかな。
／好像有點反胃……是不是昨天晚上喝太多了啊？

2950 □□□ むかむか

（副・自サ）噁心，作嘔；怒上心頭，火冒三丈

（例）揚げ物を食べ過ぎて、胸がむかむかする。
／炸的東西吃太多了，胸口覺得有點噁心。

2951 □□□ むかんしん【無関心】

（名・形動）不關心；不感興趣

（例）友達が男の子の噂話をしていても、無関心を装っている。
／就算朋友在聊男孩子的話題，也假裝沒有興趣。

2952 □□□ むくち【無口】

（名・形動）沈默寡言，不愛說話

（反）お喋り　（類）黙る

（例）無口な人はしゃべるきっかけをつかめない場合が多いと思う。
／我認為沈默寡言的人多半是無法掌握到開口說話的契機。

2953 □□□
むく**む**

（自五）浮腫，虚腫

例 久しぶりにたくさん歩いたら、足がパンパンにむくんでしまった。
／好久沒走那麼久了，腿腫成了硬邦邦的。

2954 □□□
むこ
【婿】

（名）女婿；新郎

（反）嫁　（類）婿養子

例 私は一人娘なので、お婿さんに来てほしい。
／我是獨生女，所以希望招個女婿入門。

2955 □□□
むこう
【無効】

（名・形動）無效，失效，作廢

（類）駄目

例 提出期限が過ぎているゆえに、無効です。
／由於已經超過繳交期限，應屬無效。

文法
（が）ゆえ（に）[因為…]
▶ 是表示原因、理由的文言説法。

2956 □□□
むごん
【無言】

（名）無言，不說話，沈默

（反）お喋り　（類）無口

例 振られた彼氏についつい無言電話をかけてしまった。
／終於無法克制自己的衝動，撥了通無聲電話給甩掉我的前男友。

2957 □□□
むじゃき
【無邪気】

（名・形動）天真爛漫，思想單純，幼稚

（類）天真爛漫

例 今年一番の流行語は、なんと「わたしは馬鹿で無邪気だった」でした。
／今年最流行的一句話竟然是「我好傻好天真」。

2958 □□□
むしる
【毟る】

（他五）揪，拔；撕，剔（骨頭）；也寫作「挘る」

例 夏になると雑草がどんどん伸びてきて、むしるのが大変だ。
／一到夏天，雜草冒個不停，除起草來非常辛苦。

2959
□□□

むすび
【結び】

（名）繫，連結，打結；結束，結尾；飯糰

類 終わり

例 報告書の結びには、私なりの提案も盛り込んでいます。
／在報告書的結尾也加入了我的建議。

文法
なりの（名詞）
[那般…（的）]
▶ 根據話題中人的經驗及能力所及範圍，承認前項有所不足，做後項與之相符的行為。

2960
□□□

むすびつき
【結び付き】

（名）聯繫，聯合，關係

類 繫がる

例 政治家と企業との不可解な結びつきが明らかになった。
／政治人物與企業之間無法切割的關係已經遭到揭發。

2961
□□□

むすびつく
【結び付く】

（自五）連接，結合，繫；密切相關，有聯繫，有關連

類 繫がる

例 仕事に結びつく資格には、どのようなものがありますか。
／請問有哪些證照是與工作密切相關的呢？

2962
□□□

むすびつける
【結び付ける】

（他下一）繫上，拴上；結合，聯繫

類 つなぐ

例 環境問題を自分の生活と結びつけて考えてみましょう。
／讓我們來想想，該如何將環保融入自己的日常生活中。

2963
□□□

むせる

（自下一）噎，嗆

例 煙が立ってむせてしようがない。／直冒煙，嗆得厲害。

2964
□□□

むせん
【無線】

（名）無線，不用電線；無線電

類 ワイヤレス

例 この喫茶店は無線 LAN に接続できますか。
／請問在這家咖啡廳裡，可以無線上網嗎？

2965 □□□

むだづかい
【無駄遣い】

（名・自サ）浪費，亂花錢

（類）浪費

（例）またこんなくだらない物を買って。無駄遣いにもほどがある。
／又買這種沒有用的東西了！亂花錢也該適可而止！

2966 □□□

むだん
【無断】

（名）擅自，私自，事前未經允許，自作主張

（類）無許可

（例）ここから先は、関係者以外無断で立ち入らないでください。
／非本公司員工請勿擅入。

2967 □□□

むち
【無知】

（名）沒知識，無智慧，愚笨

（反）利口 （類）馬鹿

（例）消費者の無知につけ込む悪徳業者は後を絶たない。
／看準消費者缺乏資訊藉以牟利的惡劣商人接二連三出現。

2968 □□□

むちゃ
【無茶】

（名・形動）毫無道理，豈有此理；胡亂，亂來；格外，過分

（類）無謀

（例）彼はいつも無茶をして、最後に痛い目にあう。
／他總是胡來蠻幹，最後還是自己吃到苦頭。

2969 □□□

むちゃくちゃ
【無茶苦茶】

（名・形動）毫無道理，豈有此理；混亂，亂七八糟；亂哄哄

（例）あの人の話はむちゃくちゃです。／那個人說的話毫無邏輯可言。

2970 □□□

むなしい
【空しい・虚しい】

（形）沒有內容，空的，空洞的；付出努力卻無成果，徒然的，無效的（名詞形為「空しさ」）

（反）確か （類）不確か

（例）ロボットみたいに働いて、疲れて家に帰っても話す人もいない。こんな生活、むなしい。／像機器人一樣奮力工作，拖著疲累的身軀回到家裡，卻連個可以講話的人也沒有。這樣的生活好空虛。

2971 □□□
むねん
【無念】
名・形動 什麼也不想，無所牽掛；懊悔，悔恨，遺憾

類 悔しい

例 決勝戦をリタイアしたなんて、さぞ無念だったでしょう。

／竟在總決賽中退出，想必十分懊悔吧！

2972 □□□
むのう
【無能】
名・形動 無能，無才，無用

反 有能　類 無才

例 大の大人がこんなこともできないなんて、無能もいいところだ。

／這麼大的成年人了，連這種事也做不來，簡直沒用到了極點！

2973 □□□
むやみ（に）
【無闇（に）】
名・形動 （不加思索的）胡亂，輕率；過度，不必要

類 やたらに

例 山で道に迷ったら、むやみに歩き回らない方がいい。

／在山裡迷路的話，最好不要漫無目的到處亂走。

2974 □□□
むよう
【無用】
名 不起作用，無用處；無需，沒必要

類 用無し

例 問題はもう解決しましたから、心配はご無用です。

／問題已經解決了，不必掛慮！

2975 □□□
むら
【斑】
名 （顏色）不均勻，有斑點；（事物）不齊，不定；忽三忽四，（性情）易變

類 模様

例 この色のむらは、手染めならではの味わい

がありますね。

／這種顏色的暈染呈現出手染的獨特風格呢。

文法
ならではの［正因為…オ有（的）…］
▶ 表示如果不是前項，就沒後項，正因為是這人事物才會這麼好。是高評價的表現方式。

2976 □□□
むらがる
【群がる】
（自五）聚集，群集，密集，林立

（類）集まる

（例）子供といい、大人といい、皆新製品に群がっ
ている。
／無論是小孩或是大人，全都在新産品的前面擠成
一團。

文法
といい～といい
[不論…還是]
▶ 表示列舉。為了做為
例子而舉出兩項，後項
是對此做出的評價。

2977 □□□
むろん
【無論】
（副）當然，不用說

（類）もちろん

（例）このプロジェクトを成し遂げるまで、無論諦めません。
／在尚未順利完成這個企畫之前，當然絕不輕言放棄。

2978 □□□
めいさん
【名産】
（名）名産

101

（例）北海道の名産ときたら、メロンだろう。
／提到北海道的名産，首先想到的就是哈密瓜吧！

文法
ときたら [說到…來]
▶ 表示提起話題，說話
者帶譴責和不滿的情緒，
對話題中的人或事進行
批評。

2979 □□□
めいしょう
【名称】
（名）名稱（一般指對事物的稱呼）

（例）午後は新商品の名称について皆で討論します。
／下午將與各位一同討論新商品的命名。

2980 □□□
めいちゅう
【命中】
（名・自サ）命中

（類）あたる

（例）ダーツを何度投げても、なかなか 10 点に命中しない。
／無論射多少次飛鏢，總是無法命中 10 分值區。

2981
□□□
めいはく
【明白】
名・形動 明白，明顯

類 はっきり

例 法律を通過させんがための妥協であることは明白だ。

／很明顯的，這是為了使法案通過所作的妥協。

文法
んがため(に)
[為了…而…（的）]
▶ 表示目的。帶有無論如何都要實現某事，帶著積極的目的做某事的語意。

2982
□□□
めいぼ
【名簿】
名 名簿，名冊

類 リスト

例 社員名簿を社外に持ち出してはいけません。

／不得將員工名冊攜離公司。

2983
□□□
めいよ
【名誉】
名・造語 名譽，榮譽，光榮；體面；名譽頭銜

類 プライド

例 名誉を傷つけられたともなれば、訴訟も辞さない。／假如名譽受損，將不惜提告。

文法
ともなれば [要是…那就…]
▶ 表示如果發展到某程度，用常理來推斷，就會理所當然導向某種結論。

2984
□□□
めいりょう
【明瞭】
形動 明白，明瞭，明確

類 明らか

例 費用設定が明瞭なエステに行った方がいいですよ。

／去標價清楚的護膚中心比較好哦！

2985
□□□
めいろう
【明朗】
形動 明朗；清明，公正，光明正大，不隱諱

例 明朗で元気なボランティアの方を募集しています。

／正在招募個性開朗且充滿活力的義工。

2986
□□□
メーカー
【maker】
名 製造商，製造廠，廠商

例 メーカーの努力だけでは原油価格の高騰に対応できない。

／光憑製造商的努力，無法抑制原油價格的飆漲。

2987 ☐☐☐	**め かた** 【目方】	名 重量，分量

類 重さ

例 あの魚屋は目方で販売しています。
／那家魚攤是以稱斤論兩的方式販賣魚貨。

2988 ☐☐☐	**め ぐみ** 【恵み】	名 恩惠，恩澤；周濟，施捨

例 自然の恵みに感謝して、おいしく頂きましょう。
／讓我們感謝大自然的恩賜，心存感激地享用佳餚吧！

2989 ☐☐☐	**め ぐむ** 【恵む】	他五 同情，憐憫；施捨，周濟

類 施す

例 財布を無くし困っていたら、見知らぬ人が1万円恵んでくれた。
／當我正因弄丟了錢包而不知所措時，有陌生人同情我並給了一萬日幣。

2990 ☐☐☐	**め さき** 【目先】	名 目前，眼前；當前，現在；遇見；外觀，外貌， 當場的風趣

例 目先の利益にとらわれる。
／只著重眼前利益。

2991 ☐☐☐	**め ざましい** 【目覚ましい】	形 好到令人吃驚的；驚人；突出

類 大した

例 新製品の売れ行きが好調で、本年度は目覚しい業績を上げた。
／由於新產品的銷售暢旺，今年度創造了亮眼的業績。

2992 ☐☐☐	**め ざめる** 【目覚める】	自下一 醒，睡醒；覺悟，覺醒，發現

例 今朝は鳥の鳴き声で目覚めました。
／今天早晨被鳥兒的啁啾聲喚醒。

2993
□□□
めす
【召す】

他五（敬語）召見，召喚；吃；喝；穿；乗；入浴；感冒；買

類 招く

例 母は昨年82歳で神に召されました。
／家母去年以八十二歳的高齢蒙主寵召了。

2994
□□□
めす
【雌】

名 雌，母；（罵）女人

反 雄　類 雌性

例 金魚はどのようにメスとオスを見分けますか。
／請問如何分辨金魚的雌雄呢？

2995
□□□
めつき
【目付き】

名 眼神

類 横目

例 子供たちは皆真剣な目付きで作品の制作に取り組んでいます。
／孩子們露出認真的眼神，努力製作作品。

2996
□□□
めつぼう
【滅亡】

名・自サ 滅亡

反 興る　類 亡びる

例 これはローマ帝国の始まりから滅亡までの変遷を追った年表です。
／這張年表記述了羅馬帝國從創立到滅亡的變遷。

2997
□□□
メディア
【media】

名 手段，媒體，媒介

例 インターネット上のメディアを利用して人とつながることが一般化してきている。
／利用網路軟體與他人交流的情形愈來愈普遍了。

2998
□□□
めど
【目途・目処】

名 目標；眉目，頭緒

類 目当て

例 スケジュールのめどがある程度たったら、また連絡します。
／等排好初步的行程表後，再與您聯繫。

2999
□□□

めもり
【目盛・目盛り】

名（量表上的）度數，刻度

類 印

例 この計量カップは 180c.c. までしか目盛がありません。

／這個量杯的刻度只標到 180 C.C. 而已。

3000
□□□

メロディー
【melody】

名（樂）旋律，曲調；美麗的音樂

類 調子

例 街を歩いていたら、どこからか懐かしいメロディーが流れてきた。

／走在街上時，不知道從哪裡傳來令人懷念的旋律。

3001
□□□

めんえき
【免疫】

名 免疫；習以為常

例 はしかやおたふくかぜなどは、一度かかると免疫がつく。

／麻疹和腮腺炎之類的疾病，只要感染過一次就免疫了。

3002
□□□

めんかい
【面会】

名・自サ 會見，會面

類 会見

例 面会できるとはいえ、面会時間はたったの
10 分しかない。

／縱使得以會面，但會見時間亦只有區區十分鐘而已。

文法
とはいえ [雖然…但是…] ▶ 表示逆接轉折。先肯定那事雖然是那樣，但是實際上卻是後項的結果。

3003
□□□

めんじょ
【免除】

名・他サ 免除（義務、責任等）

例 成績が優秀な学生は、授業料が免除されます。

／成績優異的學生得免繳學費。

3004
□□□

めんする
【面する】

自サ（某物）面向，面對著，對著；（事件等）
面對

例 申し訳ありませんが、海に面している席はもう満席です。

／非常抱歉，面海的座位已經客滿了。

3005 □□□
めんぼく・めんもく
【面目】
(名) 臉面，面目；名譽，威信，體面

(反) 恥　(類) 誉れ

(例) 彼は最後に競り勝って、何とかチャンピオンの面目を保った。
／他在最後一刻獲勝，總算保住了冠軍的面子。

3006 □□□
Track 102
も
【喪】
(名) 服喪；喪事，葬禮

(例) 喪に服す。
／服喪。

3007 □□□
もう
【網】
(漢造) 網；網狀物；聯絡網

(例) 犯人は、警察の捜査網をかいくぐって逃走を続けている。
／罪犯躲過警網，持續逃亡中。

3008 □□□
もうける
【設ける】
(他下一) 預備，準備；設立，設置，制定

(反) 解散　(類) 備える

(例) 弊社は日本語のサイトも設けています。
／敝公司也有架設日文網站。

3009 □□□
もうしいれる
【申し入れる】
(他下一) 提議，（正式）提出

(例) 再三交渉を申し入れたが、会社からの回答はまだ得られていない。
／儘管已經再三提出交涉，卻尚未得到公司的回應。

3010 □□□
もうしこみ
【申し込み】
(名) 提議，提出要求；申請，應徵，報名；預約

(例) 購読をお申し込みの方は、以下にお問い合わせください。
／擬訂閱者，請透過下述方式諮詢聯繫。

3011 □□□
もうしで
【申し出】

㊂ 建議，提出，聲明，要求；（法）申訴

㊣ 申請

㊐ 申し出を受けながらも、結局、断った。
／即使申訴被接受，最後依舊遭到拒絕。

3012 □□□
もうしでる
【申し出る】

他下一 提出，申述，申請

㊣ 願い出る

㊐ ほかにも薬を服用している場合は、必ず申し出てください。
／假如還有服用其他藥物請務必告知。

3013 □□□
もうしぶん
【申し分】

㊂ 可挑剔之處，缺點；申辯的理由，意見

㊣ 非難

㊐ 彼の営業成績は申し分ありません。
／他的業務績效好得沒話說。

3014 □□□
もうてん
【盲点】

㊂（眼球中的）盲點，暗點；空白點，漏洞

㊐ あなたの発言は、まさに我々の盲点を突いたものです。
／你的意見直接命中了我們的盲點。

3015 □□□
もうれつ
【猛烈】

形動 氣勢或程度非常大的樣子，猛烈；特別；厲害

㊣ 激しい

㊐ 北部を中心に、猛烈な暑さが今週いっぱい続くでしょう。
／以北部地區為中心，高溫天氣將會持續至本週末吧！

3016 □□□
モーテル
【motel】

㊂ 汽車旅館，附車庫的簡易旅館

㊣ 宿屋

㊐ ニュージーランドのモーテルはとても清潔なので、快適に過ごせますよ。／紐西蘭的汽車旅館非常乾淨，所以會住得很舒適唷！

3017 ☐☐☐ **もがく** 　自五（痛苦時）掙扎，折騰；焦急，著急，掙扎

類 悶える

例 誘拐された被害者は、必死にもがいて縄をほどき、自力で脱出したそうだ。

／聽說遭到綁架的被害人拚命掙脫繩索，靠自己的力量逃出來了。

3018 ☐☐☐ **もくろく**【目録】　名（書籍目錄的）目次；（圖書、財產、商品的）目錄；（禮品的）清單

類 目次

例 目録は書名の 50 音順に並んでいます。

／目錄依照日文中的五十音順序排列。

3019 ☐☐☐ **もくろみ**【目論見】　名 計畫，意圖，企圖

類 企て

例 現在の状況は当初のもくろみから大きく外れています。

／現在的狀況已經完全超乎當初的計畫之外了。

3020 ☐☐☐ **もくろむ**【目論む】　他五 計畫，籌畫，企圖，圖謀

例 我が国は、軍備増強をもくろむ某隣国の脅威にさらされている。

／我國目前受到鄰近某國企圖提升軍備的威脅。

3021 ☐☐☐ **もけい**【模型】　名（用於展覽、實驗、研究的實物或抽象的）模型

反 実物

例 鉄道模型は、子供のみならず、大人にも人気があります。

／鐵路模型不只獲得小孩子的喜愛，也同樣深受大人的歡迎。

3022 ☐☐☐ **もさく**【模索】　名・自サ 摸索；探尋

例 まだ妥協点を模索している段階です。

／現階段仍在試探彼此均能妥協的平衡點。

3023
□□□

もしくは

接續（文）或，或者

類 或は

例 メールもしくはファクシミリでお問い合わせください。
／請以電子郵件或是傳真方式諮詢。

3024
□□□

もたらす
【齎す】

他五 帶來；造成；帶來（好處）

類 持ってくる

例 お金が幸せをもたらしてくれるとは限らない。
／金錢未必會帶來幸福。

3025
□□□

もちきり
【持ち切り】

名（某一段時期）始終談論一件事

例 最近は彼女の結婚話でもちきりです。
／最近的談論話題是她要結婚了。

3026
□□□

もちこむ
【持ち込む】

他五 攜入，帶入；提出（意見，建議，問題）

例 飲食物をホテルに持ち込む。
／將外食攜入飯店。

3027
□□□

Track **103**

もっか
【目下】

名・副 當前，當下，目前

類 今

例 目下の政策の見直しを余儀なくさせる事態が
起こった。
／發生了一起重大事件，迫使必須重新檢討當前政策。

文法
をよぎなくさせる
[只得…]
▶ 表示情況已經到了沒
有選擇的餘地，必須那
麼做。

3028
□□□

もっぱら
【専ら】

副 專門，主要，淨；（文）專擅，獨攬

類 一点張り

例 それは専ら医薬品として使用される成分ですよ。
／這種成分只會出現在藥物裡喔！

3029
□□□

もてなす
【持て成す】

(他五) 接待，招待，款待；(請吃飯)宴請，招待

(類) 接待

(例) 来賓をもてなす為、ホテルで大々的に歓迎会を開いた。
／為了要接待來賓，在飯店舉辦了盛大的迎賓會。

3030
□□□

もてる
【持てる】

(自下一) 受歡迎；能維持；能有

(類) 人気

(例) 持てる力を存分に発揮して、悔いのないように試合に臨みなさい。
／不要留下任何後悔，在比賽中充分展現自己的實力吧！

3031
□□□

モニター
【monitor】

(名) 監聽器，監視器；監聽員；評論員

(例) 弊社ではスキンケアに関するモニターを募集しています。
／敝公司正在招募護膚體驗員。

3032
□□□

もの
【物】

(名・接頭・造語) (有形或無形的) 物品，事情；所有物；加強語氣用；表回憶或希望；不由得…；值得…的東西

(類) 品物

(例) この財布の落とし物にどなたか心当たりはありませんか。
／請問您知不知道是誰掉了這個錢包呢？

3033
□□□

ものずき
【物好き】

(名・形動) 從事或觀看古怪東西；也指喜歡這樣的人；好奇

(類) 好奇

(例) 時代劇のフィギュアを集めていたら、彼女に「物好きね」と言われた。
／我喜歡蒐集古裝劇的人偶模型，卻被女朋友譏諷：「你這個嗜好還真古怪呀！」

3034
□□□

ものたりない
【物足りない】

(形) 感覺缺少什麼而不滿足；有缺憾，不完美；美中不足

(反) 満足　(類) 呆気ない

(例) 彼ったら、何を聞いても「君にまかせるよ」で、物足りないったらない。
／說起我男友啊，不管問什麼總是回答「交給妳決定呀」，算是美中不足的缺點。

3035
□□□

もはや

副（事到如今）已經

反 まだ　類 もう

例 これだけ証拠が集まれば、彼ももはやこれまででしょう。

／既然已經鐵證如山，他也只能俯首認罪了吧！

3036
□□□

もはん
【模範】

名 模範，榜樣，典型

類 手本

例 彼は若手選手の模範となって、チームを引っ張っていくでしょう。

／他應該會成為年輕選手的榜樣，帶領全體隊員向前邁進吧！

3037
□□□

もほう
【模倣】

名・他サ 模仿，仿照，仿效

類 真似る

例 各国は模倣品の取り締まりを強化している。

／世界各國都在加強取締仿冒品。

3038
□□□

もめる
【揉める】

自下一 發生糾紛，擔心

類 もつれる

例 遺産相続などでもめないように遺言を残しておいた方がいい。

／最好先寫下遺言，以免遺族繼承財產時發生爭執。

3039
□□□

もよおす
【催す】

他五 舉行，舉辦；產生，引起

類 開催

例 来月催される演奏会の為に、毎日遅くまでピアノの練習をして
います。

／為了即將於下個月舉辦的演奏會，每天都練習鋼琴至深夜時分。

3040 □□□
もらす
【漏らす】

他五（液體、氣體、光等）漏，漏出；（秘密等）洩漏；遺漏；發洩；尿褲子

例 社員が情報をもらしたと知って、社長は憤慨にたえない。

／當社長獲悉員工洩露了機密，不由得火冒三丈。

文法 にたえない[不堪…]
▶ 表示情況嚴重得不忍看下去，聽不下去了。帶有不愉快的心情。

3041 □□□
もりあがる
【盛り上がる】

自五（向上或向外）鼓起，隆起；（情緒、要求等）沸騰，高漲

反 低まる　類 高まる

例 決勝戦とあって、異様な盛り上がりを見せている。

／因為是冠亞軍賽，選手們的鬥志都異常高昂。

文法
とあって[因為…（的關係）]
▶ 由於前項特殊的原因，當然就會出現後項特殊的情況，或應該採取的行動。

3042 □□□
もる
【漏る】

自五（液體、氣體、光等）漏，漏出

類 漏出

例 お茶が漏ると思ったら、湯飲みにひびが入っていた。

／正想著茶湯怎麼露出來了，原來是茶壺有裂縫了。

3043 □□□
もれる
【漏れる】

自下一（液體、氣體、光等）漏，漏出；（秘密等）洩漏；落選，被淘汰

類 零れる

例 この話はいったいどこから漏れたのですか。

／這件事到底是從哪裡洩露出去的呢？

3044 □□□
もろい
【脆い】

形 易碎的，容易壞的，脆的；容易動感情的，心軟，感情脆弱；容易屈服，軟弱，窩囊

類 砕け易い

例 ガラスは非常に脆いゆえ、取り扱いに注意が必要です。／因為玻璃極易碎裂，拿取時請務必小心。

文法
(が)ゆえ(に)[因為…]
▶ 是表示原因、理由的文言說法。

3045 □□□
もろに

副 全面，迎面，沒有不…

例 中小企業は景気悪化の影響をもろに受けてしまう。

／中小企業受到景氣惡化的迎面衝擊。

3046 □□□

や
【矢】

Unit **104**

⟨名⟩ 箭；楔子；指針

例 弁慶は、雨のような矢を受けて立ったまま死んだと言い伝えられている。

／傳說弁慶是在受到無數箭雨攻擊的情況下站著死去的。

3047 □□□

やがい
【野外】

⟨名⟩ 野外，郊外，原野；戶外，室外

⟨反⟩内 ⟨類⟩外

例 野外音楽会は、悪天候の場合翌日に延期になる。

／戶外音樂會如果不巧當日天氣欠佳，則延期至隔天舉行。

3048 □□□

やく
【薬】

⟨名・漢造⟩ 藥；化學藥品

例 社長ときたら、頭痛薬を飲んでまでカラオケに行ったよ。

／說到那位社長啊，不惜服下頭痛藥，還是要去唱卡拉 OK！

文法

ときたら [說到…來]

▶ 表示提起話題，說話者帶譴責和不滿的情緒，對話題中的人或事進行批評。

3049 □□□

やぐ
【夜具】

⟨名⟩ 寢具，臥具，被褥

例 座布団はおろか、夜具すらないのだから、ひどいね。

／別說是座墊，就連寢具也沒有，實在是太過份了！

文法

はおろか [不用說…就是…也…]

▶ 表示前項沒有說明的必要，強調後項較極端的事例也不例外。含說話者吃驚、不滿等情緒。

すら [就連…都]

▶ 舉出極端的例子，表示連所舉的例子都這樣了，其他的就更不用提了。有導致消極結果的傾向。

3050 □□□
やくしょく
【役職】
② 官職，職務；要職

例 役職のいかんによらず、配当は平等に分配される。
／不論職務高低，股利採公平分配方式。

文法
いかんによらず
[不管…如何…]
▶ 表示後面行為，不受前面條件限制。前面的狀況，都跟後面的決心或觀點等無關。

3051 □□□
やくば
【役場】
②（町、村）鄉公所；辦事處

類 役所

例 公務員試験に受かって、4月から役場で働くことになった。
／通過了公務人員任用考試，將於四月份到區公所工作。

3052 □□□
やけに
④（俗）非常，很，特別

類 随分

例 昨日といい、今日といい、最近やけに鳥が騒がしい。
／不管是昨天或是今天，最近小鳥的啼鳴聲特別擾人。

文法
といい～といい
[不論…還是]
▶ 表示列舉。為了做為例子而舉出兩項，後項是對此做出的評價。

3053 □□□
やしき
【屋敷】
②（房屋的）建築用地，宅地；宅邸，公館

類 家

例 あの美しい屋敷が、数百年前に建てられたものだとは。
／沒有想到那棟華美的宅邸，屋齡竟然已經長達數百年了！

文法
とは[竟然會]
▶ 表示對看到或聽到的事實（意料之外的），感到吃驚或感慨的心情。

3054 □□□
やしなう
【養う】
他五（子女）養育，撫育；養活，扶養；餵養；培養；保養，休養

類 養育

例 どんな困難や苦労にもたえる精神力を養いたい。
／希望能夠培養出足以面對任何困難與艱辛的堅忍不拔毅力。

讀書計劃：□□／□□

3055 □□□

やしん
【野心】

② 野心，雄心；陰謀

類 野望

例 次期社長たる者、野心を持つのは当然だ。
／要接任下一任社長的人，理所當然的擁有野心企圖。

文法

たる(もの)
[作為…的…]

▶ 前接高評價事物人等，表示照社會上的常識來看，應該有合乎這種身分的影響或做法。

3056 □□□

やすっぽい
【安っぽい】

⑱ 很像便宜貨，品質差的樣子，廉價，不值錢；沒有品味，低俗，俗氣；沒有價值，沒有內容，不足取

反 精密　**類** 粗末

例 同じデザインでも、材質いかんによって安っぽく見えてしまう。
／就算是一樣的設計，根據材質的不同看起來也有可能會很廉價的。

文法

いかんによって(は)
[要看…如何]

▶ 表示依據。根據前面的狀況，來判斷後面的可能性。

3057 □□□

やすめる
【休める】

他下一（活動等）使休息，使停歇；（身心等）使休息，使安靜

例 パソコンやテレビを見る時は、ときどき目を休めた方がいい。
／看電腦或電視的時候，最好經常讓眼睛休息一下。

3058 □□□

やせい
【野生】

名・自サ・代 野生；鄙人

例 このサルにはまだ野生めいた部分がある。
／這隻猴子還有點野性。

3059 □□□

やせっぽち

② (俗) 瘦小（的人），瘦皮猴

例 随分やせっぽちだね。ろくなもの食べてないんじゃないの。
／你瘦了好多啊！大概都沒能吃些像樣的東西吧？

3060 □□□

やたら(と)

⑩ (俗) 胡亂，隨便，亇分好夕，沒有差別；過份，非常，大量

例 同僚に一人やたら高学歴を自慢してくるのがいる。
／同事之中有一個人時不時總喜歡炫耀他的高學歷。

3061
□□□

やつ
【奴】

名・代（蔑）人，傢伙；（粗魯的）指某物，某事
情或某狀況；（蔑）他，那小子

例 会社の大切な資料を漏らすとは、とんでも
ない奴だ。
／居然將公司的重大資訊洩漏出去，這傢伙簡直不
可饒恕！

文法
とは［竟然］
▶ 表示對看到或聽到的
事實（意料之外的），
感到吃驚或感慨的心情。

3062
□□□

やっつける

他下一（俗）幹完；（狠狠的）教訓一頓，整一頓；
打敗，擊敗

例 相手チームをやっつける。
／擊敗對方隊伍。

3063
□□□

やとう
【野党】

名 在野黨

反 与党
例 与党の議員であれ、野党の議員であれ、
選挙前は皆必死だ。
／無論是執政黨的議員，或是在野黨的議員，所有
人在選舉前都拚命全力以赴。

文法
であれ～であれ
［無論…都…］
▶ 舉出例子，再表示全部
都適用之意。

3064
□□□

やばい

形（俗）（對作案犯法的人警察將進行逮捕）不妙，
危險

例 見つかったらやばいぞ。／如果被發現就不好了啦！

3065
□□□

やまい
【病】

名 病；毛病；怪癖

例 病に倒れる。／病倒。

3066
□□□

やみ
【闇】

名（夜間的）黑暗；（心中）辨別不清，不知所措；
黑暗；黑市

反 光 類 暗がり
例 闇が広がる遺跡の中で、どこからともなく
声が聞こえた。
／在一片漆黑的歷史遺址之中，驀然不知道從哪兒傳
來一陣聲音。

文法
ともなしに
［不知，說不清］
▶ 接疑問詞後面，表示不
能確定。

| 3067 □□□ | ややこしい | 形 錯綜複雑，弄不明白的樣子，費解，繁雜 |

反 簡単　類 複雑

例 これ以上討論したところで、ややこしい話になるだけだ。

／再繼續討論下去，也只會愈講愈不知所云罷了。

| 3068 □□□ | やりとおす【遣り通す】 | 他五 做完，完成 |

類 完成

例 難しい仕事だったが、何とかやり通した。

／雖然是一份艱難的工作，總算完成了。

| 3069 □□□ | やりとげる【遣り遂げる】 | 他下一 徹底做到完，進行到底，完成 |

例 10年越しのプロジェクトをやり遂げた。

／終於完成了歷經十年的計畫。

| 3070 □□□ | やわらぐ【和らぐ】 | 自五 變柔和，和緩起來 |

例 怒りが和らぐ。

／讓憤怒的心情平靜下來。

| 3071 □□□ | やわらげる【和らげる】 | 他下一 緩和；使明白 |

類 鎮める

例 彼は忙しいながら、冗談で皆の緊張を和らげてくれる。

／他雖然忙得不可開交，還是會用說笑來緩和大家的緊張情緒。

| 3072 □□□ | ヤング【young】 | 名・造語 年輕人，年輕一代；年輕的 |

反 老いた　類 若い

例 「ヤング会員」は、25歳以下の方、または学生の方限定のサービスです。

／「青年會員」是限定適用於二十五歲以下、或具備學生身份者的優惠方案。

3073
□□□

Week 105

ゆ
【油】

漢造 …油

例 この装置は、潤滑油が無くなってしまえば それまでだ。

／這台機器如果耗盡潤滑油，就無法正常運作了。

文法
ばそれまでだ[就完了]
▶ 表示一旦發生前項情況，那麼就到此結束，一切都是徒勞無功之意。

3074
□□□

ゆう
【優】

名・漢造 （成績五分四級制的）優秀；優美，雅致；優異，優厚；演員；悠然自得

反 劣る 類 優れる

例 彼は子供の時、病気がちではあったが、成績が全部優だった。

／他小的時候雖然體弱多病，但是成績全部都是「優」等。

3075
□□□

ゆうい
【優位】

名 優勢；優越地位

例 彼は業績がトップで、目下出世競争の優位に立っている。

／他的業績拿到第一，居於目前升遷競爭的優勢地位。

3076
□□□

ゆううつ
【憂鬱】

名・形動 憂鬱，鬱悶；愁悶

反 清々しい 類 うっとうしい

例 天気が悪いので、憂鬱だ。／因為天氣不好，覺得憂鬱。

3077
□□□

ゆうえき
【有益】

名・形動 有益，有意義，有好處

反 無益 類 役立つ

例 毎日有機野菜を食べれば有益だというものでもない。

／並不是每天都吃有機蔬菜就對身體有益。

3078
□□□

ゆうえつ
【優越】

名・自サ 優越

類 勝る

例 小学生の時、クラスで一番背が高いことに優越感を抱いていたが、中学になったら次々にクラスメートに抜かれた。

／讀小學的時候是全班最高的，並且對此頗具優越感，但是自從上了中學以後，班上同學卻一個接一個都長得比我高了。

3079
□□□
ゆうかい
【誘拐】
名・他サ 拐騙，誘拐，綁架

例 子供を誘拐し、身代金を要求する。／綁架孩子要求贖金。

3080
□□□
ゆうかん
【勇敢】
名・形動 勇敢

類 勇ましい
例 勇敢に崖を登る彼の姿は人を感動させずにはおかない。
／他那攀上山崖的英勇身影，必然令人為之動容。

文法
ずにはおかない [不能不…]
▶ 由於外部的強力，使得某種行為，沒辦法靠自己的意志控制，自然而然地就發生了。

3081
□□□
ゆうき
【有機】
名（化）有機；有生命力

反 無機
例 親の反対をよそに、息子二人は有機栽培を始めた。
／兩個兒子不顧父母的反對，開始投身有機栽培行業。

文法
をよそに [不管…]
▶ 表示無視前面的狀況，進行後項的行為。

3082
□□□
ゆうぐれ
【夕暮れ】
名 黃昏；傍晚

反 朝方 類 夕方
例 夕暮れに、刻々と変わってゆく空と海の色を見ていた。
／在那個傍晚時分，一直望著分分秒秒都不一樣的天色和海面。

3083
□□□
ゆうし
【融資】
名・自サ（經）通融資金，貸款

例 融資にかかわる情報は、一切外部に漏らしません。
／相關貸款資訊完全保密。

3084
□□□
ゆうずう
【融通】
名・他サ 暢通（錢款），通融；腦筋靈活，臨機應變

類 遣り繰り
例 知らない仲じゃあるまいし、融通をきかせてくれるでしょう。
／我們又不是不認識，應該可以通融一下吧。

文法
じゃあるまいし [又不是…]
▶ 強烈否定前項，或舉出極端的例子，說明後項的主張、判斷等。帶斥責、諷刺的語感。

3085 □□□
ゆうする
【有する】
他サ 有，擁有

類 持つ

例 新しい会社とはいえ、無限の可能性を有している。
／雖是新公司，卻擁有無限的可能性。

文法
とはいえ
［雖然…但是…］
▶ 表示逆接轉折。先肯定那事雖然是那樣，但是實際上卻是後項的結果。

3086 □□□
ゆうせい
【優勢】
名・形動 優勢

反 劣勢

例 不景気とはいえ、A社の優勢は変わらないようだ。
／即使景氣不佳，A公司的競爭優勢地位似乎屹立不搖。

文法
とはいえ
［雖然…但是…］
▶ 表示逆接轉折。

3087 □□□
ゆうせん
【優先】
名・自サ 優先

例 会員様は、一般発売の1週間前から優先でご予約いただけます。
／會員於公開發售的一星期前可優先預約。

3088 □□□
ユーターン
【U-turn】
名・自サ （汽車的）U字形轉彎，180度迴轉

例 この道路ではUターン禁止だ。／這條路禁止迴轉。

3089 □□□
ゆうどう
【誘導】
名・他サ 引導，誘導；導航

類 導く

例 観光客が予想以上に来てしまい、誘導がうまくいかなかった。
／前來的觀光客超乎預期，引導的動線全都亂了。

3090 □□□
ゆうび
【優美】
名・形動 優美

反 醜い 類 綺麗

例 ホテルの裏にある谷の景色は、実に優美極まりない。
／旅館背面的山谷幽景，優美得令人屏息。

3091 ☐☐☐
ゆうびんやさん
【郵便屋さん】
名（口語）郵差

例 郵便屋さんが配達に来る。
／郵差來送信。

3092 ☐☐☐

ゆうぼう
【有望】
形動 有希望，有前途

例 Ａ君といい、Ｃ君といい、前途有望な社員ばかりだ。
／無論是Ａ先生或是Ｃ先生，全都是前途不可限量的優秀員工。

文法
といい～といい
[不論…還是]
▶ 表示列舉。為了做為例子而舉出兩項，後項是對此做出的評價。

3093 ☐☐☐
ゆうぼく
【遊牧】
名・自サ 游牧

例 これだけ広い土地ともなると、遊牧でもできそうだ。
／要是有如此寬廣遼闊的土地，就算要游牧也應該不成問題。

文法
ともなると
[要是…那就…]
▶ 表示如果發展到某程度，用常理來推斷，就會理所當然導向某種結論。

3094 ☐☐☐
ゆうやけ
【夕焼け】
名 晚霞

反 朝焼け
例 美しい夕焼けなくして、淡水の魅力は語れない。
／淡水的魅力就在於絢爛奪目的晚霞。

文法
なくして（は）～ない
[如果沒有…就不…]
▶ 表示假定的條件。表示如果沒有前項，後項的事情會很難實現。

3095 ☐☐☐
ゆうりょく
【有力】
形動 有勢力，有權威；有希望；有努力；有效力

類 強力
例 今度の選挙は、最も有力なＡ氏の動きいかんだ。
／這次選舉的焦點，取決在最有希望當選的Ａ候選人身上。

文法
いかんだ […要看…]
▶ 表示前面能不能實現，那就要根據後面的狀況而定了。

あ
か
さ
た
な
は
ま
や
ら
わ
練習

3096 ゆうれい 【幽霊】

⊛名 幽靈，鬼魂，亡魂；有名無實的事物

反 体　類 魂

例 子供じゃあるまいし、幽霊なんか信じないよ。
／又不是三歲小孩，才不信有鬼哩！

文法
じゃあるまいし
[又不是…]
▶ 強烈否定前項，或舉出極端的例子，説明後項的主張、判斷等。帶斥責、諷刺的語感。

3097 ゆうわく 【誘惑】

名・他サ 誘惑；引誘

例 負けるべからざる誘惑に、負けてしまった。
／受不了邪惡的誘惑而無法把持住。

文法
べからざる(名詞)
[不得…（的）]
▶ 表示禁止、命令。後接的名詞是指不允許做前面行為、事態的對象。

3098 ゆえ（に） 【故（に）】

接續・接助 理由，緣故；（某）情況；（前皆體言表示原因）因為

類 だから
例 新婦の父親が坊さんであるが故に、寺で結婚式をした。
／由於新娘的父親是和尚，新人因而在佛寺裡舉行了結婚儀式。

文法
(が)ゆえ(に)[因為…所以]
▶ 是表示原因、理由的文言説法。

3099 ゆがむ 【歪む】

自五 歪斜，歪扭；（性格等）乖僻，扭曲

類 曲がる
例 柱も梁もゆがんでいる。いいかげんに建てたのではあるまいか。
／柱和樑都已歪斜，當初蓋的時候是不是有偷工減料呢？

3100 ゆさぶる 【揺さぶる】

他五 搖晃；震撼

類 動揺
例 彼のスピーチに、聴衆は皆心を揺さぶられた。
／他的演説撼動了每一個聽眾。

讀書計劃：□□□／□□

3101 □□□
ゆすぐ
【濯ぐ】
（他五）洗滌，刷洗，洗濯；漱

（類）洗う

（例）ゆすぐ時は、水を出しっぱなしにしないでくださいね。

／在刷洗的時候，請記得關上水龍頭，不要任由自來水流個不停喔！

3102 □□□
ゆとり
（名）餘地，寬裕

（類）余裕

（例）受験シーズンとはいえども、少しはゆとりが必要だ。

／即使進入準備升學考試的緊鑼密鼓階段，偶爾也必須稍微放鬆一下。

3103 □□□
ユニーク
【unique】
（形動）獨特而與其他東西無雷同之處；獨到的，獨自的

（例）彼の作品は短編ながら、ユニークで暗示に満ちている。

／他的作品雖是短篇卻非常獨特，字裡行間充滿隱喻意味。

3104 □□□
ユニットバス
【(和) unit + bath】
（名）（包含浴缸、洗手台與馬桶的）一體成形的衛浴設備

（例）最新のユニットバスが取り付けられている。

／附有最新型的衛浴設備。

3105 □□□
ユニフォーム
【uniform】
（名）制服；（統一的）運動服，工作服

（類）制服

（例）子供のチームとはいえ、ユニフォームぐらいは揃えたい。

／儘管只是小朋友們組成的隊伍，還是希望至少幫他們製作隊服。

文法
とはいえ
[雖然…但是…]
▶ 表示逆接轉折。先肯定那事雖然是那樣，但是實際上卻是後項的結果。

3106 □□□
ゆびさす
【指差す】
（他五）（用手指）指

（類）指す

（例）地図の上を指差しながら教えれば、よくわかるだろう。

／用手指著地圖教對方的話，應該就很清楚明白吧！

3107
□□□

ゆみ
【弓】

⊕名 弓；弓形物

例 日本の弓は２メートル以上もある。
／有些日本弓甚至超過兩公尺長。

3108
□□□

ゆらぐ
【揺らぐ】

⊕自五 搖動，搖晃；意志動搖；搖搖欲墜，岌岌可危

例 家族の顔を見たが最後、家を出る決心が揺らいだ。
／一看到家人們之後，離家出走的決心就被動搖了。

文法

がさいご［（一旦…）就必須…］
▶ 一旦做了某事，就一定會有後面情況，或必須採取的行動，多是消極的結果或行為。

3109
□□□

ゆるむ
【緩む】

⊕自五 鬆散，緩和，鬆弛

反 締まる　類 解ける

例 寒さが緩み、だんだん春めいてきました。
／嚴寒逐漸退去，春天的腳步日漸踏近。

3110
□□□

ゆるめる
【緩める】

⊕他下一 放鬆，使鬆懈，鬆弛；放慢速度

反 締める　類 解く

例 時代に即して、規則を緩めてほしいと思う社員が増えた。
／期望順應時代放寬規定的員工與日俱增。

文法

にそくして［依…（的）］
▶ 以某項規定、規則來處理，以其為基準，來進行後項。

3111
□□□

ゆるやか
【緩やか】

⊕形動 坡度或彎度平緩；緩慢

類 緩い

例 緩やかな坂道は、紅葉の季節ともなると、華やいだ雰囲気が漂います。
／慢坡上一到楓紅的季節便瀰漫著風情萬種的氣氛。

文法

ともなると
［要是…那就…］
▶ 表示如果發展到某程度，用常理來推斷，就會理所當然導向某種結論。

よ

3112 □□□
🔊107

よ
【世】

名 世上，人世；一生，一世；時代，年代；世界

例 自由な世の中になったと思いきや、不景気で仕事もない。

／原本以為已經是自由平等的社會，作夢都沒料到碰上經濟衰退，連份工作都找不到。

文法
（か）とおもいきや
[原以為…沒想到]

▶ 表示按照一般情況推測，應該是前項結果，卻意外出現後項相反的結果。

3113 □□□

よう
【洋】

名・漢造 東洋和西洋；西方，西式；海洋；大而寬廣

例 洋食といい、中華といい、料理の種類が豊富になった。

／無論是西式料理或是中式料理，其菜色種類都變得越來越多樣。

文法
といい～といい
[不論…還是]

▶ 表示列舉。為了做為例子而舉出兩項，後項是對此做出的評價。

3114 □□□

よういん
【要因】

名 主要原因，主要因素

例 様々な要因が背後に隠れていることは言うまでもない。

／想當然爾，事情的背後隱藏著各種重要的因素。

文法
はいうまでもない
[不用說…（連）也]

▶ 表示前項很明顯沒有說明的必要，後項較極端的事例當然也不例外。是種遞進的表現。

3115 □□□

ようえき
【溶液】

名（理、化）溶液

例 丁度いい濃さの溶液を作るべく、分量を慎重に計った。

／為了求調製出濃度適宜的溶液，謹慎小心地測計分量。

文法
べく[為了…而…]

▶ 表示意志、目的。帶著某種目的，來做後項。

3116 □□□

ようけん
【用件】

名（應辦的）事情；要緊的事情；事情的內容

類 用事

例 面会はできるが、用件いかんによっては、断られる。

／儘管能夠面會，仍需視事情的內容而定，也不排除會遭到拒絕的可能性。

文法
いかんによって（は）
[要看…如何]

▶ 表示依據。根據前面的狀況，來判斷後面的可能性。

や

JLPT
577

3117 □□□

ようご
【養護】

名・他サ 護養；扶養；保育

類 養う

例 彼は大学を卒業すると、養護学校で働きはじめた。

／他大學畢業後就立刻到特教學校開始工作。

3118 □□□

ようし
【用紙】

名（特定用途的）紙張，規定用紙

類 用箋

例 間違いだらけで、解答用紙はばつばっかりだった。

／整張考卷錯誤百出，被改成滿江紅。

3119 □□□

ようし
【養子】

名 養子；繼子

例 弟の子を養子にもらう。

／領養弟弟的小孩。

3120 □□□

ようしき
【洋式】

名 西式，洋式，西洋式

反 和式

補 洋式トイレ：坐式廁所

例 日本でも家庭のトイレは洋式がほとんどだ。

／即便是日本，家裡的廁所也幾乎都是坐式的。

3121 □□□

ようしき
【様式】

名 様式，方式；一定的形式，格式；（詩、建築等）
風格

類 様

例 三合院は、台湾の伝統的な建築様式である。

／三合院是台灣的傳統建築樣式。

3122 □□□

ようじんぶかい
【用心深い】

形 十分小心，十分謹慎

例 用心深く行動する。

／小心行事。

3123
□□□

ようする
【要する】

(他サ) 需要；埋伏；摘要，歸納

(反) 不要　(類) 必要

(例) 若い人は、手間を要する作業を嫌がるきらいがある。

／年輕人多半傾向於厭惡從事費事的工作。

文法
きらいがある [總愛…]
▶ 表示有某種不好的傾向。這種傾向從表面是看不出來的，它具有某種本質性的性質。

3124
□□□

ようせい
【要請】

(名・他サ) 要求，請求

(類) 求める

(例) 地元だけでは解決できず、政府に支援を要請するに至りました。

／由於靠地方無法完全解決，最後演變成請求政府支援的局面。

3125
□□□

ようせい
【養成】

(名・他サ) 培養，培訓；造就

(類) 養う

(例) 一流の会社ともなると、社員の養成システムがよく整っている。

／既為一流的公司，即擁有完善的員工培育系統。

文法
ともなると
[要是…那就…]
▶ 表示如果發展到某程度，用常理來推斷，就會理所當然導向某種結論。

3126
□□□

ようそう
【様相】

(名) 樣子，情況，形勢；模様

(類) 状態

(例) 事件の様相は新聞のみならず、雑誌にも掲載された。

／整起事件的狀況不僅被刊登於報紙上，連雜誌亦有掲載。

3127
□□□

ようひん
【用品】

(名) 用品，用具

(例) 妻は家で育児のかたわら、手芸用品も売っている。

／妻子一面在家照顧小孩，一面販賣手工藝品。

文法
かたわら
[一邊…一邊…]
▶ 表示做前項主要活動外，空餘時還做別的活動。前項為主後項為輔，大多互不影響。

3128 □□□
ようふう
【洋風】
(名) 西式，洋式；西洋風格

(反) 和風　(類) 欧風

(例) 客の希望いかんで、洋風を和風に変えるかもしれない。

/視顧客的要求，或許會從西式改為和式。

文法

いかんで(は)[根據…]

▶ 表示依據。根據前面狀況來進行後面，變化視前面情況而定。

3129 □□□
ようほう
【用法】
(名) 用法

(例) 誤った用法故に、機械が爆発し、大変な事故になった。

/由於操作不當，導致機械爆炸，造成重大事故。

文法

(が)ゆえ(に)[因為…所以]

▶ 是表示原因、理由的文言説法。

3130 □□□
ようぼう
【要望】
(名・他サ) 要求，迫切希望

(反) 要求

(例) 空港建設にかかわる要望については、回答致しかねます。

/恕難奉告機場建設之相關需求。

3131 □□□
よか
【余暇】
(名) 閒暇，業餘時間

(反) 忙しい　(類) 暇

(例) 父は余暇を利用して歌を習っているが、聞くにたえない。

/父親利用閒暇之餘學習唱歌，可是荒腔走板讓人聽不下去。

文法

にたえない [不堪…]

▶ 表示情況嚴重得不忍看下去，聽不下去了。帶有不愉快的心情。

3132 □□□
よかん
【予感】
(名・他サ) 預感，先知，預兆

(例) さっきの電話から、嫌な予感がしてやまない。

/剛剛那通電話令我心中湧起一股不祥的預感。

文法

てやまない [一直…]

▶ 接在感情動詞後面，表示發自內心的感情，且那種感情一直持續著。

3133
□□□

よきょう
【余興】

名 餘興

類 おもしろみ

例 1年に一度の忘年会だから、彼女が余興に三味線を弾いてくれた。

／她在一年一度的年終聯歡會中，彈了三味線琴當作餘興節目。

3134
□□□

よきん
【預金】

名・自他サ 存款

例 預金があるとはいえ、別荘が買えるほどで
はありません。

／雖然有存款，卻沒有多到足以購買別墅。

文法
とはいえ
[雖然…但是…]
▶ 表示逆接轉折。先肯定那事雖然是那樣，但是實際上卻是後項的結果。

3135
□□□

よく
【欲】

名・漢造 慾望，貪心；希求

類 望む

例 野心家の兄にひきかえ、弟は全く欲がない。

／相較於野心勃勃的哥哥，弟弟卻無欲無求。

文法
にひきかえ
[和…比起來]
▶ 比較兩個相反或差異性很大的事物。含有說話者主觀看法。

3136
□□□

よくあつ
【抑圧】

名・他サ 壓制，壓迫

類 抑える

例 抑圧された女性達の声を聞くのみならず、記事にした。

／不止聆聽遭到壓迫的女性們的心聲，還將之報導出來。

3137
□□□

よくしつ
【浴室】

名 浴室

例 浴室が隣にあるせいか、この部屋はいつも湿気っている。

／這個房間因為緊鄰浴室，濕氣總是很重。

3138 ☐☐☐
よくせい
【抑制】
名・他サ 抑制，制止

類 抑える
例 食事の量を制限して、肥満を抑制しようと試みた。
／嘗試以限制食量來控制體重。

3139 ☐☐☐
よくぶかい
【欲深い】
形 貪而無厭，貪心不足的樣子

例 あまりに欲深いゆえに、皆から敬遠されている。
／因為貪得無厭讓大家對他敬而遠之。

文法
(が)ゆえ(に)[因為…]
▶ 是表示原因、理由的文言說法。

3140 ☐☐☐
track 108
よくぼう
【欲望】
名 慾望；欲求

類 欲
例 奴は、全く欲望の塊だ。
／那是個貪得無厭的傢伙！

3141 ☐☐☐
よける
他下一 躲避；防備

例 木の下に入って雨をよける。
／到樹下躲雨。

3142 ☐☐☐
よげん
【予言】
名・他サ 預言，預告

類 予告
例 予言するそばから、現実に起こってしまった。
／剛預言就馬上應驗了。

文法
そばから [才剛…就…]
▶ 表示前項剛做完，其結果或效果馬上被後項抹殺或抵銷。

3143 ☐☐☐
よこく
【予告】
名・他サ 預告，事先通知

例 テストを予告する。
／預告考期。

3144 ☐☐☐

よこづな
【横綱】

名（相撲）冠軍選手繫在腰間標示身份的粗繩；（相撲冠軍選手稱號）橫綱；手屈一指

類 力士

例 ４連敗を限りに、彼は横綱を引退した。
／在慘遭連續四場敗仗之後，他退下了相撲橫綱之位。

文法
をかぎりに［從…之後
就不（沒）…］
▶ 表示在此之前一直持
續的事，從此以後不再
繼續下去。

3145 ☐☐☐

よごれ
【汚れ】

名 污穢，污物，骯髒之處

類 染み

例 あれほどの汚れが、嘘のようにきれいになった。
／不敢相信原本是那麼的骯髒不堪，竟然變得乾淨無比。

3146 ☐☐☐

よし
【由】

名（文）緣故，理由；方法手段；線索；（所講的事情的）內容，情況；（以「…のよし」的形式）聽說

類 理由

例 誰が爆発物を置いたか、今となっては知る由もない。
／事到如今，究竟是誰放置這個爆裂物，已經不得而知了。

3147 ☐☐☐

よし
【良し】

形（「よい」的文語形式）好，行，可以

例 仲良しだからといって、彼らのような付き合い方は疑問だ。
／即使他們的交情不錯，卻對那種相處方式感到不以為然。

3148 ☐☐☐

よしあし
【善し悪し】

名 善惡，好壞；有利有弊，善惡難明

類 優劣

例 財産で人の善し悪しを判断するとは、失礼極まりない。／竟然以財產多寡評斷一個人的善惡，實在至為失禮。

文法
とは［竟然會］
▶ 表示對看到或聽到的
事實（意料之外的），
感到吃驚或感慨的心情。

3149 ☐☐☐

よしん
【余震】

名 餘震

例 現地では、一夜明けた今も余震が続いている。
／現場整晚到黎明時分仍餘震不斷。

や

3150
□□□
よせあつめる
【寄せ集める】
他下一 收集，匯集，聚集，拼湊

例 素人を寄せ集めたチームだから、優勝なんて到底無理だ。
／畢竟是由外行人組成的隊伍，實在沒有獲勝的希望。

3151
□□□
よそのひと
【よその人】
名 旁人，閒雜人等

例 うちの子はまだ小さいので、よその人を見ると火がついたように泣き出す。／因為我家孩子還小，所以一看到陌生人就會大聲哭喊。

3152
□□□
よそみ
【余所見】
名・自サ 往旁處看；給他人看見的樣子

例 皆早く帰りたいと言わんばかりによそ見している。
／大家幾乎像歸心似箭般地，全都左顧右盼心不在焉。

文法
いわんばかり
[幾乎要說出]
▶ 表示實際雖然沒有說出，但態度給人這種感覺。

3153
□□□
よち
【余地】
名 空地；容地，餘地

類 裕り

例 こう理屈ずくめで責められては、弁解の余地もない。
／被這種滿口仁義道德的方式責備訓斥，連想辯解都無從反駁起。

文法
ずくめ [淨是…]
▶ 表示身邊全是這些東西、毫不例外的意思。另也表示事情接二連三地發生之意。

3154
□□□
よって
接續 因此，所以

類 そこで

例 展示会の会場が見つからない。よって、日時も未定だ。
／至今尚未訂到展覽會場，因此，展覽日期亦尚未確定。

3155
□□□
よっぽど
副 (俗) 很，頗，大量；在很大程度上；(以「よっぽど…ようと思った」形式)很想…，差一點就…

例 月5万もつぎ込むなんて、アニメよっぽど好きだね。
／每個月居然花高達五萬圓，想必真的非常喜歡動畫吧。

3156 □□□

よとう
【与党】

(名) 執政黨；志同道合的伙伴

例 選挙では、与党が優勢かと思いきや、意外な結果だった。

/原本以為執政黨在選舉中佔有絕對優勢，沒有想到開票結果卻出人意外。

文法

（か）とおもいきや
[原以為…沒想到]

▶ 表示按照一般情況推測，應該是前項結果，卻意外出現後項相反的結果。

3157 □□□

よびすて
【呼び捨て】

(名) 光叫姓名（不加「樣」、「さん」、「君」等敬稱）

例 人を呼び捨てにする。

/直呼別人的名（姓）。

3158 □□□

よびとめる
【呼び止める】

(他下一) 叫住

類 誘う

例 彼を呼び止めようと、大声を張り上げて叫んだ。

/為了要叫住他而大聲地呼喊。

3159 □□□

よふかし
【夜更かし】

(名・自サ) 熬夜

類 夜通し、徹夜

例 明日から出張だから、今日は夜更かしは止めるよ。

/明天起要出差幾天，所以至少今晚就不熬夜囉！

3160 □□□

よふけ
【夜更け】

(名) 深夜，深更半夜

反 昼　類 夜

例 夜更けともなれば、どんな小さな音も気になる。

/一旦到了深夜時分，再小的聲音也會令人在意。

文法

ともなれば
[要是…那就…]

▶ 表示如果發展到某程度，用常理來推斷，就會理所當然導向某種結論。

や

3161
□□□
よほど
【余程】

副 頗，很，相當，在很大程度上；很想…，差一點就…

類 かなり

例 余程のことがない限り、諦めないよ。

／除非逼不得已，絕不輕言放棄！

3162
□□□
よみあげる
【読み上げる】

他下一 朗讀；讀完

例 式で私の名が読み上げられた時は、光栄の極みだった。

／當我在典禮中被唱名時，實在光榮極了。

文法
のきわみ（だ）
［真是…極了］
▶ 形容事物達到了極高的程度。多用來表達説話者激動時的那種心情。

3163
□□□
よみとる
【読み取る】

自五 領會，讀懂，看明白，理解

例 真意を読み取る。／理解真正的涵意。

3164
□□□
より
【寄り】

名 偏，靠；聚會，集會

例 あの新聞は左派寄りのきらいがある。

／那家報社具有左派傾向。

文法
きらいがある［…傾向］
▶ 表示有某種不好的傾向。這種傾向從表面是看不出來的，它具有某種本質性的性質。

3165
□□□
よりかかる
【寄り掛かる】

自五 倚，靠；依賴，依靠

類 靠れる

例 ドアに寄り掛かったとたん、ドアが開いてひっくりかえった。

／才剛靠近門邊，門扉突然打開，害我翻倒在地。

3166
□□□
よりそう
【寄り添う】

自五 挨近，貼近，靠近

例 父を早くに亡くしてから、母と私は寄り添いながら生きてきた。

／父親早年過世了以後，母親和我從此相依為命。

3167 □□□

よろん・せろん
【世論・世論】

㊂ 輿論

㊝ 公論

㊑ 国民の為の制度変更であるからこそ、世論調査が必要だ。
こくみん ため せい ど へんこう せ ろんちょう さ ひつよう

／正由於是為了國民而更改制度，所以有必要進行輿論調查。

3168 □□□

よわる
【弱る】

㊀五 衰弱，軟弱；困窮，為難

㊝ 栄える ㊝ 衰弱

㊑ 犬が病気で弱ってしまい、餌さえ食べられない始末だ。
いぬ びょう き よわ えさ た しまつ

／小狗的身體因生病而變得衰弱，就連飼料也無法進食。

文法

しまつだ[（落到）…的結果]

▶ 經過一個壞的情況，最後落得更壞的結果。後句帶譴責意味，陳述竟發展到這種地步。

3169
□□□

Track **109**

らいじょう
【来場】

（名・自サ）到場，出席

例 小さな展覧会です。散歩がてら、ご来場ください。／只是一個小小的展覽會，如果出門散步的話，請不吝順道參觀。

文法

がてら［順便…］

▶ 表示做一個行為，有兩個目的。在做前面動作的同時，借機順便做了後面的動作。

3170
□□□

ライス
【rice】

（名）米飯

類 飯

例 ラーメンの後、残ったスープに半ライスを入れて食べるのが好きだ。／我喜歡在吃完拉麵以後，再加半碗飯拌著沒吃完的湯汁一起吃。

3171
□□□

ライバル
【rival】

（名）競爭對手；情敵

例 早稲田と慶應はライバルとされている。
／早稻田和慶應被認為是彼此競爭的兩所學校。

3172
□□□

らくのう
【酪農】

（名）（農）（飼養奶牛、奶羊生產乳製品的）酪農業

例 畑仕事なり、酪農なり、自然と触れ合う仕事がしたい。
／看是要做耕農，或是要當酪農，總之想要從事與大自然融為一體的工作。

文法

なり～なり
［或是…或是…］

▶ 表示從列舉的同類或相反的事物中，選擇其中一個。

3173
□□□

らち
【拉致】

（名・他サ）擄人劫持，強行帶走

例 社長が拉致される。／社長被綁架。

3174
□□□

らっか
【落下】

（名・自サ）下降，落下；從高處落下

類 落ちる

例 何日も続く大雨で、岩が落下しやすくなっている。
／由於連日豪雨，岩石容易崩落。

3175
□□□

らっかん
【楽観】

名・他サ 樂觀

例 熱は下がりましたが、まだ楽観できない状態です。
/雖然燒退了，但病況還不樂觀。

3176
□□□

ラフ
【rough】

形動 粗略，大致；粗糙，毛躁；輕毛紙；簡樸的
大花案

例 仕事ぶりがラフだ。/工作做得很粗糙。

3177
□□□

ランプ
【(荷・英) lamp】

名 燈，煤油燈；電燈

類 明かり

例 そのレストランは電灯を使わず、ランプでムードを出しています。
/那家餐廳不使用電燈，而是用煤油燈釀造出氣氛。

3178
□□□

らんよう
【濫用】

名・他サ 濫用，亂用

例 彼の行為は職権の濫用に当たらない。
/他的作為不算是濫用職權。

文法
に(は)あたらない
[不相當於…]
▶ 説話者對於某事評價較低，
表示「不相當於…」的意思。

り

3179
□□□
110

りくつ
【理屈】

名 理由，道理；(為堅持己見而捏造的) 歪理，
藉口

類 訳

例 お父さんの言うことがおかしいのに、女のくせに理屈っぽいっ
て逆に怒鳴られた。
/明明是爸爸說的話沒道理，反而被怒吼一句「女人家講什麼大道理啊！」

3180
□□□

りし
【利子】

名 (經) 利息，利錢

反 損害　類 利益

例 ヤミ金融なんて利用したら、法外な利子を取られるよ。
/要是去找地下錢莊借錢的話，會被索取驚人的利息喔！

3181 □□□
りじゅん
【利潤】
㊂ 利潤，紅利

㋑ 原料費の値上がりもあって、本年度の利潤はほぼゼロだ。
／不巧遇到原物料成本上漲，導致本年度的利潤趨近於零。

3182 □□□
リストラ
【restructuring之略】
㊂ 重建，改組，調整；裁員

㋑ リストラで首になった。／在裁員之中遭到解雇了。

3183 □□□
りせい
【理性】
㊂ 理性

㊫ 知性
㋑ 理性を失った被告の行動は、身勝手極まりない。
／被告在失去了理智後所採取的行動實在是太自私了！

3184 □□□
りそく
【利息】
㊂ 利息

㊁ 元金 ㊫ 金利
㋑ 利息がつくとはいえ、大した額にはならない。
／雖說有付利息，但並非什麼了不起的金額。

文法
とはいえ [雖然…但是…]
▶ 表示逆接轉折。先肯定那事雖然是那樣，但是實際上卻是後項的結果。

3185 □□□
りったい
【立体】
㊂（數）立體

㊁ 平面
㋑ 画面を立体的に見せるべく、様々な技術を応用
した。／運用了各式各樣的技術使得畫面呈現立體效果。

文法
べく [為了…而…]
▶ 表示意志，目的。帶著某種目的，來做後項。

3186 □□□
リップサービス
【lip service】
㊂ 口惠，口頭上說好聽的話

㋑ リップサービスが上手だ。／擅於說好聽的話。

3187 □□□
りっぽう
【立方】
㊂（數）立方

㋑ 1リットルは 1,000 立方センチメートルだ。／一公升是一千立方公分。

讀書計劃：□□／□□

3188 □□□

りっぽう
【立法】

② 立法

^{りっぽう き かん} ^{こくみん せいかつ まも}
例 立法機関なくして、国民の生活は守れない。

/沒有立法機關就無法保障國民的生活。

文法

なくして(は)～ない
[如果沒有…就不…]

▶ 表示假定的條件。表示如果沒有前項，後項的事情會很難實現。

3189 □□□

りてん
【利点】

② 優點，長處

反 短所　類 長所

^{た しゃ しょうひん くら} ^{りてん}
例 それは他社の商品と比べてどんな利点がありますか。

/那和其他公司的產品做比較，有什麼樣的優點嗎？

3190 □□□

リハビリ
【rehabilitation 之略】

② （為使身障人士與長期休養者能回到正常生活與工作能力的）醫療照護，心理指導，職業訓練

^{かれ いま ちゅう}
例 彼は今リハビリ中だ。／他現在正復健中。

3191 □□□

111

りゃくご
【略語】

② 略語；簡語

^{か ちょう よこ も じ りゃくご なら た}
例 課長ときたら、横文字の略語を並べ立てて
^{とく い まい}
得意になっているんだから参るよ。

/說到課長呀，總喜歡講一堆英文縮寫而且得意洋洋，實在受不了。

文法

ときたら [說到…來]

▶ 表示提起話題，說話者帶譴責和不滿的情緒，對話題中的人或事進行批評。

3192 □□□

りゃくだつ
【略奪】

②・他サ 掠奪，搶奪，搶劫

反 与える　類 奪う

^{かくめいぐん みんしゅう くる ざいさん りゃく}
例 革命軍は、民衆の苦しみをよそに、財産を略
^{だつ}
奪した。

/革命軍不顧民眾的疾苦，掠奪了他們的財產。

文法

をよそに [不管…]

▶ 表示無視前面的狀況，進行後項的行為。

3193 □□□

りゅうこう
【流行】

② 流行

^{りゅうこう お}
例 流行を追う。／趕流行。

3194 □□□
りゅうつう
【流通】
(名・自サ)（貨幣、商品的）流通，物流

例 商品の汚染が明らかになれば、流通停止を余儀なくさせられる。
／如果證明商品確實受到汙染，只能停止銷售。

文法
をよぎなくさせる
[只得…]
▶ 表示情況已經到了沒有選擇的餘地，必須那麼做。

3195 □□□
りょういき
【領域】
(名) 領域，範圍

例 各自が専門の領域で知恵を振り絞り、ついに成功した。
／每個人都在擅長的領域裡絞盡腦汁，終於成功了。

3196 □□□
りょうかい
【了解】
(名・他サ) 了解，理解；領會，明白；諒解

(類) 納得

例 何度もお願いしたあげく、やっと了解していただけた。
／在多次請託之下，總算得到同意了。

3197 □□□
りょうかい
【領海】
(名)（法）領海

(反) 公海

例 領海の問題について、学生なりに考えて意見を発表する。
／有關領海問題，就學生的意見予以陳述。

文法
なりに [那般…（的）]
▶ 根據話題中人的經驗及能力所及範圍，承認前項有所不足，做後項與之相符的行為。

3198 □□□
りょうきょく
【両極】
(名) 兩極，南北極，陰陽極；兩端，兩個極端

例 育児休暇の議題に至っては、意見が両極に分かれた。
／有關育嬰假的議題，意見極為分歧。

文法
にいたって（は）
[到…階段（才）]
▶ 表示到達某個極端的狀態。
▶ 近まぎわに（は）[臨近]
▶ 近を～にひかえて [臨近]

3199
□□□
りょうこう
【良好】
（名・形動）良好，優秀

例 手術後の治療の経過は良好といったところ
です。
／做完手術後的治療過程可說是令人滿意。

文法
といったところだ
[可說…差不多]
▶ 説明在某階段的大致
情況或程度。

3200
□□□
りょうしき
【良識】
（名）正確的見識，健全的判斷力

例 あんな良識がない人とは、付き合わないでおこう。
／那種沒有良知的人，還是不要和他來往吧。

3201
□□□
りょうしつ
【良質】
（名・形動）質量良好，上等

例 健康のことを考えるなら、良質の油を用いるべきです。
／要是考慮到健康，就應當使用優質的油品。

3202
□□□
りょうしゅうしょ
【領収書】
（名）收據

例 取引先との会食は、領収書をもらっておけば経費になる。
／請客戶吃飯的話，只要拿收據就可以請款。

3203
□□□
りょうしょう
【了承】
（名・他サ）知道，曉得，諒解，體察

反 断る 類 受け入れる
例 価格いかんによっては、取り引きは了承しか
ねる。
／交易與否將視價格決定。

文法
いかんによって（は）
[要看…如何]
▶ 表示依據。根據前面
的狀況，來判斷後面的
可能性。

3204
□□□
りょうしん
【良心】
（名）良心

類 真心
例 彼女の為といえども、嘘をつくのは、良心
が痛む。
／儘管是為了她設想才說謊，畢竟良心實在不安。

文法
といえども
[儘管…還是…]
▶ 表示逆接轉折。先承
認前項是事實，但後項
並不因此而成立。

3205 りょうち 【領地】
□□□

名 領土；（封建主的）領土，領地

例 領主たる者、領地を守れないようでは尊敬に値しない。

／身為領主，若無法保衛領地就不值得尊敬。

文法

たる(もの)[作為…的…]

▶ 前接高評價事物人等，表示照社會上的常識來看，應該有合乎這種身分的影響或做法。

3206 りょうど 【領土】
□□□

名 領土

類 領国

例 彼は、領土の話題になると、興奮しすぎるきらいがある。

／他只要一談到有關領土的話題，就有些異常激動。

文法

きらいがある[有些…]

▶ 表示有某種不好的傾向。這種傾向從表面是看不出來的，它具有某種本質性的性質。

3207 りょうりつ 【両立】
□□□

名・自サ 兩立，並存

例 プレッシャーにたえながら、家庭と仕事を両立している。

／在承受壓力下，兼顧家庭與事業。

文法

にたえる[經得起…]

▶ 可以忍受心中的不快或壓迫感，不屈服忍耐下去的意思。

3208 りょきゃく・りょかく 【旅客】
□□□

名 旅客，乘客

例 消費税の増税に伴い、旅客運賃も値上げせざるを得ない。

／隨著消費稅的增加，車票也不得不漲價了。

3209 りょけん 【旅券】
□□□

名 護照

類 パスポート

例 日本国の旅券の表紙には菊がデザインされている。

／日本國的護照封面上有菊花圖樣的設計。

3210 □□□

りりしい
【凛凛しい】

㊙ 凜凜，威嚴可敬

⑩ 息子の卒業式で、りりしい姿につい目がうるんでしまった。
／在兒子的畢業典禮上看到他英姿煥發的模樣，不禁眼眶泛淚了。

3211 □□□

りれき
【履歴】

㊂ 履歷，經歷

⑩ 閲覧履歴を消去しておく。／刪除瀏覽紀錄。

3212 □□□

りろん
【理論】

㊂ 理論

㊁ 実践　㊪ 論理
⑩ 彼の理論は筋が通っていない。／他的理論根本說不通。

3213 □□□

りんぎょう
【林業】

㊂ 林業

⑩ 今さら父の林業を継いだところで、儲かりはしない。
／事到如今才要繼承父親的林業，已經不可能有利潤。

る

3214 □□□
(112)

るい
【類】

㊂·接尾·漢造 種類，類型，同類；類似

㊪ 種類
⑩ 前回と同類のイベントなら、協力しないものでもない。
／如果是與上次類似性質的活動，要幫忙也不是不行。

> **文法**
> ないものでもない
> [也並非不⋯]
> ▶ 表示依後續周圍的情勢發展，有可能會變成那樣、可以那樣做的意思。

3215 □□□

るいじ
【類似】

㊂·自サ 類似，相似

㊪ 似ている
⑩ N1ともなれば、類似した単語も使い分けられるようにしたい。
／既然到了N1級，希望連相似的語詞也知道如何區分使用。

> **文法**
> ともなれば
> [要是⋯那就⋯]
> ▶ 表示如果發展到某程度，用常理來推斷，就會理所當然導向某種結論。

3216 □□□
るいすい
【類推】
名・他サ 類推；類比推理

類 推し量る

例 人に尋ねなくても、過去の例から類推できる。
／就算不用問人，由過去的例子也能夠類推得出結果。

3217 □□□
ルーズ
【loose】
名・形動 鬆懈，鬆弛，散漫，吊兒郎當

反 丁寧 類 いい加減

例 時間にルーズなところは直した方がいいですよ。
／我勸你改掉沒有時間觀念的壞習慣。

れ

3218 □□□
track 113
れいこく
【冷酷】
名・形動 冷酷無情

類 むごい

例 上司の冷酷さにたえられず、今日を限りに退職する。
／再也忍受不了主管的冷酷，今天是上班的最後一天。

文法
にたえられない
[經不起…]
► 無法忍受心中的不快或壓迫感，無法忍耐下去的意思。

をかぎりに
[從…之後就不（沒）…]
► 表示在此之前一直持續的事，從此以後不再繼續下去。

3219 □□□
れいぞう
【冷蔵】
名・他サ 冷藏，冷凍

例 買った野菜を全部冷蔵するには、冷蔵庫が小さすぎる。
／假如要將買回來的所有蔬菜都冷藏保存的話，這台冰箱實在太小了。

3220 □□□
れいたん
【冷淡】
名・形動 冷淡，冷漠，不熱心；不熱情，不親熱

反 親切 類 不親切

例 彼があんな冷淡なことを言うとは、とても信じられない。／實在不敢讓人相信，他竟會說出那麼冷淡無情的話。

文法
とは [竟然]
► 表示對看到或聽到的事實（意料之外的），感到吃驚或感慨的心情。

Japanese-Language Proficiency Test
N1

3221
☐☐☐

レース
【lace】

⊛ 花邊，蕾絲

例 レース使いが可愛い。／蕾絲花邊很可愛。

3222
☐☐☐

レース
【race】

⊛ 速度比賽，競速（賽車、游泳、遊艇及車輛比賽等）；競賽；競選

類 試合

例 兄はソファーに座るなり、レースに出場すると言った。
／家兄才一屁股坐在沙發上，就開口說他要參加賽車。

文法
なり［剛…就立刻…］
▶ 表示前項剛一完成，後項就緊接著發生。後項動作一般是預料之外、突發性的。

3223
☐☐☐

レギュラー
【regular】

⊛·造語 正式成員；正規兵；正規的，正式的；有規律的

例 レギュラーメンバーともなれば、いつでも試合に出られる準備をしておかなければならない。
／如果當上了正式選手，就必須保持隨時可出賽的體能狀態。

文法
ともなれば
［要是…那就…］
▶ 表示如果發展到某程度，用常理來推斷，就會理所當然導向某種結論。

3224
☐☐☐

レッスン
【lesson】

⊛ 一課；課程，課業；學習

類 練習

例 教授のレッスンを受けられるとは、光栄の至りです。
／竟然能夠在教授的課堂上聽講，真是深感光榮。

文法
とは［竟然］
▶ 表示對看到或聽到的事實（意料之外的），感到吃驚或感慨的心情。

のいたり（だ）
［真是…到了極點］
▶ 表示一種強烈的情感，達到最高的狀態。

3225
☐☐☐

レディー
【lady】

⊛ 貴婦人；淑女；婦女

類 淑女

例 窓から部屋に入るなんて、レディーにあるまじき行為だ。／居然從窗戶爬進房間裡，實在不是淑女應有的舉止行為。

文法
まじき（名詞）
［不該有（的）…］
▶ 前接指責的對象，指責話題中人物的行為，不符其身份、資格或立場。

ら

練習

3226 □□□
れんあい
【恋愛】
名・自サ　戀愛

例 恋愛について彼は本当に鈍感きわまりない。
／在戀愛方面他真的遲鈍到不行。

文法 きわまりない [極其…]
▶ 形容某事物達極限，再也沒有比這更極致。説話者帶個人感情色彩的説法。

3227 □□□
れんきゅう
【連休】
名　連假

例 連休中は、あいにくの天気にもかかわらず、たくさんの観光客が訪れた。／在連續假日期間儘管天氣不佳，依然有許多觀光客造訪了。

3228 □□□
レンジ
【range】
名　微波爐（「電子レンジ」之略稱）；範圍；射程；有效距離

例 レンジを買ったとはいえ、毎日料理をするわけではない。
／即使買了微波爐，也沒有辦法每天烹煮三餐。

文法
とはいえ [雖然…但是…]
▶ 表示逆接轉折。先肯定那事雖然是那樣，但是實際上卻是後項的結果。

3229 □□□
れんじつ
【連日】
名　連日，接連幾天

例 家族の為を思えばこそ、連日残業して頑張るのです。／正因為心裡想著是為了家人奮鬥，才有辦法接連好幾天都努力加班。

文法
ばこそ [正因為…]
▶ 強調最根本的理由。正因這原因，才有後項結果。

3230 □□□
れんたい
【連帯】
名・自サ　團結，協同合作；（法）連帶，共同負責

例 会社の信用にかかわる損失は、連帯で責任を負わせる。
／牽涉到公司信用的相關損失，必會使之負起連帶責任。

3231 □□□
レンタカー
【rent-a-car】
名　出租汽車

例 たとえレンタカーであれ、車を運転できるならそれだけで嬉しい。
／即使只是租來的車子，只要能夠坐上駕駛座，開車就令人夠開心了。

文法
であれ [即使是…也…]
▶ 前面接雖處在某逆境，後接滿足的表現，表示雖然不盡完美卻甘之如飴。

讀書計劃：
□□／
□□

3232 □□□
れんちゅう
【連中】
(名) 伙伴，一群人，同夥；(演藝團體的) 成員們

例 あの連中ときたら、いつも騒いでばかりいる。
／提起那群傢伙啊，總是喧鬧不休。

文法
ときたら[說到…來]
▶ 表示提起話題，說話者帶譴責和不滿的情緒，對話題中的人或事進行批評。

3233 □□□
レントゲン
【roentgen】
(名) X光線

例 彼女は涙ながらにレントゲン検査の結果を話した。
／她眼中噙著淚水，說出了放射線檢查的結果。

文法
ながらに[邊…邊…]
▶ 表示做某動作的狀態或情景。為「在A的狀況之下做B」的意思。

3234 □□□
れんぽう
【連邦】
(名) 聯邦，聯合國家

例 連邦国家の将来について、私たちなりに研究した。
／我們研究了關於聯邦國家的未來發展。

文法
なりに[那般…(的)]
▶ 根據話題中人的經驗及能力所及範圍，承認前項有所不足，做後項與之相符的行為。

3235 □□□
れんめい
【連盟】
(名) 聯盟；聯合會

(類) 提携

例 水泳連盟の将来の発展を願ってやまない。
／熱切期盼游泳聯盟的未來發展平安順遂。

文法
てやまない[一直…]
▶ 接在感情動詞後面，表示發自內心的感情，且那種感情一直持續著。

ろ

3236 □□□

ろうすい
【老衰】
(名・自サ) 衰老

例 祖父は、苦しむことなしに、老衰でこの世を去った。／先祖父在沒有受到折磨的情況下，因衰老而壽終正寢了。

文法
ことなしに[不…而…]
▶ 表示沒有做前項的話，後面就沒辦法做到的意思。

ら

3237 □□□ ろうどく 【朗読】
名・他サ 朗讀，朗誦

反 書く　類 読む

例 朗読は、話す速度や声の調子いかんで、印象が変わる。／朗讀時，會因為讀頌的速度與聲調不同，給人不一樣的感覺。

文法
いかんで(は)[根據…不同…]
▶ 表示依據。根據前面狀況來進行後面，變化視前面情況而定。

3238 □□□ ろうひ 【浪費】
名・他サ 浪費；糟蹋

反 蓄える　類 無駄遣い

例 部長に逆らうのは時間の浪費だ。／違抗經理的指令只是浪費時間而已。

3239 □□□ ろうりょく 【労力】
名（經）勞動力，勞力；費力，出力

類 努力

例 日本のみならず、世界全体が、安い労力を求めている。／不只日本，全世界都在尋找廉價勞力。

3240 □□□ ロープ 【rope】
名 繩索，纜繩

類 綱

例 作業員は、荷物を積むや否や、ロープできつく縛った。／作業員才將貨物堆好，立刻以繩索緊緊捆縛住。

文法
やいなや[剛…就…]
▶ 表示前一個動作才剛做完，甚至還沒做完，就馬上引起後項的動作。

3241 □□□ ロープウェー 【ropeway】
名 空中纜車，登山纜車

類 電車

例 ロープウェーは、完成するなり故障してしまった。／空中纜車才剛竣工旋即發生了故障。

文法
なり[剛…就立刻…]
▶ 表示前項剛一完成，後項就緊接著發生。後項動作一般是預料之外、突發性的。

3242
□□□

ろく

名・形動・副（物體的形狀）端正，平正；正常，普通；像樣的，令人滿意的；好的；正經的，好好的，認真的；（下接否定）很好地，令人滿意地，正經地

例 祖母は、貧しさ故に、ろくな教育も受けられなかった。

／祖母由於家境貧困，未曾受到良好的教育。

文法

(が)ゆえ(に)[因為…]

▶ 是表示原因、理由的文言説法。

3243
□□□

ろこつ【露骨】

名・形動 露骨，坦率，明顯；毫不客氣，毫無顧忌；赤裸裸

類 明らさま

例 頼まれて露骨に嫌な顔をするとは、失礼極まりない。／聽到別人有事拜託，卻毫不客氣地顯露厭煩之色，是非常沒有禮貌的舉動。

文法

とは [竟然會]

▶ 表示對看到或聽到的事實（意料之外的），感到吃驚或感慨的心情。

3244
□□□

ロマンチック【romantic】

形動 浪漫的，傳奇的，風流的，神祕的

例 ライトと音楽があいまって、ロマンチックな雰囲気があふれている。

／燈光再加上音樂，瀰漫著羅曼蒂克的氣氛。

文法

と～(と)があいまって[加上…]

▶ 表示某一事物，再加上前項這一特別的事物，產生了更加有力的效果之意。

3245
□□□

ろんぎ【論議】

名・他サ 議論，討論，辯論，爭論

類 討論

例 君なしでは、論議は進められない。ぜひ参加してくれ。

／倘若沒有你在場，就無法更進一步地討論，務請出席。

文法

なしでは～ない[沒有…就不能…]

▶ 表示前項是不可或缺的，少了前項就不能進行後項的動作。

3246
□□□

ろんり【論理】

名 邏輯；道理，規律；情理

類 演繹

例 この論理は論じるに足るものだろうか。

／這種邏輯值得拿出來討論嗎？

文法

にたる [足以…]

▶ 表示很有必要做前項的價值，那樣做很恰當。

3247
□□□

わく
【枠】

115

③ 框；（書的）邊線；範圍，界線，框線

例 作家たる者、自分の枠を突破して作品を生み出すべきだ。
／身為作家，必須突破自我的桎梏，創造出以生命蘸寫的作品。

3248
□□□

わくせい
【惑星】

③ （天）行星；前途不可限量的人

例 冥王星は天体といえども、惑星には属さない。
／冥王星雖是天體星球，卻不屬於行星。

文法
といえども [雖然…卻…]
▶ 表示逆接轉折。先承認前項是事實，但後項並不因此而成立。

3249
□□□

わざ
【技】

③ 技術，技能；本領，手藝；（柔道、劍術、拳擊、摔角等）招數

類 技術

例 こちらの工房では、名匠の熟練の技が見学できる。
／在這個工坊裡可以觀摩知名工匠純熟的技藝。

3250
□□□

わざわざ

副 特意，特地；故意地

類 故意

例 雨の中をわざわざお越しくださり、どうもありがとうございました。
／承蒙大雨之中特地移駕至此，謹致十二萬分由衷謝誠。

3251
□□□

わしき
【和式】

③ 日本式

補 和式トイレ：蹲式廁所。

例 外出先では洋式より和式のトイレがよいという人が多い。
／在外面，有很多人比較喜歡用蹲式廁所而不是坐式廁所。

3252
□□□

わずらわしい
【煩わしい】

形 複雜紛亂，非常麻煩；繁雜，繁複

類 面倒臭い

例 さっきから蚊が飛んでいる。煩わしいったらありゃしない。／蚊子從剛才就一直飛來飛去，實在煩死人了！

文法
ったらありゃしない
[…極了]
▶ 表示程度非常高，高到難以言喻。

わたりどり
【渡り鳥】

名 候鳥；到處奔走謀生的人

例 渡り鳥が見られるのは、この季節ならでは
です。
／只在這個季節才能看到候鳥。

文法

ならでは
[正因為…才有（的）…]
▶ 表示如果不是前項，就
沒後項，正因為是這人事
物才會這麼好。是高評價
的表現方式。

ワット
【watt】

名 瓦特，瓦（電力單位）

例 息子ときたら、ワット数を間違えて電球を買っ
て来たよ。
／我那個兒子真是的，竟然弄錯瓦特數，買錯電燈泡了。

文法

ときたら［說到…來］
▶ 表示提起話題，說話者
帶譴責和不滿的情緒，對
話題中的人或事進行批評。

わふう
【和風】

名 日式風格，日本風俗；和風，微風

例 醤油や明太子などの和風パスタが好きだ。
／我喜歡醬油或鱈魚子等口味的日式義大利麵。

わぶん
【和文】

名 日語文章，日文

反 洋風 類 和式

例 昔、和文タイプライターは貴重な事務用品だった。
／過去，日文打字機曾是貴重的事務用品。

わら
【藁】

名 稻草，麥桿

例 畳や草履以外に、藁で布団まで作れるとは。
／稻草除了可以用來編織成榻榻米以及草鞋之外，沒
有想到甚至還可以製成被褥！

文法

とは［竟然］
▶ 表示對看到或聽到的事
實（意料之外的），感到
吃驚或感慨的心情。

あ
か
さ
た
な
は
ま
や
ら

わ

練習

3258 □□□
わりあてる
【割り当てる】
（名）分配，分擔，分配額；分派，分擔（的任務）

（例）費用を等分に割り当てる。
／費用均等分配。

3259 □□□
わるいけど
【悪いけど】
（慣）不好意思，但…，抱歉，但是…

（例）悪いけど、金貸して。
／不好意思，借錢給我。

3260 □□□
わるもの
【悪者】
（名）壞人，壞傢伙，惡棍

（類）悪人

（例）悪いのはあやちゃんなのに、私が悪者扱いされた。
／錯的明明是小綾，結果我卻被當成了壞人！

3261 □□□
われ
【我】
（名・代）自我，自己，本身；我，吾，我方

（反）あなた （類）私

（例）娘に悪気はなかったのに、我を忘れて疑ってしまった。
／其實沒有生女兒的氣，卻發瘋似地質疑她。

3262 □□□
ワンパターン
【（和）one + pattern】
（名・形動）一成不變，同樣的

（例）この作家の小説はワンパターンだから、もう読まなくていいや。
／這位作家的小說總是同一種套路，不用再看也罷。

N1
T E S T

JLPT

＊以「國際交流基金日本國際教育支援協會」的「新しい『日本語能力試驗』ガイド
ブック」為基準的三回「文字・語彙 模擬考題」。

問題1　漢字讀音問題 應試訣竅

　　這道題型要考的是漢字讀音問題，出題形式改變了一些，但考點是一樣的。問題預估為6題。

　　漢字讀音分音讀跟訓讀，預估音讀跟訓讀將各佔一半的分數。音讀中要注意的有濁音、長短音、促音、撥音…等問題。而日語固有讀法的訓讀中，也要注意特殊的讀音單字。當然，發音上有特殊變化的單字，出現比率也不低。我們歸納分析一下：

1.音讀：接近國語發音的音讀方法。如，「花」唸成「か」、「犬」唸成「けん」。

2.訓讀：日本原來就有的發音。如，「花」唸成「はな」、「犬」唸成「いぬ」。

3.熟語：由兩個以上的漢字組成的單字。如：練習、切手、每朝、見本等。其中還包括日本特殊的固定讀法，就是所謂的「熟字訓読み」。如，「小豆」（あずき）、「土産」（みやげ）、「海苔」（のり）等。

4.發音上的變化：字跟字結合時，產生發音上變化的單字。如：春雨（はるさめ）、反応（はんのう）、酒屋（さかや）等。

問題1 ＿＿＿＿の言葉の読み方として最もよいものを、1・2・3・4から一つ選びなさい。

1 やっと待望の初雪が降り始めた。
　　1　はつせつ　　　　2　はつゆき　　　3　しょせつ　　　4　しょゆき

2 人為的な抽選ではなく、機械によって無作為に当選者が選ばれます。
　　1　なさくい　　　　2　むさい　　　　3　むさくい　　　4　うさくい

3 医者は１００％完治できると断言するが、きつい薬なので副作用がでるだろう。
　　1　ふくさくよう　　2　ふくさっよう　3　ふくさよう　　4　ふっさよう

4 ひどいアレルギー体質なので、金属や植物にもすぐ気触れます。
　　1　きふれ　　　　　2　かふれ　　　　3　きぶれ　　　　4　かぶれ

5 ローン地獄の悪循環からなんとかして脱出したい。
　　1　じゅかん　　　　2　じゅんかん　　3　しゅかん　　　4　しゅんかん

6 お餅を喉に詰まらせて危うく窒息しかけたが、応急措置のおかげで助かった。
　　1　のまらせて　　　2　きまらせて　　3　とまらせて　　4　つまらせて

問題2　選擇符合文脈的詞彙問題 應試訣竅

　　這道題型要考的是選擇符合文脈的詞彙問題。這是延續舊制的出題方式，問題預估為7題。

　　這道題主要測試考生是否能正確把握詞義，如類義詞的區別運用能力，及能否掌握日語的獨特用法或固定搭配等等。預測名詞、動詞、形容詞、副詞的出題數都有一定的配分。另外，外來語也估計會出一題，要多注意。

　　由於我們的國字跟日本的漢字之間，同形同義字占有相當的比率，這是我們得天獨厚的地方。但相對的也存在不少的同形不同義的字，這時候就要注意，不要太拘泥於國字的含義，而混淆詞義。應該多從像「自覚が足りない」（覺悟不夠）、「絶対安静」（得多靜養）、「口が堅い」（口風很緊）等日語固定的搭配，或獨特的用法來做練習才是。這樣才能加深對詞義的理解、觸類旁通、豐富詞彙量的目的。

問題2 （　　　）に入れるのに最も適切なものを、１・２・３・４から一つ選びなさい

7 同問題については、科学的（　　　）から、以下の説明をすることができます。
1 見解　　　　　　2 視野　　　　　　3 論調　　　　　　4 見地

8 （　　　）な時に限って、パソコンがフリーズしてしまい、仕事にならない。
1 重心　　　　　　2 肝心　　　　　　3 要心　　　　　　4 感心

9 今年は心機一転、一から（　　　）します。
1 やりかけ　　　　2 出直　　　　　　3 出所　　　　　　4 出始め

10 非常に早い（　　　）で、お店ができては消えていきます。
1 レギュラー　　　2 マーク　　　　　3 ロープ　　　　　4 サイクル

11 財布が（　　　）ので、ポイントカードは作らないようにしています。
1 かたまる　　　　2 からまる　　　　3 かさばる　　　　4 かくまる

12 来年のコンサートには、世界の（　　　）高いアーティストが集結するらしい。
1 姓　　　　　　　2 名　　　　　　　3 芸　　　　　　　4 術

13 他の人から聞いた意見を、彼は（　　　）自分で考えたかのように話す。
1 だったら　　　　2 てんで　　　　　3 さも　　　　　　4 ただ

問題3　替換同義詞 應試訣竅

> 這道題型要考的是替換同義詞的問題，這是延續舊制的出題方式，問題預估為6題。
>
> 這道題的題目會給一個較難的詞彙，請考生從四個選項中，選出意思相近的詞彙來。選項中的詞彙一般比較簡單。也就是把難度較高的詞彙，改成較簡單的詞彙。
>
> 預測名詞、動詞、形容詞、副詞的出題數都有一定的配分。另外，外來語估計也會出一題，要多注意。
>
> 針對這道題，準備的方式是，將詞義相近的字一起記起來。這樣，透過聯想記憶來豐富詞彙量，並提高答題速度。

問題3 ＿＿＿＿＿の言葉に意味が近いものを、1・2・3・4から一つ選びなさい。

14 こちらは地元で捕れたウニやイクラをふんだんに使った特製ちらし寿司です。

1　やけに　　　　　2　もろに　　　　　3　たくさん　　　　4　もっぱら

15 イノシシはおっかない顔をしているけど、実は気が小さいんだって。

1　すばしこい　　　2　しぶとい　　　　3　こわい　　　　　4　そっけない

16 誰もが気兼ねなく発言できる雰囲気でなければ、会議する意味がありません。

1　不服なく　　　　2　もったいなく　　3　まぎれなく　　　4　遠慮なく

17 「美紀ちゃん、ほらほら。おんぶしてあげるから、もう泣かないの。」

1　だっこして　　　　　　　　　　　2　せおって

3　のせて　　　　　　　　　　　　　4　良い子良い子して

18 記念祝賀会は伝統にのっとり、おごそかに執り行われました。

1　堂々と　　　　　2　盛大に　　　　　3　無事に　　　　　4　厳粛に

19 あまりに仕事が忙しく、長年にわたり家庭を顧みなかった結果、妻に離婚を迫られた。

1　気にかけなかった　　　　　　　　2　帰らなかった

3　無視した　　　　　　　　　　　　4　忘れた

問題4 判斷語彙正確的用法 應試訣竅

這道題型要考的是判斷語彙正確用法的問題，這是延續舊制的出題方式，問題預估為6題。

詞彙在句子中怎樣使用才是正確的，是這道題主要的考點。預測名詞、動詞、形容詞、副詞的出題數都有一定的配分。名詞以2個漢字組成的詞彙為主，動詞有漢字跟純粹假名的，副詞就舊制的出題形式來看，也有一定的比重。

針對這一題型，該怎麼準備呢？方法是，平常背詞彙的時候，多看例句，多唸幾遍例句，最好是把單字跟例句一起背。這樣，透過仔細觀察單字在句中的用法與搭配的形容詞、動詞、副詞…等，可以有效增加自己的「日語語感」。而該詞彙是否適合在該句子出現，很容易就能感覺出來了。

問題4　次の言葉の使い方として最もよいものを、１・２・３・４から一つ選びなさい。

20 感触

1 先方の反応も好感触だったので、近日中に話がまとまるでしょう。

2 伊藤さんの話に感触されて、私も料理教室に通い始めました。

3 ちょっと壁に感触しただけなので、大した怪我もなかったです。

4 秋になってから、おじいちゃんは一人感触にふけることが増えた。

21 生やす

1 最近は髭を生やしている若者が多いそうですね。

2 温度設定が高かったせいか、冷蔵庫に入れておいたのに食パンにカビが生やした。

3 頂いたお花を玄関に生やしてみたけど、どう？

4 １歳を過ぎて、やっと歯が生やしてきた。

22 尚更

1 終わったことなんだから、尚更騒いでも仕方ない。

2 もともと好きだけど、暑くなると尚更おいしく感じる。

3 尚更、詳細については後ほど伊藤から報告いたします。

4 母の言葉は１０年たっても尚更心に残っています。

23 一息

1 職場まではほんの一息なので、徒歩で十分です。

2 ベッドに横になったと思ったら、一息に眠りに落ちてしまった。

3 ビールの一息飲みは危ないので、絶対しないでよ。

4 区切りの良いところで、一息入れてコーヒーでも飲みましょう。

24 はたく

1 大金をはたいて手に入れた乗用車なので、大切に扱っている。

2 この子はお尻をはたいてやらないと、いつまでもテレビゲームばかりしている。

3 もう新しい手をはたいてあるから、心配しなくていいよ。

4 これは５年もの月日をはたいて開発したロボットです。

25 延べ

1 １週間の出費を延べすると、毎週だいたい２万円ぐらいです。

2 ３日間のイベントに延べ３万人のファンが駆けつけた。

3 今年は延べ、北海道旅行より沖縄旅行が人気だったそうです。

4 あっという間に１０年延べが過ぎましたが、情景は鮮やかに覚えています。

問題 1　＿＿＿＿の言葉の読み方として最もよいものを、1・2・3・4から一つ選びなさい。

1 濡れた布巾で拭いた方が汚れがよく落ちる。
1　むれた　　　　2　もれた　　　　3　ねれた　　　　4　ぬれた

2 掃除をさぼった罰として、校庭を五周走った。
1　つみ　　　　　2　ばつ　　　　　3　つぐない　　　4　わび

3 これまでに蓄積した技術を現場で実践していくまでだ。
1　ちくせき　　　2　ちょくせき　　3　るいせき　　　4　じっせき

4 灌漑設備が整ったお陰で、水害が大幅に減少した。
1　がんかい　　　2　かんがん　　　3　がんかん　　　4　かんがい

5 初めて観測隊が南極に到達したのは、50年前の今日です。
1　たったつ　　　2　とうちゃく　　3　とうた　　　　4　とうたつ

6 北東には丘陵地帯が連なっており、山の頂上からは街が一望できます。
1　おかりょう　　　　　　　　　　2　きゅうりょう
3　きゅっりょう　　　　　　　　　4　きゅりょう

練習

問題 2　（　　　）に入れるのに最もよいものを、１・２・３・４から一つ
　　　　選びなさい。

7　頭が（　　　）いるうちに、勉強をやってしまおう。
　１　肥えて　　　　　　２　添えて　　　　　３　萎えて　　　　４　冴えて

8　お客さまからの（　　　）をお預かりしています。
　１　言付け　　　　　　２　言い付け　　　　３　言い伝え　　　４　遺言

9　公認会計士の平均年収ですが、800万円（　　　）となっています。
　１　高　　　　　　　　２　弱　　　　　　　３　安　　　　　　４　若干

10　読まなくなった書籍を小学校の図書館に（　　　）しようと思う。
　１　贈送　　　　　　　２　贈呈　　　　　　３　寄託　　　　　４　寄贈

11　音楽の（　　　）っていくつぐらいに分けられるのですか。
　１　エンジン　　　　　２　アクセル　　　　３　シック　　　　４　ジャンル

12　イギリスへ留学することは（　　　）より決めていた。
　１　いまだ　　　　　　２　あらかじめ　　　３　かこ　　　　　４　かねて

13　伊藤さんの家にお邪魔すると、いつも奥さん手作りの料理で（　　　）くださ
　　　います。
　１　かまって　　　　　２　もてなし　　　　３　招待して　　・4　接客して

問題3 _____の言葉に意味が近いものを、1・2・3・4から一つ選びなさい。

14 ミルクもあげたし、オムツも換えたのにまだ泣きやみません。お手上げです。
1　どうしようもない　　　　　2　おっかない
3　かなわない　　　　　　　　4　うっとうしい

15 今日こそ彼女に僕の思いを打ち明けるつもりです。
1　相談する　　　2　告白する　　　3　話し合う　　　4　討論する

16 目標に向かって一心に努力する彼の姿に、大いに刺激されました。
1　無心に　　　　2　健全に　　　　3　心おきなく　　4　一生懸命に

17 噂で聞いたところによると、彼はあくどい手法でお金を儲けているそうです。
1　うまい　　　　2　汚い　　　　　3　しつこい　　　4　こっけい

18 耳も聞こえないお年寄りからお金をだまし取るなんて、あまりにも浅ましい。
1　下劣だ　　　　2　浅はかだ　　　3　貧乏くさい　　4　卑しい

19 朝、駅前に自転車を無断で駐車したら、駅長に厳しく注意された。
1　継続的に　　　2　無許可で　　　3　予告せず　　　4　ただで

練習

問題4 次の言葉の使い方として最もよいものを、1・2・3・4から一つ選びなさい。

20 把握
1 自分の健康状況を正しく<u>把握</u>してから、運動した方がいいよ。
2 軍の実権は大統領の実弟によって<u>把握</u>されている。
3 試験の結果に<u>把握</u>はありますか。
4 どんな小さなチャンスでもしっかり<u>把握</u>して頑張ります。

21 努めて
1 <u>努めて</u>平静を装っていたが、内心はドキドキだった。
2 <u>努めて</u>計画通り終了したが、改善すべき点は多々ある。
3 銀行からの融資を<u>努めて</u>受けられるようになって、とりあえず一安心です。
4 ご容赦いただきますよう、<u>努めて</u>お願い申し上げます。

22 でかい
1 華奢で<u>でかい</u>お嬢さんをお嫁にもらったそうです。
2 <u>でかく</u>小振りの活きのいいたこが手に入ったよ。
3 噂に聞いていた通り、確かに<u>でかい</u>気球だった。
4 これは一粒一粒手作りされた<u>でかい</u>ガラス玉なので、慎重に取り扱ってください。

23 独自
1 子どもはいずれ<u>独自</u>して、親元を離れていくものです。
2 <u>独自</u>の研究に基づいて、新たな理論を打ち出した。
3 ドリンクだけは、<u>独自</u>でご用意ください。
4 彼女はどこか<u>独自</u>のオーラを放っている。

24 とどこおる

1 あのフェリーは神戸港に1カ月とどこおる予定だそうです。

2 今朝起きたら、なんと目覚ましがとどこおっていた。

3 家賃の支払いが3カ月とどこおって、部屋を追い出された。

4 水道管が凍結して、水がとどこおって断水状態だった。

25 似通う

1 一目で親子と分かりますよ。眼も鼻が似通っている。

2 日本とドイツの経済成長モデルは似通っていますか。

3 これ真似して作ってみたの。一目見ただけじゃ、本物に似通ってるでしょ。

4 妹は華奢な外見に似通わず気が強い。

問題1 _____の言葉の読み方として最もよいものを、1・2・3・4から一つ選びなさい。

1 二社が対等な立場で合併することは可能ですか。
　1　がっぺい　　　　2　がっへい　　　　3　がっべい　　　4　ごうへい

2 年明けには金利が上昇すると思ったが、目論見が外れた。
　1　めろんみ　　　　2　めろんけん　　　3　もくろんけん　4　もくろみ

3 聖書を読むと、心が研ぎ清まされる気がします。
　1　すまされる　　　2　きよまされる　　3　しずまされる　4　すずしまされる

4 若い研究者の養成に関して、大学側が折衷案を提示した。
　1　おりちゅう　　　2　せつちゅう　　　3　せちちゅう　　4　せっちゅう

5 女性は些細な言動から男性の下心を察知するそうです。
　1　しょうさい　　　2　せいさい　　　　3　しゃさい　　　4　ささい

6 仮に報告書に虚偽の記載がある場合、罪に問われる可能性があります。
　1　きよい　　　　　2　きょぎ　　　　　3　きょにせ　　　4　きょため

問題2 （　　　　）に入れるのに最もよいものを、1・2・3・4から一つ
　　　　選びなさい。

7 それでは、この言葉を心の中で10回（　　　　）ください。
　1　唱えて　　　　　　2　口説いて　　　　3　説いて　　　　4　請じて

8 ファッションモデルの（　　　　）生活は意外と知られていない。
　1　実　　　　　　　　2　名　　　　　　　3　被　　　　　　4　芸

9 お客様に支持される理由は、（　　　　）アフターサービスにあります。
　1　こまやかな　　　2　ささやかな　　　3　しとやかな　　4　なだらかな

10 あの居酒屋は、事前に交渉しておけば、かなり（　　　　）を利かしてくれま
　すよ。
　1　融和　　　　　　2　優待　　　　　　3　融通　　　　　4　優遇

11 不況の影響を（　　　　）に受けて、わが社の経営も非常に厳しいものとなっ
　ている。
　1　もろに　　　　　2　げっそり　　　　3　やたらに　　　4　くっきり

12 すみません、最後の一行を（　　　　）いました。
　1　過ごして　　　　2　看過して　　　　3　見過ぎて　　　4　見落として

13 決勝戦が終わるやいなや、優勝（　　　　）が始まった。
　1　セクション　　　2　シナリオ　　　　3　セレモニー　　4　ラベル

問題3 _____の言葉に意味が近いものを、1・2・3・4から一つ選びなさい。

14 彼女に男心を<u>がっちり</u>つかむコツを教えてもらった。
1 一気に　　　　　2 しっかり　　　　3 程好く　　　　4 あっさり

15 家族仲が良好だという家庭ほど相続対策に疎く、いざという時に<u>もめる</u>そうです。
1 争いが起きる　　2 解決しやすい　　3 話し合う　　　4 問題がない

16 オフィスが入っているビルは、夜9時を過ぎても明かりが<u>こうこうと</u>灯っている。
1 ぼんやりと　　　2 どんよりと　　　3 ぴかぴかと　　4 あかあかと

17 料理に用いる海鮮はすべて築地市場で<u>しいれて</u>きます。
1 こうにゅうして　2 こうどくして　3 こうばいして　4 はんばいして

18 どの国にも外国人からすると、<u>滑稽に</u>見える風習や習慣があるものです。
1 不思議に　　　　2 可笑しく　　　3 奇怪に　　　　4 愉快に

19 両親も年をとったので、実家には<u>ちょくちょく</u>電話するようにしています。
1 しばしば　　　　2 めったに　　　3 たまに　　　　4 時折

問題4　次の言葉の使い方として最もよいものを、1・2・3・4から一つ
　　　　選びなさい。

20　腐敗
　1　死後1週間以上経過していたので、死体は腐敗した状態で見つかった。
　2　大臣が関係企業から賄賂を受け取っていたという腐敗事件が明るみになった。
　3　壁にぶつけただけなのに、ケースの穴が腐敗してしまった。
　4　工場が密集する地域では、大気腐敗が進んでいる。

21　萎びる
　1　毎日水をやっていたのに、買ってきて3日で花が萎びた。
　2　泣きすぎで、涙も萎びた。
　3　歌の歌いすぎで、喉が萎びた。
　4　文章には萎びることのない絶望感が溢れている。

22　ぶかぶか
　1　結婚してからというもの、ぶかぶかと太り続けている。
　2　ウエストはぴったりだけど、ヒップはぶかぶかです。
　3　池には捨てられたゴミがぶかぶか浮いている。
　4　蒸したてのおまんじゅうはぶかぶかでなんともおいしい。

23　物議
　1　選挙前の物議調査では、A党の方が明らかに優勢だった。
　2　発言が人権侵害に当たるかどうか、各界の物議を呼んでいる。
　3　明日の委員会では、食品の安全性について物議します。
　4　物議のある人は、文書で見解を提出してください。

24 つつく

1 子どもの頃はよくいたずらしてオヤジに<u>つつかれた</u>ものだ。

2 金槌で釘を<u>つつけば</u>完成です。

3 そんなに勢いよくドアを<u>つつかない</u>でよ。

4 啄木鳥はくちばしで木を<u>つついて</u>巣を作ります。

25 不審

1 報道によると、犯人は<u>不審</u>な供述をしているそうだ。

2 どう考えても、さっきの発言は<u>不審</u>で彼らしくないよね。

3 彼女は<u>不審</u>な雰囲気を持った可愛らしいお嬢さんです。

4 昨日の夕方、<u>不審</u>な車両を見た人は、警察に届けてください。

新制日檢模擬考試解答

第一回

問題1　│1│2　│2│3　│3│3　│4│4　│5│2　│6│4

問題2　│7│4　│8│2　│9│2　│10│4　│11│3　│12│2
　　　　│13│3

問題3　│14│3　│15│3　│16│4　│17│2　│18│4　│19│1

問題4　│20│1　│21│1　│22│2　│23│4　│24│1　│25│2

第二回

問題1　│1│4　│2│2　│3│1　│4│4　│5│4　│6│2

問題2　│7│4　│8│1　│9│2　│10│4　│11│4　│12│4
　　　　│13│2

問題3　│14│1　│15│2　│16│4　│17│2　│18│1　│19│2

問題4　│20│1　│21│1　│22│3　│23│2　│24│3　│25│2

第三回

問題1　│1│1　│2│4　│3│1　│4│4　│5│4　│6│2

問題2　│7│1　│8│1　│9│1　│10│3　│11│1　│12│4
　　　　│13│3

問題3　│14│2　│15│2　│16│4　│17│1　│18│2　│19│1

問題4　│20│1　│21│1　│22│2　│23│2　│24│4　│25│4

練習

精修 重音版

新制對應 絕對合格！
日檢必背單字

隨看 隨聽
朗讀QR code

[25K
＋QR Code線上音檔
＋實戰MP3]

N1

【日檢智庫QR碼 05】

- 發行人／**林德勝**

- 著者／**吉松由美、西村惠子、山田社日檢題庫小組**

- 出版發行／**山田社文化事業有限公司**
  臺北市大安區安和路一段112巷17號7樓
  電話 02-2755-7622
  傳真 02-2700-1887

- 郵政劃撥／**19867160號 大原文化事業有限公司**

- 總經銷／**聯合發行股份有限公司**
  新北市新店區寶橋路235巷6弄6號2樓
  電話 02-2917-8022
  傳真 02-2915-6275

- 印刷／**上鎰數位科技印刷有限公司**

- 法律顧問／**林長振法律事務所 林長振律師**

- 書＋QR碼＋MP3／**定價 新台幣 479 元**

- 初版／**2022年 04 月**